Les Bâtisseurs de Bonheur

Georges Beliaeff

Les Bâtisseurs de Bonheur

*

ROMAN

Autoédition

Seconde Edition

« Mais alors, dit Alice, si le monde n'a absolument aucun sens, qui nous empêche d'en inventer un ? »

Lewis Caroll

Table des matières

PRÉFACE

Vous entrez dans l'univers des Bâtisseurs de Bonheur. Bien qu'il s'agisse d'une fiction, principalement issue de mon imagination, certains éléments sont proches de la réalité ou anticipent des évènements qui pourraient réellement arriver… ou pas, l'avenir nous le dira. En conséquence, toute ressemblance avec des situations ou des personnes existantes, notamment pour ce qui concerne les noms, serait involontaire de ma part.

Les Bâtisseurs de Bonheur, c'est avant tout un formidable message d'espoir, avec des personnages attachants. Vous vivrez leur quotidien et certains projets depuis l'intérieur. Vous ferez également, je l'espère, un beau voyage sur notre Terre, dans notre système solaire et pourquoi pas, beaucoup plus loin, mais cela, je vous laisse le découvrir.

Quelques règles typographiques :

Pour ne pas alourdir le texte, les dialogues sont uniquement précédés par un tiret, comme je l'ai vu faire dans de nombreux ouvrages.

Les parties de texte mises en italique désignent :
-   Des éléments d'origine ou dans une langue étrangère.
-   Des parties de texte qui devraient être mises « entre guillemets »
-   Les propos de correspondants distants lors d'une discussion à la radio par exemple.

Concernant l'orthographe :

Cet ouvrage a été rédigé en conformité avec les nouvelles règles de l'orthographe issues de la dernière réforme de 1990.

Ceci signifie notamment que la majorité des accents circonflexes a disparu des lettres I et U à l'exception du passé simple, du subjonctif, et de quelques homonymies (mur/mûr, sur/sûr).

Les mots empruntés à une langue étrangère prennent les règles d'accentuation (Caméraman au lieu de cameraman)

Les soudures remplacent les traits d'union dans les mots composés ou les mots savants (hautparleur, agroalimentaire…)

Nous trouvons ainsi des simplifications, qui ne sont pas des erreurs, comme par exemple :

Renouvelle	→ renouvèle
Ambiguïté	→ ambigüité
Contre-attaque	→ contrattaque
Combativité	→ combattivité
Événement	→ évènement

Autre parti pris : mes voyageurs de l'espace s'appellent des Spationautes avec un S majuscule. Il ne s'agit donc pas d'une coquille.

« Sans l'hypothèse qu'un autre monde est possible, il n'y a pas de politique, il n'y a que de la gestion administrative des hommes et des choses. »

Geneviève Decrop

PREMIERE PARTIE – Les bâtisseurs de Bonheur

« Etre heureux ne signifie pas que tout est parfait, cela signifie que vous avez décidé de regarder au-delà des imperfections. »

Aristote.

Chapitre Premier – La grande crise

12 janvier 2029, Tours (Centre Ouest de la France).

Le jour venait de se lever et lui parvenait à travers la fenêtre qui ouvrait sur une petite rue, déserte à cette heure. Il avait neigé une bonne partie de la nuit et les contours des objets, des maisons et de la végétation se confondaient, recouverts par ce manteau blanc qui donnait une clarté étrange à ce début de matinée.

Il lui semblait ne pas avoir dormi cette nuit-là. Il essaya de remettre un peu d'ordre dans ses idées tout en regardant la pendule à colonnes qui trônait sur une commode. Sept heures, bientôt et quart.

Il se remémorait la journée de la veille, mais n'éprouvait pas vraiment de chagrin, un peu comme s'il avait pleuré toutes les larmes de son corps. Son cœur aussi s'était asséché et il demeurait prostré.

François Cervantès entrait dans sa vingt-cinquième année. Il se demandait ce qu'il avait bien pu faire de mal pour mériter tout ce qui lui était arrivé. Dix-sept ans plus tôt, son père, Manuel, grand reporter, avait été tué en mission et voilà que sa mère, Sarah, était tombée gravement malade l'année précédente. Elle avait lutté courageusement face à ce mal mystérieux qui lui avait progressivement enlevé toute énergie.

Quatre jours auparavant, alors qu'il lui rendait visite à l'hôpital, elle lui avait fait signe de s'approcher, lui avait posé sa main sur la tête en lui disant :

– Je suis tellement désolée.

Le lendemain, elle était morte. La suite s'était passée un peu comme dans un songe. Il se revoyait étranger à la cérémonie, puis au cimetière. Il avait longuement regardé la plaque sur le cercueil sur laquelle était gravé : Sarah Cervantès, née Durand — 1975 – 2029, hypnotisé, avant qu'elle ne disparaisse sous les pelletées de terre.

Le rédacteur en chef du journal dans lequel François travaillait lui avait proposé de prendre des congés le temps qu'il voudrait. François était journaliste payé à la pige, s'il ne produisait rien, il ne gagnait rien. Il accepta néanmoins, bien décidé à utiliser ce moment de tranquillité pour réfléchir à son avenir. Il ne savait pas encore ce qu'il allait faire, mais ses pensées se bousculaient dans sa tête. Donner un nouveau sens à sa vie ? Rester à Tours ? En partir ?

Il sentait confusément que s'il ne quittait pas cette demeure, il vivrait dans le souvenir de sa mère et risquait de se fermer définitivement à un avenir meilleur. Il désirait devenir grand reporter comme son père. Cette motivation l'obligeait à surmonter son chagrin. Il se disait en lui-même :

— François, arrête de te morfondre, ressaisis-toi. Va de l'avant. Fais preuve d'audace. Si tu restes ici, tu n'arriveras à rien ; personne ne viendra jamais te chercher.

15 février 2029

François avait décidé de se rendre à Paris pour se faire une réputation. Il avait pris le temps de mettre un peu d'ordre dans ses affaires et de peaufiner son CV avant de se lancer à l'assaut des rédactions des organes de presse parisiens.

Ce matin-là, il était parti en train avant l'aube avec les adresses de différentes rédactions parisiennes en poche. Vers midi, François en était déjà à son troisième refus d'entretien, mais son moral était bon. Il s'était acheté un sandwich qu'il avait dévoré avec appétit et s'apprêtait à pousser la porte du quotidien France Matin situé rue Copernic. Une rapide enquête lui avait permis de connaitre le nom du rédacteur en chef : Pierre Mourèze, un ancien grand reporter. Cette fois-ci, il avait décidé d'y aller au culot et de faire jouer la fibre corporatiste du journaliste. Il se présenta à la banque d'accueil qui se trouvait en plein milieu d'un immense hall. Deux hôtesses devaient orienter les visiteurs.

— Bonjour, Monsieur, que puis-je faire pour vous ? lui dit l'une d'elles en lui faisant signe d'approcher.

— Bonjour, je suis François Cervantès, journaliste, et désire parler à Pierre Mourèze.

— Vous avez rendez-vous ?

— Non, je passais par là et j'ai souhaité le saluer.

— Je ne pense pas qu'il soit disponible.

— Pourriez-vous lui dire que François Cervantès, le fils de Manuel Cervantès, est ici et veut simplement lui dire bonjour ?

L'hôtesse lui indiqua un siège où il pouvait patienter, puis, dès qu'il se fut éloigné, décrocha le téléphone. Quelques instants plus tard, elle annonçait :

— Monsieur Mourèze va vous recevoir.

Moins d'une minute après, un grand type, la cinquantaine athlétique, cheveux blancs courts, faisait irruption dans le hall d'accueil.

— François Cervantès ? Bonjour. Je suis Pierre Mourèze, veuillez me suivre, dit-il en lui tendant la main alors que François se levait pour le saluer.

Il le précéda, ouvrant une porte qui donnait sur un couloir, entra ensuite dans un bureau, lui fit signe de s'assoir et entama la conversation.

— Tu permets que je te tutoie ? puis continua sans attendre la réponse : alors comme ça, tu es le fils de Manuel Cervantès ?

— Oui Monsieur.

— J'ai bien connu ton père dans le passé. Nous avons travaillé ensemble il y a longtemps, avant qu'il ne cède aux sirènes de la télévision. J'ai couvert ce qui lui est arrivé en Afghanistan. Une véritable tragédie. À la rédaction, nous avons tous été bouleversés par son décès.

— Merci, Monsieur, pour votre sollicitude. Ma mère est également décédée dernièrement.

— Oh ! J'en suis sincèrement désolé.

— La blessure est encore douloureuse, mais c'est maintenant du passé, Monsieur.

— Je compatis. Mais, dis-moi, mon garçon, je suppose que tu n'es pas venu me voir uniquement pour me parler de tes parents.

— En effet, Monsieur. Je suis journaliste et aspire à suivre la trace de mon père.

François sortit d'une chemise cartonnée le CV qui tenait sur une page recto et continua :

— Vous dirigez de main de maitre France Matin, un des plus grands quotidiens français. J'aimerais que vous me donniez la possibilité de vous démontrer mon talent en échange de vos recommandations. Je suis persuadé que nous ferons un excellent travail.

Pierre Mourèze éclata de rire.

– Quelle envolée. Ton père était moins lyrique !

Il parcourut en diagonale le CV qu'il avait devant les yeux : baccalauréat littéraire, licence obtenue à l'école de journalisme de Tours, trois années à travailler pour les Nouvelles Tourangelles, puis reprit.

– Je reconnais bien là le style. D'ailleurs, d'où tiens-tu que nous nous connaissions avec ton père ?

– Je ne le savais pas, Monsieur. Il s'agissait d'une simple supposition.

– Culoté, avec ça. J'aime les gens qui font preuve d'audace, c'est une grande qualité dans notre métier. Quand pourrais-tu te libérer ?

– Je n'ai pas réellement d'engagement avec les Nouvelles Tourangelles, car je ne suis que pigiste.

Pierre prit entre le pouce et l'index de la main gauche son menton. Il commença à le masser, indiquant qu'il réfléchissait.

– Un salaire de mille-six-cents euros avec remboursements forfaitaires des frais de reportage, ça te conviendrait ?

– Ça serait parfait, Monsieur.

– Si je suis content de ton travail, on rediscutera argent.

Il décrocha le téléphone, composa un numéro court et dit à sa correspondante :

– Martine, pouvez-vous venir dans mon bureau, s'il vous plait ? puis s'adressant à François après avoir reposé le combiné : pour les Nouvelles Tourangelles, je m'en occupe. On se rend des petits services de temps en temps.

Quelques minutes plus tard, une femme d'une quarantaine d'années entra dans la pièce après avoir frappé à la porte. Elle avait des cheveux sombres remontés en chignon, ce qui lui donnait un air sévère.

– Martine, ce jeune homme nous rejoint comme journaliste.

Il griffonna sur le CV quelques lignes qu'il signa, puis tendit le papier à la femme en lui précisant :

– Vous voudrez bien avoir l'amabilité d'établir un contrat de travail aux conditions indiquées dans ce document. Au fait, tu souhaites commencer quand ?

– Aujourd'hui me parait être une bonne date pour commencer.

– Martine, vous me ferez débuter le contrat en date d'aujourd'hui. Vous seriez aimable de trouver un bureau à Monsieur Cervantès, puis s'adressant à François : les conférences de rédaction ont lieu le soir à vingt heures. Nous en faisons en général une dernière vers vingt-trois heures pour pouvoir boucler la Une à minuit. L'édition du weekend a sa propre rédaction, ce qui fait que nous sommes libres du vendredi midi au dimanche midi.

— Vous pouvez compter sur moi, je serai là à vingt heures, Monsieur.

— Arrête de m'appeler Monsieur, appelle-moi Pierre.

— C'est entendu, Monsieur.

Pierre sourit, puis signifia que l'entretien était terminé. Martine et François sortirent du bureau.

12 octobre 2029

C'était une belle journée d'automne. François venait de quitter son petit appartement rue Charles Laffitte à Neuilly pour se rendre à pied au journal. Il aimait déambuler ainsi dans les rues de Paris et refaisait le point sur les mois écoulés. Sa vie avait bien changé. Il avait liquidé ce qui le retenait à Tours en revendant le logement de ses parents et avait trouvé en location ce minuscule studio. Côté travail, ça se passait plutôt bien. Durant les premiers mois, Pierre Mourèze lui avait confié des reportages qui s'apparentaient à des affaires de chiens écrasés, mais c'était en réalité pour le mettre à l'épreuve. Il l'avait ensuite mis en doublon sur des reportages de politique intérieure, puis sur les infos nationales, lui permettant ainsi d'apprendre vraiment le métier de journaliste.

Il allait être dix heures et le trafic routier du matin commençait à se tarir. Il aimait ce moment privilégié qui lui permettait de réfléchir en dehors de l'excitation qui régnait pratiquement tout le temps à la rédaction du journal.

Il entra par la porte de service et s'informa des nouvelles du jour. Rien de bien spécial.

— François ! dit Pierre Mourèze sortant de son bureau.

— Oui, Pierre.

— Tu as quoi, en ce moment ?

— Depuis que j'ai couvert l'inauguration des nouveaux bâtiments de l'hôpital américain, pas grand-chose.

— Je crois me rappeler que tu t'intéressais aux choses de l'espace.

— C'est exact.

— J'aimerais que tu me fasses un petit reportage sur la mission de reconnaissance Icarus. On n'a plus entendu parler d'eux depuis leur départ pour Jupiter en juin. Essaye de te rencarder auprès du ministère, histoire de voir ce qu'ils sont devenus. Ils ne devraient pas tarder d'arriver à destination.

— C'est comme si c'était fait.

22 octobre 2029

François fut averti par le journal que le vice-ministre de l'Air et de l'Espace allait faire une conférence de presse au sujet de la mission Icarus à dix heures trente. Il se rendit sans attendre au ministère. Le ministre, entrant dans la salle de conférence, demanda le silence.

— Mesdames et messieurs, il y a quatre mois, le Consortium de l'Espace, le SPAC, auquel la France est associée à travers l'ESA, l'Agence Spatiale Européenne, a envoyé une mission de reconnaissance en direction de Jupiter, puis de Saturne. Cette mission est commandée par le général Antonino Inserillo, vétéran des vols spatiaux, et a pour objectif de cartographier cette partie de notre système solaire que nous connaissons assez mal et qui n'a été explorée jusqu'ici que par des vaisseaux automatiques. Voilà trente-six heures, la mission Icarus a repéré un objet stellaire : un trou de ver. Ils se sont immédiatement rendus sur place pour voir de quoi il s'agissait. Nous avons des images transmises par le télescope embarqué sur la station orbitale Philadelphia qui montrent nettement que le bâtiment se trouvait à proximité de l'objet, puis nous perdons sa trace et nous sommes sans nouvelles d'eux depuis.

Le ministre laissa le temps à son message de faire son effet, puis reprit :

— Une réunion vient d'avoir lieu entre les chefs d'États concernés par ce programme et voici ce qui a été décidé : l'Agence Spatiale Européenne est dissoute et s'intègrera dans une nouvelle structure : le Programme International de Conquête Spatiale encore appelé SpaCeIP. Cette agence aura comme mission l'implantation d'une station orbitale à proximité de Jupiter et la reprise des explorations avec le lancement du programme baptisé *Perseus*. Je vous remercie pour votre attention. Avez-vous des questions ?

Des bras se levèrent.

— À partir de quand débute le nouveau programme spatial ?

— La décision est à effet immédiat. Les différentes agences sont invitées à coopérer dès à présent.

— Sur quel budget ?

— Les crédits alloués à l'ancienne Agence Spatiale seront versés entièrement à la nouvelle organisation.

— Une mission de sauvetage est-elle prévue pour l'équipage d'Icarus ? demanda François.

— Un vaisseau sera envoyé sur place prochainement pour essayer de retrouver leur trace, mais, étant donné la distance qui nous sépare du lieu d'exploration, cela ne pourra se faire rapidement.

Dès la conférence terminée, François se mit immédiatement au travail pour rédiger un premier article, mais, en dehors de cette courte déclaration, la matière lui manquait pour compléter son article.

28 octobre 2029

L'enquête s'était avérée plus ardue que prévu, car il n'y avait pas beaucoup d'informations disponibles sur ce qui se passait dans l'espace. De temps en temps, François trouvait un laconique communiqué de presse, mais pas grand-chose ne filtrait du côté du ministère. Il relisait les notes qu'il avait prises :

— Voyons voir… il y a eu la mission Curiosity qui a renvoyé de nombreuses données sur la planète Mars.

C'était quelques années auparavant, avec son père, en ce mois de vacances d'aout 2012. La famille était sur la côte landaise, pas très loin de la ville de Mimizan. Le six aout, François et son père avaient couvert, en privé, l'actualité du moment : cette sonde Curiosity qui s'était posée sur Mars. Ils avaient fait un véritable reportage. Son père lui avait expliqué comment et où récupérer la matière pour écrire un article, la découverte de la planète Mars et sa géographie très particulière, les informations importantes à sélectionner pour appuyer tel ou tel point.

— J'étais subjugué par son savoir-faire, se disait François. J'ai plus appris avec lui que dans les écoles de journalisme.

François revoyait ce père trop souvent absent, mais attentionné, qui racontait ses voyages, les reportages qu'il réalisait, les gens extraordinaires qu'il rencontrait, les paysages qu'il découvrait. Il continua à passer en revue les informations dont il disposait.

— En deux-mille-vingt, disait François à haute voix pour lui-même, lancement de la première navette Colombus réalisée en collaboration avec l'Agence Spatiale Européenne (ESA), la NASA et les Russes. La réussite de ce projet a été grandement due à la mise au point par Rolls-Royce de propulseurs plus puissants que tout ce qui avait existé jusque-là : cent-mille chevaux à pleine puissance. Couplés par trois, ils étaient en théorie capables de propulser un vaisseau à plus de cinquante kilomètres par seconde, soit cent-quatre-vingt-mille kilomètres-heure.

Il réfléchissait aux implications de cette invention.

– La distance Terre-Lune est de trois-cent-quatre-vingt-quatre-mille kilomètres. À cette vitesse, il faut à peine plus de deux heures pour la parcourir avec ces engins. Il y a eu dix exemplaires mis en service entre deux-mille-dix-neuf et deux-mille-vingt-trois. Capacité de ces appareils : cent-vingt passagers et membres d'équipage.

Il relisait ses nombreuses notes.

– Grâce à ces navettes, il a été possible de débuter le chantier de la station ISS2 (International Space Station) pour remplacer sa grande sœur en fin de carrière. La station située sur une orbite à six-cents kilomètres d'altitude et possédant sa propre gravité a été inaugurée en deux-mille-vingt-deux. C'est en deux-mille-vingt-trois que furent mises en service les navettes Orion capables d'emporter jusqu'à neuf-cents passagers et trois-cents tonnes de fret. Elles disposent de cabines, comme dans les bateaux. La construction de la grande station orbitale Philadelphia gravitant autour de la Lune a commencé en deux-mille-vingt-quatre, année qui a vu les premières implantations sur le satellite afin d'en exploiter les matières premières.

Il feuilletait des notes et des articles de journaux. François sortit des photos d'une autre sorte de vaisseau spatial et se replongea dans ses notes.

– En deux-mille-vingt-cinq, les premières navettes Sirius ont été mises en service. Elles ont une capacité moindre que les Orions, mais ont des performances accrues et sont beaucoup plus confortables. Elles ont permis de ramener Mars à deux semaines de voyage au départ de la station orbitale Philadelphia, au lieu de six mois auparavant, et l'exploration de la planète a pu commencer dès l'année suivante. Il y a eu l'implantation d'une base au sol dès le début deux-mille-vingt-sept.

Il prit ensuite en main une série de photos d'un mémo obtenu il ne savait comment et sur lequel était écrit en première ligne : « Note confidentielle : Observation des trous de ver ». Il parcourut en diagonale le document. Il faisait référence à la sonde d'exploration de Jupiter baptisée Juno. En réalité, elle n'était pas unique, mais multiple. Cette information n'avait pas été rendue publique. Le premier exemplaire avait mystérieusement disparu. Une seconde sonde Juno avait été dirigée vers une anomalie électromagnétique, puis avait disparu à son tour. Pour les vols suivants, des vaisseaux automatiques, donc nettement plus évolués que les simples sondes, avaient été dédiés à l'exploration d'un objet étrange qui les avait certainement aspirés. Des photos commentées indiquaient que ces objets n'avaient pas la caractéristique habituelle d'un trou noir qui absorbe tout ce qui passe à sa proximité, d'un trou blanc qui est l'exact contraire du trou noir ou de l'antimatière que l'on arrivait maintenant à reproduire en laboratoire.

— Voilà une information bien étrange, se dit François.

Il referma sa première pochette et en ouvrit une seconde sur laquelle était écrit en lettre capitale : Icarus. Sur la première page, la photo d'une espèce de grande navette-fusée avec deux énormes propulseurs latéraux qui donnaient une allure massive à l'arrière de l'appareil.

— Que sait-on sur ce programme ? Icarus a été construit sur la station orbitale lunaire Philadelphia et a été lancé en mission de reconnaissance en juin dernier avec quatre-cents passagers et membres d'équipage à son bord. C'est le plus grand vaisseau jamais construit à ce jour. Nous n'avons pas beaucoup d'informations sur sa destination, si ce n'est qu'il doit affiner la cartographie des régions situées entre Jupiter et Saturne, deux planètes du système solaire éloignées respectivement de sept-cent-millions et mille-six-cent-millions de kilomètres de la Terre.

Son enquête s'arrêtait là. François s'imaginait déjà dans les étoiles, à bord d'une de ces grandes navettes spatiales, découvrant des paysages fantastiques ou explorant des objets stellaires inconnus jusque-là. Il avait toujours eu envie de voyager, sans doute en vivant dans le souvenir de son père, mais voyager dans l'espace devait être une grande aventure.

Il reprit contact avec le ministère de l'Air et de l'Espace où on lui dit que la mission continuait et que s'il y avait du nouveau, il serait tenu informé.

30 décembre 2029

François avait été convoqué par son rédacteur en chef.

— Tu parles l'allemand ? lui avait demandé Pierre.

— Un peu, mais je suis plus à l'aise en anglais.

— Ça suffira pour ce que je te propose. Je souhaite que tu te rendes à Berlin comme envoyé spécial pour couvrir le changement d'année. Leur chancelier doit faire une déclaration, parait-il, importante. On pourrait se contenter de ce que nous fournira l'AFP[1], mais j'aimerais que tu ailles voir sur place ce qu'il en est. Si tu ne comprends pas tout ce qui se raconte, ce n'est pas grave, car les services de la chancellerie donnent toujours une copie du discours en anglais et en français. Tu pars aujourd'hui même. Tu prendras avec toi Sophie Letellier qui te servira de photographe et d'assistante. Comme elle débute, tu pourras lui apprendre quelques ficelles du métier.

31 décembre 2029

François et Sophie se trouvaient maintenant à déambuler dans les rues de Berlin, ce trente-et-un décembre. C'était la première fois, l'un comme l'autre, qu'ils venaient dans cette ville. Ils allaient profiter de l'occasion pour faire un peu de tourisme.

— Une fois nos bagages déposés à l'hôtel, vu que nous avons peu de temps, je te propose d'aller jusqu'à la *Gedächtniskirche*, l'église du souvenir, dit François en consultant une brochure. Nous pourrons ensuite flâner un peu sur les grands boulevards, jusqu'à la porte de Brandebourg.

— C'est entendu, répondit simplement Sophie, pas contrariante.

— Nous devrons être à la chancellerie vers dix-neuf heures.

Ils prirent alors la direction du centre-ville jusqu'à l'église laissée volontairement en ruine pour témoigner de l'intensité des combats et des bombardements pendant la Seconde Guerre mondiale, pratiquement cent ans plus tôt. Le monument était entouré d'immeubles modernes qui contrastaient avec la vieille bâtisse et montraient qu'il restait à cet endroit peu de choses du Berlin de la première moitié du vingtième siècle. Sophie prenait des photos avec le tout nouvel appareil numérique qui était le couteau suisse du journaliste, car il pouvait enregistrer, filmer, contenait un assistant à la rédaction des articles, les corrigeait et bien d'autres fonctionnalités encore.

Ils avaient ensuite flâné un peu sur les bords de la Spree, la rivière qui traverse Berlin, avaient pris le métro puis avaient remonté à pied une partie de la célèbre avenue *Unter den Linden* jusqu'à la *Pariser Platz*, la place de Paris. Devant eux, la majestueuse porte de Brandebourg.

Les passants se préparaient pour certains à passer la nuit dehors à faire la fête. D'autres se hâtaient de rentrer après avoir fait leurs derniers achats. Des jeunes gens étaient bras dessus, bras dessous et marchaient en riant. La température était inférieure à zéro, mais le

---

[1]   Agence France-Presse.

froid était sec et très supportable, même pour ces deux Parisiens. Sophie prit François par le coude.

— Viens, dit-elle. Asseyons-nous quelques instants… Je ne regrette pas que tu m'aies proposé cette balade, continua-t-elle. Cela vaut vraiment le détour.

— Content que cela te fasse plaisir.

— Tu t'intéresses aux vieux cailloux ? demanda Sophie.

— Oui. C'est important de savoir ce qui s'est passé avant nous pour essayer d'en tirer nos propres enseignements et les monuments sont les preuves de ce passé.

Sophie resta songeuse puis continua.

— Je ne me suis jamais posé la question comme cela. Pour moi, ce ne sont que des pierres.

— Oui, mais oh combien porteuses d'histoire.

— Tu aurais dû faire chroniqueur historique ou poète, répliqua Sophie en riant.

Le visage de François s'assombrit. Sophie, le percevant, essaya de détendre l'atmosphère.

— Allez, ne prend pas la mouche, dit-elle en lui mettant une pichenette sur le bras. Moi, ma passion, c'est la littérature. Quand j'étais plus jeune, j'ai dévoré *La comédie humaine* de Balzac, ou encore des classiques comme Flaubert ou Victor Hugo. Je passais mes journées à lire. Et toi ?

— J'ai étudié la littérature à l'école comme tout le monde, mais pas plus, répondit François. Je ne me suis vraiment intéressé au monde de l'écrit qu'en école de journalisme.

Je pensais que seuls les littéraires s'orientaient vers ce métier, affirma Sophie. Qu'est-ce qui t'a amené dans cette direction ?

— L'empathie. Je l'ai traduite par ce métier qui est avant tout un travail d'enquête sur les gens et ce qu'ils ont vécu… Et puis un peu aussi parce que mon père était journaliste.

Sophie s'était légèrement reculée sur le banc pour pouvoir lui faire face. Elle regardait ce grand gaillard brun qui devait être à peine plus âgé qu'elle, l'observant de profil : son nez droit qui donnait l'impression d'être pointu, une bouche qui pouvait être capable des plus beaux sourires, mais qui faisait légèrement la moue à cet instant, une première ride apparaissant à la commissure des lèvres, des yeux couleur noisette entourés de fines ridules qui regardaient dans le vague. Il finit par se tourner vers elle.

— Ton père exerce toujours ? demanda Sophie.

– Il est mort en mission et ma mère ne s'en est jamais remise. Elle est morte également quelques années plus tard.

– Oh ! dit Sophie choquée. Je suis vraiment désolée.

– Ce n'est rien, c'est du passé ! dit François. Et toi, comment t'es-tu retrouvée dans le journalisme ?

– Je voulais être prof de lettres, mais il y a peu de places. Alors je me suis rabattue sur ce métier. Je suis certaine que Pierre, notre rédacteur en chef, finira par me confier un jour ou l'autre une chronique littéraire.

– Je te le souhaite, lui dit sincèrement François.

– Merci. Pour l'instant, j'apprends.

– Tu n'es pas depuis longtemps au journal, je me trompe ?

– Non, je viens d'arriver ! Avant, je faisais des petits boulots, jusqu'à ce que Pierre me donne ma chance.

– C'est exactement ce qui s'est passé pour moi, sauf qu'avant, je faisais des piges.

– J'ai souhaité rester à Paris, car mes parents y habitent… Excuse-moi, je ne voulais pas dire ça ! dit Sophie, je suis désolée.

– Pas de mal, répondit François. Je t'ai dit que c'est du passé.

– Je ne sais pas comment j'aurais survécu à un tel drame, si ça m'était arrivé, dit Sophie… Tu as une petite amie ou y a-t-il une madame Cervantès ?

Elle au moins n'y allait pas par quatre chemins.

– Ni petite amie, ni madame Cervantès. Je ne suis pas prêt pour cela.

– Moi, j'ai un fiancé, lâcha-t-elle à tout hasard. Tu devrais réfléchir à l'idée d'une petite amie.

– J'y penserai.

– Comme ça, tu aurais quelqu'un sur qui te reposer. Ça doit être dur d'être tout le temps tout seul !

– On s'y fait très bien.

Sophie et lui se faisaient maintenant face. François avait retrouvé son sourire et l'observait à son tour, mais sous un jour différent. Elle était plus petite que lui, brune avec des yeux verts et les cheveux mi-longs. Elle était plutôt agréable à regarder, avec toutefois un truc qui clochait, mais il ne savait pas quoi exactement. Peut-être les yeux un peu hauts dans le visage. François se demanda un instant comment pourrait être la vie avec Sophie en madame Cervantès, puis chassa cette idée, se fendit d'un sourire qui voulait tout et rien dire et décréta :

– Il est temps de nous rendre à la Chancellerie.

Ils arrivèrent un peu plus tard devant le grand bâtiment en forme de U, inauguré en deux-mille-un, accueillant les services de la chancellerie. Ils présentèrent leur accréditation et furent conduits dans l'espace réservé à la presse.

Le discours était plutôt optimiste.

— L'année deux-mille-vingt-neuf a été plus difficile que prévu, disait le Chancelier.

Il rappelait qu'il y avait, certes, eu des difficultés sur le plan bancaire en Allemagne, mais, ainsi que dans les autres pays d'Europe, la situation s'était normalisée. La Banque Centrale Européenne et le FMI[2] étaient intervenus pour soutenir le système financier et tout était rentré dans l'ordre.

— Le couple germano-français reste un moteur puissant pour l'Europe. La croissance est repartie à la hausse au troisième trimestre et les indicateurs économiques sont au vert.

Le chancelier conclut par :

— Je souhaite à chacune et chacun d'entre vous, ainsi qu'à tous les Européens, une très bonne année deux-mille-trente, qu'elle soit porteuse d'espoirs, de douceur et de joie de vivre. Je vous remercie de la confiance que vous me témoignez. *Lang lebe Deutschland. Und nochmals ein gutes Jahr für jeden von euch* ! (Vive l'Allemagne. Et encore une fois pour chacun d'entre vous, une très bonne année).

— Se déplacer pour entendre ça… Aucune véritable information ! soupira François à l'attention de Sophie. Je me demande ce qu'on va bien pouvoir en tirer.

Sophie et François étaient ensuite retournés à leur hôtel. Ils travaillaient assis face à face. François préparait son article pendant que Sophie sélectionnait ses meilleures photos. Ils enverraient le tout à Paris avant le bouclage de l'édition du jour de l'an. François avait les yeux fixés sur Sophie sans vraiment la regarder, réfléchissant à ce qu'il pouvait bien écrire. Il se remémorait leur discussion de l'après-midi et l'idée que Sophie lui avait fourrée dans le crâne : lui et elle comme petite amie. Il imaginait toutes sortes de choses. Sa rêverie fut interrompue lorsqu'elle leva les yeux. Il se hâta de chasser ces pensées et de dissimuler sa gêne. Elle lui sourit.

---

2   Fonds Monétaire International.

– Tu veux bien regarder les photos que j'ai sélectionnées ? lui dit-elle.

– Bien sûr… Voyons voir… Oui… oui, c'est bien…

François faisait défiler les photos à l'écran.

– Les images, reprit-il, doivent à elles seules porter un message. Elles doivent accrocher le lecteur. Celle-ci est très bien ! Le chancelier qui lève le bras comme pour montrer une direction. Cela montre à la fois le côté leader et sa détermination… Tu es très douée.

– Merci, François.

– Regarde bien celle-ci. Elle dit tout l'inverse de la précédente. L'impression qui en ressort contredit totalement le discours qui est fait. Si tu la sélectionnes, tu feras passer le message qu'il ne croit pas vraiment en ce qu'il dit et que tout n'est pas aussi idyllique.

– Je n'avais pas vu les choses comme ça.

– Nous, journalistes, portons une part de responsabilité dans l'Histoire. Nous pouvons être simplement des observateurs neutres ou bien conduire le lecteur dans une certaine direction et orienter sa perception de l'évènement. Prends ta première photo en mettant un titre comme : *La relance allemande* ; tu feras passer le message que tout va bien en Allemagne et que leur chancelier, plus que jamais déterminé, montre le cap à suivre. Si en revanche tu prends la seconde photo et que tu lui mets un titre comme : *la croissance sera-t-elle au rendez-vous ?* Ou bien *Allemagne : le Chancelier inquiet pour l'avenir !* ou encore : *Y aura-t-il un méga crash en 2030 ?* Ton lecteur sera forcément influencé par le titre.

– Je comprends, dit Sophie.

– En ce qui me concerne, reprit François, j'opterais plutôt pour l'inquiétude pour plusieurs raisons : en donnant à penser qu'il y a du sensationnel, ton article a plus de chance d'être lu que si tu dis que tout va bien. Les lecteurs aiment bien se faire peur. Cela leur procure une forme d'excitation.

– Et qu'est-ce qui pourrait leur faire peur dans ce discours ?

– *A priori*, rien. En revanche, si tu changes d'angle de vue, l'interprétation peut être différente. Si tu analyses bien les signaux envoyés par l'économie, il apparait que le pays vit sous perfusion et que tout n'est pas aussi rose que son chancelier veut bien le dire. Son discours peut être vu comme celui du capitaine qui ne veut pas affoler plus son équipage pendant l'évacuation du navire en train de couler.

– Tu penses que le navire va couler ?

– Ce n'est pas impossible, car nous trouvons les mêmes signaux dans l'économie qu'en deux-mille-sept, juste avant la crise économique. Il n'aura fallu ensuite qu'un incident somme toute assez mineur pour que tout s'effondre d'un coup.

— Tu es toujours aussi alarmiste ?

— Je ne le suis pas spécialement et cela fait partie du métier, de dénicher ce que les dirigeants veulent cacher sous le tapis.

— Donc il faut s'attendre à une crise économique l'an prochain ?

— Tout laisse à penser que cela pourrait bien arriver : notre économie est soutenue par une dette massive des particuliers et des états.

— Ce sont des arguments qui sont repris à toutes les sauces.

— Oui, mais réfléchis bien. La majorité des états occidentaux ont une dette qui avoisine officiellement cent pour cent de leur production de richesse et les particuliers soutiennent également l'économie majoritairement en s'endettant. Au fil des années, une bulle liée au crédit s'est formée. Elle représente de l'ordre de quatre ou cinq-cents pour cent du PIB, ou peut-être plus. Lorsque le cout lié à cette dette dépassera les revenus disponibles, États et ménages seront défaillants et la bulle explosera. C'est ce qui s'est passé en deux-mille-huit avec des ménages ou des entreprises qui se retrouvaient avec des échéances de crédit supérieures à ce qu'ils étaient en mesure de rembourser et devenaient défaillants.

— Arrête, tu me fais peur.

— Cela fait partie des hypothèses plausibles. Tu dois toutefois te montrer prudente dans tes articles quand tu parles de ces choses, car si ce que tu affirmes n'est pas vrai ou ne se passe pas, alors tu perds toute crédibilité et tes articles ne sont plus publiés.

— Je crois que j'ai compris.

— Bien. Finissons notre travail.

Les Allemandes et les Allemands qui avaient écouté le discours optimiste du chancelier pouvaient-ils se douter de ce qui les attendait réellement au cours de cette année deux-mille-trente ? Pouvaient-ils imaginer que cette année-là serait l'une des plus calamiteuses depuis la fin de la Seconde Guerre mondiale ?

Janvier 2030

En janvier, les indicateurs économiques étaient repassés au rouge malgré les annonces optimistes des différents dirigeants politiques du monde occidental. L'accalmie avait été de courte durée. La période des fêtes de fin d'année n'avait pas été aussi bonne que les prévisionnistes l'avaient imaginée, et ce pour la troisième année consécutive. Le Premier ministre français avait communiqué sur la mise en place d'un grand plan de relance dans les mois suivants et François, chargé du reportage, se rendait alternativement à l'Assemblée nationale et au bureau du Premier ministre pour capter de la matière et fournir des articles à son journal.

– Dans l'entourage du bureau du Premier ministre, relatait François, les conseillers s'inquiètent de la tournure que prennent les évènements. Ils travaillent sans relâche avec des commissions parlementaires à la mise en place d'un amortisseur social qui pourrait être déployé rapidement en cas de crise majeure.

Le gouvernement affichait un optimisme de circonstance.

Février 2030, Paris

Il faisait étonnamment doux pour un mois de février. Après avoir terminé un papier sur les indicateurs économiques et la montée du chômage, François s'était mis en route pour l'Assemblée nationale, car le Premier ministre, Morgane Lambert, devait annoncer les nouvelles orientations de son gouvernement. Encore ! se disait François, rien n'a changé ces vingt dernières années, la politique et la vie quotidienne des habitants est toujours la même. Heureusement, la technologie bouge un peu et il y a des avancées, sinon je n'aurais vraiment rien à raconter…

Le discours n'avait effectivement pas révolutionné le paysage politique de la France. Comme les années précédentes, il avait été question de plan de soutien à l'économie, de réduction du chômage, de déblocage d'un fonds exceptionnel pour relancer la consommation et d'un coup de pouce supplémentaire pour les bas salaires. Par la suite, François était retourné au journal en attente d'un nouveau sujet.

Ce jour-là, tout était trop long… La matinée avait paru interminable. Les déclarations de Morgane Lambert laissaient à penser que le gouvernement allait immédiatement engager une dynamique, mais il ne se passait rien. Le repas à la cantine du journal s'était éternisé et les discussions allaient bon train pour imaginer les sujets de l'édition du lendemain. Sur un des murs de la salle, un téléviseur diffusait un reportage animalier, le son coupé. À quatorze heures cinq, Pierre Mourèze entra en trombe dans le grand local, attrapa la télécommande, commença à zapper pour rechercher une chaine d'info tout en hurlant :

– Les gars, ça vient de tomber. C'est du lourd !

Les conversations cessèrent instantanément. Pierre arrêta de zapper en arrivant sur la chaine CNN édition US et monta le son. Un bandeau en travers de l'écran indiquait : *Breaking news*. De nombreuses brèves écrites en rouge sur fond blanc défilaient en bas de l'écran. Un gros titre indiquait : *Agri-Food* annonce sa mise en faillite. Incrédules, ils regardèrent l'écran pendant quelques minutes. Il n'y avait pas encore de reportage, juste des images d'archives qui défilaient derrière les présentateurs. Au bout de quelques minutes, Pierre les sortit de leur stupeur.

– *Agri-Food*, dit-il, le géant US de l'agroalimentaire, possède des milliers de marques de produits de consommation courante et emploie des millions de personnes un peu partout sur la planète. Je veux tout le monde en salle de rédaction dans cinq minutes. Faites circuler.

Les journalistes remontèrent en courant jusqu'à la grande salle. Lorsque la majorité d'entre eux fut rassemblée, Pierre Mourèze débuta :

– À compter de cette minute, en ce onze février, nous sommes en édition spéciale.

Il commençait à distribuer les tâches de chacun en pointant les intéressés du doigt :

– Sophie, Julien, Françoise et Pierre, vous alimenterez en continu le fil d'actualité sur notre site Internet. On couvre vingt-quatre heures sur vingt-quatre jusqu'à nouvel ordre.

Les instructions pleuvaient : faire un reportage sur *Agri-Food* et ses ramifications, les potentielles incidences bancaires et les réactions des gouvernements.

– François et Jean-Paul, vous prenez une moto et vous foncez jusqu'au siège d'Euronext pour suivre les évolutions du marché.

– Bien, chef.

Pierre finissait de distribuer les tâches tandis que François et son chauffeur se dirigeaient en courant vers le garage situé en sous-sol du bâtiment. En surface, la vie parisienne continuait. Les rares passants sur les trottoirs semblaient insensibles au drame qui était en train de se produire.

Sur le parvis de La Défense, le célèbre quartier d'affaires parisien, de nombreux journalistes se pressaient pour obtenir des informations. Ils étaient rassemblés devant le siège d'Euronext, une des sociétés européennes d'échange de valeurs qui ont remplacé les anciens établissements boursiers. Certains y allaient déjà de leurs commentaires face aux caméras.

François tentait de se faufiler dans le bâtiment tout en suivant, sur son écran mobile, le fil d'actualité mis à jour en temps réel par la rédaction du journal. À l'intérieur, les ordres de vente et de rachat étaient donnés depuis les différents postes d'ordinateurs. Il fit ensuite un long reportage audio.

– C'est la folie, ici. Les cours des principales actions, après avoir subi des hausses et des baisses, se sont littéralement effondrés. La valeur globale de la bourse est passée en quelques heures de plus de cinq-mille points à moins de trois-mille. Cet après-midi, le Président de la République a ordonné de suspendre toutes les cotations. La panique s'est amplifiée et la bourse a encore perdu mille points avant que les transactions automatiques ne soient rejetées.

Autour de François, les autres journalistes étaient exaltés. Lui s'efforçait de ne pas accélérer le débit de ses paroles afin de rester professionnel et ne pas rajouter au catastrophisme ambiant.

– Cette panique vient des États-Unis. Elle s'est ensuite propagée à l'ensemble des places boursières de la planète qui ont dû également suspendre leurs cotations. J'apprends à l'instant que la banque *Albrecht & Sons*, une filiale d'*Agri-Food*, vient de se déclarer à son tour en cessation de paiement. Les gouvernements allemand et anglais ont également ordonné de mettre fin à toute opération financière jusqu'à nouvel ordre et la plupart des pays ont décidé de fermer leurs établissements bancaires en attendant d'y voir plus clair.

Ces successions de nouvelles, toutes plus alarmistes les unes que les autres, le laissaient indifférent. Il analysait chacune d'elle froidement, lucidement, en ressortait les éléments essentiels, retransmettait son analyse à sa rédaction et, dans le cas présent, à ses auditeurs par le canal de la diffusion sur le web du journal qui s'était transformé pour l'occasion en web TV.

Le monde financier vacillait sous ses yeux. La *Gemeinsame KommerzBank* allemande, fortement engluée dans une affaire d'actifs pourris dont une partie était détenue par la banque *Albrecht & Sons*, reçut un appel de marge de onze milliards d'euros pour compenser ses pertes. Comme la réglementation européenne le permettait, ses dirigeants décidèrent d'affecter immédiatement les dépôts des épargnants pour faire face à ces dettes et essayer de contenir l'hémorragie, mais cela ne suffisait pas. La *Gemeinsame KommerzBank* finit par se déclarer en cessation de paiement, demandant sa mise sous protection de l'état allemand.

François et son équipier avaient décidé de couvrir les évènements depuis la cour devant le bureau du Premier ministre. Un double cordon de CRS était déployé devant les grilles pour contenir la foule et seuls les journalistes étaient autorisés à y pénétrer. Dans la grande cour, des sortes de toiles de tente militaires avaient été installées pour protéger les journalistes des intempéries. Il y avait, pêlemêle, des tables, des chaises, des appareils de chauffage, un enchevêtrement de fils électriques au sol. Dans un coin, il y avait deux grosses « norvégiennes », sorte de marmites isothermes, avec à proximité un soldat qui distribuait du café lorsqu'il était sollicité.

François partageait son temps entre la recherche d'informations, la préparation de reportages et le visionnage de ce que ses confrères avaient réalisé afin de pouvoir suivre la dynamique du développement des évènements. Un de ses collègues relatait sur une chaine d'info en continu :

– ... Suite à la fermeture des établissements bancaires, des personnes sont descendues dans la rue et exigent de récupérer leurs avoirs...

Le plan derrière le reporter montrait une foule importante scandant des slogans tels que « les banquiers sont des voleurs », « rendez-nous notre argent », « mettez les criminels de la finance en prison » ou encore « le gouvernement doit démissionner ». Le journaliste continuait :

– Les distributeurs d'argent liquide sont pris d'assaut, des gens se battent dans la rue, la police et l'armée ont été déployées pour tenter de rétablir le calme.

Deux présentateurs en studio enchainaient :

– Merci, Loïc. Les gouvernements italien et grec ont décrété l'état d'urgence et ont instauré un couvre-feu. Depuis ce matin cinq heures, un peu partout dans les villes européennes, des files d'attente se sont formées devant les établissements bancaires et financiers. Leurs portes sont restées closes. Cela donne lieu actuellement à des manifestations d'ampleur.

Les analystes financiers commentaient la situation et estimaient qu'en deux jours, une grande partie des valeurs mondiales avait disparu, reléguant la dernière grande crise financière de deux-mille-huit au statut d'incident anecdotique. Le pays était en train de se paralyser. Les magasins, après avoir ouvert quelques heures, avaient dû fermer à cause du chaos ambiant. Quelques scènes de pillage avaient même eu lieu.

Le gouvernement français, rassemblé en cellule de crise de façon ininterrompue, faisait parvenir de temps en temps des communiqués à la presse : un plan financier d'urgence allait être mis en œuvre pour soutenir l'économie et le système bancaire. Suite à ces annonces, la situation parut se stabiliser légèrement.

François allait d'un site à un autre en fonction des évènements, même si les déplacements étaient devenus difficiles, en raison des mouvements de foule. Il entendit au loin une sirène de police, tapa sur le casque de son chauffeur en lui disant :

— Arrête-toi là.

Une fois sur le trottoir, il prépara son enregistreur et commença à prendre quelques photos des files d'attente. Un gros camion frigorifique remontait la rue, entouré de quatre motards de la police. Il s'arrêta non loin de François. Les opérations de déchargement commencèrent sous la protection des policiers et de deux militaires descendus de la cabine du camion.

François enregistrait son reportage sonore.

— Nous assistons à une scène incroyable. Un camion de denrées alimentaires vient de réussir à se frayer un chemin jusqu'à la rue de la Paix où nous nous trouvons actuellement. De nombreuses personnes se pressent pour se mettre dans la file d'attente qui serpente le long des bâtiments. Les opérations de déchargement du camion sont en cours. Je remonte la rue en direction de la Seine. En bas de la rue, la foule fait face à un cordon de policiers qui essaye de la contenir. Un groupe de manifestants a pris à parti les forces de l'ordre qui répliquent avec des grenades lacrymogènes. Il y a des mouvements de population importants et il semble y avoir des scènes de panique. J'aperçois dans des rues adjacentes des ambulances qui prennent en charge des blessés. Certaines sont d'ailleurs prises pour cible par des éléments incontrôlés. Ici François Cervantès du quotidien France Matin.

Chaque jour, des émeutes se produisaient. Une véritable guérilla s'installait dans les villes. Les hôpitaux furent rapidement débordés puis le carburant vint à manquer et les camions ravitaillant la capitale furent immobilisés.

15 février 2030

Le Président de la République, Robert Honeck, avait attendu quelques jours avant d'intervenir publiquement. Les médias s'étonnaient déjà de son silence depuis sa réaction à chaud le onze février. Il parlait depuis son bureau, l'air grave, devant deux caméras.

Mes chers compatriotes.

Le onze février dernier, un séisme a bouleversé la vie économique sur la planète. Vous avez tous vécu le naufrage de la société Agri-food *qui a ensuite contaminé le reste du monde économique et financier. Alors que vous n'aspiriez qu'à une vie tranquille, vous vous êtes retrouvés en plein milieu de cette tourmente qui n'aurait jamais dû vous concerner. Même si nous devons rester optimistes en nous disant qu'il ne s'agit que d'une crise passagère, nous devons également envisager l'éventualité que cette crise perdure et nous organiser pour y faire face.*

L'heure est à la consolidation et à la reconstruction. Bien sûr, nous pouvons dépenser notre énergie à trouver des coupables ou ce qu'il aurait fallu faire, mais ce n'est pas une réponse appropriée à la situation que nous devons affronter. Nous sommes en guerre ! Alors nous allons nous battre avec courage. Nous rechercherons les responsables ensuite.

[...]

Il est important de ne pas céder à la panique et de faire confiance à vos dirigeants qui, vous pouvez me croire, ne travaillent pas dans leur intérêt, mais dans le vôtre afin de sortir de cette mauvaise passe et restaurer la confiance que vous aviez jusqu'ici en eux. Certainement les choses seront-elles différentes après, car il ne parait pas réaliste d'essayer de restaurer un système qui a prouvé dernièrement ses limites et le peu de considération qu'il portait à ceux qui croyaient en lui. Il y a maintenant une véritable crise de confiance dans la population. Mon gouvernement et moi-même allons réfléchir au plan d'action à mettre en place dans les meilleurs délais et je m'engage à vous tenir informés de l'avancement de nos travaux.

D'ici là, je vous demande de conserver votre sang-froid. Je ne pense pas que rajouter du désordre au désordre permettra de résoudre les problèmes. Si vous le souhaitez, je vous invite à vous rapprocher de vos élus de proximité pour nous aider dans cette tâche. Si nous restons soudés plutôt que nous entredéchirer, nous réussirons à surmonter cette crise que j'espère, sincèrement, passagère.

Vive la république, vive la France.

Ces politiques ont vraiment l'art de nous embobiner, pensa François, et de parler pour ne rien dire. Aucune proposition et ce message mille fois entendu « ensemble... » C'est pathétique.

Mars 2030

Les entreprises, pour essayer de se préserver, commencèrent à mettre leur personnel en chômage technique, pensant que la crise n'était que passagère. Un certain nombre de grandes entreprises furent aspirées dans la dépression, contaminant d'autres banques qui furent mises, elles aussi, en difficulté. Les faillites en cascade débutèrent à ce moment et le nombre de chômeurs augmenta de façon importante pour dépasser rapidement, en France, les six-millions de personnes en situation d'être indemnisées, dix-millions au total en comptant tous ceux qui ne pouvaient prétendre à une indemnité.

François observait ce monde, le monde qu'il avait toujours connu, en train de chavirer. Comment allait-il être possible de remettre toute cette mécanique qui s'emballait en route ? Il se rappelait ses cours de journalisme : la grande crise de mille-neuf-cent-vingt-neuf dont l'impact social avait été considérable sur toute la planète et celle de deux-mille-huit. Elles avaient mis dix années à se résorber. Mais là, il avait le sentiment que la situation était beaucoup plus grave.

Printemps 2030

Le vingt-huit mars, François rendit compte à son journal que le gouvernement venait d'annoncer que la Bourse de Paris ne rouvrirait pas jusqu'à nouvel ordre et que les retraits en espèce seraient limités à cent euros par jour et par compte bancaire.

— La colère des petits épargnants augmente de jour en jour, rapportait François dans un reportage. Il y a eu de nouvelles manifestations un peu partout sur le territoire et les autorités ont le plus grand mal à faire régner le calme. Les transports ne fonctionnent plus et les denrées circulent maintenant au compte-goutte. Il semblerait qu'une économie parallèle se soit progressivement mise en place pour compenser la défaillance du système.

Le douze avril, il y eut un nouveau tremblement de terre dans le monde de la finance : la *Banca Italiana*, la *Royal Bank of Scotland* et le *Crédit Marseillais* jetaient à leur tour l'éponge en se mettant toutes trois en cessation de paiement.

Des pans entiers de l'économie commençaient à vaciller sur leurs fondations. Si la situation n'avait pas été aussi dramatique, François aurait dit qu'elle était palpitante. Bizarrement, il se sentait comme étranger à ce qui se passait autour de lui et restait un observateur neutre, insensibilisé par les épreuves qu'il avait traversées jadis.

Il naviguait entre le Palais de l'Élysée, les bureaux du Premier ministre, les entreprises encore ouvertes et les grands boulevards où il faisait de nombreux micros-trottoirs pour prendre la température de la rue.

Le premier mai, les défilés de la fête du Travail s'étaient noyés au milieu de la contestation générale et cela avait donné lieu à une joyeuse cacophonie qui avait rapidement dégénéré en affrontements dans les rues de la capitale française et des grandes villes européennes. Un journaliste d'une chaine d'information en continu relatait :

— L'armée et les forces d'intervention de la police et de la gendarmerie ont dû être déployées pour le maintien de l'ordre dans les villes où les rassemblements ont lieu. Il est dix-huit heures. Des véhicules blindés surmontés de hautparleurs circulent pour annoncer qu'un couvre-feu entrera en vigueur dans deux heures et que toute personne présente dans la rue au-delà de cette heure sera arrêtée. Les manifestations sont en train de se disperser.

Il s'arrêta quelques instants et posa la main sur son oreillette pour entendre ce qui lui était dit.

— J'apprends à l'instant que des chaines de solidarité sont en train de s'organiser pour recueillir ceux qui sont venus de loin et n'ont plus la possibilité de quitter le centre des grandes villes avant l'heure annoncée du couvre-feu.

Morgane Lambert, Premier ministre depuis huit mois, était assise à son bureau qui avait été transformé pour l'occasion en poste de commandement. Elle avait exigé d'être informée en permanence de la situation du pays, de jour comme de nuit.

À dix-sept heures, elle avait tenu une conférence de presse pour annoncer les mesures qui entreraient en vigueur le soir même. Elle appelait les Français à rentrer chez eux et à faire preuve de civisme, martelait que le gouvernement travaillait jour et nuit pour rétablir la situation et sortir le pays de la crise. Les journaux du soir, habituellement fermés ce jour-là, étaient en parution spéciale. Ils s'interrogeaient sur ce que le chef du gouvernement faisait avec son équipe et se demandaient comment on avait bien pu en arriver là.

12 juin 2030

Ce matin-là, une nouvelle venait de faire le tour des rédactions : le Président allait faire une déclaration officielle. François avait postulé pour avoir l'accréditation lui permettant de pénétrer à l'Élysée. En attendant, il préparait un reportage avec les éléments qu'il avait glanés.

— Le nombre de chômeurs officiels vient de passer la barre des onze millions. Les entreprises ferment les unes derrière les autres, leurs carnets de commandes sont vides. Nombre d'entrepreneurs jettent l'éponge. L'immobilier est aussi en crise. Les banques ont commencé à faire jouer les garanties hypothécaires et les premières saisies ont été ordonnées. Les banques ne financent plus de projet de construction, les prix chutent, c'est tout le système qui est en panne.

Ce fut finalement son collègue Adrien Riegler, un ancien du journal, qui obtint le précieux sésame pour couvrir le discours. François allait donc suivre l'allocution à la télévision. Il sortit son calepin pour prendre des notes. Le Président, vêtu d'un costume sombre, entra dans la grande salle de conférence et se dirigea vers le pupitre d'où il prononcerait son discours. Il avait un air grave quand il débuta.

Mes chers compatriotes,

Ces derniers mois ont été très éprouvants et nombre d'entre nous ont perdu leur patrimoine ou leur emploi, parfois les deux et de façon brutale. Chacun de vous a été touché directement ou indirectement par la catastrophe qui a plongé notre pays dans le chaos. Je comprends votre inquiétude, je comprends votre colère, et je veux que vous sachiez que vos dirigeants et moi-même faisons tout ce qui est en notre possible pour rétablir la situation.

Nous traversons actuellement une des plus graves crises que notre civilisation ait jamais connues. Le système bancaire a été atteint et n'est plus en mesure de remplir son rôle de régulateur et de facilitateur de l'économie.

Le Président employait des mots forts et parlait de folie boursière, de gens irresponsables et de risque de ruine du pays. François notait à la volée des éléments qui serviraient ensuite de matière à ses reportages.

[…] chaque Français […] percevra une indemnité de neuf-cents euros mensuellement, sans condition de ressources. […] Cette allocation vient en remplacement des aides sociales qui existent actuellement et pourra se cumuler avec les revenus du travail.

[…] l'État français s'engage à garantir l'épargne individuelle à concurrence d'un maximum de cent-mille euros. […] Les ex-clients du Crédit Marseillais, qui a fait faillite dernièrement, sont également concernés par cette mesure et seront indemnisés.

[…] En contrepartie de l'allocation versée, chaque français aura obligation de donner chaque semaine une journée de son temps à la collectivité.

[…] tous les organismes dispensant des aides sociales sont dissouts

[…] les revenus issus des capitaux seront taxés à hauteur de quatre-vingt-quinze pour cent.

[…] La France a déjà connu de nombreuses crises dans son histoire. Elle […] n'a jamais baissé les bras et s'est toujours relevée des épreuves.

Le Président argumentait, développant chacun des points de son plan de relance, puis il s'enflamma :

[...], Car, je le martèle devant vous : NOUS... ALLONS... SORTIR... VICTORIEUX... DE... CETTE... CRISE.

[...] Mon engagement comme Président [est] de vous préserver.

[...] c'est vous, dans les villes, dans les campagnes, dans les entreprises, dans les associations, qui écrirez les prochaines pages de notre futur.

Il conclut son discours par :

[...] rien n'est impossible aux personnes de bonne volonté.

Mettons-nous immédiatement au travail pour atteindre cet objectif.

Vive la République, et vive la France.

Le Président quitta son pupitre, digne, sans se retourner. Les journalistes restèrent silencieux pendant un instant, comme stupéfaits, puis ils se levèrent l'un après l'autre.

Laure Marsillac, journaliste réputée au quotidien *La Planète*, lança à haute voix : « Merci, Monsieur le Président ».

À la suite du discours, le porte-parole du gouvernement monta sur l'estrade sur laquelle le Président venait de parler et appela la salle au silence.

— Mesdames et messieurs...

Le brouhaha cessa.

— Mesdames et messieurs les journalistes, le cabinet du Président et la Première ministre vous font part, en complément de ce qui vient d'être dit, que toutes les instances qui ont été évoquées sont publiques et vous seront accessibles. Vous avez d'ailleurs la possibilité de participer aux groupes de travail en tant que citoyen. Les ministres se tiennent à votre disposition pour répondre à vos questions dans les prochains jours en fonction de leur disponibilité. Je vous remercie pour votre attention.

Cette dernière phrase créa comme un déclic. Les journalistes furent pris d'une véritable frénésie. Certains d'entre eux intervenaient en direct pour faire les premiers commentaires, d'autres parlaient de plan Marshall du vingt-et-unième siècle.

François appela immédiatement sa rédaction pour savoir ce qu'il devait faire. Pierre Mourèze le prit directement :

— Nous avons suivi l'allocution à la télévision. C'est du lourd, François. Tu restes accroché au Premier ministre comme une huitre à son rocher et tu me tiens au courant de tout ce qui se passe. Bon, je te laisse, c'est la folie ici.

Il raccrocha puis se replongea dans les notes qu'il avait prises.

– Voyons… Un revenu de neuf-cents euros… mmmm… comment vont-ils financer cela ? L'état garantit l'épargne… En deux-mille-huit, ça a déjà été fait, mais il s'agissait plutôt de redonner confiance au marché. Là, c'est différent, car il va falloir sortir de l'argent pour les clients des établissements qui ont fait faillite… Il faut que je creuse… Quoique c'était très malin d'annoncer que l'épargne était garantie, mais bloquée et ne pourrait être retirée qu'au compte-goutte.

François griffonnait sur son calepin ses réflexions complémentaires afin de mettre de l'ordre dans ses idées.

– Le Président n'a pas mâché ses mots, en se montrant dur avec la finance… et avec les Français aussi pour redresser la barre…

Il se gratta la tête en réfléchissant.

– Cette idée de revenu pour chaque français et de contribution solidaire nationale me parait un bon sujet… Voyons voir… Jusqu'ici, le mécanisme de fonctionnement du pays était adossé aux revenus du travail ou de la solidarité qui permettaient d'alimenter la machine économique à travers la consommation. Une partie de ces sommes était versée sous forme d'impôts destinés à financer des services à la population. En remplaçant une partie de cet impôt par le travail des Français, cela permettra de maintenir le niveau de service à la population… Les Français passeront du statut de consommateur de services publics à celui de producteurs… Très malin de les faire travailler à leur propre service en échange de cette prestation pour eux-mêmes et pour la collectivité… En plus, cela redonnera un minimum d'activité à tous ceux qui en sont actuellement privés. Je ne sais pas si cela suffira à recréer une solidarité nationale, mais c'est bien tenté… Ces masses monétaires ainsi débloquées permettront également de remettre du carburant et de l'huile dans le moteur de l'économie qui est un peu grippé en ce moment. Peut-être verra-t-on également des initiatives émerger de-ci, de-là…

Vers dix-neuf heures, une rumeur parcourut les rangs des journalistes présents dans la cour de l'Hôtel Matignon où se trouvait le bureau du Premier ministre : Morgane Lambert allait répondre aux questions des journalistes d'ici une dizaine de minutes dans la salle de conférence. Les journalistes commencèrent à se mettre en mouvement et François se hâta, car il voulait être bien placé.

La pièce commençait à se remplir de caméramans et de journalistes de presse écrite et de télévision. En se faufilant, François réussit à se mettre au second rang. Sa grande taille lui permettait d'avoir une bonne vue sur le pupitre où allait s'installer Morgane Lambert.

Deux hommes entrèrent dans la salle par une porte latérale et l'un d'eux monta sur l'estrade.

— Mesdames et messieurs, votre attention s'il vous plait...

Le brouhaha cessa.

— Madame Lambert va faire une courte déclaration puis répondra à vos questions. Pour faciliter cet échange, nous vous demandons de bien vouloir attendre d'être invités à poser votre question. Je vous remercie.

Quelques instants plus tard, Morgane Lambert pénétra dans la salle d'un pas déterminé, suivie de ses ministres de l'économie et de l'intérieur, et s'installa au pupitre. Elle regarda avec bienveillance ses deux conseillers déjà présents puis fit un discours de quelques minutes reprenant les grands points de l'allocution du président.

— Je vais maintenant répondre à vos questions.

Une forêt de bras se leva instantanément, accompagnée de questions comme certains journalistes en avaient l'habitude, créant un brouhaha.

— Un peu de calme, s'il vous plait. Je répondrai à chacun d'entre vous.

Puis elle commença à désigner un par un les journalistes, les invitant à poser leur question. Elle leur répondait ensuite patiemment. François enregistrait le débat avec un appareil portatif placé dans sa poche et se disait qu'il fallait qu'il pose rapidement sa question sinon un autre risquait de le faire à sa place. Alors qu'elle finissait de répondre à une question, il accrocha le regard de Morgane Lambert et leva la main. C'est lui qui fut invité à poser la question suivante. Il se leva.

— François Cervantès, du quotidien France Matin. Comment comptez-vous financer l'allocation qui sera versée par l'état à chaque habitant de notre territoire ?

Morgane Lambert réfléchit un instant en mettant un des feuillets qu'elle avait déposés devant elle sur le dessus de la pile, indiquant ainsi qu'elle avait anticipé la question. Elle prit son temps pour répondre, sachant que ce qu'elle dirait allait faire l'effet d'une bombe.

— L'idée qui a été développée par le Président n'est pas nouvelle. Elle est issue des theories humanistes du dix-huitième siècle et il y a eu de nombreuses tentatives avortées pour mettre ce concept en œuvre dans les décennies passées. Cette fois-ci, nous avons estimé que ce serait un bon amortisseur pour minimiser les effets de la crise que nous traversons. Nous avons évalué son cout semestriel à deux-cent-soixante-dix-milliards d'euros. Pour le financer, nous allons procéder à la fusion de l'ensemble des prestations sociales d'un montant avoisinant les cent milliards d'euros. Nous différerons partiellement le remboursement de nos engagements financiers, ce qui dégagera environ soixante-milliards. Une taxation de la richesse produite, possédée et la valeur locative des habitations, qui sera acquittée par chaque français, chaque entreprise et plus généralement toute personne sur notre territoire, nous rapportera soixante-milliards supplémentaires. Une contribution sociale progressive sur l'ensemble des revenus ajoutera cinquante-milliards. Ces chiffres seront ajustés et le dispositif réévalué après une première période de six mois.

Elle sourit.

– J'espère n'avoir pas été trop technique.

François se rassit, écrivant rapidement ce qui venait d'être dit. « Ce projet est audacieux, se dit-il. S'il réussit, cela apportera la paix sociale et remettra peut-être l'économie sur les rails… »

Morgane Lambert avait continué à répondre aux questions des journalistes. Certains prenaient des notes sur leurs calepins, d'autres filmaient. À la fin de la conférence, chacun d'eux se hâta de rendre compte à sa rédaction. François avait maintenant matière à réflexion. Il dit à voix basse, pour lui-même :

– Chapeau bas, Madame.

Aout 2030

Une dynamique, insufflée par le Président et entretenue par le Premier ministre s'était créée. Redonner confiance à un pays entier n'était pas chose aisée. L'allocation annoncée par le Président avait été mise en place et la machine économique, qui s'était grippée quelques mois auparavant, avait bien du mal à redémarrer. Et encore cette timide relance n'était-elle qu'une étape. Au moins, les Français avaient un sujet de conversation positif.

Le premier versement de l'allocation intervint fin juillet. Il était virtuel, car versé sur des comptes dont le contenu ne pouvait être récupéré qu'avec parcimonie. Les retraits en espèce étaient toujours règlementés et avaient permis de rouvrir les établissements bancaires. Il fallait également commencer à organiser les activités un peu partout dans le pays et cela ne se faisait pas sans mal.

Conformément aux instructions qui lui avaient été données, François était resté dans l'entourage du Premier ministre. Comme les sujets traités par le gouvernement étaient devenus plus techniques, la nuée de journalistes des premiers jours s'était progressivement éparpillée à la recherche de sensationnel. Lui-même arpentait la capitale à la recherche de sujets en relation avec sa mission.

François venait tous les matins dans la cour de la grande bâtisse, un peu comme on vient au bureau, et se mettait en quête d'informations intéressantes, mais ces dernières devenaient rares. Il avait fini par devenir ami avec Rémi Barthélemy, un des conseillers de Morgane Lambert. Le mot ami est peut-être un peu fort, car les hommes de pouvoir ne se livrent pas facilement à un journaliste, mais ils avaient un bon feeling tous les deux.

C'est par son intermédiaire qu'il avait obtenu une interview exclusive de Morgane Lambert. Il avait d'ailleurs eu du mal à le croire dans un premier temps.

— Je suis relativement nouveau dans la profession, s'était dit François, et j'ai réussi à décrocher une interview de Morgane Lambert. Il faut que je prépare cet entretien sérieusement.

Il appela Pierre Mourèze pour obtenir quelques conseils.

— Tu as réussi à décrocher une interview de la Première ministre ? Félicitations, jeune homme. Je savais bien que j'avais raison de te faire confiance. Ne te rate pas, sinon, tu n'auras pas de seconde chance.

Ils avaient ensuite travaillé sur les questions à poser. Pierre lui conseillait de faire une partie écrite pour la publication du lendemain et d'essayer d'obtenir une partie filmée pour une mise en ligne.

À l'heure convenue, François pénétra dans le bureau de Morgane Lambert, un peu intimidé. Elle le mit à l'aise et accepta le principe de l'enregistrement et de l'article papier. Elle parlait comme à son habitude, avec des mots justes et forts.

— Nous travaillons actuellement à la reconquête des processus économiques, dont une grande partie est en déshérence, disait-elle. Nous avançons bien sur ce sujet et je pense que nous devrions avoir du concret d'ici à la fin de l'année.

Ce coup d'éclat avait propulsé François au rang de « jeune blanc-bec qui en a » auprès de ses collègues et de ses confrères, et Pierre Mourèze lui décerna officiellement le titre de reporter.

Chapitre 2 – Genèse du projet - Création des Bâtisseurs de Bonheur

10 septembre 2030

François venait d'entrer dans le bureau du Premier ministre, accompagné de son ami Rémi Barthélemy.

– Jeune homme, dit Morgane Lambert, cela fait maintenant quelques mois que vous vivez à notre contact. D'ailleurs je me suis parfois demandé si vous ne campiez pas en permanence dans la cour du ministère. J'ai pu apprécier la qualité de vos travaux à travers les articles publiés dans votre journal que je lis chaque fois que mon emploi du temps le permet. J'ai apprécié tout particulièrement ce que vous avez écrit à la suite de notre dernière discussion.

– Je vous remercie, Madame.

– Je suppose, reprit-elle, que nos travaux suite à l'intervention du Président en début d'année ne vous ont pas échappé.

– En effet, Madame, mais il reste quelques zones d'ombre.

Elle le regarda mi-sérieuse, mi-amusée.

– Vous imaginez bien que nous ne sommes pas restés les bras croisés depuis là, mais nous attendions d'y voir plus clair avant de communiquer sur nos intentions.

François se disait qu'il allait peut-être obtenir sinon un scoop, tout du moins des confidences. Il se demandait pourquoi elle l'avait choisi lui plutôt qu'un autre journaliste.

– Seriez-vous intéressé à savoir ce que nous avons imaginé ? reprit-elle.

« On y arrive », se dit François.

– Ce serait un honneur pour moi d'avoir la primeur de vos réflexions.

– Nous souhaitons lancer rapidement des projets économiques alternatifs, car nous ne pouvons pas prendre le risque de voir le système d'aide financière s'effondrer, ou les sources de revenus pour le financer se tarir par manque de production de richesses. Ces projets permettront de ne pas mettre nos œufs dans un seul panier et faire en sorte qu'une crise comme celle que nous venons de vivre ne puisse pas se reproduire, ou qu'elle ait une portée limitée.

— C'est tout à l'honneur de votre gouvernement.

— Nous souhaitons mettre rapidement ce plan de sauvetage en route et nous allons avoir besoin de toutes les bonnes volontés. Aussi, je n'irai pas par quatre chemins : accepteriez-vous de faire partie d'une de mes équipes pour travailler sur notre plan de relance ?

François se trouva pris de court. Elle enchaina :

— Je comprends bien que cette proposition peut vous mettre professionnellement dans l'embarras, car vous êtes journaliste. La majorité des informations auxquelles vous aurez accès seront plus ou moins publiques, mais je pense que c'est mieux si leur diffusion se fait le plus tard possible pour éviter les opérations de « sabotage ».

Elle avait dit ce dernier mot en mimant le guillemet avec quatre doigts, et reprit :

— Nous fonctionnerons comme une entreprise classique qui doit gérer sa communication. Aussi, je vous demanderai d'obtenir la validation de mes services avant toute publication relative à ce projet. Si vous acceptez, et après avoir obtenu l'accord de votre employeur pour les raisons que j'ai évoqué précédemment, j'exige de vous une loyauté sans faille. Nos opposants politiques et une partie de la population apprécieraient que nos initiatives échouent pour prendre notre place.

— Madame, m'autorisez-vous quelques questions ?

— Bien évidemment.

— Vous avez parlé de projet économique alternatif, qu'entendez-vous exactement par cela ?

— Comme je l'ai évoqué précédemment, nous réfléchissons à des solutions de relance économique et politique qui ne reproduiraient pas les schémas utilisés jusqu'à présent et dont nous avons tous pu admirer les résultats.

— Vous avez élaboré un plan ?

— Une de nos conclusions a été de constater que tout ne peut pas venir d'en haut. Nous avons bien vu dans le passé les difficultés à faire admettre des décisions souvent imparfaites. Nous avons donc pris le parti de changer de modèle et travailler du bas vers le haut, d'où l'idée de constitution de groupes de travail les plus variés.

— Cela signifie-t-il que les idées émaneront de ces groupes ?

— Exactement. Nous avons émis le souhait de voir se développer des projets non plus pilotés par des experts, mais par des personnes comme vous, animées par le bon sens et remplies de bonne volonté.

Morgane Lambert marqua un temps d'arrêt. François réfléchissait à toute vitesse. Il trouvait la proposition séduisante, même s'il n'en voyait pas encore très bien le contour. Ce n'était pas tous les jours qu'une Première ministre vous proposait de travailler sur un projet de reconstruction du pays.

Elle reprit, sentencieuse.

— Que pensez-vous de tout cela ?

— Madame, je serais honoré de me mettre au service de la France et de l'information, comme mon père Manuel l'a fait avant moi.

— Je connais son histoire. Sa mort fut une véritable tragédie.

Ainsi, elle savait, se dit François. Elle savait qui j'étais.

— Merci, Madame, dit-il simplement.

— C'est moi qui vous remercie pour votre engagement. Bon ! Nous avons encore deux ou trois détails à régler.

La rédaction du journal France Matin était ouverte en permanence et Pierre Mourèze semblait infatigable. Il donnait l'impression d'être tout le temps présent. Le téléphone sonna. Un des journalistes décrocha le téléphone et dit en s'adressant à Pierre :

— C'est pour vous.

Pierre prit le combiné.

— Oui ?

— *Monsieur, je vous passe le cabinet du Premier ministre.*

— Merci.

Il y eut un clic dans l'appareil. Il dit :

— Pierre Mourèze à l'appareil.

— *Bonjour Monsieur, ici Isabelle Charpentier du cabinet du Premier ministre. Madame Morgane Lambert souhaiterait vous recevoir rapidement pour s'entretenir avec vous.*

Il fut surpris par cet appel inhabituel. En général, c'étaient les services de presse qui prenaient contact avec lui. Professionnel, il demanda :

— Quand Madame Lambert souhaite-t-elle que nous nous rencontrions ?

— *De suite, si cela vous est possible, sinon, nous pouvons convenir d'un rendez-vous.*

— Puis-je savoir pour quelle raison elle souhaite me rencontrer ?

— *Je ne sais pas, Monsieur. Elle vous en fera part elle-même. Acceptez-vous l'invitation ?*

— C'est d'accord, je viens immédiatement.

— *Souhaitez-vous que nous envoyions un véhicule ou une escorte ?*

— Ça ne sera pas nécessaire, je me ferai conduire en moto. Dites à Morgane Lambert que je serai dans son bureau dans, au plus, trente minutes.

— *C'est parfait, au revoir, Monsieur.*

Il raccrocha. Les journalistes, qui avaient capté le nom de la Première ministre, l'interrogèrent du regard. Il leur dit simplement :

— J'ai rendez-vous avec Morgane Lambert et je n'ai aucune idée de ce dont il s'agit. Paul, tu m'emmènes à moto !

Là-dessus, il attrapa sa veste et ils filèrent vers le garage du journal. Après s'être faufilés dans les rues de Paris, ils entrèrent dans la cour de la grande bâtisse. Pierre justifia de son identité au policier en faction en disant qu'il était attendu par la Première ministre. Lorsqu'il pénétra dans le bureau, il vit François, déjà assis, qui se leva à son arrivée. Il se dit : « J'espère qu'il n'a pas fait de conneries ».

— Bonjour, monsieur Mourèze. Rassurez-vous, tout va bien, dit Morgane Lambert qui devinait ses pensées et lui faisait signe de prendre place.

— Madame, je suis flatté que vous ayez pensé à notre journal pour vous exprimer.

— Ce n'est pas exactement de cela dont il s'agit.

Pierre Mourèze haussa un sourcil. Elle poursuivit :

— Je souhaite que François travaille sur un de mes projets et suis consciente de ce que cela implique pour lui… et pour vous.

Pierre s'adressa à François en souriant.

— Eh bien, mon garçon, je te félicite !

— Si vous acceptez, reprit Morgane Lambert, François pourra continuer à travailler pour votre journal à la condition que les informations relatives à ces projets passent préalablement par la validation de mes services de presse.

— Madame, demanda Pierre Mourèze, est-il possible de connaitre la teneur de ces projets ?

Morgane Lambert expliqua de quoi il s'agissait et les appels à contribution des populations volontaires, comme le Président Honeck en avait exprimé le désir.

— Madame, reprit Pierre Mourèze en pesant le pour et le contre, bien qu'habituellement je place l'information avant toute autre considération, l'avenir du pays m'autorise à faire une entorse à mes règles de journaliste. J'accepte bien évidemment votre demande.

Une fois cet accord de principe obtenu, elle se tourna vers François.

– Ce que je vais vous dire maintenant ne doit pas sortir de ce bureau. Seriez-vous intéressé à savoir ce qui s'est réellement passé autour du décès de votre père ?

François s'attendait à tout, mais pas à cette proposition. Il balbutia :

– Bien… bien évidemment… oui !

Elle se tourna vers Pierre Mourèze.

– Monsieur, en vous autorisant à assister à cette projection, je vous témoigne la haute estime que j'ai pour vous…

Puis, s'adressant à tous les deux :

– Le document que vous allez voir est couvert par le secret-défense, aussi je vous remercie de bien vouloir signer ces formulaires vous engageant à ne pas en divulguer le contenu.

Elle tendit à chacun d'eux une feuille qu'ils signèrent. Une fois ces formalités accomplies, elle introduisit un disque magnétooptique dans le lecteur situé devant elle et un écran descendit sur un des murs de la pièce.

Après un générique laconique : CIRPA – 14-09-2012 – Kaboul, Mission de reconnaissance, secteur nord de Lashkar Gah, le document montrait des images du reportage tourné par l'équipe de Manuel Cervantès. Des images brutes, non retravaillées, à peine montées pour conserver le ressenti du caméraman.

On voyait leur arrivée dans une caserne britannique, la perception des effets militaires : treillis, gilets pare-balles avec une grande inscription PRESS à l'avant et à l'arrière, le départ en avion pour le camp bastion sud occupé par les forces de la coalition, l'atterrissage sur la piste de la base située en plein milieu du désert.

La séquence suivante montrait les différents équipements, les « zones vie », les hangars à avion et les hélicoptères parqués sur une piste latérale. Le Prince Harry, héritier de la couronne britannique, facilement reconnaissable, était filmé au pied de son hélicoptère, puis à l'intérieur de son appareil, en train de patrouiller au-dessus du désert et des contrées arides de l'Afghanistan. Venait ensuite l'interview accordée par le Prince à Manuel Cervantès.

François avait la poitrine oppressée. Ces images lui remettaient en mémoire cette époque douloureuse de sa vie. La mort de son père avait été pour lui une terrible épreuve et sa mère avait eu beaucoup de mal à s'en remettre.

Le reportage enchainait sur des images du convoi, composé de plusieurs VAB : véhicules de l'avant blindés, à six roues, qui étaient rassemblés, prêts à partir, leurs équipages attendant de recevoir l'ordre d'embarquer. Venaient ensuite une succession de plans : des paysages arides, des paysans dont les visages étaient burinés par le soleil, des villages composés de petites maisons, blanches en majorité, les soldats portant gilet pare-balles, casque et lunette de soleil, les journalistes assis à l'arrière du véhicule blindé, puis la caméra changer de main et Manuel avec son caméraman apparaitre dans le champ. Ils souriaient, ils avaient l'air heureux. Le reportage se poursuivait avec un magnifique coucher de soleil filmé à travers une des vitres latérales, suivi de vues de l'intérieur du véhicule faiblement éclairé.

Sur la séquence suivante, on devinait, malgré le système d'amplification de lumière, que la nuit était tombée. Du blindé devant eux, on ne voyait que deux minuscules points lumineux qui semblaient danser tellement le preneur d'images était balloté. Le chef de bord, se retournant vers les journalistes, annonçait :

– Il nous reste encore trois kilomètres à parcourir pour revenir à la base.

Le caméraman effectuait un balayage pour filmer le gigantesque camp éclairé comme en plein jour. Puis soudain la caméra enregistra un trait de lumière vive provenant de la gauche, suivi immédiatement d'une boule de feu plus en avant dans le convoi.

– Nous sommes accrochés. Mitrailleurs, à vos postes, hurla le lieutenant.

– *À tous les équipages, dispersion,* crachotait la radio.

– Le camp est attaqué par des commandos, annonça le chef de bord. L'ennemi a pénétré sur la base.

Sur la bande-son, on entendait nettement les impacts des balles qui ricochaient sur le véhicule, puis la riposte avec le bruit assourdissant des obus tirés. Il y eut ensuite une formidable explosion : leur blindé venait d'être touché. La caméra se tourna vers l'arrière du véhicule où le sergent ordonnait :

– Prenez vos armes individuelles et approvisionnez.

Un autre véhicule arrivait à leur secours et le lieutenant leur dit en apparaissant dans le champ de la caméra :

– Préparez-vous à abandonner le véhicule sur mon ordre. Vérifiez vos radios individuelles. Consignes d'engagement à l'extérieur : feu à volonté.

— Sept, ici neuf, on arrive sur votre position. Wow, ils ne vous ont pas ratés. Plus de roue arrière, et votre moteur est en feu.

Une roquette explosa à proximité du second blindé.

— On y va... Abandonnez le véhicule, ordonna le lieutenant.

Les images étaient crues et François ressentait le drame qui se jouait comme s'il y avait participé lui-même : les portes arrière du blindé s'ouvraient et les hommes bondissaient à l'extérieur. L'incendie les éclairait comme en plein jour. Des impacts contre le blindage, suivis quelques instants plus tard de claquements de coups de feu se firent entendre.

— Nous sommes pris à revers, cria un soldat.

Les soldats se mirent à courir, courbés et en zigzaguant, en direction du véhicule de secours. Le caméraman, qui filmait tout en courant, s'arrêta et se retourna en entendant un cri derrière lui. L'image montrait Manuel au sol, se tenant la gorge à deux mains. Du sang en coulait abondamment. Les deux soldats qui les suivaient se baissèrent, attrapèrent Manuel chacun sous un bras et entreprirent de le trainer jusqu'au véhicule. Plus loin en arrière, le lieutenant et deux soldats allongés effectuaient un tir de couverture. Un des soldats cria de douleur en se tenant la jambe.

— On décroche, dit distinctement le lieutenant.

Ensuite, le caméraman, depuis l'intérieur du véhicule de secours, filma les derniers soldats qui sautaient dans la caisse, aidés par leurs camarades déjà à l'intérieur. On entendait sur la bande-son le moteur du blindé, lancé à fond pour obtenir le maximum de puissance au démarrage, le sifflement strident du turbocompresseur, puis la voix du conducteur annoncer :

— Accrochez-vous, on y va.

Les images étaient désordonnées, mais retraçaient l'intensité de la situation. Ils entendaient nettement la mécanique malmenée qui gémissait, les tirs des artilleurs et le staccato des mitrailleuses.

Le caméraman filmait, à travers le hublot, leur véhicule abandonné en train de bruler, puis un second véhicule également en feu, les portes ouvertes, lorsqu'ils le dépassèrent. Quelques secondes plus tard, ses munitions explosaient, propulsant au loin les vitres blindées et le canon. Des volutes de fumée noire s'échappaient de l'engin, se confondant rapidement avec la nuit. La radio annonçait :

— Hélicoptères en approche.

Manuel, touché à la gorge, saignait abondamment et roulait des yeux effarés. Une mousse rose apparaissait à la commissure des lèvres. Un infirmier lui enleva son gilet pare-balles baigné de sang, prit son couteau de combat et déchira le treillis et la chemise. La radio du poste de commandement continuait d'annoncer :

– *Patrouilleur neuf, c'est la merde ici, ça canarde dans tous les coins. On vous ouvre la porte.*

De gigantesques incendies avec des flammes montant jusqu'au ciel éclairaient la zone d'une lumière rouge. Encore une explosion dans le camp : ça chauffait vraiment.

À l'arrière du véhicule, la situation avait empiré. L'infirmier annonçait :

– Le journaliste est en arrêt cardiorespiratoire. Prévenez que je démarre un massage cardiaque.

Le véhicule entra en trombe dans le camp avec deux autres véhicules de patrouille dans son sillage, effectua de nombreux changements de direction brutaux avant de s'immobiliser devant un bâtiment dans un crissement de pneus sur le gravier. Deux médecins en sortirent courbés et sautèrent à bord du blindé. L'un d'eux dit à l'infirmier :

– Nous prenons le relai.

L'enregistrement s'arrêtait net. Morgane Lambert ralluma. Aucun d'eux ne parlait. François n'avait pu retenir ses larmes. Elle reprit la parole.

– La suite, vous la connaissez. Votre père n'a jamais repris connaissance. Il devait certainement être mort à son arrivée au bloc opératoire. Les forces alliées ont réussi à reprendre le contrôle de la situation. Au cours de cette attaque, il y a eu trois morts et une centaine de blessés du côté des alliés, quatorze morts et de nombreux blessés du côté de l'ennemi. Six avions, six hangars d'aéronefs et trois stations de ravitaillement ont été détruits.

Le silence s'installa à nouveau. Au bout de quelques instants, François dit, la voix un peu étranglée :

– Merci, Madame, de m'avoir montré ce document.

– À l'époque, j'avais assisté à ses funérailles officielles dans la cour de l'hôtel des Invalides et à l'hommage du Président qui avait salué son courage et son dévouement. Je me souviens également d'un petit garçon très courageux. Vous aviez quel âge ? Neuf ans ?

– Huit, Madame.

– Effectivement, c'est bien jeune pour vivre un tel drame. Bon, revenons à nos affaires… Monsieur Cervantès, vous recevrez prochainement une invitation à venir nous rejoindre pour travailler sur notre projet… Messieurs, je vous remercie d'avoir répondu favorablement à ma sollicitation, dit-elle en se levant pour signifier que l'entretien était terminé.

Pierre et François se levèrent à leur tour. Morgane Lambert fit un signe de la main.

— Pourriez-vous nous laisser seuls quelques instants avec François Cervantès ?

Une fois tous les deux, elle poursuivit.

— Jeune homme, je me sens autorisée à vous communiquer ce qui va suivre et qui est couvert par le secret-défense.

François la regardait, incrédule, soupçonnant ce qui allait suivre.

— Voilà… votre père a rendu, disons, quelques menus services à son pays. Officiellement, il était journaliste, mais en réalité, il était militaire et émargeait au service action de la direction des services extérieurs. Ses reportages en zones sensibles servaient de couverture à des missions de renseignement. Il connaissait parfaitement les risques. Il a toutefois émis quelques réserves sur son engagement lorsque vous êtes venu au monde. Ce n'était pas facile pour lui et je tenais à vous le faire savoir. Il a toujours accompli son devoir sans faillir. De façon non officielle, il a été élevé à titre posthume au grade d'Officier de la Légion d'Honneur.

François resta silencieux un instant.

— Je suis content que vous m'ayez fait part de cela, Madame. Je suis encore plus fier de lui et fier d'être son fils.

— Vous pouvez l'être. Il a donné sa vie pour sa patrie.

— Il a effectué beaucoup de missions ?

— Oui, mais toutes n'étaient pas aussi dangereuses que cette dernière. Nous lui suggérions des sujets de reportage qui se doublaient d'actions d'enquêtes un peu partout sur la planète et vous vous doutez bien qu'il ne s'agissait pas d'un travail de routine chez nos alliés. En tant que grand reporter, il avait une certaine liberté dans le choix de ses sujets.

— Je comprends, Madame.

— En Afghanistan, par exemple, il a effectué une série de reportages sur les populations autochtones et les forces combattantes en présence. Il a même réussi à obtenir une interview d'un chef rebelle. Cela nous a permis de glaner quelques informations bien que nos ennemis soient très malins, mais jouent quand même avec le feu et savent bien que les journalistes qui obtiennent ce genre d'interview sont ensuite débriefés par les services de renseignement.

— Je comprends mieux maintenant pourquoi il parlait aussi peu de ses missions.

— Comme rien de ce que je viens de vous raconter n'est officiel, vous n'avez pas pu bénéficier des avantages liés à sa décoration. Toutefois, bien que n'ayant jamais directement interféré dans votre carrière, le ministère des armées vous a suivi à la trace ces dernières années. Personnellement, je n'avais plus de nouvelles de vous jusqu'à ce que vous me posiez une question à la conférence de presse.

— Je me souviens très bien de ce moment.

— C'est, entre autres, pour ces raisons que je vous propose de vous associer à mon grand plan de relance. J'ai besoin de gens courageux, audacieux et travailleurs pour mener à bien ce projet. Comme précédemment, je n'interviendrai pas dans les processus à venir et vous n'aurez aucun favoritisme de ma part. Mais je place de grands espoirs en vous.

— Je vous remercie, Madame.

— Une dernière chose : accepteriez-vous de travailler directement pour moi comme votre père l'a fait avant vous ? Bien entendu, vous n'êtes pas obligé de me donner immédiatement une réponse.

— Je vais y réfléchir, Madame.

— Allez maintenant, sinon, votre « boss » va se demander ce que vous êtes devenu.

20 Septembre 2030, Paris

François avait enfin reçu une invitation officielle pour participer au groupe de travail économie. Il était loin d'imaginer jusqu'où cette aventure allait l'entrainer. Il s'était présenté dans le gymnase Paul Gauguin situé rue Milton, dans le neuvième arrondissement de Paris. Ce dernier avait été transformé pour l'occasion en espace de travail avec des tables disposées en grands carrés.

À son arrivée, il se mit à la fin d'une des multiples files d'attente. Une hôtesse vérifia son identité et l'invita à prendre un papier plié dans une corbeille.

— Il s'agit de la place que vous allez occuper, dit-elle.

Il balaya ensuite la salle du regard. Des personnes se tenaient debout sur la périphérie, d'autres étaient assises. Il y avait certainement plus de mille places assises. Au bout d'une heure environ, une fois chacun à sa place, François vit un grand type se diriger d'un pas décidé vers une estrade où il y avait un pupitre équipé de deux micros articulés.

— Mesdames et messieurs, bonjour.

Les conversations cessèrent.

— Je me présente, je m'appelle Victor Kollar avec un k et sans d. Si vous êtes ici, c'est que vous avez été choisis par notre gouvernement pour un travail très particulier. Le Président Robert Honeck, Madame la Première ministre Morgane Lambert et l'ensemble des ministres pensent que notre pays et notre époque, à la suite de la faillite magistrale qu'elle vient d'essuyer, doivent repenser son modèle économique de façon totalement nouvelle et c'est ce que vous allez devoir imaginer à partir d'aujourd'hui.

Tous écoutaient attentivement et François prenait machinalement quelques notes sur son calepin.

— Au cours de cet exercice de réflexion collective, vous deviendrez force de proposition et allez imaginer la société de demain, l'organiser en projets, c'est-à-dire en éléments réalisables par vous-mêmes ou par d'autres, puis déterminer ce qui est nécessaire pour la mise en œuvre. Toute idée devra être considérée *a priori* comme bonne. Des coachs vous assisteront pour vous permettre de débuter les projets et des experts, que vous voyez répartis autour de la salle, se tiennent à votre disposition pour les questions techniques.

Il conclut par :

— Bien entendu, il s'agit d'une activité volontaire et vous avez la possibilité de nous quitter à tout moment, si vous le souhaitez. Nous referons un point d'étape dans deux jours et je vous expliquerai alors la suite des travaux. Je vous remercie pour votre attention.

François avait jusque-là évolué dans un milieu qui évalue une production individuelle. Ici, ces codes étaient cassés. Les autres participants à sa table émettaient des doutes sur cette action : « On ne voit pas comment on va pouvoir changer les choses », « je n'ai aucune idée de ce qu'il faut faire » ou encore « c'est impossible à faire ».

Une centaine de femmes et d'hommes portant un sweatshirt noir sur lequel était imprimé « Je suis un super coach » en lettres blanches se répartirent sur l'ensemble des tables. Un homme d'une quarantaine d'années, l'air sympathique, s'approcha de la table à laquelle François était assis. Il s'appelait Philippe et les mit immédiatement au travail. Il leur expliqua en détail la stratégie : identifier les grands thèmes qui permettent à une société de fonctionner, proposer ensuite sur papier une idée, puis faire des propositions en relation avec l'idée proposée. Le groupe finissait par retenir ou écarter ce nouveau concept.

Ce qui se passa dans les heures qui suivirent ne manqua pas de surprendre François. Ils étaient passés du stade où chacun avait noté quelques idées, à une ébauche de projet qu'il ne pensait pas être, initialement, en mesure de réaliser.

Le coach continuait à les mettre sur la voie :

– Bien. Maintenant que nous avons un premier projet constitué, je vous invite à préparer votre exposé pour essayer de convaincre les deux autres groupes qui vous ont été désignés. Vous pourrez mutuellement vous chiper vos bonnes idées.

Chaque groupe avait dû se choisir un porte-parole sur le principe de l'élection sans candidat, chacun d'entre eux « votant » pour celui qu'il estimait être le plus apte à les représenter, en ayant la possibilité de voter pour lui-même. À sa grande surprise, François fut désigné porte-parole du groupe. Ils avaient travaillé sans relâche pendant deux jours et deux nuits, s'accordant de courtes périodes de repos. Chacun d'eux avait pu approfondir ses connaissances dans les différents sujets qu'ils avaient retenus et à travers les exposés des deux autres groupes auxquels ils devaient se confronter.

Au matin du troisième jour, ils avaient reçu comme consigne de fusionner les trois groupes pour faire projet commun. Ils pouvaient, s'ils le souhaitaient, s'associer avec d'autres groupes pour acquérir des compétences supplémentaires.

François était étonné par la direction que prenait le projet. Leur assemblée ressemblait à un volcan crachant sans relâche cris d'enthousiasme et profusion de propositions.

Les porte-paroles s'étaient naturellement organisés pour définir des stratégies, négocier avec d'autres groupes dont les projets leur paraissaient intéressants, essayer de convaincre les experts ou les groupes techniques de les rejoindre pour étoffer leurs propositions. Ils durent également mettre en place des comités de pilotage. À la fin du quatrième jour, il ne subsistait plus que sept projets suite aux fusions d'équipes. Victor Kollar expliquait la fin de cette première session :

– Vous êtes arrivés au terme de la première étape de vos travaux et je vous félicite pour les résultats que vous avez obtenus. Je pense que vous avez maintenant une vision différente sur les choses qu'un gouvernement doit faire, sauf qu'ici, le gouvernement, c'est vous. Demain matin, chaque groupe devra présenter ses travaux devant les autres groupes. Vous veillerez surtout à indiquer en quoi vos propositions permettront d'améliorer la situation actuelle et éviteront les crises dans le futur. Il y aura des invités mystères qui assisteront à vos présentations dans une salle à part et ils auront la possibilité de vous poser des questions. Je vous rappelle que vous pouvez solliciter toute personne que vous jugeriez utile pour faire avancer votre projet.

Nous veillerons à ce qu'elle vienne à vos côtés dans les meilleurs délais. Quant à moi, je cède ma place d'animateur pour faire partie d'un groupe d'experts. Vous allez maintenant procéder à l'élection de vos représentants au comité de gouvernance qui devra assurer la mission que j'avais acceptée jusque-là et que je transmets, car j'ai le désir de continuer l'aventure avec vous tous.

François, qui s'était fortement impliqué dans les travaux de ses camarades, se trouva élu au comité de gouvernance composé de quatorze membres, deux par équipe projet. Ils se réunirent immédiatement pour... en fait, ils ne savaient pas trop pour quoi encore. Ils finirent par décider que leurs premières actions devaient être l'organisation des restitutions des travaux des groupes et le départ en repos des participants ou l'accueil des familles qui pouvaient souhaiter rejoindre les équipes.

François ne se connaissait pas cette compétence à organiser les projets, à les synthétiser pour préparer la restitution qui devait durer au maximum trente minutes... Trente minutes pour présenter un projet de société. Il fallait vraiment aller à l'essentiel.

Ils finirent par se mettre d'accord sur un schéma directeur : mettre en avant les interactions entre individus à la place du système actuel qui allait du haut vers le bas et où les personnes en bas de l'échelle avait peu de possibilités d'action. Un groupe qui s'était chargé des questions économiques travaillait sur un sujet qui paraissait central : comment dépêtrer économie et finance ? Ils proposaient de travailler sur la satisfaction d'un besoin collectif non plus basé sur le produit, mais sur la fonction, par exemple : se nourrir. Si le processus embarquait ses propres moyens de production, alors, la dépendance à l'environnement extérieur se trouvait diminuée. Par exemple, dans le domaine de l'alimentation, produire la nourriture réduisait la dépendance au marché des céréales et des denrées alimentaires. Produire des matériaux de construction permettait de ne pas acheter à l'extérieur et donc de ne pas subir de pression du système marchand.

Le lendemain, il y eut un tirage au sort pour déterminer l'ordre de passage des projets. L'équipe dont François faisait partie passait en cinquième position. Il écoutait les exposés des autres équipes : « Voilà des idées intéressantes, se disait-il... Capter l'épargne en direction de l'économie sociale et solidaire pour financer les projets de relance... Maintenir durablement la taxation des revenus financiers pour décourager la spéculation. » Son groupe avait développé le concept d'économie alternative basée sur une production de valeur en échange de services : logement, nourriture sans avoir recours à l'argent pour faire fonctionner ce système.

Ils s'étaient ensuite quittés à grand renfort d'embrassades en se disant à très bientôt et en se faisant la promesse de revenir deux jours plus tard pour poursuivre ces travaux qui les passionnaient, ce qui était plutôt bon signe. Il faut dire que ce n'était pas tous les jours qu'il était donné la possibilité de réinventer le monde. François ignorait encore que son action allait participer à la remise en route de la machine qui s'était grippée en début d'année.

28 septembre 2030

Pendant ces deux jours de repos qui lui avaient paru trop courts, François avait rédigé un article sur la période de travail qui venait de s'achever. Il l'avait ensuite apporté au cabinet du Premier ministre pour relecture et avait été reçu par Morgane Lambert qui lui avait dit :

— Félicitations, jeune homme, vous avez été très convaincant lors des présentations et votre élection au comité de gouvernance n'est que la manifestation des espoirs que j'ai placés en vous.

« Ainsi, elle faisait partie des invités mystères, se disait François. Après tout, c'était son idée et il était normal qu'elle assiste aux restitutions. Je note la discrétion du gouvernement qui n'a pas interféré directement dans nos travaux. »

— Avez-vous réfléchi à ma proposition de collaboration ?

— Oui, madame, et j'accepte. Je continuerai ainsi la mission que mon père avait remplie en son temps.

— C'est parfait. Vous serez contacté en temps utile par des personnels qualifiés qui vous expliqueront deux ou trois choses dont vous pourriez avoir besoin ultérieurement.

Comme le gymnase rue Milton était maintenant trop petit, le comité de gouvernance avait déplacé les équipes projet dans des locaux plus à même de les accueillir. Morgane Lambert les avait rejoints et s'entretenait avec les membres du comité de gouvernance.

En début d'après-midi, des policiers en civil avaient discrètement effectué une inspection de la salle, puis le Président, suivi d'une partie du gouvernement, était entré dans le grand espace encore en cours d'aménagement. Morgane Lambert s'était dirigée vers un pupitre et s'était adressée à l'assemblée :

Monsieur le Président,
Mesdames et messieurs les ministres,
Mesdames et messieurs,

Chers amis,

Je suis honorée par votre présence aujourd'hui qui montre votre intérêt à notre projet destiné à redresser le pays. Nous avons assisté à vos présentations il y a trois jours. Je dois vous avouer qu'au début de cette aventure, je ne croyais pas qu'il était possible de faire ce que vous avez fait. […]

Elle expliqua que les sept groupes devaient maintenant fusionner pour n'en former qu'un seul. Il faudrait bien entendu trouver un nom fédérateur. Le Président, qui se passionnait pour cet exercice, participa à des ateliers en tant que simple citoyen. Il était porteur d'une vraie vision sur l'avenir.

François représentait son groupe au comité de gouvernance. Lui qui avait fréquenté pendant quelques années une société avec ses codes, ses habitudes et ses arcanes, se retrouvait maintenant dans un monde différent, dont les règles s'écrivaient au fur et à mesure.

Aujourd'hui, il allait y avoir une évaluation collective des remontées des équipes, organisée par le comité de gouvernance. Ce qu'il était ressorti, entre autres, des séances d'évaluation, c'est que le projet devait devenir plus concret pour ne pas s'essouffler. Ils travaillaient maintenant sur la possible application de ce qu'ils avaient imaginé.

C'est ainsi que l'idée d'une ville nouvelle servant de laboratoire émergea. Ils devaient également trouver un nom à leur projet et, parmi les nombreuses propositions, ce fut le nom : « Les Bâtisseurs de Bonheur » qui obtint le plus grand nombre de suffrages.

Le comité de gouvernance fut chargé de faire une synthèse des travaux : en s'appuyant sur cette idée de ville nouvelle, le risque de dérapage ou de « sabotage » était minimisé. L'argent n'étant plus au cœur des préoccupations individuelles, il devenait possible d'exercer une activité, économique ou non, de façon volontaire, afin de contribuer à l'action collective. En enlevant la pression financière, on diminuerait le stress chez les personnes. Il n'y aurait plus de salariés, d'employables, de chômeurs, de retraités, mais uniquement des acteurs du projet, chacun y contribuant à sa façon. Une nouvelle forme d'alimentation ferait diminuer sensiblement les maladies liées à la société de consommation. La demande de soins diminuerait avec l'augmentation du bienêtre. La bienveillance serait la norme. Cette « société bis » non adossée à la finance serait moins exposée aux risques de crise économique dont les principales conséquences sont la destruction des processus économiques et des emplois associés. Ce projet aurait aussi l'avantage de supprimer les « castes » créées par la finance : des travailleurs, salariés ou non, des rentiers, des retraités, des chômeurs, et de redonner une utilité sociale à ceux qui se sentent en majorité exclus de la société : chômeurs, sans domicile, retraités. Si le projet arrivait à se développer, il proposerait une alternative intéressante à la société de consommation et réduirait l'influence de cette dernière sur le pays. Une fois lancé, le nouveau système pourrait devenir autosuffisant si le fléchage de l'épargne solidaire fonctionnait correctement, contrairement au système ancien, économique et bancaire, qui réclamait une intervention financière massive de l'état pour redémarrer.

Le comité de pilotage avait ensuite été convoqué par les services du Premier ministre.

— Bonjour, mesdames et messieurs, avait dit Morgane Lambert après qu'ils se fussent installés. Je vous félicite pour vos travaux respectifs que j'ai étudiés avec la plus grande attention. J'ai pensé qu'il était intéressant de réunir les comités de pilotage des projets les plus avancés afin que vous puissiez faire connaissance.

Ainsi, se dit François, il y avait plusieurs projets ! Ils firent un rapide tour de table pour se présenter. Une des personnes se présenta comme étant Manuel Bach.

François tiqua. Cet homme face à lui se prénommait comme son père. « Quelle coïncidence ! se dit-il. Faut-il y voir un signe du destin ? »

La personnalité de Manuel et son regard marquèrent François. Il parlait calmement, mais avec autorité.

— Vous savez maintenant, reprit Morgane Lambert, que plusieurs groupes travaillent au redressement de notre pays. Vous représentez les comités de gouvernance dont nous avons jugé les projets comme étant les plus aboutis en matière sociale et économique. Je vous propose donc de vous rapprocher afin, sinon de fusionner, au moins de créer une synergie.

Morgane Lambert projeta une carte sur un écran.

— Je pense que vous reconnaissez cette région.

— Le Massif central, répondit du tac au tac François qui avait reconnu des noms de villes.

— C'est cela.

Un cercle rouge apparut, entourant un territoire.

— Avec le Président, nous souhaitons vous proposer un site dans cette région pour vous implanter et vous développer. Pour ce qui est des riverains, nous nous chargerons au besoin de leur expliquer l'intérêt de vos actions pour le pays.

Elle déplia un grand plan représentant plus en détail la zone entourée sur la projection. Immédiatement, les uns et les autres imaginèrent ce qui pouvait être réalisé sur ce territoire.

Elle leur donna quelques conseils en suggérant de développer des interfaces avec les systèmes existants : bancaires, sociaux, de santé ou fiscaux.

— Croyez-moi, dit-elle, je ferai adapter les textes pour qu'on ne puisse pas vous mettre en difficulté.

Chacun d'eux reçut ensuite une synthèse des travaux des autres groupes et ils se mirent immédiatement au travail jusqu'à ce qu'une sorte de consensus se dégage de la réunion. François regardait faire Manuel avec admiration. « J'aurais aimé être lui, se disait-il. » Manuel assurait naturellement le rôle de chef d'orchestre, amenait chacun à argumenter, faisait converger les idées proches, les encourageait, les félicitait, faisait la synthèse des nouvelles ébauches de projets, intervenait lorsqu'il pensait qu'une idée n'était pas en concordance avec les autres idées. Ils s'attachèrent également à adapter les idées, jusque-là assez théoriques, à la configuration du terrain qui leur était proposé.

Au bout de quelques heures de travail, un nouveau projet avait vu le jour. François avança l'idée qu'il serait bien de procéder à l'élection du représentant du nouveau comité de pilotage. Sans grande surprise, Manuel Bach fut proposé quasiment à l'unanimité. Le nom de Bâtisseurs de Bonheur fut conservé et François en fut heureux.

Manuel fit ensuite parvenir l'information à Morgane Lambert que leurs travaux étaient terminés. Elle les rejoignit quelques minutes plus tard, accompagnée de deux conseillers.

— Madame, voici le résultat nos travaux, dit Manuel en lui tendant un dossier. Nous avons trouvé un compromis pour faire projet commun. Nous n'avons pas la prétention d'avoir résolu toutes les questions, mais nous allons y travailler plus tard avec les équipes.

Morgane Lambert lui serra longuement la main :

— Soyez remerciés pour l'extraordinaire travail que vous venez d'accomplir et soyez certains que je vais l'étudier avec beaucoup d'attention.

Après avoir balayé le groupe du regard, elle revint vers Manuel et lui dit, en plantant son regard dans le sien :

— Je vous remercie, votre pays vous remercie pour ce que vous faites pour lui.

– C'est tout naturel, Madame, tout le monde en aurait fait de même.

– Je n'en suis pas si certaine.

Elle alla vers chacun d'eux, leur adressant un regard dont ils se souviendraient jusqu'à la fin de leurs jours et leur serra longuement la main.

– Je compte sur vous. Puis après avoir salué le dernier : allez, maintenant ! Vous avez encore du travail pour expliquer tout cela à vos équipes. Tenez-moi au courant de vos travaux. Je me permettrai peut-être de vous faire quelques suggestions… en tant que citoyenne, bien entendu.

Ils rirent, puis prirent congé.

Chapitre 3 – Premières actions – La Limagne

16 octobre 2030

François émergeait d'un sommeil court, mais profond. Il ouvrit les yeux et regarda fixement la toile qui servait de toiture à leur cantonnement. Il hésitait à sortir de son duvet. Même s'il ne faisait pas froid en cette fin octobre, le fond de l'air était frais et il sentait qu'il avait le visage glacé.

– À trois, j'y vais, se dit-il.

Dans les jours précédents, les équipes de Bâtisseurs avaient récupéré les équipements et les véhicules inutilisés d'un régiment du génie, dans le Jura. Le convoyage vers la Limagne, plateau sur le versant ouest du Massif central, lui avait semblé sans fin.

Une fois debout, il s'habilla à la hâte, puis se dirigea vers un des camions-citernes pour y faire un brin de toilette.

Ce matin, séance de travail avec le comité de gouvernance. Manuel Bach était déjà à pied d'œuvre.

– Chers collègues, d'ici quelques jours, nous recevrons les premiers caissons habitables empilables, ce qui nous permettra de vider progressivement les tentes. Il est indispensable d'occuper rapidement toutes les personnes présentes. Je vous laisse le soin de constituer des groupes dès la fin de notre réunion. Ils prendront en charge chacune des tâches élaborées lors de nos précédents travaux. Nous devons en priorité affiner notre principe de gouvernance.

Deux hommes se tenaient à ses côtés. Il se retourna vers son voisin de droite.

– Je tiens à vous présenter Gérard Lécuyer qui a accepté de mettre à disposition ses terres pour que nous puissions nous développer sur des terrains non bâtis.

Il l'invita à se lever, mit sa main sur son épaule et lui dit avec sa voix chaleureuse :

– Gérard, au nom de mes camarades, je te remercie, car ton accord va nous permettre de nous implanter et de démontrer au monde qu'une autre voie que celle empruntée ces dernières années est possible.

– Merci, Manuel, dit Gérard. Mesdames et messieurs, j'ai vécu comme vous la crise qui a ébranlé notre pays, et j'en ai souffert, comme vous. Le monde paysan est en plein marasme et j'ai perdu nombre de mes amis. Certains sont morts économiquement, d'autres sont réellement morts sous la pression qui les accablait. J'ai été contacté par notre Première ministre qui m'a exposé vos idées et les conséquences positives possibles sur la société tout entière. Je souhaite faire partie de l'aventure également. Je mets donc à votre disposition l'ensemble de mes terrains qui vous permettront de démarrer vos travaux. Je fais ceci pour une double raison : la première est que je suis seul, sans descendance et que de toute façon, ces terres reviendront un jour ou l'autre à l'état, alors autant que ce soit tout de suite. La seconde est que je suis Maire de cette commune et que je la vois dépérir d'année en année. Il n'y aura bientôt plus de jeunes ni même d'habitants lorsque les anciens seront partis. Et puis l'idée de participer à la reconstruction de mon pays m'a séduit. Voilà, il me reste à vous souhaiter, pardon, à nous souhaiter de réussir dans cette entreprise.

Ils restèrent quelques instants silencieux, puis Manuel reprit, utilisant pour la première fois cette expression qui resterait chez les Bâtisseurs :

– Gérard, nous recevons tes paroles… J'ai également demandé à Philippe Janowsky, philosophe, il s'adressa à l'homme à sa gauche, de bien vouloir nous aider dans le travail de réflexion sur notre gouvernance.

L'homme d'une cinquantaine d'années se leva et prit la parole.

– Mesdames et messieurs, je vous remercie de m'accueillir. Vous avez pu constater au cours de ces derniers mois que les aventures humaines peuvent déboucher sur le meilleur comme sur le pire. Commençons par le pire. Vous avez été exposés jusqu'à récemment à la gouvernance du monde par l'argent et vous avez tous remarqué la fragilité de ce système qui a conduit l'humanité au bord du chaos et du néant. Le meilleur, vous avez pu l'approcher dans les ateliers auxquels vous avez participé il y a quelques semaines. Avez-vous senti l'énergie qui se dégageait de vos groupes de travail lorsque vous étiez en train de réinventer le monde ?

Un murmure fit le tour de l'assemblée.

— Je vous propose de réfléchir, autour de cette table tout d'abord, puis avec vos compagnons, aux quelques principes que je vais vous suggérer maintenant et qui serviront d'épine dorsale pour vos travaux. Aussi je vous propose de partir des travaux d'Auguste Comte et de Gérard Edenburg, respectivement sociologue et ingénieur, et de mettre en place un modèle dynamique, ou gouvernance dynamique, basé sur l'adhésion et non sur la seule obéissance, souvent source de refus et de contestation.

Philippe Janowsky commença à se déplacer autour de la table en prenant soin d'être visible par la majorité des présents.

— Chaque volontaire qui est ou se présentera ici devra faire partie d'une équipe, ou cercle, dont le responsable fera également partie. Il devra s'engager dans le projet, participer aux débats et aux décisions, prendre des responsabilités pour sa mise en œuvre et s'impliquer dans sa réalisation.

Philippe expliquait qu'il n'y aurait pas réellement de hiérarchie, que chacun devait prendre part à ce système, que les projets ne soient pas en contradiction les uns avec les autres. Au sommet de cette organisation, ils devraient également mettre en place un cercle chargé des questions éthiques qui réfléchirait également aux règles de bien commun à définir.

— Merci, Philippe, pour ces suggestions et ces conseils, dit Manuel Bach.

L'impulsion initiale était donnée. Ils commençaient maintenant à conceptualiser l'avenir et partaient avec un but nouveau, se demandant encore, pour certains, comment une construction pouvait sauver le pays et déboucher sur une société nouvelle.

18 octobre 2030

Les premiers cercles avaient été formés après explication et concertation avec les « bâtisseurs » déjà présents sur zone qui devaient ensuite se répartir en fonction des opportunités et des besoins, chacun ayant la possibilité de contribuer à plusieurs cercles, mais ayant un cercle d'appartenance principal.

François avait postulé pour intégrer plusieurs cercles : urbanisme, aménagement de l'espace et développement économique. Après exposé de ses motivations et vote des autres membres du comité, François reçut la charge de l'aménagement de l'espace et du territoire. Les vingt premiers cercles venaient d'être créés.

François se mit immédiatement au travail pour constituer son groupe. Il avait réquisitionné une tente qu'il avait réaménagée en « bureau », poussant les lits dans un coin et rangeant les effets personnels le long d'une paroi. Il avait ensuite été « farfouiller » dans le « fatras » militaire du régiment de mobilisation et avait ramené des tables et des chaises pliantes ainsi qu'un panneau routier qu'il ficha dans le sol et sur lequel il écrivit : « aménagement de l'espace et du territoire ».

Son initiative avait été reprise et d'autres tentes furent également transformées en espace de travail. Les premiers candidats arrivèrent bientôt, pressés d'apporter leur contribution. Ils faisaient partie des groupes qui étaient à la genèse du projet. François connaissait déjà certains d'entre eux depuis leurs travaux parisiens et d'autres avaient été rencontrés au cours de leur périple de convoyage des véhicules.

— Je vous propose de nous mettre immédiatement au travail, dit François.

Les arrivées dans le groupe se faisaient en continu. Ils étaient déjà plus de vingt à être intéressés par l'aménagement du territoire.

— Chers collègues, reprit-il, comme il est encore un peu tôt pour réfléchir à l'organisation spatiale du projet, je vous propose de participer à la mise en place des installations provisoires de la « zone vie ». J'ai entendu que les premiers préfabriqués devaient arriver aujourd'hui. Qui s'oppose à ce projet ?

Aucun des membres du groupe ne dit mot.

— Bien. Nous allons donc proposer nos services au comité de gouvernance.

Deux filles se présentèrent à l'entrée de la tente, une brune de taille moyenne, coupe au carré et une grande rousse avec une crinière abondante qui cascadait sur ses épaules.

— Bonjour, dit cette dernière. On s'occupe aussi d'écologie dans ce cercle ?

— Oui. Cela va dans le sens de l'aménagement du territoire.

Elle mit un coup de coude à sa copine.

— Tu vois, je te l'avais bien dit ! Acceptez-vous que nous fassions partie de votre groupe ?

François balaya du regard le groupe, puis dit :

— Vous êtes les bienvenues dans le cercle aménagement du territoire… et écologie. Je m'appelle François Cervantès et fais partie du comité de gouvernance.

Sans lui laisser le temps de continuer sa phrase, elle enchaina :

— Enchantée. Voici Delphine Hemlinger et je m'appelle Nathalie Ferré.

— Prenez-place, dit François avant d'inviter les autres membres du groupe à se présenter. Nous avons pris la décision de participer à l'installation de la zone vie dans les prochains jours.

— Ça sera parfait, dit Nathalie.

Dans l'après-midi, les premiers véhicules arrivèrent. Les soldats du génie, détachés pour cette opération, avaient commencé à niveler et stabiliser le terrain pour installer les équipements qui, comme l'avait appris François, avaient été préemptés par l'état sur la revente des actifs d'une société qui avait fait faillite quelques mois plus tôt.

Parmi les engins qu'ils avaient convoyés, il y avait une grue de quarante tonnes avec bras télescopique, qui permettrait d'empiler les caissons les uns sur les autres. La nature du sol allait permettre de monter jusqu'à quatre niveaux.

Le travail dura la journée et toute la nuit grâce à de puissants projecteurs qui permettaient d'y voir comme en plein jour. Les ensembles prenaient rapidement forme, puis les coursives extérieures centrales, avec leurs escaliers, furent assemblées avant que la seconde rangée de caissons ne soit installée. Chaque tranche, une fois terminée, avait une capacité d'accueil de quatre-vingts personnes ou couples puisque chaque cabine était équipée d'un lit deux places, d'une toute petite salle d'eau avec w.c. escamotables et bac de douche. Certaines étaient équipées d'un troisième lit superposé pour accueillir un enfant en bas âge.

François travaillait depuis plusieurs heures et commençait à ressentir la fatigue. Delphine et Nathalie se trouvaient dans son groupe de montage.

— Pas trop fatiguées, les filles ?

— Tu nous prends pour qui ? lui répondit du tac au tac Nathalie. Nous sommes des bosseuses.

— Je vois ça. On va quand même faire une pause dès qu'on aura fini de fixer cette coursive.

— OK !

Ils se dirigèrent ensuite vers la zone vie où il y avait distribution de café et de repas. Nathalie s'arrangea pour se retrouver à côté de François.

— Nous n'avons pas encore eu l'occasion de discuter, dit-elle. Tu te souviens de moi, je veux dire avant ?

— Tu faisais partie du groupe du gymnase Gauguin, si je ne me trompe pas.

— En effet. Moi, je me souviens bien de toi. Tu étais porte-parole, puis tu as été élu au comité de gouvernance.

— Quand tu es entrée dans la tente, j'avais le sentiment de te connaitre, et c'était exact.

— Je t'ai aperçu à Dole, dit Nathalie, mais c'était un peu la cohue là-bas. J'ai conduit un porte-char pour venir ici.

— Tu veux dire que tu étais au volant ?

— Oui. J'ai convoyé un des bulldozers de terrassement. Qu'est-ce que tu crois ?

— Ce n'était pas trop dur ?

— Une fois qu'on a compris comment passer les vitesses, ça va.

— Il va falloir y retourner, maintenant. Toujours d'attaque ?

— Prête à conquérir le monde.

Il ne posa plus de questions, cherchant la signification de cette dernière phrase. Un peu plus tard dans la nuit, le responsable du chantier vint voir François.

— Du beau boulot, les gars. La première tranche est à présent opérationnelle. On a affecté le secteur 3A à ton groupe. Vous pouvez prendre possession des locaux. Allez vous reposer, vous l'avez bien mérité… Une dernière chose, il n'y a pas encore d'eau courante. Je te prie de faire passer la consigne pour éviter les désagréments.

— Merci, Rémi.

François réunit les membres de son cercle pour leur retransmettre les instructions qu'il venait de recevoir.

— Nous allons prendre en compte notre zone vie maintenant. Comme il est déjà tard, nous faisons relâche demain matin. On se retrouve après le repas.

Il y eut quelques discussions, mais la distribution des chambres se passa bien. Ils allèrent ensuite chercher leurs effets personnels. François se rendit dans la grande tente dans laquelle il avait dormi jusque-là. Quelques bâtisseurs étaient couchés, parfois tout habillés, terrassés par la fatigue. Il récupéra son sac sans faire de bruit, puis se dirigea vers son nouveau logis où il arriva en même temps que Nathalie.

— Bien installée ? lui demanda-t-il.

— Vu le contexte, on ne pouvait rêver mieux. Dès que l'eau sera branchée, nous aurons des douches individuelles. Plus besoin de faire la queue au camion le soir.

— Les petits bonheurs de l'existence, dit François avec un air malicieux.

— Oui ! Je suis crevée. J'y vais.

— OK. Je te suis.

Nathalie monta l'escalier devant lui. Sa chevelure, relâchée, ondulait dans son dos. Arrivée au premier palier, elle se retourna en disant :

— J'habite à cet étage.

Elle posa son sac, attrapa François par les épaules, l'embrassa sur chaque joue un peu plus longtemps que nécessaire, puis lui dit avec sa voix grave :

— À demain.

Sur quoi elle mit son bagage en bandoulière, se dirigea vers la quatrième porte qu'elle ouvrit et, avant qu'il n'ait eu le temps de bouger, lui fit signe de la main et entra dans sa chambre.

Au bout de quelques instants, il reprit ses esprits, monta un étage de plus, pénétra dans sa propre chambre, jeta ses affaires à terre, s'allongea ensuite sur le lit, repensant aux évènements des dernières heures et surtout des dernières minutes. Il avait une image devant les yeux : Nathalie. Il l'imaginait en train de conduire un des gros camions, la revoyait travaillant dur, puis dans l'escalier, devant lui et surtout repassait en boucle dans sa tête le moment où elle l'avait saisi par les épaules, avait planté son regard dans le sien avant de l'embrasser sur chaque joue, visualisait sa chevelure rousse abondante et son visage. Il s'endormit sur cette image.

25 octobre 2030

Depuis trois jours, il y avait une noria incessante d'autobus qui déversaient nombre de candidats, et de camions qui apportaient diverses fournitures : des produits de première nécessité et des éléments destinés à la base vie. Le projet était sous perfusion de l'État français et Morgane Lambert veillait tout particulièrement à ce qu'il n'y ait pas de problème. Il fallait que celui-ci prenne son envol rapidement et devienne autonome.

François revenait du comité de gouvernance. Les choses allaient maintenant s'accélérer. Ils étaient un peu plus de deux-cents dans son entourage proche qui attendaient son retour sous la grande toile de tente. François s'adressa à eux dès son arrivée.

– Mes amis, la construction de notre ville va démarrer. Nous allons être contributeurs dans notre domaine et assister d'autres cercles dans leurs travaux, notamment les cercles urbanisme et développement économique. Nous sommes également invités à prendre une part active dans le montage de processus industriels qui garantiront notre autonomie.

Nathalie se trouvait face à lui, les bras croisés, la tête légèrement penchée et le regardait dans les yeux avec une telle profondeur qu'il faillit être déstabilisé.

– Nous allons devoir nous structurer en interne, car un groupe de deux-cents ne produira pas grand-chose de bon. Aussi, je vous propose de composer une dizaine de cercles qui traiteront de sujets différents.

Il tendit la perche.

– Je me souviens que Nathalie a apporté à notre cercle sa compétence en matière d'écologie. Nous allons commencer par ce groupe. Qui est opposé ?

Personne ne répondit.

– OK. Nathalie a donc la charge de monter une cellule écologie. Qui désire en faire partie ?

Une dizaine de mains se levèrent dans l'assistance.

– Je vous prie de vous rapprocher. Vous allez maintenant vous trouver un nom et une compétence. Je suppose que vous allez rester dans le domaine de l'écologie, à moins que vous ne vouliez vous étendre plus généralement au développement durable. Vous déciderez et vous nous direz ce que vous souhaitez et comment vous comptez procéder.

François s'était appuyé sur ce premier cercle pour mettre Nathalie en avant et s'assurer qu'elle resterait à proximité de lui. Il en profita pour faire un rappel sur les principes de fonctionnement de la gouvernance qui avaient été adoptés en comité.

– Notre unité de base, expliquait François, est le cercle. Chacun de ces cercles peut décider de fonder plusieurs cercles de niveau inférieur pour traiter des sous-ensembles, comme nous sommes précisément en train de le faire.

Il fit ensuite un rapide exposé sur le fonctionnement de ces cercles, l'obligation de chacun de fournir un travail effectif. Nathalie le coupa dans son élan, poursuivant son idée.

– J'aime assez ton idée de développement durable pour ce cercle, dit-elle. Nous devons en discuter et la mettre en application.

– Bien entendu. Merci, Nathalie. Comme nous sommes en phase d'élaboration du projet, j'ajoute cette composante à notre cercle. Bon !... Venons-en maintenant au principe de double lien.

François expliqua ensuite les mécanismes d'interdépendance entre les différents cercles pour permettre la circulation des informations et des idées. Il leur parla ensuite du principe de l'élection sans candidats et de l'adoption des projets par consentement avec obligation de participer à l'élaboration de la solution en cas de désaccord.

En fin de journée, ils avaient créé les cercles en rapport avec le développement durable.

– Chers amis, dit-il après être revenu sous la grande tente, je crois savoir que vous êtes maintenant organisé conformément à nos règles de gouvernance. Certains d'entre vous sont-ils sans appartenance ?

Quelques mains se levèrent.

– Je vous propose de vous intégrer à un des cercles créés. Vous verrez ensuite si vous souhaitez en changer. Voici la liste de vos représentants que j'aimerais voir faire partie du cercle « aménagement du territoire et développement durable » et que je prie de me rejoindre.

François énuméra une série de noms retenus selon un critère simple : tous ceux qui étaient venus lui proposer un projet de cercle faisaient automatiquement partie de son comité. Il n'en avait rien dit avant pour ne pas les influencer.

– Adoptons cette organisation pour un trimestre, histoire de nous mettre à l'œuvre et en évaluer le fonctionnement. Nous en reparlerons en début d'année prochaine. Les représentants désignés par les groupes sont priés de me rejoindre également. Si certains d'entre vous ont les deux « casquettes », vous procèderez demain à de nouvelles élections. Les représentants restent avec moi. Pour les autres, allez vous reposer ! Nous nous retrouvons demain à neuf heures.

À l'issue, François avait tenu le premier comité du cercle dont il avait la responsabilité. Plus tard dans la soirée, il était passé voir Manuel Bach et lui avait fait part de l'avancée de son projet.

– Félicitations, François, tu as bien travaillé. J'attends encore quelques retours, puis on pourra s'y mettre pour de bon. Je ne te cache pas que la partie économique me fait souci, car nous devons impérativement avoir des interactions avec l'extérieur si nous voulons pouvoir approvisionner les chantiers et nourrir tous ces gens.

— Je mets tout le monde là-dessus dès demain. Par contre, il faudra certainement que nous nous déplacions.

— Tu n'auras qu'à réquisitionner des véhicules militaires. Pour le carburant, il va falloir que je voie avec le cabinet du Premier ministre comment on peut faire. Je te tiendrai au courant.

— Merci, Manuel.

— Va maintenant et repose-toi, tu l'as bien mérité.

En reprenant le chemin de la « base vie », perdu dans ses pensées, François n'imaginait pas le tournant que sa vie allait prendre. Il se dit qu'ils avaient de la chance que le temps soit aussi clément, mais cela risquait de ne pas durer. Ils allaient bientôt devoir s'organiser pour faire face à l'hiver qui pouvait être rude dans ces régions montagneuses.

Il cheminait lorsqu'il fut rejoint par Nathalie, serviette sur l'épaule, cheveux remontés en queue de cheval. Elle revenait du camion sanitaire.

— Salut, chef.

— Arrête, je ne suis pas ton chef.

— Président, alors ?

— Pas plus.

— Allez, je te taquine. Tu as diné ?

— Non. J'ai juste pris un truc à grignoter. Je suis crevé.

— C'est vrai qu'on n'a pas chômé ces derniers temps.

Ils montèrent les marches métalliques desservant les coursives.

— Tu as quelques minutes ? demanda Nathalie. J'aimerais que nous parlions.

— Bien sûr, Nathalie.

— Viens dans ma chambre, nous serons au calme.

Nathalie ferma la porte et lui fit face.

— François, je te trouve trop génial. Permets-moi de te dire que ce que tu as fait aujourd'hui n'était certainement pas à la portée de tout le monde.

— Je n'ai rien fait. Je n'ai fait que révéler vos talents respectifs.

— Ne fais pas ton modeste. Beaucoup n'y seraient pas arrivés, ou pas aussi bien.

Elle s'approcha de lui et prit sa main gauche qu'elle serra. Pour François, ce fut comme un électrochoc. Toutes les images et les sentiments qu'il refoulait dans un coin de sa tête depuis des jours explosèrent dans sa poitrine. Il avait la gorge serrée. Il mit sa main sur la nuque de Nathalie et commença à masser doucement sa chevelure. Elle ne fit rien pour s'éloigner. Au contraire, elle vint poser sa tête sur son épaule puis le serra fortement dans ses bras. Sans qu'aucun des deux puisse dire lequel avait pris l'initiative, ils se retrouvèrent bouche contre bouche et s'embrassèrent longuement.

— Viens, lui dit-elle en l'entrainant vers le lit.

26 octobre 2030

François était éveillé, les mains derrière la nuque. Nathalie dormait encore, légèrement tournée sur le côté. Il la devinait plus qu'il ne la voyait, dans la pénombre, et il eut une bouffée de tendresse. La faim commençait à le tenailler, certainement ce qui l'avait réveillé. Il repensait aux évènements de ces dernières heures, comment il s'était retrouvé dans ce lit avec Nathalie. Ah, Nathalie, quel tempérament ! Des images et des sensations tournaient en boucle dans sa tête. Il se ressaisit. Deux petites voix s'affrontaient dans sa tête.

— François, ne te laisse pas aller à trop de sentiments, se dit-il. Ce n'est peut-être qu'une aventure d'une nuit… Ne t'attache pas… Oui, mais d'un autre côté, je l'aime… François, tu vas te faire du mal… Je suis prêt à avoir mal si c'est pour obtenir son amour. J'ai su dès la première seconde où elle est entrée dans la tente que je ressentais quelque chose de particulier pour elle… Fais comme tu veux, mais ne viens pas te plaindre après…

Son esprit vagabondait. Il revoyait Nathalie argumentant pour son cercle écologie, Nathalie au réfectoire, Nathalie au camion sanitaire, puis ses pensées dérivèrent vers les Bâtisseurs de Bonheur, Manuel Bach, Gérard Lécuyer, le Maire du village qui leur donnait une chance inespérée en leur cédant ses terrains, Morgane Lambert qui se battait sans faiblir pour que leur projet puisse réussir, leur début dans le grand gymnase parisien. Puis ses pensées s'éloignèrent en direction du monde en crise, les pans entiers de l'économie qui avaient disparu suite au naufrage de la finance, les légions de chômeurs et plus généralement de personnes qui aspiraient juste à ce que tout redevienne comme avant. La situation pouvait-elle vraiment se rétablir ? Il en doutait.

Nathalie commençait à bouger à côté de lui. Elle s'éveillait en s'étirant. Il rangea ces pensées dans un coin de sa tête.

— Bonjour, monsieur, dit-elle en se lovant contre lui. Bien dormi ?

– Ah bon, parce qu'on a dormi ?

– Toi, oui. Je t'ai vu.

– Je ne me souviens pas. Il me semblait que…

Elle posa un doigt sur la bouche de François.

– Chut… Ne dis rien !

Ils restèrent silencieux pendant de longues minutes, blottis l'un contre l'autre.

– Tu es belle.

Elle se serra un peu plus contre lui, et dit :

– Je me sens en sécurité dans tes bras. Veux-tu me revoir, je veux dire dans l'intimité ?

– Plus que tout au monde.

– N'oublie pas que tu as pris la responsabilité de notre cercle.

– Je devrais pouvoir assumer les deux. J'espère juste qu'il n'y aura pas de complication avec les autres membres du groupe…

– Ne t'inquiète pas, reprit-elle. Il y a plusieurs couples dans nos cercles rattachés et cela ne semble choquer personne. Je suis sure qu'il n'y a pas d'incompatibilité entre bâtir le bonheur et être ensemble tous les deux.

– Et Delphine ?

– Je m'en charge. Elle comprendra et au besoin, on tâchera de lui trouver un petit copain.

– Comment ça ?

– Il suffit parfois de forcer un peu le destin. Mais j'y pense, tu n'as rien mangé depuis hier. Tu as faim ?

– Une faim de loup.

– Ne bouge pas, je vais chercher quelque chose.

Elle se leva et traversa la petite pièce dans le plus simple appareil. François ne pouvait s'empêcher de l'admirer, comme hypnotisé. Elle prit quelques provisions et fit demi-tour. Il se força à fixer ses yeux, qu'elle plissa, avec un sourire polisson.

– J'ai ressenti ton regard comme une caresse.

Il rougit légèrement. Elle poursuivit :

– Ne te gêne surtout pas avec moi. Est-ce que je me gêne, moi ?

Il ne répondit pas. Elle s'assit dans le lit, à côté de lui.

– Tiens, mange quelque chose, dit-elle.

Ils restèrent plusieurs minutes à mastiquer en silence le quignon de pain et les deux pommes que François avait apportés la veille. Il regardait dans le vague.

– À quoi penses-tu ? demanda Nathalie.

— Je pensais à notre organisation…

— Si nous réussissions, il y aura de quoi être fier. Ce n'est pas donné à tout le monde de pouvoir changer le monde.

— Je ne vois pas encore, répliqua François en espérant ne pas être trop brusque, comment un projet impliquant quelques dizaines de milliers de personnes pourrait changer le monde ? Ne risquons-nous pas de nous faire balayer comme un fétu de paille ?

— Nous sommes petits, reprit Nathalie, mais notre indépendance vis-à-vis de l'argent nous rend moins vulnérables.

— Écarter l'argent ne nous mettra pas à l'abri d'un éventuel embargo, nous devons aussi penser l'économie sous forme de production de valeur et non d'argent et convaincre toutes ces personnes, et celles qui nous rejoindront, de travailler sans rémunération…

— Un challenge, en effet, dit-elle. Nos éventuels détracteurs risquent de crier au loup en dénonçant une organisation idéaliste ou en nous faisant passer une bande de hippies passant leurs journées à copuler ou à ingérer des substances particulières… Regarde-nous… de l'amour, du pain et des pommes…

Nathalie éclata de rire à cette évocation.

— Ne te moque pas, c'est sérieux.

— Monsieur est susceptible, on dirait.

Elle redevint sérieuse, avant d'ajouter :

— Ça ne va pas être « de la tarte ».

— Oui. Nous devons absolument remettre en avant la notion de bien commun qui prédominera sur l'individualisme, sans quoi tout ceci risque de très vite tourner court. Le combat idéologique va être difficile.

— Sur ce point, je n'ai aucune inquiétude, dit Nathalie. Tu as bien su me convaincre moi… La preuve, je suis là.

— Oui et non. Tu étais déjà convaincue en arrivant. Convaincre une partie significative de la population va être une autre affaire… François parlait un peu pour lui-même. Comment convaincre avec seulement des idées ? Des réalisations concrètes nous aideraient en cela… Voilà, convaincre avec des réalisations…

Nathalie, se piquant au jeu, décida de sortir du rôle de contradicteur pour le pousser plus avant dans ce débat.

— C'est très bien, mais si nous restons au fin fond du Massif central, ne risquons-nous pas d'avoir un déficit de popularité ?

— En effet. Nous allons devoir rapidement essaimer sur d'autres territoires si nous voulons avoir une chance de contrer de système marchand.

Nathalie se redressa d'un coup dans le lit, s'exaltant.

— Quelle finalité avons-nous donnée à ce projet ? Que ces gens soient heureux !… La preuve, nous nous sommes baptisé les Bâtisseurs de Bonheur. J'ai tout de suite adhéré à cette notion de bâtisseurs, de producteurs, d'acteurs au lieu de celui de consommateurs de bonheur ou comme disait une chanson : « de bonheur à fumer »… En définitive, qu'est-ce qui rend les gens heureux ? Consommer ? Acheter son logement ? Avoir un travail ? De l'argent ? Non ! On peut avoir tout ça et être malheureux… Donc, le bonheur est avant tout une posture personnelle, en aucun cas une situation matérielle.

François venait de découvrir une autre facette de la personnalité de Nathalie, plus passionnée.

— Waouh ! dit-il amusé, quelle force de conviction.

Puis il ajouta, se rappelant cette phrase de Lewis Caroll :

— Dans Alice au pays des merveilles, Alice dit : si le monde n'a absolument aucun sens, qui nous empêche d'en inventer un ? Et c'est justement ce que nous faisons, nous inventons un Nouveau Monde…

Il continua sur sa lancée.

— Pour que cette idée de société nouvelle puisse se concrétiser, il va falloir convaincre. Convaincre que le bonheur ne vient pas d'en haut ou des autres, mais de soi-même : je suis heureux parce que je transmets tous les jours du bonheur et quand un autre reçoit ce bonheur et le transmet à son tour, alors je suis heureux… Voilà peut-être le secret de ce qui sera notre réussite.

— C'est exactement ce que tu fais avec moi en ce moment, répliqua Nathalie en passant un doigt sur sa poitrine en zigzaguant. Et si en plus on réussit à redonner la dignité à tous les exclus du système actuel, alors il n'y aura plus de chômage, de sans domiciles, de misère matérielle…

— Si ces fléaux disparaissent, la confiance reviendra. Mais comment permettre à cette idée de s'imposer ?

— Pour ce qui est de l'idée, reprit Nathalie, je ne sais pas, mais nous allons devoir trouver une activité à tous ces gens, car l'oisiveté sera contreproductive et risque de reproduire le schéma actuel argent/assistanat.

— Regardons notre aventure sur un plan, si je puis dire, étude de marché. Comptablement parlant, il y a environ quinze-millions de laissés pour compte rien qu'en France. Ils vivent uniquement de la solidarité nationale en ayant le sentiment d'être inutiles. Cela entraine dépressions et suicides. C'est cette dynamique négative qu'il va falloir briser en donnant de l'espoir à tous. Et puis, je doute fort que l'état arrive à financer indéfiniment l'allocation qui permet à tous ces gens de survivre…

— C'est vrai, François, mais il y a de nombreux pays où cette allocation n'existe pas, où les gens survivent grâce à la débrouille et où les moins dégourdis meurent dans l'indifférence générale… Nous étions des privilégiés.

— Tu as raison, mais le fait qu'il y ait des gens plus malheureux ne doit pas nous faire perdre de vue l'objectif que nous nous sommes fixé. Et puis, si nous réussissons à fédérer ne serait-ce que vingt-cinq pour cent de la population, un bel objectif, le risque de crise sera amoindri, car il existera une solution alternative qui demeurera insensible à ces phénomènes artificiels créés par la spéculation et totalement déconnectés du monde réel.

Nathalie se blottit contre lui et dit dans le creux de son oreille, comme pour être certaine que personne d'autre ne pourrait entendre.

— Tu es un type génial, mais il ne faut pas que cela te donne la grosse tête.

François lui caressa délicatement les cheveux.

— J'y veillerai… Toi aussi, tu es une fille formidable. Que d'idées ! C'eût été dommage si nous ne nous étions jamais rencontrés.

Nathalie sourit, flattée. François s'enquit de l'heure à sa montre posée sur la petite table de chevet.

— Houlà, il est huit heures et quart. Nous allons être en retard si nous continuons comme ça.

Il se leva et s'habilla en vitesse. Il devait retourner dans sa cabine pour se préparer. Nathalie était encore allongée sur le lit. Il se baissa pour l'embrasser, puis se dirigea vers la porte.

— À très vite.

— François ? dit-elle avec sa voix grave.

— Oui ?

— Tu reviendras ici ce soir ? … Si tu ne le souhaites pas, je comprendrai et ne t'en tiendrai pas grief. Je ne veux pas te brusquer ou bien que tu te sentes obligé.

Il revint sur ses pas, prit la tête de Nathalie entre ses mains et plongea son regard dans ses yeux.

— Oui, ma chérie. Je reviendrai ici chaque soir.

– Je t'aime, dit-elle.

François reçut un choc à la poitrine, se contenta de la regarder longuement dans les yeux, puis la quitta à regret et remonta dans sa chambre. Il fila ensuite jusqu'au camion sanitaire. Ces trois mots de Nathalie résonnaient encore dans ses oreilles : « je t'aime ». Il ressentait quelque chose qu'il n'avait jamais encore éprouvé jusque-là ou pas avec une telle intensité : une sorte de pression interne, ou d'oppression. Était-ce cela, l'amour avec un grand A ?

Au retour, il croisa Nathalie. Il la trouvait magnifique. Elle lui fit un clin d'œil, mais ne s'arrêta pas. Il se força ensuite à respirer lentement pour retrouver son calme. À ce moment-là, il était loin d'imaginer jusqu'où cet amour naissant entre Nathalie et lui allait l'entrainer.

12 novembre 2030

Les choses commençaient à s'organiser. Des bâtiments industriels à l'abandon avaient été mis à disposition par différentes communes pour accueillir les Bâtisseurs de Bonheur sur plusieurs sites : Riom, Clermont-Ferrand, pour ne citer que les principales implantations. Ces sites servaient surtout à loger tous ceux qui affluaient.

Manuel Bach avait entamé des démarches auprès de différents organismes financiers du pays, il travaillait à réorienter l'épargne garantie par l'état au début de la grande crise vers ce projet dont la finalité était de redresser le pays.

En parallèle, des structures support avaient été créées sur la base du monde associatif et coopératif pour donner un cadre juridique à ces projets. Le cercle de gouvernance avait demandé une adaptation de la loi pour que les membres des associations puissent contribuer à un ou plusieurs processus économiques sans risquer de se trouver en fâcheuse posture vis-à-vis de l'administration au motif que cela serait du travail dissimulé ou qu'il faudrait quand même payer des impôts en plus de la contribution de chacun à l'action publique.

Manuel Bach avait fait convoquer son cercle rapproché pour faire le point sur les avancées de leur projet. Ils étaient rassemblés dans un petit bâtiment composé de la réunification de six caissons de chantier et qui offrait un espace d'un peu plus de cent mètres carrés.

– Chers amis, je vous souhaite la bienvenue. Voici l'ordre du jour de notre réunion de travail que je soumets à votre approbation : en premier, un point financier, ensuite, je vous demanderai de faire la synthèse de vos actions à but économique. Nous aborderons la question du recrutement et en dernier, nous parlerons de la mise en chantier de la construction de la ville. Qui souhaite amender cet ordre du jour ?

François et un de ses collègues levèrent la main.

— Oui, Charles ?

— Je propose de traiter de la question des approvisionnements en nourriture, en carburant et en combustibles, car nous allons bientôt être dans une impasse.

— Qui s'oppose au traitement de ce point ? ... Bien. François ?

— Je souhaiterais que nous évoquions trois points : le rapatriement sur notre site des activités économiques que nous avons été obligés d'implanter dans des villes lointaines, les questions de transport sur place et choisir un nom à notre ville afin de la déconnecter du passé.

— Qui s'oppose au traitement de ces points ? demanda Manuel... Vous voyez d'autres sujets ? ... Bien. Commençons.

Manuel leur expliqua les avancées du cercle financement et le succès qu'ils avaient obtenu auprès des petits épargnants qui, après avoir tout perdu, avaient récupéré tout ou partie de leur épargne grâce à la garantie offerte par l'état. Nombre de ces personnes avaient réinvesti une partie de leur épargne dans ce projet qu'ils trouvaient novateur et pour lequel il n'y avait aucune promesse de devenir riche. Il avait également été demandé aux primopromoteurs du projet de mettre au pot le revenu d'existence donné par le gouvernement. Même si cela n'était pas énorme, cela permettait au moins de gérer le quotidien. La mise en commun de cette manne financière de l'état faisait partie des conditions d'adhésion au projet.

Le deuxième point travaillé par le cercle financement tournait autour de la question de la propriété. Ils avaient décidé que chaque membre du projet devrait être propriétaire de quelques mètres carrés du terrain que Gérard Lécuyer avait bien voulu mettre à leur disposition. Les terrains qu'ils pourraient acquérir par la suite seraient répartis de façon identique, ainsi que les constructions.

— Nous éradiquons ainsi les risques spéculatifs, expliquait Manuel. Nous allons également devoir nous pencher sur le devenir des logements laissés vacants dans les villes anciennes par ceux qui ont accepté de nous rejoindre. Actuellement, le processus immobilier est complètement à l'arrêt et le premier qui bouge risque de se retrouver ruiné.

Manuel avait fait un long exposé sur le marché immobilier, les établissements financiers dans l'impasse, le gel des dettes par l'État en attendant que la situation se rétablisse.

— Et c'est là que nous créons le paradoxe : en nous développant et en reprenant à notre compte les biens de ceux qui veulent nous rejoindre, nous réduisons le risque qui pèse sur les établissements financiers.

Il expliqua ensuite les actions qui devraient être entreprises par le gouvernement pour garantir que leur action ne recrée pas une nouvelle bulle spéculative à un autre endroit.

— Ainsi, conclut-il, nous contribuerons au redressement du pays et, pourquoi pas, d'autres pays où nous aurons réussi à prendre pied.

Ils restèrent un moment silencieux, puis chaque membre du groupe expliqua ensuite ses avancées en matière économique. Ce point était très important. Morgane Lambert les avait chargés de remettre debout les processus économiques qu'ils jugeraient utile de redresser en incorporant les femmes et les hommes qui acceptent d'adhérer à leur concept en renonçant à leur statut actuel de chômeur ou de salarié et acceptent cette nouvelle façon de travailler.

— François, dit Manuel, tu voulais nous présenter un projet de transport ?

— En effet, répondit-il en se raclant la gorge. Je commencerai par les processus économiques. Aujourd'hui, nous avons pris pied dans plusieurs villes en réinvestissant des locaux laissés à l'abandon. Pour l'instant, les habitants nous regardent d'un œil plutôt neutre, mais il y a un risque s'ils se disent que, *in fine*, nous ne leur apportons rien en termes de retombées économiques et d'emploi au sens traditionnel. De plus, nous avons des problèmes de logistique importants à déplacer tous nos Bâtisseurs pour travailler à des distances parfois importantes. C'est pourquoi je vous propose de relocaliser ces activités ou tout du moins localiser les nouvelles à proximité immédiate de notre implantation.

Une main se leva autour de la table. Manuel intervint.

— Laissons François s'exprimer jusqu'au bout. Nous débattrons ensuite de ces propositions. Je te prie de continuer.

— Merci. Nous nous sommes penchés sur la question du transport. L'idée de prolonger la voie de chemin de fer jusqu'ici et de créer une gare est une bonne idée. Par contre, nous devons régler la question des derniers kilomètres. Nous avons bien les vieux camions qui nous ont été prêtés par le gouvernement, mais ils polluent beaucoup et ont des consommations de l'ordre de cinquante litres de carburant au cent kilomètres…

— Viens-en aux faits ! dit Manuel.

— J'ai passé quelques coups de téléphone à différents ministères et j'ai trouvé la trace d'une entreprise qui a ou est sur le point de fermer boutique. Elle est propriétaire de brevets et avait développé le prototype d'un moyen de transport basé sur la suspension électromagnétique, donc non polluante. Les infrastructures sont légères et pourraient être installées rapidement.

— Voilà une idée intéressante, dit Manuel.

— Dernier point : je pense qu'il est indispensable de donner un nom à notre ville nouvelle.

Ils avaient débattu puis chacun d'eux avait continué à exposer ses résultats et ses projets. Manuel leur avait ensuite développé son souhait de définir d'ici peu les contours et plans de masse de ce que serait leur cité et plus particulièrement la première tranche de construction. Cela permettrait de débuter les travaux de terrassement.

François avait gagné son « pari ». Il avait été chargé par le comité de monter un cercle « transport urbain » qui permettrait de se déplacer à l'intérieur de la ville et de relier les différents pôles économiques locaux. Il aurait comme mission d'installer un prototype de ce moyen de transport sans contact mécanique.

Pour le nom de la ville, un appel à projets allait être lancé parmi les différents cercles. S'il avait pu imaginer à ce moment que cette idée de donner un nouveau nom à la première ville nouvelle allait changer radicalement l'image que leur projet donnerait au reste de la population, tel un phare allumé au milieu de la nuit qui guiderait les bannis de la « vieille » société et tous ceux qui aspiraient à tenter autre chose, ne plus subir et prendre leur destinée en main.

Le soir même, Manuel et François rendaient compte à Morgane Lambert de l'avancée de leurs idées. François exposait le projet de Transport et elle les assura qu'elle ferait le nécessaire pour que tout se passe bien.

16 novembre 2030

François attendait le départ de la navette pour Riom à six heures. Il avait dit « à très bientôt » à Nathalie, encore endormie. Il somnolait, la tête appuyée sur la fenêtre du wagon.

Les évènements des derniers jours lui revenaient en mémoire : Manuel avait reçu l'avant-veille un message à destination de François, émis par le ministère du Transport, invitant ce dernier à participer à une session de travail qui pourrait durer plusieurs jours.

— Morgane Lambert est toujours aussi efficace, avait dit Manuel. On dirait que tu prends du galon.

François avait simplement haussé les épaules.

Il se présenta à la mairie de Riom où deux personnes l'accueillirent, puis il fut transporté en hélicoptère jusqu'à la capitale. Il fut accueilli dans un fort à l'est de Paris par deux militaires, puis conduit dans une salle de réunion. L'homme qui semblait le plus gradé lui présenta pendant quelques minutes les installations militaires. François trouvait que cela n'avait aucun intérêt, mais écoutait poliment. La porte s'ouvrit soudainement et Morgane Lambert pénétra dans la pièce. Instinctivement, il se leva. Les militaires, eux, saluaient règlementairement.

— Repos ! Bonjour, messieurs, contente de vous revoir, dit Morgane Lambert en leur tendant la main l'un après l'autre.

Elle tourna son regard vers François.

— Monsieur Cervantès, bienvenue dans ce fort qui abrite une partie des services de renseignements. Je dois d'abord vous poser la question de savoir si vous êtes toujours volontaire pour travailler… disons différemment, pour votre pays.

— Oui, Madame.

— Bien. Dans ce cas, bienvenue parmi nous.

Parmi nous ? se dit François.

— Ici, reprit Morgane Lambert, pas de contrat d'engagement. Tout est basé sur la confiance. En revanche, nous sommes très sévères avec ceux qui trahiraient cette confiance par de quelconques indiscrétions, même dans leur entourage proche.

L'avertissement était très clair. Elle reprit.

— Je comprends tout à fait votre surprise. Vous partiez pour une réunion de travail et vous vous retrouvez ici. Je souhaitais que nous ayons cette petite discussion avant de vous remettre aux bons soins du commandant Martin. J'ai également demandé au général Lagaudière de nous rejoindre pour une raison toute particulière…

Elle ménagea son effet.

— Il était l'officier traitant de votre père… Mon général, voulez-vous bien nous parler un peu de Monsieur Cervantès père ?

François était suspendu à ses lèvres. Le général raconta quel homme était Manuel, les missions qu'il avait remplies, en Afrique, en Amérique du Sud, au milieu de la jungle amazonienne et en divers points de la planète. Une partie des sujets de reportage étaient fournis par les services en échange d'observations sur le terrain ou de missions d'exfiltration de transfuges politiques. Il fréquentait les milieux de la drogue et servait d'officier de liaison avec des agents en immersion.

— Votre père était un grand soldat. Rassurez-vous, nous ne vous demanderons pas de faire autant, car vous n'avez pas de formation militaire.

— Il avait une formation de militaire ?

— Oui. Il a passé quelques années comme officier réserviste en situation d'activité militaire avant d'entreprendre une carrière de journaliste. C'est en utilisant ces deux qualités que nous l'avons recruté.

— J'ignorais tout cela.

— Il a omis de vous le dire, vous trouvant sans doute trop jeune pour le savoir. Pour ce qui est de son travail chez nous, vous n'aviez aucun moyen d'en avoir connaissance, car vous avez compris qu'il vaut mieux rester discret dans notre métier.

C'est au cours de cette discussion que François prit la décision de poursuivre ce que son père avait commencé bien des années auparavant.

Le commandant Martin lui donna ensuite des détails sur ce qu'ils attendaient de lui, c'est-à-dire enquêter discrètement sur les membres des Bâtisseurs de Bonheur et des nouveaux entrants qu'il aurait l'occasion de côtoyer, pour garantir qu'aucun ne travaillait pour un ennemi du projet de société alternative.

— Le combat risque d'être dur, conclut le commandant Martin, et Madame Lambert tient tout particulièrement à ce que votre projet réussisse. Bien entendu, vous recevrez une solide formation, car le métier « d'espion » ne s'improvise pas. Nous nous verrons à la marge de travaux, ministériels ou autres, auxquels vous participerez officiellement, mais qui serviront de couverture. Votre nom figurera sur les comptes rendus officiels, vous participerez à quelques réunions et vous aurez à chaque fois une synthèse complète des travaux réalisés que vous devrez apprendre par cœur. Nous vous demanderons aussi une très bonne condition physique et vous devrez vous entrainer quotidiennement. Enfin, vous devrez nous rendre compte très régulièrement de vos activités ou découvertes par des moyens discrets que nous vous fournirons ou mettrons en place, même lorsqu'il ne se passe rien de particulier, ceci comme preuve de vie.

François sentait qu'il était chez les pros.

– Une dernière chose, reprit Martin, pas besoin d'enquêter sur Nathalie Ferré, elle est « clean ». Nous vous avons épargné cette corvée. À ce sujet, je vous félicite. Vous avez très bon gout.

François ne sut quoi répondre. Sans doute n'y avait-il rien à ajouter. Il avait juste la preuve qu'il n'était pas seul à travailler sur ce sujet, mais se dit qu'il y avait peu de chance pour qu'il apprenne de qui il s'agissait. Morgane Lambert conclut la réunion.

– Monsieur Cervantès, bienvenue parmi nous. Vous verrez, nous sommes une grande famille.

François nota que depuis le début de cette réunion, elle ne l'appelait plus jeune homme.

Il resta en tout trois jours, à suivre une première formation intensive, mais cela ne lui faisait pas peur. Il devrait aussi apprendre à cloisonner les informations dans sa tête pour ne pas prendre le risque de se trahir accidentellement.

30 novembre 2030

François et les membres de son cercle Transport urbain étaient partis la veille pour Vitry-le-François où se trouvait l'entreprise qui avait fabriqué le prototype du moyen de transport qu'ils comptaient expérimenter. Ils étaient venus à plusieurs véhicules : une voiture et quatre camions semi-remorques à ridelles. Nathalie lui avait prodigué maintes recommandations : « fais attention à toi, ne prends pas froid ». Il souriait en y repensant, tout en s'escrimant à essayer de tenir sa remorque en ligne, car elle avait tendance à riper vers la droite.

Vers quatorze heures, alors qu'ils traversaient la ville de Sézanne, la neige s'était mise à tomber. Ils arrivèrent à destination en milieu d'après-midi. François était épuisé par la conduite sur le verglas. Les cinq véhicules militaires pénétrèrent dans la cour de l'entreprise SCMV, l'ex-Société de Construction Mécanique de Vitry. Le manteau blanc immaculé indiquait qu'il n'y avait pas d'activité.

Un homme portant un anorak rouge, capuche relevée, vint à leur rencontre. Une fois que François et ses compagnons furent descendus des cabines des tracteurs et de la voiture, il s'approcha pour les saluer.

— Bonjour, je suis Franck Bonsergent, ancien directeur de cet atelier. Nous sommes fermés depuis maintenant quatre mois et je fais l'objet d'une réquisition émanant du bureau du Premier ministre pour vous accueillir et répondre à toutes vos sollicitations.

— Enchanté, Franck. Je suis François Cervantès, le responsable du groupe. Il présenta rapidement ses camarades. Pourrions-nous faire une visite de vos installations pour évaluer la situation ?

— Ce ne sont plus mes installations, mais pas de soucis. Vous êtes militaires ?

— Non, civils. Ces véhicules ont été mis à notre disposition par le gouvernement.

— Venez à l'intérieur, nous serons mieux pour discuter.

Il les précéda dans la bâtisse.

— Alors comme cela, le gouvernement s'intéresse à nos travaux ? Dommage qu'il ne l'ait pas fait avant, l'entreprise aurait peut-être pu survivre. Ici, à Vitry, il n'y a quasiment plus rien. Tout a plus ou moins fermé pendant la grande crise.

— Je sais, dit François, chacun a été touché par cette catastrophe.

— Vous êtes quoi, exactement ?

— Nous nous appelons les Bâtisseurs de Bonheur et sommes en train de réfléchir à la construction d'une ville basée sur un modèle alternatif. Le but de cette expérience est de démontrer que cela peut marcher et d'éviter la récurrence des évènements dramatiques que nous avons vécus.

— Merci pour ces explications. Suivez-moi.

Ils visitèrent les ateliers comportant de nombreuses machines et des sous-ensembles mécaniques, destinés à l'industrie, qui étaient abandonnés. Dans l'une des salles, il y avait plusieurs cabines qui ressemblaient à celle que l'on trouve sur les téléfériques. Elles étaient posées au sol sur des cartons et l'une d'elles était positionnée sur un rail en forme de T inversé situé à un mètre d'altitude.

— Voilà notre « bébé ». Ce procédé, une fois commercialisé, devait assurer la prospérité de l'entreprise, mais l'histoire ne nous en a pas laissé le temps.

— C'est fonctionnel ?

— S'il y a encore un peu de *jus* dans les batteries, oui. Il y a un moment que l'électricité a été coupée.

Franck prit un outil, s'approcha de la cabine sur le rail, souleva une trappe sur le côté et actionna un commutateur. Une rampe de néon clignota dans la cabine et cette dernière se leva d'environ dix centimètres. Il appuya sur une commande et les deux portes s'ouvrirent. Il déplaça ensuite une petite échelle double sur roues.

— Vous voulez monter à bord ?

— Volontiers.

François et trois de ses compagnons escaladèrent la passerelle et se retrouvèrent dans le véhicule. Il y avait deux banquettes en vis-à-vis et une console centrale dotée d'un écran d'ordinateur horizontal qui devait servir à manœuvrer l'engin. Il s'adressa à Franck à travers la porte ouverte.

— Il est fonctionnel ?

— Je ne peux pas faire de démonstration, car il n'y a plus de courant, mais en théorie, oui !

Ils montèrent les uns après les autres dans le véhicule. À la fin de la visite, Franck referma les portes et coupa l'alimentation.

— Ça économisera les batteries.

— Bien, dit François. On regardera tout ça en détail demain. Avez-vous un endroit où nous pourrions dormir pour la nuit dans l'atelier ?

— Vous n'y pensez pas. Vous allez venir à la maison. Vous êtes invités à prendre un repas chaud, puis nous vous logerons dans le voisinage.

— C'est très aimable à vous. Mes amis, nous emmenons les tracteurs routiers avec nous. Je vous remercie de dételer les semi-remorques.

— En principe, il n'y a pas de problème, ici.

— On n'est jamais trop prudent, répondit François.

Le soir, Franck avait improvisé un repas de fortune avec les voisins qui avaient été sollicités pour les loger. Les quatre camions militaires stationnés dans la rue créaient l'évènement.

Le repas, préparé en commun, était simple, mais bon. Ils avaient ensuite discuté pendant la soirée et une partie de la nuit de leurs histoires respectives. Les habitants de Vitry voulaient tout savoir sur cette organisation. François était intarissable et expliquait l'origine et les enjeux qui se cachaient derrière ce projet.

— Quand on t'entend parler, disait Franck, on a l'impression que tout est simple.

— C'est surtout une aventure humaine extraordinaire. Et puis changer le monde, mais pas devant une télé, et construire une ville de toute pièce sont des motivations exaltantes.

La soirée était bien avancée quand François s'excusa :

— Il se fait tard et demain, nous allons avoir pas mal de boulot. Il faut que je passe en gendarmerie pour régler un ou deux problèmes. Françoise et Maxime, vous viendrez avec moi. Départ à huit heures. Pour les autres, on se retrouve à l'entrepôt.

François demanda s'il pouvait téléphoner pour donner des nouvelles, car il n'arrivait pas à établir une connexion avec son téléphone mobile, mais Franck lui dit que malheureusement les réseaux étaient indisponibles pour l'instant.

Le lendemain à sept heures, François poussa la porte de la cuisine dans laquelle Franck et sa femme, Anna, se trouvaient attablés.

— Bien dormi ? demanda cette dernière.

— Je ne crois pas avoir aussi bien dormi depuis bien longtemps. C'est largement mieux que la nuit passée dans les camions.

François écarta le rideau de la fenêtre. La neige était tombée sans discontinuer pendant la nuit et son camion était partiellement recouvert.

— La neige est arrivée de façon précoce, cette année, dit Franck.

Françoise et Maxime entrèrent à leur tour dans la cuisine.

— Nous allons avoir du boulot pour déblayer le véhicule.

— On prend un café et on s'y met, dit Maxime.

— Je vais vous aider, ajouta Franck. Tu souhaites que je vienne avec vous, ensuite ?

— J'allais te le demander pour le cas où nous aurions quelques résistances.

Il fallut dégager un chemin pour pouvoir mettre le camion sur la chaussée. Le moteur, après quelques essais, finit par démarrer. Ils prirent place tous les quatre dans la cabine et se dirigèrent vers la gendarmerie. Pendant le trajet, Franck leur dit :

— Nous avons longuement discuté avec ma femme hier soir. Vous avez un tel enthousiasme. Nous souhaiterions rejoindre votre projet.

François resta silencieux un instant, puis dit :

— Franck, c'est formidable. Bienvenue parmi nous.

Leur arrivée devant la gendarmerie créa un grand émoi. Un camion militaire avec quatre civils dedans, c'était pour le moins inattendu. Le planton de service sortit de méchante humeur en leur demandant ce qu'ils venaient faire là et de quel droit ils circulaient en véhicule militaire.

– Bonjour, Monsieur. Je m'appelle François Cervantès. Je suis missionné par le bureau du Premier ministre et souhaite m'entretenir avec votre officier responsable.

– Le lieutenant Liobert est occupé en ce moment et ne peut pas vous recevoir.

François essaya de prendre l'air le plus autoritaire qu'il pouvait.

– Monsieur, je vous demande de prévenir votre supérieur et de me mettre en contact immédiatement avec Morgane Lambert, notre Premier ministre, dont voici le numéro de ligne directe. Elle attend mon appel et déteste qu'on soit en retard.

Le gendarme baissa pavillon. Il les fit entrer dans un petit local et s'absenta. Quelques instants plus tard, il revint accompagné d'un officier.

– Bonjour, madame et messieurs, je suis le lieutenant Liobert et vous prie de bien vouloir nous excuser pour ce malentendu. J'étais effectivement informé de votre venue par le bureau du Premier ministre, mais il semble que les consignes aient été mal transmises sur le jour et l'heure de votre passage. Nous allons vous mettre rapidement en relation avec le ministère.

Il fit signe au gendarme d'exécuter son ordre.

– Puis-je vous offrir un café en attendant ?

La discussion avec le bureau du Premier ministre avait été brève, mais efficace. Ils faisaient le nécessaire pour que l'électricité soit rétablie dans les plus brefs délais et que les locaux soient sécurisés. Après que François eut fait un rapide topo sur la situation et les perspectives que cette société défaillante pouvait offrir au projet, le chef de cabinet de Morgane Lambert lui dit qu'il allait voir ce qu'il était possible de faire pour que les deux structures puissent converger. En revenant dans la pièce dans laquelle se trouvaient ses amis, François dit à l'officier :

– Le chef de cabinet de Morgane Lambert souhaite s'entretenir quelques instants avec vous.

Il revint quelques minutes plus tard.

– J'ai reçu l'ordre de placer les bâtiments et leur entourage sous contrôle militaire. Nous devons en assurer la sécurité et recevrons le renfort de l'armée. Je ne sais pas qui vous êtes, mais vous devez être sacrément important.

François sourit.

– Vous pouvez prendre nos véhicules dans le dispositif de surveillance du site la nuit prochaine ?

– Bien entendu, répondit Liobert, surpris qu'il connaisse cette expression typiquement militaire.

François sollicita ensuite la permission de passer un coup de fil plus personnel, réussit à atteindre un des téléphones cellulaires sur la zone de chantier des Bâtisseurs de Bonheur. Il rendit compte de l'avancement de sa mission, pria Manuel de prévenir les conjoints de ses camarades que tout se passait bien. Il demanda à Manuel s'il pouvait parler avec Nathalie.

– J'ai appris que vous étiez ensemble ?

– Oui Manuel.

– Félicitations, mon garçon. Je suis content pour toi.

Il ajouta avec dans la voix ce que François détecta comme de la nostalgie :

– J'ai toujours pensé aux autres. Je devrais peut-être m'occuper un peu de moi.

– Ouvre ton cœur, lui dit François, rends-toi disponible et les choses arriveront comme elles doivent arriver.

– Je te remercie, François, tu es généreux. Je vais te chercher Nathalie.

Cinq minutes plus tard, elle prenait l'appareil.

– François ? Je me suis fait un sang d'encre.

– Désolé, il n'y a plus de réseau téléphonique à l'endroit où nous nous trouvons. Je t'appelle depuis une ligne de la gendarmerie. Tout va bien. Nous serons de retour au plus tard après-demain matin.

– Sois prudent.

– Ne t'inquiète pas.

– Je t'aime.

Ils retournèrent ensuite à l'entrepôt. Les autres Bâtisseurs avaient commencé à déneiger les remorques et les avaient attelées. Une heure plus tard, un technicien se présentait pour rétablir le courant électrique.

– Le moins qu'on puisse dire, c'est que tu es efficace, dit Franck à François.

91

Ils purent procéder à des essais de fonctionnement du petit véhicule qui se déplaçait sans bruit sur le rail en béton.

— Les cabines, expliquait Franck, sont munies de capteurs qui leur permettent de se synchroniser les unes avec les autres et d'avancer en convoi. Elles s'arrêtent automatiquement lorsqu'un obstacle est détecté.

— C'est tout à fait ce que j'imaginais, dit François. Bon. Que nous faut-il pour faire une démonstration convaincante ?

— Je pense que trois ou quatre-cents mètres de voie seront suffisants, ainsi que les quatre cabines opérationnelles dont nous disposons.

Vers midi, Anna et ses deux enfants vinrent leur apporter de quoi déjeuner. Ils discutèrent encore un peu du projet des Bâtisseurs et des conséquences possibles sur leur vie.

— Vous savez, leur dit François, cela demande de l'abnégation. Il ne faut pas avoir peur de l'aventure. Avec nous, il est toujours possible de faire marche arrière. De plus, nous aurons besoin de relais dans les territoires. Vous pourriez faire partie de notre projet tout en restant chez vous. Il faudra en rediscuter.

Deux voitures de gendarmerie se présentèrent dans la cour. Le lieutenant qui les avait accueillis le matin occupait la place passager du premier véhicule bleu marine.

— Bonjour, Messieurs. Nous prenons en charge la sécurité des équipements. Un détachement de l'armée ne va pas tarder à nous rejoindre. Voici des bons de réquisition de carburant.

— Merci lieutenant. Les gars, on charge ce soir. Départ demain à quatre heures.

L'officier repartit dans son véhicule tandis que deux gendarmes se préparaient pour passer la nuit. Les Bâtisseurs commencèrent à se mettre au travail. Il fallait disposer les rails têtebêche et placer des entretoises en bois pour et éviter qu'ils ne se détériorent pendant le transport. Les quatre cabines furent sanglées sur des palettes, puis rangées dans la quatrième remorque, bien protégées.

— Franck, souhaitez vous venir avec nous, Anna et toi, pour nous aider à la démonstration, cela vous permettrait de vous faire une idée plus précise sur notre organisation ?

— Dans ce cas, il faut que nous soyons autonomes pour pouvoir revenir ici après.

— Bien entendu. Nous prendrons à notre charge le carburant.

— Je vois avec Anna et je te dis.

– Je ne te cache pas que ça m'enlèverait une épine du pied.

Le lendemain à quatre heures précise, ils se mettaient en route. Anna, Franck et leurs deux enfants les accompagnaient dans leur propre voiture.

Chapitre 4 – Libertyville

6 décembre 2030

Dans le sous-sol d'un grand immeuble des Champs-Élysées, à Paris, des représentants d'une cinquantaine d'entreprises françaises ou de grands groupes internationaux étaient réunis.

Une grande table occupait la majeure partie de la pièce et la lumière était tamisée pour entretenir un peu plus le côté secret de cette réunion. Des gardes du corps, armés, assuraient la sécurité des lieux. Édouard de la Tour, PDG d'une grande compagnie agroalimentaire et président de la toute nouvelle chambre syndicale des grandes entreprises françaises, le SYGEF, se tenait debout à l'extrémité de la table. Il les invita à s'assoir, puis débuta son discours à voix mesurée, comme pour s'assurer qu'aucune de ses paroles ne quitte la salle.

– Mes amis... Mes amis, je vous remercie d'avoir répondu favorablement à mon invitation et de vous être déplacés jusqu'ici. Comme j'en ai fait part à vos dirigeants ou à vous-même, nous devons considérer les initiatives qui ne vont pas dans le sens de nos intérêts comme une menace pour nos organisations et il convient de les éradiquer, ou tout au moins de les empêcher de nous nuire. Nous suivons depuis quelques mois déjà le projet lancé par Morgane Lambert, notre idéaliste et irréaliste Premier ministre, pour relancer le pays. Cette idée d'une allocation pour tous qui avait été mise en place au début de la crise nous semblait une très bonne idée, car elle nous permettait de continuer à exister et maintenir notre chiffre d'affaires tout en nous permettant de faire un peu de ménage dans nos organisations sous couvert de la crise. Bien sûr certaines entreprises sont mortes, mais les choses allaient plutôt dans le bon sens.

Les personnes présentes opinaient du chef.

– Et puis il y a eu ce projet de relance et de création de villes nouvelles. En soi, c'était plutôt une bonne initiative, car bon nombre de crises ont été résorbées grâce au lancement de grands projets par l'état. Nous avons appris par quelques amis qu'au lieu de nous soutenir massivement pour relancer l'économie et nos entreprises, ce projet insensé prenait une direction différente de nos propres intérêts.

Des cris de désapprobation fusaient de la salle.

– Cette dame a jugé opportun de favoriser une association de doux rêveurs qui s'est baptisée « les Bâtisseurs de Bonheur »... Il paraît qu'elle fonctionne sans argent. Foutaise... Le bonheur ne peut venir que de l'argent...

Les participants applaudissaient et quelques « bravos » fusaient.

– Nous avons jusqu'ici regardé cette initiative avec un regard indifférent, persuadés que ce mouvement resterait autocentré, comme ce fut le cas pour les hippies dans la seconde moitié du vingtième siècle, mais il semblerait que ce ne soit plus le cas et que ces projets prennent maintenant une toute autre dimension.

Les représentants des grandes compagnies s'exaltaient :

– Bien dit... Réagissons...

– Mes amis... Mes amis..., reprit Édouard de la Tour en faisant un geste apaisant, mais plus déterminé que jamais, nous ne pouvons tolérer plus longtemps un tel camouflet de la part de notre gouvernement qui fait fausse route.

Il invectivait ses collègues.

– Nous allons donc devoir nous occuper nous-mêmes de cette question et « tuer » définitivement cette initiative que nous mettrons sur le compte d'un moment d'égarement de notre Première ministre dont nous demanderons ensuite la démission.

Il avait dit cela d'une voix méprisante

– Nous devons contrattaquer sur le front économique pour empêcher les projets de se développer, sur le plan de la communication pour les discréditer aux yeux de la population et je compte sur vous pour corrompre une partie d'entre eux afin de les miner de l'intérieur... Chaque être humain a son prix, après tout.

7 décembre 2030

François avait réuni les membres du cercle « déplacement urbain ». Nathalie et Julien Scaglione, son binôme, avaient demandé à faire partie du cercle pour s'assurer que les questions d'écologie ne seraient pas laissées de côté. Étaient également présents Anna et Franck Bonsergent, et leurs deux enfants qui se passionnaient pour ce projet.

— Chers Bâtisseurs, dit François qui présidait l'assemblée, je tenais à vous remercier pour le travail remarquable que vous venez de réaliser. Nous avons suffisamment de rails installés pour faire notre démonstration la semaine prochaine. Nous aurons le ban et l'arrière-ban, aussi nous devons faire de cet évènement une réussite. Faisons, si vous le voulez bien, un point de situation. Franck ?

— Nous avons trois-cent-quatre-vingts mètres de voie opérationnelle avec une bifurcation. L'alimentation principale de cinq-mille Watts est doublée avec un groupe électrogène et quatre cabines circuleront en convoi avant d'emprunter séparément les différents itinéraires.

— Merci, Franck. Je souhaiterais que tu nous assistes sur la projection de la suite du projet et les études d'impact.

Nathalie leva la main.

— Nathalie ?

— Nous devons prendre en compte dès à présent l'incidence de ce projet sur notre environnement, notamment la problématique des champs électromagnétiques, la question des traversées de voies par les piétons et les véhicules, ainsi que la desserte des zones fortement urbanisées.

— Merci, Nathalie. C'est justement là que je voulais en venir, imaginer ce moyen de transport en situation. Avons-nous des dessinateurs parmi nous ?

Une main se leva.

— Tu saurais nous faire des dessins d'ambiance ?

— Oui, mais ça serait plus facile à plusieurs.

— On va arranger ça.

François voulait que la promotion de son projet transport se fasse sur fond de ville totalement nouvelle. Il fallait absolument qu'il n'y ait pas de ressemblance avec les villes existantes pour éviter qu'inconsciemment les habitants ne recréent une société similaire à ce qu'ils avaient connu jusque-là. Il essayait d'orienter ce projet de ville vers quelque chose de plus futuriste pour permettre aux idées novatrices d'éclore et de s'épanouir. Ce n'est pas vers le passé qu'il fallait chercher des solutions. François était conscient qu'il y avait des risques forts de blocage du projet tant que les membres n'auraient pas donné leur consentement, mais il allait falloir tenir bon. Il se dit que Manuel, avec sa grande sagesse, saurait certainement apporter les arguments nécessaires en cas de blocage. L'idée de sauver toutes ces personnes du risque d'être broyé par la crise l'exaltait.

12 décembre 2030

François et les membres de ses cercles avaient travaillé comme des forcenés au cours de ces cinq derniers jours. Certains avaient imaginé ce que pourrait être le projet de transport. Trois des membres réalisaient des dessins d'ambiance pour essayer de montrer à quoi pourrait ressembler la ville terminée. Nathalie avait réussi à dénicher, Dieu seul sait comment, un ordinateur avec un expert du graphisme en trois dimensions qui faisait la modélisation des véhicules et des infrastructures d'après les esquisses proposées sur papier. Ce matin du douze décembre, ils étaient prêts. Une exposition reprenant les idées fortes du projet et présentant des données liées à une éventuelle mise en production avait été montée sous une tente. Le but était de convaincre le cercle de gouvernance de donner son consentement à la réalisation de ce mode de transport.

— Cher Manuel, chers amis, dit François devant les différents comités présents, nous avons le plaisir de vous présenter ce qui sera certainement le moyen de déplacement privilégié dans notre ville et qui permettra de se dispenser des moyens de transports individuels comme la voiture. Vous pourrez vous faire une idée grâce à l'exposition que nous avons préparée sous cette tente derrière moi, puis nous vous ferons une petite démonstration du fonctionnement des véhicules.

Bien sûr, il ne s'agissait que d'un prototype, mais le groupe s'était montré enthousiaste. Ce qui avait le plus frappé les esprits, c'était un dessin montrant une route entre des sortes de collines parsemées de fenêtres et de portes, donnant une impression d'habitats troglodytes incorporés dans un paysage. Les membres du comité de gouvernance avaient été unanimes pour déclarer que cette idée de ville méritait d'être développée.

À l'issue de la visite, Manuel fit un petit discours vantant les qualités du projet présenté et qu'il conclut par :

— Chers amis, nous avons un premier projet opérationnel. Je vous propose de créer une distinction et de baptiser « conquérants » les Bâtisseurs qui ont participé à cette aventure.

Tous se mirent à applaudir. François en avait les larmes aux yeux. C'est vrai qu'il n'avait pas ménagé ses efforts ces derniers temps, mais c'était la première fois de sa vie qu'il recevait une telle marque de reconnaissance.

Le soir, il était rentré dans la petite chambre où Nathalie, partie un peu plus tôt, l'attendait. Ils faisaient appartement commun depuis quelque temps déjà, ce qui avait permis à François d'offrir sa chambre à Anna et Franck.

— Alors, dit-elle, ça fait quoi d'être l'homme le plus important de la ville ?

— Je te l'ai déjà dit, je ne suis qu'un révélateur de talent, et puis tu y as grandement contribué.

— Ne fais pas ton modeste. Manuel a dit à tout le monde que tu étais un génie… Oyez, oyez, bonnes gens, je vis avec un génie.

— Arrête !

— Non, je le pense sincèrement.

13 décembre 2030

François devait discuter avec Anna et Franck de la suite des opérations. Charlie, le comptable, suggérait de fabriquer les véhicules ici, sur leur site en cours d'implantation ; par contre, ils ne disposaient d'aucun matériel ni de toutes les compétences nécessaires pour la réalisation.

— Et si on tentait de recruter ceux qui ont contribué à ce projet à la SCMV ? disait François. Ils ne viendront peut-être pas tous, mais certains d'entre eux pourraient être intéressés par notre organisation.

— On peut essayer, dit Franck. J'en connais encore quelques-uns. L'aventure pourrait les tenter.

Décision fut prise de retourner à Vitry-le-François. Manuel avait fait savoir qu'il irait avec eux pour appuyer le bon démarrage de ce projet. Nathalie faisait également partie du voyage. Avant de se mettre en route, comme le temps ne permettait pas de faire trop de travaux en extérieur, Manuel avait lancé un concours pour imaginer la ville dans laquelle les uns et les autres souhaitaient habiter et lui trouver un nom.

Pendant le trajet en direction de Vitry, Manuel avait proposé à François de travailler sur un sujet politique. Ils étaient assis à l'arrière de la berline, Nathalie était sur la place passager avant et Louis, un Bâtisseur d'une cinquantaine d'années, conduisait.

— François, nous devons réfléchir à l'avenir de notre organisation. Aujourd'hui, il règne une exaltation comme dans tous les nouveaux projets, mais qu'en sera-t-il dans cinq ans ? N'y a-t-il pas un risque de lassitude ?

— C'est effectivement une possibilité.

— Si nous voulons exister, nous devons grandir. Nous sommes insignifiants à l'heure actuelle. Tout au plus une bactérie dans l'océan. Nous devons absolument nous enraciner plus profondément et nous développer. Sinon, nous resterons une expérience intéressante et serons considérés par ceux qui seront redevenus puissants, une fois la crise passée, comme une bande de doux rêveurs qui ont échoué. Le pire est, bien entendu, que cette aventure n'arrive pas à décoller ou s'arrête tout simplement.

— Vu sous cet angle, le risque est important.

— Je ne suis pas spécialement pessimiste, mais nous devons nous atteler dès à présent à cette tâche. Fixons-nous comme objectif que notre ville, qui sera en quelque sorte notre navire amiral, soit totalement autonome et ait au moins trente-mille habitants d'ici fin deux-mille-trente-et-un et commence rapidement à essaimer sur le territoire, voire hors des frontières.

— Nous devons recruter dès maintenant, dit Nathalie en se retournant.

— C'est précisément le but de ma présence avec vous aujourd'hui, précisa Manuel. Vous partez en ce moment en expédition avec un objectif : développer votre projet de véhicules. Je vais y ajouter une vision et tenter de convaincre des personnes, comme vous semblez avoir plus ou moins réussi avec Franck et Anna.

— Ça n'a pas été bien compliqué, dit François. Ils sont aux abois et leur vie n'a plus vraiment de sens sans activité. On voit bien que l'aide financière apportée par le gouvernement permet de survivre, mais ne donne pas la possibilité de se projeter dans le futur. Et puis Franck n'a pas été trop difficile à convaincre. Ce concept était son « bébé ». Il était très triste de son abandon et cette remise en route l'a littéralement transcendé.

— C'est exactement cela et nous devons nous servir d'exemples comme celui de Franck, s'il accepte de nous rejoindre.

— Nous devons démontrer, reprit François, que l'épanouissement personnel peut se faire en dehors de l'argent. Si nous laissons l'argent revenir au milieu de notre aventure, c'est fichu. Chacun reprendra ses vieilles habitudes et les travers comme la jalousie, la cupidité ou les revendications financières reviendront au grand galop. Je ne donne pas longtemps pour que l'administratif reprenne également le dessus.

— C'est bien, mon garçon, dit Manuel, je vais te prendre avec moi sur les questions politiques.

— Comment vois-tu les choses ? demanda Nathalie à Manuel.

— Nous devons procéder comme nous avons fait jusqu'à présent : suggérer et laisser les groupes s'autoorganiser. L'avantage est double : les membres montent les projets et y adhèrent nécessairement. Il n'y a ainsi ni défiance ni contestation. L'idée d'associer les contestataires à l'obligation de participer à l'élaboration de la solution est assez révolutionnaire. S'il reste un lot de perpétuels frondeurs, ils seront exclus naturellement par le groupe, créant une autorégulation. L'action politique devient donc l'organisation de la bienveillance et pas uniquement la gestion des mécontentements.

— Manuel, ajouta Nathalie, il y a des jours ou je voudrais être toi.

— Ne dis pas ça. Je ne suis pas différent de vous. Tu es tout à fait capable de faire la même chose. Il suffit que tu arrives à t'en convaincre toi-même. Entends ce que les autres te disent et le reste s'imposera à toi de lui-même.

François passa sa main à côté de l'appui-tête du siège avant et caressa ses cheveux.

— Nathalie, tu es une fille formidable ; puis il lui chuchota à l'oreille : je t'aime.

— J'ai entendu, dit Manuel. Bon, continuons nos travaux.

14 décembre 2030

Nathalie, Franck et François avaient passé la journée à rendre visite à d'anciens collaborateurs de la société pendant que Louis et Manuel s'occupaient de choses plus politiques. Franck avait simplement dit à ses compagnons qu'une partie des activités de la SCMV allaient reprendre. Il leur proposait de les rejoindre en fin d'après-midi sur place.

Une quarantaine de personnes s'étaient présentées, intéressées par l'opportunité de retrouver un emploi et par le mystère qui régnait autour de cette reprise d'activité. Manuel présenta le projet de société des Bâtisseurs de Bonheur. François, Nathalie et Louis témoignèrent tour à tour de leurs expériences personnelles, puis Manuel laissa s'exprimer ceux qui allaient peut être collaborer. Ce fut un jeu de questions-réponses. Manuel était habile, car il ne répondait jamais, ou rarement, directement à une question, mais orientait le groupe vers la recherche d'une solution. Au bout de deux heures, le sujet semblait épuisé, Manuel leur avait expliqué le principe de la gouvernance dynamique auquel ils avaient l'air d'être réceptifs.

— Il y a un dernier point que vous devez absolument savoir avant de prendre une quelconque décision : je vous ai raconté précédemment que nous travaillons de manière collaborative, chacun ayant des droits, mais surtout des devoirs. Dans les droits, citons celui d'avoir un toit et de quoi se nourrir, le droit à l'éducation des enfants, à la santé, et j'en passe. Parmi les devoirs, il y a l'obligation de contribuer à la vie et au développement de notre organisation, tant sur le plan économique que dans la vie de la cité.

Il détailla l'organisation en cercles et l'implication nécessaire de chacun, leur parla du projet de transport, de leur ville nouvelle. Ce fut Franck qui leur livra ses impressions et son ressenti sur ce qu'il avait vécu lors de sa visite dans le Massif central et de son intention de continuer l'aventure. Nathalie leur présenta ensuite des dessins d'ambiance qu'elle avait apportés avec elle pour leur donner une idée de ce que pourrait-être la ville qu'ils projetaient de construire, et surtout la place du moyen de transport qu'ils avaient imaginé.

— Ne voudriez-vous pas voir ce projet aboutir, pouvoir vous dire que vous en êtes à l'origine ?

Elle expliquait avec fougue et conviction comment elle imaginait l'avenir pour elle et les enfants qu'elle ne manquerait pas d'avoir. Elle racontait avec enthousiasme comment ce projet était né. Manuel lâcha sa « bombe politique ».

— Ce que vous devez savoir dès à présent, c'est que dans ce projet, nous avons réduit l'emprise de l'argent et, à vrai dire, nous l'avons supprimé des interactions entre les uns et les autres.

Manuel se tut, laissant le temps à ses paroles de faire leur effet.

— Vous voulez dire, répliqua une femme, que vous allez faire travailler mon homme pour rien ?

— Comment allons-nous payer nos échéances ? dit une autre. Déjà que nous sommes obligés de travailler une journée gratuitement pour avoir le revenu de subsistance. Si en plus nous devons faire plus de travail gratuitement…

Manuel fit un geste apaisant.

— J'entends vos remarques. Prenons la question par l'autre bout. Pourquoi avez-vous besoin d'argent ?

— Pour payer notre logement, dit un homme.

— Pour pouvoir envoyer nos enfants à l'école, dit un autre.

– Pour aller au supermarché, dit une troisième.

– Bien, dit Manuel. Imaginons que vous n'ayez plus à vous préoccuper de ces questions.

– Pour partir en vacances, dit une femme.

– Parlons justement des vacances. Pourquoi souhaitez-vous des vacances ?

– Pour nous reposer après une année de travail harassant. Quoique cette année, depuis que la « boite » a fermé, nous n'en avons plus pris, vu que nous n'avons plus de travail.

Au bout d'un long moment d'échanges, tous convinrent que l'utilité du travail relevait plus de la question du lien social et de la contribution à la société que du revenu. Aujourd'hui, pour la grande majorité d'entre eux, ils n'avaient pas vraiment de problème de revenus, mais plutôt d'inactivité sociale liée à la destruction des entreprises.

– Dernier point important : en devenant partie prenante, il vous faudra renoncer à votre mode de vie actuel et contribuer financièrement, ou par vos actions, à l'organisation, à hauteur de vos capacités.

– Comment allons-nous faire avec nos emprunts que nous n'arrivons plus à rembourser ?

– Si vous en étiez libérés, vous viendriez ?

– Peut-être.

– Nous basons notre organisation sur la multipropriété individuelle. D'autres bâtisseurs vont financer, via l'épargne collective, le rachat de votre habitation qui deviendra un bien collectif dont vous possédez une partie. Vous renoncerez à votre droit de jouissance sur le bien. Si le cercle qui gère ce groupe de propriété décide de s'en séparer, vous devrez vous plier à sa décision. Pour éviter l'effet d'aubaine, vous ne pourrez pas rester comme occupant. N'oubliez en aucun cas que vous devenez des acteurs, pas des consommateurs. Bien entendu, vos éventuelles propriétés ne sont pas concernées par ces dispositions sauf si vous en émettez le souhait et vous aurez la possibilité d'avoir des revenus complémentaires. Notre but n'est pas de tout casser ou tout modifier, mais de faire en sorte que la situation s'améliore en utilisant des moyens différents de ceux que vous connaissiez jusque-là.

Les paroles de Manuel commençaient à faire leur chemin. Il leur rappela que tout ceci était bien entendu volontaire et que personne n'était obligé à rien. Il leur dit également que dans tous les cas, il ne se positionnerait pas en chef d'entreprise avec des salariés. Si certains d'entre eux voulaient reprendre une partie de l'activité en se montant en société par action ou en coopérative ouvrière, il était certain que les bâtisseurs étudieraient avec la plus grande bienveillance une possibilité de coopération, car ils n'étaient pas coupés totalement du monde qui les entourait.

Quelques personnes quittèrent les locaux en bougonnant, mais la grande majorité resta.

— Bien, dit Manuel. Maintenant que nous sommes entre nous, nous allons pouvoir aborder les questions pratiques.

Dès le lendemain matin, l'atelier s'était remis à fonctionner. Personne ne donnait d'ordre à personne. Louis et François avaient organisé leurs nouveaux compagnons en cercles qui étaient autonomes. Manuel avait délégué à François la mission de s'occuper des approvisionnements, car la fabrication risquait de s'arrêter rapidement faute de matières premières. Dans le milieu de l'après-midi, Manuel demanda à ce qu'ils se réunissent.

— Mes amis, je reviens de la Mairie. J'ai réussi à convaincre votre Maire de vous dispenser de vos obligations municipales en échange de votre travail ici. Vous aurez simplement à tenir informé le conseil municipal de vos travaux. Je vous laisse voir entre vous les questions d'organisation. J'ai également demandé la permission de tenir une conférence publique et il a accepté de nous recevoir vendredi prochain. Si vous êtes d'accord, je vous demanderai de faire la promotion de cet évènement auprès de personnes que vous connaissez, ou en affichant ce petit document un peu partout dans les environs, et d'y participer pour témoigner de ce que vous avez déjà fait.

16 décembre 2030

La conversation était animée dans la voiture qui s'éloignait de Vitry. François était en ébullition et Manuel semblait d'un calme inébranlable.

— Faisons le point, dit Manuel. Nous avons remis en fonctionnement l'usine de fabrication de véhicules et nous avons maintenant une antenne à Vitry-le-François. Ceci démontre bien que la principale motivation des gens, ce n'est pas l'argent, mais le besoin de reconnaissance et d'appartenance. Nous avons redonné un sens à leur vie et c'est très important.

— Manuel, rétorqua Nathalie, je ne sais pas comment tu t'y prends, mais tu as réussi à les convaincre.

— Je n'ai convaincu personne. Je leur ai juste exposé un point de vue différent du leur et ils y ont adhéré. Pas tous, d'ailleurs. Je dois reconnaitre que le message est plus efficace lorsqu'il est porté par un des leurs que lorsque c'est moi qui le délivre. Je ne suis que le technicien chargé d'expliquer le fonctionnement. D'ailleurs c'est Franck qui a fait le plus gros du travail. François ?

— Oui ?

— Lorsque le groupe fonctionnera correctement à Vitry, je souhaiterais que Franck nous rejoigne à… il est temps que nous trouvions un nom à cette ville que nous sommes en train de projeter. Il faudrait que nous entamions une campagne d'information pour étoffer nos effectifs.

— Nous sommes près de Paris. Veux-tu que nous nous arrêtions pour y tester notre attractivité ?

— Ça me parait être une bonne idée. Louis, ça ne te gêne pas si nous faisons un détour par Paris ?

— C'est comme si nous y étions.

— Je pourrai rendre visite à mes parents ? demanda Nathalie.

— Bien entendu.

En fin d'après-midi, ils s'étaient rendus au siège du journal France Matin. Pierre Mourèze, prévenu de leur venue, les avait immédiatement reçus.

— Tu habites toujours dans ton bureau ? avait demandé François.

— Plus que jamais. Et toi, que deviens-tu ? … Bon sang, je suis content de te voir.

Pierre était sincère en affirmant cela. François, après lui avoir fait promettre qu'il s'agissait d'une discussion privée, lui raconta leurs aventures des semaines écoulées.

— C'est formidable ce que vous avez réussi à faire. Puis il demanda, sans prendre de gants, en regardant Nathalie : c'est ta fiancée ?

— Oui, Monsieur dit Nathalie. Nous sommes ensemble.

— Félicitations, jeunes gens.

— Merci, Monsieur.

— Arrête de m'appeler Monsieur, appelle-moi Pierre. Je suppose que vous avez quelque chose à me demander ?

— Nous souhaitons organiser une campagne de promotion de notre projet.

— Et vous voulez un coup de pouce sur Paris.

— Si cela ne t'embête pas. Nous ne connaissons plus grand monde sur la capitale.

— Mon aide vous est acquise.

Manuel griffonna sur un papier quelques slogans pour fabriquer une petite affiche qui serait ensuite disséminée à droite, à gauche dans la ville.

— Il nous faudrait un endroit qui ne rebute pas les candidats. Quelque chose de neutre.

— J'ai une idée, dit Pierre. J'ai un ami qui possède un café-restaurant dans le onzième arrondissement. Je sais qu'il a une salle en sous-sol. Je pense qu'il acceptera de la mettre à votre disposition.

— Merci, Pierre, dit Manuel. C'est une très bonne idée.

Le patron du bar avait immédiatement donné son accord et la date de la réunion avait été fixée quatre jours plus tard. Ils avaient réalisé des affichettes qu'ils dissémineraient un peu partout en ville.

Manuel avait ensuite contacté le cabinet du Premier ministre qui avait trouvé un créneau pour les recevoir et prendre des nouvelles de leur aventure. François avait abordé le sujet de la réunion publique qui devait avoir lieu bientôt. Morgane Lambert trouva l'idée excellente et leur promit de leur faciliter la tâche pour cette séance et les suivantes. Pour le cas où il y aurait des candidats prêts à les rejoindre immédiatement, elle donna quelques instructions pour qu'un bus avec un chauffeur leur soit affecté et leur proposa de rester pour un diner léger.

16 décembre 2030, dans l'après-midi

Le père de Nathalie avait reçu une communication téléphonique émanant du cabinet du Premier ministre.

— Madame Lambert serait honorée de votre présence à diner ce soir à vingt heures trente. Votre fille Nathalie sera présente.

— Nous acceptons avec plaisir, avait-il immédiatement répondu.

— Ne quittez pas, je vous passe votre fille.

L'assistante de Morgane Lambert tendit l'appareil à Nathalie.

— Papa, c'est Nathalie.

— Bonjour, ma chérie.

— Je vais passer quatre jours à Paris. Est-ce que je peux coucher chez vous ?

— Bien évidemment. Tu sais que tu es toujours la bienvenue. Et puis ta mère et ta sœur, tout comme moi, vont être contentes de te revoir.

— Je suis avec mon fiancé. Je souhaitais vous le présenter.

— Bien entendu, ma chérie. Ce sera avec plaisir. J'ai déjà hâte de faire sa connaissance.

— On se serrera un peu sur le canapé pour dormir, dit Nathalie avec un sourire qui s'entendait au téléphone.

— On vous préparera ta chambre, ne t'inquiète pas.

— À ce soir, papa. Ne raccroche pas.

— Oui, à très vite.

Nathalie redonna le combiné à l'assistante.

— Monsieur, un véhicule passera vous chercher à vingt heures. Vous pouvez venir en tenue décontractée. Il n'y aura pas de protocole.

— Nous souhaitons venir avec notre seconde fille ?

— Bien entendu, Monsieur. Pensez à vous munir de papiers d'identité pour le contrôle de police.

Michel Ferré raconta les détails de la conversation qu'il avait eue un peu plus tôt à son épouse Angeline lorsqu'elle rentra de son travail.

— Nous sommes invités à diner par Morgane Lambert, la Première ministre.

Angeline eut un moment de stupéfaction.

— Tu veux dire que nous sommes invités à diner chez la Première ministre ?

— C'est exactement ce que j'ai dit.

— Et en quel honneur ?

— C'est en réalité notre fille Nathalie qui nous invite. Nous la verrons là-bas et elle a annoncé sa venue chez nous pour quelques jours.

— Eh bien ! Si je m'attendais à cela… Je savais que ce projet sur lequel elle travaillait était important, mais de là à fréquenter la Première ministre…

Angeline tournait en rond dans la pièce.

— Je me demande quelle robe je dois mettre pour ce diner.

— Le service du Premier ministre a dit qu'il s'agissait d'un diner sans protocole. Pas besoin de tenue de soirée… Autre chose : Nathalie a annoncé qu'elle venait avec son fiancé.

— Nathalie a un fiancé ? reprit Angeline. Voilà une nouvelle formidable… On va les loger dans l'ancienne chambre de Nathalie… Tu vas devoir m'aider à préparer le lit si nous ne voulons pas être en retard… Et ne me cache plus jamais que tu connais la Première ministre…

— Je te promets que je ne l'ai jamais rencontrée…

Ils rirent de bon cœur.

Morgane Lambert avait bousculé son emploi du temps pour recevoir la délégation de Bâtisseurs de Bonheur. Ils avaient fait un point rapide sur les avancées des différents chantiers.

— Nous avons pris les contacts nécessaires à Riom et Clermont-Ferrand pour que vous puissiez reprendre à votre compte des entreprises qui ont malheureusement fait faillite. Nous espérons que la contagion ne soit pas trop forte dans cette région si nous voulons conserver un peu de diversité économique et ne pas devoir la maintenir éternellement sous perfusion financière.

François se trouvait dans une position particulière, car il y avait ce petit secret entre la Première ministre et lui dont même Nathalie ne savait rien. À plusieurs reprises, Morgane Lambert le fixa droit dans les yeux comme pour lui faire passer un message.

Le soir, un véhicule avait conduit Angeline et Michel Ferré, accompagnés de leur seconde fille, jusqu'à l'hôtel Matignon. Ils avaient fait la connaissance de Morgane Lambert, qu'ils avaient trouvée charmante, ainsi que du groupe de Bâtisseurs dont Nathalie faisait partie.

La conversation avait bien entendu tourné autour de l'organisation qu'ils ne connaissaient qu'à travers ce que leur fille ainée leur avait raconté, et qui prenait maintenant à leurs yeux une tout autre dimension.

Une grosse berline à sept places les avait ensuite ramenés rue Fagon, dans le treizième arrondissement de Paris. L'appartement était cossu, avec une grande pièce à vivre et trois chambres desservies par un petit couloir.

— Je vous ai préparé la chambre d'amis, leur dit Angeline.

— Merci, maman.

— Racontez-nous votre nouvelle vie, demanda la mère.

Nathalie et François parlaient alternativement de leur nouvelle vie, de la ville qu'ils étaient en train de construire.

— La vie n'est pas trop difficile en ce moment dans ces montagnes ? demanda Angeline.

— Non, répondit Nathalie. Et puis nous avons un petit chez nous. Un peu rustique, certes, mais confortable. Nous avons même l'eau courante, maintenant.

— Tu veux dire que vous n'aviez pas l'eau courante ?

— Non, maman.

— Et pour se laver ?

— Au camion, avec les autres… Cette aventure m'a appris à ne pas m'attacher aux choses ou aux petits conforts et à me concentrer sur ce qui est important : l'action, les personnes, être au service des autres… Et puis, j'ai rencontré François… Rien que pour cette raison, je me dis que j'ai pris les bonnes décisions.

Elle serra la main de François sous la table…

— Je ne t'ai jamais connue aussi enthousiaste, dit le père de Nathalie. Il est vrai que nous n'entendons pas parler de vous par ici, ou alors rarement. Si tu n'en faisais pas partie, nous n'en saurions probablement rien. Parle-nous de cette ville nouvelle et des Bâtisseurs de Bonheur.

Nathalie expliqua longuement leur nouveau concept de société.

— C'est un projet génial, conclut-elle. Il y a vraiment de quoi être enthousiaste.

— Je le conçois aisément, dit le père… Et puis être invité par sa fille chez le Premier ministre, ça n'est pas banal… Et vous, François ? Ma fille ne vous laisse guère l'occasion de parler. Que faites-vous, je veux dire : que faisiez-vous avant d'intégrer ce projet ?

— J'étais journaliste, Monsieur. J'ai couvert les évènements de ce début d'année avant de rejoindre Morgane Lambert.

François raconta en quelques phrases son passé à Tours, le décès de ses parents.

— Je suis vraiment triste pour vous, dit Angeline à François. Quel drame !

— C'est du passé, Madame.

Après avoir discuté encore un peu, Nathalie et François prirent congé, prétextant qu'ils étaient fatigués.

— C'était ma chambre d'enfant et d'adolescente, dit Nathalie. Ça me fait toujours quelque chose chaque fois que je reviens ici.

Elle faisait le tour de la pièce.

— Mon lit a été remplacé par ce canapé, mais mes livres sont toujours là.

Nathalie sortit un livre de la bibliothèque :

— Il est encore là, celui-là ? C'est un vieux bouquin de psychologie traitant des relations entre les uns et les autres, particulièrement de la relation amoureuse entre hommes et femmes. J'y ai puisé deux ou trois choses, notamment la conduite à tenir lors de la première rencontre avec un homme : montrer son intérêt en le touchant et surtout montrer sa détermination par le regard. Il me semble que pour nous deux, ça a plutôt bien marché.

20 décembre 2030

Ces trois jours à Paris leur avaient donné l'impression d'être en vacances. François avait découvert la famille de Nathalie et ils avaient eu un bon contact. Ils avaient discuté de longues heures du passé, du présent avec la crise économique et financière qui faisait rage et de l'avenir, leurs points de vue divergeant sur le devenir de la société.

En fin d'après-midi, Nathalie et François s'étaient rendus boulevard Voltaire avant la réunion annoncée à vingt heures. Ils avaient retrouvé Louis et Manuel et étaient un peu fébriles, se demandant s'il y aurait du monde. Plus de cent personnes s'étaient présentées. Manuel leur fit une démonstration comme il en avait le secret et qui vous faisait vous demander comment vous aviez pu passer jusque-là à côté d'un tel projet.

Cinquante-deux des participants avaient adhéré à l'association et une trentaine était prête à les suivre immédiatement, quelques laissés pour compte de la société et des volontaires pour le changement. Décidant « de battre le fer pendant qu'il était chaud », ils étaient repartis vers le centre de la France à peine plus de trois heures plus tard, avec ceux qui souhaitaient s'immerger immédiatement dans leur projet.

21 décembre 2030

À quatre heures du matin passées, la berline, suivie de l'autocar, sortit de l'autoroute. Manuel ne dormait pas.

— Ça va, Louis, tu tiens le choc ?

— Un peu crevé tout de même.

— On est bientôt arrivé. Tu veux que je conduise ?

— Ça ira.

Vingt minutes plus tard, les deux véhicules s'immobilisaient au milieu d'un champ en lisière de ce qui ressemblait à un chantier.

Manuel réveilla Nathalie et François, puis se dirigea vers le bus dans lequel il monta.

— Mes amis, leur dit-il, vous voici arrivés. Un logement vous attend. Vous pourrez y terminer votre nuit. Nous nous retrouverons en fin de matinée pour vous expliquer plus en détail notre projet de ville et de société.

Dans l'après-midi, les nouveaux avaient été incorporés dans des cercles selon leurs souhaits. Ils allaient vivre la vie des Bâtisseurs pendant quelques jours pour « s'acclimater ». Ils feraient ensuite le choix de rester ou de retourner à leur ancienne vie.

24 décembre 2030

En cette veille de Noël, les différents membres du club très fermé des grandes entreprises étaient réunis. Ceux qui travaillaient dans des activités commerciales attendaient sans montrer d'impatience particulière, l'annonce du chiffre d'affaire de la journée qui, ils l'espéraient, serait une des plus importantes de l'année. Ce serait le test de la confiance des consommateurs dans l'économie. Mais beaucoup d'entre eux redoutaient ce chiffre. Des économistes, qu'ils traitaient d'irresponsables pessimistes, avaient prévu une baisse de chiffre d'affaires de l'ordre de vingt pour cent sur le mois de décembre qui est habituellement un bon mois. D'autres entreprises étaient purement et simplement fermées pour la fin de l'année afin de limiter leurs pertes. Enfin, une partie des membres ne venait plus, leur entreprise ayant mis la clé sous la porte.

— Chers amis, dit Édouard de la Tour, je vous remercie de vous être déplacés jusqu'ici. Deux-mille-trente-et-un devra être pour nous l'année de l'arrêt de l'hémorragie financière et de la consolidation de nos bénéfices. Nous devons élaborer un plan d'action pour éradiquer les empêcheurs de tourner en rond.

— Bien dit ! s'exclama un des participants.

— Profitons, suggéra Édouard de la Tour, de l'afflux massif de volontaires chez les Bâtisseurs pour placer quelques-uns de nos agents. Je vous propose de créer un fonds spécial que nous abonderons tous, afin de rémunérer ces personnes. Bien entendu, il est hors de question qu'il puisse y avoir une quelconque connexion avec l'un d'entre nous.

Ils approuvèrent le principe.

– Bien. Maintenant, je vous présente Monsieur Stavic. Je vous propose de le missionner pour monter ce réseau et mettre en place les structures adéquates pour recruter ces personnes. Sauf cas particulier, nous ne saurons rien de ces personnes et à l'inverse, il n'y aura pas de connexion avec nous. Seul Monsieur Stavic aura des comptes à nous rendre.

Le principe fut acté et des fonds furent acheminés vers Trinidad et Tobago, une ile de la Caraïbe.

15 janvier 2031

Il faisait un peu frisquet pour mettre le nez dehors, ce matin-là. François parcourut les derniers mètres qui le séparaient du bâtiment où la réunion devait avoir lieu.

– Voici les résultats de notre concours, disait Manuel. Votre ville portera donc le nom *Libertyville*. Un plan de masse et un schéma directeur sont maintenant établis.

Le résultat ressemblait beaucoup au dessin d'ambiance qui avait été proposé en son temps par le cercle « aménagement du territoire ».

– Nathalie Ferré, reprit Manuel avec un sourire en la désignant en faisant un geste ample, s'est battue comme une lionne pour que le village soit préservé en son état et devienne le point central de cette première tranche de construction. Pour que ce projet soit une réussite, allons devoir briser les codes de l'urbanisme.

Les bâtiments avaient été élaborés selon plusieurs approches. Il fallait tenir compte des contraintes économiques et favoriser le bienêtre des occupants en leur faisant bénéficier de services de proximité, comme l'activité économique ou sociale, l'accès à l'éducation, à l'alimentation. De plus, les logements devaient être spacieux, pas trop chers à la réalisation, et avoir des besoins en énergie réduits. Ces approches ascendantes et descendantes prenant en compte les besoins exprimés avaient donné naissance à des sous-ensembles qui avaient été incorporés dans le schéma directeur général. Un cercle était chargé d'imaginer la vie au vingt-deuxième siècle au-delà de l'expression de besoin et présentait des choses parfois révolutionnaires.

Le résultat sur le papier était original : vue de dessus, cet ensemble pouvait être comparé à une gigantesque marguerite. Chaque bâtiment, ou pétale de la marguerite, aurait la forme d'un grand T horizontal avec la partie supérieure arrondie, laissant penser de loin à une colline.

Le point culminant de l'ouvrage se situerait à l'extérieur et s'abaisserait en direction du centre.

La construction avait pu immédiatement débuter. Les projets d'aménagement intérieur devaient encore être finalisés, mais le creusement des fondations pouvait commencer. Les roches extraites allaient être transformées en pierres de taille ou en sable de fabrication du béton.

Vu l'ampleur du projet, des terrains complémentaires avaient dû être acquis et Gérard Lécuyer, le Maire de la commune, avait été d'une aide précieuse pour convaincre ses collègues agriculteurs de céder une partie de leurs terres.

Ce nom, Libertyville, allait devenir un véritable atout marketing. Il allait favoriser les adhésions, en nombre croissant, de ceux qui avaient réalisé que le mot liberté, qui signifie littéralement ne pas être enfermé, représente dans la société de consommation une forme d'aliénation. Libertyville incarnait la promesse d'un monde différent.

8 février 2031

François voyageait dans la caisse d'un camion militaire bâché fermé. Il était accompagné de neuf autres personnes qu'il ne connaissait pas et qui étaient cagoulées comme lui. Il était dans l'incapacité de savoir où ils allaient. Trois jours plus tôt, il s'était présenté officiellement pour assister à une série de réunions. Il avait été conduit en toute discrétion à un centre d'entrainement militaire, avait suivi une instruction théorique poussée pendant deux jours.

Ils partaient maintenant sur le terrain pour des exercices pratiques. Arrivés dans ce qui ressemblait à un village après un bombardement, ils furent briefés sur ce qui les attendaient.

— Messieurs, disait le commandant Martin, le seul à ne pas porter une cagoule, nous allons vous apprendre l'art du combat à mains nues. Vos instructeurs vous apprendront à vous sortir de toute situation délicate. En parallèle, vous recevrez une formation transmission, chiffre et apprendrez tout ce qu'un agent en mission doit savoir. Votre formation s'étalera sur quatre périodes d'une semaine. Pour des raisons de sécurité, vous ne devrez pas vous connaitre. Vous aurez une formation complémentaire directement sur vos lieux d'affectation sur lesquels vous avez également interdiction de communiquer.

La semaine fut bien remplie. Il fallait gérer, en plus de l'entrainement, les informations liées à leur couverture et les relations avec les civils, comme la relation de François avec Nathalie. Quand elle posait trop de questions, il lui ressortait le compte rendu préparé et disait pour le reste qu'il y avait trop d'informations pour que cela puisse être raconté dans une discussion.

12 mars 2031

François venait de rejoindre la trentaine de « nouveaux », arrivés la veille et qui étaient attablés pour le petit déjeuner dans l'espace restauration.

— Bonjour, mes amis, leur dit-il. Je suis ravi que vous ayez décidé de rejoindre les Bâtisseurs de Bonheur. La matinée sera consacrée à la visite des équipements, puis nous aborderons en détail le fonctionnement de l'organisation, sachant que les règles ne sont pas gravées dans le marbre et que vous contribuerez à leur élaboration.

François leur fit un rapide briefing sur la situation du chantier, puis ils quittèrent le local. Ils se rendirent jusqu'à un petit bâtiment en construction accolé à une voie de chemin de fer sur laquelle était stationné un convoi composé de wagons plats chargés de rails, de traverses et diverses marchandises recouvertes par de grandes bâches. Un second convoi attendait un peu plus loin dans la campagne. Ils pouvaient apercevoir des bâtiments à usage industriel, dont certains étaient encore en construction.

— Nous allons nous rendre sur la zone de chantier, dit François, grâce au transport que nous sommes en train de finir de mettre au point.

Un peu à l'écart du petit bâtiment étaient stationnées deux cabines pour voyageurs d'une capacité de vingt personnes chacune. Un quai provisoire en bois permettait de monter à l'intérieur.

— Je vous prie de vous répartir dans les deux véhicules. Je serai dans le premier, mais vous pourrez suivre mes explications grâce aux hautparleurs.

Les deux engins se mirent simultanément en mouvement, sans aucun bruit, puis furent rejoints par d'autres cabines sans fenêtres latérales. À l'approche de la zone de construction, des infrastructures de transport, rails, quais, ponts transbordeurs avaient été installés de façon provisoire pour alimenter le chantier et les voies se démultipliaient. D'autres cabines de transport de personnes convergeaient. Un ensemble hétéroclite de moyens cargos, de porte-conteneurs, de véhicules en tout genre commençaient à se faire de plus en plus nombreux, parfois stockés par convois entiers. Il s'agissait des zones de préparation de l'approvisionnement du chantier en matériaux de construction.

— Nous arrivons à proximité des fondations des deux premiers bâtiments. Chacun d'eux mesurera approximativement sept-cents mètres de long, cent mètres à la base dans sa partie la plus large, une trentaine de mètres dans la partie supérieure et comportera une quinzaine d'étages au-dessus de la surface du sol et quatre étages techniques en sous-sol. L'excavation que vous voyez maintenant sert de carrière de matériaux pour la construction. Les veines de minéraux sont de bonne qualité.

Le sol était éventré sur pratiquement un kilomètre de long. Les bâtiments allaient être gigantesques. Il y avait des chantiers annexes : tri et stockage de la terre, des végétaux qui seraient ensuite réimplantés, des pierres de construction. Tout ici avait une taille démesurée.

Arrivés au niveau de ce qui serait le fond de l'édifice, un homme, avec un casque sur la tête, s'approcha d'eux et leur fit signe d'enfiler les équipements de protection.

— Bienvenue sur le site A01. Veuillez me suivre.

Ils pénétrèrent dans une cabane de chantier.

— Voici les plans du bâtiment que nous sommes en train de construire. Il sera multifonction et fera partie d'un ouvrage plus vaste dont voici les dessins d'ambiance.

Chacun des visiteurs essaya de se faire une idée de ce que cela donnerait lorsque l'ouvrage serait terminé. François leur avait ensuite expliqué quelques-unes des règles qui avaient été mises en place : l'obligation de participer à la vie de la collectivité, car il n'y aurait pas de système d'impôt et donc c'est le groupe qui devait assurer les tâches collectives. Il n'y aurait pas de magasins sur site, les éventuels achats personnels ou non nécessaires devant se faire dans des villes avoisinantes selon des modalités à définir. Par contre, il était possible et même conseillé de faire partie d'un cercle chargé des approvisionnements ou de la production de services, offrant ainsi la possibilité de faire entendre sa voix lors des choix.

François rappela également l'obligation d'adhérer et de contribuer au projet à concurrence de ses moyens afin que tous soient impliqués et ne se retrouvent pas en situation de simples consommateurs de services.

Le soir même, François rendait compte à son officier traitant des arrivées, en donnait la liste, faisait ses remarques pour orienter les demandes de renseignement et envoyait le tout à l'aide de son petit appareil de cryptage qu'il rangeait ensuite soigneusement dans le double fond d'un tiroir de bureau.

5 avril 2031

Nathalie et François, attablés pour le petit déjeuner, discutaient de l'organisation de la journée. Un message arriva sur le téléphone cellulaire de François : « Réunion extraordinaire du comité de gouvernance à dix heures. Je veux te voir avant ». Il était signé par Manuel Bach. Nathalie l'interrogea du regard.

– C'est grave ?

– Manuel me convoque en urgence.

– Tu as une idée de ce dont il s'agit ?

– Non, aucune.

Il se dépêcha de terminer son repas, puis se dirigea vers le local où devait se tenir plus tard la réunion. Il salua Manuel qui l'informa :

– Nous attendons encore Gilbert Charpentier, notre chargé de la communication.

Une fois ce dernier arrivé, Manuel ferma la porte du local, puis sortit un téléphone cellulaire de sa poche en leur expliquant :

– J'appelle notre Premier ministre… Mes hommages, madame, je vous place sur hautparleur et démarre la vidéo.

Morgane Lambert apparut sur l'écran du petit appareil.

– Messieurs, je vous souhaite le bonjour. Je souhaitais discuter avec vous pour faire le point sur vos actions et vous informer des nôtres.

Manuel fit un exposé rapide, mais complet de la situation de cette ville qui s'appelait dorénavant Libertyville.

– Je vous félicite, Messieurs, vous avez fait du bon travail. Vous avez brillamment rempli la mission que je vous avais confiée, à savoir imaginer une société alternative. Mais vous n'êtes pas arrivés au bout de vos efforts, car je vais vous demander maintenant de développer votre idée un peu partout dans le pays pour nous aider à redresser la situation.

Morgane se tut un instant.

– De notre côté, la situation est encore très délicate. J'avoue que j'ai du mal à vous préserver, car les attaques politiques sont nombreuses. Beaucoup de personnes sont persuadées que votre aventure est vouée à l'échec et que l'argent que nous avons fléché à destination de votre projet ferait mieux d'être employé à retrouver un emploi aux nombreux chômeurs… Mais je ne suis pas venue pour vous raconter mes petits problèmes. Voilà, j'ai tenu à discuter quelques minutes avec vous pour vous témoigner ma satisfaction pour ce que vous êtes en train d'accomplir. Je compte sur vous pour nous aider à sortir le pays de la situation dramatique que vous connaissez. Sans vous, nous risquons d'être impuissants pour arriver à contrôler la situation.

Morgane Lambert passa sa main dans ses cheveux, essayant de masquer son embarras.

— Il y a autre chose dont je souhaite vous parler et pour lequel je souhaite votre approbation. Je vous avais indiqué, il y a plusieurs mois déjà, que nous menions plusieurs projets de front…

François se rappelait qu'elle leur avait effectivement parlé d'autres projets sans toutefois rentrer dans les détails. Il supposait qu'il s'agissait de groupes qui poursuivaient le même but qu'eux.

— Parallèlement à votre aventure…

Soit elle faisait durer le plaisir, soit elle essayait de ménager son effet.

— Nous avons engagé un programme de conquête de l'espace dont le but est d'aller chercher des matières premières à l'extérieur de la planète tout en ayant une organisation similaire à celle que vous avez fondée.

François se demandait ce qu'elle attendait d'eux. S'agissait-il de fusionner à nouveau deux projets comme ils l'avaient déjà fait dans le passé ? Il prenait machinalement quelques notes sur son calepin.

— Nous espérons que ce programme va également contribuer au redressement du pays.

François interrompit Morgane Lambert.

— Madame ?

— Oui.

— Nous comprenons bien le but de ce programme, mais je ne vois pas bien en quoi nous pouvons y contribuer. Nous avons déjà une mission bien définie que nous nous sommes fixée et que vous avez acceptée.

— J'allais justement y venir. Le but de ces programmes est, non pas d'accroitre l'offre d'emploi destinée au système marchand, mais au contraire d'en réduire la demande et de modifier en profondeur la vie des personnes qui adhèrent à ces organisations. Nous avons pensé que vous seriez les plus à même de recruter des volontaires dans vos propres effectifs pour ces missions et d'en faire la promotion.

Manuel intervint dans la discussion.

– Sans vouloir vous contredire, ne pensez-vous pas que cela risque de mettre en difficulté notre propre organisation qui a déjà bien du mal à démarrer ?

– Nous avons évalué ce risque. Comprenez bien qu'il nous est impossible de recruter en direct pour ne pas enfreindre la règlementation alors que vous avez cette possibilité.

Morgane Lambert, en plan large, se tordit les mains, visiblement embarrassée. L'opérateur recadra immédiatement, la remettant en gros plan. François regardait la femme à l'écran et non la Première ministre. Cet incident montrait à quel point elle s'impliquait personnellement dans cette aventure et combien leur réussite lui importait. Elle poursuivit.

– Vous êtes encore une jeune organisation et je comprendrais très bien votre refus.

– Madame, reprit Manuel, vous avez parfaitement résumé notre situation précaire et je ne pense pas que mes deux compagnons me contrediront si je vous dis que nous devons consulter les autres membres du groupe.

– Bien évidemment.

– Est-il possible que vous nous expliquiez plus en détail ce programme spatial ? demanda Manuel.

Morgane Lambert leur brossa dans les grandes lignes le schéma directeur de la conquête de la Lune et la production de matières premières, puis revint à eux.

– Vos travaux se sont orientés sur les aspects humains, politiques et économiques, d'autres groupes ont privilégié le volet technologique. Nous avons toujours laissé faire sans intervenir et les résultats que vous avez obtenus les uns et les autres sont prometteurs.

François intervint.

– Nous entendons tout ceci, mais qu'attendez-vous exactement de nous ?

– Que vous m'aidiez à faire décoller, si je puis dire, ce projet. Nous investissons dans des moyens matériels importants, mais c'est le volet humain qui sera déterminant dans cette aventure. C'est pour cette raison que j'ai besoin de vous.

Elle lâcha du lest, comprenant leur appréhension.

– Rassurez-vous, il n'est pas question de fusionner ces différents projets. Je vous demande juste un coup de main.

— N'y a-t-il pas dans une de vos administrations des gens plus compétents que nous pour faire ce travail ? demanda François. Nous avons déjà pas mal de boulot ici.

— François, intervint Manuel volant au secours de Morgane Lambert, je pense que nous pouvons répondre favorablement à cette demande.

— De plus, ajouta Morgane Lambert, je ne suis pas sure que nos agents, dévoués au demeurant, possèdent actuellement la formation nécessaire pour expliquer le fonctionnement aux postulants et ce que nous attendons d'eux, alors que vous, vous êtes et de loin les meilleurs sur ce type d'action.

— Je m'incline, Madame, dit François avec le rire dans la voix. Impossible de résister à un tel argument.

— Je vous remercie, Monsieur Cervantès. Un de mes conseillers, qui doit maintenant être arrivé sur votre site, a apporté de quoi projeter un petit film de promotion de ce programme. Nous mettons beaucoup d'espoir dans la création des villes nouvelles et ce projet spatial pour remettre en route notre pays, nos pays devrais-je dire, car nous ne sommes pas tout seuls dans l'aventure. Je vous remercie pour votre écoute et vous renouvèle la confiance que j'ai en vous.

À dix heures, Manuel prit la parole devant les membres du comité de gouvernance élargi.

— Mes amis, je vous ai convié suite à la requête que je viens de recevoir de notre Premier ministre.

Ils écoutaient avec gravité.

— Morgane Lambert m'a fait parvenir un enregistrement vidéo qu'elle me demande d'avoir l'amabilité de montrer à nos Bâtisseurs. Bien entendu, cette diffusion est laissée à notre appréciation. Je vous propose de le visionner. Nous en discuterons à l'issue.

Manuel démarra la projection. Morgane Lambert ouvrait le documentaire :

— Mes chers compatriotes, chers Bâtisseurs de Bonheur, vous vous souvenez sans aucun doute de nos progrès dans le domaine spatial. Nous avons lancé il y a quelques années la station spatiale ISS2, puis plus récemment la station Philadelphia qui orbite autour de la lune. Nous avons construit des vaisseaux capables d'atterrir sur Mars et dernièrement mis en chantier une navette géante pouvant transporter hommes et matériels à destination de Jupiter. Je vous laisse regarder le documentaire sur ces réalisations.

Le reportage montrait différents types de navettes, les premières unités d'assemblages accrochées à l'ISS2, la station Philadelphia à différentes étapes de sa construction. Une voix off commentait les images.

— *La construction de la station a débuté en deux-mille-vingt-quatre. Ce chantier est bien avancé et la station possède maintenant sa propre gravité. En plus d'accueillir de nombreuses expériences scientifiques, Philadelphia est un grand chantier de construction de vaisseaux spatiaux.*

Le plan montrait une navette en approche de la planète Mars.

— *Depuis la mise en service des navettes Sirius, les implantations sur la planète Mars ont débuté et nous avons notre première base opérationnelle depuis deux-mille-vingt-sept.*

Le reportage revenait sur la lune et montrait un vaisseau en construction.

— *Voici la navette XC-825-ZFU. Elle a fortement contribué à rapprocher la planète Jupiter de nous. Son lancement fin deux-mille-trente a malheureusement été masqué par la crise économique que vous connaissez. Avec sa petite sœur mise en service quelque temps plus tard, elle a commencé à acheminer hommes et marchandises à destination du satellite Europa, qui orbite autour de Jupiter, pour construire sur place une station orbitale. La première tranche devrait être opérationnelle d'ici deux-mille-trente-cinq.*

Le reportage montrait des images époustouflantes. Morgane Lambert revint à l'écran.

— Voilà pour ce voyage dans l'espace. Jusqu'à ce jour, les fonctions associées à ces activités étaient remplies par des astronautes professionnels formés pendant des mois, voire des années. Le Programme International de Conquête Spatiale, ou SpaCeIP, a décidé d'évoluer et d'ouvrir ses activités à des civils. La première étape consistera à implanter des installations industrielles pour exploiter les ressources naturelles de la Lune. Deux avantages à cela : nous n'épuisons pas les ressources de la Terre pour alimenter les programmes spatiaux, et nous produisons au plus près du besoin pour construire les navettes sur la station Philadelphia. Les nouveaux arrivants ne partiront pas de zéro, car nous avons déjà commencé à exploiter les ressources de la Lune, mais la production actuelle est trop confidentielle. Nous faisons donc appel à des volontaires pour aller travailler là-haut selon des modalités qui sont communiquées dans les centres de recrutements. Voilà ce que j'avais à vous dire et je vous réitère la confiance que votre gouvernement porte en vous.

Elle s'arrêta un instant, puis ajouta sur le ton de la confidence :

– Si vous partez sur la Lune, je vous promets que vous ferez un voyage inoubliable. J'y suis personnellement allée et le paysage vaut vraiment le coup d'œil.

Manuel éteignit la vidéo.

– Morgane Lambert a glissé un mot d'accompagnement que je vous livre : « Chers amis, vous venez de voir un reportage sur le programme que nous sommes en train de développer au niveau international. Vous, Bâtisseurs de Bonheur, êtes une partie de notre plan, votre plan devrais-je dire, de reconstruction de la planète Terre, notre planète, suite à la grande dépression de deux-mille-trente. Voici le second volet. Sachez que les philosophies et les finalités de ces deux aventures sont très similaires et c'est pour cette raison que je vous soumets celle-ci. N'hésitez pas à revenir vers moi ou à m'envoyer vos commentaires. J'espère vous rencontrer bientôt. Chaleureusement, Morgane Lambert ».

Ils restèrent silencieux quelques instants, puis Manuel s'adressa à eux.

– Nous recevons ces paroles… Mesdames et messieurs, avez-vous une objection à ce que nous répondions favorablement à cette demande ?

Isabelle Mercier leva la main.

– Oui, Isabelle ?

– Il y a un risque de voir une partie de nos Bâtisseurs quitter l'aventure.

– C'est exact, le risque n'est pas à négliger, mais ne nous sommes-nous pas engagés dans une aventure similaire ?

– D'un autre côté, répliqua Gilbert Charpentier, chargé de la communication, cela pourrait nous faire un formidable coup de communication. Nous deviendrions les Bâtisseurs de l'Espace, surtout si nous contribuons au recrutement.

– Je vois que tu ne perds pas le nord, dit Manuel.

– Tu me connais. Il est important de valoriser notre image, tout en ne faisant pas trop de publicité pour limiter les risques d'attaque politique. Avouez que c'est là une formidable occasion.

Comme personne ne s'opposait, chacun d'eux fut chargé de faire la présentation aux membres des cercles dans lesquels ils siégeaient. Ils repartirent ensuite avec chacun une vingtaine de petits disques vidéooptiques. À peine rentré, François fut assailli de questions par Nathalie.

– Alors, raconte.

— Nous sommes missionnés par notre Premier ministre pour présenter à nos Bâtisseurs son tout nouveau programme de conquête spatiale. Ils recrutent des civils pour aller sur la Lune.

— Pour y faire du tourisme spatial ?

— Pas vraiment. Je te projette la petite vidéo.

À la fin du film, Nathalie demanda :

— Qu'en penses-tu ?

— L'idée d'aller dans l'espace n'est pas pour me déplaire. Ça doit être un beau voyage.

— Très peu pour moi. Déjà que j'ai peur en avion, alors dans une fusée...

Une ombre passa entre eux.

— Bon, dit François. N'en parlons plus. Je vais organiser une réunion du cercle « aménagement du territoire ». Ensuite, tu vas devoir démultiplier cette information à tes équipes.

— Je ne suis pas sûre d'être la meilleure sur ce sujet.

— Moi, je suis convaincu que tu vas très bien t'en sortir.

Suite à ces projections, il y eut un certain nombre de volontaires pour intégrer le programme promu par Morgane Lambert. Ils furent dirigés vers un centre de recrutement avec comme consigne de défendre les couleurs des Bâtisseurs de Bonheur et la promesse qu'ils pouvaient revenir quand ils le désiraient, de façon temporaire ou définitive. Certains d'entre eux n'avaient pas, ou plus, d'autre famille.

23 juin 2031

Le comité de gouvernance élargi était réuni. Manuel présidait la séance.

— Chers amis, aujourd'hui est un jour particulier, car nous allons réceptionner les quatre premières tranches de travaux en présence de représentants du gouvernement.

Morgane Lambert avait demandé à ce que leur expérience soit démultipliée. Un site d'implantation avait été trouvé à côté de la ville de Riom. Les premiers à habiter là avaient baptisé cette ville « Gammaville » en référence à leur grande sœur Libertyville.

La délégation était arrivée en fin de matinée. Morgane Lambert était enthousiaste après la présentation que les Bâtisseurs avaient faite. Une maquette du premier ensemble de constructions leur donnait une idée assez précise de ce à quoi ressemblerait le quartier de la ville une fois terminé. Elle avait pris l'engagement de faire accélérer le développement des deux villes nouvelles.

Ils étaient ensuite montés dans un des petits véhicules entièrement automatiques. François, fier de son œuvre, leur avait longuement expliqué le dispositif de « triage » des cabines dans les gares d'interconnexion, la constitution ou l'éclatement de rames en fonction des besoins, le tout géré automatiquement.

Après avoir passé l'enrailleur qui leur permettait de passer d'une circulation sur le rail inférieur à un accrochage au rail supérieur, ils parcoururent les dix kilomètres qui les séparaient de la zone de chantier.

Ils empruntèrent ensuite la rampe de descente de la voie rapide et virent un ensemble hétéroclite de moyens cargos, de porte-conteneurs, de véhicules en tout genre. Plus ils progressaient, plus les véhicules étaient nombreux, parfois stockés par convois entiers. Il s'agissait des zones de préparation de l'approvisionnement en matériaux de construction. Une rame cargo qu'ils avaient doublée arrivait à son tour sur la zone en empruntant une autre voie de desserte. Après être descendus des véhicules, ils débutèrent la visite du chantier.

— Chaque tranche comporte plusieurs accès et sa capacité d'accueil est d'environ mille personnes, complétait Manuel.

La construction était terminée à quarante pour cent environ. L'aspect paysager avait déjà été réalisé. L'herbe commençait à pousser et des arbres avaient été replantés pour redonner l'impression « colline » à l'ouvrage qui mesurait une quarantaine de mètres de haut.

L'absence de motifs répétitifs créait une variété de micropaysages. Les terrasses, ou jardins, on ne savait pas trop comment les qualifier, étaient de tailles et de configurations différentes. Parfois, la pente du bâtiment laissait la place à une façade de quelques étages, puis reprenait sa déclivité. Cela donnait vraiment l'impression d'une ville variée alors qu'il ne s'agissait en réalité que d'une seule entité. Lorsque les tranches de construction de ce quartier seraient terminées, ce gigantesque ensemble de bâtiments pourrait accueillir jusqu'à cinquante-mille personnes.

Au-delà de l'énorme cavité qui attestait que le chantier n'était pas terminé, il y avait un paysage plus conventionnel, qui s'apparentait à la campagne traditionnelle, composée d'espaces de tailles et de formes différentes, champs ou prés. Des animaux paissaient tranquillement.

Sur la gauche, il y avait le village historique pour lequel Nathalie s'était battue afin d'en conserver le cachet, avec quelques maisons au toit rouge et une petite église de style roman. Cette dernière était construite en pierres calcaires de couleur blanche avec un clocher octogonal dont le dernier étage était composé de pierres noires, issues de roches volcaniques. Il était percé sur chacune de ses huit faces d'une double fenêtre plein cintre, cette dernière soulignée par des montants extérieurs en pierres blanches. Le toit de l'ouvrage était presque plat. Plus à droite, elle voyait un petit bois d'arbres feuillus, des promeneurs qui y entraient ou en sortaient, quelques cyclistes.

— C'est un très joli village, dit Morgane Lambert à Gérard Lécuyer.

— Merci, Madame. Nous avons fait tout notre possible pour en conserver l'unité paysagère.

Elle se retourna vers Manuel.

— Y a-t-il un moyen de faire accélérer la réalisation des bâtiments ?

— Je pense que cela doit être possible, Madame. Nous allons devoir former plus de gens à la construction.

— Faites le nécessaire.

Ils avaient ensuite visité des installations techniques : un dispositif de production d'électricité captant le vent, un autre de stockage de l'électricité produite, une cuisine avec son ingénieux système d'évaluation et de comptage des calories, les zones destinées à l'éducation.

— Très impressionnant, dit Morgane Lambert. Et d'où viennent tous ces équipements ?

— Nous les produisons nous-mêmes dans nos usines de fabrication, dit Manuel Bach.

Ils entrèrent dans quelques appartements dont les portes étaient ouvertes, les occupants les attendant et leur souhaitant la bienvenue.

— Nous avons plusieurs types de logements, reprit Manuel. Des suites familiales, mais aussi des logements plus petits. Les tailles et besoins ont été calibrés par les cercles associés à chaque tranche. Ces cercles ont participé au projet initial et se voient maintenant confier la gestion et l'entretien de leur secteur. L'agencement de ces locaux a fait suite à des ateliers de créativité et de recueil des expressions de besoin. Ils répondent à une majorité d'exigences, notamment en matière d'isolation phonique ou thermique. L'aménagement peut être fait selon les préconisations de l'atelier ou selon vos propres souhaits, dans vos propres meubles.

Les logements étaient fonctionnels. Il y avait une cuisine minuscule puisque la restauration était collective, une pièce commune faisant office de salle de séjour, équipée avec des meubles confectionnés exprès pour le projet ou apportés par les occupants ; parfois un bibelot donnait une touche personnelle à l'aménagement. Selon la taille de l'habitat, il y avait une, deux ou trois chambres. Chaque appartement disposait à minima d'une terrasse en inclusion dans le paysage, avec vue sur la plaine au centre du futur ensemble bâti.

— Très très impressionnant, dit Morgane Lambert. Mes chers amis, permettez-moi de vous féliciter pour tout ce que je viens de voir, toutes les explications que vous nous avez fournies et toutes les recherches que vous avez faites sur différents sujets. Non seulement je ne me suis pas trompée lorsque j'ai décidé de vous faire confiance il y a un an, mais vous avez été au-delà de mes espérances. Soyez assurés que, même si je prenais régulièrement des nouvelles de vos travaux, vous avez su aller au-delà de ma propre imagination.

Les représentants de l'état étaient ensuite repartis en direction de la capitale. Au cours de la séance de débriefing qui avait suivi, Manuel avait assuré à son cercle, chargé de la gouvernance, qu'il était certain qu'ils allaient continuer d'avoir tout le soutien du gouvernement pour leur projet. Il conclut par :

— Je vous prie de démultiplier le message de félicitations et d'encouragement délivré par Morgane Lambert relatif à nos actions et notre projet. Félicitez à votre tour et faites féliciter dans vos structures rattachées. Les deux échéances à venir, pour nous, sont la publication nationale des chiffres du chômage cet été et en début d'année prochaine. Si la courbe s'inverse, notre pari sera gagné.

À ce moment, Manuel était bien loin d'imaginer la violence de la riposte de certaines grandes compagnies qui avaient survécu au séisme économique. Bien sûr, il avait envisagé cette éventualité, mais pensait que la protection du gouvernement servirait de pare-feu. L'avenir allait leur montrer que ces survivants n'étaient pas forcément des plus bienveillants.

12 novembre 2031

Ce matin-là, les quatre premières tranches du bâtiment A02 avaient été livrées à leurs nouveaux occupants. Les Bâtisseurs se pressaient pour prendre possession de leurs logements. En prévision de l'hiver, les locaux techniques avaient également été aménagés en espaces de couchage afin de mettre à l'abri les Bâtisseurs qui logeaient encore sous tente.

Nathalie avait entrainé François avec elle, avait ouvert la porte d'un appartement au dixième étage de la troisième tranche en l'invitant à entrer en premier :

— À toi l'honneur, voici notre nouveau chez nous. Après tout, tu fais partie de ceux qui sont à l'origine de ce projet.

François pénétra l'appartement.

— Vous avez bien caché votre jeu. Vous saviez que je voulais être dans les derniers à en bénéficier pour des raisons éthiques.

— Tes camarades ne t'ont pas vraiment écouté. Ils ont insisté pour que nous ayons un appartement.

— Je suis content que le comité ait pris cette décision.

— Cet endroit n'existerait pas sans toi, dit-elle. Tu es la lumière de ma vie.

Elle le serra dans ses bras pendant qu'il poussait discrètement la porte d'entrée avec son pied.

L'appartement était meublé de façon austère, mais confortable. Nathalie inspecta chaque recoin.

— Du beau boulot, dit-elle. Il faudra que nous libérions rapidement la chambre qui nous a servi de « radeau de survie » pendant tous ces mois. Au fait, si nous faisions une fête, nous pourrions inviter mon amie Delphine. Je n'ai plus eu trop de nouvelles d'elle ces derniers temps.

Nathalie lança une recherche pour retrouver Delphine qui se trouvait sur le site de Gammaville.

— Ma chérie, nous faisons une petite fête. Nous venons d'avoir notre nouvel appartement et « pendons la crémaillère ».

— Mais c'est formidable, ce que tu m'annonces.

— Tu viendras ?

— Bien entendu. Je peux venir accompagnée ?

— Avec ton fiancé ?

— N'exagérons rien, mais oui.

— C'est une super nouvelle. J'ai hâte de te revoir et de faire sa connaissance.

14 novembre 2031, en soirée

Nathalie avait commandé un panier-repas pour quatre et était allée le chercher un peu plus tôt dans l'après-midi. Elle entendit qu'on frappait à la porte et alla ouvrir.

— Delphine, mais tu as une mine superbe, ma chérie. Laisse-moi t'admirer.

Elle la prit dans ses bras et l'embrassa.

— Tu ne me présentes pas à ton ami ?

Il s'appelait Flavien Roden. Ils se connaissaient depuis presque cinq mois. Nathalie pressait Delphine de questions tandis que François essayait d'entretenir une discussion courtoise avec Flavien.

— Nous nous sommes rencontrés lors de l'accostage entre les Bâtisseurs de Bonheur et la société qui l'employait à Riom. Ils fabriquaient des équipements sanitaires et venaient de déposer leur bilan. J'ai été détachée sur ce projet pour étudier si l'on pouvait intégrer cette entreprise dans notre organisation. Flavien représentait les salariés touchés par ce plan social.

Elle se tourna vers lui.

— Je peux te le dire, quand je me trouvais à ton contact, j'étais comme dans une bulle protectrice. Je me suis battue comme une lionne pour que ce projet aboutisse. Flavien a accepté de rejoindre l'organisation et nous avons été chargés par le cercle de gouvernance de Gammaville de mener à bien l'intégration.

François regardait Delphine exposer son projet avec conviction. Il avait d'elle le souvenir d'une fille réservée, qui avait tendance à disparaître dans l'ombre de Nathalie. Il la trouvait transformée. Cette aventure semblait l'avoir révélée à elle-même. Elle rayonnait littéralement et il en était heureux.

— Je sais, conclut Delphine, que vous allez être malheureux de ce que je vais vous annoncer, mais nous allons nous installer définitivement à Gammaville et je souhaite créer mon cercle industriel.

— C'est une nouvelle formidable que tu nous annonces là, dit Nathalie. J'ai toujours su que tu étais une fille géniale.

Elle s'adressa à Flavien.

— Je compte sur toi pour venir nous voir de temps en temps

La soirée avançant, il n'était plus question de retourner à Gammaville.

— Vous allez rester ici ce soir. Vous pourrez repartir demain avec la première navette ferroviaire de six heures.

Ils organisèrent l'appartement avec un second lit qui était en réalité une partie de mur qui se dépliait dans la salle de séjour.

Pendant ce temps et dans le plus grand secret, des représentants des grandes entreprises étaient à nouveau réunis.

— Chers amis, merci d'avoir répondu à mon invitation, dit Édouard de la Tour qui pilotait depuis le début toute l'opération. Notre contact Zlatan Stavic m'a informé que son réseau d'agents était en place à divers points stratégiques de l'économie et commence à infiltrer l'organisation que nous combattons. Ils ont eu le culot d'appeler une de leur ville Libertyville. Il n'est de liberté que dans le travail, c'est bien connu, et le travail, c'est nous.

Les présents applaudirent.

— Messieurs, vos investissements commencent à payer. Nous allons pouvoir passer maintenant dans une phase plus opérationnelle de notre plan. Je ne sais pas ce que Stavic nous mijote, mais je pense que ça ne va pas être piqué des hannetons.

15 novembre 2031

Au petit matin, Delphine et Flavien étaient repartis de Libertyville après maintes embrassades et en se promettant qu'ils se reverraient bientôt. Delphine et les habitants de Gammaville allaient bientôt subir les premières attaques destinées à déstabiliser l'organisation des Bâtisseurs de Bonheur.

Chapitre 5 – L'expansion des Bâtisseurs

11 janvier 2032

François revenait progressivement à la conscience. Il chassa machinalement quelque chose qui l'agaçait sur le visage, mais la chose revint. Il ouvrit les yeux et vit Nathalie, penchée sur lui. Elle lui caressait le visage avec une plume qu'elle avait trouvé on ne sait où. Il lui prit délicatement la main, l'écarta et dit :

— Bonjour, ma douce.

— Bonjour, monsieur. Bien dormi ?

— J'ai l'impression d'avoir dormi un jour entier.

Elle l'embrassa, puis lui caressa à nouveau le visage. Il se laissa faire. Au bout de quelques minutes, il fit mine de se lever.

— Je vais être en retard au travail.

Nathalie le plaqua sans ménagement sur le lit, s'installa à califourchon sur lui en immobilisant ses bras.

— Non, monsieur, pas de travail aujourd'hui. Il y a de la neige et il doit faire très froid. Et d'abord, qu'as-tu de si important à faire ?

— Il y a toujours quelque chose à faire, les approvisionnements, par exemple.

— Tu t'occupes des « appros », maintenant ?

Non !

— Alors, laisse-les faire.

— Le transport ?

— Tu n'as pas monté une équipe de maintenance pour la remise en service des voies et l'exploitation ?

— Oui, en effet.

— Qu'est-ce qui t'oblige, alors ? S'il y a un problème, tu le sauras assez vite.

— C'est bon, je me soumets.

— Que dirais-tu de passer la journée au lit dans notre petit nid d'amour ?

— Mmmm, c'est une proposition intéressante. Il faut que je réfléchisse.

— De toute façon, tu n'as pas le choix si tu veux que je te libère.

— C'est d'accord.

Dès que ses mains furent libres, il l'attrapa, la fit rouler sur le côté et vint sur elle.

— Cette fois-ci, tu es ma prisonnière.

Ils luttèrent encore un peu, puis elle s'abandonna à lui.

La journée avançait. François était allongé à côté de Nathalie. Le bras glissé sous sa nuque, il caressait lentement ses cheveux roux. Elle prit la télécommande et ouvrit les volets. Tout était blanc. La neige sur le rebord du balcon atteignait soixante centimètres et s'abaissait en congère jusqu'à mi-hauteur de la fenêtre.

— Tu vois que tu as bien fait de rester ici.

Elle se leva et s'approcha de la baie vitrée. Il contempla ses courbes, puis la rejoignit, regardant par-dessus son épaule. Comme les ouvertures étaient conçues de telle manière qu'aucune n'ait de vis-à-vis, ils ne voyaient que la neige à perte de vue. Plus bas, deux gros camions à six roues motrices tentaient de se frayer un chemin jusqu'à l'entrée d'une zone de restauration pour l'approvisionner. Le transport automatique était totalement interrompu. Des piquets jaunes et noirs matérialisaient le tracé des voies au sol ou des rails, ainsi que les cabines arrêtées, posées sur le sol ou sur un rail. Nathalie, devinant ses pensées, ajouta :

— Tu vois, ils ne t'ont pas attendu pour gérer. Tu fais partie du comité de gouvernance. Décompresse un peu. Laisse d'autres prendre des initiatives si tu ne veux pas devenir esclave de ton travail.

— Je prends ta remarque.

Il la plaqua contre la vitre.

— C'est froid, dit Nathalie en frissonnant.

— Attends, je vais te réchauffer.

En milieu d'après-midi, alors que le jour commençait à décliner, la sonnerie du téléphone interne retentit. Comme ils étaient en petite tenue, François appuya sur le bouton « communication audio ». Sur l'écran figurait l'inscription : Manuel Bach.

— Bonjour, Manuel, je te mets sur hautparleur.

— Bonjour, les tourtereaux.

— Bonjour, Manuel, dit Nathalie.

— Sacrée journée avec toute cette neige. L'équipe de permanence a eu la bonne idée de mettre les camions tout terrain en fonctionnement pour assurer un service de transport minimum.

— Nous les avons vus passer. Tu es allé dehors aujourd'hui ?

— Oui ! Nous avons un petit moins vingt-cinq et il parait que ça pourrait encore baisser cette nuit. J'ai donné comme consigne d'essayer de relancer certaines activités, sinon, la situation risque de se compliquer d'ici la semaine prochaine.

— Nous pouvons être utiles à quelque chose ?

— Pour l'heure, non. Surtout que la neige se remet à tomber et qu'il en est encore annoncé quarante centimètres pour cette nuit. Par contre, j'aimerais que tu réfléchisses à une solution pour redémarrer les transports autonomes et les maintenir opérationnels. Pour le reste, on verra avec les engins du génie que nous avions mis à l'abri. Ils pourront déblayer les routes et peut-être les voies de chemin de fer pour permettre aux unités économiques de reprendre une activité. De toute façon, nous ne pourrons pas compter sur les services publics, car ils sont tous débordés dans la région et l'état peine à mobiliser des moyens pour les envoyer ici. L'autoroute et la ligne Paris Clermont sont fermées jusqu'à nouvel ordre.

— La situation est sérieuse, alors ! dit Nathalie.

— C'est le pire hiver que cette région ait connu depuis soixante ans. Dès demain, nous devrons tous nous mettre au travail. Si nous ne voulons pas avoir de problème énergétique, nous allons devoir également dégager les puits de lumière et les unités de fabrication d'électricité, même si elles produisent peu. Je peux compter sur vous ?

— Bien entendu, dit Nathalie pour éviter à François tout dilemme.

— Merci. Avant dix heures, ça ne servira à rien. Profitez bien de ce qu'il vous reste de votre journée de repos forcé.

— C'est justement ce que nous avions l'intention faire, dit Nathalie en faisant un clin d'œil à François.

Quand Manuel eut raccroché, il suggéra :

— Si nous allions diner ?

— Excellente proposition.

Ils lancèrent l'application de réservation des repas. Effectivement, le choix était restreint, mais il n'y avait pas de rupture de produit. Pas encore, se dit François, puis ils se rendirent à l'espace restauration au sous-sol.

12 janvier 2032

– Quelle bonne idée j'ai eu d'emmener avec moi mes « snow-boots », dit Nathalie.

François n'avait lui qu'une paire de grosses chaussures, mais cela risquait d'être insuffisant. Dans le hall d'entrée du bâtiment, il y avait, entassé, des paires de rangers de l'armée, des chaussettes de laine dans de grandes boites avec la pointure notée dessus et des paires de gants militaires en laine. Il se hâta de s'équiper, mit le bas de son pantalon dans les chaussures et referma le dessus avec les lanières en cuir.

Dehors, c'était un véritable chantier de construction. Les bulldozers creusaient des chemins entre ce qui devenait des murs de glace. Les membres des cercles de gestion de chaque bâtiment finissaient le travail avec des pelles, parfois réalisées avec un bâton et une planche de bois contreplaqué.

Nathalie et François se rendirent jusqu'à l'atelier d'entretien des véhicules où l'équipe était déjà rassemblée en train de chercher des solutions. Il fallait résoudre le problème des rails enneigés, des batteries qu'il fallait réchauffer pour avoir suffisamment d'ampères, de l'alimentation électrique.

L'équipe travailla à la modification d'un véhicule stocké à l'atelier pour le transformer en chasse-neige pour rail inférieur et rail supérieur. Il fut testé sur un tronçon remis sous tension en mettant une résistance sur le dispositif de capture de courant. Cela permettait de faire fondre la neige au passage du véhicule. Il fallait ensuite gérer la question des véhicules stationnés le plus souvent sur l'axe principal. Un second véhicule cargo fut équipé d'une unité de production d'eau sous pression et à haute température pour dégager les cabines enneigées. Une fois remises en fonction, elles produiraient leur propre chaleur et ne gèleraient plus.

15 janvier 2032

La remise en service du réseau de transport local avait duré trois jours. Ils avaient réalisé en urgence un second véhicule de déneigement. Les deux cabines chasse-neige tournaient en permanence pour éviter l'accumulation de neige ou la formation d'une pellicule de glace qui empêchait la prise de courant sur les lames conductrices qui permettaient la charge des batteries.

Une autre équipe avait travaillé à rendre praticable la voie de chemin de fer et un premier convoi de voyageurs avait réussi à venir de Riom à Libertyville. La rame, composée de huit voitures, était équipée d'une lame qu'il fallait démonter et remonter à l'extrémité opposée à chaque inversion du sens de circulation. La vie reprenait progressivement. La neige évacuée à l'aide de camions formait maintenant de véritables montagnes gelées.

En parallèle, un groupe de programmeurs informatiques piloté par François réfléchissait à l'amélioration du système de gestion du transport urbain. Un cercle d'usagers avait été prié de faire des propositions relatives aux besoins non couverts par l'offre actuelle ou qui pourraient être perfectionnés. Une fois les évolutions réalisées, elles étaient mises en situation et testées sur un réseau miniature construit dans un grand hangar. Des essais seraient faits en grandeur nature dès que le temps le permettrait.

Charlène Boyer, une technicienne de l'atelier, vint en courant vers leur groupe.

— François, dit-elle, Manuel te demande sur le visiophone.

— Messieurs, je dois vous laisser.

Ils repartirent tous les deux au pas de course jusqu'à l'appareil devant lequel il s'installa.

— Salut, François ! Morgane Lambert nous convoque à quinze heures pour une conférence en multiplex. J'aimerais que tu rappliques ici tout de suite pour une réunion exceptionnelle du comité de gouvernance.

— J'arrive, dit François qui invita ensuite Stéphane Guérard, le coreprésentant du cercle Aménagement du Territoire à venir avec lui.

Il retourna vers l'atelier.

— Avons-nous encore un véhicule libre pour nous ramener en ville ?

Dix minutes plus tard, la cabine s'immobilisait, incapable d'aller plus loin. Ils parcoururent les cent mètres qui les séparaient du bâtiment. La neige gelée crissait sous leurs pas. Ils pénétrèrent dans la salle affectée au comité de gouvernance.

— Bonjour à tous, dit François en s'asseyant à sa place.

Il bavarda un peu avec sa voisine en attendant que les derniers membres arrivent, puis Manuel entra dans le local et s'adressa à eux.

— Mes amis, Morgane Lambert souhaite discuter avec nous en visioconférence. D'ici à ce que le faisceau soit établi, je vous propose de faire le point sur la situation de Libertyville et de Gammaville.

Ils discutaient lorsque l'écran vidéo s'alluma, d'abord avec un fond bleu, puis se chargea de l'inscription « Bureau du Premier ministre, service communication ». Morgane Lambert apparut puis, progressivement, des vignettes indiquant qu'il y avait plusieurs connexions devinrent visibles en périphérie. Elle écoutait avec une oreillette, concentrée.

— Ça y est, nous avons la liaison, dit une personne en dehors du champ de la visioconférence.

Elle releva la tête et fit face à la caméra.

— Mesdames et messieurs, comme vous pouvez le constater, vous vous trouvez sur des sites différents pour participer à cette réunion.

Elle fit un tour de table pour qu'ils se présentent. Il y avait plusieurs équipes : une sur la station spatiale Philadelphia, une sur le sol lunaire, une qui était connectée depuis un des premiers modules de la station spatiale *Europa*, à proximité de Jupiter et une sur Mars.

— Je suis désolée pour nos amis d'*Europa* et de Mars, car ils devront se contenter de m'écouter et ne pourront pas prendre part aux débats à cause des délais de transmission. Bien. Ceci étant, j'ai souhaité vous réunir pour vous donner la primeur de ce que je vais annoncer à la presse demain. Nous venons de recevoir de l'institut de la statistique les derniers chiffres du nombre de personnes officiellement à la recherche d'un emploi. Nous sommes passés de onze-millions au printemps deux-mille-trente à moins de sept-millions en ce début deux-mille-trente-deux.

Elle s'arrêta de parler, puis reprit avec une voix et des mots qu'ils ne lui connaissaient pas :

— Et là, les gars, c'est tout bon. Vous vous êtes battus et vous êtes en train de gagner. Les demandes d'engagement pour l'espace affluent. Nous avons mis en chantier le mois dernier deux autres projets de ville nouvelle et je me suis laissé dire que de nombreuses personnes se sont portées volontaires pour contribuer à vos projets terrestres. Avant cette réunion, j'ai expliqué tout ceci à mes homologues européens pour qu'ils ne l'apprennent pas dans la presse. Ils étaient tellement enthousiastes qu'ils voulaient venir immédiatement en voyage d'études en France. J'ai dû tempérer leur ardeur et les faire attendre quelques semaines.

Morgane Lambert enleva ses lunettes. On voyait bien qu'elle n'avait plus vingt ans, mais elle présentait la fraicheur des gens qui font preuve d'un indéfectible optimisme. Elle les abreuva ensuite de chiffres économiques, puis conclut.

— Mes amis, vous qui êtes loin de nous dans l'espace, je vous remercie en mon nom et celui de l'État français pour votre engagement et votre abnégation. Grâce à vous, nous avons pu nous implanter sur la Lune pour valoriser ses matières premières. Bravo aux équipes pionnières sur notre satellite et sur Mars qui fournissent quantité de métaux. Je sais que ça n'a pas été facile, mais vous avez réussi. Bravo aux équipes sur les stations Philadelphia et maintenant Europa qui ont vécu longtemps en apesanteur avant de pouvoir évoluer avec un semblant de gravité et qui nous fabriquent ces formidables vaisseaux qui ont ramené Mars à deux semaines de nous et Jupiter à deux mois.

Elle but un verre d'eau.

– Mais il serait injuste de se limiter aux pionniers de l'espace. Je tenais à valoriser également l'action des Bâtisseurs de Bonheur. Vous avez su agréger nombre de nos concitoyens, perdus, égarés ou tout simplement volontaires, autour de votre projet, redonnant ainsi un sens à leur vie. Votre concept a permis de relancer le moteur économique mis à l'arrêt par la crise dont vous vous souvenez tous. Vous avez réussi à redonner confiance à une économie moribonde et favorisé l'éclosion de toutes jeunes structures sur les restes de mastodontes du système marchand, tombés à terre. D'ailleurs, nous devons nous voir rapidement pour envisager de déployer votre concept sur des zones urbaines existantes et la création d'autres villes nouvelles. Mes amis, je vous renouvèle mes félicitations et les remerciements de vos concitoyens pour votre courage et votre abnégation. Pourquoi je tenais à vous communiquer ceci aujourd'hui ? C'est parce que demain, je ne pourrai pas tout dire à la presse, car je pense que l'opinion publique n'est pas prête à recevoir un tel message et je ne voulais pas que vous puissiez imaginer que votre action était ignorée par le gouvernement si vous avez l'opportunité de prendre connaissance de ce que les médias diront dans les prochains jours. Encore merci à vous tous.

Il y eut ensuite une séquence de questions-réponses, de prises de rendez-vous, puis Morgane Lambert s'excusa, car elle avait d'autres obligations.

Une fois la communication coupée, Manuel s'adressa au comité :

– Mes amis, Morgane Lambert vient de nous faire part de sa satisfaction sur notre projet et nous a présenté en détail son projet de conquête spatiale. D'après son exposé, ces deux projets participent au redressement de notre pays et ont permis de réduire fortement le nombre de demandeurs d'emploi qui est le marqueur visible de la crise économique et des drames humains associés. Mais le combat est loin d'être terminé et la route sera encore longue.

Manuel prit le temps de les regarder l'un après l'autre pour que chacun reprenne le message à son compte.

— Aussi, je vous demande de redoubler d'efforts, d'accélérer le cycle des réunions de recrutement et de booster notre expansion sur de nouveaux territoires en collaboration avec Gammaville et les deux autres villes nouvelles dont j'ai appris l'existence en même temps que vous. Nous allons bientôt recevoir des délégations étrangères, nous devons mettre sur pied un cercle de relations avec l'international. Qui souhaite s'en occuper ?

Personne ne dit mot. François leva timidement la main.

— Ça pourrait m'intéresser, mais je dois en parler avant avec Nathalie.

— Bien entendu.

— Je te donne une réponse demain.

— Tu risques d'avoir pas mal de boulot avec cette mission. Il faudrait qu'on te décharge de tes autres responsabilités, du transport notamment.

— J'aimerais conserver un œil sur ce projet.

— On s'arrangera. Je suppose que tu voudras Nathalie dans ta nouvelle équipe.

— Bien entendu.

— Qui s'oppose au souhait de François ?

Personne ne s'opposa.

— Bien. François, nous attendons ta réponse.

Ils se séparèrent. En repartant, Stéphane et François croisèrent Inez Diaz Arraras. Elle était arrivée à Libertyville avec les volontaires de décembre. Inez était le genre de fille qui se fait immédiatement détester des autres filles et que tous les hommes regardent. Elle allait avoir trente ans et avait une formation d'avocate. Elle brillait au milieu des autres et savait rallier les hommes à sa cause. Inez était d'origine espagnole, de type latin, la peau très mate, une chevelure noire abondante qui cascadait dans son dos. Elle avait des traits fins, des yeux noisette plantés haut dans le visage, à la fois rieurs et énigmatiques, et une silhouette à faire damner un saint. François l'avait immédiatement prise en grippe, surtout depuis qu'elle tournait autour de Manuel comme un serpent qui hypnotise sa proie. Il l'interpela, utilisant les connaissances de la langue que son père lui avait transmises.

— *Hola Inez, cómo estás ?*

— *Hola François. Hola Stéphane.* Comment se passent vos recherches sur le transport ?

— Nous avançons à grands pas. Je pense que nous pourrons bientôt mettre en production nos nouveaux procédés, répondit François. Et toi ?

— Je dois voir Manuel. Nous avons rendez-vous maintenant. Stéphane, intéressante cette réunion ?

Il était en train de prendre son souffle pour répondre lorsque François le coupa.

— Oui, intéressante… Il faut que nous allions maintenant, nous avons encore pas mal de boulot… *Adiós Inez !*

— *Adiós*, dit-elle en faisant un signe de la main tandis qu'elle commençait à se mouvoir en ondulant des hanches plus que de nécessaire.

Ils repartirent en sens opposé. Lorsqu'ils furent à bonne distance, François dit à Stéphane.

— Je me méfie d'elle. Je la soupçonne de vouloir embobiner Manuel et de monter une barrière entre nous. Je la sens manipulatrice.

— C'est une belle fille.

— C'est justement pour cette raison que je m'en méfie. Manuel me semble fragile sur le plan des sentiments personnels.

2 février 2032

La négociation entre Nathalie et François avait été difficile. Elle avait du mal à accepter ces changements qui s'annonçaient et qui lui apparaissaient comme brutaux.

— Mais, ma chérie, avait argumenté François, c'est une opportunité formidable de rencontrer des personnes d'autres pays et de visiter des contrées nouvelles.

— Tu sais ce que je pense des voyages et de ma relation un peu compliquée avec les avions.

— Ce n'est pas indispensable que nous bougions tout le temps, et puis tu pourras conserver ton activité dans le cercle écologie.

— Oui, mais ce cercle, c'est toi. Si tu le quittes, ça ne sera plus pareil.

— Quelqu'un d'autre fera ça aussi bien que moi.

— Je ne crois pas, et puis c'est toi que je veux.

Après des heures de discussion, ils avaient fini par trouver un accord. François montait un groupe international auquel Nathalie contribuerait, mais il resterait à la tête du cercle aménagement du territoire. Il pouvait continuer à participer au projet transport, mais comme simple membre.

François exposa ce projet au comité de gouvernance.

— Tu ne crains pas que ça fasse beaucoup ? demanda Manuel.

— Je suis conscient que ça va faire pas mal de boulot. Je serai obligé de déléguer un peu plus d'activités, mais je devrais m'en sortir.

— Si tel est ton souhait.

11 février 2032

Les grands bureaux donnant sur l'avenue des Champs-Élysées, à Paris, avaient été réaménagés en espaces plus petits et servaient maintenant de postes de commandement. Dans la grande salle de réunion, Édouard de la Tour discutait avec ses homologues en attendant les retardataires. Lorsque les derniers furent arrivés, il démarra la séance.

— Madame et Messieurs, je vous ai demandé de venir aujourd'hui pour commencer à élaborer une stratégie afin de reprendre et consolider le pouvoir économique. J'ai eu dernièrement l'occasion de m'entretenir avec d'autres capitaines d'industrie européens, chinois, américains et russes. Ils sont d'accord pour s'associer à notre action et conforter leur influence. Je ne manquerai pas de leur faire part de nos intentions. Ils se sont engagés à en faire de même et je doute fort que les initiatives malencontreuses qui ne vont pas dans notre sens résistent très longtemps à nos assauts. Aujourd'hui, nous allons pouvoir discuter avec une de nos salariés infiltrés.

Une personne entra dans la pièce.

— Nous sommes prêts pour la liaison en duplex. La ligne est sécurisée, vous pouvez parler librement.

— Basculez la communication sur ce poste, je vous prie… Allo, vous m'entendez ?

— Oui Monsieur, répondit une voix féminine.

— Bonjour, Inez, vous êtes sur hautparleur.

— Bonjour à vous tous.

— Je vous présente Inez Diaz Arraras, dit Édouard de la Tour. Elle fait partie des personnels que nous avons envoyés en mission chez les Bâtisseurs de Bonheur.

Inez leur fit part des renseignements qu'elle avait récoltés sur l'avancement des différents chantiers industriels, immobiliers et économiques. Elle leur raconta ce qu'il y avait en prévision et donna des informations sur la conquête spatiale et l'extraction de matériaux sur la Lune et sur Mars et de l'indéniable avantage concurrentiel que cela procurait, car situés en zone internationale et donc libre de droits.

— Félicitations, Inez, je ne sais pas comment vous avez procédé en si peu de temps, mais vous avez fait un excellent travail.

— Merci, Monsieur.

— Nous vous avons versé un premier acompte de cinquante-mille euros et nous saurons nous montrer généreux lorsque toute cette aventure ne sera plus qu'un lointain souvenir.

Édouard de la Tour mit fin à la communication.

— Madame, Messieurs, suite à cet exposé, je pense que la stratégie à adopter est maintenant très claire. En plus de saboter les projets alternatifs initiés par les différents gouvernements, nous devons nous positionner dans la course à l'espace. Nous recueillerons les fruits de notre investissement lorsque les projets gouvernementaux auront disparu et que nous serons les seuls à exploiter librement les ressources naturelles hors de la terre. À ce moment-là, nous pourrons exercer pleinement notre pouvoir.

Morgane Lambert était assise à son bureau. Une personne en uniforme entra et lui tendit une enveloppe cachetée.

— Madame, le bureau du « chiffre » vient de recevoir ce message il y a quelques minutes sur une ligne protégée. Les opérateurs ont seulement réussi à décoder la première ligne. Le reste est incompréhensible. Il n'y a pas d'émetteur.

— Merci capitaine.

Elle ouvrit l'enveloppe. Sur la première ligne était inscrit : « Pour Morgane Lambert, Urgent ». Elle commença à déchiffrer oralement le message avec un procédé connu seulement d'une dizaine de personnes dans le pays et basé sur un cryptage de la langue bretonne. Satisfaite, elle reposa le message sur le bureau. Elle connaissait maintenant les intentions de ses adversaires. Son interlocuteur l'informait également qu'il y avait des taupes dans les organisations qu'elle avait mises en place, mais ne pouvait donner plus de détails. Elle composa le numéro de son officier de renseignements.

— Commandant, pourriez-vous venir à mon bureau, s'il vous plait ?

15 février 2032

François avait rapidement mis en place le cercle de relations internationales. Il devait être agile et dynamique, car il allait falloir intégrer des éléments à l'extérieur du pays afin de permettre à l'organisation de se développer.

Rendez-vous était pris ce jour à Paris avec plusieurs délégations de différents pays. Les représentants des Bâtisseurs étaient montés dans le train spécial, une rame automotrice, qui était venu les chercher à Libertyville et les avait conduits jusqu'à la capitale. Après quatre heures de trajet, ils pénétrèrent dans la grande gare souterraine de l'aéroport de Roissy. Des policiers armés les attendaient et les escortèrent jusqu'à une salle de conférence.

– Prenez place, je vous prie. Je m'appelle Jean-Louis Legrand et suis votre ministre des affaires étrangères.

Il désigna quelques personnes présentes, puis continua en anglais.

– Ces messieurs ont été dépêchés par les gouvernements autrichiens, slovaques et hongrois. Des représentants de l'État allemand vont bientôt arriver. Leur avion vient de se poser il y a quelques minutes.

Chaque délégation présenta la situation plus ou moins catastrophique de son pays, ainsi que les choses qu'ils avaient expérimentées pour sortir de l'impasse, que cela ait réussi ou non. Ils avaient ensuite évoqué les projets de colonisation de l'espace et de la Lune en particulier, lancé par l'agence spatiale SpaCeIP, qui leur enlevait une partie de leurs forces vives, mais qui ne résolvait pas leurs problèmes économiques. Ils étaient tous impatients de savoir comment le gouvernement français avait fait pour relancer la machine. Jean-Louis Legrand invita les bâtisseurs à parler de leur projet.

François et ses compagnons présentèrent à tour de rôle les activités de Libertyville et de Gammaville selon leur spécialité. Ils racontèrent comment ils avaient convaincu les épargnants d'investir dans leurs projets, comment ils avaient reconquis les processus laissés en déshérence suite à des défaillances d'entreprises, comment ils avaient redonné de l'espoir et une vision à ceux qui n'y croyaient plus.

Après un long exposé des Bâtisseurs suivi d'une série de questions-réponses, le ministre proposa :

– Bien entendu, nous sommes prêts à vous faire partager notre expérience et à vous aider à développer ce concept de villes nouvelles et de réorganisation des cités existantes si vous le souhaitez.

Les délégués des différents gouvernements proposèrent de dépêcher des missions d'études pour s'imprégner de leur projet. Ils devraient ensuite transposer cette expérience dans leurs pays respectifs.

8 mars 2032

Les choses s'accéléraient à Libertyville. Le chantier de construction avait repris. Les premières tranches, débutées un an auparavant, seraient bientôt terminées et huit autres bâtiments étaient en train de sortir de terre. Les Bâtisseurs avaient formé un cercle traitant des questions agricoles en début d'année. Son rôle était d'assurer la fourniture de denrées alimentaires. Il fallait produire, mais les terrains disponibles étaient insuffisants pour satisfaire la demande et ils devaient trouver rapidement des solutions, car le nombre de Bâtisseurs ne cessait de croitre au fur et à mesure de l'avancement des travaux.

Ce matin-là, François était en mission de reconnaissance pour réfléchir aux possibilités d'extension de la ville avec l'implantation d'un second groupe de bâtiments et son impact écologique futur. François aimait bien œuvrer sur place pour pouvoir confronter le résultat des cogitations du cercle avec la réalité du terrain.

Gérard Lécuyer, le Maire, se présenta dans la grande tente qui leur servait de bureau.

– Je peux entrer ?

– Tu es le bienvenu, Gérard, lui répondit François.

– Je ne veux pas me montrer trop curieux, mais vous ne seriez pas mieux dans une construction en dur ?

– Je vais satisfaire ta curiosité. Nous réfléchissons à une future extension et nous préférons être sur le site, d'où cette implantation.

– Quand je vous vois travailler, je me dis que vous êtes bien loin de tous ces gratte-papiers qui faisaient la loi jusqu'ici. Mais je ne suis pas venu pour parler de ça. Pourrions-nous discuter quelques instants ?

– Bien sûr. À moins qu'il ne s'agisse de quelque chose de personnel, tu peux t'adresser au groupe.

– Voilà ce qui m'amène. J'ai appris par la chambre d'agriculture qu'un exploitant de Varennes-sur-Morge, pas très loin d'ici, a de très grosses difficultés financières. Il vient d'être mis en faillite. Je crois que la ferme va être vendue aux enchères publiques. Cela pourrait être l'occasion non seulement de vous faire un nouvel ami, mais de pouvoir développer votre production de nourriture.

– C'est une idée qui mérite d'être approfondie. Mes amis, continuez à travailler sans moi. Gérard, si tu en es d'accord, je te propose d'en discuter avec les responsables des Bâtisseurs de Bonheur.

Manuel, après avoir été mis au courant du projet, avait immédiatement provoqué une réunion des cercles gouvernance et agriculture et il en était ressorti qu'ils allaient se porter acquéreurs du bien en multipropriété.

22 mars 2032

La vente aux enchères de l'exploitation agricole devait avoir lieu ce matin-là. Dans les jours qui avaient précédé, Manuel avait pris contact avec le Premier ministre pour lui faire part de son projet.

– Vous êtes conscient de prendre un risque politique en vous mettant ainsi en pleine lumière.

– Oui, Madame, mais c'est une formidable opportunité pour faire passer nos messages. Nous inviterons quelques représentants de la presse, dont le quotidien France Matin que je sais rallié à notre cause.

– Si vous pensez que cela peut vous être utile…

– Madame, il faudrait que nous ayons l'assurance qu'il nous sera possible de nous porter acquéreurs des terrains et en multipropriété.

– Je m'en occupe.

Elle avait repris contact un peu plus tard pour dire que leurs demandes avaient été entendues et que quelques ajustements règlementaires avaient été effectués. Si le commissaire-priseur était réticent, Manuel pourrait l'appeler directement pour qu'elle lui explique.

Ils roulaient maintenant en direction de Varennes. Louis, le fidèle compagnon de Manuel, conduisait. Églantine Vallier, responsable du cercle agriculture, accompagnait Manuel et François. Lorsqu'ils arrivèrent sur le site, il y avait déjà de nombreuses personnes soit qui prenaient connaissance du catalogue de la vente, soit qui inspectaient les engins, le matériel ou visitaient les installations. Une grande partie des anciens *collègues*-agriculteurs de l'infortuné Albert Lebrun, originaires de la région, se pressaient par curiosité ou dans l'espoir de faire de *bonnes affaires*. Certains étaient venus avec tracteurs et remorques, d'autres avec des camions de transport de bétail.

Maitre Gigout, commissaire-priseur, sortait d'un gros véhicule à quatre roues motrices accompagné de son assistante. Il commençait à déballer ses documents avant de procéder aux enchères. Albert Lebrun était à côté d'eux, la mine décomposée.

C'est alors qu'il les vit. Deux types et une fille, plutôt jolie, qui semblaient anachroniques dans ce monde paysan. Il émanait de ces trois-là quelque chose d'étrange qu'il ressentait physiquement et qui s'apparentait à ce qu'il avait vécu à certains moments de sa vie et qu'il avait baptisé bonheur. Pourtant, le moment n'y était pas vraiment.

Le trio se dirigea vers Maitre Gigout. Le plus grand des trois, qui semblait être le leader du groupe, avait dit à voix basse au représentant de la justice, mais suffisamment fort pour qu'Albert entende :

— Nous souhaitons nous porter acquéreurs de l'exploitation, terres comprises.

Le commissaire-priseur prit son temps avant de répondre.

— Ce n'est malheureusement pas possible. Je dois procéder à la mise aux enchères de chaque lot, conformément à la loi.

— Comme vous voudrez, Maitre. Nous avons la volonté d'acheter la totalité du foncier.

— Libre à vous, mais je dois en référer à mon autorité de tutelle, car il s'agit d'une vente règlementée.

— Faites Maitre, faites ! Nous maintenons notre offre sur la base de l'estimation réalisée par le ministère public. Je vous demande également d'autoriser la presse à être présente.

Le visage de Maitre Gigout se ferma légèrement. Il avait toujours la possibilité, en tant qu'homme de loi, de refuser la présence de la presse. Il se méfiait des journalistes. Ils étaient capables, à partir d'un évènement insignifiant, d'en faire une affaire d'État. En plus, ces trois personnages qui venaient de faire une offre globale ne lui disaient rien qui vaille. Ils ne ressemblaient pas aux acquéreurs habituels qui faisaient leur fortune sur le malheur des autres. Il se dit qu'il composerait en fonction de la tournure des évènements.

Les enchères débutèrent vers dix heures. Des journalistes de la télévision et de la presse écrite se bousculaient pour être bien positionnés afin de faire qui la meilleure photo, qui le meilleur reportage. Le plus grand du trio étrange s'adressa à l'homme de loi et dit d'une voix forte qui imposait le respect :

— Je demande la permission de faire une déclaration préalable au début des enchères.

L'homme de loi fit un signe de tête pour indiquer son accord. Les conversations cessèrent instantanément et l'attention des journalistes fut immédiatement captée.

Mesdames, Messieurs,

Vous avez tous appris la mauvaise fortune de votre confrère Albert Lebrun, preuve en est puisque vous êtes là aujourd'hui.

Albert a été victime d'un système qui va tous vous broyer les uns après les autres. Vous serez sacrifiés chacun à votre tour sur l'autel du profit et de la cupidité. Ce n'est pas votre tour pour l'instant, mais ce n'est que partie remise.

Nous appartenons à un groupement dont vous avez peut-être déjà entendu parler : les Bâtisseurs de Bonheur...

Albert avait vaguement lu des articles sur cette organisation qui lui apparaissait comme une bande d'idéalistes rêveurs, mais ces trois-là avaient l'air de toute autre chose. Il allait les voir à l'œuvre.

Nous travaillons à redonner à l'homme une place centrale dans la société. Notre action est à but non lucratif, d'ailleurs nous évoluons, à titre individuel, sans argent dans la majorité des cas. Ce désintérêt de l'argent ne signifie pas que nous sommes de doux rêveurs vivant d'amour et d'eau fraîche. Nous disposons de processus économiques. Nous produisons des biens et des services. Nous travaillons dur, mais notre finalité n'est pas l'appât du gain. C'est autre chose.

Nous allons donc nous porter acquéreurs de la totalité de l'exploitation d'Albert Lebrun. Cette exploitation servira à donner une activité et à nourrir de nombreuses personnes, parfois laissées pour compte par votre société de consommation, parfois venues nous rejoindre volontairement. Si Albert Lebrun souhaite nous rejoindre, il pourra continuer à travailler dans sa ferme s'il le désire, avec des conditions de vie très éloignées de ce qu'il a, je l'imagine, connu ces dernières années et qui l'ont conduites là où il en est aujourd'hui. Comme nous n'avons pu faire une offre globale, nous allons enchérir sur chaque lot. Libre à vous de nous contrer. Lorsque vous aurez gagné un lot et que vous le remporterez chez vous, vous aurez ainsi tout loisir de contempler la victoire de l'argent contre le bien commun. Pour lever toute ambigüité ou suspicion d'enrichissement ultérieur sur cette entreprise, nous prenons la presse à témoin et ne manquerons pas de vous tenir informés du devenir de l'exploitation par ce canal.

Le commissaire-priseur le regardait en tapotant le cadran de sa montre-bracelet avec son index gauche.

– Mais je crois qu'il est maintenant temps de laisser Maitre Gigout officier.

Manuel se tut. Paradoxalement, les conversations ne reprirent pas. Seule la voix de l'homme de loi se fit entendre. À chaque mise à prix de petits matériels ou d'animaux, Manuel levait le doigt et personne ne surenchérissait. Son message avait porté. Cela s'était un peu compliqué à la mise en vente des véhicules, car des professionnels s'étaient déplacés dans l'espoir d'acquérir ce matériel à la pointe de la technologie à bas cout. Effectivement, la moissonneuse-batteuse qui valait, neuve, quatre-cent-mille euros, avait été mise en vente à vingt-mille. Albert racontera par la suite que c'est à ce moment qu'il avait eu le plus envie de vomir.

Patiemment, Manuel enchérissait, ce qui fait que, progressivement, les affaires devenaient de moins en moins intéressantes et les professionnels finissaient par laisser tomber. À la fin de l'après-midi, tous les lots avaient été adjugés. Restaient les terres. Manuel avait fait une offre raisonnable.

– Il faut que j'obtienne l'autorisation de vous les vendre, car vous n'êtes pas exploitants agricoles.

– Je vous prie également de noter que nous allons faire cette acquisition en multipropriété.

François avait sorti un téléphone cellulaire de sa poche et discutait avec son correspondant en s'approchant du commissaire-priseur.

– Ne quittez pas, Madame, je vous le passe. Il s'adressa à l'homme de loi : le Premier ministre.

– Mes hommages, Madame.

Elle lui parla quelques instants, puis raccrocha.

– C'est arrangé, dit-il avec une lueur étrange dans les yeux. Vous avez la loi pour vous.

L'homme de loi fit le total de ce qui devait être réglé, majoré des frais de justice, mit dans sa sacoche le chèque, d'un montant à six chiffres, rédigé par Manuel en rappelant que la propriété des objets achetés ne serait effective qu'après encaissement des sommes et que les défauts de paiement étaient lourdement sanctionnés, puis il quitta le lieu de la vente après être remonté, avec son assistante, dans son gros véhicule.

La presse entoura le trio qui avait fait sensation un peu plus tôt tandis que ceux qui étaient venus pour faire de bonnes affaires reprenaient le chemin du retour. Manuel expliquait que ce qui s'était passé aujourd'hui était une victoire importante. L'association avait réussi à acquérir le foncier alors que la logique voulait que ce soit les grands céréaliers qui récupèrent ces terres pour une bouchée de pain, comme à l'habitude. C'était la revanche du monde associatif et coopératif sur la mainmise des spéculateurs. Il comptait d'ailleurs beaucoup sur la presse pour faire en sorte de dénoncer les dérives de la profession.

Albert regardait le groupe des biens nommés Bâtisseurs de Bonheur. Ils respiraient la bienveillance. Églantine se tourna vers lui et lui dit de venir. Il se dirigea vers les héros du jour, encore entourés par les journalistes. Manuel, le voyant s'approcher, laissa en suspens sa phrase et son visage s'illumina.

— Albert, veux-tu rejoindre les Bâtisseurs de Bonheur et continuer ta passion pour l'agriculture chez nous ?

Le jeune paysan fut un peu pris de court. Il avait compris que cette question viendrait, puisqu'évoquée précédemment, mais il n'avait pas imaginé que ce serait en public, devant la presse. Après tout, qu'avait-il à y perdre, lui qui avait déjà tout perdu ? Après un temps de silence, il dit sobrement :

— J'accepte.

— Mesdames et messieurs les reporters, vous venez de suivre un moment historique. Albert Lebrun, que la justice des hommes avait condamné à la ruine, va pouvoir vivre à nouveau ses passions et continuer à s'épanouir dans sa nouvelle vie qui débute. Je vous remercie pour votre attention.

Les journalistes se dispersèrent après quelques dernières photos et une ou deux questions. Églantine prit Albert par le bras. Il se retourna et accrocha son regard.

— Veux-tu venir avec nous à Libertyville pour poursuivre cette discussion ? lui demanda Églantine.

Il s'entendit répondre :

— C'est d'accord.

Quelques jours plus tard, il commençait son intégration.

10 Mai 2032

Delphine Hemlinger travaillait à la planification des activités du jour, car les choses allaient s'accélérer dans les prochains jours. Depuis quelques semaines, les équipes avaient monté à la hâte un grand entrepôt pour recevoir une partie des fournitures sensibles destinées à la construction de la nouvelle tranche de bâtiments dont la livraison était prévue à la fin de l'été. À compter de maintenant, des trains devaient converger vers le site de Gammaville et approvisionner en continu le chantier en matériaux.

Delphine, sous pression, regarda la pendule murale. Elle essayait de masquer sa nervosité, car la tâche qui les attendait était colossale. En principe, dès que le premier convoi arriverait, ils seraient prévenus et les opérations de stockage pourraient commencer. N'y tenant plus, elle demanda :

— On a des nouvelles du convoi de matériaux ?

Personne ne répondit. Le convoi était en route depuis deux jours et son arrivée était prévue dans la journée. À la tombée de la nuit, ils commencèrent à s'inquiéter, se disant toutefois qu'un retard faisait partie des choses possibles. À onze heures du soir, toujours rien. Ils décidèrent d'effectuer à tour de rôle une permanence pour accueillir le train lorsqu'il arriverait et s'assurer que tout se passait bien.

11 Mai 2032

Delphine s'éveilla en sursaut en regardant l'heure : cinq heures et toujours pas de train. Flavien, pas complètement réveillé, lui demanda ce qui se passait.

— Le train de matériaux n'est toujours pas arrivé, personne ne m'a appelé. Je me fais du souci, dit Delphine.

— Ne te bile pas. Il a peut-être eu un incident technique et l'on aura omis de t'informer.

— Je souhaite que tu dises vrai.

Dans la matinée, une cellule de crise avait été montée à la hâte. Ils avaient enquêté un peu partout : le train était bien parti de Marseille deux jours plus tôt, mais on perdait sa trace après son passage à Lyon. La radio de la motrice restait muette, mais il se pouvait que le train stationne quelque part et qu'il n'y ait personne pour répondre dans la cabine, ou qu'elle soit en panne. Il allait être impossible pour eux de démarrer le chantier sans pouvoir fabriquer de béton.

Une autre mauvaise nouvelle tomba également dans la journée : le convoi de ravitaillement en denrées alimentaires s'était aussi égaré. Comment était-ce possible ?

11 Mai 2032

Le téléphone sonna. Manuel sauta du lit pour répondre.

— Oui… Oui… Ah bon ? … OK, réunion de crise à dix heures. Fais prévenir le comité de gouvernance.

Il raccrocha et retourna en direction du lit. Inez, en s'étirant, rabattit le drap, se découvrant entièrement. Il s'arrêta net, admirant ses courbes.

— Des ennuis ? demanda-t-elle en prenant un air ingénu.

— Deux trains à destination de Gammaville ont disparu, ou tout du moins est-on sans nouvelles d'eux. Nous montons une cellule de crise pour tenter de les retrouver.

— C'est grave si on ne les retrouve pas ?

— Assez. Le chantier de Gammaville va être arrêté et un des deux trains était rempli de nourriture.

— C'est fâcheux, en effet. Tu veux que je te donne un coup de main ?

— Non ! Je pense d'ailleurs que c'est mieux si on ne nous voit pas trop ensemble.

— Tu as honte de moi ?

— Pas du tout, mais je préfère que nous ayons chacun nos activités ! Comme cela, nous aurons des choses à nous raconter quand nous nous reverrons.

— Comme tu veux, mon chéri…

Inez lui fit signe en faisant bouger l'index de sa main droite d'avant en arrière tout en prenant une pose lascive.

— Viens… J'ai envie de toi.

Toute la journée fut consacrée à essayer de retrouver les convois « égarés ». Manuel avait fait intervenir le ministère des Transports qui avait diligenté une enquête de police. Ils avaient fini par retrouver un des conducteurs de train endormi dans une chambre d'hôtel dans laquelle il semblait avoir passé trois jours sans en sortir. Une des motrices avait également été retrouvée à Avignon dans un atelier de réparation, mais aucune trace des convois.

Fin mai, la police fit savoir que le convoi de denrées alimentaires avait été retrouvé stationné sur une voie de garage à proximité de Strasbourg. La quasi-totalité des denrées avait dû être jetée, car l'alimentation électrique des groupes froids avait été coupée. Il s'agissait sans doute d'une erreur administrative, car personne, à Strasbourg, n'était au courant que les wagons étaient chargés. Le second convoi ne fut jamais retrouvé.

Juin 2032.

Les élections générales françaises avaient occupé les discussions des derniers mois. Les différents comités des villes nouvelles suivaient les campagnes électorales avec attention, car tous étaient conscients qu'après seulement deux ans d'existence, ils étaient fragiles et il serait facile à un dirigeant mal intentionné de transformer la règlementation et les lois de la république pour faire disparaitre les Bâtisseurs de Bonheur et leur organisation.

Pour éviter les petits arrangements locaux, le Président avait décidé de modifier le mode de scrutin pour permettre à toutes les composantes, politiques mais aussi civiles, d'être représentées au parlement. Il savait qu'il jouait gros sur ce type d'évolution, mais cela valait le coup d'essayer pour renforcer l'unité du pays. De fait, l'influence des candidats sur les territoires s'était effacée au profit d'un scrutin de liste national plus représentatif des courants d'opinion.

Chez les Bâtisseurs, il y avait eu beaucoup de discussions autour de cette élection. Les partisans d'une candidature disant que cela permettrait d'influer sur la législation et donc de tenir compte de leurs projets, les opposants disant que cela risquait de les mettre dans une lumière politique qui pourrait leur nuire ou les contaminer. Finalement, un compromis avait été trouvé : une liste baptisée *Liste humaniste* conduite par Armando Santiago et soutenue par les membres et sympathisants de l'organisation, qui représentaient environ dix pour cent de la population en âge de voter.

Le Président Honeck fut réélu avec une large majorité. Le vote pour choisir les représentants au parlement fut plus compliqué. Avec ce nouveau mode de scrutin, les formations politiques s'étaient émiettées. Pour les Bâtisseurs, les résultats avaient été au-delà de leurs espérances. Leur liste avait recueilli un peu plus de quinze pour cent des suffrages et cela avait permis de constituer un groupe qui allait compter dans les décisions du pays.

Morgane Lambert avait démissionné de ses fonctions pour laisser la place à Paul Divecchio, leader du Parti démocrate progressiste arrivé en tête aux élections. Il fut chargé de former un gouvernement et dut s'allier à d'autres composantes de l'assemblée. Armando Santiago fut nommé ministre de l'Aménagement des territoires et Morgane Lambert, eu égard à ses actions passées, avait accepté le ministère de la Solidarité nationale.

Divecchio avait reconduit le programme de villes nouvelles en promettant de continuer les simplifications règlementaires initiées par le gouvernement précédent et de ralentir l'inflation qui avait sérieusement plombé l'économie marchande ces deux dernières années.

Le vingt juin, Delphine et Flavien s'étaient mariés à Riom, ville dont il était originaire. Nathalie et François étaient de la noce. Elle lui avait serré fortement la main au moment des consentements, lui témoignant ainsi que ces évènements la touchaient. Delphine resplendissait. Elle aussi avait fait du chemin depuis que Nathalie l'avait entraînée dans l'aventure des Bâtisseurs de Bonheur. Le lendemain, ils s'étaient quittés en se promettant « qu'on se reverrait bientôt ». Ce fut la dernière fois que François les vit.

En guise de voyage de noces, Delphine se trouva confrontée à une chute de productivité spectaculaire des unités qui dépendaient de Gammaville. Personne ne comprenait rien à ce qui pouvait se passer. Il y avait de plus en plus d'incidents de production, nombre de marchandises à destination de l'extérieur de l'organisation étaient défectueuses ou refusées par les « clients ». À la fin du mois de juin, il y eut un mouvement de contestation dans les ateliers à Clermont-Ferrand, à Riom et une unité située à Pontgibaud, à quelques kilomètres à l'ouest de Riom, avait été complètement mise à sac par une bande d'individus cagoulés qui, après avoir invité les personnels à sortir, avaient fortement endommagé l'outil de production. Ils étaient ensuite repartis à moto, à travers champs, avant que la police n'ait eu le temps d'intervenir.

8 Août 2032

Albert Lebrun, naufragé et sauvé de la ruine par les Bâtisseurs, avait été intégré et affecté à un cercle responsable des affaires agricoles. Au début, cela lui avait paru un peu étrange, voire surréaliste, de ne plus devoir manipuler l'argent en permanence. Il avait eu du mal à comprendre ces nouveaux mécanismes économiques, mais au bout de six mois passés à Libertyville, il était comme un poisson dans l'eau.

Son arrivée chez les Bâtisseurs de Bonheur avait été inespérée. Ses anciennes terres avaient immédiatement été mises en culture. Il avait développé la production locale soit dans les gigantesques bacs intégrés aux bâtiments, soit sous forme de plantations hors-sol intérieures. Ils réduisaient ainsi les dépendances extérieures à l'organisation.

La journée allait être consacrée à la gouvernance agricole et les représentants des cercles concernés étaient conviés à une séance de travail.

François et Nathalie se hâtaient pour rejoindre le lieu où se tiendrait la réunion. Ils rencontrèrent Albert, accompagné de Louise Rochefort qui se faisait appeler Louison. Les deux avaient fait connaissance au sein du cercle agriculture et, à bien observer le ventre de Louison, il semblait qu'ils n'avaient pas perdu de temps.

Manuel Bach était déjà installé. La salle se remplissait.

— Mes amis, dit Manuel une fois qu'ils furent tous assis, nous allons travailler aujourd'hui sur l'avenir de notre production alimentaire si nous voulons continuer d'être autonomes. Cet après-midi, nous serons en duplex avec Paris pour traiter des questions règlementaires. Je laisse la parole à Églantine Vallier pour nous expliquer le projet de son groupe.

Églantine débordait d'énergie.

— Chers Bâtisseurs, leur dit-elle avec enthousiasme, vous avez dû nous supporter depuis tous ces mois. Nous sommes intervenus dans un bon nombre de vos projets pour défendre les questions agricoles et j'espère que vous ne nous en voulez pas trop. Depuis le début de l'année et tout particulièrement depuis l'arrivée d'Albert Lebrun, nous avons engagé un programme de certification BIO pour notre production qui, je dois le dire, a littéralement décollé. Je pense que tu peux te lever, Albert.

Les bâtisseurs présents l'applaudirent. Sa Louison le regardait avec fierté. Il se rassit.

— Voici la proposition de notre cercle agriculture. Comme vous le savez, nous avons repris une exploitation en difficulté dans le Berry et une autre en Sologne. Vous auriez dû voir les larmes de joie des fermiers que nous sauvions du naufrage économique en leur offrant une porte de sortie et la sauvegarde de l'œuvre de leur vie, parfois de plusieurs générations. Nous avons pu constater que ce n'était pas l'argent qui les motivait, mais l'amour de la terre et de leur métier. Ils ont accepté de rejoindre notre organisation. Le dispositif administratif autour de ces exploitations reste fragile, voire inexistant.

Églantine parlait avec conviction.

— Nous avons également décidé d'instaurer une veille pour identifier les entreprises en péril avant ou lors de leur dépôt de bilan et surtout avant leur mise en liquidation. Cela permettra de faire des offres globales de reprise. Nous pensons que les juges ne resteront pas insensibles à notre mise en avant de l'humain avant toute question économique. Nous proposons de faire circuler une information via les chambres d'agriculture : que notre organisation peut venir en aide aux exploitations agricoles en difficulté avant qu'elles ne doivent cesser leurs activités !

Manuel était attentif.

— Merci, Églantine, pour cette présentation. Nous allons maintenant établir la liaison avec Paris. Nous reprendrons ensuite ces débats.

L'écran vidéo s'alluma et le Premier ministre, Paul Divecchio, apparut.

— Bonjour à vous tous. Je suis entouré de Morgane Lambert, de Charlotte Castanier, votre ministre de l'agriculture et d'Armando Santiago, que vous connaissez bien. Ils n'ont de cesse de me vanter vos actions et ont fait le siège de mon bureau pour que j'accepte de vous rencontrer. Nous vous écoutons.

Manuel Bach fit une rapide présentation de leur organisation.

— Je passe la parole à Églantine Vallier, responsable de notre cercle agriculture.

Elle fit un point sur la situation.

— Les exploitations devront être intégrées dans des coopératives d'intérêt collectif qui ont l'avantage d'être inattaquables par des structures financières. Elles ne seront en effet plus rachetables. Ces coopératives développeront leur propre réseau et n'auront pas nécessité à faire appel aux services bancaires. Nous proposons de maintenir des échanges avec des structures économiques externes, comme la grande distribution, afin de ne pas couper complètement les liens avec les filières en place. Nous conserverons une forme de transparence et espérons ainsi susciter de la sympathie pour notre organisation.

Après un débat technique animé, Paul Divecchio conclut par :

— Je me range à vos arguments, Madame.

13 Aout 2032

Les habitants du secteur R35 situé à l'est de Libertyville furent réveillés à trois heures du matin par une gigantesque explosion qui fit trembler les murs du bâtiment le plus proche. François, réveillé par Nathalie, se leva et regarda par la fenêtre pour voir de quoi il s'agissait. Le téléphone sonna et il fut informé qu'il y avait un incendie dans une unité de fabrication du secteur trois de la zone industrielle.

— J'arrive, dit-il avant de raccrocher le téléphone.

— Je viens avec toi, dit Nathalie.

François essayait de remettre un peu d'ordre dans ses idées. Un incendie en soi n'était pas trop grave, mais il était plus inquiet à cause de l'explosion. Il commanda via l'écran de la cuisine un véhicule automatique pour se rendre sur les lieux du sinistre. Quelques minutes plus tard, ils voyageaient vers le secteur trois. D'autres cabines de transport convergeaient d'un peu partout. Ils voyaient devant eux un gigantesque incendie et furent obligés de s'arrêter à bonne distance du lieu du sinistre.

Le spectacle était apocalyptique. Des flammes s'élevaient à plusieurs dizaines de mètres de hauteur. Un homme en tenue de pompier vint à leur rencontre et expliqua :

– L'incendie est trop puissant pour l'instant. Nous avons commencé à nous déployer, mais c'est impossible de s'approcher du brasier. Nous avons demandé l'assistance du centre de secours départemental.

Manuel arrivait à son tour et regardait, catastrophé, le bâtiment qui brulait. Une nouvelle explosion retentit. Une réserve de carburant enterrée venait de sauter et une colonne de liquide enflammé s'en échappait. Après quelques minutes de flottement, Manuel prit naturellement la direction des opérations en attendant que les secours départementaux arrivent : déployer des lances à incendie dans les bâtiments voisins pour éviter la propagation du feu, installer un poste de commandement, orienter les secours.

Les pompiers, aidés de volontaires, avaient lutté toute la journée et une partie de la nuit avant que l'incendie ne soit maitrisé. Il fallait maintenant comprendre ce qui s'était passé. Un groupe d'enquêteurs se dirigea vers les bâtiments calcinés et effondrés. L'incendie s'était quand même propagé aux constructions à proximité et le spectacle était apocalyptique : des tôles fondues, les toitures à terre, des machines et des véhicules carbonisés qui s'érigeaient tels des spectres noirs. Des matériaux projetés par l'explosion avaient arraché une partie des infrastructures de transport qui gisaient à terre au pied d'un pylône de soutènement. Qu'avait-il bien pu se passer ?

La commission d'enquête rendit un rapport préliminaire le lendemain. Les éléments dont ils disposaient étaient minces. L'incendie était peut-être dû à un court-circuit électrique. Il s'était ensuite propagé et avait atteint un véhicule chargé de bonbonnes de gaz propane. La première détonation correspondait à l'explosion des matières inflammables stockées sur le camion.

19 Aout 2032

Paul Divecchio avait demandé à Morgane Lambert de passer le voir pour l'entretenir d'une affaire urgente. Le ministre de l'Intérieur, Alexis Even, était également présent.

– Madame, je tenais à vous informer que vos protégés dans le Massif central semblent avoir quelques problèmes. Vous savez déjà que nos amis transporteurs paraissent redoubler d'efforts pour égarer les marchandises en provenance ou à destination de Libertyville et Gammaville. Les problèmes d'approvisionnement leur ont posé des difficultés économiques, puis les ont obligés à parfois devoir rationner l'alimentation, mais ils ont subi tout cela sans faillir. Il m'a également été rapporté que certaines de leurs unités dans lesquelles il y avait des salariés avaient fait l'objet de mouvements sociaux. Mais leurs ennuis se sont accélérés il y a quelques jours avec la perte de plusieurs de leurs unités de fabrication dans un gigantesque incendie. Il y a eu deux morts, des gardiens de nuit qui n'ont pas réussi à sortir à temps du bâtiment, une vingtaine de blessés par brulure et nombreux cas d'intoxication par fumées. Les dégâts matériels sont très importants. Le rapport d'enquête qui m'a été remis et qui ne leur a pas encore été communiqué indique qu'il s'agit d'un incendie criminel dont les effets ont été amplifiés par la présence d'un véhicule rempli de bouteilles de gaz qui n'avait, *a priori*, rien à faire à cet endroit. Il est donc plus que probable que ce véhicule a été apporté là pour servir de bombe.

Morgane Lambert restait silencieuse, digérant ce qu'elle venait d'entendre. Les Bâtisseurs, SES Bâtisseurs, faisaient l'objet d'une attaque en règle, mais de qui ? Divecchio reprit :

– Il ne faudrait pas que ces incidents à répétition freinent leur développement et mettent à mal les espoirs que nous avions, je voulais dire : que vous aviez placé dans ce projet pour redresser notre pays, car il vous revient tout le mérite de cette initiative.

– Je vous remercie, Monsieur.

– Je pense que nous allons devoir leur donner un coup de main, car j'ai bien peur qu'ils n'arrivent pas à s'en sortir tout seuls. Monsieur Even, qu'en pensez-vous ?

Le ministre de l'Intérieur argumenta :

– Les gens qui ont fait ça étaient très bien renseignés et savaient exactement où frapper. Nous avons envisagé l'hypothèse d'une éventuelle vengeance d'un des employés du site, mais à Libertyville, contrairement à Gammaville, il n'y a pas de personnels extérieurs à leur organisation et tous sont volontaires. Cela signifie que le problème vient de l'intérieur de leur organisation.

— Madame Lambert, auriez-vous des choses à nous apprendre sur vos protégés ? demanda Divecchio.

— Monsieur le Premier ministre, comme vous étiez pas mal occupé depuis votre nomination, nous n'avons pas vraiment eu l'occasion de discuter de, comme vous dites, mes protégés, en dehors de notre petite réunion avec ma collègue de l'Agriculture. Ce projet ne me semblait pas en péril jusque-là malgré quelques incidents isolés. J'avais appris il y a quelques mois la tenue d'une conférence secrète organisée par Édouard de la Tour dans laquelle il a été évoqué la volonté de « tuer » ce projet qui, à leurs yeux, fait de l'ombre au système marchand. À ce moment-là, je pensais qu'il s'agissait d'une métaphore. Il a également été question, au cours de cette réunion, d'agents infiltrés dans l'organisation, ce qui corrobore votre suspicion de personnels malveillants et bien informés. Monsieur le Premier ministre, je souhaiterais conserver pour moi la façon dont j'ai obtenu ces renseignements.

— Bien, entendu ! Voyons maintenant comment il est possible de débusquer ces taupes. D'après le résultat de l'enquête, il fallait être bigrement bien informé pour connaitre les points vulnérables permettant ensuite de monter des opérations de type commando. Il ne peut donc s'agir que de personnes assez hautes dans l'organisation ou de leurs proches qui auraient bénéficié d'informations. Monsieur Even, avez-vous des suggestions à nous faire ?

— Nous allons procéder à une enquête approfondie autour des membres des Bâtisseurs de Bonheur ayant des responsabilités dans l'organisation et de leurs proches. Nous verrons bien s'il en ressort quelque chose.

— Merci, dit Divecchio. Bien entendu, rien de ce qui vient d'être dit ne doit sortir de ce bureau.

5 Octobre 2032

Sept heures du matin venaient de passer lorsque le téléphone sonna. Manuel se demanda encore quels ennuis allaient lui être rapportés. Depuis quelque temps, il avait l'impression que cela ne s'arrêtait jamais vraiment. Il y avait presque chaque minute un arbitrage à faire ou des conseils à donner. Il décrocha.

— Monsieur Bach ?

— Lui-même.

– Bonjour, Monsieur, nous travaillons au ministère de l'Intérieur et souhaitons vous rencontrer.

– Bien sûr. Quand et où souhaitez-vous que nous nous rencontrions ?

– D'ici quelques minutes chez vous. Nous sommes dans la coursive, devant votre appartement. Je vous remercie de ne parler à personne de notre identité, nous préférons faire la surprise.

Manuel raccrocha.

– C'était qui ? demanda Inez.

– Le travail. Nous allons avoir de la visite dans quelques minutes. Tu as le temps de te préparer.

– Je crois que c'est mieux si je te laisse travailler. Je vais y aller.

– Ça se passe ici et ils attendent dans la coursive.

Une lueur d'inquiétude passa dans les yeux d'Inez.

Quelques minutes plus tard, des coups retentirent sur la porte d'entrée. Manuel ouvrit. Deux hommes se tenaient devant lui et l'un d'eux exhiba une carte d'identité barrée en diagonale avec une bande tricolore.

– Vous permettez que nous entrions ?

Un des agents s'installa à la petite table, le second resta devant la porte d'entrée.

– Inez doit nous quitter pour se rendre à son travail, précisa Manuel.

– Nous préférons que vous entendiez ce que nous avons à vous dire, Madame.

Le sang se retira du visage d'Inez.

– De quoi s'agit-il ? demanda Manuel.

– Le Premier ministre nous a demandé de vous communiquer les premières conclusions de la commission d'enquête, suite au sinistre d'aout dernier.

– Bien sûr. Je vous écoute.

– Monsieur, nous avons maintenant la certitude que l'incendie était d'origine criminelle et que tous les autres incidents dont vous avez souffert ne sont pas dus à la malchance, mais font partie d'une sorte de complot destiné à faire disparaitre votre organisation.

L'agent observait Inez qui montrait de plus en plus des signes d'agitation et semblait se décomposer. Le second agent, debout derrière son collègue, face à Manuel, était de marbre.

– Nous avons donc effectué une enquête approfondie. Elle portait sur vous-même et les membres haut placés dans votre organisation. Nous nous demandions d'où pouvaient provenir les informations qui avaient permis de fomenter ces actes criminels. Ainsi, nous avons appris l'existence, dans votre entourage proche de madame... Madame comment ?

— Inez Diaz Arraras.

— Merci, Madame... Monsieur Bach, nous sommes au regret de vous annoncer que cette dame n'existe pas.

— Vous plaisantez ? dit Manuel.

— La concernant, nous avons retrouvé trace d'un passé professionnel, d'un cursus d'études universitaires, d'adresses et de fréquentations. Permettez-moi de vous féliciter, Madame, c'est du travail de pro. Malheureusement pour vous, nous avons percé à jour votre petite combine.

Inez se voûta. Manuel la regardait, incrédule.

— Non seulement Inez Diaz Arraras n'existe pas, mais il est certain qu'une partie des informations utilisées contre votre organisation et vous-même proviennent de cet appartement. Inutile de me dire comment ça s'est passé, je crois que j'ai une petite idée... Madame Arraras, ou comment dois-je vous appeler ?

Inez demeura silencieuse, le regard farouche.

— Vous allez devoir nous suivre. Avez-vous quelque chose à ajouter ?

Elle s'adressa à Manuel en le regardant crânement.

— Je suis désolée pour le mal que je t'ai fait. J'ai beaucoup d'estime pour toi. Tu es un type bien, mais que veux-tu, c'est la dure loi de la guerre ! Sache néanmoins que tu es un bon coup au lit.

L'agent qui se tenait devant la porte fit deux pas et attrapa fermement Inez qui se débattit. Le second agent sortit une sorte de stylo de sa poche, dévissa le capuchon qui laissa apparaitre l'aiguille d'une seringue, l'approcha du bras d'Inez qui continuait à se tortiller, la planta d'un coup sec et en vida le contenu. Inez s'effondra après encore quelques secondes de lutte.

— Elle va dormir de longues heures. Monsieur Bach, une fois que nous aurons quitté votre appartement, vous allez appeler les secours en faisant toute la publicité que vous souhaitez autour du malaise de cette dame. Nous l'exfiltrerons en deux temps : Clermont, puis Paris, car son état sera jugé critique. Elle sera ensuite prise en charge par nos services. De votre côté, vous inventerez l'histoire que vous voulez pour justifier de votre rupture ultérieure et du départ de cette dame si quelqu'un venait à vous poser des questions. Jouez plutôt la carte de l'abattement et du type qui n'a pas envie de répondre à des questions.

Vu votre tête, ça ne devrait pas être bien difficile. Et bien entendu, nous ne nous sommes jamais rencontrés. En dehors du malaise, ces évènements ne se sont jamais produits et nous n'avons jamais eu cette conversation.

Manuel était effondré. Les deux agents ressortirent aussi discrètement qu'ils étaient entrés. Quelle gifle il venait de prendre. Il était blessé dans son amour-propre par la trahison d'Inez qui l'avait, il le reconnaissait, bien manipulé. Il s'approcha d'elle, la prit dans ses bras en lui relevant la tête. C'était très bizarre, car elle restait figée dans la position dans laquelle elle s'était effondrée. Même son bras à moitié replié restait ainsi en suspension. Ses cheveux cascadaient. Il lui caressa délicatement le visage, tiraillé entre de la compassion et une furieuse envie de la gifler. Il tenait ce corps amorphe et rigide comme si elle était morte, se rappelant les moments de plaisir qu'Inez lui avait procuré. Il lui en voulait énormément de le priver de cela. Puis il éclata en sanglots.

Au bout de longues minutes à rester ainsi prostré, il la reposa au sol et se décida à appeler les secours.

— Venez vite, dit Manuel, Inez a fait un malaise. Elle est inconsciente.

Un médecin arriva rapidement, ausculta Inez, constata qu'elle était en état de catalepsie avec des constantes vitales irrégulières et que son état était très préoccupant. Elle devait être évacuée de toute urgence vers Clermont-Ferrand. Vingt minutes plus tard, un hélicoptère se posait devant le bâtiment. Les ambulanciers déposèrent Inez, branchée à de nombreux appareils, sur le brancard qu'ils apportaient, puis chargèrent le tout dans une trappe située à l'arrière de l'appareil. Manuel le regarda décoller, pétrifié, soutenu par François, qui lui témoignait tout son soutien dans cette douloureuse épreuve.

12 Octobre 2032

Le train reliant Paris à Berlin venait de passer Leipzig et se dirigeait maintenant à vive allure vers sa destination qu'il atteindrait dans quelques minutes. Nathalie regardait le paysage, le nez collé à la vitre de la voiture. Elle et François faisaient partie du second des trois groupes de Bâtisseurs détachés pour le projet d'installation de l'organisation hors de France. François refaisait le point. Les gouvernements de différents pays d'Europe centrale avaient envoyé de nombreux volontaires ces derniers mois à Libertyville pour assister les Bâtisseurs de Bonheur, travailler avec eux et s'imprégner de leurs expériences. Les bâtiments de la première tranche étaient pratiquement achevés et capables de produire des végétaux comestibles, notamment sur les toitures, constructions industrielles comprises, et devaient être adaptés pour l'élevage animal. Les zones paysagères servaient aux plantations potagères en extérieur. Les premières récoltes avaient eu lieu.

Le train commençait à ralentir. François se pencha par-dessus l'épaule de Nathalie.

— Je crois que nous allons bientôt arriver à destination, dit-il.

— Oui, nous devons certainement être dans une banlieue de Berlin. J'ai hâte d'arriver.

— J'ai entendu que nous serions reçus par le chancelier pour lui faire une présentation de l'avancée de nos travaux.

— Tu crois qu'on va pouvoir se reposer un peu ?

— Je ne sais pas ce qui est prévu. Nous verrons bien.

Ils avaient été accueillis en gare par certains de leurs camarades qui les escortèrent jusqu'à une série de bus rangés les uns à côté des autres, puis furent conduits dans différents hôtels de la ville.

La situation avait bien changé depuis deux-mille-vingt-neuf, lorsque François était en mission pour son journal. Beaucoup de magasins étaient fermés, les vitrines parfois explosées et remplacées par des feuilles de contreplaqué renforcées par des planches vissées directement dans les murs des bâtiments. Par endroits, il y avait des points de distribution de nourriture devant lesquels se tenaient de longues files composées de personnes, résignées, qui attendaient qu'on leur donne de quoi subsister.

Le bus dans lequel se trouvaient Nathalie et François s'arrêta devant l'hôtel Karlsberger où ils devaient passer la nuit. Sa décoration était pour le moins étonnante. Une des salles communes ressemblait à une bibliothèque, y compris le mobilier façonné avec des livres dans les volumes. Un grand piano à queue trônait dans un coin de la pièce.

— Vous pouvez dîner à partir de dix-neuf heures, leur dit le réceptionniste, et le petit déjeuner est servi entre six heures et dix heures.

Les chambres étaient petites, mais bien agencées. La déco était également dans une ambiance sinon futuriste, tout au moins non conformiste. Les Bâtisseurs s'étaient regroupés sur deux tables d'une trentaine de places chacune pour le repas. De la musique jazzy provenait du grand piano. Un peu plus tard dans la soirée, d'autres musiciens et plusieurs chanteurs rejoignirent le piano solo. Ils restèrent pour écouter le concert.

Décembre 2032

Le gouvernement allemand avait enclenché la dynamique et « bricolé » sa législation pour que le projet d'implantation de l'organisation, baptisée localement « *Die Begleiter der Ewigkeit*[3] », puisse démarrer. Des réunions d'information et de recrutement avaient été organisées un peu partout dans le pays et les premiers volontaires commençaient à converger vers un ancien camp militaire mis à leur disposition pour le temps qui leur conviendrait. Pendant ce temps, les dirigeants s'affairaient à leur trouver un terrain où s'implanter définitivement.

Les effectifs avaient grandi rapidement. Un territoire leur avait été affecté, non loin de la petite ville de *Blankensee*, le long de la frontière avec la Pologne. Un des lieudits s'appelait *Gottesheide*, signifiant littéralement la lande de Dieu. La ville avait été baptisée *Oaoa-pa*, la ville heureuse. Ce nom provenait de la langue maorie.

12 Janvier 2033

Un groupe de Bâtisseurs de Bonheur et de Compagnons de l'Éternité s'était mis en route depuis *Blankensee*, où ils avaient installé leur « campement », et avaient pris la direction de la ville de Kolín en République tchèque à la demande du ministre de l'Industrie de ce pays.

En début d'après-midi, les Français, les Allemands, des Tchèques et des Slovaques étaient rassemblés dans une salle de réunion d'une ancienne usine à l'arrêt depuis bientôt trois ans. Tout était poussiéreux, mais la table et les chaises avaient été nettoyées. Il y avait de l'électricité et un projecteur halogène dispensait une lumière crue.

Quelques minutes avant quatorze heures, un grand type à l'allure athlétique entra d'un pas alerte dans la pièce, entouré de femmes et d'hommes. Il s'exprimait en allemand.

– Bonjour, mesdames et messieurs. Je m'appelle Vladimir Čech et suis ministre de l'Industrie. Voici mes conseillers avec qui vous allez travailler si vous acceptez la mission que je souhaite vous confier.

Il s'arrêta un instant, puis continua.

---

[3]   Les Compagnons de l'Éternité.

– Nous sommes dans une ancienne unité de fabrication automobile. Comme vous le savez, la bohème était en avance dans ce domaine au début du vingtième siècle. Les usines « Laurin & Klement » ont produit des modèles de voitures qui ont fait la fierté de la toute jeune république tchécoslovaque. Après la chute du communisme, ces usines connues avec la marque Škoda ont été rachetées par nos amis allemands et d'autres constructeurs se sont implantés dans le pays, notamment sur le site où nous nous trouvons, et ce jusqu'à la grande crise de deux-mille-trente. Notre gouvernement, sentant que ce patrimoine risquait de disparaitre, a décidé de nationaliser ce qui restait de ces unités de fabrication dans l'espoir de les remettre en service un jour et je crois que ça a été une excellente initiative, car c'est exactement ce que nous voulons vous proposer aujourd'hui.

Il prit une petite bouteille d'eau dans sa sacoche et but une gorgée.

– Nous ne souhaitons pas vous positionner sur le marché des voitures classiques, car vous voyez bien que les constructeurs qui ont survécu ont beaucoup de mal à s'en sortir et je ne pense pas que vous mettre en concurrence sur ce segment soit une bonne idée. Nous avons trouvé ici des brevets et des plans qui pourraient bien révolutionner le concept de déplacement.

Vladimir débuta la projection en commentant.

– Voici les dessins d'un véhicule qui n'a pas de roues pour se mouvoir. Il est sans liaison au sol. Ce n'est pas un avion, mais plutôt une espèce de navette qui, une fois en fonctionnement, évolue en trois dimensions. Nous sommes, de fait, devenus propriétaires de cette invention qui, permettez-moi de vous le dire, est assez géniale, car il n'y a plus besoin de routes ni d'infrastructures lourdes pour faire circuler ces véhicules.

Il passa ensuite une série de diapositives montrant des esquisses d'engins aux lignes fluides et avant-gardistes : des voitures, des autobus, des trains.

– Nous avons commencé à travailler en secret depuis quelques mois à la fabrication d'un prototype qui est maintenant opérationnel. Je vous propose de nous rendre dans les ateliers de montage pour que vous puissiez vous faire une idée par vous-même.

La visite avait emballé les Bâtisseurs et les Compagnons venus d'Allemagne. Le prototype était fonctionnel. À l'arrêt, il reposait sur quatre roulettes et se mettait en lévitation dès que sa propulsion était activée. Il se déplaçait sans bruit et à une hauteur qui pouvait varier entre quelques centimètres et plusieurs dizaines de mètres.

– Ce qui est extraordinaire, expliquait le ministre, c'est que le dépôt du brevet remonte à presque trente-cinq ans et, plus extraordinaire encore, il était caché ici. Nous avons pensé qu'en vous cédant la licence d'exploitation, cela pourrait vous permettre, si je puis dire, de décoller, et de financer une partie de vos projets. Nous avons fait le nécessaire pour que ces véhicules puissent circuler en service régulier en Slovaquie, en Hongrie, pourquoi pas jusqu'en Allemagne et bien entendu dans notre pays. J'ai le sentiment que vous n'aurez pas de mal à convaincre d'autres nations une fois que nous aurons fait la preuve que ce dispositif est fiable.

Ils avaient poursuivi leur chemin, répartis dans deux autocars. Ils se rendaient en Hongrie, à quelques centaines de kilomètres, pour répondre à l'invitation de son Premier ministre. Pendant le trajet, les Bâtisseurs étudiaient les possibilités des véhicules sans liaison au sol et faisaient des projections sur les incidences que ce nouveau projet pourrait avoir en matière d'emploi et de retombées économiques sur les organisations qui y participeraient.

– Il est certain, argumentait François, que cela va donner une direction nouvelle à notre organisation.

– Absolument, répliquait un de ses camarades. Mais nous allons devoir étudier une implantation en République tchèque si nous voulons utiliser le site industriel…

– Nous allons pouvoir nous développer plus rapidement, disait un troisième.

– Il va nous falloir trouver des gens qui s'y connaissent en mécanique et en physique, répliquait François, enthousiaste.

La discussion dura une bonne partie du chemin.

Vers la fin du trajet, alors qu'ils venaient de sortir de l'autoroute peu avant Györ pour prendre plein sud, François s'installa au côté de Nathalie déjà à l'arrière du bus.

– Ils sont infatigables, dit François à Nathalie.

– Oui. Je ne sais pas comment ils font. Moi, je n'en peux plus.

– Repose-toi encore un peu. Il nous reste environ une heure de route avant d'arriver.

François se remémorait les évènements des derniers jours et tout particulièrement la visite de cet atelier de fabrication de véhicules. Il réfléchissait à voix haute.

– C'est certain que cela va donner une dynamique à notre projet en Europe centrale.

– Oui, dit Nathalie à moitié endormie. Dors maintenant, tu vas être crevé demain.

Son esprit ne pouvait s'empêcher de penser à tout ce qui pourrait arriver.

– Tout ceci n'est-il pas trop beau pour être vrai ? se dit-il.

Il ne croyait pas si bien dire, car une riposte n'allait pas tarder à mettre à mal leur projet et leur organisation.

13 janvier 2033

Une des salles communales de la petite bourgade de Sárvár, située au sud-ouest de la Hongrie, avait été transformée en salle de réunion pour l'occasion et le bâtiment ressemblait à un camp retranché, car entouré par de nombreux policiers et militaires en armes. Dans la pièce, autour de la table, se tenait la délégation de Bâtisseurs de Bonheur, dont Nathalie et François faisaient partie, et de Compagnons de l'Éternité.

Étaient également présents le maire accompagné de plusieurs conseillers municipaux ainsi que László Farkas, le Premier ministre hongrois, venu avec une délégation ministérielle. Une grande carte de la région, crayonnée avec de nombreuses inscriptions et des grands cercles, était dépliée sur la table. Les discussions en plusieurs langues allaient bon train. Il s'agissait de réfléchir à une possible implantation des Bâtisseurs à proximité de la petite bourgade.

– Ces villes nouvelles, expliquait le Premier ministre hongrois avec conviction, redonneront de l'activité à vos concitoyens qui seront volontaires pour rejoindre le projet. Le bénéfice que vous en retirerez n'est pas financier, mais d'un tout autre ordre : épanouissement personnel et réalisation de soi, meilleure santé…

Le Premier ministre s'adressait aux élus, moitié en hongrois, moitié en anglais, pour que tous puissent comprendre. François se disait qu'il n'aurait pas pu trouver meilleur ambassadeur pour faire la promotion de leur organisation.

Nathalie leur projeta un reportage sur Libertyville, dont la construction était déjà bien avancée. Les images montraient ensuite les autres villes françaises en train de se développer : Gammaville à côté de Riom, la « Ville-Heureuse » à l'ouest de Saint-Dizier, et quelques autres villes en projet ou pour lesquelles la construction avait démarré. Un interprète traduisait simultanément le reportage commenté en anglais.

— Ici, des vues de la ville d'Oaoa-pa, à l'est de l'Allemagne… Deux autres villes en chantier, toujours en Allemagne.

Les personnes qui apparaissaient à l'écran montraient une joie de vivre qui contrastait avec la morosité ambiante dans les différents pays voisins et en Hongrie. François leur exposa ensuite le fonctionnement de ces villes et de leur organisation d'une façon plus générale.

Un homme en complet sombre entra dans la pièce, s'approcha du Premier ministre et lui glissa quelques mots à l'oreille. Il se leva en disant :

— Je vous prie de m'excuser et de bien vouloir continuer sans moi quelques instants.

Quand il revint au bout d'un temps assez long, il avait la mine grave.

— Mesdames et messieurs, l'actualité vient de nous rattraper. Je suis désolé, mais nous allons devoir mettre un terme à cette réunion. Monsieur le Maire, je pense que vous avez bien compris les mécanismes et les enjeux de ce projet que je vous laisse présenter à votre conseil municipal et à vos administrés. Le gouvernement et moi-même souhaitons que ce projet, que nous estimons vital pour le redressement de notre pays et la réduction massive du chômage, se déroule dans les meilleures conditions possibles.

— Monsieur le Premier ministre, je vais m'atteler immédiatement à cette tâche. Vous pouvez compter sur tout mon soutien et celui de mon conseil.

— Merci, Monsieur le Maire… Pourrions-nous garder quelques instants la salle ?

— Bien évidemment.

Tous se levèrent. Le Premier ministre reprit en anglais, d'une voix basse, mais ferme qui n'appelait aucune discussion :

— Mesdames et messieurs les Bâtisseurs, pourriez-vous rester encore quelques instants, je vous prie ?

Une fois en comité plus restreint, László Farkas reprit :

— Je vous ai demandé de rester, car je pense que ce que je vais vous dire vous concerne en premier plan. Mes services viennent de me faire part de la publication d'un magazine qui va paraître demain.

Il sortit quelques copies d'une épreuve du magazine *A Pénzed, Votre Argent* en hongrois, distribué sur toute l'Europe en multiples langues, qui titrait : « Ces organisations qui veulent vous ruiner », sur fond d'une image en noir et blanc représentant un bâtiment industriel à moitié détruit.

François accusa le coup. Comment était-il possible d'attaquer une organisation dont la seule finalité était de faire le bien ?

László Farkas, voyant que François était devenu tout pâle, s'adressa à lui.

— Monsieur Cervantès, bienvenue dans le monde du combat politique.

Il distribua les exemplaires du magazine pour qu'ils puissent en prendre connaissance. Le sujet occupait une vingtaine de pages.

Le reportage commençait par la crise économique de deux-mille-trente, la chute de l'économie, le nombre de chômeurs qui avait explosé. L'article faisait le comparatif avec la crise de deux-mille-huit : causes comparables, effets comparables, mais indiquait que le problème avait été résolu alors en injectant massivement de l'argent dans l'économie via les banques. Le journal affirmait que depuis un peu plus d'un an que le monde était en crise, aucun des gouvernements européens n'avait pris de mesures comme l'avaient fait les États-Unis. Le journaliste reconnaissait que cela ne portait pas encore ses fruits, mais affirmait que ce n'était, à ses dires, qu'une question de temps.

Venait ensuite une attaque en règle contre la captation de l'épargne sur ces projets qui ne produisent aucun emploi et qui, somme toute, serait bien mieux employée à financer des projets qui profitaient à cc qu'il appelait l'économie réelle. Il y avait également une charge virulente contre ces rêveurs idéalistes qui prenaient ou détruisaient les emplois des pauvres chômeurs qui ne demandaient qu'à travailler.

Plus François avançait dans sa lecture, plus il avait envie de vomir. Le magasine les trainaient vraiment dans la boue et les faisaient passer aux yeux des lecteurs comme des espèces de monstres sans pitié et comme les véritables responsables de la crise qui ne se résorbait pas.

Au bout de quelques minutes, le Premier ministre les tira de leur lecture.

— Mesdames et messieurs, voici une attaque en règle. Il est très clair que ces gens essayent de vous faire porter le chapeau pour la crise alors ce sont eux qui en sont majoritairement à l'origine. C'est la technique classique du bouc émissaire. Ils vous ont envoyé dans les cordes, comme l'on dit lors d'un match de boxe. Vous allez devoir vous défendre si vous ne voulez pas perdre la bataille médiatique, le soutien du public et vous retrouver isolés. Bien sûr, j'ai la possibilité de faire en sorte que ce numéro du magazine ne sorte pas en kiosque en Hongrie, mais il reste Internet et des pays refuseront de sanctionner cette publication, car, hormis le parti-pris de cet article, on ne peut pas vraiment dire qu'il s'agisse de diffamation. Comme la Hongrie est également impliquée et que notre projet de ville nouvelle risque d'être mis à mal, je vous propose de coordonner la contrattaque. Nous n'avons que quelques heures devant nous. Messieurs, retournons à Budapest où nous aurons tous les outils que nous souhaitons à notre disposition pour élaborer notre défense. Avec notre escorte, nous pourrons y être d'ici une heure. On se serrera un peu dans les véhicules.

László Farkas, en véritable chef de guerre, commençait à distribuer les ordres pour que des liaisons soient établies dès leur arrivée avec les pays concernés par cette attaque, notamment l'Allemagne, la France et la République tchèque. Les autres pays d'Europe potentiellement impactés seraient contactés dans un second temps.

Il dit simplement à Nathalie et François :

– Vous voyagerez avec moi.

Trois véhicules de type minibus noirs, rigoureusement identiques, se présentèrent, précédés et suivis par deux grosses berlines allemandes identiques elles aussi. Ils se trouvaient à l'abri des regards extérieurs. Le Premier ministre fit signe en levant la main tous doigts écartés pour signifier le chiffre cinq. Immédiatement, le chef de la sécurité du convoi fit monter trois personnes à l'arrière de chacune des deux premières berlines, puis sept personnes en plus du chauffeur et de l'agent de sécurité dans chacun des deux premiers minibus. Ils montèrent dans le troisième, accompagnés du chef de cabinet. Un garde du corps prit place à l'avant, à côté du chauffeur. François et le chef de cabinet voyageaient dos à la route, László et Nathalie avaient pris place sur la troisième banquette au fond du véhicule. Six autres Bâtisseurs montèrent dans les deux derniers véhicules du convoi. Les derniers furent invités à se diriger vers les véhicules civils. Le chef de la sécurité distribua ensuite à chaque chauffeur une petite enveloppe qui contenait l'itinéraire qu'ils emprunteraient et monta dans le premier véhicule qui se mit en mouvement dès la porte refermée. Une fois les véhicules en route, László Farkas dit à Nathalie et François :

– Je tenais à ce que nous fassions le voyage ensemble pour nous permettre de faire plus ample connaissance. Mes services m'ont fait part de vos réalisations lorsque nous avons préparé cette réunion et j'avoue être impressionné.

Le convoi se scinda en deux au bout de quelques centaines de mètres. Avec un sourire malicieux, László Farkas précisa :

– Nous voyageons toujours de cette manière. Plusieurs itinéraires sont proposés et deux ou trois sont tirés au sort juste avant le départ. Au moment d'embarquer, je choisis le véhicule dans lequel je vais monter et, à compter de ce moment, il n'y a plus de communication radio ou GSM libre jusqu'à notre arrivée.

Devant l'air interloqué de ses passagers, il ajouta :

– Il y a un certain nombre de nationalistes de tous poils qui aimeraient bien accrocher ma tête en guise de trophée au-dessus de leur cheminée, aussi je suis un peu prudent... Et puis vous savez ce que l'on dit : même les paranos ont des ennemis...

Ils rirent de bon cœur.

La remontée vers Budapest s'était faite à une vitesse vertigineuse. Les véhicules disposaient de moteurs qui les apparentaient plus à des voitures de course qu'à des limousines et le gyrophare situé à l'intérieur de la cabine leur permettait d'ouvrir la route.

Dès leur arrivée, les Bâtisseurs présents s'étaient immédiatement mis en mode « situation de crise » et commençaient à travailler sur les stratégies à mettre en place pour contrer l'attaque. Il était quinze heures et ils disposaient au maximum de cinq heures s'ils voulaient communiquer dans les journaux télévisés du soir. Des liaisons duplex avaient été établies avec des responsables des pays concernés. Il n'était pas évident d'organiser une riposte en quelques heures. François travaillait en étroite relation avec Manuel Bach qui avait immédiatement mis au travail ses Bâtisseurs. À la demande des dirigeants de plusieurs pays, des équipes de reporters dument mandatés furent envoyées sur les différents sites pour effectuer des reportages. À dix-sept heures, les rédactions des principales chaines de télévision Allemandes, Hongroises, Tchèques et Françaises étaient informées que les chefs de gouvernements de chaque pays sollicitaient quinze minutes au journal de vingt heures et qu'ils recevraient un reportage un peu avant. À l'issue, des interviews seraient accordées à tous les médias qui le désiraient. À dix-huit heures, François était interviewé dans le cadre du reportage filmé. À dix-neuf heures, les stratégies étaient en place.

László Farkas avait décidé que son intervention se ferait depuis les grands salons du parlement. Il avait fait installer à la hâte un plateau ultramoderne qui contrastait avec le faste du salon ; des grands projecteurs étaient disposés de part et d'autre. L'interview se ferait en présence de spectateurs disposés sur quatre rangées situées en arrière-plan. À dix-neuf heures trente, le siège du parlement était envahi de journalistes et de moyens techniques de retransmission vidéo. L'interview se ferait conjointement sur les deux premières chaines hongroises.

Dans le quart d'heure qui précédait le journal, ils visionnèrent le reportage monté à la hâte. László prenait des notes sur un calepin en soulignant les mots-clés qui lui serviraient à se repérer sans donner l'impression de lire ses notes. Le public fut installé. Nathalie et François furent placés de façon à se trouver dans le champ d'une des caméras. À vingt heures, ouverture des journaux télévisés retransmis sur deux écrans dans le fond de la pièce, son coupé avec sous-titrage. Après quelques minutes d'informations générales, une lumière rouge s'alluma ainsi qu'un panneau lumineux demandant le silence. Un opérateur, casque sur la tête, leva la main, poing fermé, puis déplia les doigts et commença à décompter avant de faire signe qu'ils étaient en direct.

François observait la façon dont László s'y prenait. Il pouvait suivre ce qui se disait grâce au sous-titrage sur les écrans situés derrière les caméras. Après une rapide introduction présentant le Premier ministre, le reportage sur Libertyville avait été diffusé. François intervenait, avec traduction simultanée, pour parler du projet et de ses répercussions sur le bienêtre des personnes. C'était d'ailleurs pour atteindre cet objectif qu'ils s'étaient baptisés les Bâtisseurs de Bonheur. Après la diffusion, le Premier ministre apparut en plein écran, les plans basculant alternativement entre lui et les journalistes qui lui posaient des questions. François se disait qu'il n'aurait pas pu trouver meilleur ambassadeur. En quelques minutes, il avait fait la démonstration de tout ce que cela allait apporter à la Hongrie et comment la situation allait s'améliorer pour chacun d'eux. Bien sûr, il y allait y avoir quelques changements, mais quand on change de voiture ou de maison, il y a aussi des changements.

— Ces deux formes d'économie, martelait le Premier ministre, ne sont pas ennemies, mais complémentaires. Le rôle du gouvernement est que chacun se sente bien dans sa vie. Aussi, je vous appelle à travailler dans ce sens, et uniquement dans ce sens, et à laisser de côté ces querelles idéologiques d'un autre temps.

Il laissa volontairement un silence avant de reprendre, certain que l'attention des téléspectateurs était revenue à lui.

– Plusieurs projets de ce type vont voir le jour en Hongrie. Des personnes mal intentionnées essayaient de les faire capoter dans l'espoir de démontrer qu'aucun changement n'est possible et qu'en dehors de notre ancien système, il n'y a point de salut.

Il regarda fixement la caméra comme s'il regardait chacun des spectateurs dans les yeux.

– Ces projets que je superviserai personnellement verront bien le jour et rien ni personne ne les arrêtera. J'appelle tous ceux qui veulent les faire échouer à faire preuve de courage et à venir s'expliquer avec moi sur ce plateau.

Les interventions des différents chefs d'État avaient permis de limiter l'impact de la publication du magazine *Votre Argent* le lendemain. Au contraire, cette volonté de salir des personnes qui essayaient d'améliorer la vie de leurs semblables avait-elle indigné l'opinion et attiré la sympathie du grand public. Dès le lendemain, des demandes massives avaient afflué de personnes qui avaient découvert ces initiatives la veille et désiraient faire partie du projet de ville nouvelle qui allait bientôt démarrer. Tous étaient animés par la volonté de redresser leur pays.

25 avril 2033

Suite à leur périple en Tchéquie et en Hongrie, François et son groupe de Bâtisseurs étaient revenus en Allemagne. Ce n'était pas les activités qui manquaient. François repensait à la façon dont le Premier ministre hongrois avait éteint l'incendie quelques mois avant. La délation n'avait pas eu l'effet escompté. Il y avait eu un grand remue-ménage médiatique, une partie de la presse leur restant hostile. Les adhésions n'avaient pas trop ralenti suite à ces publications.

Pendant ce temps, à Berlin se tenait une réunion inamicale. L'ambiance était tamisée dans le grand amphithéâtre. John Kenilworth monta sur l'estrade qui faisait face à la centaine de personnes présentes, déléguées par des grandes compagnies et s'adressa à eux en anglais en parlant lentement.

– Messieurs, je vous remercie pour votre présence à Berlin. Je salue également ceux qui n'ont pas pu être là, mais qui nous suivent à distance grâce à notre liaison cryptée. Comme vous le savez, nous avions lancé une offensive contre nos ennemis économiques à travers un des journaux que nous contrôlons, mais notre projet a été éventé et n'a pas pu avoir l'effet escompté sur l'opinion publique. Les autres médias ne nous ont pas suivis. Qu'à cela ne tienne, nous avons d'autres moyens d'action à notre disposition. Je vous propose de lancer une attaque massive sur plusieurs fronts pour mettre définitivement hors d'état de nuire ces trublions.

Les présents applaudirent.

Un des participants à cette réunion se leva, son visage n'exprimant rien de particulier. Après avoir pris congé, il se rendit dans un bar de la Zimmerstrasse, non loin de Check-Point-Charlie, l'ancien point de passage entre l'Est et l'Ouest, après avoir changé plusieurs fois de moyen de locomotion et s'être assuré qu'il n'était pas suivi. Il s'installa au fond de la salle pour avoir une vue d'ensemble sur les clients, se rendit au bout de quelques minutes aux toilettes. Une fois la porte de séparation refermée, il sortit du fond d'une armoire de service fermée à clé un très petit ordinateur caché sous une pile de serviettes, s'enferma ensuite et commença à rédiger son message codé à destination de Morgane Lambert qui saurait comment utiliser ces informations.

Été 2033

Le projet en Hongrie était engagé. D'autres sites commençaient à se développer dans diverses régions d'Allemagne, en Pologne et en Slovaquie dans un premier temps, puis dans plusieurs autres pays voisins. Ces projets créaient un véritable aspirateur à misère et redonnaient de l'espoir à ceux qui y participaient.

La courbe du chômage avait commencé à s'inverser dans les pays qui s'étaient lancés dans cette aventure et la confiance revenait progressivement. Les gouvernements devaient batailler contre les organisations marchandes ou industrielles rescapées, celles-là mêmes qui avaient parfois conduit les nations à la ruine, et qui invoquaient maintenant le libéralisme, la non-ingérence des états dans l'économie et tentaient parallèlement de racheter tout ce qui se trouvait à leur portée. Les dirigeants des pays devaient faire preuve de fermeté pour sauver ces initiatives qui étaient encore fragiles.

En parallèle, le projet de véhicule sans contact avec le sol avançait bien. Des chaines de fabrication sortaient chaque jour une dizaine d'unités de transport collectif et quelques modèles individuels qui serviraient de démonstrateurs avant de se lancer véritablement dans la production de masse.

Une nouvelle route en altitude reliant Budapest à Prague via Bratislava avait été ouverte fin mai et les premiers autobus en service régulier sillonnèrent ces routes dès le mois de juin. Comme l'initiative revenait au gouvernement tchèque qui avait acheté les premiers véhicules pour son propre compte, les prix des voyages étaient très attractifs. Chaque convoi était littéralement pris d'assaut et il avait fallu mettre en place un système de réservation.

La ligne partait du centre des villes, le parcours débutait sur roues, puis, après avoir utilisé une rampe d'accès, continuait sur la route aérienne située en pleine campagne. Les véhicules circulaient à plus de deux-cents kilomètres-heure en vitesse commerciale. À la fin du mois d'aout, une liaison Prague Berlin Blankensee avait été ouverte.

Septembre 2033.

Les pays d'Europe centrale avaient mis en place des processus économiques mixtes, à mi-chemin entre le concept des Bâtisseurs de Bonheur et le monde de l'entrepreneuriat. Les organisations, comme les multinationales, n'étaient pas autorisées à participer à ces processus, mais les personnes l'étaient individuellement et devaient développer leur propre emploi qui pouvait être rémunéré si elles le souhaitaient. Pour celles et ceux qui renonçaient à percevoir un salaire, le bénéfice de leur travail revenait à l'organisation. En échange, ils pouvaient prétendre à des prestations comme le logement et l'alimentation. Beaucoup de ceux qui avaient au départ opté pour la solution avec rémunération revenaient rapidement sur l'offre de base, beaucoup moins contraignante en matière d'obligations règlementaires.

François et Nathalie papillonnaient d'un site à l'autre pour aider les Compagnons de l'Éternité à concrétiser leurs différents projets. Ils faisaient des conférences devant de nombreuses personnes intéressées par ces structures et ce projet. À Prague, fin septembre, au cours d'une de ces conférences, François avait remarqué que le chef du gouvernement tchèque et quelques ministres étaient assis au premier rang. François s'exprimait en anglais et rappelait les règles de base de leur organisation et ce qui faisait son succès. Il leur expliquait le système de loyer-capitalisation mis en place dans le pays et qui pouvait être payé avec du travail au lieu d'argent en cas de nécessité.

Le public écoutait attentivement les propos de François. Il s'arrêta un instant pour laisser le temps à une interprète de traduire en tchèque, avant de parler des catégories de membres : *les actifs, les apprenants, les conquérants, les initiateurs,* et une catégorie particulière : *les solidaires.*

— Pour éviter les effets d'aubaine et le parasitage de l'organisation, nous exigeons que l'accès à la solidarité et le maintien dans ce statut soient soumis à l'approbation d'un comité appelé également cercle.

François martela ses derniers arguments :

— Dans cette organisation, vous n'êtes pas consommateur, mais acteur. Vous y trouverez donc ce que vous y apporterez. Je pense que vous avez tous déjà une idée de la catégorie à laquelle vous pourriez appartenir.

À la suite de ces réunions, les demandes d'adhésion arrivèrent en masse pour ce projet qui avait du sens et qui donnait une vision que n'offrait plus depuis longtemps le système marchand. Le répit fut de courte durée, car de nouvelles attaques contre les Bâtisseurs allaient bientôt avoir lieu.

27 septembre 2033

François expliquait aux habitants de la ville de Košice, en Slovaquie, le fonctionnement de leur organisation. Il était arrivé la veille avec Nathalie et quelques-uns de leurs compagnons. Ce jour-là, François développait ses arguments, relayés en slovaque par une interprète, lorsque la porte s'ouvrit brutalement et que des individus habillés en noir et cagoulés firent irruption dans la pièce. Il fut décontenancé quelques instants puis se reprit et demanda en anglais :

— Bonjour, messieurs. Prenez place, je vous prie. Je vois que vous souhaitez conserver l'anonymat. Soyez assurés de notre discrétion.

Les individus prirent des chaises empilées dans un coin de la pièce en prenant soin de faire beaucoup de bruit, puis s'assirent en prenant des postures menaçantes. Il avait repéré dans le groupe quelques silhouettes féminines. François devait jouer serré s'il ne voulait pas que la situation dégénère. Que s'était-il passé à l'entrée de la pièce ? Comment étaient-ils entrés cagoulés sans que personne n'intervienne ? La police avait-elle été prévenue ou fallait-il l'appeler ? François continua son exposé sans tenir compte de cette présence incongrue. Au bout de quelques minutes, il fut interrompu par un des hommes. Il demanda en anglais avec un fort accent :

— De quel droit venez-vous vous installer chez nous ?

— Nous avons pour projet de redonner de l'espoir et de donner un sens nouveau à la vie de ceux qui nous rejoignent.

— Foutaises, reprit l'homme d'un ton menaçant. Vous voulez surtout prendre notre travail et nos ressources.

— Cela est faux, répliquait patiemment François. Nos projets sont construits avec les habitants des pays dans lesquels ils sont développés et n'ont aucune vocation à être exportés ou délocalisés. Et puis chacun contribue à la création de l'univers dans lequel il vivra.

— Ouououou ! criaient les autres cagoulés. Certains d'entre eux sifflaient entre leurs doigts.

— Vous venez nous imposer, reprit celui qui semblait être leur chef, votre idéologie totalitaire alors que nous avons eu le plus grand mal à nous en débarrasser.

— Mais non, ce n'est pas cela. Il s'agit de projets coconstruits. Nous n'imposons rien, nous voulons juste redonner un sens à la vie de nombreuses personnes. C'est, entre autres, pour cette raison que nous nous baptisons les Bâtisseurs de Bonheurs.

— Ha ha ha ! À la chute du communisme, c'est aussi ce que les sociétés capitalistes ont essayé de nous vendre en reprenant les entreprises slovaques ; ils ont dit qu'ils venaient pour faire notre bonheur. Ils ont ensuite tout déménagé dans d'autres pays en s'excusant de ne pouvoir rester, car la conjoncture mondiale faisait que la main-d'œuvre était devenue trop chère ou que les outils de production n'étaient plus adaptés aux nouvelles exigences. Ils ont juste tué ce qui leur faisait de l'ombre.

— Justement, répliqua François, nous faisons en sorte que pareille chose ne puisse arriver. Chez nous, il n'y a pas de direction comme dans une entreprise classique. Nous avons un cercle de gouvernance, composé d'élus, qui se charge de consolider les besoins et donne les orientations de ce projet pour éviter les dérives et les tentatives de détournement de sa finalité.

— Ouais, répliqua l'homme. Vous ne faites que réinventer un autre système manipulé par les politiques. Vous êtes corrompus, des larbins à la solde du grand capital avec pour mission d'asservir le peuple.

François commençait à perdre patience. Les personnes dans le public étaient de plus en plus mal à l'aise.

— À moins que vous soyez intéressé par nos initiatives et la résorption de la misère dans le pays, je vous demanderai de bien vouloir quitter cette pièce, dit François avec une voix mesurée.

— Nous y voilà, répliqua méchamment l'homme cagoulé. Les laquais du capitalisme refusent de discuter, comme d'habitude. Nous réclamons une société autogérée sans chefs et surtout sans dirigeants, car ils nous ont à nouveau conduits dans le mur et recommenceront encore et encore en détruisant nos emplois et en pillant nos ressources et notre savoir-faire.

Avant que François n'ait eu le temps de répondre, il leva le bras, poing fermé. L'ensemble des cagoulés se mit à scander :

– Anarchie ! Anarchie !

Ils hurlaient, sifflaient et commencèrent à casser le mobilier. Les personnes présentes se levèrent et se mirent derrière ou à côté de François, car il n'était plus possible de rejoindre la porte d'entrée. Les deux camps se faisaient maintenant face. Des chaises furent lancées dans les fenêtres qui se brisèrent dans un grand fracas, puis dans leur direction. D'un seul coup, ils attaquèrent en tapant à coup de poing et de pied. Les personnes présentes essayaient tant bien que mal de se défendre. D'autres à l'arrière du groupe avaient réussi à ouvrir une issue de secours et faisaient sortir femmes et enfants. À certains, cela rappelait des épisodes douloureux de l'histoire du pays avec les interventions des milices politiques. La charge des anarchistes coupa le groupe en deux. François prit un coup de poing en pleine figure qui le mit groggy. D'autres personnes à ses côtés ripostèrent. Il entendit un hurlement et vit à travers son œil droit qui commençait à gonfler Nathalie qui se débattait, emportée par deux malabars. Elle n'était pas de taille. Une fois à l'écart du groupe, ils la mirent à terre en la maintenant par les bras et les jambes. Celui qui semblait être le chef et qui était resté à l'arrière s'allongea sur elle. Elle avait la tête de l'homme collée à sa joue droite, sentait sa respiration dans son cou. La tête de Nathalie ainsi que ses membres était immobilisée. Elle sentait le bassin de l'homme onduler contre son ventre. Il dit : « tu vas voir, tu vas aimer ». François voyant la scène se précipita, suivi par trois hommes, en forçant le barrage des cagoules noires. Nathalie le voyant arriver donna un violent coup de reins pour se dégager un peu et mordit violemment au bras l'homme allongé sur elle. Il se redressa en hurlant. Un des deux hommes qui la tenaient la gifla à la volée. François, qui arrivait en courant, donna sans s'arrêter un coup de pied magistral à l'homme devant lui, l'envoya valdinguer et perdit l'équilibre lorsque le chef l'attrapa par le bas du pantalon, lui déchirant le vêtement. Ce dernier se dégagea de Nathalie, bondit sur François en attrapant un de ses bras qu'il retourna violemment dans son dos tandis qu'il le mettait sur le ventre et l'immobilisait en même temps qu'il s'asseyait sur lui. Il allait le frapper à nouveau quand un des hommes cagoulés siffla entre ses doigts. Ce fut le signal du départ par les fenêtres qui avaient été ouvertes en prévision. Le chef dit à l'oreille de François, tandis que d'autres hommes du public se précipitaient pour le secourir :

– C'était juste un avertissement. Si on te revoit par ici, ça sera bien pire et ta nana passera un sale quart d'heure, tu peux me croire.

Il se leva, distribua quelques coups de poing en passant et courut avant de sauter par une des fenêtres. La police fit irruption dans la pièce. Des cris venant de l'extérieur indiquaient que les choses ne se passaient pas bien non plus. Une équipe de médecins et de secouristes arriva rapidement sur les lieux.

L'incident n'avait duré que quelques minutes ; François était quitte pour un œil au beurre noir, une forte douleur à l'épaule droite et Nathalie pour une bonne frayeur.

– Tu es mon héros, lui avait-elle dit en l'embrassant, réveillant chez lui la douleur liée aux coups qu'il avait reçus et le faisant grimacer.

La police avait réussi à interpeler trois personnes et le ministre de l'intérieur slovaque leur assura que pareil incident ne se reproduirait pas.

12 octobre 2033

Le jour venait de se lever sur la ville de Prague. Depuis la grande baie vitrée de l'hôtel Milton, Nathalie et François pouvaient admirer à leurs pieds la cité qui s'éveillait lentement. François avait le visage encore un peu tuméfié, mais cela allait maintenant mieux et Nathalie ne conservait pas de traces de leur aventure slovaque. Devant eux, la Vltava, rivière qui traverse Prague de part en part avec un tracé sinueux, coupée par de nombreux ponts.

– C'est beau, dit Nathalie.

– Oui, ce lever de soleil sur la citadelle est magnifique.

– Mmm, la soirée d'hier était délicieuse. Une bonne idée que cette balade nocturne dans la vieille ville. Les orchestres de rue sur le pont Charles, j'ai adoré.

– Prague est une très jolie ville. Par contre, cette chambre, c'est trop. Je ne comprends pas comment on peut dépenser autant d'argent pour dormir.

– Je te rappelle qu'elle est mise à notre disposition par le gouvernement tchèque.

– Tout ce luxe est excessif.

Ils étaient dans une suite grande comme un appartement, avec plusieurs pièces.

— Ça ne te plait pas, un peu de confort ? Non ! Monsieur préfère vivre dans une caravane.

— Ne sois pas cruelle.

— Je dis juste que nous avons la chance d'avoir autre chose qu'une de ces chambres-dortoirs que nous avons connues depuis de nombreux mois, et monsieur fait le difficile.

— Nous aurions pu nous contenter de beaucoup moins.

Un silence s'installa entre eux, puis elle reprit.

— Je souhaite retourner chez nous, à Libertyville. Je ne veux pas revivre un épisode comme en Slovaquie. J'ai eu tellement peur.

Il reçut cette demande comme un coup de massue.

— Notre mission n'est pas terminée. Encore un peu de patience. Je te promets que, dès que ça sera possible, je ferai le nécessaire pour que nous revenions en France. Et puis maintenant, nous ne craignons plus rien, les réunions publiques sont encadrées par la police.

— Je sens des gens malveillants derrière ces incidents… Je veux retrouver la tranquillité de Libertyville, un vrai logement comme nous avions autrefois… Et puis ça fait un an jour pour jour que nous sommes partis de France… Un an, ça se fête… Je commande de suite une bouteille de champagne pour arroser ça.

— Nathalie, s'il te plait, ne complique pas les choses, dit-il en posant sa main sur la sienne pour qu'elle ne décroche pas le combiné de la chambre.

— Je veux rentrer chez moi, dit-elle en haussant le ton, j'ai le mal du pays. Je veux revoir mes parents.

— Je vais voir ce que je peux faire.

— Je te rappelle que je peux mettre fin à mon engagement ici quand je veux, et rentrer.

Le silence s'installa à nouveau. Elle se mit à sangloter. Il la prit dans ses bras, tentant de la consoler comme il pouvait. François avait une boule dans la poitrine. Il n'avait pas vu arriver ce malêtre chez Nathalie et s'en voulait.

Vers neuf heures, le téléphone de la chambre sonna.

— Ici la réception, monsieur Novotny vous attend.

— Pouvez-vous le faire patienter en lui offrant un café, nous descendons dans une quinzaine de minutes.

— Entendu, monsieur.

Ils avaient dû se dépêcher pour ne pas trop faire attendre leur chauffeur. François, prêt le premier, était descendu et discutait avec Pavel Novotny qui lui avait demandé ce qui lui était arrivé au visage.

— Savonnette, avait répondu François.

— Vous ne vous êtes pas raté !

Nathalie se joignit à eux quelques minutes plus tard. Elle avait un sourire figé et décocha un regard noir à François.

— Le ministre de l'Industrie vous attend à onze heures, dit Pavel. Il y a environ trente minutes de route pour le rejoindre. Nous avons encore du temps devant nous.

Nathalie et François avaient été reçus avec les honneurs réservés à un chef d'État. Le Président de la République tchèque était rapidement venu les saluer. Le ministre avait ensuite fait le point sur la situation économique du pays, sur la relance spectaculaire et surtout la production de véhicules qui dopait toute une série de petites entreprises sous-traitantes. Vladimir Čech leur réaffirma la grande satisfaction du gouvernement pour leur action et l'amitié indéfectible entre la France et la République tchèque. À la fin de l'entretien, François avait demandé :

— Monsieur le ministre, puis-je formuler une requête personnelle ?

— Je vous en prie.

— Pensez-vous qu'il soit possible de nous trouver deux places sur un vol à destination de Paris ?

— Cela doit pouvoir s'arranger, dit-il en faisant signe à son chef de cabinet qui décrocha immédiatement le téléphone et donna quelques ordres.

Quelques minutes plus tard, la réponse arrivait.

— C'est arrangé avec la compagnie Czech Airlines. Il vous suffira de vous présenter à un de leurs guichets et de leur indiquer sur quel vol vous souhaitez voyager. Naturellement, ajouta Vladimir Čech, vous êtes les invités de la république.

Fin d'année 2033

Cette fin d'année s'était passée bizarrement. Un séjour à Paris, chez les parents de Nathalie, le retour à Libertyville. François avait l'impression que le lien entre Nathalie et lui se distendait. Comme il n'avait personne à qui se confier, il avait rendu visite Manuel Bach qui avait l'air de s'être bien remis de sa mésaventure avec Inez. François n'avait pas posé de questions et s'était ouvert à lui.

— Tu connais le caractère bouillonnant de Nathalie, expliquait François. Elle ne supporte plus ces voyages incessants. Je crois que je suis en train de la perdre.

— Je n'ai pas une grande expérience de ce genre de situation. Comment vois-tu les choses ?

— D'un côté, je suis engagé vis-à-vis de l'organisation et de son expansion à l'étranger, de l'autre, je me dis qu'il faudrait que je me sédentarise, mais alors je ne suis pas sûr que ça me plaise. Si je ne suis pas heureux, Nathalie le ressentira fatalement. Je ne sais pas quoi faire.

— Reprenons calmement les choses en commençant par toi. Que souhaites-tu pour l'avenir ?

— Je désire le bonheur de Nathalie et que nous soyons heureux ensemble.

— Et côté activité ?

— J'adore créer. Gérer m'ennuie. D'ailleurs, nous avons de bons contacts avec l'Autriche. Je pense que le projet pourrait commencer en début d'année prochaine.

— Et je suppose que tu veux en être.

— Bien entendu. Je ne me vois pas confier cette tâche à quelqu'un d'autre.

— Tu penses que je ne pourrais pas y arriver, que tu es le seul à pouvoir le faire ?

— Ce n'est pas ce que j'ai voulu dire. Je voulais juste dire que cette mission est de ma responsabilité.

— Et où vois-tu Nathalie dans ce dispositif ?

— C'est là que le bât blesse. Je ne sais pas si elle est d'accord pour une nouvelle aventure.

— Tu lui en as parlé ?

— Non, pas encore. Je redoute la réponse.

— Tu veux que j'aborde la question avec elle ?

— Oui, pourquoi pas !

— Et si on lui donnait une plus grande responsabilité, ça pourrait peut-être faciliter les choses… Je vais y réfléchir. D'ici là, je te suggère d'organiser un projet personnel. Je ne sais pas, partez une ou deux semaines dans le Sud de la France, où ailleurs. Peut-être acceptera-t-elle de voyager dans ces conditions.

François avait proposé à Nathalie l'idée de passer quelques jours dans le Sud et elle l'avait accueillie avec enthousiasme. Ils avaient commencé à échafauder des plans.

— Je ne suis jamais allée à Béziers et je ne connais pas cette partie de la côte méditerranéenne.

— C'est comme si tu y étais déjà.

Quelques jours plus tard, Manuel avait eu une discussion avec elle.

— Nathalie, je voulais te témoigner la satisfaction du cercle de gouvernance pour tes actions ici à Libertyville, lors de la construction de Gammaville et sur la création des villes nouvelles en Europe centrale.

— C'est surtout François qu'il faut féliciter.

— Je ne suis pas d'accord avec toi. Bien sûr, il a abattu un travail considérable, mais tu as joué un rôle prépondérant en matière de développement durable et d'écologie. Ton groupe est intervenu dans quasiment chaque projet. Vous avez fait un travail formidable.

— Tu me flattes.

— Pas du tout, je suis sincère. Le comité de gouvernance propose de te confier la responsabilité de ce cercle en relation directe avec lui. Bien entendu, tu resteras en liaison en étroite avec le groupe de François.

— Il faut d'abord que j'en discute avec les membres de mon groupe.

— Cela me parait évident. Tu me communiqueras votre réponse plus tard. Si vous acceptez, le cercle de gouvernance souhaiterait que vous envisagiez le principe d'une collaboration avec vos amis allemands en vue d'une implantation nouvelle en Autriche. Il y a là un vrai défi à relever, car cette ville va se trouver en zone montagneuse. Bien entendu, tu n'es pas obligée. Il s'agit seulement d'une suggestion. Pour changer de sujet, tu as des projets en ce moment ?

— François m'a proposé de partir en vacances quelques jours.

— C'est formidable, ça. Et je suppose que tu as accepté.

— Oui. J'espère que ça ne va pas trop perturber le service.

— Ne te fais pas de souci. Les Bâtisseurs de Bonheur devraient arriver à s'en sortir sans vous pendant ce temps.

Comme ils allaient séjourner hors de l'organisation, François avait demandé à pouvoir disposer d'un peu de l'argent qu'il avait capitalisé. Cela leur permettrait de loger à l'hôtel. Une partie du séjour serait réglée directement par les Bâtisseurs de Bonheur et François disposerait de billets de banque pour faire quelques achats. Cela lui faisait bizarre, car il n'avait plus eu à s'en servir depuis trois ans.

Ils étaient partis avec un véhicule léger de l'armée et avaient visité la ville de Béziers, l'arrière-pays cévenol et le littoral, Agde, Sète, Frontignan.

Janvier 2034

Nathalie avait finalement accepté la nouvelle mission qui lui était confiée, expliquant que c'était provisoire pour l'instant. Elle avait également souhaité disposer à nouveau d'un véritable appartement sur Libertyville, un chez elle. Les premiers contacts avaient été noués avec l'Autriche et une délégation, animée par Manfred Schultz, était arrivée pour suivre une formation approfondie. Ils allaient rester plusieurs mois. Manfred était un type jeune, très sympathique et qui leur parlait avec un fort accent. D'ailleurs, il avait toujours quelque chose à raconter.

Le projet ne ressemblait pas à ce qu'ils avaient pu faire jusque-là, car il serait implanté dans la région de Klagenfurt, sur des terrains adossés à des parois rocheuses, voire sur la montagne même. Le contexte économique allait donc être radicalement différent.

Printemps 2034

Manfred et François effectuaient de nombreux déplacements sur le site autrichien, parfois accompagnés de Nathalie, parfois non. Manfred avait une petite amie, Anna, qui s'était montrée réticente au début, puis avait fini par adhérer au concept. Elle les suivait maintenant dans toutes leurs allées et venues.

François aimait bien Manfred et Anna. Il essayait de ne pas être trop présent dans leur vie, surtout lorsque Nathalie n'était pas là. Alors que lui passait le plus clair de son temps en Autriche, Nathalie venait de moins en moins souvent. Elle déléguait à d'autres les missions sur le terrain, prétextant qu'elle avait beaucoup de travail.

Vers la fin mai, le projet était ficelé dans ses grandes lignes et les travaux pouvaient commencer. Ses principales ressources économiques seraient l'extraction de pierres destinées à la construction dont l'excédent serait envoyé vers d'autres villes, et l'exploitation des ressources naturelles. Une partie de la cité serait à l'intérieur de la montagne. Quelques terres agricoles permettraient de produire sur place des denrées alimentaires.

Ce printemps deux-mille-trente-quatre n'avait pas été de tout repos pour les Bâtisseurs de Bonheur et pour les organisations sœurs. En Autriche tout d'abord où le chantier avait été émaillé de plusieurs incidents : des problèmes d'approvisionnements en nourriture, à tel point que les convois devaient être escortés pour éviter les vols ou les erreurs administratives, des troubles lors des réunions, la pression mise sur les équipes pour qu'ils ne viennent plus sur le chantier ou les tentatives de débauchage avec des promesses d'embauche avec des salaires mirobolants. Il y avait même eu une manifestation de militants monarchistes qui réclamaient la restauration de l'empire austro-hongrois qu'ils disaient bien injustement morcelé par les Français à la fin de la Première Guerre mondiale et la restitution des territoires volés lors du traité de Trianon. François était maintenant passé maitre dans la négociation avec ces groupes politiques qui lui paraissaient un peu surréalistes.

En France et en Allemagne, les enquêtes menées par les différentes autorités avaient porté leurs fruits et des agents infiltrés avaient pu être démasqués et confondus. Bien sûr, ces personnes avaient immédiatement été exclues des organisations, et celles et ceux qui avaient été reconnus coupables d'actions délictueuses ou criminelles furent remis dans les mains de la justice des pays concernés.

Été 2034

Les premières constructions autrichiennes prenaient maintenant forme. Des renforts étaient venus des différentes implantations européennes pour aider à la réalisation de la ville et les premières habitations opérationnelles devaient être terminées en automne, au plus tard au début de l'hiver.

Alors que François passait tout son temps à se démener sur ce chantier comme il l'avait fait l'année précédente en Allemagne, il ne voyait quasiment plus Nathalie. Elle prétextait que sa présence sur site était moins importante. Il en était très affecté, mais se disait que ça devait être temporaire, que tout reviendrait en ordre dès que le projet serait plus avancé. Leurs contacts téléphoniques s'espaçaient.

Novembre 2034.

François avait pris la décision de revenir à Libertyville. Il ne devait jamais oublier les journées qui allaient suivre. Il avait prévenu Nathalie qu'il voyagerait en train et avait hâte de la voir. Il n'avait pas reçu de réponse.

Arrivé à Libertyville, il s'était mis à sa recherche, car elle n'était pas à l'appartement. Il faut dire que la ville dépassait les cinquante-mille habitants et cela prit un certain temps pour la trouver. Elle était en train de dispenser un cours d'urbanisme à un groupe de bâtisseurs de tous âges qui l'écoutaient attentivement.

Lorsqu'elle le vit, elle lui fit signe de s'approcher, lui donna une accolade en l'embrassant sur la joue. François se dit qu'elle avait ce comportement parce qu'ils étaient en public.

– Viens, dit-elle… Mes amis, je vous présente François Cervantès, un des membres du cercle de gouvernance des Bâtisseurs de Bonheur. François nous revient d'Autriche où notre organisation est en train de se développer. Tu veux nous en dire quelques mots ?

De manière improvisée, il leur parla des implantations en Europe centrale et des villes qu'ils avaient créées de toute pièce sur le modèle de Libertyville, bien que chacune d'elle fût différente des autres.

– Mais je ne vais pas déranger plus longuement ton cours.

– Je termine dans un peu plus de deux heures. Tu veux bien m'attendre à la maison ?

François regardait par la fenêtre l'ensemble de bâtiments dont l'aménagement paysager était achevé. Il éprouvait un sentiment étrange. Nathalie finit par entrer. Il se leva pour la serrer dans ses bras, mais la sentit distante.

– Je me suis fait du souci, ces derniers temps ; tu ne me répondais plus.

– Tu vois, je suis en bonne santé.

– Tu fais cours maintenant ?

– Oui… J'ai décliné l'offre de Manuel, estimant que je n'étais pas à la hauteur des espérances qu'il avait placées en moi.

– Je trouvais que tu t'en sortais très bien.

– Moi, non. J'ai demandé à enseigner et ne plus animer le cercle écologie.

– On aurait peut-être pu en discuter.

– Manuel a tenté de me dissuader, mais ma décision était prise. Et puis il y a autre chose.

– Parle, tu me fais peur.

– Voilà, tu es un type génial. Tu as rebâti à toi tout seul la moitié de l'Europe…

– Tu exagères un peu.

– À peine ! Tu sais construire des villes, des voitures, des trains, des usines. Tu as le sens politique et tu sais faire le bien autour de toi. Je ne t'arriverai jamais à la cheville. J'ai essayé de me mesurer à toi et je me suis crashée en flammes. Je ne suis pas digne de toi et je risque d'être un frein à ta carrière. Je vois bien que tu rêves de voyages et de tout un tas de choses extraordinaires que je ne serai pas capable de te donner. Tout ce que je vais faire, c'est te ralentir et je ne le souhaite pas.

Elle eut un sanglot.

— Je t'aime infiniment, mais je pense que c'est mieux que nous en restions là, car je ne voudrais pas être responsable de choix que tu ferais à cause de moi et qui te rendraient malheureux.

François reçut comme un coup de poing dans le ventre qui lui bloqua la respiration. Il voulait parler, crier, mais aucun son ne sortait de sa gorge nouée. Il finit par dire avec une voix étranglée :

— Mais ça n'est pas possible, tu ne peux pas dire ça, tu ne peux pas me faire ça !

— Si, dit-elle en reniflant, cette décision est murement réfléchie. Je ne suis pas allée en Autriche pour te le dire. J'ai préféré te laisser venir jusqu'à moi. Je fais cela par amour pour toi.

— Je t'en supplie, dit-il en la prenant dans ses bras et en éclatant en sanglots. Ne fais pas ça.

— Je ne reviendrai pas sur ma décision. La situation n'était plus tenable, alors c'est mieux ainsi.

François pleura longuement, autant de la déchirure qu'il éprouvait que de la blessure d'amour-propre. Il la revoyait amoureuse, revoyait son corps onduler sous ses caresses. Tout cela allait être perdu à jamais.

— Ne me quitte pas, dit-il en la regardant avec des yeux de chien battu.

Il s'était assis. Elle lui passa la main dans les cheveux.

— Tu verras. Un jour, tu retrouveras quelqu'un qui te correspondra mieux et ce jour-là, tu me remercieras d'avoir fait ça. Tu resteras dans mon cœur pour toujours, mais la raison doit l'emporter.

François se leva, groggy comme s'il avait reçu un coup de poing en peine figure, la serra une dernière fois dans ses bras en lui murmurant à l'oreille :

— Je t'aime.

Nathalie, s'écartant délicatement, répondit avec un sourire triste.

— Tu es fort. Tu t'en remettras.

Il sortit de l'appartement. Sa vie s'effondrait d'un coup. Il n'avait plus envie de retourner en Autriche ni de demeurer à Libertyville ni de rien. Après plusieurs heures à errer sans but dans la ville, il se décida à entrer dans une des zones réservées aux personnes de passage.

— Il te reste une cabine libre ? demanda-t-il au Bâtisseur de permanence.

L'homme qui assurait le service connaissait François, mais ce dernier semblait changé. Il était vouté. L'homme lui tendit une feuille de papier sur laquelle figuraient un numéro de chambre et le code à composer pour en ouvrir la porte et ne posa pas de question. Voyant qu'il n'avait pas de bagage, il ouvrit un petit placard, hésita entre un teeshirt avec une impression « Les Bâtisseurs de Bonheur » et un avec « Libertyville », opta pour le second, trouvant que ce serait certainement plus opportun, prit également un nécessaire de toilette et posa le tout sur le comptoir.

— Tu souhaites demeurer combien de temps ?

— Je ne sais pas encore. Je te dirai.

— Bien !

François se dirigea ensuite vers la chambre, remerciant intérieurement son compagnon de ne pas avoir posé de questions auxquelles il ne voulait pas répondre. Pas maintenant. Il resta prostré trois jours, sortant juste le soir pour récupérer un plateau-repas lorsque la faim le tenaillait trop.

Il se repassait les derniers évènements en boucle, se disant que lui aussi venait de se crasher en flammes. Il avait d'un seul coup perdu sa combattivité. Il hésitait entre la résignation et l'envie de reconquérir Nathalie.

Au bout du troisième jour, il décida de la revoir. Il ne pouvait pas rester ainsi. Par message, elle lui répondit qu'elle serait chez elle en fin d'après-midi. La discussion avait été compliquée. Il avait essayé à plusieurs reprises de la faire changer d'avis.

— Je ne reviendrai pas sur ma décision. Nous deux, ça a été une belle histoire, mais aujourd'hui, cette histoire est terminée, dit-elle. Ne rends pas les choses plus difficiles.

La porte était définitivement fermée. Il finit par prendre son sac qui était resté là trois jours auparavant et n'avait pas bougé. Nathalie alla dans la chambre et en revint avec un gros sac de voyage.

— Je t'ai mis quelques affaires.

— Je crois que je n'ai plus rien à faire ici.

Il l'embrassa sur la joue et passa sa main dans la chevelure de Nathalie. Elle le laissa faire sans bouger, puis dit simplement :

— Va maintenant, tu as encore de grandes choses à accomplir.

27 novembre 2034, région parisienne

À cinq heures trente, les quatre fourgons de police s'arrêtèrent à deux kilomètres de l'entrée de la petite ville de Saint-Nom-la-Bretèche, dans les Yvelines. Le commandant Martin, chargé de coordonner l'opération, réunit les officiers de police et les trois agents des services spéciaux pour distribuer les derniers ordres.

— Messieurs, nous avons confirmation que notre client n'a pas bougé de la nuit et se trouve bien à son domicile. Nous prendrons position dans les rues adjacentes pour éviter toute possibilité de fuite. Les agents des services spéciaux se présenteront à six heures précises et inviteront le client à les accompagner. Bien entendu, tout doit se passer en souplesse. On évite d'ameuter le voisinage et surtout, pas de bataille de rue. Une fois l'opération terminée, chacun repart par un itinéraire différent pour rester le plus discret possible. Les positions qui vous ont été communiquées demeurent inchangées... Des questions ? ... Bien, à vos véhicules. Départ à votre initiative dans cinq minutes.

Les véhicules se mirent en route à petite allure. À cinq heures cinquante-cinq, la berline des agents spéciaux s'arrêta devant le portillon de la propriété. Le pavillon cossu était situé au bout d'une allée gravillonnée. Deux hommes en descendirent, habillés en complet-cravate. À six heures précises, l'un des deux agents appuya sur le bouton de la sonnette en insistant légèrement. Une lumière s'alluma dans ce qui devait être le vestibule. Une voix féminine demanda dans l'interphone :

— Oui, c'est pour quoi ?

— Mes hommages, Madame, nous souhaitons nous entretenir quelques minutes avec Monsieur de la Tour, dit l'homme en exhibant sa carte de police devant la caméra. Sa présence est souhaitée par le Premier ministre pour l'assister dans un projet intéressant la sûreté nationale.

— Maintenant ?

— Oui, Madame, c'est de la plus haute importance.

— Je vais le chercher...

Cinq minutes plus tard, un clic se fit entendre et le portillon s'ouvrit. Les deux hommes présentèrent à nouveau leur carte officielle et expliquèrent à Édouard de la Tour que sa présence était souhaitée immédiatement par le Premier ministre et qu'un refus pourrait le contrarier. Il avait l'assurance qu'il pourrait reprendre ses activités à l'issue de cette réunion. Édouard de la Tour hasarda la question de savoir de quoi il s'agissait.

— Je suis désolé, Monsieur, mais le Premier ministre n'a pas jugé opportun de nous en faire part.

— Bien, je dois me préparer.

— Bien entendu, Monsieur. Nous patientons.

Quinze minutes plus tard, le véhicule se mettait en route. Un des agents annonça à la radio :

— De sierra trois à autorité, nous faisons mouvement vers Paris avec le client à notre bord, puis se retournant vers Édouard de la Tour : ne vous inquiétez pas, nous vous ramènerons ensuite à l'adresse de votre choix.

Arrivé dans la cour de l'hôtel Matignon, Paul Divecchio vint l'accueillir en personne sur le perron de la bâtisse. Édouard de la Tour était interrogatif. Divecchio le mit à l'aise en le précédant en direction de son bureau.

— Je vous remercie d'avoir bien voulu répondre à mon invitation. Je reconnais que ce n'est pas une heure habituelle pour une réunion, mais je pense que vous et moi avons un emploi du temps chargé. Il fallait que je vous voie de toute urgence, car j'ai besoin de votre expertise sur un dossier qui me fait souci.

— Je suis honoré que vous ayez pensé à moi.

— Veuillez vous assoir. Il s'agit de notre projet de villes nouvelles et d'économie alternative qui connait quelques difficultés... mais commençons par un petit film récapitulant ce projet qui a été diffusé sur les chaines de télévision. Peut-être avez-vous eu déjà l'occasion de le voir ?

Après les quelques minutes de projections, Divecchio lança le véritable sujet.

— Il semblerait qu'il y ait quelque part des personnes influentes mal intentionnées qui essayent de saboter ce projet et c'est là que vous pouvez nous aider.

— Je ne vois vraiment pas en quoi je peux vous être utile.

— Vraiment ? Cherchez bien !

— Non, je ne vois pas...

— Monsieur de la Tour, je vous prie de ne pas essayer de jouer au plus malin avec moi. Nous sommes au courant pour les réunions secrètes dans les sous-sols de votre immeuble parisien, ou encore à Berlin. Nous souhaitons qu'en tant que président du syndicat des employeurs et comme industriel connu en Europe et aux États-Unis, vous nous aidiez à mettre fin à ces agissements qui, au final, ne grandissent personne.

— Monsieur le Premier ministre, ce que vous insinuez à mon propos relève de la diffamation.

Divecchio ouvrit un tiroir, en sortit un dossier et le jeta sur le bureau.

— Nous avons mené notre enquête sur l'incendie criminel qui a couté la vie à deux personnes à Libertyville. Nous avons ici la preuve que vous faisiez partie des commanditaires de cet attentat et nous détenons votre petite protégée : Inez Diaz Arraras. Elle n'a pas été très bavarde et nous ne connaissons toujours pas son vrai nom, mais ce n'est qu'une question de temps. Au mieux, vous risquez vingt ans de prison pour homicide volontaire, au pire, les faits seront requalifiés en attentat et c'est perpétuité. Tout ceci est confidentiel pour le moment, car l'enquête a été menée par les services secrets. S'il vous venait l'envie de ne pas nous aider, je me verrais dans l'obligation de transmettre ce dossier au parquet. Vous et vos amis vous trouveriez alors en très fâcheuse posture. Difficile après ça de faire croire à nos concitoyens que vous êtes les gentils. Sans compter des conséquences plus personnelles.

Édouard de la Tour était devenu tout blanc. Il était coincé.

— Qu'attendez-vous de moi ?

— Je vous l'ai dit, je souhaite mettre fin à ces actions, pardonnez-moi de vous le dire, de voyou. Si vous réussissez la mission que je vous confie, je vous donne ma parole que ce dossier sera détruit et nous verrons pour redonner une nouvelle identité à votre protégée. Nous devons maintenant nous mettre d'accord sur un protocole pour communiquer sans attirer l'attention.

Divecchio fit ensuite venir un spécialiste de mission et lui dit :

— Monsieur de la Tour accepte de rendre quelques services à son pays et nous devons lui expliquer quelques ficelles du métier.

Au moment de se séparer, Paul Divecchio tapota le tiroir de son bureau.

— Nous n'aurons certainement plus l'occasion de discuter dans les prochains mois, aussi je compte sur vous pour résoudre notre épineuse question. Bien entendu, mon bureau vous est ouvert pour discuter officiellement de sujets qui mériteraient l'appui de mon gouvernement.

Dans les mois qui suivirent, Édouard de la Tour devait passer de très mauvaises nuits et il ne pouvait parler à personne de ses petits ennuis.

3 décembre 2034

François avait demandé à être reçu par le cercle de gouvernance, leur expliqua que le projet autrichien était bien avancé, que Manfred se débrouillerait très bien tout seul et qu'il souhaitait travailler dans un autre domaine.

Cette décision laissa tous les membres du comité de gouvernance abasourdis. Manuel demanda à parler en particulier à François.

– J'entends ce que tu nous as dit. Je suppose que cela a un rapport avec le départ de Nathalie de la direction de son cercle ?

– En effet. Nous ne sommes plus ensemble et j'ai besoin de prendre du recul par rapport à tout cela. Je désire quitter Libertyville, car il y a trop de choses ici qui me rattache à elle. Trop de souvenirs.

– Tu as conscience que, quelque part, tu m'abandonnes aussi, toi mon fidèle compagnon, un des piliers fondateurs des Bâtisseurs de Bonheur.

– Oui, je sais cela. Ne m'en veux pas. Je souhaite me mettre en disponibilité pendant un certain temps et m'installer à Gammaville.

– Si tel est ton souhait.

Le cercle de gouvernance prit acte de la décision de François et dut se réorganiser pour faire face à son départ. Le jour même, il montait dans la navette ferroviaire qui reliait les deux villes. Il regardait par la fenêtre la ville qui s'éloignait, sa ville, se demandant s'il y reviendrait un jour.

SECONDE PARTIE : La Lune et Mars

« Les idéaux qui ont guidé ma route et m'ont donné le courage d'affronter la vie jour après jour avec gaité ont été la gentillesse, la beauté et la vérité. »

Albert Einstein (1879 – 1955)

Chapitre 6 – Engagement

25 Avril 2035

François tournait en rond dans sa chambre du secteur hôtelier de Gammaville ce matin-là. Il avait encore deux heures devant lui avant de se mettre en route pour travailler. Il s'occupait des affaires générales de la ville et donnait des cours de journalisme, d'économie et de logistique. La blessure de sa rupture avec Nathalie était encore béante. Il faisait le point en pesant le pour et le contre : « Récapitulons ! François, qu'as-tu fait ces dernières années ? Tu es devenu journaliste ! C'est bien. Tu as contribué à la création des Bâtisseurs de Bonheur ! C'est très bien, peu de personnes auraient osé cette aventure à ses débuts. Ça marche bien ? Pas qu'un peu, Libertyville et Gammaville sont devenues florissantes et les candidatures affluent de partout pour venir habiter dans ces villes. Nous avons essaimé sur la planète et les résultats sont encourageants. Rester ici pendant encore plusieurs décennies ? Non, je ne crois pas que je pourrais. J'ai toujours eu le virus de l'aventure et je crois que celle-ci se termine, tout du moins pour moi. La mécanique est bien huilée et l'exaltation des premiers temps est maintenant passée pour faire place à une gestion beaucoup plus rationnelle de la ville. Fini les longues heures à faire des projets ou à argumenter pour faire valoir ses idées. Qu'est-ce qui te retient ici ? En définitive, pas grand-chose. La vie commence à se normaliser. La solitude et la routine me pèsent, à la longue. »

Il allait maintenant de long en large dans le petit appartement. Une idée lui trottait dans la tête depuis un moment : aller dans l'espace. « Je sais que ça doit être une vie difficile, car les expatriés travaillent principalement à la production de métaux et à la construction des vaisseaux de l'espace, mais cela pourrait être une expérience enrichissante. Te sens-tu prêt à abandonner ton petit confort pour la vie austère de colon de l'espace ? Pourquoi pas ! Il y a peut-être des opportunités sur ces nouvelles implantations. »

Toutes ces idées tournaient dans sa tête. Il avait maintenant une position sociale et une certaine notoriété. Fallait-il laisser tomber cela pour une vie sans doute aventureuse, mais qui lui semblait ô combien plus palpitante ?

Il finit par décider de prendre rendez-vous « pour affaire personnelle » avec Manuel Bach, qu'il savait de passage en ville. Il avait toujours été de bon conseil. La réponse arriva au bout de quelques instants : « Passe me voir après onze heures dans le local du comité de gouvernance ! »

Manuel faisait partie de ces personnes qui semblent travailler vingt-quatre heures sur vingt-quatre, mais qui ont toujours cinq minutes à vous accorder lorsqu'on les sollicite. À onze heures passées de quelques minutes, François entrait dans le bureau dans lequel se trouvait Manuel et deux membres du comité local.

— Bonjour, François. Je suis heureux que tu m'aies demandé cette entrevue. J'étais certain que tu le ferais un jour ou l'autre.

— Manuel, je viens de passer quatre années merveilleuses à créer les Bâtisseurs de Bonheur, puis Libertyville et Gammaville, avec vous tous. J'ai participé à la propagation de notre concept dans toute l'Europe, et cela a été une aventure extraordinaire…

— Mais ? Le coupa Manuel qui se doutait où il voulait en venir.

— Voilà, je souhaitais me diriger vers de nouvelles aventures et rejoindre la colonie sur la Lune.

Manuel prit son temps avant de répondre.

— Tu sais que c'est une vie difficile et incertaine. Je suppose que tu as bien réfléchi avant de venir nous parler et n'agis pas en réaction à ta rupture avec Nathalie ?

— Non, cela n'a rien à voir. Nous avons fait la promotion auprès de nos concitoyens des progrès de la conquête de la Lune et quelques-uns d'entre eux ont tenté cette aventure. J'ai pensé que le temps était maintenant venu pour moi de m'y rendre personnellement et de m'y intégrer. Je pourrais continuer mon travail de journaliste là-haut, dans la mesure du possible.

— À ta guise, François. Sur le côté journaliste, nous allons voir ce que nous pouvons faire. En revanche, pour le reste, tu vas devoir te soumettre au processus de recrutement. Sache que, quoiqu'il arrive, tu seras toujours le bienvenu ici ou dans une de nos autres villes, car, te connaissant, je doute que tu souhaites retourner dans le système marchand.

– Merci, Manuel. Mais je suis fermement décidé à aller de l'avant.

Manuel se tourna vers Daryl Rayan à sa droite, un sourcil levé en guise de questionnement. Ce dernier prit la parole :

– Je te propose de continuer à travailler pour nous en qualité d'envoyé spécial. Nous nous débrouillerons pour t'obtenir une accréditation qui te permettra d'officialiser ton activité de journaliste. Attention, il ne s'agira que d'une activité occasionnelle.

– J'en ai bien conscience et je vous remercie pour cette proposition.

L'après-midi même, François avait rempli le formulaire de demande d'engagement dans le programme de valorisation des ressources minières en zone internationale. Il demanda également à être mis en relation avec Morgane Lambert pour lui faire part de son projet.

– Je comprends, lui dit-elle. J'aimerais bien être à votre place, mais ce n'est malheureusement pas possible à cause de mes obligations.

– Que va-t-il se passer maintenant rapport à notre collaboration ?

– Partez tranquille, je ferai le nécessaire. Vous êtes dorénavant en disponibilité, à moins que nous ayons besoin de vous pour une mission particulière.

La réponse à sa demande d'engagement lui parvint le surlendemain. Il devait se rendre à la gare de Nantes le sept mai. Rendez-vous à midi. Il aurait ensuite deux journées de tests. Il serait pris en charge pour se rendre au centre de sélection par un des bus qui attendraient devant la sortie nord de la gare.

7 mai 2035, gare de Nantes

François attendait que l'heure passe. Il était installé à la terrasse d'une brasserie devant une tasse de café vide. Il se disait que finalement, la vie dans le système marchand n'avait pas beaucoup changé ces dernières années. Les véritables avancées politiques avaient eu lieu chez les Bâtisseurs de Bonheur et les avancées technologiques, pour partie chez eux avec les nouveaux moyens de transport et pour partie dans le programme spatial qu'il allait bientôt découvrir et qui lui paraissait encore abstrait. Les rues étaient toujours aussi embouteillées, car dans les villes anciennes, les automobiles avaient obligation de se mouvoir sur leurs roues. À l'extérieur, deux types de déplacement étaient possibles : sur les routes encore existantes pour les véhicules anciens et sur les routes à faible altitude pour les véhicules modernes mis en service deux ans auparavant. François se remémorait le projet de véhicules, élaborés en République tchèque et qui pouvaient évoluer en trois dimensions. Cela avait grandement fluidifié la circulation grâce à la possibilité de dédoubler verticalement les axes de circulation en cas de trafic important.

Cinq grands autobus blancs aux lignes fluides arborant le logo de la marque tchèque se présentèrent en silence, à l'exception d'un « ding ding » discret pour prévenir les piétons. Ils pénétrèrent dans la cour de la gare, dans la partie protégée par une barrière mécanique. Ils se garèrent l'un après l'autre en marche arrière pour se mettre en épi. Sur le panneau d'affichage avant des véhicules figurait la mention « B325 ». François se dirigea vers les bus où un attroupement commençait à se former. Une dizaine de militaires tentaient de mettre de l'ordre.

— Votre nom ? demanda le militaire.

— François Cervantès.

— Vous pouvez embarquer dans le véhicule numéro deux, dit-il après avoir vérifié sur sa liste et lui avoir demandé de justifier son identité.

Ils roulèrent ensuite dans la circulation dense jusqu'à l'échangeur avec la voie express E2061. Les véhicules s'arrêtèrent, commencèrent à s'élever verticalement jusqu'à la hauteur de la voie de circulation, puis un « clac » indiqua la fin de rétractation des roues. Ils débutèrent ensuite la manœuvre d'insertion dans le flux de véhicules se dirigeant vers le nord.

François, perdu dans ses pensées, se remémorait les premiers travaux qui avaient conduit à la construction du bus dans lequel il se trouvait et qui se déplaçait en silence à une dizaine de mètres d'altitude.

Vingt minutes plus tard, ils bifurquèrent sur un axe secondaire puis redescendirent vers le sol, empruntèrent une route protégée par une barrière surmontée d'un panneau barré bleu, blanc, rouge sur lequel était écrit : « Terrain militaire, accès interdit ».

Une fois les postulants descendus des bus, un militaire en combinaison de pilote frappa dans ses mains :

— Mesdames et messieurs, votre attention s'il vous plait. Le brouhaha cessa. Voici votre programme pour les trois jours à venir : cet après-midi, vous prendrez possession de vos quartiers, puis irez percevoir une tenue aviateur et une tenue de sport pour les tests physiques. Vous serez affectés à une chambrée de huit, les hommes dans le bâtiment A, les femmes dans le bâtiment B. Désolé pour les couples postulants, mais vous devrez vous passer de votre moitié pendant ces journées. Pour les plus jeunes : chambrées séparées et tests obligatoires demain.

Le lendemain, François avait ouvert les yeux bien avant l'heure du réveil officiel. Il passait en revue les derniers évènements : leur arrivée au camp, le militaire qui leur avait dit qu'ils allaient assister au décollage d'une navette en direction de la Lune. Il était à mi-chemin entre calme et excitation. Il n'osait pas bouger pour ne pas réveiller ses camarades de chambrée, mais se rendait compte, aux mouvements des uns et des autres, qu'il n'était pas le seul à être éveillé.

Un des cadres de permanence ouvrit la porte et annonça : « Il est six heures » en même temps qu'il allumait la lumière.

La journée fut occupée par des exercices physiques, dont certains amenèrent François proche de l'évanouissement.

Vers seize heures, ils furent rassemblés dans une grande salle de réunion où deux instructeurs leur indiquèrent la suite des opérations :

– Mesdames et messieurs, bonjour. Je m'appelle Greg Stein et suis officier instructeur sur ce centre d'entrainement. Si vous êtes déclarés aptes, nous aurons certainement l'occasion de nous revoir, car je suis chef instructeur et pilote. Nous allons tout d'abord faire une petite visite guidée du site. Vous aurez un aperçu des préparatifs avant un lancement. Nous reviendrons ensuite pour une présentation des missions et des métiers sur la Lune qui vous permettront de faire votre choix lorsque vous passerez devant l'officier orienteur, puis nous assisterons ici même à une projection des préparatifs et du départ de la navette prévu à vingt heures.

Un murmure parcourut les rangées dans la salle.

– Si vous voulez bien me suivre, nous allons maintenant nous rendre sur l'aire de stationnement des navettes Orion.

François s'était retrouvé par hasard à côté de Caroline De Cazenave avec laquelle il avait rapidement sympathisé.

– J'ai hâte de voir tout ça en vrai. Jusque-là, je n'en connaissais qu'une présentation par la presse, c'est-à-dire pas grand-chose, dit-il à voix basse.

– C'est pareil pour moi. Tout cela m'impressionne beaucoup, lui répondit Caroline,

– Comment es-tu arrivée ici ? Je veux dire : qu'est-ce qui t'a amené à poser ta candidature pour intégrer cette mission ?

– J'ai une formation d'ingénieur et je ne trouvais pas de boulot intéressant. Je suis tombée un peu par hasard sur une proposition vantant un emploi hors norme sur la Lune. On dirait qu'ils n'ont pas menti. Et toi ?

– Je suis journaliste et j'ai suivi avec attention ce programme spatial, du moins ce qui était porté à la connaissance du public, depuis ses débuts. J'ai travaillé pendant quelques années à la création et au développement des villes nouvelles, puis me suis porté volontaire.

– Si tu es journaliste, il va falloir que je fasse attention à ce que je raconte, dit-elle avec un sourire malicieux.

– Tu n'as pas de souci à te faire, tout ce que j'écris passe par le crible de l'armée ou de l'autorité. J'ai l'habitude, car je couvre des programmes classifiés depuis quelques années. Pas de risque d'indiscrétion, donc.

– Tu es une sorte d'agent secret ?

– Je ne suis que journaliste.

– OK. Je ne pose plus de questions.

Les bus se rendirent ensuite à proximité des navettes en cours de chargement. De gros tuyaux de couleur bleue et rouge reliaient l'aile gauche de l'appareil au sol. Les fluides permettant la propulsion étaient acheminés par des conduits souterrains. La zone de ravitaillement était interdite d'accès et protégée par des barrières. Tout autour de l'appareil, un ballet de camions semi-remorques, qui semblaient d'un autre âge, transportaient des conteneurs, des véhicules ou de grosses machines dont la fonction exacte était impossible à déterminer. Des appareils de manutention assuraient le chargement de ces matériels dans la soute de la grosse navette. L'instructeur à l'avant de leur bus expliquait :

– Ce type de mission emporte jusqu'à neuf-cents passagers et trois-cents tonnes de fret, dont cent-cinquante de ravitaillement, principalement en nourriture et en eau potable, mais vous allez prochainement découvrir que l'eau industrielle est maintenant fabriquée sur place, pas uniquement par recyclage, mais par transformation chimique des éléments trouvés localement.

Il y eut quelques interrogations parmi les passagers.

– Mais il n'y a pas d'eau sur la Lune, où alors ça se saurait !

– Il n'y a effectivement, à notre connaissance, pas d'eau en phase liquide, mais les ingrédients qui la composent, à savoir l'oxygène et l'hydrogène, sont présents dans le sous-sol lunaire. Une partie du carburant nécessaire au déplacement des navettes est d'ailleurs produite sur place. La combustion de ce carburant assurant une partie de la propulsion produit de l'eau qui est ensuite réutilisée comme eau industrielle pendant le vol, puis à nouveau recyclée comme carburant.

– En fait, rien ne se perd, dit François à sa nouvelle amie. C'est très ingénieux. Je sais par la presse qu'une partie de l'énergie nécessaire est produite par une pile nucléaire, mais je n'en comprends pas trop le mécanisme. Toi qui es ingénieur, tu dois certainement savoir !

– Nous avons eu des cours de physique nucléaire au lycée et en école d'ingé, mais rien au sujet de ce qui permettrait de faire avancer une fusée. Je suppose que ces informations sont secrètes.

– Certainement.

Les hautparleurs du bus venaient d'annoncer qu'ils pouvaient descendre.

– Vous verrez mieux l'appareil depuis l'extérieur, mais vous avez interdiction de vous éloigner pour des raisons de sécurité. Je vous invite à regarder sur la gauche, en arrière de la navette, ces étranges appareils qui servent de lanceurs.

Ils assistèrent ensuite au débranchement des gros tuyaux de remplissage de l'appareil. Un opérateur au sol, casque audio rouge vif sur les oreilles, relié avec un fil à l'appareil, était en discussion avec les pilotes.

Quelques instants plus tard, un convoi d'autobus se présenta sur la droite de la navette. Les passagers, vêtus d'une combinaison spatiale blanche, en descendirent, casque sous le bras, et se regroupèrent un peu à l'écart. Comme ils se savaient observés par des postulants, ils s'appliquaient tout particulièrement. Ils se rassemblèrent pour un dernier briefing avant l'embarquement qui avait lieu à l'extérieur lorsque le temps le permettait.

Le vent apportait par bribes les dernières consignes.

– ... *Iras sur misio* (... partez en mission) ... *fieras pri vi* (... fier de vous) ... *deziras al vi bonan flugon* (... vous souhaite un bon vol) ...

Ils embarquèrent ensuite en bon ordre par la porte-passerelle de l'appareil. Leur accompagnateur leur proposa de remonter dans le bus pour suivre la suite des opérations depuis la salle de projection.

– Vous allez maintenant voir des documentaires présentant quelques-uns des métiers auxquels vous pourrez postuler si vous souhaitez continuer cette aventure. Nous ne cacherons rien afin que vous puissiez choisir en connaissance de cause. Si vous réussissez aux tests d'aptitude, vous subirez un entrainement aux vols dans l'espace. Sachez que vous aurez la possibilité de renoncer à votre engagement jusqu'à la fermeture de la porte de l'appareil qui vous mènera là-haut. Après, vous serez liés pour une période de six mois, renouvelable autant de fois que vous le souhaiterez.

Un premier film montrait les équipements vie et les métiers associés : cuisinier, botaniste, agriculteur, agents d'entretien.

– C'est cosi, ces cabines, dit François à Caroline.

– Vous souhaitez faire un commentaire ? lui demanda l'instructeur.

– Je disais juste que les logements ont l'air petits, mais confortables.

– Effectivement. Pas de quoi faire la fête, mais tout est fonctionnel. Il n'y a pas de place perdue. Il existe trois types de cabines : celles pour personnes seules, les cabines pour couples, légitimes, bien entendu…

Il y eut des rires dans la salle.

– Enfin, il y a quelques suites pour les familles avec enfants dont la scolarité est assurée sur place.

Un second film montrait les installations métallurgiques qui, bien que fortement automatisées, nécessitaient un personnel important.

Sans transition, l'écran s'était rempli avec l'intérieur de la cabine de pilotage de la navette qui ressemblait à s'y méprendre à la cabine d'un avion, mais un peu plus grande. Elle présentait une instrumentation très importante. La projection montrait les dernières séquences de préparation avant le décollage, puis la manœuvre d'accrochage de la navette sous le gigantesque propulseur, une espèce d'énorme avion qui ressemblait à un U inversé et qui la recouvrait en totalité.

– Le propulseur est piloté, disait leur officier, et retournera au sol une fois la séquence de lancement terminée, pour effectuer de nouvelles missions. Ils vont se mettre en mouvement dans quelques minutes.

La bande-son donnait les échanges verbaux entre les pilotes et la base dans une langue qui leur paraissait incompréhensible.

– Il s'agit de la langue internationale de l'espace que vous allez apprendre prochainement, dit l'officier.

Une traduction simultanée leur donna la teneur des échanges.

— Contrôle, de Propulseur deux, demande autorisation de roulage.

— Ici contrôle, pour navette Orion, indiquez votre statut.

— De navette Orion, sommes prêts pour le départ, vous pouvez démarrer la séquence de décollage.

— Propulseur deux, de contrôle, prenez la piste deux zéro. Vous avez le feu vert pour décollage à votre initiative. Vous avez un vent latéral est-nord-est de vingt-cinq nœuds au niveau du sol.

— Reçu, contrôle.

La retransmission montrait le pilote du propulseur qui branchait l'intercom avec la navette et annonçait aux pilotes et aux passagers :

— Mesdames et messieurs les passagers de la navette Orion, ici le commandant Lejeune, pilote de votre propulseur. Nous allons débuter notre roulage. Nous décollerons à la vitesse de cent-cinquante nœuds et atteindrons notre altitude de lancement de trente-mille pieds dans quarante minutes environ. Je vous souhaite un agréable voyage.

Le plan suivant était centré sur le pilote du propulseur qui annonçait dans son micro :

— Début du roulage.

Il poussa la quadruple manette des gaz d'un cran vers l'avant. Le lourd appareil se mit à rouler lentement puis se mit en position sur la piste. L'homme annonça pour les deux appareils et leurs passagers :

— Décollage !

François regardait la retransmission sans en perdre une miette. Sa formation de journaliste reprenait le dessus et il faisait dans sa tête une rapide synthèse des évènements qui se déroulaient devant lui. Il était impressionné par ces prouesses technologiques.

Dans la cabine du propulseur, le pilote mettait plein gaz. Le copilote annonçait les paramètres de vol :

— Vitesse cent nœuds… Vitesse cent-cinquante nœuds…

— Début de montée, dit le pilote en ramenant le manche vers lui.

La caméra se focalisait sur le nez de l'appareil qui commençait à s'élever, puis les caméras de contrôle situées sous les ailes montraient les roues qui se détachaient du sol. Le plan revint sur le pilote qui tenait fermement le manche qu'il inclinait légèrement vers la droite pour compenser les effets du vent.

— Décollage terminé, dit le copilote.

— Rentrez les trains d'atterrissage…

— Trains rentrés !

— Informez Navette… ordonna le pilote.

– De Propulseur deux à Navette Orion !

– *Ici navette Orion, nous vous écoutons.*

– Début de montée pour trente minutes avant mise en palier.

– *Bien reçu, propulseur deux.*

Les deux appareils, filmés depuis l'extérieur, s'élevaient lentement. La navette était visible à l'intérieur des parois du propulseur. Ses ailes dépassaient de part et d'autre du gros appareil. Cela donnait à l'ensemble une allure étrange, comme s'il avait quatre ailes.

Pendant les trente minutes de montée, ils visionnèrent d'autres films sur la vie et les métiers sur la Lune, puis le sujet revint sur le lancement en cours et se focalisa sur les pilotes de la navette.

– *Fin de montée… Navette Orion, de Propulseur deux.*

– Parlez, Propulseur deux.

– *Nous sommes à l'altitude de largage. Notre vitesse est stabilisée à quatre-cents nœuds, en palier à trente-mille pieds.*

– Reçu, Propulseur deux. Nous démarrons nos moteurs… Moteurs opérationnels. Prêts pour largage.

– *De… Propulseur deux, procédons au déverrouillage de vos ailes.*

Les bras de maintien en position des ailes de la navette se rétractèrent. À partir de là, elle ne tenait plus au lanceur que par son attache supérieure. Un voyant vert s'alluma sur le tableau de bord du propulseur.

– De Propulseur à Contrôle, en vol à trente-mille pieds sur vecteur 2-2-0, demande autorisation de lancement.

– *Propulseur deux, vous êtes autorisés au lancement. Aucun trafic à proximité.*

– Bien reçu, Contrôle… Navette Orion, vous êtes libres et autorisés pour départ à votre initiative.

– *OK, Propulseur deux… nous allons procéder au désarrimage… Préparez-vous.*

– Propulseur deux prêt à la manœuvre.

L'officier commentait également les images : « Lorsque la navette se décrochera, le propulseur quasiment à court de carburant bondira littéralement en l'air et devra être maitrisé par son équipage. »

François s'imaginait dans la navette, se préparant à ce second décollage. Il bouillait déjà d'impatience en attendant de pouvoir effectuer ce trajet vers la Lune. Son esprit vagabonda quelques instants en imaginant la vue depuis là-haut, les paysages qui devaient être magnifiques en arrivant à proximité du satellite de la Terre. Il fut rappelé à la réalité lorsqu'un des pilotes annonça :

— *Attention pour désarrimage, deux... un... top désarrimage !*

Sans se concerter, tous les spectateurs, François compris, retinrent leur respiration en attendant la suite des évènements. La navette descendit en chute libre pendant le démarrage de son réacteur principal avec une trajectoire parabolique.

— Moteur principal opérationnel... Allumage... Début de l'ascension... Montée en puissance seconde propulsion...

Les images prises depuis le sol montraient la navette qui repartait quasiment à la verticale pour quitter l'atmosphère terrestre. Au loin, le propulseur virait pour retourner à sa base.

— *Navette Orion, de Propulseur deux, bon voyage.*

— Merci Propulseur deux... Contrôle, de Navette Orion, en route pour la Lune... Extraction du champ de gravité terrestre en cours.

— *Bien reçu, Orion, et bon vent.*

— Merci contrôle, terminé !

Les spectateurs étaient subjugués par ces images de la navette qui devenait de plus en plus petite. Au bout de quelques minutes, ils ne distinguaient plus que la légère trainée de vapeur d'eau laissée par les soupapes d'échappement des tuyères qui libéraient le trop-plein de pression dans les réacteurs.

— *Fin de retransmission vidéo.*

Chacun d'eux resta silencieux quelques instants. François s'emballait intérieurement : « je veux y aller, je veux aller là-haut ». Il y eut quelques commentaires à voix haute puis la lumière se ralluma. L'officier reprit la parole :

— Ça fait envie, non ?... Pour en revenir à ce qui nous préoccupe, sachez que vous recevrez une préparation minimale pour le voyage vers la Lune qui, rassurez-vous, n'est pas beaucoup plus difficile qu'un voyage en avion, excepté la phase de décollage. La navette vous déposera à la surface de la Lune, ce qui fait que vous serez soumis à la gravité dès votre descente de l'appareil. Vous pouvez postuler pour intégrer les ateliers de construction mécanique et les chantiers aéronavals, mais dans ce cas, vous devrez passer des tests supplémentaires et vous recevrez une formation pour pouvoir travailler en situation d'apesanteur, car ces chantiers se trouvent en périphérie de la station orbitale Philadelphia.

La deuxième journée, les évaluations et les tests d'aptitude s'étaient poursuivis. En fin d'après-midi, François avait eu un entretien avec un officier orienteur. Ce dernier feuilleta rapidement un dossier, puis le reposa et, relevant les yeux, dit :

— Ce que je viens de lire est encourageant. Je dois tout d'abord vous poser la question : êtes-vous toujours volontaire pour cette mission ?

— Oui, Monsieur.

— Dans ce cas, vous êtes autorisés à m'appeler « mon colonel », dit-il avec un sourire.

— C'est entendu, mon colonel.

— Vous avez eu connaissance des différents métiers que nous proposons là-haut. Je vous invite à formuler vos trois souhaits par ordre de préférence.

— Mécanicien-monteur sur Philadelphia, mécanicien-monteur au sol, conducteur d'engins spéciaux.

— Pour votre premier souhait, je doute fort que vous l'obteniez à votre premier séjour, mais vous avez raison d'essayer. Pour les engins spéciaux, je vous inscris pour passer le brevet. Des questions ?

— Je souhaiterais pouvoir continuer mon métier de journaliste lorsque cela est possible.

— Je vous informe que ce qui se passe là-haut est sous embargo et que seul l'office de relation publique est habilité à communiquer.

— Je suis habitué à cela. J'ai travaillé un temps pour le bureau du Premier ministre.

— Mmm… je vais voir ce que je peux faire.

— Merci, mon colonel.

— Parlons maintenant des conditions générales d'engagement. Là-haut, vous êtes nourri et logé, bien entendu. En revanche, vous ne toucherez pas de salaire direct. Vos avoirs et dettes ici, si vous en avez, sont gelés pendant la durée du séjour et nous prenons en charge, si nécessaire, l'entretien et le gardiennage de vos biens. Si vous avez des personnes à charge, vous avez la possibilité de les emmener avec vous là-haut à condition qu'elles satisfassent aux tests d'aptitude. Les adultes ont obligation d'avoir une activité. Si ces personnes à charge restent à terre, nous leur verserons une prestation compensatoire. À la fin de votre séjour de six mois, votre contrat sera automatiquement renouvelé pour une nouvelle période. Vous aurez alors huit semaines de congés à nos frais avant votre nouvelle mission. Si vous souhaitez nous quitter à ce moment, vous serez rendu à la vie civile avec un certificat de travail qui, croyez-moi vous ouvrira beaucoup de portes, surtout après quelques années passées chez nous. Enfin, sachez que vous pouvez demander un changement d'affectation à chaque renouvèlement de contrat. Un dernier point : les contrats sur station orbitale lunaire sont d'un an minimum, car nous devons investir plus dans votre formation. Des questions ?

— Tout ceci est très clair.

— Voici un formulaire de déclaration de patrimoine et d'obligations légales vous incombant, que vous voudrez bien remplir avant votre départ demain. Cet entretien est maintenant terminé.

En fin d'après-midi, ils furent rassemblés sur la grande esplanade devant les bâtiments. À l'écart, des personnes en civil montaient dans un bus qui attendait ; il s'agissait de ceux qui n'avaient pas satisfait aux tests ou qui ne souhaitaient pas continuer l'aventure. Une fois le bus reparti, l'officier qui les encadrait donna la suite du programme :

— Nous allons maintenant vous remettre l'insigne des colons spatiaux — deux ailes avec en leur centre deux marteaux croisés —. Demain, vous prendrez possession des logements qui seront les vôtres jusqu'à la fin de votre entrainement, puis vous disposez de sept jours pour retourner chez vous afin de mettre vos affaires en ordre. Vous pouvez revenir plus tôt ou même rester ici, si vous le souhaitez.

Chapitre 7 – Objectif Lune

18 mai 2035

Il faisait un peu frais sur la base d'entrainement ce matin-là et le temps était gris à l'extérieur. De la pluie était annoncée pour la seconde partie de la journée. François, arrivé la veille, avait enfilé sa combinaison de vol et se dirigeait vers la zone de rassemblement située devant les bâtiments d'habitation. Il vit un grand nombre de personnes vêtues de façon uniforme. Quelques-unes portaient un gilet orange fluorescent avec des inscriptions en gros caractères sur fond blanc à la façon de sportifs lors d'une compétition.

Des bus arrivaient, puis déversaient leurs passagers. Des dispatcheurs leur indiquaient l'endroit vers lequel ils devaient se rendre. Plus loin, François pouvait entendre le puissant sifflement de « reverse » d'un avion de ligne.

Il comprenait mieux maintenant le sens de l'indicatif, D5, qui lui avait été communiqué la veille et qui désignait le groupe auquel il allait appartenir. À l'approche de la zone de rassemblement, une femme blonde aux yeux bleus lui tendit un petit appareil avec deux écouteurs en lui parlant dans la langue bizarre, la langue de l'espace. Elle demanda : « Franca ? » Il acquiesça d'un hochement de tête, supposant qu'elle lui demandait s'il était français. Elle lui fit signe d'écouter dans l'oreillette en positionnant une petite molette sur la position « F ». Instantanément, François eut la traduction de ce qu'elle disait et lui fit signe qu'il comprenait en levant le pouce.

– Quel est votre indicatif ?

– D5.

– Veuillez vous rendre là-bas, dit-elle en montrant un panonceau, et attendre les instructions.

Un camion auquel étaient accrochés deux énormes hautparleurs s'arrêta à une cinquantaine de mètres du dispositif, de façon à être visible par tous. Un homme, debout sur la remorque, tenait un micro.

– *Sinjorinoj kaj sinjoroj, bonvolu atenti vin* (Mesdames et messieurs, votre attention s'il vous plait).

Le brouhaha cessa. François remit l'oreillette de son traducteur.

– Bienvenue sur la base d'entrainement B325. Je suis le colonel Georges Lebœuf, votre chef de mission sur ce vol vers la Lune. Nous allons passer quelques semaines ensemble pendant lesquelles vous deviendrez de vrais Spationautes. Vous partirez ensuite pour la Lune. Voici un avant-gout de ce qui vous attend : vous allez faire quelques exercices physiques pour vous mettre en forme, et vous aurez en parallèle une formation théorique. Vous effectuerez également plusieurs stages sur simulateurs de vol.

Lebœuf parlait lentement pour être compris de tous. Le son émis par les hautparleurs revenait de la paroi du hangar et formait un peu d'écho.

– Pendant les trois semaines d'entrainement, vous serez encadrés par des Spationautes chevronnés qui vous expliqueront tout ce que vous devez savoir. Ils vous accompagneront jusqu'à la Lune. Dans deux semaines, votre groupe sera rejoint par des vétérans qui ont déjà effectué un ou plusieurs voyages dans l'espace et qui effectueront un stage de remise en condition.

Il marqua une nouvelle pause.

– Vos accompagnateurs conserveront les dossards avec indication de votre groupe et se chargeront de faire le lien entre vous et la direction de la base. Vous disposerez d'un service de permanence qui sera à votre disposition pour résoudre les problèmes que vous pourriez rencontrer.

Puis il conclut :

– Mesdames et messieurs, je vous demande de vous conformer au règlement de la base qui vous sera communiqué par vos instructeurs. Vous entrez dans la formidable aventure de la conquête de l'espace dont, je suis sûr, vous saurez vous montrer dignes. Je vous souhaite un agréable séjour.

Il reposa le micro sur une petite table à côté de lui, sauta du plateau du camion, se réceptionna au sol, comme les parachutistes, en pliant les jambes puis partit dans leur direction d'un pas décidé. Deux autres militaires lui avaient emboité le pas. Il passa ensuite les troupes en revue.

La fin de la journée fut occupée par des questions administratives : la signature des contrats d'engagement, la perception de matériels complémentaires. François avait cherché Caroline, mais elle était introuvable.

– Je me demande bien ce qu'elle est devenue, se disait François. J'ai regardé partout, je ne la vois pas. Elle a sans doute décidé de ne pas partir. Dommage, je l'aimais bien… Je ne sais même pas comment je pourrais la retrouver si je voulais la revoir…

Les groupes se composaient d'une vingtaine de colons. La femme qui l'avait accueilli vint se placer devant eux.

– *bonvolu sekvi min*, dit-elle avant que François n'ait le temps de brancher son traducteur.

Elle leur fit signe de la suivre, puis de se mettre en demi-cercle.

– Bonjour, je m'appelle Katherina Poliakov. Je suis d'origine bulgare et, montrant l'insigne sur son bras gauche, une ellipse surmontant deux ailes, je suis Spationaute. Pour éviter toute confusion, vous ne recevrez d'ordre que de moi. C'est compris ?

Une succession de oui dans plusieurs langues fit plus cacophonie qu'acquiescement. Elle reprit avec un sourire :

– Lorsque vous acquiescerez, vous me direz… enlevez vos écouteurs : *jes sinjorino*! (prononcer : iès siniorino) *Al vi nun*! conclut-elle en leur faisant signe comme un chef d'orchestre.

– *Jes sinjorino*, reprirent-ils tous en chœur.

Elle leur fit signe de remettre les écouteurs :

– Félicitations, vous venez… apprendre vos deux premiers mots de langage astro – la traduction était imparfaite –. Ce soir, reposez-vous, car vous aurez besoin d'être en forme demain.

La suite avait été pour le moins tonique : réveil à six heures tous les jours, une heure d'exercice physique pour se mettre en forme, puis des marches de plusieurs dizaines de kilomètres, un entrainement type commando avec saut d'obstacles, fosse ou tyrolienne, suivis parfois d'heures de formation théorique sur la vie dans l'espace ou sur leur futur métier. François suivait un cours intensif de mécanique générale. Pour se familiariser avec cette discipline, il faisait partie d'un groupe qui assistait les équipes de maintenance des appareils.

Ce rythme effréné fait pour tester l'endurance des postulants avait duré dix jours. François avait eu l'impression plusieurs fois, outre de cracher ses poumons, qu'il allait bientôt mourir. Il regrettait de ne pas avoir continué ses exercices physiques lorsqu'il était parti développer l'organisation des Bâtisseurs de Bonheur en Europe centrale. Lui et ses nouveaux compagnons avaient ensuite commencé les exercices relatifs au vol : simulateur de situations de vol, cabines d'accélération, déplacement au fond d'une piscine avec les combinaisons spatiales.

François reconnaissait que la méthode utilisée était efficace pour souder un groupe : développement de la solidarité des uns envers les autres, dépassement de ses propres limites, efficacité en période de forte tension ou de stress... Ils en arrivaient même à anticiper les ordres de Katherina.

Le soir, exténué, François s'allongeait sur sa couchette, tout habillé, repensant aux évènements de la journée, puis son esprit se mettait à vagabonder...

– C'est quand même très différent de ce que nous faisions à Libertyville, se disait François. Là-bas, nous construisions l'avenir collectivement. Ici, il faut se contenter d'obéir... Bon, d'un autre côté, liberté et sécurité des missions ne doivent certainement pas faire bon ménage. Il faut absolument de la discipline.

Il revoyait ces personnes autour de lui qui effectuaient toutes ces choses *a priori* dénuées de sens, sans rechigner, en serrant les dents.

– Je pense que tout ceci doit avoir un but qui ne nous apparait pas encore nettement. Je reconnais que les résultats de ces méthodes sont observables et ont transformé visiblement ceux qui s'y sont soumis, tout du moins ceux qui sont encore là.

20 mai 2035

Les apprentis Spationautes étaient réunis en amphithéâtre pour cette première matinée d'initiation à la langue de l'espace, traducteur simultané à l'oreille sauf pour les germanophones, car la femme entre deux âges qui était face à eux sur une estrade, devant un écran de projection, s'exprimait en allemand. Sur le côté, il y avait un grand tableau blanc qui pouvait coulisser par moitié vers le haut ou vers le bas.

La femme, équipée de micros-cravates, débuta en disant et notant en même temps au tableau :

– Bonjour, je suis Rosana Galea. Rosana s'écrit avec un seul *n*. Je serai votre professeure de langue pour quelques semaines. Je vous prie de bien vouloir régler vos traducteurs en position « Astro forcé » qui évitera à vos appareils de traduire trop de choses.

– Elle n'y va pas par quatre chemins, se dit François, et me parait déborder d'énergie.

— Le but de ces séances, qui se poursuivront lors de votre séjour sur la Lune, est que vous maitrisiez notre langue commune.

Les diapositives s'enchainaient.

— Le besoin d'avoir une langue internationale est apparu dès le début de l'année deux-mille-dix-neuf avec le développement de vols spatiaux et plus tard, l'implantation de colonies. Nos scientifiques se sont penchés sérieusement sur cette question, car il n'était pas souhaitable de prendre une langue déjà existante comme l'anglais pour de multiples raisons. En premier, ce choix favoriserait les individus qui pratiquent déjà cette langue, et demanderait un effort conséquent d'apprentissage pour les autres. En second, l'anglais, mais aussi des langues comme le français ou l'allemand sont des langues compliquées qui comportent de nombreuses règles grammaticales, des ambigüités et des exceptions multiples et vous connaissez tous les problèmes de compréhension liés à ces incertitudes. En troisième, chaque langue véhicule une histoire et un passé culturel, qui n'ont pas leur place dans un programme spatial.

Rosana changea de diapositive.

— Nous nous sommes appuyés sur les travaux linguistiques d'un jeune étudiant polonais du dix-neuvième siècle : Ludwik Lejzer Zamenhof, et avons fait *plancher* des universitaires de Sibiu en Roumanie, de Trnava en Slovaquie et d'Oxford en Angleterre, ainsi que des informaticiens, des psychologues et des statisticiens. Les universitaires et les mathématiciens ont travaillé sur la partie conception de la langue.

Rosana leur expliqua ensuite les postulats et fondements de la langue : simplicité, facilité de compréhension, pas de risque de confusion en l'absence de synonymes et d'homonymes. Elle parla également des travaux sur les phonèmes pour retirer du langage les prononciations qui pourraient créer de l'animosité, du rejet ou de la défiance.

— Le maitre mot, conclut-elle, est : efficacité. Nous ne sommes pas ici pour faire de la littérature, mais pour faire voler des fusées.

11 juin 2035

Dès l'annonce du réveil, François sauta de sa couchette, enfila rapidement sa tenue de sport et se hâta jusqu'au lieu de rassemblement. István Kedar (Prononcer Icht van), un jeune Hongrois qui faisait partie des anciens qui les avaient rejoints, était déjà dehors. Il paraissait infatigable et avait une aptitude à jongler d'une langue à une autre qui défiait l'entendement. François, qui s'était rapidement intégré à leur groupe d'anciens, avait sympathisé avec István, puis ils étaient devenus proches.

— Tu as dormi là ? demanda François.

— J'étais réveillé depuis longtemps.

— Moi aussi. J'ai eu du mal à dormir, l'excitation sans doute.

— Pour moi, c'est différent. Tu comprendras d'ici quelques heures. Les voyages en direction de la Lune sont assez éprouvants, surtout l'extraction de la gravité terrestre.

Déjà, le reste du groupe arrivait et se mettait en bon ordre. Katherina trottinait dans leur direction.

— *Bonan matenon. Vi alvenis al la fino de via instrukcio. Mi esperas, ke vi ĝuis vian vojaĝon en* XC90 F2 *dek mil kilometrojn horo hieraŭ.* (Bonjour. Vous voici arrivés au terme de votre instruction. J'espère que vous avez apprécié votre petite promenade en XC90 F2 à dix-mille kilomètres-heure d'hier.)

François se remémorait ce baptême de l'air : les formidables accélérations de l'appareil, les trente-cinq minutes de vol pour traverser l'Atlantique et le retour via l'Islande.

— Nous avons volé à trois kilomètres par seconde, se disait-il et certains appareils peuvent atteindre les cinquante kilomètres par seconde. Il se rappelait les reportages qu'il avait faits dans le passé. Ça doit être quelque chose !

Katherina marchait de long en large, les mains dans le dos.

— Je vous félicite pour le travail que vous avez accompli… Nous allons maintenant passer en Temps Universel, ce qui signifie que vous devrez reculer vos montres de deux heures. Ce Temps Universel sert de référence dans toute la galaxie et conserve le rythme de vingt-quatre heures. À partir de maintenant, nous fonctionnons avec un système de quart : six heures de service, dix-huit heures de repos ou activités personnelles. Aujourd'hui : mise en consigne de vos effets civils et préparation mission. Nous donnerons un coup de main pour le chargement de la navette. Le départ est prévu pour dix-huit heures, Temps Universel.

Elle forma ensuite les quatre équipes et affecta les tours de service. István, qui se trouvait devant François se retourna pour lui dire :

— C'est du chiqué. En général, il n'y a rien à faire pendant le vol.

— Vous souhaitez dire quelque chose ? lança Katherina à l'attention d'István.

– Je disais que le travail lors du vol est peu de chose en comparaison de ce qui nous attend lorsque nous serons là-haut, dit-il d'une voix forte.

– En effet. C'est pour cela que vous recevez un entrainement intensif, même pour les anciens comme vous.

– Ce dont nous vous remercions, Madame. Vous nous avez bien entrainés.

Elle ne savait pas trop comment répondre à István. Elle se contenta de dire :

– Bon ! Vous avez encore pas mal de boulot devant vous aujourd'hui. Rompez les rangs.

La journée se déroulait bizarrement. Il fallait parfois courir et à d'autres moments, il ne se passait pas grand-chose. Comme István l'avait fait remarquer, ils n'avaient pas été sollicités pour le chargement des navettes et leur rôle se limitait à encadrer leurs camarades. Le briefing mission était prévu pour seize heures.

Le colonel Leboeuf attendait qu'ils soient rassemblés en bon ordre, puis les fit mettre au garde-à-vous, ce qui n'était pas facile pour eux avec leur combinaison spatiale, casque à la main, avant de débuter.

– Aujourd'hui est un grand jour pour beaucoup d'entre vous, car cela va être votre baptême de l'espace. Dès que l'avitaillement des deux navettes sera terminé, vous pourrez embarquer dans le vaisseau auquel vous avez été affecté. Orion un sera piloté par Frederico Bonello et Orion deux par Kristina Dogriski. Je dirigerai cette mission depuis Orion 1.

Quelques minutes plus tard, il ordonna :

– Vous pouvez faire procéder à l'embarquement.

Au bout d'une heure environ, chacun des « voyageurs » était assis, harnais fixés. István plaisantait. L'inquiétude commençait à se lire sur certains visages.

– Si vous avez des choses à vous dire, c'est maintenant, car ça ne sera plus possible pendant quelques heures à cause de vos casques. Profitez-en pour grignoter quelque chose.

Les hautparleurs annonçaient :

– Départ dans quinze minutes. Mettez vos combinaisons en pression.

– Nous allons bientôt nous arrimer au propulseur, dit István, mais François ne voyait que ses lèvres bouger et essayait de déchiffrer ce qu'il disait.

Effectivement, ils perçurent nettement la séquence d'arrimage. Les consignes leur parvenaient par la radio dans leur combinaison.

– Ici votre pilote. Notre départ est imminent. Le vol vous sera retransmis sur les écrans de projection. La dépressurisation de vos équipements de vol se fait sur ordre uniquement et vous avez interdiction formelle de vous déplacer pendant les phases de manœuvre.

François regardait un des écrans qui montrait les images des appareils, à tour de rôle, vus sous différents angles. Certains en cabine avaient les yeux fermés, d'autres murmuraient des paroles inaudibles, seules leurs lèvres bougeaient. La radio à l'intérieur des casques donnait de temps en temps des informations ou instructions des pilotes en plus des commentaires du reportage sur le décollage qui fut plutôt agréable, la montée, puis l'appareil se mit en palier. Le pilote annonça : « Préparez-vous au largage ». Dans les secondes qui suivirent, François eut l'impression de flotter dans sa combinaison, que son cœur remontait au bord des lèvres, puis d'être littéralement écrasé au fond de son siège lorsque les réacteurs montèrent en puissance et de passer de la position assise à la position allongée lorsque la navette prit la direction de la Lune. Quelques minutes plus tard, la pression se fit moins forte et le pilote annonça : « Nous venons de sortir de l'atmosphère terrestre et notre vitesse est stabilisée à dix-mille kilomètres-heure. Bienvenue dans l'espace. »

14 juin 2035

Le voyage entre la Terre et son satellite durait un peu plus de deux jours. Ils avaient la possibilité de se déplacer dans l'appareil à condition d'enfiler des surchaussures magnétiques qui permettaient de marcher sur le sol tout en étant en situation d'apesanteur.

François découvrait toutes ces nouvelles choses avec les yeux d'un enfant émerveillé.

– Nous allons bientôt faire escale sur la station orbitale Philadelphia, lui expliquait István en jouant le vieil habitué. Ensuite, ce sera l'alunissage et la fin de notre voyage.

Sur un des écrans de projection de la cabine, ils pouvaient voir les images de la station orbitale prises par une caméra située à l'avant de l'appareil. Elle paraissait gigantesque et grandissait à vue d'œil. Les vaisseaux qui étaient accrochés en périphérie étaient maintenant bien visibles.

— Ici votre commandant de bord, nous allons bientôt dépasser un convoi de ravitaillement qui se trouvera sur la droite de notre appareil.

La projection sur l'écran changea de plan et montra un gigantesque convoi composé d'éléments de tailles diverses accrochés les uns aux autres par des sortes de filins. À l'arrière de cet ensemble de plusieurs kilomètres de long était accroché un gros vaisseau. Le pilote expliquait :

— Ces convois sont tractés par une navette. Elle se place sur l'arrière en fin de parcours pour freiner l'ensemble. Certains éléments disposent de leur propre propulsion, ce qui permet au pilote de diriger les éléments intermédiaires.

István fit signe à François de le suivre.

— Viens, allons près d'un hublot.

Ils se rapprochèrent rapidement du côté droit de l'appareil pour voir le convoi, tous deux le nez collé à la petite vitre. Leur navette se trouvait au niveau du vaisseau de commande et ils étaient suffisamment proches pour distinguer les deux pilotes à l'intérieur de la cabine éclairée. Une sonnerie deux tons les sortit de leur contemplation :

— Nous allons bientôt débuter notre approche de la station Philadelphia que nous atteindrons dans un peu moins de deux heures. Je vous prie de bien vouloir vous équiper avec vos combinaisons spatiales, regagner vos sièges et boucler vos harnais de sécurité.

Il y eut de l'agitation dans la cabine passager, chacun d'entre eux se préparant pour la manœuvre. La station spatiale emplissait une bonne partie de l'écran et la Lune apparaissait gigantesque. Les éléments du relief étaient maintenant bien visibles.

— C'est beau, commenta István.

— J'avais déjà vu des images, dit François, mais je dois reconnaitre que le paysage est grandiose. La station est gigantesque.

— Et elle est toujours en construction. À chaque voyage, je découvre de nouvelles parties qui n'existaient pas la fois précédente. Regarde à droite, le chantier de construction. Ils assemblent les éléments apportés par des convois comme celui que nous avons doublé, ainsi que des éléments fabriqués localement sur la Lune.

— C'est un spectacle fabuleux.

Leur navette semblait minuscule comparée à la grande station orbitale. Elle se rapprocha à vitesse réduite, sembla s'immobiliser à son côté malgré sa vitesse par rapport au sol lunaire de huit-mille kilomètres-heure puis, après une dernière manœuvre, s'accoupla mécaniquement. Une partie des passagers se leva pour se diriger vers la porte-passerelle. Pour eux, le voyage était terminé. Ils pouvaient entendre des bruits mécaniques provenant de la soute. Des conteneurs étaient en cours de déchargement.

Ils reprirent ensuite leur voyage à destination de la Lune. Une dizaine de minutes plus tard, les deux vaisseaux, placés en attente immobile à environ deux-cents mètres d'altitude, débutèrent l'un après l'autre leur manœuvre en direction du sol et se posèrent en douceur sur la grande plateforme bétonnée.

À leur descente de l'appareil, les nouveaux découvraient ce paysage auquel les visières de protection antiradiation donnaient une couleur orangée étrange. Ils furent saisis, bien que leur entrainement les ait préparés à cela, par la faible gravité qui leur permettait de se déplacer sans beaucoup d'effort. En remontant vers le terminal, François put voir un petit monument commémoratif. Il y avait un drapeau américain donnant l'impression de flotter dans le vent, une plaque sur laquelle figurait l'inscription : « We came in peace for all mankind » (Nous sommes venus dans un esprit de paix au nom de toute l'humanité), signée par les trois astronautes de la mission, à laquelle était accolée une seconde plaque : « APOLLO 11, July 20, 1969. »

– Esprit de paix ? pensa François, ça sonne bizarrement ici. Comment en aurait-il pu être autrement à cette époque sur ce caillou aride ?

Il y avait plus à l'écart les vestiges du module LEM qui avait servi aux astronautes à alunir et qui avait fini sa carrière en se crachant sur le sol lunaire.

François regardait ce spectacle grandiose avec émotion. Bien sûr, il avait déjà vu des photos, mais le vivre et le voir de ses propres yeux était une tout autre chose.

– C'est magnifique, se dit-il. Si j'avais pu imaginer qu'un jour, je foulerais le sol lunaire.

Il se baissa pour ramasser un peu de la poussière grise qui recouvrait le sol en la laissant filer entre ses doigts écartés. István, se retournant, lui fit signe de le rejoindre. Arrivés dans le terminal, ils purent enfin enlever les combinaisons spatiales.

Dès le lendemain, François et ses nouveaux camarades avaient été dirigés vers une salle de réunion afin de leur expliquer le fonctionnement des installations : les zones d'extraction du minerai métallique, l'élévation de la température grâce à un four solaire et un système à induction électromagnétique, le recueil du métal en fusion, l'incorporation du carbone pour la production de l'acier.

Le responsable des relations publiques de la base lunaire continuait son explication en montrant des zones sur une carte avec une grande règle :

— Ici, vous avez les unités de fabrication d'aluminium. La meilleure surprise que nous ayons eue en faisant les forages a été de trouver de l'oxygène et de l'hydrogène emprisonnés dans le sous-sol ou agglomérés à d'autres composants. Nous avons ainsi notre propre production d'air respirable, fabriquons une partie de notre eau de consommation et réutilisons l'énergie dégagée par la fabrication de l'eau, pour le chauffage. Il n'est d'ailleurs pas impossible que nous trouvions un jour de l'eau en phase liquide, mais nous n'en sommes pas encore là et c'est pourquoi nous avons des apports massifs d'eau en provenance du satellite Europa qui sont traités dans des usines de purification et de désalinisation. Les usines de recyclage de l'eau et de production d'oxygène se trouvent là, là et là.

Il montrait un bâtiment un peu plus loin sur le plan :

— Là, une usine de fabrication de semi-conducteurs, destinés à l'industrie électronique, réalisés à partir de silicium extrait localement. Ici, une unité de production de thorium et d'enrichissement d'uranium. Là, une usine de fabrication de titane qui est l'un des métaux les plus durs connus et qui sert à fabriquer les boucliers des navettes qui doivent pénétrer une atmosphère, terrestre ou autre.

Il se déplaça ensuite de long en large dans la salle de réunion.

— Les productions d'uranium et de thorium nous permettent d'être autonomes énergétiquement et d'alimenter les vaisseaux en combustibles. Les bâtiments que vous voyez ici sont les tranches d'une centrale nucléaire qui nous permettent de fournir de l'électricité à l'ensemble du complexe. Nous transportons cette électricité jusqu'aux différents équipements grâce à des lignes en aluminium enterrées, *enlunées* devrais-je plutôt dire.

Il s'arrêta de marcher un instant, content de lui pour son trait d'esprit, puis redevint sérieux en se donnant l'air de réfléchir. L'exposé fut suivi d'une visite guidée du site avec des véhicules à six roues afin de se rendre sur les différents sites.

François s'émerveillait devant les paysages qui défilaient devant la grande verrière avant du véhicule ou par les hublots latéraux.

– C'est magnifique, dit-il.

– Oui, répondit son voisin de siège. Ça valait le détour.

– Je ne regrette pas d'être venu jusqu'ici.

Il repensait à Morgane Lambert, l'ancienne Première ministre, qui avait dit un jour que le paysage valait le coup d'être admiré. Il revoyait également Nathalie et cela lui procurait un pincement au cœur. La déchirure due à leur rupture était encore présente et il se disait que finalement, elle avait eu raison en lui disant qu'il serait malheureux de ne pas vivre ces aventures.

– C'est cela, se dit-il, je suis un aventurier ! Quel dommage que Nathalie ne puisse pas voir ça ! Je pense qu'elle aurait apprécié la vue.

Ses pensées s'assombrirent et il se mit à broyer du noir.

Après deux semaines de formation intense, les « nouveaux » furent répartis sur les différents chantiers en fonction de leurs souhaits et des places disponibles. Comme François en avait émis le souhait, il avait suivi une formation à la conduite des engins de transports.

– Ces véhicules comportent six roues de deux mètres de diamètre, expliquait leur instructeur, et se déplacent principalement sur le sol. Ils ont également la possibilité de se déplacer verticalement grâce à des propulseurs qui, au choix, les font décoller ou se plaquer au sol.

Les élèves prenaient des notes.

– La partie supérieure de la cabine vous permettra de transporter des personnels et, dans la partie inférieure, une soute est destinée à accueillir matériels et outillages. Cet engin peut tracter une ou plusieurs remorques bennes destinées à recevoir du minerai, ou une des grandes remorques permettant de déplacer les éléments de vaisseau ou stations orbitales qui seront ensuite acheminés sur Philadelphia pour être assemblés.

La conduite en elle-même était assez aisée et s'apparentait au maniement d'un hélicoptère : un petit levier façon joystick à main droite pour avancer, freiner, reculer ou changer de direction, un levier identique à main gauche pour décoller ou se plaquer au sol et deux pédales sur le plancher pour faire tourner les remorques indépendamment du tracteur lorsque cela était nécessaire, notamment pour éviter que les remorques ne coupent dans les virages serrés.

– Les corrections d'assiette, poursuivait l'instructeur, se font automatiquement grâce aux vérins hydropneumatiques que vous voyez de chaque côté des roues. Le plus délicat n'est pas la conduite, mais la gestion du relief lorsqu'il n'y a pas d'infrastructure bétonnée pour circuler.

Progressivement, la vie était devenue routinière. Il y avait peu de distractions sur la Lune. Un réseau de vidéo interne diffusait des émissions enregistrées, des films, et il y avait quelques espaces de convivialité permettant de discuter, de lire ou de jouer à des jeux de société. Il était possible de contacter ses proches restés sur la Terre grâce à des canaux vidéos réservés.

François fut convoqué par le commandant de la base lunaire.

– Il m'a été rapporté par mon personnel administratif que vous occupiez une fonction de reporter ?

– En effet, mon général. J'ai d'ailleurs fait plusieurs reportages sur mon aventure personnelle que je m'apprêtais à soumettre au service de relations publiques dès que j'en aurais eu l'occasion et le temps, car les journées sont bien remplies.

– Bien ! Ça n'a pas été trop difficile de vous adapter au cycle lunaire ?

– J'avoue avoir eu un peu de mal à m'y faire.

– C'est une des raisons pour lesquelles nous avons du mal à retenir le personnel et cela nous a obligés à faire des contrats courts. Les quatorze jours de lumière continue sont acceptables grâce à la présence de volets occultant qui recréent un semblant de nuit, par contre la période d'obscurité qui dure également quatorze jours a tendance à rendre certains personnels dépressifs.

– Vous avez mis en place des séances de luminothérapie, je crois ?

– Oui, mais parfois, ce n'est pas suffisant. C'est pour cette raison que nous avons un centre de remise en forme situé à proximité du cratère Leonov, sur la face cachée. Nous pouvons y envoyer les personnels, sur avis médical, pendant la période d'obscurité. Ce centre s'apparente à un centre de balnéothérapie. Je vous invite d'ailleurs à y faire un séjour.

– Merci, mon général. Je me permets de profiter de cette occasion pour vous demander la permission d'effectuer des reportages sur les différents équipements.

– C'est d'accord, mais vous devrez être accompagné par un membre de l'équipe communication.

– Entendu, mon général.

François avait ainsi pu faire des reportages sur les différents locaux de la base, mais, cette fois, avec la possibilité de prendre des photos ou de filmer : les grands ateliers de fabrication mécanique dont certains étaient visibles depuis la Terre avec un télescope, les installations minières, les hauts-fourneaux. Il avait également visité le centre de remise en forme. Ces installations présentaient des lignes futuristes qui contrastaient avec l'austérité des bâtiments industriels et cela contribuait à donner aux personnels présents une impression de dépaysement. Il était possible de se baigner dans de grands bassins et de s'exposer à la lumière filtrée du soleil. François avait l'impression d'être dans un centre de balnéothérapie sur Terre. Un peu à l'écart, il y avait une grande navette qui ne semblait plus en état de fonctionner. Elle ressemblait étonnamment aux navettes XC90F2 dans lesquelles ils avaient volé sur Terre, mais en plus grand.

– Cette navette est un prototype. Elle ne fonctionne plus, mais a été conservée ici en souvenir, comme il y a encore sur Terre des appareils Concorde ou des Super-Constellations. Nous avons aussi conservé le Rover apporté par la mission Apollo15.

François avait également remarqué que la colonie était organisée en groupes qui communiquaient difficilement entre eux. Il supposait que c'était à l'image de ce qui se passait dans de nombreuses entreprises avec ses clans et ses rivalités. Il y avait des interactions avec la station orbitale et les échanges de personnels devaient être importants, car, outre les allées et venues incessantes pour le transport des pièces ou éléments mécaniques fabriqués sur la Lune, il lui semblait que certains colons d'autres équipes partaient et il ne les revoyait plus, mais il est vrai qu'ils étaient tellement nombreux qu'il était impossible d'avoir une vue d'ensemble sur ce qui se passait.

François utilisait une partie de son temps libre pour rédiger ses articles qu'il transmettait au service communication de la base. Il ne savait pas toujours ce que devenait sa production écrite, mais avait parfois un retour disant qu'un de ses articles avait été publié sur Terre.

Il arrivait aussi à François de passer de longues heures à discuter avec son nouvel ami, István. François avait de nombreuses connaissances ou relations de travail, mais il était son seul véritable ami et ils s'arrangeaient pour se retrouver chaque fois que c'était possible. Sans trop savoir comment c'était arrivé, ce sept novembre, István s'était confié à lui en lui racontant son histoire personnelle. François avait un certain talent pour amener ses interlocuteurs à parler d'eux, sans doute hérité de son expérience en matière de journalisme.

— Je suis né en deux-mille-quatorze. Maman était traductrice contractuelle pour la délégation hongroise lors des assemblées plénières du Parlement européen et pendant les travaux en commission. C'est une des raisons pour lesquelles je parle plusieurs langues.

— Tu en parles combien ?

— Six couramment et j'en comprends quelques autres proches.

— Très impressionnant.

— Papa travaillait dans l'informatique. J'ai eu une enfance assez bizarre, car maman était toujours quelque part, mais assez rarement à la maison. Quand elle revenait, c'était toujours une fête. Nous allions la chercher à l'aéroport. Papa nous emmenait ensuite dans les grands restaurants de Budapest. À ces moments, j'étais un peu jaloux de mon père, car elle devait partager son amour entre nous deux alors que j'aurais aimé l'avoir pour moi tout seul. En fait, c'est surtout papa qui m'a élevé. Je me rappelle que maman voulait que nous venions en France ou en Belgique, mais papa a refusé. Il ne voulait pas vivre à ses dépens.

István s'arrêta un instant.

— J'étais dans la douzième classe lorsque la grande crise de deux-mille-trente a éclaté. Ça a été une période difficile pour tout le monde. Papa a perdu son emploi et maman a été rapatriée en Hongrie, car le gouvernement n'avait plus les moyens de payer autant de personnes à Bruxelles. Elle ne faisait plus que des petits boulots de traduction. Pour réussir à traverser la crise qui a été très dure chez nous, nous avons dû louer une partie de notre appartement à deux familles qui avaient été expulsées avant la mise en place par le gouvernement des plans d'hébergement d'urgence. Je n'ai plus été à l'école pendant une année, car tout était fermé.

Il prit sa tête entre ses mains pour se concentrer.

— J'ai ensuite réussi mon bac du premier coup, sans doute du fait que les copies étaient anonymes et que les correcteurs ne pouvaient pas être influencés par les commentaires qui devaient figurer dans mon dossier me qualifiant de rêveur ou de fumiste. Je n'étais, à leurs yeux, ni un élève consciencieux ni un élève travailleur. Je m'ennuyais pendant les cours et le montrais. Parfois, je reprenais les professeurs lorsque je n'étais pas d'accord avec leur raisonnement et cela avait pour conséquence de les énerver, surtout lorsque j'arrivais à démontrer qu'ils avaient tort.

— Et après le bac ?

— Je me suis inscrit dans plusieurs filières à l'université et ma candidature a été retenue en Sciences Economiques et Sociales. Une des particularités de cette filière est qu'elle était fréquentée à plus de quatre-vingts pour cent par des filles.

— Tu as eu des aventures sentimentales ?

— Avant la faculté, je n'avais jamais eu de petite amie. Juste quelques relations par-ci, par-là, mais rien de sérieux. À l'université, c'était beaucoup plus libre. Il y avait des soirées étudiantes malgré la pénurie résiduelle de certains produits, dont l'alcool, suite à la grande dépression, mais quelques-uns arrivaient à s'en procurer on ne sait comment.

István sourit.

— Il se passait parfois des choses étonnantes. Une fois, suite à une soirée arrosée dont j'ai oublié les détails, je me suis réveillé dans un lit qui n'était pas le mien, entouré de deux jeunes filles de ma promotion, nues, et un souvenir confus de la soirée précédente. Je n'ai pas osé leur poser de question sur ce qui s'était passé, par peur de me ridiculiser, mais elles paraissaient satisfaites.

Ils étaient assis côte à côte sur la petite couchette. István était d'un naturel expansif et était très tactile. Il n'était pas rare qu'au cours d'une conversation, il mette sa main sur l'épaule de son interlocuteur ou de son interlocutrice, ou lui passe la main dans le dos. C'était dans sa nature même si certains s'en étonnaient au cours des premières rencontres. Dans la mesure où il était comme ça avec tout le monde, cela faisait partie de son personnage.

— J'ai eu quelques petites amies : Ilona, Violetta, Renata, mais ça n'a jamais tenu très longtemps.

István s'était imperceptiblement rapproché de François.

— Je me suis fait également draguer par des garçons. Il y avait aussi les soirées qui se terminaient en débauche. De cela, je ne garde pas un très grand souvenir. Et toi, as-tu eu des expériences, comment dire, extraordinaires ?

— Rien de comparable à ce que tu me racontes.

François, dont les bras étaient de part et d'autre de son corps, sentit, de façon presque imperceptible, la main d'István se poser sur la sienne. Il tourna la tête dans sa direction, accrocha son regard dans lequel il lut à la fois gravité et espoir. Il devait faire quelque chose maintenant.

— Si je le blesse, se disait François, je risque de perdre son amitié. Si je ne fais rien, il pourrait se méprendre sur mes intentions.

Il changea de position pour lui faire face sans déplacer sa main droite et posa sa main gauche sur son épaule droite en plongeant son regard dans le sien.

— István, tu sais que je t'aime comme un frère. Nous avons déjà partagé beaucoup de choses et je t'apprécie énormément… mais je ne crois pas que nous puissions poursuivre dans cette voie.

Le regard d'István devint triste. Il retira discrètement sa main :

— Pas de soucis, je comprends, dit-il alors que sa voix se brisait.

Une larme roula sur sa joue. François attira la tête d'István sur son épaule pour ne pas avoir à soutenir son regard plein de détresse, lui caressa les cheveux et rompit le lourd silence qui s'était installé entre eux.

— Tu sais que tu pourras compter sur moi en toute circonstance. Restons amis.

Il releva la tête, sécha tant bien que mal ses larmes en reprenant un peu d'assurance.

— Oui, restons amis. Tu ne m'en veux pas ? Il s'était mis à rouler un peu plus les « r ».

— Bien sûr que non ! Sinon, à quoi servirait un confident, même si je ne m'attendais pas à ce genre de confidences ?

— Tu es gentil, je te remercie… Je peux te demander quelque chose ?

— Dis !

— Je souhaiterais que cet épisode reste entre nous.

— Tu peux compter sur ma discrétion. Tu verras, un jour, tu rencontreras le grand amour.

— Je le recherche depuis longtemps.

— Sois patient !

Décembre 2035

François venait de débarquer de la navette qui les avait ramenés à terre. Il voulait profiter de sa permission pour retourner à Libertyville rendre visite à ses anciens camarades. Manuel avait accueilli sa demande avec enthousiasme.

– Tu peux rester ici le temps qu'il te plaira, avait-il ajouté.

Le lendemain, un petit comité était venu l'accueillir à son arrivée par la navette ferroviaire. La ville s'étendait maintenant à perte de vue. Il y avait des grues de chantier un peu partout. Les deux premières tranches, où il avait jadis habité, étaient achevées. La végétation les recouvrait en totalité et, vu de la gare, il était bien difficile de dire qu'il s'agissait d'habitations, si ce n'est qu'il y avait quelques fenêtres sur le haut des bâtiments.

Les retrouvailles furent chaleureuses. Manuel Bach dirigeait le comité d'accueil et nombre de ses anciens collègues du cercle de gouvernance étaient présents.

Rapidement, les discussions étaient venues sur le terrain du projet des Bâtisseurs de Bonheur.

– Libertyville et Gammaville, expliquait Manuel, ont chacune dépassé le cap des cent-cinquante-mille habitants et continuent de se développer. Pour diverses raisons, nous avons pris le parti de ne pas dépasser les six-cent-mille habitants, mais nous avons encore de la marge.

– C'est bien parti, alors, dit François.

– Oui, mais le chemin est encore long. Nous sommes encore fragiles. Nous préférons démultiplier le nombre de villes pour essayer de conquérir plus de territoires.

Manuel expliqua ensuite sa vision sur l'avenir des Bâtisseurs, les succès qu'ils avaient obtenus, mais aussi les échecs.

François n'avait pas revu Nathalie et n'avait rien fait non plus pour la rencontrer. Après tout, le passé est le passé. Il avait été chargé d'organiser quelques conférences pour présenter sa nouvelle vie sur la Lune et, au besoin, recruter quelques volontaires pour intégrer le programme. Il avait ensuite rendu visite à ses anciens amis en Allemagne, en Autriche, en Slovaquie puis était repassé par Paris où il s'était rendu au journal. Il avait accepté de témoigner auprès de ses anciens camarades après leur avoir fait promettre de demander l'autorisation avant toute publication, car il s'était engagé à le faire.

Pendant son séjour sur terre, François s'était senti un peu étranger. Il n'avait pas eu ce sentiment de « retour au pays » comme avant. Soit les choses avaient changé et il ne s'y retrouvait plus vraiment, soit c'est lui qui avait changé. Toujours est-il que lorsqu'il reprit le chemin de la base, ce fut à ce moment-là qu'il eut le sentiment de rentrer chez lui. Il sut alors que la page Libertyville était définitivement tournée. Il ne reviendrait plus en arrière.

Chapitre 8 – La mission PERSEUS

20 février 2036

La navette dans laquelle François avait voyagé venait de se poser sur le tarmac de la grande base lunaire et il prenait la direction du terminal avec les autres. Il en était à son deuxième séjour et faisait maintenant partie des vétérans.

Pendant ces deux mois de vacances, il n'avait eu de nouvelles d'aucun de ses camarades, mais il convenait qu'il n'avait pas fait d'effort pour en prendre. Au cours de l'entrainement avant le départ, il avait retrouvé nombre de ses collègues du précédent séjour et ils avaient naturellement formé une sorte de « club des anciens », mais István n'était pas là. Avait-il démissionné ? Il n'en avait aucune idée.

À leur arrivée dans le terminal lunaire, une partie du personnel de la base était chargé de les accueillir et de piloter les nouveaux. Parmi les visages des présents à leur descente de la navette, François reconnut celui d'István qui, en le voyant, s'éclaira d'un large sourire. Les retrouvailles furent chaleureuses avec grand renfort d'accolades et de tapes dans le dos.

— Je croyais que tu n'avais pas rempilé, lui dit François.

— Tu plaisantes. C'est ici, chez moi ! Je suis revenu il y a quatre semaines.

— Tu n'es pas allé dans ta famille ?

— Si, mais un mois était suffisant. Mes parents n'arrivent pas à comprendre que je suis mieux là-haut que sur Terre. Alors je suis retourné à la base et ils m'ont mis d'office sur la précédente rotation.

— Tu as une mine superbe.

— Toi aussi. Les vacances semblent t'avoir réussi.

Le travail avait repris, routinier. À la fin de son second séjour, François avait demandé au commandant de l'implantation lunaire l'autorisation de passer sa permission de détente sur place, si possible dans le centre de remise en forme « dont vous m'avez tant vanté les mérites », en rempilant en même temps pour un troisième séjour. De nouvelles difficultés n'allaient pas tarder à arriver.

12 Avril 2036

François était aux commandes de son engin, en mode tout-terrain, attentif à ne pas renverser le véhicule et son chargement. Il avait encore quelques kilomètres à parcourir avant de rejoindre la route minière numéro deux. Son attention fut attirée par une lumière dans le ciel. À mieux y regarder, il s'agissait de plusieurs points lumineux qui se déplaçaient dans leur direction. Il demanda à son copilote :

— Tu peux balayer les fréquences radio pour voir ce que c'est ?

François immobilisa son véhicule. Au bout de quelques instants, une voix sortit du hautparleur de la cabine.

— *Base lunaire, de Space yankee leader, demande confirmation vecteur d'approche pour atterrissage.*

— *Space yankee, approche sur vecteur 2-3-5. Vous êtes autorisés à vous poser. L'aire d'appontage a été dégagée.*

François regarda son collègue.

— Tu avais entendu parler de quelque chose ? Ce ne sont pas nos indicatifs radio.

— Négatif.

— Retournons à l'entrepôt.

Le groupe de points lumineux s'était séparé en une dizaine de vaisseaux distincts qui s'étaient mis en vol stationnaire. François se rendit le plus rapidement qu'il put au grand entrepôt où sa cargaison devait être déchargée. Il demanda la permission de quitter son service pour faire un reportage sur les vaisseaux en approche, changea de véhicule et se dirigea vers la zone vie de la base en empruntant la route minière numéro un.

Les premiers vaisseaux avaient commencé à se poser. Les hommes qui en descendaient avaient des combinaisons orange et leurs casques avaient une forme différente des leurs. Il prit rapidement quelques photos et tourna un petit reportage. Son enquête auprès du commandant adjoint de la base lui apprit qu'il s'agissait de vaisseaux d'une compagnie privée qui avait sollicité et obtenu l'autorisation d'utiliser la plateforme existante en attendant de disposer de ses propres équipements.

— Les personnels des missions *yankees*, informa le commandant de la base lors d'une communication générale, recevront notre aide le temps que leurs équipements soient opérationnels. Nous ne leur devons assistance qu'au titre des règles en vigueur dans les zones internationales, pas plus. Ils pourront se restaurer ici, mais resteront cantonnés dans leurs vaisseaux. Notre cohabitation ne devrait pas durer plus de quelques mois.

Aout 2036

Les rotations des *Space yankee* continuaient à raison d'une par semaine et dix vaisseaux à chaque fois. Ces voyages étaient financés par le consortium privé *Space Development* qui avait deux finalités : l'extraction, la valorisation et le transport de matières premières en provenance de la Lune et le tourisme spatial. Chaque navette offrait une dizaine de places pour des civils. Ces « touristes » restaient ensuite dix jours sur la Lune avant de redescendre avec un convoi de navettes retour.

Les *Space yankee* s'étaient installés sur plusieurs sites répartis entre dix et deux-mille kilomètres de la base d'attache de François. Chacune de leurs implantations comportait une aire d'atterrissage pour navette, une zone minière proprement dite, un hangar de stockage, parfois une unité locale de transformation et des zones d'habitation composées d'alvéoles pour dormir accrochées tout autour d'un grand espace circulaire servant de pièce commune, le tout empilé sur une dizaine de niveaux qui donnait d'impression de tours « champignons ». Chaque rotation apportait de nouveaux éléments, ce qui fait que ces unités d'habitation, reliées entre elles par des coursives, se développaient et formaient des sortes de villages. Sur un des bâtiments, une enseigne lumineuse avait été implantée : Hôtel Restaurant.

Comme aucun accord n'avait pu être trouvé entre unités industrielles et installations touristiques, chacune d'elles avait ses propres équipements. Les *Space yankee* étaient toujours autorisés à fréquenter dans une certaine mesure les locaux de SpaCeIP, car une compensation continuait d'être versée. François avait déjà eu l'occasion de les voir de près. Ils ressemblaient plutôt à des mercenaires : crânes rasés, carrure imposante, allure farouche, et peu enclins à la discussion. Il ne lui semblait pas avoir vu de femmes dans les groupes qu'il avait croisés. Chaque fois qu'ils venaient, ils garaient les véhicules à l'écart et laissaient systématiquement un ou deux gardes qu'il soupçonnait d'être armés.

Les « touristes », en revanche, étaient plus accessibles. Il arrivait à François d'en rencontrer. Ils s'émerveillaient, comme lui l'avait fait lors de son premier séjour, de ces paysages extraordinaires et faisaient des visites des différents équipements au sol. Il interviewait un couple.

— Quelle est votre impression générale sur ces voyages ?

— Nous sommes enchantés de cette aventure. La Lune est vraiment une destination hors norme, répondit l'homme.

— Et vous êtes bien installés ?

— On nous avait prévenus que le confort serait rudimentaire. C'est le moins que l'on puisse dire. Les voyageurs de la classe luxe ont une chambre au sol. Les autres, dont nous faisons partie, sont logés dans les vaisseaux.

— Je comprends ! Combien coute un tel voyage ?

— Nous n'avons payé que cinquante-mille dollars, car nous voyageons en économique. En classe luxe, c'est cent-mille.

Ayant perdu depuis quelques années la notion de l'argent, François demanda :

— Cela représente-t-il beaucoup d'argent pour vous ?

— Environ six mois de ce que nous gagnons, mais cela en valait la peine.

Des personnes en combinaison orange se pressaient vers une porte.

— Notre transport est arrivé. Nous devons y aller, dit l'homme.

François avait trouvé ce couple plutôt sympathique. Ceux qui venaient pour travailler étaient beaucoup moins causants. Ils avaient en majorité des visages rudes. Les rares filles présentes que François avait réussi à repérer avaient une apparence très masculine, cheveux très courts et gros muscles. Il faut dire qu'au milieu de tous ces garçons, elles devaient certainement être obligées de s'imposer par la force.

À voir ces *Space Yankee*, il était évident que l'altruisme n'était pas leur principale qualité. François se disait que la promiscuité entre ces deux populations si différentes risquait de faire un jour des étincelles.

8 septembre 2036

François roulait en dernière position du convoi sur la route minière numéro huit qui relie notamment le puits d'extraction de titane numéro deux situé à l'extrémité de la *mer de la fécondité* avec l'usine de traitement située plus au nord dans la *mer des crises* qui n'allait pas tarder à justifier de son nom. Chacun des huit ensembles routiers, d'une longueur de cent-cinquante mètres, était composé de dix remorques transportant le minerai. Ils avaient parcouru environ quatre-cents kilomètres lorsque les radios des véhicules crachotèrent :

– À tous, de Charlie Tango leader… Obstacle sur la route… Débutez immédiatement la séquence d'arrêt d'urgence du convoi.

François appuya dans la seconde sur le gros bouton d'arrêt automatique du véhicule. La totalité de ses gyrophares orange s'alluma. Avec cette vitesse et cette masse de convoi, il fallait environ deux-cents mètres pour stopper. Il annonça :

– Charlie Tango huit à leader… Procédure de freinage engagée.

Un par un, les véhicules ralentirent en allumant leurs gyrophares, puis s'immobilisèrent. Le leader du convoi ordonna de dételer pour une reconnaissance.

Les huit tracteurs continuèrent sur la route. Peu à peu, l'obstacle se précisa. Un convoi était à l'arrêt et deux des véhicules étaient couchés sur le côté, les remorques enchevêtrées, la cargaison renversée au milieu de l'amas de tôles. Le leader ordonna :

– Mettez vos équipements autonomes pour sortie extravéhiculaire.

Lorsqu'ils approchèrent, le spectacle n'était pas beau à voir. La verrière avant du second tracteur avait littéralement explosé. Les occupants n'avaient pas eu le temps de mettre leur équipement de survie et gisaient, immobiles, sanglés à leur siège, le visage tout gris et les yeux gonflés et vitreux. Des hommes s'affairaient sur le premier tracteur qui avait mieux résisté et tentaient d'en faire sortir les occupants. Un homme vint à leur rencontre en leur faisant signe de partir. Le leader du convoi s'identifia par radio. L'homme répondit dans un anglais incertain qu'ils n'avaient pas besoin d'aide.

– Monsieur, reprit le leader, cette route est propriété et à usage exclusif de la SpaCeIP. Vous avez bravé l'interdiction de circulation. Je vous demanderai de quitter immédiatement cet itinéraire.

– De quel droit me parlez-vous sur ce ton ? répondit celui qui semblait être le chef. Nous venons de perdre nos camarades.

– J'en suis tout à fait désolé, mais vous n'aviez rien à faire ici. Vous êtes uniquement autorisés à traverser ces routes si cela ne présente pas de danger, mais en aucun cas de les emprunter.

D'autres hommes qui avaient entendu l'altercation s'approchèrent à leur tour. L'un d'eux, voyant que la situation n'évoluait pas, fit un mouvement d'épaule montrant son agacement, ouvrit un étui sur le côté droit de son scaphandre, en sortit une arme qui s'utilisait à deux mains à cause de l'épaisseur des gants et dit d'une voix glaciale :

— Messieurs, j'insiste pour que vous quittiez la zone.

— On se replie sur les véhicules, ordonna le leader.

Après avoir attelé les remorques, François et ses camarades reprirent leur route en faisant un grand détour en mode tout-terrain pour contourner l'obstacle.

Cet incident fit grand bruit et eut des retombées diplomatiques importantes. Cela eut un impact local, sur la Lune, où les *Yankees,* les *mercenaires* des grandes compagnies multinationales, se virent interdire les équipements de SpaCeIP tant qu'ils seraient armés. Il y eut également des répercussions sur Terre où l'Organisation des Nations reçut une plainte officielle, car des personnes venues porter secours à un convoi en situation irrégulière s'étaient vues menacées par arme à feu.

À l'avenir, les relations allaient rester tendues entre les deux communautés en pleine expansion.

12 novembre 2036

François venait de s'arrêter devant le panneau d'affichage officiel de la base lunaire. Il y avait les habituelles propositions de postes de travail sur la Lune, sur Mars et sur la station en construction autour de Jupiter, des offres pour faire partie des équipages des navettes, plus une nouvelle offre proposant de rejoindre le programme d'exploration spatiale *Perseus* placé sous contrôle militaire. À la vue de cette annonce, les idées s'étaient mises à se bousculer dans sa tête : le mot exploration attisait le côté aventurier enfoui en lui.

Il se remémorait la conversation qu'il avait eu deux ans plus tôt avec son grand amour, Nathalie, lorsqu'elle l'avait quitté :

— Je vois bien, lui avait-elle dit, que tu rêves de voyages et de tout un tas de choses extraordinaires que je ne serai pas capable de te donner... Va maintenant, tu as encore de grandes choses à accomplir.

François se projetait dans des voyages interstellaires, des découvertes qui feraient avancer l'humanité, des paysages qu'aucun humain n'aurait vus jusque-là. Il se posa la question :

— Ma destinée n'est-elle pas justement dans cette mission ?

Il était en ébullition. Le soir même, il en avait discuté avec son ami István, pesant le pour et le contre, car cette décision, lui semblait-il, risquait de bouleverser les petites habitudes qu'il avait maintenant prises. Il réfléchissait à haute voix :

— Ce n'est pas tous les jours qu'on trouve une telle opportunité… découvrir des horizons nouveaux… mais nous connaissons à peu près tout dans notre système solaire… que découvrir ? Peut-être y a-t-il des éléments que nous n'avons pas. Il y a eu la mission *Icarus* il y a quelques années qui était chargée d'explorer les objets stellaires. Bien que ce programme ait été abandonné, il se peut que cela ait marché. Je pense que le programme *Perseus* concerne ces explorations, ce qui signifie que ces voyages sont sans retour.

— C'est possible, répondait Istvàn qui faisait écho à ses réflexions.

— Cela voudrait également dire que nous serions séparés à tout jamais.

— Ta décision est la plus importante. Je vois bien que tu te sens à l'étroit ici dans ce travail, que tu rêves d'une aventure que tu ne pourras pas trouver sur la Lune. Ne te préoccupe pas de moi lorsque tu prendras ta décision.

— Je suis conscient que tu as tes parents sur Terre, mais ne serais-tu pas tenté aussi par cette aventure ?

— J'avoue ne pas y avoir encore réfléchi.

— Nous pourrions faire équipe.

— C'est vrai que c'est tentant.

— OK. J'en discute avec le commandant de la base dès demain matin. Je vais essayer de glaner des informations complémentaires. Réfléchis d'ici là.

Le lendemain matin, en se rendant au petit déjeuner, Istvàn avait communiqué à François son accord pour étudier son projet de plus près.

Ils s'étaient immédiatement rendus dans le bureau de l'officier de permanence pour demander audience au commandant de la base au sujet du programme *Perseus*.

— Allez déjeuner, avait dit l'officier, je vous tiens au courant.

Une vingtaine de minutes plus tard, l'officier revenait vers eux.

— Le commandant peut vous recevoir immédiatement. Suivez-moi.

— Et pour ce qui est de nous rendre sur nos lieux de travail ?

— Ne vous inquiétez pas, nous mettrons un véhicule à votre disposition si besoin et je me charge de prévenir vos chefs de secteur.

Le commandant de la base les avait reçus en tenue décontractée, jovial.

— Alors comme ça, jeunes gens, vous souhaitez devenir des explorateurs ?

— J'avoue que c'est tentant, mon général, ce n'est pas tous les jours qu'il y a une opportunité de faire des découvertes.

— En effet. De ce que j'en sais, il y a un programme d'entrainement qui dure à peu près deux ans avant de partir en mission. Vous signerez un contrat militaire, mais il est réversible. Si vous échouez ou que vous renoncez, vous avez la possibilité de revenir ici ou de retourner à la vie civile sur terre.

Ils avaient ensuite discuté des implantations sur Mars et de celles en orbite autour de Jupiter, ces dernières les approvisionnant en eau.

— Il y a également les unités d'assemblage de vaisseaux. Vous connaissez celle de la station Philadelphia, il y en a également une en orbite autour d'Europa, un des satellites de Jupiter.

François et István essayaient de se projeter dans ces univers dont ils n'avaient connaissance qu'à travers quelques photos ou de trop rares vidéos présentées dans les médias.

— Bien, conclut le général. Je vous laisse réfléchir à tout ceci. Nous allons organiser prochainement une réunion d'information à laquelle vous serez conviés. Vous pouvez disposer.

Revenus dans leur cabine, les deux amis avaient longuement rediscuté de la conversation qu'ils avaient eue avec le commandant de la base.

— Alors, demanda François, tes impressions ?

— Ça doit être un beau voyage, répondit István.

— Je m'y vois déjà, découvrir des contrées que personne n'a jamais observées, même au télescope…

— C'est vrai que c'est tentant… et qui sais, nous serons peut-être un jour dans les livres d'histoire.

— Oui. Je vois bien l'écriteau : collège István Kedar… J'ai très envie de me lancer dans cette aventure, dit François.

— Je suis partant également, mais attendons la réunion d'information.

— Tu as raison, conclut François.

11 décembre 2036

Le terminal de la base lunaire était en pleine ébullition ce matin-là, car ils attendaient l'arrivée d'une centaine de Spationautes qui venaient visiter les installations au sol et il convenait de bien les recevoir. István et François faisaient partie du groupe accueil. Pour les postulants au programme *Perseus*, une réunion d'information était prévue dans la journée, pendant le temps de la visite.

Une grosse navette Orion s'était posée peu après dix heures et les Spationautes avaient rejoint le terminal où ils étaient accueillis avant de démarrer les visites. François les observait : des femmes et des hommes, mais aussi des jeunes, des enfants et même un bébé. « Une société miniature », se disait François. Ils avaient l'air détendus et heureux. Sans être formel, il lui semblait reconnaitre la femme qui tenait le bébé, fortement typée indienne d'Amérique du Sud et l'homme à côté d'elle qui était visiblement le père de l'enfant. Il eut à la fois un sentiment de tendresse et de jalousie qu'il réprima bien vite. Lui aussi aurait bien aimé avoir des enfants... des enfants à lui.

Une fois les Spationautes partis en exploration lunaire, les postulants furent réunis dans une des salles de conférence de la base. Ils étaient une centaine de femmes et d'hommes. Deux officiers pilotes, un homme et une femme, pénétrèrent dans la pièce. Tous se levèrent à leur arrivée.

– Vous pouvez vous assoir, dit la femme... Bonjour à tous, je suis la colonelle Sandrine Ledoyen et je pilote sur tous types d'astronefs. À côté de moi, mon adjoint, le lieutenant-colonel Francesco Forzi. Je vous propose de débuter par une déclaration de notre vice-ministre de l'air, puis nous vous présenterons la mission et répondrons à vos questions.

La lumière baissa d'intensité et l'écran de projection vidéo s'alluma. Le logo du programme spatial international s'afficha sur un écran bleu foncé, puis au bout d'une minute environ, un homme apparut en portrait avec un sous-titre : Frédéric PONIATOWSKY, Vice-Ministre de l'Air et de l'Espace, chargé de la mission PERSEUS. Il débuta son message :

*Saluton sinjorinoj kaj sinjoroj (*Bonjour, mesdames et messieurs*).*

*Mi estas Frederic Poniatowsky, Vicministro de Aero kaj Spaco (*Je suis Frédéric Poniatowsky, vice-ministre de l'Air et de l'Espace*).*

Vous vous êtes portés volontaires pour faire partie du programme spatial international et je vous en félicite. Ces expéditions destinées à étendre notre civilisation hors de la Terre sont une extraordinaire aventure humaine à laquelle vous avez souhaité vous associer.

Vous connaissez bien notre implantation sur la Lune et avez certainement entendu parler des colonies sur Mars et en périphérie de Jupiter. Ce sont des planètes inhospitalières, sur lesquelles, comme vous le savez, les conditions de vie sont difficiles et qui ne seront vraisemblablement pas colonisées massivement dans les prochains siècles.

Votre mission, si vous l'acceptez, sera de voyager dans l'espace à la recherche d'environnements amicaux pour l'homme. Je ne peux pas encore tout vous dire, mais sachez déjà que vous devrez désapprendre bon nombre des choses que vous connaissez et vous serez amenés à franchir des étapes qui semblaient impossibles à franchir jusqu'alors.

Votre formation durera un peu plus d'une année. Ce sera une mise à l'épreuve pour tester votre résistance physique et psychique. Elle sera consacrée aux acquisitions opérationnelles qui vous permettront de mener à bien votre mission. Comme on dit, vous allez en prendre plein la figure.

Si vous décidez de renoncer en cours de route, nous veillerons à votre réinsertion dans la vie civile ou dans vos précédentes affectations. Si vous restez avec nous, à l'issue de cette réunion d'information, vous passerez immédiatement sous statut militaire avec tous les avantages et inconvénients associés.

Je vous réitère mes félicitations pour votre entrée parmi les héros de cette planète. Je vous laisse maintenant en compagnie de vos instructeurs.

Nous aurons certainement l'occasion de nous revoir dans l'avenir.

Mesdames et messieurs, bon courage et bonne réunion.

Le vice-ministre disparut, remplacé à nouveau par le logo sur fond bleu.

— Votre ministre a planté le décor en vous expliquant ce qui vous attendait, reprit Sandrine Ledoyen. Ce qu'il ne vous a pas dit, c'est que vous allez devoir vous mettre à niveau par rapport à vos nouveaux camarades que vous avez aperçu tout à l'heure. Je vous propose de continuer par un tour de table afin que nous puissions faire connaissance. Vous vous présenterez en une phrase.

Elle leur parla ensuite de son expérience dans l'espace en tant que pilote, puis conclut la séance par :

— La dernière navette de mon équipe se posera ici dans trois jours. Je vous réserve cent places et reviens avec les contrats d'engagement. Si vous les signez, vous ferez immédiatement partie du programme *Perseus* et rentrerez avec nous sur terre. Vous bénéficierez ensuite de quinze jours de permission de détente. Les entrainements reprendront début deux-mille-trente-sept où nous irons d'abord sur Mars, puis sur Jupiter avant de partir en mission.

Ils avaient ensuite rejoint le groupe de Spationautes en visite. François voulait quand même tirer une affaire au clair et s'arrangea pour s'approcher du couple qu'il pensait avoir déjà vu.

— Je suis François Cervantès. Ne nous serions-nous pas déjà rencontrés quelque part ?

— C'est possible, dit la femme, je m'appelle Claire Lannoy et voici mon compagnon, Louis Jullien.

— Enchanté. Avant de venir ici, j'étais journaliste et j'ai participé à la construction de Libertyville après la grande dépression.

— Nous venons de Libertyville ! Nous avons travaillé en restauration dans le secteur *SK231* jusqu'au début de l'année où nous avons intégré le programme.

— Ça, c'est une coïncidence.

— Oui et non. Nous sommes plusieurs à venir de Libertyville et de Gammaville.

— Ici aussi, nous sommes quelques Bâtisseurs répartis sur les différents sites de production. Nous nous retrouvons de temps en temps.

— Si tu nous rejoins, nous pourrons en discuter plus longuement.

— Ce sera avec plaisir.

Les Spationautes étaient ensuite repartis en direction de la station orbitale. François avait pris sa décision : il allait signer son contrat d'engagement. Il espérait que son ami viendrait le rejoindre dans cette aventure, mais son appréhension était maintenant moins forte depuis qu'il savait que nombre de ses anciens compagnons des Bâtisseurs de Bonheurs faisaient partie de cette mission.

Les deux journées suivantes lui avaient paru interminables. En annonçant son intention de s'engager dans une mission *Perseus*, François avait immédiatement été exempté de service. Lui et ses camarades d'aventure devaient préparer leur départ et rendre les locaux d'habitation après avoir bouclé leurs paquetages.

16 décembre 2036

Sandrine Ledoyen était revenue avec la dernière rotation. Les volontaires furent à nouveau rassemblés dans la salle de conférence, leurs bagages et leurs combinaisons spatiales rangés au fond de la pièce.

— Je suis ravie de vous revoir, leur dit Sandrine.

Elle tenait dans la main une pile de formulaires.

– Dès que vous aurez signé ces documents, vous serez immédiatement promus au rang de Spationaute. Permettez-moi de vous féliciter pour votre décision.

En fin d'après-midi, la navette avait repris la direction de la station orbitale Philadelphia. François regardait à travers le hublot la base lunaire qui s'éloignait. Il était partagé entre nostalgie et excitation ; nostalgie, car il ne retournerait peut-être pas de sitôt sur la base lunaire, mais l'excitation avait tendance à l'emporter. István était assis à côté de lui. Ils avaient demandé à pouvoir rester ensemble lors de la mission et Sandrine leur avait répondu favorablement.

Le vol avait duré une trentaine de minutes avant qu'ils n'accostent la station orbitale. C'était la première fois que François allait y pénétrer. Il avait hâte de voir ça.

Ce qu'il découvrit était à la hauteur de ses espérances. La station était une véritable ruche et était capable d'accueillir des milliers de membres d'équipages en transit entre la Terre et Mars ou Jupiter. Certaines zones disposaient d'une gravité comparable à celle de la Lune et il était possible de s'y déplacer simplement, d'autres se trouvaient en apesanteur à proximité des aires d'appontage des vaisseaux.

Pendant la manœuvre d'approche, ils purent observer une des grosses navettes qui desservaient Jupiter et un convoi de navettes plus petites qui revenaient de Mars. Ils resteraient une trentaine d'heures à l'escale avant de reprendre la direction de la terre.

17 décembre 2036

François et une partie de ses compagnons « lunaires » avaient été affectés à la troisième des quatre navettes. Environ quatre heures avant le départ, l'embarquement était terminé. Il régnait une certaine agitation dans la cabine passager et il y avait de nombreuses allées et venues avec le poste de pilotage.

François retrouvait ses vieilles habitudes de journaliste.

– Y a-t-il un souci particulier ? questionna-t-il en se rapprochant d'un groupe qui parlait à haute voix.

– Nous concoctons une petite surprise à un des Spationautes de l'équipe numéro deux, lui répondit une femme qui semblait savoir de quoi il s'agissait.

– Quel genre de surprise ?

István et d'autres s'étaient également rapprochés du groupe.

– Un de nos camarades de l'équipe deux est divorcé. Il a connu de nombreuses galères, y compris l'épreuve de la rue, et n'a plus revu ses enfants depuis des années. Comme il est possible que nous ne revenions pas de sitôt sur terre, nous avons pensé que ce serait bien qu'il puisse revoir ses enfants une dernière fois.

Il y avait des discussions animées avec les pilotes qui devaient communiquer par radio avec leur commandement. Finalement, une voix féminine annonça dans les hautparleurs du bâtiment :

– Ici le colonel Ledoyen, je réclame votre attention… Un message du maréchal Albertini va être diffusé dans les navettes un, trois et quatre. Les passagers de la deux devront patienter et découvriront en temps réel ce qui va vous être annoncé.

Les écrans de projection s'allumèrent et l'image du maréchal apparut.

– Bonjour à tous. Vous m'avez fait remonter par votre commandement votre souhait de permettre à un de vos compagnons, Louis Jullien, de revoir ses enfants avant votre départ pour Mars. La tâche n'a pas été aisée pour les retrouver. J'ai dû faire le siège de plusieurs ministères pour obtenir les informations, mais j'ai réussi à les faire venir et ils attendront votre retour avec moi.

Sur la base terrestre, la communication avec les trois navettes venait d'être coupée. Le maréchal Albertini restait immobile, repensant aux derniers évènements et à ce coup de téléphone deux jours plus tôt du secrétariat du ministère de l'Air et de l'Espace :

– *Bonjour maréchal. Nous avons remué ciel et terre et nous avons fini par dénicher votre Annie et ses deux enfants du côté de Toulon. Le ministère de l'Intérieur a été très efficace sur ce coup là.*

– Formidable !

– *On lui a envoyé deux pandores pour lui signifier qu'elle était prestement invitée par le ministère de l'Air et de l'Espace pour une réunion intéressant la sureté nationale, qu'elle devait venir avec ses enfants, qu'elle serait emmenée jusqu'à Marseille Marignane avec un véhicule qui viendrait la chercher, puis conduite en avion à une destination qui ne pouvait pas lui être révélée pour l'instant.*

– Vous au moins, vous savez y faire, avait-il répondu.

– *On a affecté notre avion, un* Mystère 20, *à cette mission. Les gendarmes lui ont précisé qu'au besoin, le bureau du Premier ministre pourrait justifier son absence. En général, ça marche bien comme argument, y compris pour l'employeur.*

– Je vous remercie sincèrement pour ces nouvelles.

– *Pas de quoi. Bonne journée, Monsieur.*

Cette information était restée sous embargo jusqu'à ce que « les *Perseus* » aient embarqué et ne puissent plus communiquer pour qu'il n'y ait pas de fuite. Ils avaient appareillé et rien n'avait filtré vers la navette numéro deux. La surprise serait totale.

18 décembre 2036

François somnolait lorsque les hautparleurs de la cabine annoncèrent :

– Ici votre pilote. Nous allons débuter notre procédure de décélération dans trente minutes. Veuillez vous équiper avec vos combinaisons que vous mettrez sous pression sur ordre.

Il se leva pour aller récupérer sa tenue spatiale qu'il avait enlevée quelques heures plus tôt, l'enfila, prit son casque et retourna à sa place. Il avait franchi une nouvelle étape, car le vol du retour s'effectuait non plus à dix-mille, mais à trente-mille kilomètres-heure. Sa durée passait ainsi de quarante à quatorze heures. L'accélération avait été beaucoup plus importante que lors de ses précédents vols. Il allait bientôt voir ce que donnait la décélération à cette vitesse. Finalement l'épreuve n'avait pas été si terrible que cela grâce à sa combinaison.

– Préparez-vous à notre entrée dans l'atmosphère terrestre.

En regardant par le hublot, il vit le bord d'attaque des ailes qui commençait à rougir. L'entrée dans l'atmosphère était toujours éprouvante et il y avait beaucoup de vibrations. Au bout de quelques minutes, le vol redevint plus calme et les ailes reprirent leur couleur habituelle. L'appareil ralentit fortement, se cabra, puis descendit rapidement. Les caméras au-dessus du poste de pilotage filmaient les deux navettes devant eux et la piste d'atterrissage commençait à être bien visible. De temps en temps, le plan basculait sur la vue arrière et montrait l'avant de la quatrième navette, puis ce fut l'atterrissage.

Une fois rentrés au parking et les moteurs arrêtés, le pilote annonça :

– Les opérations de déchargement sont différées. Vous avez ordre de vous regrouper au pied de la passerelle où vous recevrez des instructions complémentaires.

François lança un regard interrogatif à István.

– Sans doute cela a-t-il un rapport avec l'annonce faite avant notre départ.

– Très certainement, leur dit un homme juste derrière eux.

Les équipages se rangèrent au pied de chaque navette, casque sous le bras droit, attendant la suite des évènements. Un véhicule de service approchait. Il s'arrêta à une cinquantaine de mètres d'Orion deux. Une femme et deux adolescents sortirent, suivis quelques instants plus tard par le maréchal Albertini en grande tenue d'officier. Ils se dirigèrent vers la zone de débarquement.

L'équipage d'Orion deux finissait de se mettre en ordre. Une femme appartenant au personnel au sol s'approcha d'eux. Il y eut une sorte de conciliabule, puis un homme sortit des rangs avec à ses côtés une femme qui tenait un enfant dans ses bras. François la reconnut, c'était Claire Lannoy avec qui il avait eu l'occasion de discuter sur la Lune.

Les deux adolescents s'arrêtèrent. La femme à côté de la voiture revint deux pas en arrière et prit chacun de ses enfants par l'épaule. François entendit une phrase portée par le vent :

– Allez-y, les enfants, c'est votre père.

Le garçon partit d'un pas rapide tandis que la fille, moins pressée, semblait bouder. Le temps s'arrêta un instant. La fille se mit finalement à courir pour rattraper son frère. L'homme s'arrêta, comme pétrifié. Ils se reconnurent. Les enfants crièrent :

– Papa !

Ils se jetèrent dans ses bras. L'homme les serra en riant et en pleurant à la fois. Ce qu'il dit fut porté par le vent :

– Mes petits.

La voisine de François écrasa discrètement une larme qui perlait au coin de son œil droit.

François et les « nouveaux » en provenance de la Lune furent ensuite présentés au commandant de la mission, le général Lebœuf. François se souvenait très bien de lui. Manifestement, il avait pris du galon. Il leur avait fait un discours enflammé : « *Bonvenon al la Perseus-Gamma-misio* » (Bienvenue dans la mission Perseus-Gamma)… « *Vi estas la fiereco de via lando* » (Vous êtes la fierté de votre pays)… « *Realaj herooj* » (de véritables héros)…

La mission leur avait été présentée en détail.

– Vos séjours sur la Lune vous permettent d'être intégrés directement dans les unités de la mission *Perseus*… D'ailleurs, votre trajet de retour ne vous a pas paru si terrible que cela, à ce qu'on m'a raconté ?

– Non mon général, s'empressa de répondre István avec une voix forte.

– Comme vous avez déjà acquis certaines connaissances dans vos affectations précédentes, vous pouvez vous porter volontaire pour être instructeur.

Lebœuf avait conclu en leur proposant deux semaines de permission de détente avec « retour impératif le deux janvier », s'ils souhaitaient se rendre en famille. Ils avaient également la possibilité de rester sur la base.

François, qui n'avait plus d'attaches, n'était pas parti, contrairement à son ami qui avait rejoint sa famille en Hongrie. Finalement, la famille de François, c'était eux, ces femmes et ces hommes avec qui il partageait son quotidien. La première semaine avait été très calme et il en avait profité pour pratiquer beaucoup de sport, puis nombre de ses compagnons étaient revenus. Sans doute cette année de formation les avait-elle également éloignés de leurs attaches.

Annie Jullien était restée sur la base. Ses enfants avaient été tellement heureux de retrouver leur père qu'elle hésitait à les lui arracher pour revenir sur Toulon où elle habitait. Le maréchal s'était d'ailleurs arrangé avec son employeur pour qu'elle puisse rester et elle s'était intégrée au groupe des Bâtisseurs de Bonheur, les compagnons de son ex-mari.

– Personne ne m'attend nulle part et mes enfants sont toute ma vie, avait-elle confié en l'absence de ce dernier.

Ses nouveaux amis étaient sympathiques et attentionnés. Ils étaient sains. Il y avait Jean Berthon, Patricia Berg qui s'assuraient en permanence que tout allait bien, Claire, la nouvelle femme de Louis, qu'elle avait appris à apprécier avec leur petit Daniel, Louis lui-même qui n'était plus le même homme ; il avait muri, ne s'intéressait plus aux choses matérielles, était devenu un vrai philosophe, et beaucoup d'autres : Louise, Albert, Emma, Julien, François, István et même des pilotes avec leur regard bienveillant.

Chloé et Charles, ses enfants, passèrent des journées entières à discuter avec leur père. Ils se racontèrent toutes ces années où ils avaient été séparés, l'école, leurs joies, leurs peines. De son côté, il leur parla de cette organisation qui lui avait donné sa chance, de sa nouvelle vie de Spationaute, des voyages dans l'espace, de sa visite sur la Lune, des futures missions vers Mars et Jupiter.

Le groupe avait fait se rencontrer Annie accompagnée de ses enfants avec les personnels encore sur la base. Parmi eux, Sandrine Ledoyen dont Chloé était tombée immédiatement amoureuse… Pas qu'elle eut envie d'une relation avec elle, mais admirative de l'entendre parler des vaisseaux qu'elle pilotait, des voyages interplanétaires, le spectacle majestueux de l'arrivée sur Jupiter, les missions un peu partout dans le système solaire. Elles étaient devenues rapidement complices.

Comme il y avait peu d'activité sur la base, ils avaient rapidement organisé des sortes de réunions veillées où chacun pouvait raconter ses aventures. François et István parlaient de la vie et du travail sur la Lune. Les pilotes leur faisaient vivre leurs histoires de voyages interplanétaires. Sandrine Ledoyen avait été chef pilote sur les grandes navettes qui reliaient Jupiter et évoquait des souvenirs qui les faisaient voyager en imagination. Ils se forgeaient une histoire commune. Les Spationautes racontaient aux nouveaux quelques détails de leur année de formation ; certains avaient effectué une mission de ravitaillement et de sauvetage sanitaire en Afrique, d'autres avaient ravitaillé la vieille station orbitale ISS2 qui continuait à fonctionner pour permettre aux scientifiques terrestres de faire des expériences « bon marché ».

— Te rappelles-tu quand nous sommes tombés en panne de réacteur en phase finale d'approche de l'ISS ?

— Ça ne s'oublie pas. Ça nous a d'ailleurs valu un exercice improvisé de ravitaillement carburant en vol dans l'espace. En définitive, cette mission qui avait assez mal débuté a été couronnée de succès et nous avons pu permettre la relève des astronautes à bord de la station et leur éviter de mourir de faim… Non ! Je plaisante pour ma dernière phrase.

François était expert pour amener les personnes à se confier et Annie avait fini par raconter à quelques-uns de ses nouveaux amis son histoire avec Louis.

— À l'époque, il avait une bonne situation, expliquait Annie. Nous habitions à Paris et tout allait bien pour nous. Et puis un jour, il a eu un très grave accident de voiture. C'était en deux-mille-vingt-sept.

— C'est terrible, dit François qui animait la discussion.

— Oui ! Il a passé plusieurs mois dans le coma, puis en rééducation. L'appartement a été revendu, car nous n'étions plus en mesure de payer les échéances. Il a été licencié de son travail et a essayé de monter une entreprise, mais les conditions étaient difficiles et ça n'a pas marché. Il s'est alors replié sur lui-même et notre vie est devenue un enfer. C'est moi qui lui ai demandé de quitter le domicile, car nous ne pouvions pas continuer comme cela.

— Ça n'a pas dû être facile pour toi, dit François. Et comment cela s'est-il terminé ?

— J'ai obtenu la garde des enfants, mais je lui avais dit qu'il pourrait les voir quand il le voudrait. Il les a pris quelques fois le weekend et puis a purement et simplement disparu. J'ai demandé, et obtenu le divorce. J'avais entrepris des démarches auprès d'une assistante sociale pour que les enfants puissent le revoir, mais cela n'a rien donné. De plus, la crise étant passée par là, j'ai été obligée de me trouver un nouvel emploi et j'ai dû quitter Paris pour le sud de la France. Jusqu'à ces derniers jours, je n'avais plus eu de nouvelles de lui.

Peu avant le Premier de l'an deux-mille-trente-sept, Chloé était entrée dans la pièce où se trouvait sa mère en discussion avec quelques-uns de ses nouveaux amis et lui avait dit d'un ton qui ne souffre pas de réplique :

— Maman, tu m'as souvent reproché de ne pas savoir ce que je voulais faire quand je serai grande. Maintenant, je sais. Je veux être pilote.

Annie avait blêmi. Elle déroulait le scénario dans sa tête : sa fille dont la garde serait accordée à son père, l'organisation qui avait le bras long, les voyages spatiaux. Elle ne la reverrait peut-être jamais. Elle s'affola :

— Mais ma chérie, tu ne peux pas faire ça comme ça !

— Si, maman. D'ailleurs, ma décision est prise.

Les amis d'Annie engagèrent la conversation après le départ de Chloé pour dire que ce n'était pas si grave, qu'on allait certainement trouver une solution. Annie essayait d'argumenter :

— Mais on ne peut pas être pilote à quatorze ans ?

— Si ! Ici, les plus jeunes aspirants ont neuf ou dix ans.

Annie était dans l'impasse. Elle se dit qu'il fallait qu'elle réfléchisse à tout ça tranquillement. Elle avait besoin d'une confidente et demanda à Patricia s'ils pouvaient en discuter. Patricia était fine négociatrice. Elle raconta une partie de la vie de Louis qu'Annie ne connaissait pas.

– Mon mari Jean a ramassé Louis dans le caniveau, au sens propre, il y a quelques années. Il était sans domicile à cette époque et complètement perdu. Nous l'avons reconstruit et regarde ce qu'il est devenu. Il nous disait tout le temps être désolé de ne plus pouvoir revoir ses enfants dont il avait perdu la trace. Nous avons bien essayé de te retrouver par notre réseau, mais cela n'a pas été possible. Sache quand même que c'est moi qui ai cassé les pieds du maréchal pour qu'il fasse quelque chose. Il ne s'est pas trop mal débrouillé, puisque tu es là.

– J'avoue que ça a été une surprise pour moi : deux gendarmes sont venus m'apporter une convocation, une invitation comme ils avaient dit, émanant du ministère de l'Air et de l'Espace. Ils disaient ne pas en savoir plus, car ils n'avaient pas l'habilitation pour les questions relevant de la sureté nationale. J'ai été conduite quelques jours plus tard avec Chloé et Charles jusqu'à un terminal à l'écart de l'aéroport de Marseille Marignane où un petit avion à réaction arborant la cocarde bleu, blanc, rouge comme logo nous attendait et voilà, je me suis retrouvée ici. Albertini m'a ensuite parlé du programme d'exploration spatiale *Perseus*, ses volontaires pour ce programme et qui sont, à ses yeux, de véritables héros qui vont consacrer leur vie à conquérir de nouveaux territoires et trouver de nouvelles ressources pour améliorer le bienêtre de l'humanité. Il m'a expliqué que tout cela se faisait de manière désintéressée pour ne pas corrompre les relations entre les individus dans l'espace. Puis, après avoir un peu tourné autour du pot, m'a dit que les personnels d'une de ses escouades lui avaient demandé une faveur avant leur départ pour Mars, pour un de leurs camarades qui n'avait plus revu ses enfants depuis six ans et lui avaient demandé de faire en sorte qu'il puisse les revoir une dernière fois. Le maréchal ne m'a aucunement contrainte à quoi que ce soit, me proposant même, si je déclinais son offre, de me faire immédiatement ramener chez moi, mais je suis restée pour que les enfants puissent revoir leur père.

Elle laissa Annie raconter son histoire, puis l'amena à se poser les vraies questions :

– Comment envisages-tu le bonheur de tes enfants ? N'es-tu pas fière que ta fille souhaite devenir pilote et accéder à une élite très particulière dont la chef pilote Sandrine Ledoyen est une des brillantes égéries ?

Elle continuait :

– Regarde ta fille, comme elle rayonne. Ne penses-tu pas qu'elle pourrait faire carrière chez nous ?

– Mais elle est trop jeune, et puis je n'ai pas l'argent pour financer une telle formation !

– Qui te parle d'argent ? Ne sommes-nous pas la preuve qu'on peut vivre épanoui sans argent ? Regarde Louis ! Tu as vu comme il est heureux ? Il n'a rien et pourtant il a un vrai pouvoir sur son existence et une influence sur la vie des autres par sa bienveillance.

– Je ne sais pas quoi penser.

– Cherche bien, tu portes la réponse en toi ! Je sens une grande bonté sous ta carapace. Pèse le pour et le contre des différentes options qui se présentent à toi. Tu prendras ta décision le moment venu.

Le trente-et-un décembre, le maréchal avait invité le personnel de la base qui n'était pas de service au mess pour la soirée du Nouvel An « sans tralala », comme il avait dit. François et István, qui était revenu deux jours plus tôt, toujours inséparables, s'y étaient rendus comme beaucoup de leurs compagnons en combinaison aviateur.

– De toute façon, avait dit István, je n'ai rien d'autre à me mettre.

Vers vingt heures, Sandrine Ledoyen pénétra dans le mess. Elle portait une robe longue qui contrastait avec son éternelle combinaison de vol. Francesco Forzi, le pilote en second, l'accompagnait, en uniforme de gala. Les personnels commençaient à arriver dans la grande salle les uns après les autres. Quelques-uns étaient en civil.

Patricia entra avec Annie à son bras gauche et Jean à son bras droit. Ils étaient suivis de leurs enfants respectifs, six en tout. Jeunes et adultes formèrent des groupes de discussion par affinité ou par tranche d'âge. Chloé et Charles s'étaient intégrés dans un groupe et riaient avec les autres.

Vers vingt-et-une heures, le maréchal, accompagné de son épouse, annonça qu'il était l'heure de passer à l'apéritif, que le repas était servi sur un buffet, que les places sur les tables n'étaient pas attribuées et que chacun pouvait s'installer à sa guise, que les festivités étaient ouvertes.

La grande salle était divisée en plusieurs espaces : un premier où ils se tenaient debout et pouvaient converser, un second dans lequel des tables de douze personnes étaient dressées, avec un buffet qui occupait tout un mur, sur lequel des serveurs étaient en train de déposer les plats et un troisième où il était possible de danser, avec des chaises disposées de part et d'autre.

François s'était rapproché du groupe de pilotes dont Sandrine faisait partie. Jusque-là, il avait d'elle l'impression d'une femme austère lorsqu'elle était en tenue de pilote, ses cheveux tirés en arrière. Là, elle rayonnait littéralement. Il s'était mêlé à leur conversation et avait discrètement fait signe à István de le rejoindre.

Patricia, elle, papillonnait à droite et à gauche, discutant avec chacun, présentant les uns et les autres à Annie. Elle lui fit connaitre le Pilote Charles Michel et ils engagèrent une conversation, polie tout d'abord, puis animée.

Le groupe des pilotes fut rejoint par Chloé Jullien qui, elle aussi, semblait parfaitement à son aise. Elle était accompagnée par son frère Charles, Emma Berthon et Iva Máchová, une fille blonde comme les blés que François avait déjà eu l'occasion d'apercevoir. Chloé, qui ne manquait pas de culot, demanda :

— Ça ne vous dérange pas si nous nous joignons à vous pour le repas ? Nous rajouterons une table à la vôtre.

Elle avait pressé de questions Sandrine et Francesco et répétait régulièrement qu'elle voulait devenir pilote et qu'il fallait bien qu'elle se fasse une idée de ce qu'il y avait à faire. François s'était retrouvé à côté d'Emma. Plus il discutait avec elle, plus il la trouvait aux antipodes de sa mère. Comme elle, Emma savait ce qu'elle voulait, mais elle faisait preuve d'une plus grande réserve et était beaucoup moins exubérante. Ils avaient discuté une bonne partie de la soirée et avaient sympathisé.

— Maman m'a dit que tu as fait partie des pionniers de Libertyville.

— Effectivement, j'ai travaillé sur ce projet avant même que la ville soit bâtie. J'ai fait partie du groupe de travail qui a créé les Bâtisseurs de Bonheur.

— À cette époque, nous étions encore à Saint-Nazaire. Mes parents sont venus sur le projet il y a quatre ans. Je ne me souviens pas t'avoir rencontré là-bas.

— En deux-mille-trente-deux, je suis parti pour démarrer des projets de villes nouvelles en Europe centrale. Quand je suis revenu deux ans plus tard, la ville était devenue beaucoup plus grande et je n'avais plus d'attaches particulières à Libertyville. J'ai donc décidé de m'engager sur la base lunaire. Et vous, comment êtes vous arrivés dans cette aventure ?

– Maman a toujours rêvé de voyager dans l'espace et a fini par nous convaincre, surtout mon père. Notre candidature a été retenue pour ce programme. Ça va faire bientôt dix mois que nous venons régulièrement sur cette base. Les choses sérieuses vont commencer très prochainement.

François observait discrètement István en grande conversation avec Iva. Il avait craint un instant qu'il ne pense qu'il le laissait tomber pour Emma, mais il n'en était rien. Chloé était accrochée au groupe de pilotes. À une table sur sa gauche, Charles et Annie discutaient. Parfois, il la faisait rire, parfois, elle l'écoutait, visiblement fascinée, parfois, c'est elle qui parlait et il l'écoutait en fronçant les sourcils ou en s'esclaffant. Ils avaient l'air complices, ces deux-là.

Plus tard dans la soirée, le volume sonore de la musique avait augmenté et les couples commençaient à se rendre sur la piste de danse.

– M'accorderais-tu cette danse ? demanda François à Emma.

– Avec grand plaisir.

– Je te préviens, je suis un piètre danseur.

– Je relève le défi, je vais t'apprendre, lui répondit-elle en riant.

Emma lui avait ensuite expliqué les rudiments de la danse de salon. À minuit, ils s'étaient tous souhaité la nouvelle année, puis, pour une bonne partie, avaient continué à danser.

– Je ne suis pas très doué, lui glissa-t-il à l'oreille.

– Ne dis pas ça. Tu te débrouilles très bien.

Puis elle se dégagea de trois pas en arrière en lui tenant toujours la main et se mit à tourner sur elle-même, faisant gonfler sa robe. François fut pris d'une bouffée de tendresse en regardant son visage serein encadré par des cheveux châtains qui cascadaient sur ses épaules et virevoltaient au rythme de ses mouvements, ses yeux rieurs, son sourire éclatant. Il se dit pour lui-même :

– Ressaisis-toi, mon garçon.

En regardant par-dessus l'épaule d'Emma, il vit Annie et Charles qui semblaient avoir plus que sympathisé, puis il les vit filer « à l'anglaise » en se tenant par la main.

Plus tard dans la soirée, François avait raccompagné Emma jusqu'à sa chambre et avait rejoint la sienne. Il avait ensuite eu du mal à trouver le sommeil à cause des idées que s'entrechoquaient dans sa tête.

1er janvier 2037

Annie demanda une entrevue au maréchal, qui la reçut vers seize heures, pas tout à fait remis de sa soirée de la veille, lui sembla-t-il. Après être entrée dans son bureau, elle dit simplement :

– Je reste !

Le maréchal lui répondit :

– OK ! On verra les détails demain matin. Je vous attends à huit heures quinze dans mon bureau, à l'issue du rapport.

Une fois Annie partie, il fit convoquer Patricia Berg. Elle arriva dix minutes plus tard. Il dit :

– Je suppose que vous êtes déjà au courant : Annie Jullien reste !

Elle appuya sa réponse d'un mouvement de tête.

– Oui, Monsieur !

– Vous, il faudra m'expliquer comment vous faites. Je vais vous garder comme sergent recruteur avec moi.

Patricia haussa les épaules. Albertini reprit.

– Il serait peut-être plus prudent de l'intégrer dans une autre escouade que la vôtre. D'un autre côté, le père des enfants est avec vous et ils viennent d'apprendre qu'ils ont un petit frère. Un avis là-dessus ?

– Monsieur, nous pouvons effectivement les séparer, mais je ne crois pas que ce serait une bonne chose. J'ai observé le comportement d'Annie et de Louis. Il n'y a pas d'animosité entre eux. Peut-être ont-ils des remords, mais je ne saurais le dire. Nous pourrons toujours envisager une mutation ultérieurement, mais je ne pense pas qu'il y ait de problème.

– Je prends note de vos observations.

– Monsieur ?

– Oui ?

– Je recommande de faire muter le Pilote Charles Michel dans notre équipage sur Orion deux.

– Ne me dites pas que…

– Simple Hypothèse, Monsieur.

– Ah ! Je comprends mieux certaines choses.

Chapitre 9 – Préparation Mars

3 janvier 2037 matin

Les permissionnaires étaient rentrés la veille. Pour ceux qui ne l'avaient pas encore fait, ils avaient reçu comme instruction de bien vouloir mettre leurs affaires personnelles en ordre, car ils ne reviendraient pas avant la fin de l'année. S'ils souhaitaient se séparer de leurs biens, les transmettre à un proche, ou les faire garder, l'Agence se chargerait des démarches et de l'exécution des consignes des uns et des autres.

Annie, Chloé et Charles Jullien avaient fait leur parcours d'incorporation la veille. Ils se présentèrent au rapport en combinaison de vol. Comme décidé l'avant-veille, ils avaient été intégrés dans l'escouade numéro cinq sous la responsabilité de Jean Berthon. Chloé, fière de son uniforme, bombait le torse.

Ce matin-là, la neige s'était mise à tomber. Le rapport avait lieu dans un hangar où les douze escouades formaient les trois côtés d'un carré. Pilotes et personnels au sol étaient répartis de part et d'autre à l'avant de la formation. François, affecté à l'escouade numéro neuf avait repéré Emma plus loin et essayait, sans succès, d'accrocher son regard.

Sandrine Ledoyen commandait, le général Lebœuf se tenait sur le côté.

– Mesdames et messieurs. Vous êtes maintenant en partance pour la planète Mars. Les nouveaux en provenance de la Lune sont répartis dans les escouades numéro cinq, huit, neuf et onze. Je compte sur votre collaboration pour en faire de vrais Spationautes.

Murmure dans les rangs. Elle donna quelques consignes puis dit :

– Rendez-vous dans quinze minutes en salle de conférence. Rompez !

Les personnels quittèrent à la hâte la formation pour rejoindre la salle de conférence située à côté du hangar. Sandrine et le général passèrent par une porte latérale. Elle présenta ensuite la mission :

– Voici le programme des prochains mois : préparation de la mission jusqu'à notre date de départ définitif d'ici qui se fera le dix-sept janvier. Nous emporterons tous les équipements, les appareils Orion et les propulseurs. Les XC35 et les XC90F2 restent ici pour la formation de vos camarades qui vous suivront dans quelques mois. Nous nous rendrons ensuite sur la base T025 située dans le Turkménistan. Cette base recrée les conditions de vie sur Mars, à l'exception de la gravité et quelques autres détails.

Elle projeta une image qui montrait des équipements d'une station au sol.

– La nouveauté, c'est que vous prendrez dans votre périmètre des animaux et des végétaux de façon à créer une biodiversité qui vous accompagnera tout au long de cette mission. Une sorte d'arche de Noé, car je vous rappelle que le but des missions *Perseus* est l'implantation de colonies humaines sur des exoplanètes, c'est-à-dire des planètes supposées habitables hors du système solaire. Vous devrez donc être autonomes au maximum.

Nouvelle projection de diapositives montrant des animaux et des végétaux.

– Nous avons un expert agricole parmi nous : Albert Lebrun. C'est lui qui vous formera aux techniques de culture et d'élevage. Monsieur Lebrun, approchez.

Albert se leva et rejoignit Sandrine qui reprit :

– Albert Lebrun est un de nos plus grands chercheurs et, si je puis dire, trouveurs dans le domaine de l'amélioration des productions animales et végétales. Il nous a déjà permis de grandes avancées pour nos cultures hors de la terre, sur Mars notamment.

Albert la regardait, étonné. Sandrine lui dit :

– Nous nous sommes beaucoup intéressés à vos travaux et avons repris quelques-uns de vos procédés à notre compte. Je crois même savoir qu'il y a une méthode qui porte votre nom.

Sandrine se retourna vers l'assistance en lui indiquant qu'il pouvait se rassoir.

– Vous allez maintenant entrer dans une nouvelle phase de votre formation.

Les diapositives défilaient.

– Vous resterez environ deux mois et demi sur la base d'instruction. Nous nous rendrons ensuite sur la station Orbitale

Lunaire pour prendre en main les navettes qui nous emmèneront sur Mars. Nous emporterons avec nous les animaux et les végétaux. Les véhicules vous seront fournis pour partie sur la Lune et pour partie directement sur Mars. Nous repartirons de là vers le quinze avril pour quinze jours de voyage. Ensuite, vous passerez six mois sur mars et serez de retour fin octobre pour deux mois de détente où vous pourrez vous rendre dans votre famille ou dans l'endroit de votre choix. Si vous souhaitez rester, nous vous organiserons des petites vacances dans un coin sympa où il fait chaud et au bord de la mer.

Une discussion s'engagea. Les Spationautes posaient des questions, les experts étaient appelés pour y répondre. Vers midi, Sandrine leva la séance en donnant les consignes :

– Les Pilotes Irina Malichewsky, Roberto Dos Santos et Charles Michel ainsi que les Spationautes Annie, Chloé et Charles Jullien, rendez-vous dans cinq minutes en salle de briefing mission. Les autres, à disposition pour le repas. Les activités reprennent à treize heures trente sous l'autorité des chefs d'escouade.

Sandrine quitta la grande salle, puis se rendit dans la salle de briefing dans laquelle les trois pilotes et les apprentis Spationautes avaient déjà pris place.

– Vous allez effectuer votre premier vol d'entrainement. Vous avez une fenêtre de décollage à douze heures quarante-cinq. Ça vous laisse juste le temps pour attraper un casse-croute à la cantine. Ils sont prévenus. L'équipe au sol se charge de vous déneiger la piste avec les génératrices de vapeur.

Elle marqua une pause.

– Roberto, tu prends le lead sur Delta un et prends comme copilote Charles Jullien. Irina, tu seras Delta deux, tu voleras avec Chloé. Charles Michel, tu fermes le bal sur Delta trois avec Annie.

Elle afficha une carte en projection de la Terre.

– Je suis désolée, nous n'aurons pas le temps de vous faire visiter la station spatiale Internationale ISS. En revanche, nous vous proposons une petite balade à la frontière de l'atmosphère terrestre, puis au-dessus du pôle Nord. Comme le temps est couvert avec plusieurs couches de nuages, vous ferez un passage à basse altitude. Vous disposerez d'une réserve de carburant supplémentaire. En cas de problèmes, vous pouvez vous replier sur Baïkonour ou Reykjavik. Sinon, on avisera. Durée estimée du vol · cinq heures trente. Roberto, à toi le soin.

3 janvier 2037 début d'après-midi

Annie, Chloé et Charles avaient *casse-croûté* en marchant vers les appareils. Ils étaient passés récupérer les combinaisons et les casques. Ils avaient vraiment l'air de cosmonautes maintenant. Annie avait dû résoudre une épineuse question pour différencier les deux Charles : Charles sénior et Charles Junior ? Charles unité et Charles deux ? Finalement elle avait opté pour Charles Alpha et Charles Bravo.

Charles Bravo justement était dans la navette de tête. Le pilote, Roberto, finissait sa check-list en parlant à haute voix pour que Charles entende. Chloé resserrait son harnais sur les conseils d'Irina. Elle était tout excitée. Annie attendait la suite des évènements sereinement. Elle n'avait pas peur. Elle regardait Charles Alpha, c'était mignon comme nom, terminer les procédures avant le décollage. À un moment, il posa la main sur le levier d'accélération. Annie fit de même, accrocha quelques instants son regard, retira sa main puis fixa à nouveau un point devant elle, au loin dans la neige. Il ne fallait pas le distraire. La radio se mit en fonction dans son casque :

— *Delta leader demande statut de la piste.*

— *On finit de vous la dégager. Roulage autorisé.*

— *Merci Contrôle… Pour les Deltas, roulage vers la piste Alpha deux pour décollage en ligne à intervalle vingt secondes.*

Annie vit le premier appareil se mettre à rouler dans la neige et tourner sur la droite, suivi du second appareil. Charles lui fit un clin d'œil en même temps qu'il actionnait la commande de gaz. L'appareil s'ébranla, ralenti par la neige au sol malgré le passage d'un chasse-neige qu'on devinait devant grâce à son gyrophare orange. Charles dut actionner les essuie-glaces encastrés dans le fuselage et mettre un peu plus de puissance. Les appareils s'immobilisèrent au bout du taxiway.

— *Équipe Delta demande autorisation de décollage.*

— *Équipe Delta, les déneigeuses ont libéré la piste. On vous a dégagé mille-neuf-cents mètres. Vous êtes autorisés à décoller. Bon voyage.*

— *Bien reçu… De Delta Leader à tous les Deltas, décollage en postcombustion. Je débute la manœuvre.*

Le premier appareil se mit à rouler, puis s'immobilisa sur la piste pour faire son point fixe. Annie entendit dans son casque :

— *Delta un, décollage.*

L'appareil bondit en avant et disparut pratiquement instantanément dans la neige qui tombait maintenant à gros flocons.

Vingt secondes plus tard, l'appareil dans lequel se trouvait Chloé annonça :

— *Delta deux, décollage.*

Charles fit avancer l'appareil sur la piste. Il bloqua les freins puis commença à pousser la manette de gaz vers l'avant. L'appareil se mit à trembler sur place. Il se tourna vers Annie en souriant et lui dit :

— Accroche-toi !

Puis il annonça à la radio :

— Delta trois, décollage.

Il poussa la manette de gaz à fond et lâcha les freins d'un coup. L'appareil bondit puis Charles enclencha la postcombustion. Annie fut littéralement collée au siège. Elle sentit l'adrénaline monter en elle, l'appareil quitter le sol au bout d'une dizaine de secondes, puis l'ascension quasi à la verticale. Sur l'écran du radar de poursuite, elle pouvait voir les spots lumineux des deux appareils devant eux, invisibles à l'œil nu. Au bout de quelques minutes, la trajectoire de l'appareil commença à s'aplatir. Ils venaient de percer le plafond de nuages et le soleil brillait. Elle voyait les autres appareils un peu plus en avant. Charles se rapprocha en virant légèrement sur la gauche et dit à la radio :

— Delta trois en formation par bâbord arrière.

— *Reçu, Delta trois.*

Annie reprenait ses esprits. Sa vie venait de changer à jamais et elle comprenait maintenant pourquoi les pilotes étaient accroc et ne pouvaient plus se passer de voler. Elle venait de vivre dans son corps quelque chose inconnu d'elle jusque-là et qu'elle n'oublierait jamais. Hors de question de faire machine arrière maintenant.

Roberto leur avait donné l'ordre de continuer à monter jusqu'à deux cents kilomètres d'altitude, puis ils se mirent en palier et volèrent à la limite du vide intersidéral. Chloé posait de nombreuses questions à Irina. Elle lui dit, avec son accent qui roulait les r :

— Du calme, jeune fille. Nous aurons tout le temps de voir ça un peu plus tard. Ça te dirait d'admirer le paysage ?

— Oui, ça serait génial !

— OK... Delta Leader, de Delta deux.

— *Oui Irina ?*

— Demande autorisation de manœuvrer pour admirer le paysage.

— *Accordé. Pour les Deltas, manœuvre d'observation du paysage.*

Irina manœuvra le manche vers la gauche et l'appareil commença à s'incliner. Lorsqu'ils eurent la tête en bas, elle cessa sa manœuvre.

Chloé reconnut nettement l'Amérique centrale et le sud des États-Unis puis les masses nuageuses devinrent de plus en plus denses et le sol disparut. Elle voyait la luminosité décliner sur la gauche de la verrière. La région du pôle se trouvait complètement dans l'obscurité. Au bout de quelques minutes, la radio annonça :

– *De Delta leader, on plonge au sol.*

Chloé vit le premier appareil sortir de leur champ de vision par la partie supérieure de la verrière du poste de pilotage, puis Irina dit :

– On y va !

L'appareil plongea. Irina le retourna et ils descendirent à une vitesse vertigineuse vers le sol. Elle dit simplement :

– Vitesse six-mille kilomètres-heure.

Le nez de l'appareil se mit à rougir lors de leur entrée dans l'atmosphère. Un peu moins de huit minutes plus tard, leur trajectoire s'aplatit. Ils venaient de traverser la couverture nuageuse et se stabilisèrent en vol horizontal à quelques mètres au-dessus de l'océan. Irina actionna un commutateur et dit à Chloé :

– Maintenant, c'est lui qui pilote.

Ils étaient remontés ensuite vers le pôle en suivant le relief du Groenland. Ils pouvaient voir le paysage grâce aux caméras à amplification de lumière qui donnaient la même visibilité qu'en plein jour. Le vol ressemblait plutôt à une séance de montagnes russes. Les appareils s'étaient élevés jusqu'à une altitude de trois-mille mètres en suivant les montagnes et les vallées glaciaires du Groenland avant de débuter l'approche sur le pôle. Après une heure de survol de l'île, ils étaient redescendus quasiment au niveau de la mer puis Roberto avait annoncé qu'ils survolaient le pôle Nord.

Ils avaient ensuite fait demi-tour pour revenir à leur point de départ en reprenant de l'altitude en longeant la côte de la Norvège. Irina avait permis à Chloé de manœuvrer l'appareil.

Après s'être posés et avoir remisé les appareils, les trois équipages s'étaient rendus en salle de briefing où Sandrine et le général les attendaient. Sandrine engagea la conversation :

– Premières impressions sur ce vol ?

Chloé dit simplement :

– Génial !

Charles Bravo était plus réservé.

– Charles ?

– Je n'imaginais pas qu'un aéronef puisse voler à une telle vitesse !

— Ils peuvent aller beaucoup plus vite, plus de trente-cinq-mille kilomètres-heure en orbite. Vous n'avez eu qu'un avant-gout. Ça t'a plu ?

— Le côté montagnes russes est assez extraordinaire.

— Et toi, Annie ?

— Je comprends maintenant qu'on soit accroc à l'espace.

Annie passa sous silence la décharge d'adrénaline et les sensations qu'elle avait ressenties dans son bas ventre au moment du décollage. Elle s'adressa aux pilotes :

— Et vous madame et messieurs, comment s'est passé le vol ?

Ils donnèrent une foule de détails techniques auxquels Annie ne comprenait pas grand-chose, mais que Chloé s'efforçait de mémoriser du mieux qu'elle pouvait. Le général prit ensuite la parole en s'adressant à Annie :

— Je dois maintenant vous poser LA question : souhaitez-vous poursuivre l'aventure dans le programme spatial ?

Chloé intervint :

— Dis oui, maman !

Annie se tourna vers Charles pour requérir son assentiment. Il opina du chef, indiquant qu'il était d'accord :

— Je maintiens ma candidature. Je vous demande de nous intégrer tous les trois dans le programme *Perseus*.

Chloé, heureuse, ajouta simplement :

— Maman, tu es géniale !

Annie jeta un coup d'œil discret, qui n'échappa à personne, à Charles Alpha, son Charles. Lebœuf poursuivit :

— Dans ce cas, voici les formulaires d'engagement que je vous demanderai de signer. J'ai bien compris que vous souhaitiez rester sur la mission *Perseus Gamma*. Vous passez immédiatement sous autorité militaire. Dès demain, vous retournerez à Toulon pour mettre de l'ordre dans vos affaires personnelles. Nous nous chargerons des formalités administratives pour vos enfants et vous-même, ne vous inquiétez pas. Charles Michel vous emmènera jusqu'à Marseille à bord d'un XC35. Vous verrez, ça impressionne toujours quand on arrive quelque part avec cet appareil. Charles en profitera pour vous faire un peu d'instruction complémentaire. Vous pourrez tester le décollage et l'atterrissage à la verticale.

Charles Michel dit simplement :

— À vos ordres !

— Voyez pour déposer un plan de vol pour demain matin.

Lebœuf marqua une pause.

— Vous partirez avec l'équipe sur la base d'entrainement Mars. Ils décollent dans quatorze jours.

4 janvier 2037

Annie, ses enfants et leur pilote, Charles, étaient partis pour Marseille. Ils devaient voler en subsonique pour éviter les réclamations ultérieures des riverains. Annie était dans le poste de pilotage, les enfants regardaient un film dans la cabine passager. Après une vingtaine de minutes, Charles alpha proposa à Annie :

— Ça te dirait de voir de près le navire amiral des Bâtisseurs de Bonheur en France ?

— De quoi s'agit-il exactement ?

— C'est une des villes qui a servi de terrain d'expérimentation pour bâtir une société humaine différente. Ces villes se sont développées après deux-mille-trente. Il y en a en Allemagne, en Espagne et dans un certain nombre d'autres pays. Le but de ces réalisations était d'atténuer les effets de la grande crise de deux-mille-trente qui a vu le nombre de sans-emplois et de précaires exploser et d'éviter que cela ne se reproduise. Ton ancien mari faisait partie de ce programme qui a pris un grand essor.

— Si c'est possible de visiter, je veux bien.

— OK. J'arrange ça.

Charles bascula le commutateur radio pour se brancher sur la fréquence de suivi de son vol.

— Contrôle sol, de vol spécial Sierra X-Ray Charlie trois cinq.

— *Parlez, vol spécial.*

— Nous allons nous poser à proximité de *Libertyville.*

— *Bien reçu vol spécial Sierra X-Ray Charlie trois cinq. Nous prenons note. Vous déposerez un nouveau plan de vol pour la poursuite de votre voyage.*

— Affirmatif, contrôle. Pouvez-vous prévenir notre destination que nous aurons deux heures trente de retard ?

— *Vol spécial, nous le ferons. La zone est claire sur* Libertyville. *Rien en dessous de trente-mille pieds.*

— Merci contrôle. Je contacte la permanence locale.

Charles bascula le manche vers la droite, enfonça la pédale de droite et annonça à la radio :

— *Libertyville,* de vol spécial Sierra X-Ray Charlie trois cinq.

— *Ici permanence* Libertyville, *quel bon vent vous amène ?*

— Nous venons vous rendre une petite visite de courtoisie. Nous vous informons que nous ferons un passage à basse altitude.

— *OK vol spécial. Vous pourrez vous poser sur la piste pour hélicoptère du centre hospitalier.*

— Merci, *Libertyville*. Nous arrivons dans sept minutes.

Charles annonça la manœuvre aux enfants en leur suggérant de se mettre aux hublots côté droit, puis ils débutèrent le tour de la grande ville qui ne ressemblait pas vraiment à une ville et se posèrent à la verticale sur la piste d'hélicoptère. Une délégation vint les accueillir et leur fit visiter quelques réalisations caractéristiques. Après avoir été reçus par les autorités de la ville, ils reprirent leur vol en direction de Marseille.

La suite de la mission se déroula comme prévu : ils étaient attendus à l'aéroport, dans la zone des vols spéciaux. Un véhicule les conduisit à Toulon. Annie et les enfants préparèrent chacun un bagage. L'agence se chargerait du reste. Ils retournèrent ensuite à l'avion et revinrent sur la base.

5 janvier 2037

François se rendait à la cantine pour le déjeuner. Il avait décidé d'entrer en contact avec Albert Lebrun pour discuter un peu, car il était curieux de connaitre les raisons de sa présence. Il le rattrapa en chemin. Il était accompagné de Louison et de deux enfants, dont un en bas âge.

— Bonjour, Albert, tu te souviens de moi ?

— Bien sûr, François. Ça fait un moment que je ne t'avais pas vu.

— Deux ans, exactement. J'étais sur la Lune avant de m'engager pour cette mission.

— C'est ce que j'avais appris à l'époque.

— Et vous, comment êtes-vous arrivés dans cette aventure ?

Ils s'installèrent à une table de huit, rapidement complétée, puis un soldat de la base vint leur apporter le repas. Albert continua.

— Il y a environ un an, un représentant du ministère de l'Agriculture m'a demandé si je voulais bien le recevoir. J'avais conscience que j'avais pris du galon à Libertyville, mais je ne pensais pas que ma notoriété était arrivée jusqu'au ministère. J'ai accepté à condition que ma Louison assiste aussi à l'entretien. Elle avait accouché peu de temps avant de notre petite Lucie, mais n'était pas impotente. J'ai prétexté qu'elle faisait partie du cercle de gouvernance agricole. Le représentant du ministère a accepté avec enthousiasme. Il est venu nous rendre visite quelques jours après.

Un sourire se dessina sur les lèvres d'Albert.

– Un type sympathique, qui se nommait Jeffrey McAdam, disant descendre de l'inventeur du revêtement bitumeux et qu'il fallait l'appeler *Jef*, nous a annoncé tout de go que nos excellents résultats en matière d'innovation étaient remontés jusqu'au ministère, que nous étions devenus des experts du monde agricole et que le ministère de l'Air et de l'Espace souhaitait nous confier la responsabilité d'un programme expérimental de développement agricole.

Son sourire s'accentua en repensant à cet évènement.

– Tout ceci était fort intéressant. Je lui ai demandé comment ça allait se passer, si ce programme était développé dans la zone d'action de Libertyville. Il m'a répondu qu'il faudrait prévoir la possibilité d'un déménagement, car ce programme révolutionnaire consistait à faire pousser des végétaux sur Mars pour nourrir les populations expatriées.

– J'ai failli tomber de ma chaise en entendant la destination, dit Louison. Je me rappelle m'être exclamé de surprise : « quoi ? Sur Mars ? »

– *Jef*, poursuivit Albert, est resté imperturbable et nous a dit : « vous deviendrez des sommités mondiales en matière de recherche agronomique et vous aurez votre nom dans les livres d'histoire. Vous travaillerez directement pour le centre international de recherche spatiale. Sachez qu'il s'agit d'une demande de notre Président de la République, le Président Robert Honeck. » Pour nous convaincre, Jef a dit qu'il fallait que nous sachions que le Président était membre de notre association depuis longtemps, mais bien entendu, ce n'était pas officiel.

– J'ai fait remarquer, dit Louison, que nous venions d'avoir un enfant. *Jef*, qui avait réponse à tout, nous a dit qu'il n'y avait aucun problème, qu'il y avait des nouveau-nés dans l'espace et que nous avions tout le temps que nous voulions pour donner une réponse si nous désirions rejoindre le programme de recherche… *Jef* a perfidement ajouté à la fin de l'entretien : « votre pays et la recherche mondiale comptent sur vous », avant de glisser ses coordonnées sur la table. La suite, tu peux la deviner. Nous avons accepté et nous nous sommes engagés dans l'aventure *Perseus*, il y a un an, où nous avons reçu la formation de Spationautes. Finalement, pour les livres d'histoire, *Jef* McAdam n'avait pas menti. Nous sommes bien en train d'écrire l'histoire, non ?

17 janvier 2037

Le maréchal Albertini et le général Lebœuf entrèrent dans le grand hangar à navettes, prirent place devant les Spationautes. Albertini s'adressa à eux en premier.

— Mesdames et messieurs les Spationautes, vous voici arrivés au terme de votre instruction de base. Vous abordez maintenant la seconde partie de votre formation : aller sur Mars.

La salle resta silencieuse.

— Comme vous le savez, cette partie de la mission débute ici et se termine à votre départ pour Jupiter qui marquera la phase trois de votre apprentissage.

Il expliqua ensuite le fonctionnement du groupe, puis demanda :

— Général Lebœuf, voyez-vous quelque chose à rajouter ?

— L'essentiel a été dit, Monsieur. Lancement des opérations avant décollage dans deux heures sous la responsabilité des chefs pilotes pour une mise en mouvement une heure plus tard.

Albertini reprit la parole :

— Merci général. Nous n'aurons peut-être plus l'occasion de nous rencontrer, aussi je vous souhaite une excellente fin de formation et un bon vol pour vos explorations à venir.

Il termina avec une pointe d'émotion dans la voix.

— Mesdames et messieurs, je suis fier de l'engagement que vous avez pris, et honoré de vous avoir eu sous mes ordres pendant ces mois de formation. Sachez que ce n'est pas donné à tout le monde d'avoir la chance de commander des héros.

Après avoir reçu les dernières instructions, ils s'étaient équipés pour la mission. Les pilotes avaient ensuite rejoint leurs appareils pour débuter les séquences avant le décollage. Les personnels des escouades, sous la responsabilité de leurs chefs, firent les tests d'étanchéité des combinaisons avant de contrôler les chargements.

À quatorze heures trente, tout le monde était à bord et à son poste. À quatorze heures quarante-cinq, les portes des navettes furent refermées et à quinze heures précises, la colonelle Sandrine Ledoyen, sous l'autorité directe du général Lebœuf, ordonna :

— Début du roulage.

Les lourds vaisseaux, suivis de leurs propulseurs, décollèrent l'un derrière l'autre et s'élevèrent dans les airs pour un vol de cinq heures environ. Ils se dirigeaient plein est et chacun pouvait admirer le paysage soit par l'un des petits hublots, soit en visionnant l'une des caméras de l'appareil sur l'écran devant eux.

François avait ainsi pu apercevoir les chaines montagneuses et les sommets des Alpes, puis le relief s'était abaissé et ils avaient pu contempler la mer Adriatique sur leur droite. Leur périple s'était poursuivi au-dessus des Balkans, puis de la mer Noire. Une heure plus tard, ils étaient à la verticale de la Géorgie, puis dépassèrent l'Azerbaïdjan avant de survoler la mer Caspienne.

Après quatre heures trente de vol, le pilote annonça :
— Début de la descente.
István, qui semblait tout connaitre sur tout, expliquait :
— Nous sommes au-dessus du grand étang de *Garabogazköl Aylagy* long de deux-cents kilomètres qui jouxte la mer Caspienne. Regarde, on le reconnait bien !
La descente s'accentua.
— Et ça, c'est trop rectiligne pour être une rivière, dit François.
— Il s'agit du canal qui traverse le Turkménistan d'est en ouest sur une longueur de mille-trois-cent-soixante-quinze kilomètres. Il relie le fleuve Amou-Daria, affluent de l'ancienne mer d'Aral, à la mer Caspienne.
Le pilote compléta les images projetées sur le circuit vidéo :
— Devant nous, notre destination : le lac Karakoum.
— Un lac salé, précisait István, qui, après avoir été asséché, est à nouveau en cours de remplissage. L'eau gaspillée par le canal est drainée vers la mer en reformation afin de l'épurer et de la réutiliser pour l'agriculture.
Les appareils amorcèrent un virage par la gauche pour voler parallèlement au gigantesque lac Karakoum. Le pilote les renseigna :
— Cette ancienne mer mesure environ cent kilomètres de long et quarante de large.
La base terrestre reproduisant la station installée sur Mars et sa piste d'atterrissage se trouvaient devant eux à une cinquantaine de kilomètres du début de la grande plaine qui se remplissait lentement. La descente s'accéléra et ils touchèrent le sol quelques minutes plus tard.

Une fois leurs combinaisons spatiales enfilées, ils se regroupèrent par escouade, puis prirent la direction des bâtiments qui avaient une forme bizarre. On aurait dit un enchevêtrement de tuyaux cylindriques en surélévation ou au contraire qui s'enfonçaient en pleine terre.

Le paysage était grandiose. Au loin, vers le nord, on voyait les montagnes d'Azerbaïdjan. Vers l'est, on devinait les falaises qui surplombaient le fond de l'ancienne mer situé en dessous de l'altitude zéro et présentaient un dénivelé d'un peu plus de six-cents mètres. La température extérieure était inférieure à zéro degré Celsius[4], mais ils étaient protégés par leurs combinaisons. Les consignes furent données pour rejoindre leurs cantonnements.

18 janvier 2037

La journée avait été consacrée à l'installation. La zone d'habitation de la base était composée d'espaces communs, puis de cabines qui se trouvaient dans des couloirs adjacents : des caissons qui pouvaient être utilisés en couchettes une ou deux places. Après fermeture, ils devenaient des capsules de survie autonomes avec réserve d'eau et de nourriture. Dans la partie opposée à la banquette qui pouvait se déplier, il y avait des placards de rangement, une table qui se rabattait, un coin technologique avec un écran vidéo et un dispositif de saisie du journal de bord. Au bout du caisson, un petit cabinet de toilette avec un bac de douche, des toilettes et un lavabo.

François avait rejoint son ami István dans sa cabine.

– Ça va, tu es bien installé ? demanda François.

– Ce n'est pas pire que ce qu'on avait sur la Lune. Au moins, ça a l'air tranquille. On n'entend pas de bruit, répondit István.

– Tout est très fonctionnel. J'aime assez l'idée d'avoir un petit coin à moi.

– Tu connais le programme des prochains jours ?

– Je suis passé devant le tableau de consignes, dit François. L'escouade neuf aura comme activité demain l'instruction sur propulseurs individuels et un cours de botanique et de culture, moitié le matin et moitié l'après-midi.

– Bien ! Tu ne m'as pas dit. Tu as revu la petite… comment s'appelle-t-elle ? … Emma ?

– Pas dernièrement, mais j'ai rencontré son père tout à l'heure dans l'espace commun. Nous avons pu discuter un peu. Son escouade, ainsi que la sept et la nôtre avons une partie de nos

---

[4] Degré Celsius ou centigrade : Échelle de température. Le zéro correspond à la température de solidification de l'eau et cent degrés à sa température d'ébullition.

équipements en commun. Je pense que nous aurons sans doute l'occasion de nous croiser. Et toi, tu as revu Iva ?

– Non. Je ne lui ai pas reparlé depuis notre repas de début d'année, répondit István.

Dans les jours qui avaient suivi, ils avaient été formés à la manipulation des propulseurs individuels, la conduite des engins spéciaux sur lesquels François était instructeur et à de nombreuses disciplines théoriques ou pratiques. Les journées étaient toujours aussi toniques, avec beaucoup de sport pour entretenir la masse musculaire.

15 février 2037

Une nouvelle étape allait être franchie, car ils devaient recevoir dans les prochaines heures les animaux qui allaient les accompagner dans ce voyage. Il avait fallu tout d'abord déterminer quelles sortes de bêtes ils allaient emmener, et en quelle quantité. Il y avait des risques de dégénérescence génétique des espèces, de consanguinité. Ces problèmes pouvaient d'ailleurs se poser pour eux à un moment où à un autre. Une fois ces choix effectués, il avait fallu débuter une production accélérée de nourriture.

Les bêtes devaient arriver par voie aérienne dans des caissons étanches et à huit heures trente, les personnels d'arrimage furent priés de se regrouper à l'extérieur. Comme François était pilote d'engin breveté, il faisait partie de l'équipe de manutention.

Il attendait aux commandes de son véhicule, son inséparable ami à côté de lui sur le siège de copilote, lorsque les premiers appareils apparurent en visuel : des gigantesques hélicoptères qui portaient, suspendus au bout de quatre filins d'acier, les immenses conteneurs pour animaux.

Des piétons allaient raccorder mécaniquement les conteneurs à la station et ils seraient aidés dans cette tâche par les véhicules au sol qui positionneraient chaque caisson.

Albert Lebrun, chargé de diriger la manœuvre, était sur le canal radio de commandement. Il commençait à entendre distinctement le bruit des pales des six hélicoptères qui arrivaient par l'ouest, se disant en souriant :

– Des hélicoptères… sur Mars !…

Dans la cabine de l'engin de François, la radio se mit à crachoter :

— *Contrôle T025, de… Arche Leader, en approche sur vecteur 0-7-9. Nous serons à votre contact dans quatre point zéro minutes.*

— *Bien reçu, Arche Leader. Votre comité d'accueil est déjà en place.*

Les appareils ralentirent, avant de s'immobiliser à une centaine de mètres de la station, toujours en l'air. La partie délicate allait maintenant commencer.

— *Contrôle sol, de… Arche un, prêt à livrer le colis.*

— *Arche un, de contrôle sol, débutez votre approche sur hangar numéro un.*

— *Bien reçu.*

Le premier hélicoptère se déplaçait à petite vitesse pour se mettre en alignement avec la partie de l'installation qui portait un grand chiffre « un » sur le toit. Arrivé à une dizaine de mètres de distance, le chargement se trouvant environ à cinq mètres du sol, le pilote stoppa.

— *Arche un, de contrôle sol, débutez votre descente.*

Le caisson commença à s'abaisser vers le sol.

— *Deux mètres… Un mètre cinquante… Stop !…*

— *Équipe roulage et manœuvre au sol, à vous…*

— Roulage un en position, dit François après avoir vérifié qu'István était bien aux commandes du bras de manutention.

— *Deux, en position… Trois, OK… Quatre, paré…*

— *Arche un, vous pouvez abaisser.*

Les engins agrippèrent le caisson puis le mirent en position pour que les équipes au sol puissent l'accoupler. Ils libérèrent ensuite l'hélicoptère. Il s'éloigna vers le sud en même temps qu'il remontait les filins d'acier, puis alla se stationner sur la zone d'attente située à l'écart.

Les étables étaient munies de rangées de hublots et les animaux y étaient agglutinés pour regarder ce qui se passait à l'extérieur. Ils devaient être stressés, bien qu'ils aient été mis sous sédatif avant le départ pour qu'ils se tiennent tranquilles.

L'opération dura trois heures, puis les pilotes furent invités à se joindre à eux pour le repas de la mi-journée avant de reprendre le chemin de leur base.

20 mars 2037, 2 h 30 zoulou

François ne dormait plus et attendait que le temps passe. Le réveil officiel n'aurait lieu que dans quelques heures. Il s'était levé, avait enfilé une tenue de sport et était sorti de sa cabine avec l'envie de regarder le jour se lever par un des hublots d'une salle commune de la station « martienne ». Il repensait aux évènements des jours derniers. La formation intense, mais aussi à Emma. Il avait eu l'occasion de la revoir à plusieurs reprises. Il se trouvait bien en sa présence et elle semblait heureuse avec lui. Elle ne le fuyait pas. Il ne savait pas s'il pouvait aller plus loin sans risquer de la contrarier, voire de la perdre.

Sur la paroi extérieure de la vitre, il voyait des gouttes d'eau s'agglomérer, puis couler lentement avec une trajectoire un peu sinueuse en laissant une trainée, évènement inhabituel dans cette partie du monde plutôt désertique. Il sentit une présence derrière lui et se retourna… Emma !

— Bonjour, François, lui dit-elle avec sa voix chaude.

— Bonjour Emma, je…

Elle était aussi en tenue de sport et continua à s'approcher de lui.

— Viens, François ! Regardons le jour se lever.

— Il pleut dehors, dit-il après avoir recollé son nez au carreau. Je ne suis pas sûr, mais je crois que le désert a changé de couleur.

Emma s'assit à côté de lui, devant le hublot. Il s'écarta légèrement pour qu'elle puisse voir. Ils étaient maintenant côte à côte, quasiment à se toucher. La présence de François contre elle ne la laissait pas indifférente. Elle essaya de masquer ses émotions du mieux qu'elle pouvait. De son côté, il tentait de cacher ses sentiments tant bien que mal.

— On dirait que tout est devenu violet, dit-elle, mais c'est encore trop sombre pour se faire une idée précise. Tu veux voir le jour se lever dehors ?

— Volontiers !

— Viens, allons demander la permission au chef de poste ! Laisse-moi faire…

— D'accord.

Ils se dirigèrent vers le poste de sécurité où deux militaires assuraient le service pendant la nuit. Emma s'approcha de l'officier de permanence avec un large sourire. François se tenait légèrement en arrière.

— Bonjour, Monsieur.

— Bonjour jeunes gens, déjà réveillés ?

— Oui. Nous n'arrivions plus à dormir ni l'un, ni l'autre.

— Qu'est-ce qui vous amène ici ?

— Monsieur, nous aurions une requête à formuler.

— Dites ?

– Nous souhaitons voir le lever du soleil depuis l'extérieur. Promis, nous serons de retour à cinq heures au plus tard.

L'officier réfléchit quelques instants, puis dit :

– C'est OK. Combinaison spatiale avec casque obligatoire. Ne vous éloignez pas trop de la station.

– Merci, Monsieur, lui répondit-elle en souriant.

Ils firent demi-tour pour aller enfiler leur combinaison, puis se présentèrent devant la porte du sas. François fit signe à Emma de s'arrêter à quelques mètres de la porte. Il s'avança jusqu'au panneau de contrôle sur lequel il appuya sur un petit bouton rouge. Un écran s'alluma et le visage de l'officier apparut. François recula de deux pas pour se mettre à côté d'Emma et annonça :

– Emma Berthon et François Cervantès demandent autorisation d'utiliser le sas pour sortie.

– Permission accordée.

– Bien reçu, poste de sécurité.

L'officier nota dans le cahier d'évènement la sortie non planifiée. Cela était uniquement destiné à alerter les personnels isolés à l'extérieur en cas de danger ou de situation exceptionnelle. François actionna la première porte du sas, puis lorsque le voyant de dépressurisation simulée s'alluma au vert, il manœuvra la porte qui donnait sur l'extérieur.

Ils firent quelques pas. La pluie tombait. Au loin, on voyait nettement la fin de la barrière de nuages. Ils passaient du gris au blanc en allant vers l'est et commençaient à se teinter de rose. Le jour se levait sur le désert. La luminosité devenait plus intense et ils purent distinguer à perte de vue des milliers de petites fleurs violettes sorties d'on ne sait où, qui avaient fleuri pendant la nuit. De-ci, de-là, des taches blanches ou rouges indiquaient une concentration de fleurs d'une autre variété. Emma restait subjuguée :

– C'est magnifique. Je ne savais pas que le désert pouvait fleurir en si peu de temps.

– C'est effectivement extraordinaire.

Ils se dirigèrent vers le caisson pour récupérer deux équipements individuels propulsés. Alors que François aidait Emma à se harnacher, sa main droite vint au contact de son bras gauche et leurs regards se croisèrent longuement. François mit fin à la situation en jouant son vatout : il recula d'un pas, approcha sa main de son casque et fit comme s'il y déposait un baiser, puis il avança la main et mima l'action de souffler. Il n'allait pas tarder à être fixé sur le résultat de son geste. Emma reçut comme un choc, puis se reprit.

— Viens, allons jusqu'au lac, dit-elle en enclenchant sa propulsion.

François la suivit. Ils s'élevèrent à dix mètres du sol pour avoir une vue meilleure. Ils cheminaient cap à l'est en direction des bords de l'ancienne mer. À perte de vue, les minuscules fleurs tapissaient le sol. Les maigres arbustes, qui paraissaient tout secs la veille encore, avaient également verdi et commençaient pour certains à fleurir. Toute cette vie était apparue en à peine une nuit.

Il commençait à faire grand jour maintenant. Ils étaient seuls au monde, enfin presque, car au loin, ils virent les phares de ce qui devait être un camion qui empruntait la route qui longe le lac par le côté oriental et circulait en direction du sud.

Emma, partie à pleine vitesse, était loin devant François. Elle s'arrêta, fit demi-tour, revint vers lui et stoppa sa machine à cinquante centimètres de lui. Il déplia les bras articulés dans sa direction, agrippa l'équipement d'Emma, puis les rétracta. Au bout de quelques instants, leurs casques se touchèrent. Ils étaient face à face, se regardant intensément, séparés uniquement par la vitre. Emma esquissa avec ses lèvres, sans prononcer un mot, car elle se savait écoutée : « Je t'aime ». Une vague de bonheur le submergea. Il répondit de la même façon : « Je t'aime ».

30 mars 2037

Le visage de Sandrine Ledoyen apparut sur les écrans des salles de réunions. Elle débuta le briefing :

— *Gesinjoroj Astronaŭtoj, ni komencos la rakontas malantaŭen al nia foriro sur Marso post nia konferenco. Ni iros ĝis la jeto bazo en Baikonur, tiam al la luno. Ni portas ĉion ni alportis pli bestoj kaj plantoj. Kion vi ne povas preni estos detruita aŭ revenis al la B325 bazo[5].*

Les travaux commencèrent : préparer, organiser, ranger. Le lendemain, les propulseurs prirent l'air pour rejoindre la base de Baïkonour située à environ huit-cents kilomètres au nord-est. Des navettes cargo étaient venues pour récupérer les caissons avec les animaux et les emmener sur la station Philadelphia.

Comme ils en avaient reçu l'ordre, ils renvoyèrent à la base d'entrainement B325 ou détruisirent sur place tout ce qui ne pouvait être emporté, à l'exception des véhicules, puis les Orions s'envolèrent

---

[5] Mesdames et messieurs les Spationautes, nous allons entamer le compte à rebours pour notre départ sur Mars. Nous nous rendrons jusqu'à la base de lancement de Baïkonour, puis vers la Lune. Nous emportons tout ce que nous avons apporté plus les animaux et les végétaux. Ce que vous ne pourrez pas emmener sera détruit ou renvoyé à la base B325.

pour le Kazakhstan. Ils devaient compléter les pleins de carburant, s'accrocher aux propulseurs et redécoller dans la foulée. Les différentes équipes devaient se retrouver sur Philadelphia dix-huit heures après le départ de la dernière navette dont François était passager.

Les quatre vaisseaux de la mission *Perseus* stationnaient en orbite à environ cinq-cents kilomètres de la station orbitale. La caméra avant de la dernière navette enregistrait et projetait ce que voyaient les pilotes : les trois Orions positionnés devant eux, plus en avant, deux navettes Sirius en provenance de Mars, nettement identifiables avec leur empennage en triangle qui leur permettait de se poser, si besoin, et redécoller à la verticale et, au fond, la gigantesque station dont la construction n'était pas terminée. François était captivé par ces images lorsque le pilote annonça :

— Nous sommes numéro sept sur l'approche station orbitale lunaire. Vous allez bientôt voir apparaitre sur votre gauche une navette en provenance de Jupiter.

L'appareil monstrueux remplit tout l'espace à côté d'eux quelques instants plus tard et les dépassa en décélérant. Les vaisseaux devant eux s'éloignèrent l'un après l'autre, puis ils finirent par recevoir l'autorisation d'accoster en secteur K, porte trois. Tous suivaient les manœuvres grâce à la projection sur les écrans.

— *Ralentissez à deux kilos… Un kilo… Stop !*

Un petit jet de gaz jaillit de l'avant de la navette qui s'arrêta.

— *Attention pour capture… Capture effectuée… traction en cours… Arrimage réalisé… sas pressurisé… Navette Orion quatre, bienvenue sur la station spatiale Philadelphia.*

Le pilote annonça :

— Vaisseau à l'arrêt. Vous pouvez ouvrir la porte tribord et débuter le déchargement.

Dès leur arrivée sur la station spatiale que François connaissait bien à présent, ils avaient abandonné les Orions et pris possession de leurs nouveaux moyens de transport : six des navettes Sirius affectées aux liaisons entre la Lune et Mars.

François et István allaient voler sur Sirius cinq sous les ordres du commandant Charline Lefèvre. Emma devait voyager sur Sirius trois.

Ils avaient ensuite été rejoints par environ quatre-cents hommes, femmes et enfants. Le général Lebœuf avait expliqué :

– Voici vos nouveaux compagnons. Ces Spationautes étaient pour la plupart affectés à la construction des vaisseaux sur la station orbitale et se sont portés volontaires pour nous rejoindre. Ils vont être répartis dans les différentes escouades et je vous demande de leur réserver le meilleur accueil.

Lorsque les équipages et les Spationautes étaient réunis pour des briefings ou des séances de formation, Emma et François s'arrangeaient pour être assis côte à côte. Elle posait alors discrètement sa main sur sa banquette et François la prenait dans la sienne, heureux.

– J'aimerais bien que nous passions plus de temps ensemble, lui disait-elle.

– Moi aussi. Nous nous voyons trop rarement.

– Je vais demander ma mutation sur Sirius cinq, dans ton escouade.

– Je t'aime, lui dit-il en bougeant à peine les lèvres et en serrant sa main, un peu plus fort.

– Moi aussi, je t'aime… Et ta demande pour piloter, du nouveau ?

– J'attends la réponse.

Emma avait obtenu sa mutation « pour raisons personnelles ».

– Ne t'inquiète pas, maman. Je ne pars pas à l'autre bout de la galaxie. Je change juste d'escouade.

Elle avait reçu sa propre cabine et avait dit à François qu'il ne fallait pas précipiter les choses. De son côté, il avait été admis dans le corps des aspirants pilotes.

5 avril 2037 – Sirius 5

Pendant ces derniers jours, la formation avait été intense : nombreuses manœuvres, exercices d'alerte ou de sauvetage. Il leur arrivait de passer jusqu'à vingt heures d'affilée en mission et les aspirants étaient tout particulièrement sollicités afin qu'ils s'endurcissent.

Ce matin-là, François se trouvait sur le siège de pilote « joker » à l'arrière du poste de pilotage. À sa droite, Charline Lefèvre qui allait diriger la manœuvre. Aux commandes, Antonio Sarkis, expert en maniement des navettes Sirius et Wolfgang Muller, aspirant comme lui. Sur une des banquettes de la cabine, deux autres élèves-pilotes.

L'instructeur expliquait ce qu'il fallait faire et pouvait faire des recommandations, mais c'était le commandant qui donnait les ordres. La mission consistait à récupérer et arrimer des caissons, dont un contenant des « biologiques », de se poser ensuite sur la Lune et de revenir.

Après que le pilote eut rendu compte que les passagers étaient à bord, les caissons matériels arrimés et que l'appareil était en pression, Charline donna l'ordre de départ.

— De commandant Sirius cinq à équipe mission station orbitale, préparez le caisson biologique numéro cinq pour arrimage navette.

— *Bien reçu, Sirius cinq, nous arrêtons la rotation des caissons biologiques. Vos animaux sont en position transport.*

— OK. Nous nous mettons en place pour la récupération.

Charline donnait ses ordres à Wolfgang Muller :

— Début de la check-list... Contrôle radio... Test propulseur principal...

François eut une pensée attendrie pour Emma qui était quelque part à l'arrière du bâtiment, puis se reconcentra sur la mission. La navette se sépara de la station orbitale, puis vint se placer à proximité de la zone de manœuvre. Une fois décroché, le caisson commença à chuter. La navette se positionna à sa verticale, puis descendit rapidement pour effectuer la capture, aidée en cela par des Spationautes à l'extérieur.

Après un bref voyage, ils avaient atterri sur la *Mare Tranquilitatis*, la mer de la tranquillité, sur la surface lunaire. Ils avaient pu observer, de-ci, de-là, des vestiges des missions Apollo, puis étaient revenus sur la station et avaient remisé les conteneurs.

10 avril 2037

Les équipes de travail avaient été recomposées dans les tout premiers jours de leur arrivée sur la station Philadelphia pour intégrer les « nouveaux » qui les avaient rejoints sur la station. Les anciens devaient leur transmettre tout ce qu'ils avaient appris jusque-là : culture, élevage, navigation... tandis que les nouveaux leur enseignaient tous les secrets de leurs bâtiments.

— Nous avons conçu et fabriqué les vaisseaux sur lesquels nous allons voler ensemble, expliquait l'un d'eux.

— Ça a dû prendre du temps, demanda un des Spationautes.

– Une année pour les études et une autre année pour la fabrication et la mise au point. Nous effectuons régulièrement des évolutions que nous intégrons sur le matériel existant lorsque c'est possible.

François s'intéressait aux questions techniques et Emma se renseignait auprès des autres filles du groupe sur les conditions de vie dans l'espace et tout particulièrement sur la station orbitale.

– Tu sais, lui avait dit l'une d'elles, c'est similaire à la vie au sol grâce à la gravité artificielle. Dans les vaisseaux, c'est totalement différent à cause du peu de place pour chacun.

István, quant à lui, semblait s'intéresser à une jeune fille qui avait été affectée récemment à leur groupe. Il avait l'air de consacrer tout son temps à lui donner des cours particuliers.

– *Mi prezentas vin Helena Mladics* (Je vous présente Helena Mladics), avait dit István à Emma et François.

– *Ravita* (Enchanté), avaient-ils répondu, bien qu'ils la connussent déjà de vue.

– *Mi ĝojas renkonti vin* (Je suis ravie de faire votre connaissance).

Helena était une belle fille. François souhaitait de tout cœur à István que cela débouche sur quelque chose et qu'il trouve le grand amour comme il le lui avait déjà exprimé. Il était content pour son ami, car il se sentait un peu coupable de le délaisser depuis que ses liens avec Emma s'étaient resserrés, mais il y avait un truc qui clochait. Il avait remarqué que le père d'Helena, Anastase, un homme qui dégageait un magnétisme extraordinaire, avait souvent tendance à regarder sa fille avec un regard réprobateur lorsqu'elle était avec István. Elle se refermait alors comme une huitre et le quittait en prétextant qu'elle avait des choses à faire.

François retrouvait ses vieilles habitudes de journaliste et se disait qu'il faudrait qu'il mène une enquête discrète.

11 avril 2037

Partant du principe qu'il faut battre le fer pendant qu'il est chaud, François avait décidé d'approcher Anastase qui travaillait dans le secteur propulsion. Il avait annoncé à son commandant :

– Une inspection technique des équipements de propulsion me parait nécessaire pour que j'en comprenne bien les mécanismes.

– Permission accordée, Cervantès.

– Bien, Madame.

Il avait rejoint la porte de la partie technique de l'appareil sur laquelle figurait l'indication « *Malpermesita aliro al ne rajtigitaj personoj* » (Accès interdit à toute personne non autorisée). Après s'être identifié, il avait rejoint la salle de contrôle des équipements. Plusieurs personnes, dont Anastase, se trouvaient dans le petit local.

– *Kion mi povas fari por vi, junulo* ? (Que puis-je pour vous, jeune homme) annonça ce dernier.

François ne releva pas.

– *Mi havas ordonon entreprenu detalan studon de propulso ekipaĵo* (J'ai ordre d'effectuer une étude approfondie des équipements de propulsion).

– *Sekvu min* ! (Suivez-moi !)

Après s'être équipés d'une combinaison antiradiation, ils se rendirent dans une des deux coursives coincées entre un des réservoirs de carburant et l'enveloppe extérieure du propulseur nucléaire.

– On dirait que cet équipement est neuf.

– C'est pratiquement le cas. À peine cinq-mille heures d'utilisation sur une durée de vie estimée à deux-cent-mille, soit un peu plus de vingt ans, avant qu'il ne soit mis en reconstruction.

Ils continuèrent dans la coursive.

– Ici, un des trois boosters d'appoint qui vous permettent de manœuvrer et de disposer d'une réserve de puissance lors des départs et en cas de situation critique. Ici, juste en bas, les unités de recyclage de l'eau et de dissociation moléculaire pour réalimenter les réservoirs. Elles sont couplées sur la génératrice électrique du réacteur nucléaire.

François posa encore quelques questions, puis orienta la conversation.

– Vous avez étudié à l'école technique de l'air ?

– Non. Je suis ingénieur civil. J'ai été formé sur la station orbitale. Pourquoi cette question ?

– Vous connaissez bien la propulsion.

– Oui. J'ai participé à sa mise au point et je suis en quelque sorte votre officier mécanicien. Si nous avons des ennuis, il faudra bien quelqu'un qui s'y connaisse, car ça sera difficile d'appeler une dépanneuse lorsque nous serons en mission.

– En effet. Mais j'ai cru comprendre que vous venez avec nous sur la mission *Perseus* ?

– Oui. Nous nous sommes portés volontaires, nous aussi.

– Alors nous aurons l'occasion de nous revoir.

— Sans aucun doute.

— Vous avez de la famille à terre ?

— Non. Toute ma famille est ici.

— C'est pareil pour moi. Je n'ai plus personne.

— J'en suis désolé… Mais revenons sur notre sujet…

Ils avaient fini le tour des équipements. Anastase demanda à François s'il avait encore des questions, car il y avait encore pas mal de boulot. Ce dernier prit congé, puis traversa l'appareil, songeur. Anastase était un personnage plutôt sympathique, mais peu enclin à parler de lui. Et puis François ressentait toujours cette sorte de malaise en sa présence. Quelque chose d'indéfinissable, mais bien présent.

En fin d'après-midi, alors qu'il était de repos et se trouvait seul dans sa cabine, François prit la décision de consigner dans un cahier les observations qu'il ferait, bien décidé de tirer cette affaire au clair, s'il y avait une affaire. Il repassait dans sa tête les quelques éléments qu'il avait à sa disposition en se disant qu'il n'avait finalement pas de grand-chose. En dehors de cette étrange sensation qu'il ressentait en présence d'Anastase et du comportement bizarre de ce dernier avec sa fille, rien de vraiment extraordinaire.

Désireux d'en savoir plus, il se rendit jusqu'à la cabine d'István qui lui ouvrit immédiatement.

— Bonjour, je peux te parler quelques instants ?

— Bien sûr, entre… Que puis-je pour toi ?

— J'éprouve un sentiment bizarre avec le père d'Helena et souhaiterais avoir ton propre ressenti.

— Je n'ai rien remarqué de spécial.

— C'est peut-être moi qui me fais des idées. Et avec Helena, ça se passe comment ?

— Plutôt bien. C'est la première fois que je ressens quelque chose comme ça pour quelqu'un.

— Je suis content pour toi.

— Merci… Mais nous devons nous voir en cachette, car son père a l'air de lui interdire d'être avec moi. Il n'y a pas de reproche ou de réprimande, juste un regard qui la glace. Après, elle semble différente.

— Et elle t'aime ?

— Euh… je crois, oui !

— Vous avez déjà fait… des choses ensemble ?

— Tu veux dire l'amour ?

— Oui.

— Une fois où elle m'avait rejoint en secret, dans ma cabine, et une autre fois dans un petit local technique.

— C'était comment ? … Je veux dire, tu n'as rien remarqué de spécial ?

— Elle n'a pas une grande expérience et nous étions un peu maladroits, mais c'était émouvant. Non, je n'ai rien remarqué de spécial. Elle était plutôt « conforme » au souvenir que j'avais des quelques copines que j'ai eues dans le passé. Pas de troisième sein ou autre malformation due à des rayonnements ou je ne sais quoi, si c'est ce à quoi tu penses !

— Je ne pensais pas particulièrement à ça… Je dois me faire des idées.

— Tu deviens parano, mon ami.

— C'est surement ça.

Ils se quittèrent en riant.

13 avril 2037

Les personnels de la mission *Perseus* avaient obtenu deux jours de relâche sur la station orbitale avant le départ pour Mars.

— Nous n'avons pas eu trop de temps pour nous ces derniers jours, dit Emma à François.

— La formation a été intense. Difficile d'avoir un semblant de vie privée, lui répondit François.

— Ça te dirait de passer notre permission de détente dans ma cabine ?

— Avec plaisir.

— J'ai déplié la banquette pour en faire un lit deux places. Ça sera notre petit nid douillet.

Il la prit par la taille et ils se rendirent jusqu'à sa cabine. Épuisée, elle s'était endormie quasiment de suite. Ne voulant pas la réveiller, il s'était assoupi en la tenant dans ses bras, sans changer de position.

Quelques heures plus tard, elle avait bougé et l'avait réveillé.

— Bonjour, ma douce, avait-il dit en lui caressant le visage et les cheveux. Bien dormi ?

— Je suis un peu « cassée », mais ça va.

— Petit déjeuner au lit, ça te dit ?

— Tu es chou.

— Je reviens.

Il enfila une tenue de sport, quitta la cabine et se dirigea vers le self/cuisine. Il apprit qu'un arrêt de rotation de la station était prévu une heure plus tard, aussi les repas, plus copieux que d'ordinaire pour pouvoir tenir la journée et éviter les déplacements inutiles, étaient servis dans des récipients hermétiques permettant de les transporter sans qu'ils s'envolent et de boire, chose qui n'est pas aisée en apesanteur.

François revint quelques minutes plus tard avec un plateau contenant les deux petits déjeuners. Emma s'était fourrée sous les couvertures. Il se mit dans le lit à côté d'elle, en position assise, le plateau posé sur les jambes. Elle fit de même et ils déjeunèrent copieusement, car la journée allait être longue.

Bientôt, un compte à rebours se mit à décompter le temps restant jusqu'à l'arrêt total de la rotation. Une lumière orange clignotait dans la cabine, doublée par un signal sonore. Ils commencèrent à ressentir très nettement la baisse de gravité. Cinq minutes plus tard, ils se sentirent légers, puis commencèrent tous deux à flotter dans la cabine. Le plateau se trouvait en suspension au milieu de la pièce. Les récipients, désolidarisés, volaient un peu plus loin, à l'écart.

Emma attrapa un biscuit qui faisait office de pain, en cassa un morceau et le lança doucement en direction de François qui se déplaça en flottant et, ouvrant la bouche, l'attrapa en riant. Il sortit une bulle de liquide d'un contenant et la poussa vers Emma en soufflant dessus. Elle l'aspira du bout des lèvres. Ils finirent ainsi le repas. Emma se leva pour ranger plateau et récipients dans un coffre pour qu'ils cessent de se déplacer.

Elle se redressa en tournant sur elle-même et, dans un geste provocant, commença à remuer des hanches sans que ses pieds touchent quoi que ce soit. Ce mouvement fit remonter son teeshirt, seul vêtement qu'elle portait, la découvrant quasiment entièrement. Elle leva les bras pour s'en débarrasser, ondulant comme un serpent.

François prit son élan sur la paroi de la cabine pour « voler » dans sa direction et l'agrippa par une cheville. Ils se mirent à tournoyer tous les deux au centre de la pièce. Il posa un baiser sur son pied, son mollet puis remonta jusqu'à son cou sans cesser de l'embrasser. Elle l'enserra avec ses bras et ses jambes. Ils restèrent longtemps en apesanteur, dans les positions les plus diverses en l'absence de repères, jusqu'à ce que la station se remette en mouvement et que la gravité revienne.

15 avril 2037, 5 h Temps Universel

Le réveil venait de sonner pour les équipages en partance pour Mars. Emma « asticotait » François, qui avait du mal à se réveiller. Ils firent rapidement leur paquetage, enfilèrent leur combinaison de vol et remirent de l'ordre dans les deux cabines où ils ne reviendraient plus.

Premier briefing à six heures. Charline Lefèvre commençait à donner ses instructions aux pilotes et aux Spationautes des deux escouades qu'elle avait sous sa responsabilité. Emma regarda furtivement François : il avait les yeux bordés de reconnaissance.

Ils devaient encore charger les navettes puis récupérer leurs biologiques : animaux, mais aussi bactéries et autres organismes vivants. François faisant partie du corps des aspirants, il participait à la mise en route du vaisseau tandis qu'Emma s'affairait au chargement. István était affecté à l'arrimage des conteneurs.

Les six vaisseaux appareillèrent. À neuf heures quarante-cinq, les Sirius un à quatre étaient regroupés, prêts à se mettre en mouvement. Sirius cinq manœuvrait pour accrocher son caisson de biologiques et Sirius six attendait son tour. À dix heures quinze, Irina Malichewsky, qui fermait la marche, annonça à la radio :

— *Sirius Leader, de Sirius six, sommes en approche sur zone d'attente.*

À dix heures trente, le radio annonça :

— *À tous les Sirius, de Sirius Leader, nous sommes clairs pour le départ en mission direction Mars. Intervalle cinq minutes entre deux vaisseaux... Sirius un... Départ.*

François avait été désigné pilote pour le premier tour de service. Devant lui, la première des quatre navettes commençait à prendre de la vitesse, puis au bout de cinq minutes, la seconde se mit en route. À top plus dix-neuf minutes, Charline annonça dans le poste de pilotage :

— Préparez-vous pour le départ... En avant lente.

— Ici Sirius cinq... mise en position départ, annonça François en même temps qu'il actionnait le sélecteur de vitesse.

— Amenez au 2-2-0. Attention, à tous, mettez vos combinaisons sous pression.

François mit en œuvre sa tenue destinée à compenser les effets des fortes accélérations. Charline demanda :

— Annoncez statut des passagers.

— Attendez... Attendez...

Une lumière verte s'alluma sur le tableau de bord.

– Vaisseau prêt pour accélération, Madame.

– Bien… À tous, attention pour départ… Enclenchez le radar d'évitement… Pilote, en avant toute.

François attendit que le copilote ait mis en fonction le radar, puis actionna le sélecteur de poussée à fond vers l'avant en même temps qu'il annonçait :

– Sirius cinq… départ.

Ils furent littéralement collés à leur siège. Le compteur de vitesse égrenait les chiffres lentement au début, puis de plus en plus rapidement. Lorsqu'il afficha quarante kilomètres par seconde, Charline ordonna de cesser la poussée. Ils se déplaçaient maintenant approximativement à cent-cinquante-mille kilomètres-heure.

30 avril 2037

Cela faisait bientôt deux semaines qu'ils avaient quitté la station orbitale lunaire. François, qui n'était pas de service, se prélassait dans la petite salle de repos des équipages. Depuis quatre heures, la décélération avait débuté en vue de l'arrivée sur Mars. L'écran vidéo montrait la planète qui en occupait un bon tiers et dont on commençait à distinguer nettement le relief. Les données géographiques en surimpression indiquaient les principaux éléments visibles depuis l'appareil : *Olympus Mons, Elysium Mons,* deux volcans mesurant vingt-deux kilomètres de haut pour le plus grand. Le hautparleur du petit local annonça :

– Les pilotes sont demandés immédiatement à leurs postes.

À treize heures cinquante-cinq, la radio grésilla :

– *De Sirius leader à tous Sirius, préparez-vous pour un déploiement par tribord, espacement mille kilomètres, avant décélération.*

– Je prends la manœuvre, annonça Charline. Wolfgang Muller reste copilote.

François était installé à l'arrière du poste. Bien que leur vitesse fut déjà réduite de moitié, la moindre erreur pouvait avoir des conséquences désastreuses. Les vaisseaux firent mouvement par la droite. Au bout de quelques minutes, Charline les informa :

– Je stabilise et abaisse la vitesse de deux pour cent… Pour les Sirius : Sirius cinq en position…

– *Sirius six, en position…* Annonça quelques minutes plus tard le dernier des appareils.

— De Sirius leader à tous Sirius, à la disposition des commandants des navettes pour décélération jusqu'à dix-mille kilomètres-heure. Regroupement dans quarante, quatre zéro, minutes.

Chacune des navettes allait maintenant pouvoir manœuvrer à son rythme. Lorsqu'ils seraient proches de Mars, ils se mettraient en pseudoorbite, puis commenceraient leur entrée dans l'atmosphère l'un après l'autre avec un intervalle de dix minutes. Si un vaisseau était en difficulté, les manœuvres d'approche des navettes suivantes étaient suspendues en attendant d'y voir plus clair. Charline annonça sur hautparleur général :

— Préparez-vous pour notre prochaine décélération… Équipe animaux, annoncez statut de la cargaison !

— Le contrôle vidéo montre que les animaux semblent inquiets. Recommande d'envoyer deux éleveurs dans la soute et de ralentir au minimum.

Charline réfléchit rapidement :

— Vous avez une minute pour expédier vos deux gus dans la cale et refermer l'écoutille. Conseillez-leur de bien se sangler, ça va bouger pas mal.

Elle annonça sur le canal UHF :

— Sirius leader, de Sirius cinq, nous différons notre manœuvre d'une minute. Des soucis avec nos biologiques.

— Bien reçu, Sirius cinq.

À la fin de la minute, Charline s'inquiéta des éleveurs.

— Équipe animaux, c'est bon ?

— Affirmatif, vous pouvez y aller.

— OK… À tous, début de la décélération.

Le bâtiment freina. François adorait cette impression d'être en chute libre, uniquement retenu par son harnais. Il espéra secrètement que les animaux soient correctement sanglés, sinon il y aurait de la viande bovine au menu du soir. Au bout de vingt-deux minutes de manœuvre, le voyant d'appel d'un des interphones passagers de la cabine principale s'alluma. Charline prit la communication.

— Poste de pilotage ?

— Ici chef de cabine. Nous avons une passagère qui se tord de douleur sur son siège. Demande permission d'évaluer la situation.

Bon sang, il ne manquait plus que ça. Charline se demanda secrètement ce qu'elle avait bien pu faire pour mériter tous ces incidents.

— Négatif ! Attendez instruction.

Charline actionna le micro de sa radio.

— Sirius leader, de Sirius cinq.

— *Parlez, Sirius cinq.*

— Nous avons un problème médical avec une passagère. Nous différons notre freinage le temps d'y voir plus clair.

— *Reçu, Sirius cinq. J'attends votre rapport.*

— Je vous recontacte dès que possible.

Charline donna l'ordre de stabiliser la vitesse de l'appareil. Ils fonçaient encore à plus de trente-mille kilomètres-heure vers Mars. Charline reprit l'interphone :

— Chef cabine, vous êtes autorisé à vous déplacer. Ameutez l'équipe médicale. Vous avez trois minutes pour me faire votre rapport.

Après une rapide inspection, l'équipe médicale avait rendu compte que la forte décélération avait déclenché les mécanismes d'accouchement chez une passagère enceinte.

— Nelson, à la manœuvre, dit Charline Lefèvre. Tissier, vous serez copilote. Je me rends en cabine. Cervantès, avec moi avec une radio portable.

Lawrence Nelson et Valérie Tissier, aspirants, se trouvaient propulsés pilote et copilote en situation de crise. Charline évaluait la situation dans la cabine passager. Après discussion avec deux infirmiers, elle ordonna de déplacer la femme, le père de l'enfant à venir et les infirmiers dans une des capsules de survie puis annonça à la radio mobile :

— Sirius leader, de Sirius cinq.

— *Parlez, Sirius cinq.*

— Nous sommes en train de transformer notre navette en hôpital de campagne. Une passagère est en train de nous faire un petit. Demande autorisation pour atterrissage prioritaire sur Mars et prise en charge médicale immédiate dès notre arrivée.

Au bout de quelques minutes, la réponse leur parvint : les autres Sirius différaient leur approche. Leur navette devenait autonome sous l'indicatif Uniform sept. À la radio, Sandrine Ledoyen dit de façon moins protocolaire :

— *Charline, bonne chance. Tiens-moi au courant.*

— Ne t'inquiète pas, Sandrine.

Après l'installation dans le caisson de survie et sa mise en confinement, ils retournèrent au pas de course dans le poste de pilotage. Charline annonça au pilote qui avait suivi les échanges radio :

– Nelson, vous débutez la manœuvre d'approche de Mars. Tissier, vous communiquez notre nouveau plan de vol, en même temps qu'elle fixait son harnais et remettait sa combinaison sous pression.

– Mais…

Normalement, cela se faisait dans l'ordre inverse.

– Pas de discussion, on fonce ! Prévenez les passagers.

Lawrence Nelson commença à informer par les hautparleurs du vaisseau qu'ils débutaient leur manœuvre pendant que Valérie Tissier communiquait leur nouveau plan de vol, qu'elle savait écouté par les autres Sirius. Lawrence annonça au micro :

– Début du freinage.

Le lourd vaisseau se mit à ralentir fortement. Depuis le début de l'incident, ils avaient pris environ douze-mille kilomètres d'avance sur les autres navettes Sirius. Ils arrivaient trop vite pour une approche directe et devaient allonger la distance de freinage en s'enroulant autour de Mars par l'ouest. La rotation de la planète raccourcirait la distance les séparant de la station au sol et les freinerait.

Devant eux, le canyon de *Valles Marineris*, mesurant deux-mille-cinq-cents kilomètres de long, cent-vingt kilomètres de large et six kilomètres de profondeur, qui avait été creusé par l'écoulement d'une eau abondante et impétueuse et qu'ils survoleraient sur toute leur longueur. Un peu plus loin, les volcans de la chaine montagneuse *Tharsys Montes* qui s'étendait sur une longueur de cinq-mille-cinq-cents kilomètres, puis *Alba Patera, Olympus Montes* et ses étranges lacs d'altitude à l'intérieur du cratère. Au loin, on apercevait de la neige sur l'un des pôles de la planète.

Ils entrèrent dans l'atmosphère martienne, ce qui provoqua des vibrations dans l'appareil. Il leur restait environ six-mille kilomètres à parcourir. Le signal de détresse fut actionné. Charline indiqua aux Pilotes qu'elle s'en occupait.

– Parlez, équipe sanitaire.

– Je crois que c'est pour maintenant.

– Vous avez besoin de quoi ?

– On aimerait moins de turbulences !

– OK, on vous arrange ça. Je réduis la vitesse.

Après quelques dizaines de minutes, Charline annonça à la base Utopia :

– Contrôle Utopia, de Uniform sept, nous avons un nouveau passager à bord, un garçon.

– *Félicitations, Uniform sept.*

Comme c'était la coutume sur les vaisseaux, Charline serait la marraine du nouveau-né. Des appels radio de félicitations parvinrent des autres navettes Sirius. Après une heure quinze de vol, la navette arriva en vue de la base martienne Utopia située sur la grande plaine d'*Utopia Planitia*. Le contrôle leur affecta un secteur où ils devaient se poser.

À travers la verrière avant, François distinguait nettement les installations au sol : les grands hangars de production de métaux, les cuves de stockage de l'oxygène obtenu par désoxydation du fer et de l'aluminium, les modules de la zone vie qui étaient éclairés par de grands projecteurs, les lieux de culture de végétaux. Une navette était en position de décollage vertical et une vingtaine de véhicules de transport terrestre tout terrain à six roues, avec chacun une grande remorque attelée, étaient rangés côte à côte, parfaitement alignés.

Dès l'atterrissage, un engin bizarre, mi-camion, mi-grue, doté d'une rampe gyrophare orange et bleue, s'approcha de l'arrière de la navette pour récupérer la capsule de survie dans laquelle se trouvaient le papa, la maman, le bébé et les deux infirmiers. L'engin les conduisit ensuite à l'intérieur de la station où ils furent pris en charge par une équipe médicale de Mars composée de brancardiers et de médecins qui félicitèrent les deux infirmiers de la navette pour l'excellent travail qu'ils avaient accompli, à grand renfort de tapes sur l'épaule. Bien qu'aidés depuis le sol par radio, ils avaient effectué la plus grande partie du travail tout seuls.

Après que l'équipage fut sorti du vaisseau à l'arrêt, Charline donna un dernier ordre à l'aspirant Lawrence Nelson :

– Je vous charge de réunir l'équipe navigante au mess dans une heure. Allez me chercher également les deux infirmiers. S'ils rechignent, vous leur dites que c'est un ordre.

François regardait Charline avec admiration. Il avait maintenant une autre compréhension de ce que le mot *chef* veut dire. Bien qu'elle eut un premier abord assez rude, il se dit qu'il la suivrait jusqu'à l'autre bout de la galaxie.

Une heure après, les personnels étaient rassemblés dans le mess. Charline avait fait dresser une table avec des boissons dans un coin de l'espace exigu. Elle pénétra en dernier dans la salle avec sa casquette de pilote sur la tête pour bien rappeler qu'elle était leur commandant. L'aspirant le plus proche de la porte cria :

– À vos rangs, fixe !

Ils rectifièrent tant bien que mal la position.

– Repos.

Elle se mit face à eux, regarda chacun d'eux dans les yeux, puis commença :

– Mesdames et messieurs les pilotes, je tenais à vous témoigner ma satisfaction pour le sang-froid et le professionnalisme dont vous avez fait preuve lors des évènements que nous venons de traverser. Une naissance en mission n'est pas quelque chose de facile à gérer. La mère et l'enfant sont maintenant dans le bloc médical et se portent bien.

Elle marqua une pause.

– Je vous demande d'applaudir les quatre héros du jour : nos deux infirmiers et vos deux pilotes que je vais proposer pour le tableau d'avancement.

Tous se mirent à applaudir. Au bout d'un moment, elle reprit :

– Je sais que certains d'entre vous sont déçus de ne pas avoir été à la manœuvre lors des incidents que nous avons vécus. Ne vous inquiétez pas, votre tour viendra bientôt de pouvoir prouver que vous êtes, vous aussi, des héros. Je suis certaine que vous saurez tirer un enseignement de ces épreuves que vous avez pu suivre en direct.

Elle laissa ses paroles faire leur effet puis termina par :

– Bon, c'est pas tout, assez bavardé, je vous propose de boire un coup !

Un des pilotes lança :

– Pour le commandant, hip, hip…

Tous reprirent ensemble :

– Hourra !

Charline ajouta, émue :

– Les gars, je suis fière de vous.

Au bout d'un moment Charline décréta :

– Bon, il faut que je rende visite à mon nouveau filleul… Cervantès, à vous le soin.

– À vos ordres, cria François en rectifiant la position.

Là-dessus, elle s'engouffra dans la porte, sa casquette de pilote sous le bras.

Chapitre 10 – La vie sur Mars

1er juin 2037

Dès leur arrivée sur Mars, les Spationautes avaient été fortement sollicités : déchargement des navettes, installation des animaux, démarrage de leur ferme et des activités de cultures, fourragères et alimentaires. Il avait fallu passer de l'heure universelle à l'heure martienne et ajuster les horloges, car une heure martienne dure soixante-deux minutes pour pouvoir respecter la règle des vingt-quatre heures pour une journée.

Les logements et installations au sol étaient rigoureusement identiques à ceux de la base d'entrainement sur le sol terrestre, ce qui fait qu'ils n'étaient pas dépaysés. Sauf que cette fois-ci, il n'y avait plus de droit à l'erreur et la moindre faute pouvait devenir mortelle.

François avait l'habitude de cette faible gravité, car elle était équivalente à celle de la Lune ; par contre, Emma, qui n'avait pas son expérience, avait encore quelques difficultés à trouver ses marques.

3 juin 2037

François s'était arrangé pour se retrouver quelques instants seul à seul avec Helena tandis qu'Emma s'occupait des végétaux et István de ses animaux. Il s'était attaché à « ses bestioles », comme il disait.

– *Saluton Helena, ĉio estas bone por vi* ? (Bonjour Helena, tout va bien pour toi ?)

– *Jes. Mi estas atribuita al plantoj, sed ĝi ne estas tro multe mia taso. Mi preferas mekanikajn aferojn.* (Oui. Je suis affecté aux végétaux, mais ce n'est pas trop ma tasse de thé. Je préfère les choses mécaniques.)

– *Vi ne povus elekti* ? (Tu n'as pas pu choisir ?)

– *Ne ! Pro tio ke mi ne havas fakon, ni estis atribuitaj tie kun aliaj membroj de nia grupo.* (Non. Comme je n'ai pas de spécialité, nous avons été affectés là avec d'autres membres de notre groupe.).

– *Ĝi interesus vin veturi transportan veturilon* ? (Ça t'intéresserait de piloter un engin de transport ?)

– *Jes. Tio estus bonega. Sed mi ne pensas, ke tio eblas. Kaj mi devas konvinkas mia patro.* (Oui. Ça serait super. Mais je ne crois pas que cela soit possible. Et puis il faut que j'arrive à convaincre mon père.)

– *Mi vidas, kion mi povas fari. Ni tiam konvinkos lin.* (Je vois ce que je peux faire. On ira le convaincre ensuite.)

François s'était immédiatement rendu auprès de son commandant d'unité qui semblait s'ennuyer dans la petite cabine qui lui servait de bureau.

– Mes respects, Madame.

– Je sens que vous avez quelque chose à me demander, lui dit Charline en souriant et en lui faisant signe d'entrer dans la petite pièce.

Elle l'invita à refermer la porte.

– Alors ?

– Je quitte à l'instant la Spationaute Helena Mladics qui me faisait part de son intérêt pour la mécanique et de son regret d'être cantonnée aux seules tâches agricoles. Elle souhaiterait être affectée à la conduite des engins au sol.

– Et vous, vous en pensez quoi ?

– Je pense qu'elle ferait une bonne recrue, Madame. De plus, vous savez que je suis pilote expérimenté sur ce type de véhicule et je demande la permission d'être son instructeur.

– Vous n'y allez pas par quatre chemins.

– Nous n'avons pas de temps à perdre en bavardages, Madame.

François restait figé dans un garde-à-vous impeccable.

– Hey ! Vous pouvez vous détendre pilote, repos… Bon, je ne promets rien. Je vais voir ce que je peux faire… Vous pouvez disposer.

Un peu plus tard dans l'après-midi, François avait été convoqué chez son commandant :

– C'est oui, oui et oui, lui avait-elle dit.

– ?

– Oui, vous êtes autorisé à former des pilotes d'engins au sol, oui, Helena Mladics est autorisée à rejoindre le corps des conducteurs et oui, vous serez son instructeur. La colonelle Ledoyen s'est personnellement chargée de ce dossier et c'est à effet immédiat. Vous pouvez commencer l'instruction demain.

— À vos ordres, Madame.

François avait ensuite contacté Helena pour lui dire que la formation débutait à huit heures le lendemain.

— *Mia patro diris al mi tion. Mi ne scias, kiel via komandanto efektive faris, sed ŝi bone faris.* (Mon père m'a en effet annoncé ça. Je ne sais pas comment ton commandant a fait, mais elle s'est bien débrouillée).

— *Ĝi havas grandan potencon de persvado* (Elle a un grand pouvoir de persuasion).

6 juin 2037

Ils en étaient à leur troisième jour de formation. François était enchanté par les progrès que sa jeune élève avait faits. La prise en main avait été rapide, suivie de nombreux exercices de manœuvres : atteler ou dételer une remorque, se déplacer en avant ou en arrière, se garer. Ils avaient étudié aussi les procédures radio et des rudiments de mécanique.

— Aujourd'hui, nous allons travailler la conduite tout terrain à grande vitesse.

François expliquait, puis Helena exécutait. Il était enthousiasmé par sa capacité d'apprentissage. Il était prévu qu'ils se rendent à l'extrémité d'*Utopia Planitia*, puis reviennent à la base. Une fois au milieu de nulle part, François annonça à Helena :

— Je souhaiterais que nous fassions un exercice de mise en panne générale du véhicule et de remise en route. C'est risqué si nous ne réussissons pas, aussi la décision t'appartient.

— J'accepte de relever le challenge.

— Bien !

Il commuta la communication longue distance.

— Contrôle Utopia, ici École un.

— *Parlez, École un.*

— Nous allons procéder à un exercice de mise en panne générale et de redémarrage de notre véhicule. Si nous n'avons pas donné signe de vie dans l'heure, c'est que nous serons réellement en panne.

François laissa les coordonnées de l'endroit où ils se trouvaient, puis mit le véhicule à l'arrêt et déconnecta les batteries.

— Nous sommes maintenant seuls au monde.

— J'espère que nous pourrons repartir !

— Le plus délicat, c'est de relancer le moteur à froid. Nous le ferons en mode manuel depuis l'extérieur. S'il n'y a plus assez de jus dans les batteries, nous serons réellement en panne. Dans ce cas de figure, il reste une petite génératrice de secours qui produit juste de quoi faire fonctionner la radio longue distance.

– Ouf. Je suis rassurée.

– Accepterais-tu de parler avec moi de choses personnelles quelques minutes ? Je te rassure, en tout bien, tout honneur.

– C'est un endroit pour le moins inattendu pour discuter.

– Pourquoi être conventionnels ? Je ne vais pas te parler de moi, mais je souhaitais te parler de mon ami István. Tu sais qu'il est un frère pour moi et je suis très content que vous vous soyez rapprochés.

– Je l'aime bien.

– Qu'entends-tu par là ?

– Tout cela est un peu nouveau pour moi. Je n'ai jamais eu de vraie expérience avec un garçon. Je sens qu'il est différent de ce que j'avais imaginé. Il est tendre, attentionné.

– Tu n'as jamais eu de petit copain ?

– Non ! Avec mes parents, nous avons toujours eu une vie nomade, et chaque fois que je sympathisais avec un garçon, soit nous partions ailleurs, soit mon père le faisait fuir. D'ailleurs, nous ne voyons pas grand monde en dehors du travail.

– J'ai cru remarquer qu'il n'appréciait pas trop que tu voies István.

– Oui, mais je tiens bon et nous arrivons à nous voir en cachette.

– Tu veux que j'aille parler à ton père ?

– Non ! C'est trop tôt. Et puis il risque de m'interdire de voir totalement István et j'en serais très malheureuse. Sais-tu quel âge j'ai ?

– Vingt, vingt-cinq ans ?

– Dix-sept !

– Ah ! Je comprends mieux sa position à ton égard.

– Je suis née dans un vaisseau spatial et n'ai jamais rien connu d'autre que des stations orbitales et des fusées. Papa est un des ingénieurs qui mettent au point les moteurs de ces engins. C'est pour cela que nous voyageons beaucoup. J'ai un petit frère que tu as certainement rencontré et c'est maman qui nous fait l'école.

– Tu veux dire que tu n'as jamais mis les pieds sur terre ?

– Non. Des fois, je la regarde avec un peu d'envie et essaye d'imaginer quelle pourrait être la vie à sa surface d'après les photos que j'ai eu l'occasion de voir. Ce qui m'impressionne beaucoup, ce sont ces grandes étendues d'eau.

François garda le silence quelques instants, faisant des recoupements entre ce qu'elle venait de lui raconter et les informations glanées à droite, à gauche.

— Il y a quelque chose que j'ai du mal à comprendre.

— Dis !

— Si je sais compter, tu es née en deux-mille-vingt.

— Exact !

— Dans un vaisseau spatial.

— Toujours exact !

— Pourtant il me semblait que l'envoi des premières familles avait eu lieu après deux-mille-vingt-trois !

— Je ne sais quoi répondre. Peut-être ces informations ont-elles été passées sous silence et que je suis une espèce de cobaye, un des premiers bébés nés dans l'espace, une sorte de monstre de la nature.

— Si tu es un monstre, c'est très réussi, dit-il en souriant. Tu es un très joli monstre.

— Je te remercie.

— Sans doute as-tu raison. Soit j'ai loupé un épisode dans la conquête de l'espace, soit il y a eu quelques lacunes dans la communication. Vous êtes nombreux dans ce cas-là, je veux dire à être nés dans l'espace ?

— Tous les enfants et jeunes de notre groupe le sont. Peut-être que nous sommes plus nombreux, mais je ne sais pas. Il y a tellement d'allées et venues sur les stations. Avec mes parents, nous avons fait partie des premiers arrivants sur Philadelphia alors que j'étais toute petite. Je l'ai vue se monter tranche par tranche. Ce que j'aimais, c'est quand nous allions en vacances sur la lune.

— Tu avais quel âge ?

— Une dizaine d'années.

— Je croyais que la première colonie minière s'était implantée en deux-mille-trente-et-un ?

— Je ne crois pas. Il y avait déjà des constructions.

— Vous alliez où ?

— À côté du cratère Leonov. J'aimais bien, nous pouvions nous baigner.

— Je connais. J'ai également visité. Je dois avouer que je suis troublé par ce que tu viens de me dire.

— Peut-être aurait-il mieux valu que je n'en parle pas.

Non, au contraire, répliqua François... István est-il au courant de ce que tu viens de me dire ?

– Non, enfin pas de tout. Il n'a pas posé de questions, je n'ai rien dit. Jusqu'ici, il m'a beaucoup parlé de ses aventures, j'en conviens, nombreuses, et nous avons parlé du futur.

– István devait penser comme moi que tu étais dans ses âges.

– Je ne suis plus une gamine et je sais ce que je veux… et je veux faire un bout de chemin avec lui.

– Il faut que je réfléchisse un instant pour voir ce que l'on peut faire…

– Si je rentre dans le corps des aspirants, dit fermement Helena, je pourrai avoir plus d'indépendance et prendre ma vie en main !

– Ça peut être une option. Nous pouvons en toucher deux mots à notre retour. Peut-être pourrais-tu également te rapprocher d'Emma. Elle a toujours de bonnes idées.

Helena sourit.

– Merci pour ta proposition. Je saurai m'en souvenir.

– Concernant ce que tu m'as dit, ça serait mieux de ne pas en parler pour l'instant. Ça sera notre petit secret.

– C'est entendu.

– Bon, ce n'est pas tout. Nous devons effectuer une sortie pour redémarrer le véhicule. Branche la radio du scaphandre avant de le mettre en pression.

Pour lancer manuellement le moteur, il fallait ouvrir une des deux trappes latérales de maintenance, soutenue par deux vérins hydrauliques commandés par une pompe de secours qu'ils devaient actionner. La turbine finit par démarrer sous la sollicitation du lanceur. Ils commençaient à se reculer pour pouvoir refermer la trappe quand il y eut une sorte d'explosion. Un jet d'huile partit d'un clapet de surpression et la trappe chuta d'un coup en pivotant autour de ses deux charnières. François cria, mais il était trop tard. Helena poussa un hurlement lorsque la trappe s'abattit sur son bras, déchirant la combinaison. François se précipita pour la secourir. Il disposait de peu de temps avant que la combinaison d'Helena ne se vide de son air. Il remonta légèrement le panneau pour qu'elle puisse se dégager. Elle tomba au sol en se tenant le bras et en se tordant de douleur. Il ouvrit sa trousse de survie, prit un rouleau d'adhésif pour colmater la fuite dans la combinaison spatiale d'Helena puis la remonta à bord. Elle soutenait son bras blessé en grimaçant pendant que François appelait la station.

Ils furent secourus par une navette qui les ramena, ainsi que le véhicule, jusqu'à la base. Helena fut immédiatement hospitalisée. Dans la soirée, Charline, István, Emma et François furent autorisés à lui rendre visite. Son père et sa mère étaient à son chevet. Anastase regardait François d'un air sévère. Helena détendit l'atmosphère.

— Ce n'était rien de grave. Et puis François m'a sauvé la vie.

— Ce n'est pas tout à fait mon avis, dit Anastase, tout ceci aurait pu se terminer très mal.

— Papa ! C'est une pièce qui a lâché. Ça aurait pu se produire n'importe quand et avec n'importe qui d'autre.

Elle resta silencieuse un instant, puis s'adressant à Charline.

— Madame, il parait qu'il faut remonter immédiatement en selle lorsqu'on a un accident de cheval ?

— C'est ce que l'on dit !

— Je souhaiterais continuer cette formation avec François et intégrer le corps des aspirants.

Cette fois-ci, c'est Anastase qui devint muet.

— Nous allons voir ce qu'il est possible de faire, si vous en êtes d'accord, Monsieur, répondit Charline.

9 juin 2037, en soirée

— Ta journée s'est bien passée ? demanda Emma, assise sur la banquette-lit de leur chambre, à François.

— Nous avons repris l'entrainement avec Helena. Elle n'a pas fini de m'étonner. Je n'ai jamais vu quelqu'un apprendre aussi vite. Elle va bientôt être autonome.

— Tu vas me rendre jalouse.

— Ce n'était pas mon intention. Il y a tout de même un truc qui me chiffonne.

— Dis !

— J'ai bien observé Helena aujourd'hui. Elle ne semblait plus trop souffrir de sa blessure.

— Tu vois, ce n'était pas si grave.

— Pourtant, vu la violence du choc et les constatations que j'ai pu faire, je suis sûr que son bras était fracturé, peut-être même écrasé.

— Les combinaisons doivent être plus solides que tu ne le penses.

— Je suis certain que je n'ai pas rêvé.

— Arrête ! Tu deviens parano.

— J'ai le sentiment que quelque chose cloche.

— François !

– OK, j'arrête. Et la vie à la serre ?

– Nous avons eu aujourd'hui nos premières germinations et les plantes que nous avons apportées semblent bien s'acclimater. Nous devrions avoir notre première production d'ici quelques jours.

Elle le prit dans ses bras en lui murmurant à l'oreille :

– Viens, allons jardiner à notre façon !

12 juin 2037

François était réveillé depuis longtemps et les idées se bousculaient dans sa tête. En un peu plus de deux ans, il était devenu Spationaute, pilote et aventurier de l'espace. Il eut une pensée pour ses parents, se demandant s'ils auraient été fiers de lui, s'ils l'auraient encouragé ou au contraire dissuadé de partir. Il ne le saurait jamais. Emma avait la chance d'avoir sa famille à proximité, mais parmi tous ces gens en mission avec eux, tous ne devaient pas avoir cette chance. Comment vivaient-ils cette séparation qui allait devenir définitive ? Il se revoyait ces dernières semaines lorsqu'avec ses camarades, ils avaient pris le départ depuis la Lune. Il pilotait leur navette. Quelle sensation grisante que de dompter cette extraordinaire machine ! Il se disait qu'il ne ferait pas marche arrière pour un empire. Piloter faisait maintenant partie de son ADN. Il repensa fugitivement à Nathalie, souvenir maintenant lointain au fond de sa mémoire. Les images commençaient à s'estomper, remplacées par celles beaucoup plus fortes d'Emma. Il eut une bouffée de tendresse pour elle, encore endormie à côté de lui. Il se disait que, quelque part, c'était un peu grâce à Nathalie s'il se trouvait ici. Si elle n'avait pas mis fin brutalement à leur relation, il ne se serait certainement pas lancé dans cette aventure, vu qu'elle détestait l'avion. Finalement, elle avait vu juste.

Il chassa ces pensées et prit la décision de se lever. Il fallait qu'il s'occupe. Il quitta le lit en faisant un minimum de bruit. Emma se retourna.

– Tu te lèves ?

– Je n'arrivais plus à dormir. Je vais dans l'espace commun. Reste encore un peu au lit.

Il se dirigea sans bruit vers la salle qui servait un peu à tout, s'assit sur une banquette et regarda par le hublot juste à côté de lui. Le jour n'allait pas tarder à se lever et il pouvait distinguer dans le lointain la chaine montagneuse qui bordait la grande plaine. Cela n'était pas sans lui rappeler une situation similaire dans la base d'entrainement terrestre. Il entendit une respiration derrière lui, se retourna :

— Emma… Viens !

Elle s'installa à côté de lui.

— Je ne t'ai pas entendu venir, dit-il. Tu te déplaces comme un chat… Comme une chatte, devrais-je dire.

— Miaou ! dit-elle en mimant l'action de le griffer. Ça te rappelle quelque chose ?

— J'étais justement en train de me remémorer le jour précis où notre relation a débuté.

— Sauf que cette fois, je doute que nous ayons la permission de sortir.

Ils restèrent un long moment silencieux à regarder le jour se lever.

— C'est beau, dit-elle.

L'horizon passait progressivement de gris métallique à jaune orangé.

— Dommage qu'il n'y ait pas de fleurs à l'extérieur.

L'officier de permanence entra dans la salle.

— Vous êtes matinaux, à ce que je vois. Voici les ordres du jour.

Joignant le geste à la parole, il accrocha un feuillet sur le tableau d'affichage. François, curieux, se leva et lut au troisième paragraphe : « Préparation du comité d'accueil pour le passage de la navette XC-825 prévu vers 16 h ».

L'heure de la mise en orbite de la navette avait été confirmée et, dès treize heures, les préparatifs pour la mise en place du comité d'accueil avaient commencé : récupération des camions six roues, accrochage des remorques, rangement au cordeau sous les ordres d'un sous-officier qui semblait rouspéter tout le temps. Ils firent de même avec les navettes au parking.

— C'est pas du boulot, ça, les gars. Regardez-moi ça, on dirait un troupeau de véhicules. Qui est-ce qui m'a mis une bande d'empotés pareils ? Allez, on se bouge.

Les navettes furent déplacées avec les gros engins de manutention, les camions alignés à nouveau. Vers quinze heures, la formation était parfaite. Pas un nez de véhicule ni une aile d'appareil ne dépassait des autres. Le sous-officier inspectait le dispositif, équipages rangés au pied de chaque appareil ou véhicule.

— Ouais, c'est pas mal. Il faudra vous grouiller un peu plus la prochaine fois. On a failli être en retard.

Aucun des officiers ou Spationautes présents au garde-à-vous ne bronchait. Il passa devant un équipage de navette.

– C'est quoi ce rassemblement ? Qui commande, ici ?

Un officier sortit des rangs.

– Mon commandant, venez avec moi. Sauf votre respect, vous trouvez que ça fait rangé ?

Puis sans attendre de réponse.

– Je reviens dans dix minutes. Je ne veux pas voir une tête dépasser. On vous a bien expliqué comment il faut faire, mon commandant ?

L'officier acquiesça. Il passa à l'équipage suivant, demandant en même temps :

– Artificiers, vous en êtes où ?

– *On sera prêt dans les temps.*

À quinze heures trente, le général Krankower, commandant la base, apparut, suivi des généraux Lebœuf et Ledoyen. Le trio marchait vers le sous-officier qui dirigeait les opérations et qui ordonna de se mettre au garde-à-vous avant de faire face au général. Il le salua en annonçant :

– Personnels de la base *Utopia* rassemblés, à vos ordres, mon général.

Il lui rendit son salut.

– Merci adjudant, puis se tournant vers les équipages : repos. J'ai pu constater que vous avez fait du bon boulot ce matin. Pour les nouveaux ici, je veux que vous sachiez que nous tenons tout particulièrement à une présentation impeccable lors du passage des navettes en orbite, question de fierté et de respect de la tradition. C'est pour cette raison que certaines personnes ont pu vous paraitre un peu tatillonnes aujourd'hui. L'horaire de passage de la navette sera respecté. Comme elle vous apparaitra relativement petite, vous aurez en parallèle une retransmission sur écran géant. Une dernière chose : vous allez maintenant réviser la procédure de mise en sécurité des personnels en cas d'alerte crash. Nous nous retrouvons ici dans vingt minutes.

Un peu avant seize heures, ils étaient à nouveau rassemblés. Le véhicule permettant la projection était positionné devant eux et montrait les images de la navette XC-825, en approche. Elle grossissait à vue d'œil. Les communications radio leur parvenaient directement dans les équipements individuels.

— *Contrôle, de navette XC-825 Victor Charlie Delta, nous entrons en orbite Mars et serons au-dessus de vous dans six minutes.*

— *Bien reçu, navette.*

Le lourd vaisseau se retourna en même temps qu'il débutait son accélération qui le propulserait vers Jupiter.

— Mise à feu des éléments pyrotechniques, ordonna le général quelques instants plus tard. Équipage, saluez bras droit.

François et les Spationautes de sa section agitaient le bras en faisant de grands gestes qu'ils essayèrent de synchroniser. Les fusées remplies de poudre d'aluminium explosaient les unes après les autres en bouquets multicolores.

— *Équipe sol, de XC-825 Victor Charlie Delta, joli comité d'accueil.*

Les feux d'appontage supérieurs de la navette clignotèrent plusieurs fois pour rendre le salut.

— *Nous transmettons aux équipes sol et vous souhaitons bonne route vers Jupiter.*

— *Merci à vous, station Utopia. Nous débutons notre désorbitation dans trois minutes.*

— *Bien reçu, navette, bon vent.*

— Cessez de saluer, ordonna le général… Mesdames et messieurs, je vous remercie pour cet exercice impeccable. Vous pouvez maintenant rejoindre vos unités et reprendre vos activités.

3 juillet 2037

Le général Krankower avait fait convoquer les Spationautes de nationalité française pour une réunion en duplex avec les autorités françaises. Emma et François étaient assis côte à côte. Sandrine Ledoyen et quelques pilotes étaient assis au premier rang. Le général Lebœuf était debout devant eux, tête nue. Krankower, un grand type en grand uniforme, fit irruption dans la grande salle.

— À vos rangs, fixe, hurla Lebœuf à son arrivée.

Ils se levèrent comme un seul homme.

— Repos… Mesdames et messieurs, votre nouveau Président de la République, Morgane Lambert, m'a demandé d'organiser cette réunion en duplex avec son bureau. Quelques informations pratiques tout d'abord : le temps de propagation des messages sera d'environ cinq minutes. Vous avez de la chance, car cela prend parfois vingt minutes. Il sera impossible de dialoguer. Aussi vous recevrez des messages multiples sous forme de monologues. Vous répondrez de la même manière. La diffusion de chaque message sera précédée d'un signal sonore pour vous avertir.

Des hommes porteurs de caméra se mirent en place pour filmer ce qui serait retransmis. L'écran s'alluma. En projection, un opérateur s'approcha d'une caméra de bureau, le faisant apparaitre en gros plan et dit :

— Faisceau dans trois minutes.

Morgane Lambert apparut à l'écran et entama son allocution.

Général Krankower,

Général Lebœuf,

Mesdames et messieurs les officiers et sous-officiers,

Mesdames et messieurs les Spationautes,

Chers amis.

En mai dernier nos concitoyens m'ont accordé leur confiance en m'élisant Présidente de la République et je les en remercie. Je tenais tout d'abord à saluer le travail remarquable accompli par mon prédécesseur, Robert Honeck. Sans son courage et sa détermination, ces projets, parmi lesquels le programme Perseus, *n'auraient sans doute jamais vu le jour. Je vous présente à ma gauche, Yann Langlais qui a accepté la lourde charge de Premier ministre et à ma droite, Rémy Barthélemy, ministre de l'Air et de l'Espace, votre ministre de tutelle.*

François reconnaissait son ami d'autrefois. Il lui rappelait ses débuts de journaliste. Il hésitait entre nostalgie du passé et envie d'aller de l'avant malgré un futur bien incertain. Il dit à voix basse à Emma :

— Je l'ai bien connu autrefois. Nous étions amis.

Morgane Lambert les avait ensuite félicités pour le travail qu'ils avaient accompli, pour leur engagement pour leur pays, pour leur courage et leur abnégation, leur rappela les espoirs que toute l'humanité plaçait en eux. Elle poursuivait :

D'ailleurs il est certain qu'un jour vous aurez une rue ou une école quelque part qui portera votre nom. J'ai tenu à vous parler de la situation sur Terre d'une part pour que vous en soyez informés, ce qui me parait la moindre des corrections de ma part, et parce que je me souviens de la période où, lorsque j'étais Premier ministre, nous avons monté avec un certain nombre d'entre vous ces projets destinés à résorber la crise.

Elle s'arrêta quelques instants, méditative.

Commençons par la colonisation lunaire. Nous avons eu quelques petits souçis avec des opérateurs privés et avons dû nous résoudre à mettre en place une gouvernance conjointe pour éviter que les incidents ne se multiplient. Une équipe travaille en ce moment à imaginer des systèmes de compensation, car nous nous refusons à introduire l'argent sur nos colonies lunaires et martiennes. Nous travaillons à réduire l'exploitation des ressources naturelles de la terre, mais un accompagnement est nécessaire pour ne pas laisser les populations qui en vivaient dans le dénuement le plus total.

Continuons avec les Bâtisseurs de Bonheur. Nous avons aujourd'hui une dizaine de villes en projet ou en construction. Lorsque ces projets seront terminés, ce seront plus de six-millions de nos concitoyens qui auront rejoint ce dispositif. Ces projets impactent six autres millions de français qui bénéficient directement ou indirectement des retombées économiques des projets. Je tiens à féliciter ceux d'entre vous qui ont participé à cette aventure.

Les acteurs de notre économie ont pu, grâce à nos actions conjointes, redorer leurs blasons et se portent mieux maintenant. Les mentalités évoluent lentement grâce à cette brèche que nous avons ouverte ensemble et qui donne une alternative de vie à nos concitoyens. Les entreprises se sont remises à se faire une guerre économique sans merci. Cela nous cause quelques petits soucis de risque de débordement sur les autres organisations et les bricolages financiers ont repris. Nous travaillons actuellement à corriger cette dérive avec les gouvernements qui ont rejoint notre association des pays progressistes, dont la finalité est de réduire l'emprise de l'argent sur la gouvernance du monde… Mais il y a encore un peu de travail, d'ici à ce que l'on y arrive…

Il reste encore une dernière porte à ouvrir et c'est vous qui en détenez la clé. Vous êtes le vecteur de propagation de notre civilisation dans l'univers et je compte, nous comptons, beaucoup sur vous pour réaliser cet exploit.

Morgane Lambert passa ensuite la parole à ses ministres, puis conclut la séquence en disant :

Vous pouvez nous faire part de vos observations ou nous poser toutes les questions que vous souhaitez. N'hésitez pas à nous communiquer vos expériences personnelles. Nous sommes intéressés à en avoir connaissance par vous directement et sommes prêts à recevoir vos paroles.

François sourit. Il n'aurait pas été étonné d'apprendre qu'il y avait quelques Bâtisseurs de Bonheurs pas très loin, dans l'entourage de Morgane Lambert.

17 juillet 2037

À cinq heures précises, Sandrine Ledoyen pénétra dans la salle de briefing en combinaison de vol, accompagnée de Francesco Forzi. Les soixante Spationautes et pilotes rassemblés pour cette mission se levèrent à son arrivée. Elle dit simplement :

— Asseyez-vous ! Mesdames et messieurs, nous partons en mission scientifique pour *Terra Cimmeria* et pour certains d'entre vous, dans le canyon *Ma'adim Vallis* afin de prélever des échantillons de minerai. Notre indicatif sera *Explora*.

Sandrine donna le détail du vol, du matériel qui serait emporté, de la composition des équipages et les affectations des uns et des autres. Un scientifique fit également un topo sur le type et les profondeurs des forages qui devaient être effectués, ainsi que les carreaux topographiques à explorer. Pour s'y rendre, ils avaient neuf-mille kilomètres à parcourir et devaient avoir installé leur campement avant la tombée de la nuit.

C'était le début du printemps sur Mars après un hiver qui avait duré cent-cinquante-quatre jours cette année-là et il risquait de faire encore frisquet. Lorsqu'ils reçurent l'ordre d'embarquer, Emma et François se hâtèrent de rejoindre leur place pour le vol. Sandrine et Francesco pilotaient. François avait été désigné pour conduire un des véhicules au sol et allait faire tandem avec Helena, son élève.

La voix de Sandrine Ledoyen se fit entendre par les hautparleurs de la navette :

– Quelques informations sur notre vol : nous avons une température extérieure de moins soixante-trois degrés, qui remontera à moins dix en milieu de journée. Lorsque nous approcherons d'*Hecates Tholus*, nous aurons un vent d'est soufflant à cent-quatre-vingt-dix kilomètres-heure. Sinon, ça sera calme sur notre destination.

Le jour commençait à se lever. Le ciel se teintait en bleu gris et était parsemé de petits nuages de glace blancs qui filaient rapidement. Francesco, le copilote, demanda par radio :

– Chef de cabine, de pilote, situation des passagers ?

– *L'embarquement est terminé. On procède à la fermeture de la porte du sas.*

Quelques minutes plus tard, la radio annonça :

– *Sas fermé.*

Après avoir vérifié la pressurisation des combinaisons et obtenu l'autorisation de décollage, Sandrine ordonna :

– Contrôle, on y va ! … Francesco, mets en route… Libère les amarres.

Le lourd appareil s'éleva à la verticale puis, rapidement, se mit en mouvement horizontal. Lorsqu'ils se furent éloignés de la station, Sandrine boosta son réacteur principal. La navette partit à grande vitesse en direction du sud-est. Le soleil commençait à se lever sur sa gauche.

Le vol dura un peu plus de sept heures pendant lesquelles ils furent un peu secoués par moments. Passé *Elysium Mons* qu'ils avaient contourné par l'est à une dizaine de kilomètres pour éviter les rafales dans ce secteur, ils obliquèrent vers le sud-ouest.

À treize heures trente, ils abordèrent la région qu'ils avaient à explorer dans les prochains jours. Sandrine annonça :

— Nous survolons *Ma'adim Vallis*. Début de la décélération.

Le paysage était hallucinant. Le gigantesque canyon de huit-cents kilomètres de long avait une profondeur d'environ mille mètres. Il ressemblait à s'y méprendre à certains canyons sur Terre. Il avait dû être creusé par un cours d'eau qui avait coulé là pendant des millions d'années avant que la rivière ne se tarisse. De temps à autre, un pic de roche de plusieurs centaines de mètres de haut, poli par les vents de sable, se dressait en dessous d'eux.

Passé l'embouchure de *Ma'adim Vallis*, ils pénétrèrent dans l'ancienne mer dont le sol se situait deux-mille mètres plus bas. Cela devait former un estuaire où les eaux de la rivière et de la mer se mélangeaient. La plaine devant eux s'étendait sur plus de cinq-mille kilomètres. Dans le lointain, ils pouvaient apercevoir un tourbillon de sable.

— Il doit y avoir du vent, dit François.

Effectivement, l'appareil fit une embardée sur la gauche que le pilote automatique compensa rapidement. Sandrine ordonna :

— À tous, sanglez-vous… Francesco, on passe en manuel !

L'appareil décrivit une large courbe qui les amènerait à une centaine de kilomètres du but, face au canyon qu'ils venaient de survoler. Elle ordonna :

— Les équipes de fixation de l'appareil au sol se préparent. Il y a un vent important en surface. Vous risquez d'être secoués. Nous devrons peut-être utiliser les harpons.

Les harpons servaient à plaquer l'appareil au sol lorsque les vents latéraux étaient importants, évitant ainsi le retournement sur le dos. Sandrine continuait à donner ses ordres :

— Abaisser vitesse à deux-cent-cinquante kilomètres-heure.

L'appareil ralentit et se cabra.

— Vitesse deux-cent-cinquante, annonça Francesco.

— On tente une approche oblique.

— OK ! J'abaisse de cinq degrés sur horizon mars.

L'appareil fonçait maintenant vers le sol en même temps que la paroi se rapprochait.

— Vitesse deux-cent.

L'appareil commença à chuter.

— Équipe arrimage, préparez-vous !

L'appareil tanguait. Francesco reprit.

— Début de tempête de sable.

— Il ne manquait plus que ça !

— Le vent n'est pas trop fort, ça devrait aller sans les harpons.

Le tourbillon de sable cessa. Ils voyaient le sol se rapprocher. Sandrine ordonna :

— Mets à vitesse horizontale nulle. Abaisser la chute à deux mètres-seconde… Un mètre-seconde… On stabilise avec les propulseurs verticaux… À tous, attention pour contact sol.

Les trois gros patins métalliques de la navette touchèrent la surface rocheuse. L'appareil écrasa les amortisseurs, puis se redressa. Sandrine ordonna, pour éviter qu'il ne rebondisse :

— Inversion de poussée… Maintenant.

Ils étaient plaqués au sol.

— Équipe arrimage, vous pouvez descendre.

Au bout de cinq minutes, la radio annonça :

— *Ici… équipe arrimage à poste de pilotage, vaisseau stabilisé.*

— Merci équipe sol ! Francesco, tu peux mettre l'appareil à l'arrêt.

Lorsque Francesco coupa les réacteurs, l'appareil remonta légèrement, puis se stabilisa.

— Pour tous, appareil à l'arrêt. Sortie non autorisée jusqu'à nouvel ordre… Équipe sol, vous réintégrez le bâtiment.

Le vaisseau était fixé, avec une liaison mécanique, à la surface rocheuse. Ces dispositifs devaient être démontés avant le décollage, mais ils disposaient d'un système composé d'explosifs télécommandés qui permettait de redécoller en urgence. Sandrine fit activer la communication satellite par son opérateur radio.

— Contrôle Utopia, de Mission Explora…

— *Parlez, Mission Explora.*

— Navette stabilisée dans *Terra Cimmeria*. RAS. La mission démarre comme prévu.

— *Bien reçu, Explora. Nous serons à l'écoute à huit heures du matin et huit heures du soir. Vous pouvez utiliser la fréquence d'urgence si nécessaire.*

La vie commença à s'organiser en prévision des huit jours de mission de forage. Le vent cessa. Chacun préparait ses équipements et chargeait son véhicule.

18 juillet 2037

François pilotait l'un des engins à six roues et se déplaçait à vive allure en direction du grand canyon. À ses côtés, Patrick Bondin faisait la navigation. À quelques dizaines de mètres en arrière se trouvait Explora quatre, manœuvré par Helena, assistée par Raúl Jaramillo. François avait le lead sur les deux équipages.

Il leur restait encore soixante kilomètres à parcourir avant de commencer à gravir les vingt kilomètres de pente à dix pour cent, composée principalement de sable, qui les conduiraient à l'intérieur de l'ancien estuaire, puis dans le canyon. Ils devaient y faire des prélèvements d'échantillon tous les dix kilomètres environ. Explora quatre débuterait sa mission par la grande montée alluvionnaire, puis l'entrée de l'estuaire. François se positionnerait dix kilomètres plus en amont. Vers douze heures, ils arrivèrent au pied du gigantesque plan incliné. François appela à la radio.

— Helena, ça va être à toi de jouer.

— Dac !

Il bascula le commutateur de communication longue distance.

— Base Explora, d'Explora trois.

— *Parlez, Explora trois.*

— Explora quatre se met en place pour attaquer son premier forage. Nous débutons l'ascension vers *Ma'adim Vallis*.

— *Bien reçu, Explora trois. Contactez-nous quand vous aurez atteint votre premier site. Terminé.*

François enclencha le blocage des différentiels pour que toutes les roues tournent à la même vitesse. Pour éviter l'ensablement, il s'aiderait des propulseurs. La montée dura une heure pendant laquelle personne dans le véhicule ne dit mot à part les pilotes qui n'étaient pas trop de deux pour manœuvrer :

— Patrick, allume les propulseurs verticaux... Poussée un tiers... Attention, on décolle... Poussée avant... Stop.

Le véhicule touchait le sol en rebondissant.

— On part en travers... Déblocage différentiel... Attention pour virage à droite.

L'engin fit une embardée, propulsant les passagers vers la gauche.

— On s'ensable sur la gauche... Je redresse l'assiette... Poussée verticale... Stop... Blocage différentiel... J'accélère... Attention, pour contact sol... Je redresse...

Lorsqu'ils arrivèrent enfin sur le sol ferme, le véhicule fut moins balloté. François était en sueur. Le chef de l'équipe forage s'inclina légèrement vers eux.

— Du beau boulot !

— On n'est pas encore tout à fait tirés d'affaire.

— Je ne suis pas inquiet. Vous vous en sortez très bien.

Vingt minutes plus tard, ils arrivèrent sur leur premier lieu de forage. Le canyon à cet endroit faisait environ deux kilomètres de large. Les parois étaient tellement hautes qu'on avait du mal à en distinguer le sommet. François fit jaillir le petit anémomètre rotatif pour s'assurer que la vitesse du vent était nulle, puis demanda au chef de mission :

– Sécurisation du périmètre. Vérifiez que rien ne va nous tomber sur la figure.

Ce dernier avait anticipé l'ordre et avait déjà désigné deux personnes pour s'équiper des propulseurs autonomes. Au bout de deux minutes, il annonça :

– Piétons prêts à sortir.

– Permission de sortir accordée.

– Allumez les caméras de poursuite.

Les deux Spationautes partirent perpendiculairement à l'axe du canyon en direction des parois, chacun de leur côté. Les caméras balayaient sur un angle de cent-soixante degrés avec un grossissement de deux-cents fois. Un ordinateur analysait simultanément les images et surlignait en rouge les zones à explorer. Au bout de plusieurs minutes, François décréta la zone sure.

– On reste là. Préparez les forages.

Ils allaient faire plusieurs carottages dans la partie horizontale du canyon, dont un au moins dans le lit présumé de l'ancienne rivière ainsi que des prélèvements dans les parois verticales. Une fois les échantillons récupérés, la mission avancerait de vingt kilomètres et recommencerait. Le dernier jour, ils reprendraient le chemin du retour, mais pourraient rester deux jours supplémentaires si les découvertes le justifiaient.

Le véhicule disposait d'un bras permettant le forage. Il était rangé sur sa partie supérieure. L'équipe affectée aux opérations de carottage se composait de quatre personnes. Les ramasseurs le long des parois partaient en binômes avec une benne compartimentée dotée de propulseurs qui restait ainsi toujours à proximité des personnels. Chaque échantillon était étiqueté et inventorié, afin d'en connaitre la provenance exacte.

Le chef du forage s'installa aux commandes du bras et donna ses ordres :

– Fixez les haubans… Sortez le trépan et les rallonges…

La machine commença à percer plusieurs dizaines de mètres de roche. L'opérateur arrêta de creuser, embraya la remontée.

– On va démarrer le carottage.

Trente minutes plus tard, les échantillons étaient remontés. Ils libérèrent le véhicule pour se rendre sur le lieu de forage suivant, puis un troisième. La radio grésilla :

— *Explora trois, c'est Explora quatre, tu m'entends ?*

— Affirmatif Helena. Tu en es où ?

— *On est en route. On devrait passer vers ta position d'ici une dizaine de minutes.*

— OK. J'allume mes projecteurs de piste et mon indicateur de présence. Je t'allume également mes piétons.

François mit en route la lumière clignotante blanche d'une puissance de quarante-mille lumens qui permettait de repérer le véhicule dans le brouillard ou dans une tempête de sable. Il ordonna :

— À tous, Explora quatre en approche. Signalez-vous individuellement. Pour les équipes paroi, restez en stationnaire.

La radio reprit :

— *C'est bon, François, je te vois. Je m'éclaire également.*

— OK. Je t'ai en visuel. Tu vas jusqu'où ?

— *J'essaye d'atteindre le point de forage cinq. Nous bivouaquerons là-bas.*

— OK, Helena. Nous restons ici. Trop tard pour faire mouvement, la nuit va bientôt tomber.

— *Ça marche. À demain, François !*

Le gros engin piloté par Helena passa au sud de leur position. Le jour déclinait dans une lumière d'un gris métallique. Il ferait effectivement nuit dans peu de temps. La température chutait rapidement. Il faisait déjà moins trente dehors. François commença à préparer le bivouac.

— Patrick, tu feras replier le bras de forage et tu vérifieras les élingues d'amarrage.

— OK !

Il rappela les piétons qui devaient encore ranger les échantillons et réintégrer leur matériel. À sept heures, tout le monde était rentré. Ils allaient passer la nuit dans le véhicule dont la principale caractéristique n'était manifestement pas le confort.

La journée suivante, Explora trois et quatre continuèrent à jouer à saute-mouton par bonds de vingt kilomètres. Le soir, ils avaient bivouaqué au même endroit. Ils s'étaient regroupés dans un seul véhicule pour le repas. C'était un peu à l'étroit pour faire la fête, mais l'ambiance était bonne.

20 juillet 2037

François était en train de préparer son rapport quand il entendit à la radio :

— *Ici équipe forage, on vient de subir un changement de densité important du sol à quatre-vingts mètres de profondeur. La carotteuse est descendue d'un coup de vingt mètres. Nous avons mis immédiatement en confinement.*

Il réagit instantanément.

— À tous, nous sommes en quarantaine sanitaire. Personne ne bouge sans instruction.

L'opération de confinement consistait à obturer le puits de forage. Le véhicule devait également être isolé.

— *On réévalue,* annonça le foreur. *Nous avions repéré un changement de dureté de la roche et nous pensions qu'il s'agissait peut-être de glace, mais là, nous sommes tombés dans une cavité.*

Le risque avec les cavités est qu'elles peuvent contenir du gaz, provoquer une décompression explosive et catapulter le véhicule. La tension monta d'un cran.

— *Il semble que nous soyons sur une nappe phréatique… liquide. Je revérifie avec un balayage aux ultrasons. Oui, c'est bien cela, liquide.*

Bon sang, voilà qui ouvrait le champ de tous les possibles. François annonça :

— OK. Attendez instructions. Y a-t-il eu échappement gazeux ?

— *On ne sait pas. Je n'ai rien remarqué, mais ça ne veut rien dire. Nous restons en stand-by.*

Il appela Helena.

— Explora quatre, d'Explora trois.

— *Oui François.*

— Je viens de placer Explora trois en quarantaine sanitaire. Je crois que nous venons de trouver de l'eau en phase liquide.

— *QUOI ?*

— Tu m'as bien entendue. On va avoir besoin de renfort ici pour gérer la situation.

— *OK, je rapplique au plus vite. Je peux être là d'ici deux heures, peut-être moins.*

— Prend le commandement de la mission, je suis *ouf*[6].

— *Bien reçu.*

— Je préviens la base.

François inspira profondément à plusieurs reprises avant d'enclencher le commutateur de communications longues distances.

---

[6]   Hors circuit ou hors service.

— Base Explora, d'Explora trois.

— *Parlez, Explora trois.*

— Base Explora, je viens de placer Explora trois en quarantaine sanitaire.

Il y eut un blanc à la radio, puis une voix autoritaire reprit :

— *Ici le colonel Ledoyen, exposez votre situation.*

— Colonel, nous sommes sur le site de forage numéro douze. Nous étions en opération de carottage à quatre-vingts mètres quand la densité de la roche a chuté brusquement. L'équipe forage a immédiatement confiné le puits. Une analyse du sol aux ultrasons confirme la différence de densité. À première vue, il s'agirait d'eau liquide, mais nous pouvons nous tromper.

Sandrine réfléchit un instant, puis dit :

— *Restez en stand-by, Explora trois. Nous revenons vers vous avec de nouvelles instructions. Interdiction à quiconque de quitter la zone de quarantaine dont le rayon est de mille-cinq-cents mètres autour de vous ou d'y pénétrer.*

Le canyon venait d'être mis à l'isolement. Elle commença à distribuer les ordres, d'abord au radio :

— Radio, mettez-moi en contact avec Utopia en quatrième vitesse sur la fréquence de secours… Francesco, tu informes les pilotes des véhicules en mission *Terra Cimmeria* de la situation et tu me les fais revenir en urgence. On aura peut-être besoin des véhicules.

— Oui M'dame, dit-il en lui faisant un clin d'œil qui n'échappa pas au radio.

— Tu préviens également Explora quatre de la zone de quarantaine, qu'elle n'aille pas se fourrer dedans, mais je pense qu'elle est déjà au courant.

Le radio actionnait des interrupteurs et tournait des boutons en cherchant à se caler sur la fréquence de secours satellite de la base Utopia et en appelant avec son indicatif. Sandrine s'impatientait :

— Ça vient, la radio ?

— Tout de suite, Madame.

La radio se mit à grésiller.

— *Crrr… tion Utopia.*

— Station Utopia, de Mission Explora, vous me recevez ?

— *Affirmatif Explora. Quels sont vos problèmes ?*

— Ne quittez pas, je vous passe le chef de mission.

Sandrine prit la communication.

— Ici Ledoyen. Nous vous rendons compte que notre véhicule Explora trois, dirigé par l'aspirant François Cervantès, semble avoir trouvé de l'eau en phase liquide lors d'un forage à quatre-vingts mètres sous la surface du canyon *Ma'adim Vallis*. Véhicule et personnels ont été mis en quarantaine sanitaire dans un rayon de mille-cinq-cents mètres autour du point de forage.

– ... *Ne quittez pas, Explora.*

En attendant les instructions, Sandrine réfléchissait. Ce canyon avait été exploré il y a quelques années depuis le satellite géologique, sans grands résultats. On soupçonnait une forte concentration d'hématite (Fe_2O_3) et dans une moindre mesure de titanomagnétite (Fe_2TiO_4) dans le sol, d'où ces forages. Mais de l'eau ! La radio reprit :

– *Ici le général Krankower. Je reprends le commandement de la mission. Je viens de lancer deux navettes avec des équipes spécialisées pour vous rejoindre dans les meilleurs délais. J'étends la quarantaine à l'ensemble du canyon jusqu'à plus ample informé. On vous envoie un caisson de quarantaine pour évacuer vos personnels qui sont sur le terrain. Transvasez dans votre navette les échantillons que vous pourrez récupérer hors zone de quarantaine. Vous abandonnez les véhicules sur place, on pourra en avoir besoin. Récupérez vos personnels avec votre navette et ramenez tout le monde à Utopia.*

Il y eut un silence, puis Krankower reprit :

– *Une dernière chose : interdiction, je répète interdiction pour les personnels en quarantaine de retirer les combinaisons spatiales quoi qu'il arrive. Accusez réception.*

Sandrine répéta ce que le général venait de dire. Krankower conclut par :

– *Informez vos gars sur le terrain de la situation tactique.*

– À vos ordres, mon général.

François attendait de recevoir des instructions. La radio longue distance appela :

– *Explora trois et Explora quatre, de base Explora.*

– *Explora quatre, à l'écoute !*

– Explora trois vous reçoit.

Vous êtes tous deux placés en quarantaine. Explora trois, vous haubanerez votre véhicule avant de l'abandonner. Explora quatre, vous devenez véhicule de sauvetage. Avez-vous des déplacements d'air dans votre secteur ?

François regarda son anémomètre.

– Vent d'un nœud venant du sud-ouest.

– *C'est parfait. Nous allons vous exfiltrer dans un caisson étanche que nous suspendrons sous notre navette. Vous rebrousserez jusqu'au niveau du point de forage numéro onze. Là, vous abandonnez le véhicule et montez dans le caisson de quarantaine. On vous ramène ensuite jusqu'à la base Utopia. Interdiction formelle d'enlever vos combinaisons spatiales, y compris dans le caisson. Nous ne voulons pas prendre le risque d'une contamination.*

— Bien reçu, base Explora.

— *Explora trois, vous pouvez informer votre équipage. Explora quatre, quel est votre statut ?*

— *Sommes stationnés à mille-cinq-cents mètres au nord-est d'Explora trois. Tous les personnels à bord.*

— *OK. Redescendez vers le sud-ouest d'Explora trois en restant à un minimum de deux-cents mètres. Prenez position et attendez que vos camarades viennent vous rejoindre à pied. Dès que vous aurez tout le monde à bord, vous irez jusqu'au point d'extraction.*

— *Bien reçu.*

— *Explora trois, vous abandonnerez tous vos matériels et vous rejoindrez Explora quatre.*

François répondit d'une voix égale :

— Bien reçu.

— *Explora quatre, allumez votre indicateur de présence intermittent pour qu'on vous retrouve et tenez-moi informée de vos mouvements.*

Le gros véhicule tout terrain d'Helena passa au large de la position de François, tous feux allumés, puis s'arrêta un peu plus loin. François tira ses harpons pour immobiliser le véhicule. Les Spationautes s'accrochèrent ensuite les uns aux autres en cordée et se mirent en route vers le point de ramassage.

Ils arrivèrent au niveau de l'engin piloté par Helena une dizaine de minutes plus tard. Il fit abandonner les propulseurs individuels en les mettant bien en évidence sur un rocher et ils s'entassèrent à l'arrière du véhicule. Helena informa la base :

— Base Explora, ici véhicule de sauvetage Explora quatre, tous les piétons sont à bord. Nous nous dirigeons vers la zone d'extraction. Temps de trajet estimé à une heure.

— *Bien reçu, Explora quatre.*

Arrivés au point convenu, ils se mirent en attente. Une heure quarante-cinq plus tard, ils furent informés que les navettes venant d'Utopia étaient arrivées, puis que la navette de sauvetage faisait mouvement.

— *Explora quatre, nous vous avons en visuel. Nous serons sur zone dans dix minutes.*

Le gros appareil se présenta face à eux avec un caisson suspendu à quatre élingues.

— *Orientez l'ouverture de vos portes arrière vers le nord-est, et attendez instructions.*

— Bien reçu.

Helena manœuvra son véhicule, lui faisant faire un quart de tour pour le mettre dans la position ordonnée. L'appareil se mit en vol stationnaire et commença à descendre vers le sol. Une fois le caisson posé, il continua à descendre. Les élingues se distendirent, puis il commença à reculer tout doucement, à environ dix mètres du sol.

— *Ici Explora leader, envoyez deux volontaires encordés pour ouvrir la porte de la quarantaine. Vous rendrez compte de l'ouverture, car on ne la voit pas depuis ici. Les autres personnels attendent et s'encordent également pour le déplacement à découvert.*

Deux piétons descendirent du véhicule et se dirigèrent vers le caisson, courbés à cause du souffle des réacteurs de l'appareil. Un des Spationautes recula à découvert et fit signe au Pilote de la navette que la quarantaine était ouverte.

— *Vous pouvez maintenant abandonner le véhicule.*

Ils se dirigèrent rapidement vers le caisson. Helena les suivit après avoir amarré et mis à l'arrêt son engin. Une fois à bord, elle se brancha au dispositif radio et annonça :

— Porte verrouillée.

— *OK. Début de pressurisation… Remontée en tension.*

Ils sentirent un choc, puis le caisson se lever du sol. Le hautparleur continua :

— *Attention pour accrochage sous l'appareil.*

Il y eut un nouveau choc lorsque leur caisson entra en contact avec les deux caissons déjà présents sous la navette. Ils entendirent le bruit des crochets de fixation qui s'enclenchaient.

— *Préparez-vous, on y va !* dit le pilote.

Le retour leur parut interminable. La faim commençait à les tenailler. Dès l'arrivée à la base Utopia, le caisson de quarantaine fut décroché dans une zone à l'écart, aspergé d'une solution alcoolique sous forme de jet de vapeur brulant. François, Helena et leurs dix-huit compagnons, après avoir été décontaminés, furent mis à l'isolement.

Sandrine et Francesco leur rendirent ensuite visite. Ils discutèrent par radio à travers un grand hublot vitré.

— Sacrée journée !

— On ne vous le fait pas dire, mon colonel.

Emma et István, qui n'étaient pas à bord des deux véhicules concernés par l'incident, vinrent également rendre visite à Helena et François dès que cela fut autorisé. Ils se parlèrent tour à tour à travers le hublot.

Les jours suivants furent pleins de surprises. Les échantillons contenaient des quantités importantes d'hématite et de titanomagnétite, ce qui permettrait de booster la production d'acier, de titane, matière précieuse pour fabriquer les boucliers des navettes, et accessoirement de l'oxygène à l'état gazeux.

Le forage, qui avait créé autant d'animation, avait révélé qu'il s'agissait bien d'eau liquide non saline. La phase liquide était certainement due à une activité géologique souterraine qui réchauffait le sol, ce qui contredisait certaines théories jusqu'alors en vigueur affirmant qu'il ne pouvait y avoir que de la glace. La véritable découverte fut la présence de bactéries vivantes qui avaient survécu dans cet écosystème très particulier pendant des millions d'années.

Les connaissances sur l'histoire de la planète venaient de progresser spectaculairement et cette découverte allait donner de l'occupation aux scientifiques de tous bords pour les années à venir : les premiers martiens venaient d'être découverts.

Les équipes de forage subirent de nombreux examens médicaux faits par des médecins qui ressemblaient plus à des cosmonautes qu'à des médecins. Parmi eux, le médecin-chef Paco Llorca et ses élèves médecins, dont Annie Jullien, qui profitaient de l'occasion pour se former à la bactériologie. Finalement, tout danger fut écarté et les équipes de forage purent rejoindre leurs camarades.

19 Octobre 2037

Ils avaient passé la journée à préparer le retour, reconditionner les végétaux pour le transport, confiner les animaux, effectuer la vérification des appareils. Le lendemain, ils allaient débuter leur retour vers la Terre.

François avait terminé le service de maintenance et se prélassait sur le lit dans la petite cabine, perdu dans ses pensées. Deux heures plus tard, Emma poussa la porte et la verrouilla derrière elle.

– Bonsoir, ma douce.

Elle s'approcha du lit, s'allongea à côté de lui après avoir enlevé ses chaussures de travail puis s'installa sur lui à califourchon.

– Bonsoir, Monsieur. Cette journée s'est bien passée ?

– Notre vaisseau fonctionne, si c'est ce que tu veux savoir. Nous allons pouvoir appareiller demain.

– Tu as parlé à d'autres femmes que moi ?

– Emma, tu sais bien que le contraire est impossible.

– Je suis jalouse de ta chef, dit-elle en riant. Tu passes plus de temps avec elle qu'avec moi.

— Ne dis pas de bêtises.

— Allez, je te taquine.

— Ouf ! dit-il en riant. Et du côté des serres, tout est prêt à être chargé demain ?

— Oui.

— Du beau boulot.

— J'ai travaillé une partie de la journée avec Helena avant qu'elle ne soit détachée à la manutention. Nous avons pu discuter un peu plus longuement. Tu sais, c'est une chouette fille.

— C'est ce que j'ai cru remarquer.

— Elle est très amoureuse de ton ami István. Comme je suis un peu curieuse, je lui ai demandé comment ça allait avec István, dans l'intimité. Elle m'a dit que ça allait plutôt bien. Ton ami lui a permis de découvrir des choses et, à ses dires, il semblerait qu'il en ait découvert quelques-unes, lui aussi.

— Je suis heureux pour eux. Si tu devais donner une note d'un à dix sur leurs chances de rester ensemble ?

— Je dirais neuf.

— En effet, ça me semble bien engagé. De mon côté, j'ai pu discuter un peu avec István. Il me donne l'impression d'être très proche d'elle. Il m'a dit que, lorsque nous serions revenus à terre, il essayerait de convaincre son père de pouvoir les emmener découvrir la Hongrie. Il pourrait ainsi leur présenter ses parents, puis ferait découvrir la mer à Helena. Il a dit que, s'il en avait l'occasion, il lui ferait l'amour sur la plage. Il a l'air vraiment accro à elle.

— C'est ce que je pense aussi.

— Et toi, tu as des choses à me faire découvrir ?

Elle lui donna un coup de poing sur le bras en riant. Il attrapa la commande de la fermeture éclair de sa combinaison de vol qu'il fit descendre d'un coup.

Elle le chevauchait toujours, lui prit le visage entre ses deux mains, approcha ses lèvres de son visage et dit :

— Et pour nous, si tu devais donner une note entre un et dix ?

— Dix, sans hésiter.

20 Octobre 2037

Dans l'heure qui précédait le départ, il y eut une séance d'adieux touchants avec les personnels permanents de la base Utopia. Au cours des mois passés sur Mars, ils avaient eu le temps de faire connaissance et de s'apprécier. L'heure de la séparation était maintenant venue.

Les navettes décollèrent ensuite les unes après les autres. Elles s'élevèrent jusqu'à une altitude de vingt kilomètres, leur permettant d'admirer une dernière fois la géographie de Mars, puis débutèrent leur ascension verticale pour sortir de l'atmosphère et s'arracher à la gravité de la planète rouge.

4 Novembre 2037

Le voyage s'était passé sans incident particulier. Voler leur était maintenant familier. Les Spationautes et les pilotes réagissaient comme une mécanique bien huilée. Plus besoin de faire d'exercices spéciaux, le service normal était suffisant. Après une approche en douceur sur la station orbitale Philadelphia, les navettes Sirius s'étaient accrochées par paire pour décharger leur cargaison. Juste en dessous d'eux, François pouvait apercevoir une grosse navette Orion à l'amarre.

Helena faisait partie de l'équipe chargée de gérer les animaux. Charline Lefèvre, commandante de la navette, appela les deux chefs d'escouade pour leur donner les consignes : chaque Spationaute devait prendre le paquetage réduit qu'il avait préparé pour son séjour sur terre et se rendre immédiatement dans la navette Orion en vue de leur prochain départ.

François avait rejoint Emma dans la cabine. István, qui errait comme une âme en peine, s'était joint à eux. Emma lui disait de ne pas s'en faire, qu'Helena allait bientôt revenir, dès que sa mission serait terminée.

Ils prirent leur bagage et se rendirent dans l'Orion. Charline Lefèvre, Irina Malichewsky et quelques officiers étaient assis sur les premières rangées de sièges. Ils allèrent s'installer plus au fond de l'appareil sur une série de quatre sièges côte à côte qui leur permettrait de voyager ensemble. Helena n'arrivait toujours pas.

Une heure plus tard, le pilote de la navette annonçait :

– Fermeture des portes. Attention pour l'appareillage.

István s'affola. Il enleva son harnais de sécurité, se leva et se dirigea vers l'avant de l'appareil. Un membre de l'équipage se leva à son tour pour l'intercepter. Charline, devinant ce qui se passait, lui fit face, debout dans le couloir.

– Veuillez regagner votre siège, s'il vous plait.

– Mais, Madame, certains passagers ne sont pas montés à bord

– Vous avez bien effectué le comptage ? dit-elle en s'adressant au membre d'équipage. Il ne manquait personne ?

– Non, Madame.

— Mais… et Helena ?

— Personne ne vous a averti ?

— De quoi, Madame. Elle a eu un accident ?

— Non, rassurez-vous. Les équipes de Philadelphia restent sur la station pour s'occuper des plantes et des animaux. Nous nous retrouvons dans huit semaines pour la suite de la mission. En attendant, nous allons passer du bon temps sur Terre.

— Mais je ne veux pas aller sur terre. Pas sans elle. Si quelqu'un m'avait prévenu, je me serais porté volontaire pour la garde aux animaux.

— C'est trop tard, nous avons appareillé. Ne vous inquiétez pas, vous la reverrez bientôt. Deux mois, ce n'est pas si long. Vous aurez ensuite toute la vie devant vous… Allez vous assoir, maintenant.

István repartit penaud. Emma et François pouvaient lire la déception sur son visage et comprirent que quelque chose ne tournait pas rond.

— Alors ? demanda François.

— Elle ne vient pas.

— Comment ça ?

— Les équipes que nous avons récupérées à l'aller sur Philadelphia restent pour surveiller les plantes et les animaux.

— Ne te bile pas, nous revenons bientôt.

— Mais je voulais passer ces vacances avec elle.

— Je suis désolé.

Le pilote mit fin à leur conversation.

— Ici le commandant de bord, veuillez immédiatement verrouiller vos combinaisons de vol et les mettre sous pression. Notre départ est imminent.

François se tourna vers István. Il regardait dans le vague à travers la visière de son casque et pleurait. Il ne put s'empêcher de repenser à la discussion qu'il avait eue avec Helena sur Mars, lorsqu'elle lui avait avoué qu'elle n'avait jamais mis les pieds sur terre. C'était là une occasion unique pour elle d'y aller et que son ami lui fasse visiter toutes ces choses qui la faisaient rêver et voilà qu'elle était consignée sur la station orbitale. Quelle cruauté, se dit-il.

Quelques heures plus tard, ils atterrissaient sur la base d'entrainement. Ils furent logés pour la nuit dans de grands dortoirs, les garçons d'un côté, les filles de l'autre et les jeunes à l'écart. À la guerre comme à la guerre.

Le lendemain, ils avaient été regroupés dans le grand amphithéâtre de briefing. Les consignes étaient lâches et chacun avait la possibilité de venir en civil. Une fois la troupe rassemblée, Sandrine Ledoyen pénétra dans la pièce, vêtue de sa combinaison de Pilote dont la fermeture entrouverte laissait apparaitre la partie supérieure de sa poitrine, sans doute sa façon à elle d'être en civil.

Elle fit signe à l'officier de service de ne pas faire de protocole, mais tous se levèrent à son arrivée et applaudirent pendant de longues minutes. Elle les laissa faire puis, se raclant la gorge, leur dit d'une voix qu'elle espérait forte et ferme :

– Mesdames et messieurs… mesdames et messieurs.

Les applaudissements cessèrent et ils se rassirent.

– Vous voilà arrivés à la fin de votre formation. Vous allez maintenant disposer de deux mois pour rendre visite à vos proches, ou aller vous faire dorer la pilule au soleil, ou les deux, petits veinards.

Il y eut des rires dans l'assistance.

– Je tenais à vous adresser mes plus vives félicitations pour tout le travail qui a été accompli. Sur la Lune tout d'abord, puis sur Mars. Vous avez réussi à faire de l'élevage et des plantations sur cette planète inhospitalière. Vous avez également été cités, officieusement s'entend, à l'ordre de la nation pour votre découverte de bactéries dans le canyon *Ma'adim Vallis*. J'en profite pour vous rappeler que cette information est classifiée pour le moment et vous demande toute la discrétion d'usage sur ce sujet. Nos organismes de relations publiques se chargeront de le faire savoir au reste du monde en temps voulu.

Sandrine balayait du regard l'assistance, les regardant l'un après l'autre dans les yeux.

– Vous êtes devenus des Spationautes et pour certains des pilotes. Vous savez conduire les engins les plus divers, vous déplacer dans n'importe quel contexte, utiliser les machines les plus invraisemblables. Je tenais à vous dire combien je suis fière de vous. Il ne m'avait jamais été donné auparavant l'opportunité de commander des femmes et des hommes aussi exceptionnels que vous.

Elle marqua une pause.

– À votre retour, le cinq janvier, les choses sérieuses vont commencer. Vous serez briefés à ce moment-là sur vos nouvelles missions. En attendant, reposez-vous bien. Je vous informe que vous devrez avoir quitté la base dans délai de quarante-huit heures. Vous pouvez maintenant disposer.

Tous se levèrent et applaudirent longuement. Elle resta encore un peu, puis sortit de la salle, émue. Une larme perla à son œil droit.

István était assis dans un coin, fermé comme une huitre. Jean Berthon lui tenait compagnie pendant que le reste de la famille s'occupait des formalités avant le départ. Emma proposa :

— On pourrait emmener István à Libertyville. Ça lui changera les idées. Et puis, ça sera la dernière occasion où nous pourrons lui faire visiter notre ville.

— Bonne idée, dit Patricia. Je fais le nécessaire pour le transport.

Emma alla retrouver István et dit à son père qu'il devait rejoindre sa mère Patricia pour une question relative au voyage. Elle entama la conversation.

— Tu as des projets ?

— Tout m'est égal. Je n'ai qu'une hâte : retourner là-haut. Je voulais tellement présenter Helena à mes parents… Je n'ai même pas une photo d'elle à leur montrer.

— Je comprends. Je crois que je serais comme toi si j'étais séparée de François. Tu comptes passer ta permission chez tes parents ?

— Oui, mais deux mois, ça va faire long.

— Que dirais-tu de venir avec nous à Libertyville ? Tu ne connais rien de notre ancienne vie… En vérité, tu n'as pas vraiment le choix, car nous avons déjà signalé que tu venais avec nous… Quand tu en auras assez de nous, tu partiras chez tes parents ou pour où tu veux.

Il sourit.

— Tu es gentille… Je vous aime, François et toi.

— Tu ne t'imaginais pas qu'on allait t'abandonner comme ça ? … D'ailleurs, si tu veux terminer ta permission de détente avec nous, rejoins-nous.

— À Libertyville ?

— Non. L'aérospatiale propose un séjour dans le centre de vacances El Campo, sur l'île de Gran Canaria au large de l'Afrique. Il est entièrement réservé pour nous.

— J'y penserai.

En fin d'après-midi, un bus les emmenait à Libertyville. À leur arrivée, ils avaient été accueillis chaleureusement par une délégation dont Manuel faisait partie. François et Manuel restèrent longtemps dans les bras l'un de l'autre en riant de bonheur de se revoir.

7 Novembre 2037

François, accompagné d'Emma, faisait visiter Libertyville à István. La ville s'était considérablement agrandie depuis son départ en deux-mille-trente-cinq. De nombreux bâtiments étaient en construction, comme l'attestaient les nombreuses grues de chantier, mais le style initial avait été conservé. En périphérie, un grand hôpital, encore en construction, avait été implanté. Il était desservi par une ligne spéciale de transport et des cabines équipées d'une croix rouge stationnaient sur une voie de desserte, attendant d'être sollicitées.

István était comme un enfant. Lui qui ne connaissait que de grandes villes construites au dix-neuvième siècle ou avant, regardait cette réalisation où il n'y avait ni voitures ni magasins. Pas de pollution, pas de stress, pas de gens en train de courir. Il régnait une impression de tranquillité, de sérénité. Il y avait juste un peu plus de mouvements dans la zone industrielle avec la circulation de véhicules de transport de marchandises.

Emma leur montra ensuite où elle habitait avant, l'endroit où avait lieu l'instruction. Ils passèrent devant le bâtiment SK31. François ne dit rien, mais ne put s'empêcher de penser que Nathalie devait toujours habiter là. Il se demandait ce qu'elle devenait.

8 Novembre 2037

Les Bâtisseurs devenus Spationautes furent reçus par le cercle de gouvernance et un certain nombre de leurs anciens camarades, parmi les pionniers de la création de la ville. Certains d'entre eux faisaient partie de l'aventure des Bâtisseurs de Bonheur depuis le tout début. Ils furent pressés de questions sur leur vie, leurs aventures dans l'espace, comment c'était là-haut.

Manuel leur expliqua ensuite les changements qui étaient intervenus depuis leur départ.

— Le nombre de villes nouvelles construites sur le modèle de Libertyville ou un modèle analogue a considérablement augmenté. Aujourd'hui, ces modèles ont attiré environ vingt pour cent de la population adulte, trente en comptant les jeunes. Les villes de conception plus ancienne ont ainsi pu être réaménagées et des quartiers entiers ont pu se transformer en adoptant notre modèle et en développant leurs propres processus économiques.

— Cela n'a-t-il pas provoqué un effondrement du marché de l'immobilier ? demanda un des Spationautes.

— Non, car nous avons fait l'acquisition des biens en échange du désendettement de leurs occupants. Cela a eu le double avantage de ne pas inonder le marché avec des biens à vendre et a engagé un processus de désendettement global des ménages. Ceux qui nous ont rejoints n'ont plus le poids de l'endettement excessif sur les épaules.

– Comment trouvez-vous la ressource pour donner de l'occupation à tous ces gens ? demanda un autre Spationaute.

– La fourniture par les colons de la Lune et de Mars de matières premières nous permet de fabriquer nos propres produits manufacturés à l'abri des contingences du marché et de la spéculation dont les revenus, comme les profits financiers, sont toujours taxés à quatre-vingt-quinze pour cent.

– Comment les entreprises conventionnelles ont-elles réagi ?

– Nous avons mis à mal leur modèle qui attire de moins en moins de personnes. Quand les salariés comparaient les différences de conditions de vie, nombreux étaient ceux qui souhaitaient nous rejoindre. Du coup les entreprises ont dû se réformer pour continuer à attirer des personnes à venir y travailler. Le modèle consistant à automatiser à outrance pour maximiser les profits et entretenir le moteur de la consommation grâce à une aide sociale massive a vécu. Il n'y a aujourd'hui plus d'aide sociale depuis la suppression de l'allocation pour tous. Si les entreprises ne mettent pas de carburant dans le moteur, il ne fonctionne plus puisque le moteur de la consommation individuelle a disparu chez nous. Nous avons conservé la possibilité de rendre un service à la collectivité en lieu et place d'un paiement en numéraire au titre de l'impôt.

– Et concernant les petits problèmes que nous avons rencontrés lorsque j'étais encore là ? dit François.

– Depuis quelque temps, les relations se sont normalisées et nous n'avons plus eu à déplorer d'actions violentes ou paralysantes. Je ne sais pas ce qui s'est réellement passé, mais le résultat va dans le bon sens. Nous avons commencé à tisser des liens avec les organisations marchandes et les premiers résultats sont encourageants.

Ils étaient restés environ trois semaines avant de rejoindre les Canaries pour un mois de vacances au soleil.

TROISIEME PARTIE : Le grand voyage

« La meilleure façon de prévenir l'avenir, c'est de le créer. »

Peter Drucker

Chapitre 11 – Départ vers Jupiter

5 janvier 2038

François et les autres pilotes étaient en train de se rassembler dans le grand hangar de briefing. À côté d'eux, Roxane Roubaut, chef de la neuvième escouade dans laquelle se trouvaient Emma et István, faisait rectifier quelques tenues ainsi que les alignements. Elle voulait que ça ait de la gueule. Les chefs d'escouades Jean Berthon, Ludmilla Winchiwsky et Richard Martinez inspectaient leurs troupes. Ils étaient tous en combinaison de pilote et iraient récupérer les combinaisons spatiales un peu plus tard.

Pour bien se différencier, les pilotes portaient un blouson de cuir en plus de la combinaison de vol et se rassemblaient à part. Chloé Jullien, admise dans le corps des aspirants était fière et bombait le torse. Le commandant Charles Michel, désigné officier de permanence, avait le lead. Il se positionna devant les unités et les conversations cessèrent. Les chefs d'escouades et quelques retardataires se hâtèrent de rejoindre le rang. Annie Jullien regardait de loin sa fille et son homme, deux des trois amours de sa vie. Charles dit d'une voix forte :

– Pour l'ensemble… Garde-à-vous… Repos… C'est un peu mou tout ça !

Il les fit manœuvrer encore deux fois jusqu'à obtenir un ensemble parfait, puis les fit mettre au repos. Georges Lebœuf, Sandrine Ledoyen et Francesco Forzi entrèrent dans le hangar d'un pas décidé. Charles Michel présenta la troupe à son supérieur. Le général Lebœuf débuta le briefing :

– Mesdames et messieurs, vous voici arrivés à la fin de votre formation de Spationaute. Vous entrez maintenant dans la grande aventure des voyages spatiaux interplanétaires. Il s'est passé deux ou trois choses pendant que vous étiez en vacances : Francesco Forzi a été promu colonel, Sandrine Ledoyen a été promue générale de brigade et j'ai moi-même été promu général de division.

Les pilotes et les Spationautes se mirent à applaudir. Il poursuivit :

– La famille Debač nous a malheureusement quittés. Cette famille est en ce moment même sur le départ vers la vie civile. Personne d'autre ne souhaite nous abandonner ?

Les Spationautes restèrent silencieux.

– Pour ce qui nous concerne, puisque nous sommes maintenant embarqués dans la même aventure, voici un aperçu du programme des prochains mois : nous nous rendrons sur la Lune avec les navettes que vous avez pu voir à votre arrivée. Les affaires que vous avez laissées là-haut sont en cours de chargement sur la navette XC-825-ZFU que le général Ledoyen affectionne tout particulièrement, car c'est son ancien appareil. Vos biologiques et vos plantations sont également en cours d'embarquement, si ce n'est déjà fait. La navette pour Jupiter attend notre arrivée pour appareiller. Dans cette navette, nous serons à l'isolement et d'une façon générale, vous avez maintenant interdiction d'adresser la parole à une personne extérieure à la mission *Perseus*.

Il marqua une pause pour laisser le temps à chacun d'assimiler ses paroles.

– Nous voyagerons environ deux mois jusqu'à Jupiter. Vous devrez naturellement prendre soin de vos plantations et de vos animaux qui font partie intégrante de la mission. Une fois sur Jupiter, les équipages superviseront la fin de la construction de la navette. À partir du mois de mai, vous effectuerez des vols d'essai jusqu'à fin juin, début juillet. Ensuite, nous serons en attente d'une fenêtre de décollage qui nous sera communiquée avec un préavis de quelques heures, ce qui signifie que, bien qu'étant amarrés à une station orbitale, nous serons considérés comme étant en vol.

Lebœuf ajouta avec émotion :

– Mesdames et messieurs, vos noms sont désormais inscrits dans l'histoire de l'humanité. Je vous invite maintenant à rejoindre vos appareils pour préparer notre décollage qui aura lieu à neuf heures.

Il les fit remettre au garde-à-vous, puis les salua longuement. Sandrine et Francesco étaient immobiles, émus eux aussi. Lebœuf abaissa le bras, se dirigea vers Charles Michel qui s'était mis un peu à l'écart, le salua en disant :

– À la disposition du commandant Michel pour procéder à l'embarquement.

Puis il sortit d'un pas décidé, suivi par Sandrine et Francesco. Charles Michel fit rompre les rangs et ils quittèrent la formation en criant, pour la dernière fois sur Terre, leur cri de guerre. Ils prirent les combinaisons spatiales puis récupérèrent leurs bagages.

Les quatre navettes étaient garées côte à côte et Charles Michel donnait ses ordres en gesticulant. Plus l'heure du départ se rapprochait, plus la pression montait. Le général Lebœuf arriva, accompagné de sa famille. Sandrine Ledoyen et Francesco Forzi descendirent de l'autocar qui tractait une grande remorque remplie de bagages.

François et István travaillaient au chargement des conteneurs métalliques qui contenaient les bagages. Ils les faisaient rouler sur un convoyeur jusqu'à un tapis roulant qui pénétrait dans la soute. Une équipe à bord les rangeait et les arrimait.

Le copilote de leur navette, Sébastien Dumestre, supervisait les opérations en les encourageant ou en prodiguant quelques conseils :

– C'est bien, les gars… On voit que vous avez l'habitude des missions… Faites attention à l'équilibrage des masses…

À huit heures quarante-cinq, le chargement était terminé. À huit heures cinquante-cinq, le pilote fit les annonces aux passagers et cinq minutes plus tard, ils partaient, pile à l'heure. Le propulseur se mit en mouvement, décolla et commença à s'élever lentement. Une fois en palier, le pilote de la navette annonça :

– Attention pour décrochage et mise à feu propulsion principale.

Ils avaient maintenant l'habitude de la navette qui se mettait à tomber comme une pierre pendant la séquence de mise à feu du réacteur.

Ils volaient depuis une dizaine d'heures lorsque les hautparleurs de la cabine annoncèrent :

– Mesdames et messieurs, c'est Benoit Dewaele, chef Pilote qui vous parle. Notre plan de vol vient d'être modifié. Nous devons porter assistance à *Kappa Unité Cinq,* un vaisseau de transport lourd dont un des membres d'équipage doit être hospitalisé d'urgence. Vu que nous sommes les plus proches et les plus rapides, nous sommes chargés de cette mission. Orion deux effectuera la manœuvre, accompagné d'Orion leader ; Orion quatre et nous-mêmes resterons en appui. Comme nous allons effectuer des manœuvres rapides et réduire fortement notre vitesse, je vous demanderai de regagner vos places et de vous équiper avec vos combinaisons anti-g. Je vous tiendrai informés des manœuvres et vous pourrez suivre le sauvetage sur les moniteurs vidéos. L'opération débute dans quinze minutes.

Il y eut de l'agitation dans la cabine : les Spationautes se harnachaient. Au bout des quinze minutes, le pilote annonça :

— Nous allons virer quatre-vingt-dix degrés par la gauche. Vous allez subir une forte décélération. Préparez-vous…

Emma posa sa main gantée sur celle de François et commença à la serrer, attendant d'être écrasée au fond de son siège. La caméra avant de l'appareil montrait les deux premières navettes qui changeaient de direction, puis ce fut leur tour. Le plan bascula vers l'arrière, se focalisant sur Orion quatre qui s'éloignait comme si elle venait de stopper. Le pilote annonça :

— Pour tous, début de décélération.

Emma eut à son tour l'impression qu'ils s'arrêtaient net.

— Communications radio retransmises en cabine, dit le pilote.

Ils virent l'appareil devant eux sortir de la formation. Une des caméras du bord se mit en mode poursuite pour qu'ils puissent assister à ses manœuvres.

— *Kappa Unité Cinq, de… Orion deux.*

— *Parlez, Orion deux.*

— *Nous convergeons avec vous avec une vitesse de cinq-mille kilomètres-heure en diminution. Arrivée estimée à votre contact dans sept minutes.*

— *Bien reçu, Orion deux.*

— *Précisez cap et vitesse.*

— *En route au 1-7-5, vitesse mille kilomètres-heure.*

— *OK. Conservez ces paramètres de vol. Nous allons vous croiser, puis faire demi-tour pour vous approcher par l'arrière.*

François regardait sur l'écran vidéo le gigantesque navire-cargo vers lequel ils se dirigeaient. Une dizaine de minutes plus tard, Orion deux amorça un virage par la droite pour se replacer sur la trajectoire de Kappa Unité Cinq. Orion leader restait à l'écart, prêt à prendre le relai si nécessaire. Quelques instants plus tard, les deux vaisseaux étaient quasiment côte à côte.

— *Kappa Unité Cinq, de… Orion deux en stationnaire, quelles sont vos suggestions pour le transbordement du patient ?*

— *Nous l'avons placé dans un caisson étanche. On peut le manœuvrer avec notre grue pour l'amener jusqu'au niveau de votre écoutille. De votre côté, vous envoyez deux piétons pour le récupérer. Ça sera plus rapide que de mettre les bâtiments à couple.*

Une fois les écoutilles des deux vaisseaux positionnées l'une face à l'autre, le bras de levage du cargo se déplia avec à son extrémité le sarcophage qui fut présenté devant la porte ouverte d'Orion deux.

— *Kappa Unité Cinq, le colis est bien réceptionné. Il a été pris en charge par le comité d'accueil.*

— *Bien reçu, Orion deux. Nous replions le bras.*

— *Kappa, on va se dégager par bâbord.*

— *On ne bouge pas, Orion.*

La navette de secours s'éloigna du vaisseau cargo, puis annonça :

— *Orion leader, de Orion deux, opération de sauvetage terminée.*

— *De Orion leader à tous Orions, nous reprenons la formation. Orion deux est prioritaire à l'arrivée.*

Orion trois, dans laquelle se trouvaient Emma et François, était en attente à quelques centaines de kilomètres de la station orbitale. Sur la vidéo, François suivait Orion deux qui s'amarrait en premier, suivi d'Orion leader. Les navettes devaient être déchargées par paires directement dans le grand bâtiment qui les conduirait sur Jupiter. Ce serait la première fois qu'il allait voir comment c'était à l'intérieur.

Dès les deux premiers Orion vides de passagers et de fret, ils furent autorisés à accoster. La porte de leur appareil fut ouverte et ils pénétrèrent dans la partie qui leur était réservée. Roxane Roubaut leur avait réexpliqué qu'ils seraient dans une section autonome du vaisseau avec leurs équipements, animaux et végétaux et resteraient à l'écart des autres voyageurs. La partie de l'équipe qui était restée à bord pendant les vacances était là pour les accueillir. Parmi eux, Helena, rayonnante. Les retrouvailles furent chaleureuses. En même temps qu'Helena et István se faisaient une bise pudique, ils se serrèrent fortement les mains pour faire passer de l'un à l'autre tout ce qu'ils ne pouvaient pas se dire publiquement.

Suivant les conseils antérieurs de François, Helena se rapprocha d'Emma pour les travaux de déchargement, espérant ainsi pouvoir grappiller quelques instants d'intimité avec István. Ce dernier, qui comme à son habitude semblait tout savoir sur tout, expliquait :

— Ces navettes sont de véritables villes volantes. Elles ont une longueur totale de neuf-cents mètres, une largeur de quatre-cents mètres et une hauteur de cent-cinquante mètres et ont une capacité d'emport maximum de huit-mille passagers et membres d'équipage. La masse du vaisseau peut dépasser les vingt millions de tonnes en charge, soit un tonnage équivalent à quarante-mille avions de transport. Autre caractéristique, et non des moindres, elles ne peuvent ni pénétrer une atmosphère, ni se poser sur une planète.

– Comment fais-tu pour savoir tout cela ? demanda François.

– Mon petit secret, lui répondit István en lui faisant un clin d'œil.

Les opérations de transbordement durèrent environ une heure. François et István étaient toujours inséparables. Helena leur prêtait mainforte. François put ainsi les « couvrir » pour qu'Helena et István puissent passer quelques instants seuls. Ils convoyaient maintenant les deux derniers caissons de la soute. En passant la porte de la cale, István signala à l'officier de pont :

– Transbordement terminé. Plus personne à bord.

L'officier prit contact avec le poste de pilotage :

– Officier de pont, à poste de pilotage Orion trois, déchargement terminé. Vous pouvez rejoindre votre zone de stationnement.

– *Bien reçu. Éloignez-vous de la porte du sas. Nous allons débuter notre séquence d'évasion.*

– Bon vent, les gars.

– *Merci passerelle.*

6 janvier 2038

Les Spationautes de la mission *Perseus* prirent place en vue de leur prochain départ. Les consignes étaient réduites au minimum, chacun sachant ce qu'il avait à faire. Les couchettes, en nombre limité, étaient attribuées pour une durée de huit heures et ne devaient pas être utilisées pendant les phases de manœuvres.

Une vingtaine de minutes avant l'appareillage, Francesco Forzi, désigné chef de cabine, fit procéder à la dernière vérification des équipements et des personnels, puis rendit compte au poste de pilotage qu'ils étaient prêts.

Un ronronnement se fit entendre dans tout le bâtiment, puis, sur les écrans de retransmission vidéo, la station donnait l'impression de s'éloigner. François dit simplement :

– C'est parti.

Le vaisseau, immobile en apparence, se déplaçait en réalité à huit-mille kilomètres-heure par rapport au sol lunaire. Un coup de sifflet long sur deux notes, sol puis si, annonça que le commandant allait faire une déclaration. On avait conservé cette habitude de la marine à voile pour donner de la solennité à l'évènement.

– Mesdames et messieurs, bonjour. Je suis le général Dobrowsky, votre commandant de bord pour le voyage. Vous êtes à bord de la navette XC-825-ZFU, baptisée affectueusement *Titine* par son premier équipage. Voici quelques infos sur le vol. Nous nous éloignerons à petite vitesse de la station orbitale, environ vingt-huit-mille kilomètres heure, après quoi nous engagerons notre propulsion principale qui nous permettra d'atteindre cent-quarante kilomètres par seconde, soit près de cinq-cent-mille kilomètres-heure, après plusieurs accélérations : une première en direction et autour de la Terre que nous utiliserons comme une catapulte, puis une seconde manœuvre identique autour de Mars, que nous dépasserons d'ici huit jours, pour nous approcher de notre vitesse nominale.

— Mon Dieu, pensait François, nous allons nous déplacer quatre fois plus vite qu'avec les vaisseaux dans lesquels nous avons volé pour aller sur Mars.

— Notre trajet jusqu'à Jupiter, reprenait le commandant, durera soixante-dix jours compte tenu du positionnement relatif des planètes.

— *Propulsion principale à cinquante pour cent,* pouvaient-ils entendre derrière le speech de Dobrowsky.

— J'espère que vous êtes bien installés à bord, car nous allons passer pas mal de temps ensemble. Je suis certain que vous avez apprécié les différentes manœuvres de chargement de la navette et d'éloignement de la station sur la vidéo interne, mais ce n'était qu'un aperçu de ce qui vous attend maintenant. Vous allez bientôt avoir les yeux enfoncés au fond des orbites lorsque nous débuterons le véritable départ vers Jupiter.

Un éclat de rire général monta de la cabine passager.

— Je vous prie de bien vouloir vous conformer aux ordres et instructions qui vous seront donnés par l'équipage, car vous pouvez imaginer qu'un bâtiment de cette taille ne se manœuvre pas tout à fait comme un canot pneumatique.

Nouvel éclat de rire.

— *Propulsion principale à soixante pour cent.*

— Vous avez remarqué qu'il n'y a pas de verrière devant vous ni de hublot sur les côtés pour admirer le paysage et j'entends déjà votre déception. Une projection sur l'écran hémisphérique placé devant vous vous permettra d'avoir la même vision que les pilotes de l'appareil. La chaine de télévision interne, qui retransmet ce qui se passe sur la passerelle et dans les locaux techniques, continuera d'émettre pendant une grande partie du voyage et vous montrera de nombreux reportages sur le bâtiment. Bien entendu, ceci ne peut se faire en continu. Il y a donc une grille de programmes vous indiquant les heures et les canaux de diffusion de ces reportages et il est possible de les revoir à la demande.

— *Propulsion principale à soixante-dix pour cent.*

— Nous commenterons les lieux et évènements célestes afin de faire de ce voyage quelque chose d'inoubliable pour vous. Vous allez en prendre plein les yeux, comme on dit. Je vous souhaite un agréable voyage en notre compagnie.

La transmission cessa. Le rideau, qui faisait écran de projection, se releva. L'écran hémisphérique était situé derrière. Les lumières de la cabine se tamisèrent et une projection montrant la même vue que depuis le poste de pilotage démarra. Cela donnait un panorama sur environ cent-quatre-vingts degrés. Sur la droite, on distinguait la lune et dans le fond, la Terre.

— *Propulsion principale à quatre-vingts pour cent.*

Dobrowsky réapparut en incrustation sur la projection.

— Pas mal, hein ? Des indications géographiques en surimpression sur l'écran vous indiqueront des points d'intérêts qui vous permettront de vous repérer.

— *Propulsion principale à quatre-vingt-dix pour cent.*

— Bon, ce n'est pas tout, il faut maintenant que j'aille gagner ma croute.

Nouveaux rires parmi les passagers.

— L'équipage de cabine va vous donner les dernières instructions avant la poussée primaire qui devrait avoir lieu d'ici quelques minutes.

Le hautparleur annonça un peu plus tard :

— Attention pour mise à feu propulsion principale.

Le lourd vaisseau se mit à trembler en prenant de la vitesse. Lorsque le commandant de bord avait parlé des yeux enfoncés au fond des orbites, ce n'était pas une image. Malgré l'atténuation de l'accélération par leur combinaison, ils en ressentaient l'effet sur les globes oculaires. L'écran géant projetait le panorama. Devant l'appareil, la Terre, dont seule la partie gauche était éclairée pour l'instant. Sur la gauche, le soleil filtré pour ne pas éblouir les passagers et l'équipage. La surface éclairée de la Terre grandissait à vue d'œil ainsi que le diamètre de la planète. Ils sentirent le vaisseau ralentir. Une sonnerie deux tons (ding dong) les informa qu'une annonce allait être faite.

— Mesdames et messieurs, nous venons de passer les cinquante kilomètres par seconde. Prochaine manœuvre dans vingt minutes. Merci de ne pas vous déplacer sans autorisation.

Puis au bout des vingt minutes annoncées :

– À tous, attention pour manœuvre de retournement et accélération imminente.

La terre commença à basculer autour d'un axe qui passait à peu près au milieu de la verrière projetée sur le grand écran, puis elle se stabilisa dans la partie supérieure. Ils volaient la tête en bas. L'accélération dura onze minutes. Les messages affichés en surimpression sur la verrière donnaient la vitesse et des indications géographiques : Boston, New York, Seattle, San Francisco, Tokyo, Bangkok. La vitesse venait de passer les cent kilomètres par seconde.

– Sortie de l'orbite terrestre, annonça le pilote. Attention pour retournement.

Le lourd vaisseau pivota à nouveau par la droite autour de son axe de progression et ils furent plaqués au fond de leurs sièges pendant la manœuvre, puis l'accélération diminua progressivement.

10 janvier 2038

La vie à bord avait repris son cours normal. Les effets de la vitesse ne se faisaient pas trop sentir. Les Spationautes de l'équipe *Perseus* s'occupaient de leurs biologiques et de leurs plantations. Comme une bonne partie du bâtiment se trouvait en apesanteur, ils devaient se déplacer avec leurs surchaussures magnétiques.

Les chefs d'escouade revenaient du briefing. Roxane Roubaut fit un point rapide avec son équipe.

– Nous allons bientôt effectuer notre dernière accélération autour de Mars. Toutefois, il va se produire un incident simulé qui neutralisera les propulseurs de retournement et nous obligera à rester en orbite plus longtemps que nécessaire. Les manœuvres seront annoncées avec préavis d'exécution, une minute ou moins. Vous devrez donc rester sur le qui-vive en permanence.

– Faut-il prévoir une assistance pour nos animaux ?

– Affirmatif. Ça risque de secouer pas mal. Vous serez en contact directement avec le poste de pilotage pour qu'ils puissent interagir avec les informations que vous leur communiquerez. Il me faut huit volontaires pour voyager dans la cale.

István et François levèrent immédiatement la main, suivis par six autres Spationautes.

– Allez enfiler vos combinaisons antichocs et informez-moi quand vous serez en position.

Ils se dirigèrent vers la grande cale dans laquelle les caissons contenant les biologiques étaient stockés, enfilèrent les combinaisons spéciales et pénétrèrent dans l'espace réservé aux animaux. Une lumière rouge clignotante indiquait l'imminence d'un danger et les animaux, qui avaient été conditionnés, se dépêchaient de se réfugier dans leurs couches capitonnées comportant des bras qui se refermaient sur eux et se bloquaient automatiquement en cas de manœuvre brusque de l'appareil. Les bêtes s'étaient rapidement mises en position de sécurité, à l'exception de deux qui restaient accrochées à une paroi latérale avec leurs sursabots, indifférentes à ce qui se passait.

Deux Spationautes se chargèrent de les ramener pendant que François et István vérifiaient le verrouillage des fixations des bras de maintien des autres bêtes pour être sûrs qu'elles ne bougeraient pas.

Les hautparleurs de la soute annonçaient les informations venant de la cabine de pilotage.

— *Contrôle Mars Utopia, ici navette XC-825-ZFU.*

— *Ici station Utopia, parlez navette.*

— *Nous allons débuter notre mise en orbite dans quinze minutes. Nous passerons à votre verticale juste après.*

— *Bien reçu, navette. On vous libère l'espace aérien et on vous prépare notre petit comité d'accueil.*

— *Merci contrôle. On vous tient informés.*

Ils allaient bientôt passer au-dessus de la station martienne dans laquelle ils avaient passé plusieurs mois. Le pilote s'assura que chacun était à son poste, puis annonça :

— *Entrée en orbite Mars… Attention pour retournement dans… deux… un… top retournement… Abaissement négatif deux degrés… Engagement propulsion principale.*

Le vaisseau se mit à accélérer. François, qui voyageait debout, sanglé à une paroi du vaisseau, eut l'impression qu'il était littéralement écrasé au sol. Lorsqu'ils passèrent à la verticale de la base installée sur *Planitia Utopia*, les écrans vidéos montrèrent qu'une partie des personnels était à l'extérieur sur une plateforme éclairée. Ils faisaient des signes amicaux et étaient bien visibles grâce à un puissant dispositif d'amplification d'image. Ils virent également le traditionnel feu d'artifice. Au bout des cinq minutes prévues pour la manœuvre, le poste de pilotage annonça :

— *À tous, nous sommes en panne de propulseurs de retournement. Nous différons notre désorbitation.*

En plus de la force qui le plaquait vers le plancher de la soute, François avait la désagréable impression qu'ils chutaient vers le sol, tête en bas. Des vibrations prononcées indiquaient qu'ils venaient de toucher l'atmosphère martienne. Une manœuvre brusque de l'appareil qui se redressait le confirma en les projetant tout à coup vers le plafond. François entendit comme une sorte de claquement puissant, sans savoir exactement d'où cela venait. Il était de nouveau écrasé vers la partie inférieure de l'appareil.

À leur deuxième passage, la base Utopia était déserte, ses occupants mis en sécurité.

Au bout de dix-sept longues minutes supplémentaires, le pilote annonça :

– *La propulsion est réparée. Désorbitation dans cinq minutes.*

Ils repassèrent une troisième fois au-dessus de la base Utopia qui était toujours déserte puis une minute plus tard, l'appareil entama une barrique, c'est-à-dire qu'il se retournait sur son axe de progression, en même temps qu'il débutait sa manœuvre de sortie de l'attraction martienne. François sentit une force latérale essayer de le projeter. Il entendit un second claquement et vit un des conteneurs de bagage se soulever, pivoter, glisser rapidement et exploser en entrant en contact avec un des conteneurs d'animaux. Des vêtements et objets divers s'éparpillèrent dans la cale et une partie de ces objets lui tomba dessus. Certaines bêtes beuglaient de peur suite au choc. István, un peu plus loin, prit le micro de la radio et appuya sur un bouton latéral rouge.

– Poste de pilotage, ici équipe de surveillance biologique numéro quatre.

– *Ici poste de pilotage, parlez.*

– Nous avons un incident en soute. Un conteneur bagage s'est détaché et vient d'exploser contre un conteneur pour animaux.

– *Des dommages sur les vivants ?*

– Cervantès est blessé. Pas de dommages visibles sur les animaux.

– *OK. Ne bougez pas sans ordre. On vous envoie une équipe dès la fin de la manœuvre.*

Une fois le bâtiment stabilisé sur sa nouvelle trajectoire, le général Lebœuf et Sandrine Ledoyen s'étaient immédiatement dirigés vers la soute. Dobrowsky de son côté arrivait avec des techniciens. Les personnels assignés à la surveillance des animaux, après y avoir été invités, se détachaient les uns après les autres et se rendaient tant bien que mal auprès des pauvres bêtes toujours apeurées.

– Rien de cassé ? demanda István à François.

– Je ne crois pas.

– Ne bougez pas, ordonna le médecin qui pénétrait dans la salle.

– Comment ça va ? demanda Dobrowsky.

– Ça va aller, mon général.

Le médecin se mit à ausculter François avant de le détacher et de dire :

– Ce ne sont que les coupures superficielles. Ça saigne, mais ce n'est pas grave.

Pendant qu'il soignait les blessures, Dobrowsky et Lebœuf inspectaient le caisson endommagé.

– Il va falloir vérifier son étanchéité, dit Lebœuf passant sa main autour de la brèche. On ne peut pas prendre de risque.

– Je vous envoie immédiatement une équipe, dit Dobrowsky en faisant signe à l'officier qui l'accompagnait. En parallèle, nous allons devoir contrôler l'ensemble des fixations des conteneurs pour nous assurer qu'il n'y en a pas d'autres défectueuses. C'est un accident qui n'arrive, heureusement, que très rarement.

– Allons voir s'il n'y a pas eu d'autres dégâts dans le bâtiment, dit Dobrowsky en même temps qu'il empoignait le micro de sa radio pour appeler les différentes tranches du vaisseau.

12 janvier 2038

L'équipe *Perseus* avait été prévenue qu'une session d'information allait avoir lieu. Les écrans vidéo s'allumèrent. Sandrine Ledoyen, Francesco Forzi, Georges Lebœuf et une quatrième personne apparurent en projection.

– Mesdames et messieurs, nous allons vous expliquer dans les détails la finalité de notre mission et le moyen pour y parvenir. À ma droite, pour ceux qui ne la connaissent pas, voici Louisa Malapa. Elle a une formation d'astrophysicienne et va vous montrer les mécanismes qui nous permettront de voyager afin d'atteindre notre but qui est, je vous le rappelle, de nous installer sur une planète habitable et d'y implanter notre civilisation. Mais je laisse la parole à Louisa.

Louisa se racla la gorge.

– Comme vient de le dire notre commandant en chef, notre mission est de coloniser une planète extérieure à notre système solaire, car vous n'ignorez pas que c'est très compliqué à proximité de la Terre. Vous en avez tous fait l'expérience lors de notre séjour sur Mars où vous avez pu apprécier la difficulté des conditions de vie.

Louisa commença la diffusion d'un petit diaporama, tout en continuant de parler avec son portrait en incrustation. La première image montrait une vue de la Voie lactée.

– Voici notre galaxie. Pour se déplacer d'un bout à l'autre en voyageant à la vitesse de la lumière, cela prendrait entre cent et cent-vingt-mille ans. Dans ce contexte, vous comprendrez que notre aventure n'aurait que peu de sens et resterait très hypothétique quant au résultat.

Elle marqua une pause.

– Ce postulat étant établi, nous allons nous intéresser maintenant à l'objet de notre recherche : les exoplanètes, ou planètes hors du système solaire. À ce jour, nous avons plus de douze-mille exoplanètes recensées, dont environ un tiers se trouve dans une zone habitable, c'est-à-dire ni trop chaude, ni trop froide. On considère qu'une planète est dans une zone habitable si la température moyenne au sol est comprise entre cinq et cinquante degrés Celsius. Pour que la planète soit réellement propre à accueillir notre écosystème, elle doit disposer, en outre, d'une atmosphère, si possible respirable pour filtrer les radiations, et d'eau sous forme liquide.

Une diapositive montra une succession de petites planètes dont la première était la Terre telle qu'ils avaient déjà pu l'observer depuis l'espace. D'autres planètes de tailles à peu près similaires étaient alignées sur deux rangées. Elles présentaient toutes des couleurs plus ou moins marbrées dont le bleu laissait penser à la présence d'eau liquide. En dessous de chaque planète, un nom pas forcément très romantique, comme *GJ667Cc*, *Keppler 442b* ou *Kapteyn b*.

– Je vous prie de garder vos plaisanteries pour vous. Les scientifiques nous ont laissé la mission de trouver nous-mêmes un nom aux planètes que nous pourrions découvrir. Ce qui est troublant sur les clichés reconstitués numériquement à partir d'observations et de déductions, c'est la diversité de la géographie de ces objets, et tout particulièrement les couleurs bleues et vertes.

Louisa changea de diapositive.

– Voici en détail un système baptisé *Trappist-1* qui est composé d'une naine ultra froide et de neuf planètes qui gravitent autour. La particularité des naines est qu'elles ont une faible activité nucléaire, très inférieure à notre propre soleil, car elles ont une masse moindre. De fait, elles sont moins chaudes et permettent une zone habitable beaucoup plus proche de l'astre. Certains d'entre vous me diront : si l'activité augmente, les systèmes habitables risquent d'être détruits ! C'est vrai que c'est un risque, mais il se peut que cet évènement ne se produise que d'ici quelques milliards d'années, donc c'est un risque acceptable à notre échelle. Je vous rappelle que nous avons un risque similaire avec notre propre soleil qui va s'éteindre ou exploser d'ici cinq-milliards d'années.

Louisa marqua une pause le temps que l'image suivante apparaisse. En gros plan, un petit soleil ; sur des orbites rapprochées, deux planètes et sur une orbite un peu plus éloignée, une troisième planète, puis d'autres, plus petites.

— Voici les neuf planètes que nous avons pu identifier dans le système *Trappist-1*, dont six d'entre elles ont été découvertes début deux-mille-dix-sept. Rien ne dit qu'il n'y en a pas d'autres. D'après nos observations, au moins trois d'entre elles seraient situées dans la zone habitable. Une réserve toutefois : leur proximité de l'étoile pourrait les exposer à de forts rayonnements cosmiques, mais ils peuvent être filtrés par une atmosphère.

Une autre image apparut, montrant une vue depuis la terre ferme de flots déchaînés qui se fracassaient sur une berge. Au fond, un gigantesque disque rouge orangé à proximité duquel étaient visibles une première planète d'une taille relativement plus petite que la Lune vue de la Terre et la seconde planète, plus loin et plus petite, qui se distinguait sur fond de soleil.

— Il s'agit ici d'une image de synthèse reconstituée à partir des observations faites par le télescope *Trappist* de ce que pourrait être le panorama sur *Trappist-1c*. Les forts mouvements supposés de l'eau seraient dus à l'attraction des deux autres planètes, sur le principe du système des marées sur Terre.

Elle parlait avec conviction.

— La bonne nouvelle, c'est que ce système ne se trouve, si je puis dire, qu'à trente-neuf années-lumière. La mauvaise nouvelle, c'est qu'à la vitesse où nous naviguons en ce moment, il nous faudra environ cent-mille ans pour l'atteindre. C'est une des raisons pour lesquelles cela semble *a priori* impossible. On pourrait envisager de voyager plus vite, mais nous avons une barrière à peu près infranchissable en l'état actuel de la science : la vitesse de la lumière, qui rend la masse infinie. Nous ne voyons pas trop comment nous pourrions maintenir des individus ou des végétaux en vie dans de telles conditions.

Le plan repassa sur une projection de l'univers avec notre galaxie en premier plan.

— Vous allez me dire : pourquoi ne pas envisager quelque chose comme la téléportation chère aux films de science-fiction ? C'est en effet une possibilité qui avait été explorée dans les années mille-neuf-cent-quarante, durant la Seconde Guerre mondiale. Les résultats de ces expériences ont été classés top secret, mais je peux quand même vous dire que cela n'a pas été un franc succès. Le procédé fonctionnait en théorie en soumettant les molécules à des champs magnétiques intenses qui les déstructuraient, mais il n'était pas possible de déterminer avec précision le lieu de la *rematérialisation*. Certains personnels cobayes ont purement et simplement disparu, d'autres se sont *rematérialisés* mêlés à des objets et il a fallu mettre fin à leurs souffrances, d'autres enfin sont devenus fous ou ne sont revenus que partiellement. Plusieurs bâtiments de la marine ont été portés disparus avec leurs équipages. Bref, rien de très probant.

L'image zooma sur un objet stellaire ressemblant à une spirale lumineuse, blanche en son centre.

— Voici ce que l'on appelle un « trou de ver » dont je vais essayer de vous expliquer simplement le fonctionnement théorique.

L'image de Louisa remplit à nouveau l'écran :

— Regardez bien cette feuille de papier et ce stylo. Supposons que le stylo se déplace avec une vitesse d'un centimètre par seconde sur la feuille.

Elle traça deux croix sur la feuille, puis les relia par un trait.

— Pour se rendre du point A au point B en ligne droite, cela a pris environ quinze secondes.

Louisa plia ensuite la feuille en deux, puis dit :

— Regardez bien maintenant ce qui va se passer.

Elle fit un trou au niveau du point A, retourna la feuille et traça une ligne jusqu'au point B.

— Notre temps de parcours cette fois-ci a été d'une seconde plus quelques millisecondes pour traverser la feuille. Il a été divisé par quinze. Une théorie généralement admise veut que nous évoluions dans un système à trois dimensions qui se déplace de façon linéaire dans le temps, mais la théorie que je vais vous exposer bouleverse ce postulat.

Deux visages apparurent à l'écran dont un que tout le monde connaissait : Albert Einstein.

— Deux scientifiques du vingtième siècle ont émis l'hypothèse que le temps pouvait être non-linéaire et que l'univers n'était pas plan, mais courbe, un peu à la manière de la courbure de la Terre. Il s'agit d'Albert Einstein, que vous avez certainement reconnu, et de Nathan Rosen. Ils ont imaginé et mis en équations qu'il pourrait y avoir des connexions entre différents points de l'univers sur la base de la démonstration que je viens de faire, en repartant des travaux d'un scientifique autrichien : Ludwig Flamm, qui avait déjà avancé certaines hypothèses sur le sujet au tout début du vingtième siècle.

L'image avec la spirale lumineuse revint.

– Revenons à l'objet stellaire sur cette image, qui est un trou de ver photographié, si l'on peut dire car l'image est reconstituée, d'abord par le télescope Hubble dans les années deux-mille-dix, puis de façon plus précise depuis la région de Jupiter à partir de deux-mille-trente-trois. Nous avons observé cet objet avec attention et voici quelques-unes des constatations que nous avons pu faire : cet objet apparait et disparait périodiquement, mais de façon non linéaire et non cyclique, donc non prévisible. Nous avons observé son fonctionnement grâce à quelques astéroïdes dont les trajectoires ont bifurqué vers l'objet. Ce qui est remarquable, c'est que contrairement au fonctionnement des trous noirs qui compriment et absorbent matière et énergie, et ne les restituent plus, ici, nous n'avons pas de variation de densité de la matière. Des études plus approfondies laissent penser que cette sorte de tunnel est composée, en sa périphérie, d'antimatière, ce qui peut constituer un risque dans la mesure où matière plus antimatière égal néant.

L'image suivante montrait un ovale blanc, entouré d'un anneau noir, lui-même entouré de lumière qui se déclinait suivant un dégradé chromatique à l'approche du bord du trou. Il y avait en son centre une sorte de météorite. Des flèches rouges convergeaient vers le projectile.

– Nous avons remarqué que les objets qui se présentent devant le trou de ver, ver comme l'animal rampant, restent parfaitement en son centre, ce qui signifie que l'interaction matière antimatière se comporte un peu à la façon de deux aimants dont on essaye de rapprocher les pôles identiques et qui se repoussent. Comme il ne s'agit pas de forces magnétiques ni d'une quelconque longueur d'onde, cela ne devrait en théorie pas avoir d'influence sur les molécules, donc sur les organismes.

La projection montrait maintenant un vaisseau se présentant devant le trou de ver.

– Il y a quatre ans, nous avons décidé de passer en mode expérimental. Nous avons fait appel à des équipes de volontaires pour vérifier si nos théories étaient exactes, sachant que plusieurs théories s'affrontent aujourd'hui, notamment la question : les trous de ver fonctionnent-ils de façon unidirectionnelle ou bidirectionnelle, leur existence n'étant plus à démontrer ? Bien entendu, vous pouvez imaginer les complications liées à la circulation d'objets différents en sens opposé sur des trajectoires identiques, mais passons. Nous avons donc décidé d'envoyer des vaisseaux explorer cette région non loin de Jupiter, au plus près de l'objet. Il y a eu une mission *Icarus*, puis le programme *Perseus*. Dès le vol alpha de *Perseus*, un robot avait pour mission de générer et envoyer un message toutes les secondes sous forme de capsules contenant un message radio qui avait une importance capitale pour les scientifiques. Ce vaisseau a emporté de quoi permettre à l'équipage de survivre une dizaine d'années. Le vaisseau s'est présenté face au trou de ver, s'est rapproché de l'objet avec une vitesse très importante pour se mettre dans les mêmes conditions qu'un astéroïde, c'est-à-dire entre cinq-cents et mille kilomètres par seconde. Le pilote de ce vol alpha avait pour ordre de décrocher, c'est-à-dire se replier, s'il estimait le risque trop important. Arrivé à proximité de l'objet, il a certainement dû être aspiré, car il n'a pas dévié de sa trajectoire. Des messages ont été émis chaque seconde jusqu'à la disparition de l'appareil de nos écrans radars. La chose la plus intéressante est qu'il a continué d'émettre encore trois secondes après sa disparition, ce qui signifie qu'il n'a pas été immédiatement détruit, s'il l'a été. Ces trois messages sont l'origine de votre présence ici et ont conduit à la mise en chantier d'autres vaisseaux, comme celui que vous allez découvrir à notre arrivée sur Jupiter, et à la poursuite du programme.

L'image suivante montrait la photo, sur fond d'une épure, d'un grand vaisseau spatial.

– Des scientifiques ont hurlé au loup en affirmant que ce n'était pas possible de voyager dans ce que certains appellent l'espace-temps, que le vaisseau avait certainement dû être détruit, que ça ne marcherait jamais. Nous sommes partis du postulat inverse sur la base de ces trois petites secondes de transmission et des théories précédemment exposées, et aussi sur la base de choses plus immatérielles que l'on pourrait appeler la Foi. Si notre théorie est exacte, que cette mission a réussi et qu'ils ne se trouvent pas trop loin, un message radio mettra entre quelques dizaines d'années et peut être cent-mille ans à nous parvenir, ce qui est un temps trop long à notre échelle humaine pour attendre un résultat.

On voyait maintenant une photo montrant un groupe d'environ sept-cents personnes souriantes sur le tarmac d'un aéroport, devant une grosse navette spatiale.

– Nous avons donc mis sur pied et lancé la mission *Perseus-Béta* qui a comme objectif final de s'implanter sur une planète similaire à la Terre et de s'y développer dans la mesure où nous ne savons pas si le chemin du retour est possible. Ces personnes ont reçu instruction de tracer tous leurs faits et gestes en les consignant dans un journal de bord personnel, comme vous allez bientôt le faire vous aussi. En plus de les conserver dans le vaisseau, ces messages seront stockés aléatoirement dans des capsules radio et éparpillés un peu partout au fur et à mesure de notre aventure, comme cela a été fait pour vos ainés. Nous espérons qu'un des messages arrive à proximité d'un de ces objets stellaires et revienne jusqu'ici. Cela confirmera la théorie d'un aller et d'un retour possible et permettra de développer d'autres stratégies et, qui sait, d'entrer en contact avec d'autres intelligences.

Un gros point d'interrogation s'afficha à l'écran.

— Au-delà de ce que je viens de vous raconter, nous ne savons actuellement rien, d'où mon concept de Foi évoqué tout à l'heure. Si nos théories sont exactes, nous arriverons dans un endroit non déterminé de notre galaxie, ou peut-être d'une autre. À ce moment-là, nous devrons soit trouver une planète habitable à proximité, soit un moyen pour repartir de là, si le coin est inhospitalier. C'est là que nous intervenons, avec mes collègues présents dans la mission, en qualité d'astrophysiciens. Avec tout ce que nous allons emporter sur ce vaisseau, complété par du matériel génétique que vous n'avez pas géré, mais qui sera à bord, nous aurons la possibilité de survivre en colonie autonome pendant plusieurs générations sans risque de dégénérescence.

Le plan revint sur une image verdoyante de la Terre.

— Bien entendu, notre mission première est de trouver un endroit où il fera bon vivre et sur lequel nous pourrons nous épanouir et, qui sait, faire des rencontres enrichissantes. Si certains d'entre vous sont intéressés par ces sciences, certes moins palpitantes que le pilotage, mais oh combien passionnantes, que sont l'astronomie et l'astrophysique, je vous invite à vous faire connaitre auprès de moi pour que nous mettions en place une université scientifique au sein de la mission. Les Pilotes et officiers navigants devront également être formés aux effets potentiels de ces théories sur les objets, dont notre vaisseau. Pour la suite, nous allons écrire ensemble une partie de l'histoire.

L'image de Louisa revint à l'écran.

— Pour conclure, nos observations et nos spéculations nous laissent à penser que l'objet céleste dont je vous ai parlé réapparaitra dans le courant du mois de juillet comme cela a été le cas les années précédentes et a permis le lancement de *Perseus-Alpha* il y a deux ans et *Perseus-Béta* l'an dernier. Les autres apparitions sont trop aléatoires ou fugitives pour en tirer une quelconque interprétation. Le temps de présence de l'objet pouvant être de quelques heures seulement, nous devrons appareiller avec un préavis extrêmement court lorsque la surveillance du ciel détectera la formation du trou de ver. C'est pour cette raison que vous devrez vous considérer comme étant en vol début juillet, bien que nous serons techniquement attachés à la station orbitale Europa.

François, Emma, Helena et István se regardèrent furtivement.

— Tu t'attendais à ce qui vient d'être dit ? demanda François, encore couvert de sparadraps, à István.

— Oui et non. Je soupçonnais quelque chose comme ça. Cet exposé sur les exoplanètes était très intéressant.

Après un temps de silence, Lebœuf reprit la parole :

— Merci, Louisa, pour cet exposé qui nous donne une bonne visibilité sur notre mission à venir. Avez-vous des questions ?

Le chef de cabine passa entre les rangs et tendit un micro mobile à ceux qui demandaient la parole. Louisa, Georges Lebœuf, Francesco et Sandrine se prêtèrent au jeu des questions-réponses, répondant alternativement suivant le sujet abordé. Lebœuf mit fin à la réunion.

— Je vous propose d'en rester là pour aujourd'hui et de retourner à vos occupations habituelles.

Chapitre 12 – Préparation de la mission

17 mars 2038

Les écrans vidéo internes projetaient le spectacle majestueux de Jupiter, la grosse planète inhospitalière, avec ses quatre grands satellites et ses anneaux concentriques dont ils se rapprochaient de plus en plus, le tout complété par des indications qui apparaissaient et disparaissaient périodiquement : *Io, Europa, Ganymède.*

Une image en incrustation montrait en gros plan la station spatiale en construction. Une fois achevée, elle aurait la forme d'un anneau avec une sphère centrale. Un tiers de l'anneau extérieur était opérationnel et les superstructures en cours d'assemblage donnaient l'image d'une épure d'ingénieur. Une flèche sur l'écran matérialisait leur aire d'appontage.

En haut à gauche de la projection, la planète Saturne était bien visible avec ses anneaux de glace concentriques. En souvenir du film *2001, Odyssée de l'espace* de Stanley Kubrick, les hautparleurs diffusaient les valses de Vienne de Johann Strauss.

Le sifflet à deux tons indiqua à l'ensemble des passagers que le commandant allait s'adresser à eux.

– Mesdames et messieurs, voici quelques informations sur la fin de notre vol. Nous nous déplaçons actuellement avec une vitesse de cinquante kilomètres par seconde et allons bientôt débuter nos manœuvres de freinage pour accoster la station Europa dont vous avez pu avoir un aperçu précédemment.

L'image repassa sur la visualisation du système de Jupiter et Dobrowsky resta en incrustation en bas à droite de l'écran qui se surchargea de lignes de différentes couleurs.

– Vous voyez maintenant la représentation des champs de force qui entourent Jupiter.

Les zones potentiellement dangereuses apparaissaient sous forme d'espaces arrondis partant de brun à rouge pour le plasma puis présentant un dégradé allant du bleu clair au bleu foncé. L'ensemble ressemblait à une gigantesque comète avec, à gauche de l'axe d'approche, une espèce de sphère rouge entourée de bleu, la magnétosphère, et sur la partie droite comme une chevelure, la magnétoqueue, formée sur un modèle identique et qui s'estompait avec la distance. Emma regardait le spectacle, émerveillée.

– C'est extraordinaire.

– Vous remarquez, continuait Dobrowsky, que les champs de force convergent vers la planète Jupiter. Naviguer à l'intérieur de ces champs de force peut se révéler périlleux, aussi nous passerons au milieu, dans cet espace tranquille qui s'appelle la magnétopause. Voici maintenant la représentation du champ magnétique qui entoure la planète.

L'écran se surchargea avec des lignes bleues qui partaient de Jupiter par le sommet boréal[7] à la façon d'un jet d'eau, faisaient le tour du tore de plasma de Io en présentant des déformations à l'approche des satellites, *Europa* et *Ganymède*, et qui rentraient à nouveau dans la planète par son sommet austral[8].

– Toues ces forces ont la particularité de générer de l'électricité à proximité du satellite *Io*. Il y a de nombreuses éruptions volcaniques à la surface du satellite qui amplifient la différence de potentiel, un peu plus de quatre-cent-mille volts en ce moment, entre le sol et ce qui passe à proximité. Notre manœuvre d'approche consistera à ralentir le vaisseau en utilisant l'attraction de la planète Jupiter. Nous procèderons à une manœuvre de désorbitation en forme de spirale afin de traverser les anneaux de la planète. Ils sont constitués de petits astéroïdes gravitant en orbite et il faut passer sans les toucher. Nous nous faufilerons ensuite entre les tores de plasma du satellite Io que vous pouvez voir à l'écran et éviterons les champs électriques. Une dernière chose, nous allons changer de référentiel horaire. Il va être bientôt 69 h 00, temps de référence *Europa* alors qu'il est 23 h 37 en Temps Universel.

Le référentiel horaire local avait été établi par rapport à la durée de rotation du Satellite *Europa* autour de Jupiter qui durait trois jours et treize minutes en Temps Universel. Jupiter avait une durée de rotation sur elle-même de dix heures environ.

– Pour vous faciliter la tâche, un double affichage vous donnera les indications horaires suivant les deux référentiels. Nous accosterons la station orbitale à soixante-douze heures quatre-vingt-

---

[7]   Supérieur

[8]   Inférieur

quinze centièmes. Attendez-vous toutefois à des manœuvres brusques lors de notre approche. Je vous souhaite une agréable fin de voyage.

Ils arrivèrent à proximité de Jupiter dont il était maintenant possible d'admirer les caractéristiques.

— Cette planète est essentiellement gazeuse, expliquait István à ses voisins. On dit que c'est un soleil qui ne s'est pas allumé parce que trop petit.

Les passagers voyaient très nettement ces bandes gazeuses qui se déplaçaient avec des directions opposées. La grande tempête anticyclonique proche de l'équateur était bien visible. Elle ressemblait à un œil et mesurait environ quarante-mille kilomètres de long, mais paraissait minuscule sur cette gigantesque planète.

Le navire approchait de son but avec une inclinaison de quinze degrés sur la partie supérieure des anneaux de Jupiter. Il ferait un tour complet de la planète avant de commencer son approche vers *Europa*. Les petits satellites de la planète gravitant à l'intérieur des anneaux, *Metis*, *Amalthea* et *Thebe* pour ne citer que les plus importants, étaient maintenant bien visibles. La trajectoire d'approche coupait le plan des anneaux de Jupiter. Le vaisseau allait se mettre en orbite elliptique autour du satellite *Europa*. Ils devraient faire attention à ne pas entrer dans le champ gravitationnel du grand satellite *Ganymède* qui avait une vitesse de rotation en orbite deux fois inférieure à celle d'*Europa*.

La station orbitale en construction était maintenant bien visible. La navette entamait le tour d'*Europa* dont on voyait les immenses mers composées d'eau liquide recouverte d'une banquise fracturée par endroits. La navette s'approcha de la station sur son arrière gauche et vint lentement à sa hauteur. La station orbitale était gigantesque et les détails devinrent apparents : des fenêtres éclairées, des mats, des antennes. Le vaisseau commençait à longer la paroi extérieure en effectuant son dernier freinage. Ils voyaient d'autres bâtiments de toutes tailles accrochés aux différentes stations d'appontage et un bras articulé s'approcha de leur vaisseau pour le capturer.

Une fois la navette à l'amarre, les Spationautes attendaient l'ordre de se lever quand le visage de Dobrowsky apparut sur les écrans :

— Vous allez être les seuls à voir ce qui va suivre. Profitez bien du spectacle.

La caméra bascula vers la gauche de l'appareil et montra un gigantesque vaisseau, à peu près de la taille de celui dans lequel ils se trouvaient, mais beaucoup plus profilé. Il approchait rapidement. Des jets de gaz sortirent du côté droit de l'appareil et sa vitesse diminua. Après quelques minutes, un système de sas passerelle vint s'intercaler à plusieurs endroits entre les deux vaisseaux, s'amarra à l'un puis à l'autre des bâtiments en même temps que la seconde navette, un modèle *Explorer huit*, venait s'accrocher à la station orbitale. Ils entendirent dans le reportage :

— Capture Explorer. Pressurisation du sas.

Une fois les deux bâtiments solidaires, les Spationautes se mirent en ordre de marche pour les opérations à venir : transbordement de leurs matériels et équipements, perception des zones vie, prise en main du vaisseau. François, Emma, István et Helena étaient en train de détacher leur harnais quand Roxanne Roubaut s'approcha d'eux dans l'allée.

— Escouade neuf, rassemblement dans dix minutes pour la répartition des tâches.

En parallèle, les hautparleurs annonçaient :

— *Ici Chris Van Allen, votre chef de quart. Les pilotes et aspirants pilotes se rendent en priorité dans l'Explorer huit. Premier briefing équipages dans vingt minutes.*

— Je vais devoir y aller, dit François à Emma.

— Tu me manques déjà, lui répondit-elle.

François empaqueta les quelques affaires qu'il avait en cabine, prit sa combinaison spatiale à la main et tenta de se frayer un chemin, avec d'autres pilotes, jusqu'à l'une des passerelles qui menaient à leur nouveau vaisseau. Il était gigantesque ; une sorte de ville volante. Des personnels civils et militaires qu'ils ne connaissaient pas les orientaient pour qu'ils puissent se rendre à la salle de briefing située juste derrière le poste de pilotage sans se perdre.

Une voix dans les hautparleurs annonçait :

— *Les pilotes sont attendus à quarante-deux heures Europa en salle de conférence sur le pont niveau dix.*

Tout naturellement, les pilotes de l'ancien équipage de Sirius cinq s'étaient regroupés autour de Charline Lefèvre et ils s'installèrent les uns à côté des autres dans le grand amphithéâtre qui servait de salle de briefing. Un groupe d'officiers supérieurs monta sur une estrade devant eux.

— *Sinjorino, sinjoro, bonvenigu vian novan ŝipon. Mi estas Kolonelo Gregory Raffaele, Testa Piloto. Mi estos via instruisto en la venontaj monatoj.* (Madame, monsieur, bienvenue dans votre nouveau vaisseau. Je suis le colonel

Gregory Raffaele, pilote d'essai. Je serai votre instructeur dans les prochains mois).

Il débuta un exposé sur le vaisseau, ses dimensions, sa capacité d'emport de matériels et de personnels qui était deux fois leur effectif.

— Certains ont pensé que vous pourriez voyager pendant très longtemps et que votre population pourrait doubler, d'où la taille de ce vaisseau. Au-delà, vous devrez inventer des solutions.

Il y eut un volet spécial sur les équipes de navigations à prévoir, car il y avait quatre positions de pilotages distinctes : deux à l'avant et deux à l'arrière de chaque côté du bâtiment. Raffaele expliquait :

— Vous avez dû expérimenter, dans vos anciens vaisseaux, les inconvénients de n'avoir qu'une seule station de pilotage, particulièrement lorsqu'il faut remplacer le pilote en cours de manœuvre. Ici, il suffit de basculer sur un des quatre postes. L'avantage d'en avoir deux à l'arrière est que vous conservez une capacité opérationnelle même après avoir subi un choc frontal ou latéral, ceci dans l'hypothèse où le vaisseau n'est pas détruit. Vous voyez, les ingénieurs ont tout prévu.

Ils procédèrent ensuite à la visite du double poste de pilotage avant qui avait les dimensions d'un petit gymnase. L'équipe qui avait manœuvré l'appareil était à son poste. Raffaele leur fit faire ensuite le tour des différents ponts, des cabines, des équipements collectifs et privatifs pour qu'ils puissent se retrouver facilement à l'intérieur du bâtiment. Il leur montra également les postes d'équipage arrière pour les personnels de service.

Ils revinrent dans le poste de pilotage avant.

— Vous allez devoir recruter des navigants parmi vos civils si vous voulez conserver un semblant de vie privée, car un poste se compose de vingt-cinq personnes, soit un équipage total de cent personnes.

Les informations en provenance des différentes parties du bâtiment leur provenaient par hautparleur.

— *Ici équipe deux, nous débutons le transfert des véhicules…*

— *Poste de pilotage, ici équipe sept, caisson de biologiques numéro un désarrimé. Commençons le déplacement.*

— Mon général, dit Raffaele, si vous en êtes d'accord, je propose que l'équipage assiste à la manœuvre au cours de laquelle nous rejoindrons notre stationnement depuis la cabine avant.

L'opération de transbordement dura vingt heures, ce qui fait qu'à soixante-deux heures *Europa*, ils étaient prêts à manœuvrer. L'équipage s'était installé tant bien que mal dans le poste de pilotage. Le colonel Raffaele dit en se tournant vers Lebœuf, qui était l'officier le plus gradé sur la passerelle :

— Mon général, je demande la permission de commander la manœuvre pour ramener le vaisseau à son parking.

— Permission accordée, colonel.

Raffaele distribua une série d'ordres : pressuriser les soutes, mettre les passagers en sécurité, allumer les moteurs auxiliaires. Comme ils n'étaient pas nombreux à manœuvrer, il prit lui-même la radio et annonça :

— Contrôle *Europa* de vaisseau *Explorer huit,* indicatif *RAID573.*

— *Parlez, RAID573.*

— Nous sommes prêts à manœuvrer. Demande autorisation pour découplage, libération et circulation jusqu'à la zone de stationnement *Delta huit Golf deux.*

— *RAID573, vous êtes autorisés à manœuvrer.*

— Bien reçu, contrôle.

Raffaele continua sa série d'instructions : libérer les sas et découpler, préparer une poussée de dégagement, « désarrimage... maintenant, en arrière toute... Propulsion, stop ». Contrairement à leur précédente navette, les cabines d'habitation, de travail ou de voyage, situées majoritairement en périphérie du vaisseau, disposaient de hublots qui permettaient aux Spationautes d'avoir une vue directe sur ce qui se passait à l'extérieur.

Ils firent le tour de la grande station orbitale pour se rendre à leur parking. La navette s'arrima à proximité d'un grand entrepôt qui pouvait stocker un bâtiment entier. Devant eux, ils virent une navette identique à la leur, quasiment terminée. Deux petits engins poussaient un énorme réacteur triple qu'ils allaient faire entrer dans l'arrière du bâtiment. Encore plus en avant, ils pouvaient voir une autre navette en cours d'assemblage.

Raffaele leur dit :

— Ces bâtiments sont destinés aux équipes qui vous suivront. Dès que vous serez partis en mission, je prendrai en main le bâtiment juste devant nous pour lui faire subir une série complète de tests.

Lebœuf le complimenta :

— Très impressionnant, colonel.

Une fois l'appareil stationné et mis à l'arrêt, les équipages furent mis au repos.

– Je vous recommande d'aller vous reposer maintenant, leur avait dit Raffaele. Nous démarrerons les premiers essais prochainement. Instruction des équipages demain à partir de soixante-huit heures *Europa* et appareillage à zéro heure.

François venait de rejoindre ses amis. Il sentait une certaine excitation dans la cabine où les commentaires allaient bon train et fut pressé de questions.

– C'est comment sur les ponts supérieurs ?

Il racontait ce qu'il avait vu : la grande salle de briefing, le poste de pilotage avant dans lequel pouvaient tenir tous les pilotes à la fois, les postes arrière.

– Il nous reste encore à voir la partie technique de l'appareil, continuait-il. Avez-vous déjà pris en compte les logements ?

– Non, c'est justement ce que nous allions faire, mais je t'attendais, disait Emma. Nous avons une cabine pour nous. Elle fit un clin d'œil. J'ai aussi demandé à ce qu'Helena et István puissent faire cabine commune. Nous attendons l'accord.

– Je ne sais pas si ton père va être très content, dit-il à l'attention d'Helena.

– J'ai fait valoir qu'elle était pilote d'engin et faisait partie du corps des aspirants, ajouta Emma.

– Au fait, demanda François à Emma, où se trouve l'équipe du père d'Helena en ce moment ?

– Je crois qu'ils sont déjà au travail à prendre en compte la propulsion de notre vaisseau. Ils sont partis avant notre dernière manœuvre et je n'en ai revu aucun depuis. Je crois que sa mère et son frère sont avec eux.

Ils prirent possession de leurs cabines respectives. Helena et István étaient logés un peu plus loin, sur le même pont. Les cabines familiales étaient plus spacieuses que celles qu'ils avaient eues jusque-là. Au cours de son inspection des équipements, Emma découvrit un espace complémentaire qui permettait d'accueillir un enfant en bas âge. L'endroit était séparé de la cabine principale par une cloison et était autonome.

– Regarde, dit-elle à François, nous allons pouvoir faire un bébé.

François la regarda tendrement et la prit dans ses bras.

– Je t'aime tant.

Il fallut ensuite récupérer les effets personnels qui étaient dans les caissons en soute. Après une rapide installation, ils essayèrent de se reposer un peu. À soixante-trois heures *Europa*, Emma se leva.

– Je prends mon service dans une heure. Repose-toi encore un peu.

À soixante-huit heures, les personnels navigants étaient réunis. François se trouvait avec ses camarades dans la grande salle de briefing. Sandrine Ledoyen et Francesco Forzi se relayaient pour leur faire part des nouvelles procédures de pilotage qu'ils avaient pu récupérer et dont ils prenaient connaissance en même temps que l'équipe. Trois heures plus tard, Gregory Raffaele entra dans la salle et la salua.

– Mes hommages, Madame.

– Bonjour, colonel.

– Je recommande de mettre le bâtiment en préavis décollage et de rappeler les équipages à poste. Les personnels des équipes d'instruction ne vont pas tarder à se présenter à nous. Ils seront en doublon sur les différentes positions de pilotage.

– C'est entendu.

Sandrine décrocha le micro de l'interphone et appuya sur une touche pour contacter l'officier de permanence.

– Ici le général Ledoyen, mettez immédiatement le vaisseau en alerte pour un appareillage dans une heure. Les équipages prennent leur service.

Le grand bâtiment s'anima d'un seul coup. Les personnels se rendirent à leurs postes de manœuvre, les animaux furent mis en sécurité. Ils s'y prêtaient maintenant de bonne grâce après les différents entrainements qu'ils avaient suivis. Trente minutes plus tard, l'officier de permanence du pont passerelle informait :

– Les instructeurs montent à bord.

Les tours de service avaient été établis. François était affecté à un des deux postes arrière sous les ordres de Charline Lefèvre avec comme commandant en second Irina Malichewsky. Il était un peu déçu de ne pas avoir été affecté au poste avant, mais il retrouvait ainsi ses anciens camarades : Wolfgang Muller, Lawrence Nelson et Valérie Tissier. Helena avait été affectée au second poste arrière. Tout ce qui se passait à l'avant était retransmis sur trois écrans vidéos. Le premier montrait la vue par l'avant de l'appareil, le second montrait à peu près la même chose, mais pris depuis une caméra située plus à l'arrière du bâtiment. Le troisième donnait une vue du poste de pilotage de façon à pouvoir recevoir directement les ordres. Au bout d'une heure, Sandrine Ledoyen ordonna :

— Colonel Raffaele, à vous le soin pour la manœuvre d'évasion.

— À vos ordres, Madame.

Gregory Raffaele commença à distribuer ses ordres et le lourd vaisseau se mit en mouvement. Une fois éloigné d'une centaine de kilomètres de la station orbitale, il s'arrêta. Ils allaient apprendre toutes les ficelles de ce vaisseau.

Après une semaine d'exercices en tout genre : accélération, freinage, manœuvres de changement de direction, modification de la répartition des masses de l'appareil, capture ou destruction d'objets divers abandonnés pour l'occasion dans l'espace, les choses sérieuses pouvaient maintenant débuter.

24 mars 2038

À six heures précises en Temps Universel, le sifflet deux tons de la marine retentit dans l'ensemble du bâtiment et le visage du général Georges Lebœuf apparut sur les différents écrans vidéo :

— Mesdames et messieurs, nous débutons aujourd'hui notre première mission opérationnelle. Dès maintenant, je vous demanderai de tenir chacun un journal de bord qui servira à retracer les évènements qui se déroulent à l'intérieur du vaisseau. Vous pourrez y consigner tout ce qui vous semblera utile, y compris des choses plus personnelles si vous le souhaitez.

Une vue d'un paysage étrange et glacé, avec de mystérieuses lignes de faille rectilignes et de couleur sombre, fut projetée.

— Nous allons descendre sur *Europa* pour faire les pleins d'eau et d'oxygène de l'appareil. Nous effectuerons cette manœuvre autant de fois qu'il le faudra jusqu'à ce qu'elle soit impeccable. Les équipes techniques déploieront des tuyaux de remplissage et débuteront le pompage.

Une image montrait la surface d'*Europa*, quasiment plane, avec une équipe de forage et un peu plus loin un vaisseau qui servait au transport de l'eau.

— Nous tâcherons de nous poser à proximité d'une faille dans la banquise, mais vous devrez percer la glace sur plusieurs centaines de mètres pour atteindre les éléments liquides. Les équipes scientifiques sortiront et nous fourniront un rapport détaillé sur tout ce qui pourrait intéresser la mission pour une éventuelle colonisation. Enfin, une dernière équipe se chargera de compléter le plein de nos réservoirs en captant les molécules de l'atmosphère d'*Europa*, en les purifiant et en les transformant en oxygène liquide. La gravité est sensiblement la même que celle que vous avez connue sur Mars et sur la Lune. Il fera un peu frisquet, car la température au sol est de deux-cent-cinquante degrés au-dessous de zéro degré Celsius. *Europa* a de nombreuses activités géologiques et tectoniques. Nous allons nous poser dans une zone chaude où nous espérons que la glace sera moins épaisse. Il n'y a pas eu de séisme dernièrement, mais cela ne veut rien dire. Si un tremblement de terre ou toute autre manifestation tellurique : séparation de plaques de banquise ou éruption volcanique, se produisait, vous avez ordre de vous mettre en sécurité individuellement à l'endroit où vous vous trouvez, sauf danger immédiat qui menacerait vos vies. Il se peut que nous soyons obligés de redécoller en urgence. Ne cherchez pas à rejoindre le vaisseau sans instructions. Une fois la situation revenue à la normale, nous viendrons vous récupérer sur le terrain en vous localisant grâce à vos émetteurs individuels.

Après plusieurs heures de préparation intense du bâtiment, Lebœuf annonça un laconique :

— Début de la mission.

Le lourd appareil s'ébranla, se désorbita et commença à prendre la direction du satellite de Jupiter. Vingt minutes plus tard, ils touchaient l'atmosphère d'*Europa* et leur avant, doté d'un bouclier en titane, se mit à rougir légèrement. Forzi et Raffaele étaient à la manœuvre. François n'était pas de service et se trouvait assis dans la cabine de pilotage arrière pour compléter sa formation. Bien que la manœuvre soit assurée par le poste avant, ils suivaient les opérations et se tenaient prêts à prendre le relai en cas de besoin. Un instructeur leur expliquait ce qui se passait et ce qu'il convenait de faire en pareille situation. Un bipbip strident se fit entendre dans le poste et l'instructeur dit simplement :

— Nous approchons de la vitesse de décrochage. Ils vont engager les propulseurs ascensionnels.

Le nez de l'appareil s'abaissa et la trajectoire s'aplatit. L'instructeur continuait :

— Nous allons bientôt entrer dans la zone d'activité géologique. Je recommande de mettre en œuvre notre détecteur thermique.

— Allumage du détecteur thermique, ordonna Charline Lefèvre.

Le radar détecteur faisait apparaitre le sol en visualisant les différentes températures en surface : en bleu marine si la température était inférieure à moins deux-cents degrés, puis passait par le bleu pâle entre moins deux-cents et moins cent, le jaune entre moins cent et zéro, puis le rouge entre zéro et cent degrés et marron au-delà.

Des lignes de faille de la banquise, éclairées par le soleil, étaient bien visibles et convergeaient vers une zone orangée sur l'écran. À certains endroits, la glace était à la verticale par pans entiers, ce qui attestait d'une activité géologique importante. Le pilote qui était à la manœuvre dans le poste avant, visible de dos sur l'écran de projection, annonça :

— Possibilité de passage de la température en positif à huit-cents kilomètres. Je recommande une modification de la trajectoire.

D'un seul coup, la partie centrale de l'écran s'illumina verticalement en rouge. Le pilote annonça :

— Début d'éruption à six-cents kilomètres.

Ils virent grâce aux caméras avant une gigantesque colonne d'eau, légèrement sur la droite de l'appareil. La radio interne annonça :

— Mesdames et messieurs, nous avons devant nous un geyser d'une hauteur de dix kilomètres. Je vous laisse admirer le spectacle.

Le geyser montait à la verticale sous forme de liquide bouillant et de vapeur. L'oxygène emprisonné se libérait et venait alimenter l'atmosphère du satellite. La température du phénomène baissait rapidement à partir de cinq-mille mètres d'altitude, la vapeur se condensait, cristallisait et retombait sous forme de neige sur la banquise. Ce phénomène était dû à la forte attraction de la grosse planète gazeuse qu'était Jupiter et des autres satellites, tout particulièrement Ganymède. Ils créaient des champs de forces qui déformaient le petit satellite et faisaient bouger ses plaques tectoniques l'une par rapport à l'autre, créant des zones de tension colossales qui faisaient fondre la roche et vaporisaient l'eau aux endroits où cela se produisait. Le poste de pilotage annonça :

— *Préparez-vous à l'atterrissage.*

Un spot brillant apparut sur le radar.

— Un vaisseau au sol, dit Charline. Passez en balayage actif.

L'écran se constella de plusieurs autres points.

— Un vaisseau de ravitaillement avec ses véhicules de pompage, annonça l'instructeur. On devrait bientôt les avoir en visuel.

Ils se rapprochaient de la colonne d'eau. À cette vitesse, ils passeraient à côté dans un peu moins de dix minutes. Ils devaient maintenant trouver un endroit où se poser. La couche de glace ne devait pas être trop épaisse pour permettre le forage, ni trop fine sinon ils risquaient de passer à travers. Il fallait qu'ils se méfient des plaques de glace trop petites qui pouvaient chavirer à cause de leur poids.

— Ce vaisseau est prévu pour redécoller dans n'importe quelle situation, continuait l'instructeur, mais au contact de l'eau et pris dans la glace, nous risquons d'avoir quelques petits problèmes, d'où l'importance de bien choisir notre zone d'atterrissage.

Quarante-cinq minutes plus tard, après avoir dépassé la colonne d'eau puis être revenu dans sa direction, le vaisseau était posé sur la banquise. Une équipe avait été envoyée pour sonder la glace à proximité des patins et s'assurer qu'elle tiendrait. Sandrine Ledoyen expliquait la suite de la mission.

— Nous sommes maintenant au contact de la banquise *Europa*. Il fera nuit dans une heure trente. Vous aurez trente-cinq heures, plus une marge de sécurité de deux heures avant le lever du soleil, pour effectuer vos forages. En journée, vous laisserez une équipe minimum au sol et mettrez les autres personnels au repos. La mission durera un jour et demi *Europa*, soit cent-onze heures. Nous redécollerons à l'issue. Les opérations débutent dans une heure. Vos affectations seront affichées sur les tableaux de service électroniques.

François se hâta vers sa cabine, espérant qu'Emma pourrait en faire de même. Il passa récupérer deux repas qu'il rapporta. Dans la coursive, il reconnut les silhouettes :

— Helena, István…

Les silhouettes se retournèrent.

— Salut François, dit István. Tu n'es plus de service ?

— Pas pour l'heure. Vous êtes affectés où ?

— Je vais piloter un convoi de pompage, dit Helena. István, lui, va nous fabriquer de l'oxygène. Nous allons nous reposer un peu.

— Je vais faire de même, dit François avant qu'ils ne se séparent.

Il poussa, puis referma la porte de leur cabine et posa les repas sur le bureau. Emma était allongée sur le lit. Elle avait enlevé sa combinaison de vol. En le voyant, elle se leva et vint se lover à lui.

— Tu m'as manqué.

— Toi aussi, ma douce.

Ils restèrent dans les bras l'un de l'autre à savourer ce moment. Elle avait ses mains nouées autour de sa taille. Il lui caressait doucement les cheveux. Elle rompit le silence.

— Tu vas rester à bord ?

– Non. Je suis affecté comme pilote de navette sur une mission scientifique. Et toi ?

– Équipière pour le pompage et le transport de l'eau.

– C'est assez physique.

– Oui, mais je ne suis pas une petite nature.

– Je n'ai aucun doute là-dessus. Tu démarres quand ?

– Briefing mission dans une heure trente, départ dans deux heures.

– Trois pour moi.

– Super, ça nous laisse un peu de temps.

– Viens, j'ai envie de toi…

Emma sortait du petit cabinet de toilette. Elle avait enfilé sa combinaison de pilote et tiré en arrière ses cheveux qu'elle avait liés avec un bracelet élastique. Il la regardait en se disant que même habillée avec un sac, elle aurait de la classe.

– Tu es belle, lui dit-il.

Elle l'embrassa, puis regarda l'heure.

– Il va falloir que j'y aille, sinon je vais être en retard.

Il y avait toujours les deux plateaux-repas posés sur la table bureau. Elle ouvrit une des deux boites, avala en trois bouchées son contenu, s'essuya les mains, fourra les barres énergisantes dans sa combinaison, attrapa son scaphandre et son casque, déposa un baiser rapide sur les lèvres de François puis se mit en route. Alors qu'elle déverrouillait la porte, François l'appela.

– Emma ?

– Oui ? dit-elle en se retournant.

– Je t'aime.

– Moi aussi, je t'aime. Repose-toi encore un peu.

Elle sortit en lui jetant un dernier regard attendri, puis referma derrière elle.

Les équipes de forage et de pompages commençaient à se mettre en mouvement lorsque François pénétra dans la grande cale où étaient stationnées les navettes de transport. Les personnels « au sol » effectuaient les dernières vérifications sur les appareils, des XC-35U modifiés pour vol toutes conditions et emport d'un véhicule terrestre tout terrain de vingt places avec remorque, et les libéraient de leurs entraves. Quatre pilotes faisaient face à l'équipe de quarante personnes qui allait partir en mission. Le commandant Chris Van Allen dirigeait les opérations. Il répartit les personnels sur les quatre appareils qui allaient partir en exploration, désigna les équipes navigantes en terminant par :

– Notre indicatif sera « Éclaireur ». Je serai Éclaireur leader avec l'aspirant Amine Mehmet et François Cervantès qui fera fonction de pilote sur ce vol.

Il désigna les autres équipages pour les Éclaireurs deux, trois et quatre.

– Vous pouvez rejoindre vos appareils. Départ dans trois quarts d'heure, soixante-quinze minutes *Europa*.

François et Amine se dirigèrent immédiatement vers leur navette et commencèrent les inspections d'usage. Cette dernière fut ensuite descendue au sol par la grande plateforme ascenseur, suivie du véhicule qui fut accroché sous la partie arrière du bâtiment.

Trois quarts d'heure plus tard, Chris Van Allen, assis dans son siège de Pacha derrière ses deux pilotes ordonna :

– À tous les Éclaireurs, départ. Rejoignez vos zones d'exploration.

Le groupe de chercheurs emmené par *Éclaireur un* que François pilotait était dirigé par le professeur Paco Llorca. Il souhaitait faire des relevés à proximité du geyser. François avait repéré dans le groupe Annie Jullien, la maman de Chloé. Chloé se formait actuellement à la conduite des engins au sol. Ils allaient faire des relevés autour de la grande colonne d'eau, puis le long de falaises un peu plus loin.

Lorsqu'ils arrivèrent sur zone, la visibilité était nulle à cause de la cristallisation de la vapeur d'eau qui retombait en neige. François et Amine étaient tendus, car s'ils touchaient le geyser, la navette serait catapultée à plusieurs kilomètres d'altitude d'un seul coup. Le radar de détection de densité montrait clairement la gigantesque colonne, présente devant eux, mais encore invisible à l'œil nu. Les fanaux de l'appareil étaient allumés, mais servaient surtout à signaler leur position, car ils éblouissaient plus qu'ils n'éclairaient.

– Nous devons nous poser rapidement, dit Llorca à Chris Van Allen.

Ce dernier tapa sur l'épaule de François, puis fit signe avec le poing fermé, pouce vers le bas, pour ordonner la descente.

– Ça va être coton, dit le chef de la mission.

François prit la manœuvre. Au bout de quelques minutes, il leur annonça :

– Nous sommes à vingt centimètres du manteau neigeux, en stationnaire. Vous pouvez quitter l'appareil.

Amine Mehmet se leva et enfila sa combinaison spatiale, car il devait sortir pour piloter le véhicule terrestre. Chris prit ensuite sa place. François regardait par la vitre latérale les premiers Spationautes qui sautaient dans la neige. Ils s'enfoncèrent jusqu'à la taille et durent utiliser leurs propulseurs individuels pour se déplacer. Amine Mehmet libéra le véhicule et sa remorque de leur logement sous l'appareil. Ils se posèrent en tassant la neige. L'équipe monta tant bien que mal dans le véhicule. Les roues patinaient. Amine annonça à la radio et aux passagers :

— J'embraye la chenille ventrale pour nous dégager.

Le véhicule réussit à s'éloigner cahincaha en glissant sur la neige tassée. François les informa qu'il se remettait en stationnaire un peu plus en altitude, tandis qu'il s'éloignait du geyser en marche arrière. Ils suivirent encore quelques instants les lumières du véhicule avant que ce dernier ne disparaisse en se rendant vers les zones de prélèvements d'échantillons. Périodiquement, ils recevaient des nouvelles de la mission. Avec Chris, ils se relayaient par quarts de quatre heures aux commandes de l'appareil. Vingt heures plus tard, Amine Mehmet demanda de l'aide.

— Nous n'allons pas pouvoir revenir par nos propres moyens, ça va prendre trop de temps.

— OK. On vient vous chercher, répondit le chef de mission.

François brancha son radar actif en même temps qu'il contournait le geyser. Il les repéra et vint se positionner juste au-dessus d'eux grâce à la caméra située sous l'empennage arrière.

— Abandonnez le véhicule, ordonna-t-il. Il me faut deux piétons sur le toit pour accrocher les câbles de traction.

Une fois le transport remonté et arrimé à la navette, il fit descendre l'appareil pour que les personnels puissent monter à bord. Llorca dit aux pilotes :

— On doit encore faire les prélèvements dans le geyser.

— OK, dit Chris. À tous, sanglez-vous bien, ça va bouger pas mal. François, allume le radar d'éjection au cas où on se prendrait un morceau de banquise dans la figure. Llorca, vous dirigez la manœuvre depuis le poste de pilotage.

À cinquante mètres de la colonne d'eau, Llorca ordonna de tirer une sonde de prélèvement accrochée à un filin métallique pour une longueur de quarante-huit mètres. La vapeur d'eau se cristallisait en glace sur l'avant de l'appareil, qui piqua du nez.

— Je compense et augmente le dégivrage, annonça François.

– Prélèvement récupéré, dit Chris.

– Merci commandant. On recommence avec une longueur de cinquante-quatre mètres.

Le projectile partit. La navette fut brutalement tirée vers le haut, puis la sonde revint en même temps que François modifiait l'assiette pour se remettre à l'horizontale.

– Nous allons maintenant vers le sommet du geyser pour effectuer une dernière mesure d'atmosphère.

– L'appareil s'alourdit de plus en plus à cause de la glace que nous embarquons, précisait François. Je mets le dégivrage au maximum.

À quarante-deux heures *Europa*, le jour se levait. Le paysage était extraordinaire. Llorca fit faire des relevés topographiques du geyser et de ses environs, puis fit mettre l'appareil au repos pour les douze heures suivantes, car leur mission n'était pas terminée. Les Spationautes purent retirer leur scaphandre et se rendre dans la zone vie de la navette pour se reposer. Les pilotes devaient assurer à tour de rôle des permanences de quatre heures pour le cas où il aurait fallu redécoller en urgence.

La navette était repartie pour faire une reconnaissance détaillée de la paroi d'une grande falaise glaciaire, créée par un geyser et débouchant sur de l'eau liquide à proximité des coordonnées 45.00N, 15.00E, avant qu'elle ne soit à nouveau recouverte par la glace. Le vaisseau volait en stationnaire face à la paroi. Llorca prenait des clichés. À quelques dizaines de mètres en dessous de l'appareil, les caméras montraient des flots bouillonnants. Il ordonna de déployer des bouées sonar et thermiques qui renverraient de nombreuses informations sur les mouvements et les variations de température de l'étendue liquide en dessous d'eux.

– Nous devons encore faire des prélèvements. Nous les mettrons en quarantaine à température positive, car cette eau peut théoriquement contenir des organismes vivants.

À l'issue de cette opération, Chris Van Allen annonça la fin de la mission. Il leur fallut un peu plus de cinq heures pour rentrer au camp de base. La navette et les matériels furent ensuite réintégrés dans le grand vaisseau.

Emma n'était plus de service. Elle était revenue dans sa cabine après trente-cinq heures de travail : des vacations de cinq heures entrecoupées de trop courtes périodes de repos. Elle avait enfin pu rejoindre sa cabine. Elle se sentait sale, avait beaucoup transpiré sous l'effort malgré la température extérieure très négative qui imposait de chauffer régulièrement les scaphandres. Comme ils avaient de la gravité, elle avait pu prendre une rapide douche à jet, puis s'était effondrée sur son lit. À son réveil, elle décida de compléter son journal de bord.

20380324 18:84TE – EU 26.05N, 37.45E – Emma Berthon.

Aujourd'hui, mission de pompage de l'eau sur Europa. Nos instructeurs nous ont fait une formation sur le maniement des équipements : démontage remontage des tuyaux, manipulation de pompes. Nous avions avec nous une équipe forage pour percer la banquise.

Nous avons débarqué dans les premiers du vaisseau avec pour mission de déployer les tuyaux de pompage. Les véhicules ont été amenés au sol par les gigantesques ascenseurs. Des trains de tuyaux destinés à relier les zones de forage au vaisseau ont été constitués et les équipes se sont rapidement mises en mouvement.

Lorsque nous sommes arrivés sur zone, il régnait une clarté due à la blancheur de la neige et nous y voyions presque comme en plein jour grâce à nos amplificateurs de lumière. C'était une véritable ruche, des personnels et des matériels un peu partout, des marquages lumineux au sol pour baliser les zones au-delà desquelles il ne fallait pas aller, notamment en direction du sud, car une ligne de faille avait été signalée et il y avait un risque de chute de plusieurs dizaines de mètres. Plus loin au nord, nous voyions une autre équipe occupée aux mêmes travaux que nous. Nous avons mis un peu plus de trois heures pour déployer notre tuyau, après quoi les pompages ont commencé.

Les heures suivantes pour atteindre la fin de la vacation ont été moins harassantes, car il y avait beaucoup moins de manutention. Il a fallu gérer de nombreux incidents sur les lignes. Les tuyaux se découplaient et cela créait des montagnes de glace qu'il fallait faire fondre avant de pouvoir procéder à nouveau à l'accouplement. Il y avait également des incidents liés à la création de bouchons de glace à l'intérieur du tuyau. Notre pilote d'engin nous conduisait alors sur la zone de l'incident et produisait de la vapeur qui permettait de réchauffer le pipeline et le débloquer à l'aide de nos lances.

Emma entendit la porte de la cabine s'ouvrir.

— Fin de l'enregistrement, conclut-elle en appuyant sur son écran pour arrêter l'appareil de stockage du journal et en se levant en même temps.

— Je suis content de te retrouver, dit François. Tu mettais au propre ton journal de bord ?

— Oui. J'ai eu une journée bien remplie.

— Raconte.

Emma relata les travaux de forage et de transport de l'eau jusqu'au vaisseau, les différents incidents, la dureté du travail.

– Dans mon groupe, il y avait Claire Lannoy, tu sais, la fille qui est avec Louis, le papa de Chloé et Charles.

– Oui, je la croise de temps en temps.

– Elle était avec son petit Daniel. Il avait l'air de s'amuser beaucoup dans la neige, à proximité de la zone de chantier. Parfois, il disparaissait ou se cachait et sa mère actionnait son propulseur à distance. Il bondissait littéralement de la neige et ça avait l'air de beaucoup le faire rire. Et toi ?

François lui raconta sa journée bien remplie, les montées d'adrénaline avec la présence du grand geyser à quelques mètres, la mission de récupération de son équipe, l'exploration des falaises de glace et la mer déchainée. Il était épuisé. Il s'allongea sur le lit et s'endormit comme une masse. Emma s'allongea à côté de lui et le regarda longtemps dormir en réfléchissant, songeant à la situation, à eux, à tous ces évènements qui l'avaient conduite jusqu'ici. Elle avait une petite appréhension sur cet avenir incertain qui les attendait.

Chapitre 13 – Europa

18 mai 2038

Accrochés à la station orbitale, les jours et les nuits se succédaient, monotones. La vie était réglée par des tours de service de six heures. Tous étaient mis à rude épreuve, car, autant la première partie de leur formation avait été dynamique, autant il ne se passait plus grand-chose depuis quelques semaines.

François essayait de conserver une dynamique en faisant beaucoup de sport. Il emmenait István s'entrainer avec lui chaque fois que cela était possible. Emma et Helena s'associaient souvent à ces activités, ainsi que de nombreux autres Spationautes qui commençaient à trouver le temps long également. Ils étaient rassemblés dans une des cales où ils procédaient à des exercices d'assouplissements et de musculation. La rotation de la grande station orbitale procurait un peu de gravité, de l'ordre de la moitié de ce qu'ils pouvaient trouver sur *Europa*, mais c'était déjà beaucoup.

– Un, deux, trois, quatre... Flexion, extension... encore une fois... Cessez, soufflez.

François leur faisait travailler tous les muscles qui risquaient de s'atrophier sans cela. Helena était infatigable tandis qu'István semblait en baver. Il essayait de ménager Emma, mais cette dernière effectuait tous les exercices sans rechigner.

À seize heures *Europa*, François reprit son service. Les pilotes étaient rassemblés dans la grande salle de briefing et furent bientôt rejoints par une équipe d'une centaine de techniciens, reconnaissables à leur combinaison bleue. Les généraux Lebœuf et Ledoyen étaient debout à côté de l'estrade sur laquelle Anastase Mladics, le père d'Helena, monta.

– Mesdames et messieurs, nous débutons aujourd'hui l'installation de la propulsion principale du vaisseau. Elle vient tout juste de nous parvenir. Ces travaux se feront dans les sept jours à venir. Les principaux éléments ont déjà été assemblés avant le transport. Les pilotes seront en binôme avec les techniciens pour se former à la mécanique et apprendre cette technologie. Ainsi, vous pourrez effectuer les opérations de maintenance lorsque vous partirez en mission, car il ne faudra pas compter sur moi pour me taper tout le boulot. Vous allez constituer des équipes de dix, puis nous vous affecterons vos missions. Dès que le propulseur sera installé, nous procèderons à nouveau aux essais du vaisseau.

François s'était retrouvé en binôme avec Johann Katana, un grand type sympathique qui était un as de la mécanique.

— Au début, disait Johann, tu regarderas ce que je fais. Je t'expliquerai, puis tu pourras travailler à ton tour sur la propulsion. C'est surtout la théorie qui est compliquée.

— Je suis plutôt bon élève.

— Je n'en doute pas, mais il y a beaucoup de choses à savoir.

Sur la première vacation, ils avaient surtout préparé le chantier, puis, dès le second service, les choses sérieuses avaient commencé.

— Nous allons débuter l'ouverture de la trappe de propulsion.

— Je te suis.

— OK. On va mettre nos tenues de sortie dans l'espace.

— Tu connais déjà notre mission ?

— Nous devons découpler le fond du vaisseau en équipe. Nous avons tous les deux une cinquantaine de fixations à retirer. Par contre, je ne connais pas encore le secteur…

— Je suis opérationnel, dit François en finissant de s'équiper.

— Prends une caisse à outils individuelle et un sac pour ranger les pièces que nous allons retirer et que nous aurons à remettre à leur place ensuite.

Avec les autres équipes, ils montèrent sur le toit de la navette pour se rendre à l'arrière. Ils avaient environ quatre-cents mètres à parcourir avant d'atteindre la zone de chantier, puis se répartirent sur les différentes positions de travail.

— Je vais te montrer, dit Johann.

Il prit dans sa caisse un énorme tournevis électrique à choc, accrocha sa ligne de vie, positionna ses pieds de part et d'autre de la vis qu'il avait à enlever. Au début, elle résista, puis se mit à tourner de plus en plus rapidement.

— Tu dois terminer à la main, sinon tu risques de la perdre. La dernière du secteur ne s'enlève que sur ordre.

Après s'être escrimé pendant plusieurs heures, il ne restait plus qu'une vis de fixation sur leur zone d'intervention. Pour ne pas prendre de risque, Johann avait tracé une croix blanche au crayon gras, en travers de la tête de la fixation. Un étrange vaisseau s'approcha de l'arrière de l'appareil et s'accrocha à la paroi qu'ils étaient en train de démonter. Johann ordonna à François de se reculer.

– Ça va commencer à être délicat.

Une fois la dernière vis de chaque section enlevée, une trentaine de mécaniciens se rendirent vers les vérins d'extraction pour découpler le fond de l'appareil qui sortit de son logement. Le vaisseau accroché à l'énorme pièce recula ensuite de quelques kilomètres pour faire place à un second qui poussait une gigantesque machine et un troisième, accroché à un cylindre plus petit.

– Le petit, expliquait Johann, c'est le combustible. Le grand, c'est le moteur proprement dit.

D'où il était, François apercevait distinctement un grand triangle orange sur lequel se trouvait le logo indiquant qu'il s'agissait de matière radioactive. Le petit appareil disparut à l'intérieur de la navette pendant une bonne demi-heure, puis ressortit en marche arrière. Vint ensuite le tour du moteur qui fut présenté devant la grande ouverture. Il semblait être chromé tellement il brillait et devait avoir un diamètre d'au moins cent mètres. François pouvait distinguer des tubulures nombreuses, à sa périphérie. Elles devaient servir au refroidissement. Au loin, une équipe était en train de démonter les panneaux qui permettraient ensuite d'installer les tuyères de surpression.

Deux heures plus tard, le moteur était accroché. Le vaisseau de convoyage ressortit et le fond de l'appareil fut présenté pour être refixé.

– Ça va être à nous de jouer, dit Johann. Je vais prêter mainforte à l'équipe vérins pour le positionnement angulaire. Je te charge de mettre la première vis. Attention, tu ne la bloques que sur ordre. N'oublie pas la goutte de colle lorsque la moitié de la vis est engagée.

Pendant qu'ils refixaient l'arrière de l'appareil, les vaisseaux de manutention amenèrent, une par une, les grandes tuyères dont l'extrémité avait la forme d'un losange. Au bout de seize longues heures d'un travail harassant, alors que Johann travaillait sur les fixations, une secousse sur le vaisseau fit riper le grand tournevis qui lui échappa des mains et, avant qu'il n'ait le temps d'enlever son doigt de la commande, vint se ficher latéralement dans son pied gauche. Il poussa un cri de douleur. François réagit instantanément, arrêta son propre outil, vérifia la lanière de sécurité pour ne pas le perdre dans l'espace, se précipita vers lui, refit l'étanchéité de la combinaison et avisa le PC opération que Johann était blessé.

Il l'accompagna jusqu'à l'intérieur du vaisseau alors qu'une équipe venait les remplacer.

— Les os ne sont pas touchés, disait Johann. Ce n'est pas grave. Aide-moi à me déshabiller pour voir ce qu'il en est.

— Mais… il ne faut pas…

— C'est rien, je te dis. On va voir si ça saigne.

Il l'aida à enlever sa combinaison pendant qu'ils attendaient les brancardiers. François regardait la blessure qui paraissait profonde. Elle ne saignait pas, sans doute cautérisée par l'outil, et il lui sembla bien que c'était l'os éclaté qu'il voyait au fond. En théorie, il aurait dû faire un pansement compressif pour arrêter l'hémorragie, mais comme il n'y avait pas de saignement, il se contenta de recouvrir la plaie.

— Tu vois, ce n'est pas grave.

Le lendemain, François se présenta à l'hôpital pour prendre des nouvelles de Johann et on lui apprit qu'il était déjà sorti. Après avoir cherché un peu partout, il finit par le retrouver au réfectoire.

— Tu t'es bien remis, à ce que je vois.

— Ce n'était rien, je te l'ai dit.

— Pourtant, la blessure était profonde.

— Non, non. Ils m'ont mis un pansement le temps que ça cicatrise, mais ça va.

Quand ils s'étaient quittés, il lui semblait que Johann ne boitait même pas.

François retourna dans sa cabine. Il était seul, car Emma était de service. Il récapitulait dans sa tête les évènements de ces derniers jours, dont l'installation du moteur dans le vaisseau, mais ce qui le troublait plus, c'était l'incident avec Johann.

— Voyons, disait-il à haute voix, quels sont les éléments dont je dispose… Johann se blesse assez méchamment, je l'ai constaté de mes propres yeux, et le lendemain, il semble galoper comme un lapin.

Il se leva pour prendre un calepin et un stylo dans le tiroir du bureau, griffonna quelques notes, puis se mit à tourner en rond dans la petite cabine tout en continuant d'écrire.

– Pourtant, je n'ai pas rêvé. Qu'est-ce que cela peut bien signifier ? Ça me rappelle cette affaire sur Mars avec Helena. Il me semblait bien qu'elle avait pas mal dégusté, et deux ou trois jours après, elle n'avait plus rien non plus. Elle aussi m'avait dit que ce n'était pas grave et István n'a rien remarqué d'anormal ensuite. Quel lien y a-t-il entre Johann et Helena ? Y a-t-il une relation entre lui et le groupe qui nous a rejoints en dernier sur Philadelphia ? D'ailleurs pourquoi aucun des membres de ce groupe n'est-il descendu à terre lorsque nous avons eu une permission de détente en fin d'année dernière ? Helena m'a confié qu'elle est née dans l'espace or, à cette époque, cela n'était pas censé s'être produit, du moins officiellement. Et puis ses parents ; n'ont-ils pas la nostalgie du pays ? Ne voulaient-ils pas montrer à leurs enfants leur patrie d'origine lorsque l'occasion s'est présentée ? Pourquoi est-ce justement leur équipe qui est restée sur Philadelphia pour s'occuper des animaux alors que d'autres sur la station auraient pu le faire ?

Autant de questions sans réponses qui se bousculaient dans sa tête.

28 mai 2038

Comme prévu, le moteur fut allumé au bout d'une semaine, puis monté progressivement en température. Ils allaient maintenant procéder à une seconde série d'essais. Les pilotes se trouvaient dans la grande salle de briefing. Sandrine Ledoyen expliquait les missions des prochains jours. Elle conclut par :

– Cervantès, Volodia, vous passerez vos ailes de pilote cette semaine. Vous serez en cabine principale.

Charline Lefèvre, non loin de lui, se pencha vers lui en lui mettant une pichenette sur le bras gauche.

– Félicitation, mon garçon.

À cinquante-quatre heures, le préavis de départ fut donné et le vaisseau commença à s'animer. Il fallait terminer les préparatifs, ranger les affaires, répartir les missions et les responsabilités pendant la manœuvre.

François se trouvait installé au poste de pilotage principal avec, à côté de lui, Igor Volodia. Ils ne seraient pas trop de deux pour piloter le vaisseau. Ils étaient encadrés par Chris Michel, chef pilote et un instructeur qui semblait regarder en permanence dans toutes les directions à la fois. Le colonel Raffaele se trouvait également dans le poste de pilotage.

Juste avant cinquante-huit heures, le général Lebœuf donna le signal du départ que Sandrine Ledoyen relaya à tout l'appareil. Une fois qu'ils furent libérés de la station orbitale, François annonça :

— Accélération imminente.

Le lourd vaisseau s'ébranla. Les instructions de la passerelle étaient répercutées dans les zones techniques pour que les personnels aient le temps de se préparer aux manœuvres. Les ordres fusaient :

— Venir au 2-5-0… En avant deux tiers…

Après une longue accélération, François informa l'ensemble des personnels :

— Prochain segment : douze minutes avant mise en orbite Jupiter.

François appréciait le spectacle qui s'offrait à lui tout en restant attentif à l'instrumentation. Le vaisseau fonçait tout droit sur la grosse planète dont il distinguait les détails de plus en plus nettement. Le hautparleur du poste de pilotage annonça :

— *Passerelle, ici étable deux.*

— Parlez, étable deux, répondit Sandrine Ledoyen.

— *Nous avons quelques soucis avec nos biologiques. Demandons permission de faire venir un médecin et d'être avisé des manœuvres à une minute minimum.*

— C'est d'accord, étable deux. Veuillez nous tenir informés régulièrement de la situation.

Raffaele s'adressa à Sandrine Ledoyen à mi-voix :

— Madame, je préconise de débuter notre procédure de retournement et d'accélération à deux-cents kilomètres par seconde dans cinq minutes.

Sandrine Ledoyen répercuta la consigne dans le bâtiment. Les instructeurs faisaient « réviser » les manœuvres à exécuter.

— Préavis une minute pour début de retournement, Étable deux, indiquez statut, demanda Sandrine Ledoyen.

— *Ici Étable deux, nous sommes prêts à manœuvrer.*

— Bien reçu, Étable deux.

Puis dans la cabine :

— Attention pour retournement et poussée… Top retournement.

François engagea les propulseurs latéraux et poussa le sélecteur de vitesse à fond vers l'avant. Tous furent collés à leurs sièges. Il annonça pour tout le bâtiment :

— Début de la mise en orbite Jupiter.

Ils avaient devant eux la grosse planète qui occupait toute la partie supérieure de la verrière du poste de pilotage. Ils étaient maintenant à plus de cent-cinquante kilomètres par seconde, soit cinq-cent-quarante-mille kilomètres-heure. La radio interne se mit en route alors que l'accélération continuait :

— *Passerelle, ici Étable deux.*

— Ici passerelle, c'est quoi ce bruit derrière votre communication ?

— *Nous avons une forte vibration dans la soute.*

— Si vous deviez qualifier cette vibration, sur une échelle d'un à dix ?

— *Environ sept.*

Sandrine Ledoyen ordonna :

— Poussée, stop.

François ramena le sélecteur de vitesse vers lui et le mit en position neutre. L'accélération cessa. Lebœuf s'adressa à Raffaele :

— Ça fait partie de l'exercice ?

— Négatif, mon général, c'est une vraie avarie. Nous pourrions en profiter pour nous poser sur *Europa*.

— Pas de risques ?

— Aucun risque, mon général.

— Ledoyen, posez-nous sur *Europa*.

— À vos ordres.

Une minute plus tard, Sandrine Ledoyen demandait :

— Étable deux, avez-vous toujours la vibration ?

— *Affirmatif, Passerelle. C'est moins important. Vibration résiduelle de quatre sur dix.*

— Bien reçu, Étable deux. Nous allons ralentir. Contactez-nous dès que la vibration disparait. Volodia, informez la station *Europa* de nos ennuis et de la modification de notre plan de vol… Engagez les radars de navigation et d'évitement… À tous, modification du tableau de mission. Nous nous posons sur *Europa*. Préparez-vous à l'atterrissage.

D'autres alertes provenant de divers endroits du bâtiment faisaient état de phénomènes identiques, mais ce n'était pas général. Sur le pont passerelle, ils ne ressentaient rien. Lorsqu'ils furent en trajectoire, François annonça :

— Retournement et décélération d'urgence pour désorbitation et atterrissage *Europa*.

— *Ici Étable deux, la vibration a cessé.*

Dans les minutes qui suivirent, ils passèrent de plus de cinq-cent-mille kilomètres-heure à moins de dix-mille. La vibration de l'appareil se fit à nouveau sentir de façon violente et Étable deux leur rendit compte, ainsi que d'autres tranches du vaisseau. Concentrés sur leur radar d'évitement, Igor et François faisaient manœuvrer le bâtiment pour se faufiler dans la magnétopause et éviter ainsi les énormes décharges électriques qui frappaient le satellite Io et tout ce qui passait à proximité. Ils se mirent en position pour une approche directe sur le satellite *Europa*.

Une fois l'appareil posé au sol, la passerelle fut informée par radio :

— *Passerelle, ici Étable deux.*

— Parlez, Étable deux.

— *Nous avons deux nouveaux passagers à bord. Ça n'a pas été simple, mais ils sont en bonne santé.*

— Bien reçu, Étable deux.

Sandrine Ledoyen s'adressa à l'équipage :

— Je crois que nos deux aspirants ont bien gagné leurs ailes de pilotes aujourd'hui.

La suite de la mission fut plus tranquille. Les animaux en soute, apaisés, se déplaçaient sur le plancher de la cale. Des équipes s'occupaient de récupérer l'eau liquide d'*Europa* et de remplir à nouveau les gigantesques réservoirs de l'appareil.

François entendait très nettement le bruit des turbines et des installations de raffinage et de désalinisation de l'eau qui était récupérée. Le sel récolté était ensuite purifié, aggloméré et donné aux bêtes comme pierre à lécher. L'eau, après traitement, était reminéralisée afin d'être assimilable par les organismes vivants.

Le retour à la station orbitale fut beaucoup moins mouvementé. Une fois à l'amarre, une commission d'enquête fut immédiatement nommée pour trouver l'origine des vibrations et régler définitivement le problème.

Le général Lebœuf profita de la fin de la mission pour annoncer à tout l'équipage qu'il allait marier — ensemble, quelle question ! — leurs chefs pilotes Sandrine Ledoyen et Francesco Forzi. Tous accueillirent cette nouvelle avec enthousiasme.

29 mai 2038

François, de même qu'Igor, avait « arrosé » ses galons de pilote au mess, puis il s'était rapidement retiré dans sa cabine où il avait rejoint Emma et lui avait annoncé sa promotion.

– Félicitations, mon chéri. Il va falloir coudre tes nouveaux galons sur ta veste d'aviateur.

– Ce n'est pas la priorité.

– Tu plaisantes. Veste d'aviateur et lunettes de soleil sont indispensables pour voler. Elle lui fit un clin d'œil. Il te faut impérativement les galons dessus.

François la prit dans ses bras.

– Tu es trop géniale.

– Je suis fière de toi. J'ai pensé à toi chaque minute quand tu pilotais le vaisseau. Ça doit être grisant de dompter un tel animal.

– Je ne savais pas qu'on pouvait aller aussi vite avec un vaisseau, et ce n'est pas fini, car nous avons dû interrompre les essais à cause du petit problème que nous avons eu.

– François, j'ai quelque chose d'important à te dire.

– Moi aussi.

– Commence, toi !

– Ma chérie, tu sais que tu comptes pour moi plus que ma propre vie… Sans toi, ma vie serait vide et ne serait plus que désolation…

– Ne dis pas ça.

Il posa un genou sur le sol.

– Veux-tu m'épouser ?

– Elle passa sa main dans les cheveux de François.

– Oui, je le veux.

Avant qu'il ne puisse dire ou faire quoi que ce soit, elle appuya la tête de François contre son ventre.

– À moi maintenant. Elle inspira profondément… J'attends un enfant de toi.

Il resta silencieux un instant.

– C'est formidable, nous allons être parents. Tu sais depuis quand ?

– Je n'ai pas eu mes périodes pour la deuxième fois et je ne voulais pas t'ennuyer avec mes petits problèmes. Alors je suis allé voir un des médecins du bord il y a quelques jours. Il m'a fait passer des examens et m'a simplement dit : « Félicitations, vous êtes enceinte ». Je cherchais une occasion pour te l'annoncer et je trouve que c'est une bonne occasion.

– Mais c'est merveilleux.

Il se releva et la prit à nouveau dans ses bras.

— Je t'aime, lui dit-elle à l'oreille.

Ils s'approchèrent du hublot de la cabine côte à côte, tête contre tête. Il posa sa main sur son épaule et ils restèrent un long moment à contempler le satellite *Europa*, les étoiles et, au loin, la planète Saturne dont ils distinguaient nettement les anneaux, perdus dans leurs pensées, se demandant, chacun de leur côté, quelle allait être la vie de cet enfant et s'ils seraient de bons parents.

30 mai 2038

François avait organisé une petite fête privée à laquelle avaient été conviés Patricia et Jean, les parents d'Emma, ainsi que sa sœur et ses deux frères. Étaient également présents Helena, ses parents, son petit frère et István. Tout le monde félicitait François pour son nouveau titre. Ils discutèrent de l'appareil, des manœuvres qu'ils avaient effectuées, vues depuis le siège de pilote. François expliquait, passionné, le déroulé des évènements. Anastase s'était déridé et avait donné quelques explications complémentaires sur la propulsion du vaisseau. Emma prit une bouteille en verre et frappa dessus avec un objet métallique. Les conversations cessèrent.

— Mes chers parents, mes chers frères et sœurs, mes chers amis. Je tenais à vous faire savoir que François est le pilote le plus génial de la galaxie… et je l'aime… et il m'aime… Nous avons décidé de nous marier avant notre départ… elle marqua un silence, et j'attends un enfant.

Personne ne dit rien sur le moment. Patricia brisa le silence.

— C'est formidable, ce que tu viens de nous annoncer. Et je vais être grand-mère, nous allons être grands-parents. Ce n'est pas extraordinaire, cette nouvelle, Jean ?

— Si, si, c'est une bonne nouvelle.

— Je propose de porter un toast à la santé des futurs mariés.

Ils levèrent leur verre et trinquèrent. Helena en profita pour prendre la parole.

— Maman, papa, je voulais vous annoncer qu'István et moi souhaitions nous marier aussi.

La mère resta bouche ouverte et le père faillit recracher la gorgée qu'il venait de prendre.

— Ma chérie, dit sa mère, tu es encore un peu jeune pour te marier.

— Maman, j'ai dix-huit ans ! Et puis nous ne savons pas si s'il y aura un après et si dans deux mois nous serons toujours là. Alors je veux me marier maintenant.

— Tu es encore bien jeune, dit-elle dans un soupir. Tu attends aussi un enfant ?

— Maman ! s'offusqua-t-elle. J'ai fait attention…

— Tant qu'on y était…

— Ne dis pas de bêtises !

— Si on buvait, dit Patricia pour essayer de dissiper la gêne qui s'était installée.

— Je voudrais qu'Emma soit mon témoin, reprit Helena plus déterminée que jamais.

— Fait comme tu veux, dit Anastase d'une voix lasse. Sans vouloir jouer les rabat-joies, je vous rappelle que toute union officielle sur un vaisseau est subordonnée à l'accord du commandant de bord.

Emma prit les mains d'Helena dans les siennes.

— Tu verras, ça sera une belle fête.

Patricia, qui ne perdait jamais le nord, commençait à organiser les choses.

— Bon, il va falloir trouver une robe à ces jeunes filles pour faire de la cérémonie quelque chose d'inoubliable.

Il y eut d'autres demandes de mariages provenant de différentes escouades de la mission *Perseus*. Le général Lebœuf répondit favorablement à chacune d'elle.

Plus tard, l'enquête montra que le vaisseau, à une certaine vitesse, entrait en résonance harmonique avec les vibrations produites par le propulseur principal, ceci en présence des forces titanesques qui sollicitaient le bâtiment, et de l'attraction des planètes et des satellites. Les vibrations se produisaient sur les points d'interférence de différentes fréquences.

Des modifications furent apportées afin de briser les lignes de propagation des vibrations. Certaines masses furent réparties différemment. Les essais suivants permirent d'atteindre les deux-cents kilomètres par seconde, puis cinq cents, sans aucun incident majeur.

2 juin 2038

François avait terminé son service qui avait été monotone et il se remémorait les évènements de ces derniers jours. Il allait se marier et allait être père. Une bouffée d'amour le submergea. Il s'arrêta un instant et s'obligea à respirer profondément. Son cœur battait la chamade et il se força à se calmer. Il repensait avec tendresse à István et Helena à qui il souhaitait tout le bonheur que l'on puisse souhaiter. Et puis un doute l'assaillit. Ses vieux démons ressortirent lorsqu'il passa en revue dans sa tête les zones d'ombres qui planaient autour d'Helena, ses parents et d'autres membres du groupe.

En passant devant le réfectoire, il enregistra du coin de l'œil Johann et un technicien qui discutaient en déjeunant, installés à une table. François fit demi-tour et revint sur ses pas. Il entra dans la pièce, affublé d'un large sourire comme s'il venait de retrouver de vieux amis.

– Bonjour, messieurs. Heureux de vous revoir.

– Moi aussi, dit Johann.

– Puis-je me joindre à vous ?

– Bien entendu. Je n'ai pas eu l'occasion de te féliciter pour tes ailes de pilote. Comme ça, c'est fait.

– Je te remercie. Vous travaillez toujours à la mise au point du moteur ?

– Oui. Nous n'avons fait que la moitié du chemin.

– Tu veux dire que nous allons voler encore plus vite ?

– Oui. En théorie, nous pouvons voler au moins deux fois plus vite.

– Waow ! Ça va être quelque chose, alors.

– Effectivement.

Ils discutèrent encore un moment, puis François prétexta qu'il était fatigué et qu'il allait retourner dans sa cabine pour prendre congé. En une fraction de seconde, il avisa la situation : les deux hommes attablés, une assiette, des couverts et un verre devant chacun d'eux, un couteau à steak posé à gauche de l'assiette de Johann, et prit sa décision. Il s'éloigna en les saluant, fit mine de se tordre la cheville, tomba en arrière en éjectant dans un grand fracas la chaise qu'il venait de quitter, posa sa main sur le couteau qu'il agrippa à pleine main par la lame, continua à riper vers Johann qui se levait pour essayer de le retenir et lui planta la pointe du couteau dans la main avant de le lâcher en criant de douleur, s'affala dans l'assiette de Johann, puis s'immobilisa.

– Je suis désolé, dit-il, j'ai perdu l'équilibre.

– Ce n'est rien. Tu es blessé ?

– J'ai dû me couper en tombant… Mais toi aussi, tu saignes ?

François prit Johann par le poignet pour examiner la blessure. Il était sûr qu'il avait enfoncé la lame assez profondément. Le sang s'était arrêté de couler et, chose plus surprenante, il eut l'impression que la plaie s'était partiellement refermée. C'était impossible. François regarda Johann dans les yeux et ce dernier soutint son regard. Il y lut une grande dureté. Adoucissant sa voix, Johann dit :

— Viens, nous allons te soigner.

Sans solliciter son consentement, il l'entraina fermement dans une pièce à l'écart tout en s'adressant à son collègue :

— Fais venir Anastase.

Quelques minutes plus tard, Anastase pénétrait dans la pièce.

— Que se passe-t-il ?

— Je crois que nous avons un petit problème avec notre ami François.

François n'en menait pas large devant Anastase qui, avec sa carrure impressionnante, le regardait avec son air sévère.

— Vous voulez vraiment me faire tourner en bourrique avec votre ami István ?

— Ce n'était pas dans mon intention, Monsieur.

François jeta un œil qui n'échappa à personne, à la main de Johann. La blessure avait complètement disparu. Anastase reprit.

— Nous allons commencer par soigner cette blessure.

Il s'adressa à Johann.

— Va et demande au commandant de venir.

Une fois qu'il fut sorti, il précisa, avec sa voix forte :

— Je vous déconseille de faire quoi que ce soit que vous pourriez regretter ensuite. N'oubliez pas que nous sommes confinés sur ce vaisseau.

La menace était à peine masquée.

— Je souhaite m'entretenir avec ma hiérarchie.

— Voilà une décision raisonnable. Le général ne va pas tarder à être ici.

Anastase commença à soigner sa main. Il marmonnait :

— Vous me les aurez toutes faites.

— Pardon ?

— Non, rien !

Quelques minutes plus tard, le général Lebœuf entrait dans le petit local, accompagné de Sandrine Ledoyen.

— Que se passe-t-il ?

— Mon général, je crois que nous risquons d'avoir un problème avec un de vos pilotes.

— Expliquez-vous.

— Notre ami, en plus d'avoir débauché ma fille avec un de ses amis, a tendance à fourrer son nez un peu partout et je le soupçonne d'avoir organisé un accident bidon et d'avoir tenté de mutiler son ancien coéquipier.

— Mais mon général… tenta d'argumenter François.

— Taisez-vous ! Vous parlerez quand vous serez invité à le faire… Qu'a-t-il découvert ?

— Je crois qu'il a percé à jour notre… disons médecine.

— Je vois. Monsieur, dit-il à François, vous êtes officier pilote. Je vous demande donc votre parole d'officier que vous répondrez avec sincérité à mes questions.

— Vous l'avez, Monsieur.

— Bien ! Vous avez sollicité et obtenu mon autorisation pour que je vous marie. Je me suis laissé dire que votre future femme attendait un enfant ?

— C'est exact, Monsieur.

— Je vous demande de ne pas perdre de vue cette requête et de ne pas faire de choses inconsidérées que vous pourriez regretter ensuite.

François était de moins en moins à l'aise au vu de la tournure que prenaient les évènements.

— Racontez-moi maintenant les éléments ou évènements qui vous ont conduit dans cette salle.

François décida de tout raconter dans l'espoir d'éclairer le général sur ses découvertes. Il parla des équipes sur la Lune terrestre qui disparaissaient parfois mystérieusement, du fait qu'aucun des membres de l'équipe qui les avait rejoints sur Philadelphia n'avait pris de permission à terre l'hiver passé, de l'accident d'Helena sur Mars et de la stupéfiante rapidité avec laquelle elle avait guéri, de l'accident de Johann avec la visseuse : le lendemain, il galopait comme un lapin.

— Et lors de l'accident de tout à l'heure, conclut François, je suis certain que Johann était blessé et quelques minutes plus tard, il n'en avait plus trace, même pas une cicatrice.

— Quelque chose à dire ? demanda Lebœuf à Anastase.

— Je ne m'étais pas rendu compte que nous étions aussi faciles à découvrir. Nous aurions dû être plus prudents, peut-être en cloisonnant un peu plus entre les unités.

— Bon, maintenant que nous y sommes, il va falloir prendre une décision.

François se trémoussait légèrement sur son siège. Lebœuf s'assit à califourchon sur une chaise, le dossier devant lui.

— Jeune homme, êtes-vous capable de garder un secret ?

— Oui Monsieur.

– Je vous préviens, ça va être lourd à porter. Ces informations ne sont habituellement communiquées qu'aux officiers généraux, mais nous allons faire une exception avec vous.

– Je suis prêt, Monsieur.

– Bien. Sachez que votre petite enquête vous a amené à proximité d'une vérité que vous êtes loin de soupçonner. Vous avez dû entendre parler dans vos livres d'histoire des missions Apollo qui ont permis à l'homme de marcher sur la Lune, la première fois lors de la onzième mission en juillet mille-neuf-cent-soixante-neuf. Lors d'un échange radio avec le centre de mission, le pilote du module de service a déclaré : « Maintenant, je crois en Dieu ». Ce que le cosmonaute avait découvert lors de son passage au-dessus de la face cachée de la Lune, c'est qu'il y avait des élévations qui ressemblaient plus à des bâtiments qu'à des cratères ou des montagnes à côté desquels se trouvait ce qui s'apparentait à un vaisseau spatial. La NASA, sous l'amicale pression de la maison blanche, a omis de rendre publique cette information. Dès la mission Apollo douze, des hommes, en effectifs plus importants que ce qui a été porté à la connaissance du public, se sont posés sur la Lune. Ils ont exploré, dès la quinzième mission ces contrées sur la face cachée à l'aide du Rover Lunaire, l'ancêtre de vos actuels moyens de transport. Ces reconnaissances nous ont permis de rencontrer des femmes et des hommes qui étaient implantés hors de notre vue, et ce n'était pas un hasard, car ils ne souhaitaient pas être observés depuis la Terre.

François n'en croyait pas ses oreilles.

– Vous voyez, toutes ces histoires d'OVNI et d'extraterrestres, où l'on présentait les observateurs comme des affabulateurs ou des personnes prises d'une sorte d'hallucination parfois collective, sont vraies. Il s'agissait de l'observation involontaire de missions de reconnaissance ou de ravitaillement de ces populations. Nos ainés ont réussi à tisser des liens avec cette colonie échouée là suite à un problème sur leur vaisseau spatial et, après avoir créé cette langue commune que vous pratiquez également, nous avons travaillé à l'amélioration de nos connaissances dans le domaine de la navigation spatiale. Cela a conduit à la mise au point de moteurs beaucoup plus performants par Rolls-Royce et à la construction des navettes Colombus dès deux-mille-dix-neuf. Là, nous avons effectué un petit tour de passepasse en exposant nos nouveaux amis au vu et au su de tout le monde dans ces navettes, puis lors de la construction de la station ISS2 et un peu plus tard lors de la mise en chantier de la station Philadelphia, car leur grande ressemblance avec nous le permettait.

La colonisation massive de la Lune en deux-mille-trente-et-un a accéléré le processus et a eu comme effet de sédentariser officiellement une partie de ces populations. L'année d'après, des éléments de la colonie ont été envoyés pour débuter la construction de la station *Europa*. Nous leur avons également permis de se développer numériquement, leurs caractéristiques biologiques étant très proches des nôtres. Jusqu'ici, tout s'est plutôt bien passé, car personne ne s'est jamais aperçu de rien et nous faisions en sorte qu'il y ait le moins d'interaction possible entre les deux communautés. Jusqu'à l'arrivée de votre ami et vous. Vous avez la fâcheuse manie de fureter un peu partout et votre ami a réussi à tromper notre vigilance et a séduit Helena. Quand nous nous en sommes aperçus, c'était fait et Anastase n'a pas pu dissuader sa fille et faire fuir votre ami. Après une concertation au sommet, nous avons décidé de voir ce qu'il se passerait. Helena n'a pas conscience de ce qu'elle est. Elle est née dans un vaisseau et ne sait pas ce que je viens de vous raconter, la consigne étant de ne pas ébruiter ce petit secret. Nous laissons faire les choses et verrons bien le résultat. Il se peut que ça se passe bien ou qu'ils engendrent un monstre s'ils décident de faire un bébé et s'ils y arrivent, mais chaque chose viendra en son temps. Je suis sûr que vous comprenez mieux maintenant le peu d'enthousiasme d'Anastase lorsque votre ami a annoncé qu'il voulait épouser sa fille.

– Oui, Monsieur.

– Anastase, je pense que nous pouvons faire confiance à ce jeune homme.

– Je le crois, Monsieur, et je suis persuadé que ce garçon est suffisamment intelligent pour n'avoir parlé à personne de ses soupçons, qu'il saura tenir sa langue et qu'il s'empressera de détruire tout document se rapportant à cette histoire.

– C'est ce que je crois aussi… Pour compléter votre information, sachez que ce sont nos amis qui nous ont fourni la technologie qui nous permet de faire voler notre vaisseau à de telles vitesses… Un des buts secondaires des missions *Perseus* est de retrouver la planète d'origine de tous ces gens et de leur permettre de rentrer chez eux s'ils le désirent. Bien ! Vous allez reprendre votre activité normale et faire comme si rien de tout ceci ne s'était passé. Vous ne révélerez jamais rien à quiconque sans en avoir reçu l'ordre de ma part et vous pouvez me croire que ce n'est pas facile. J'ai votre parole ?

– Oui, Monsieur.

– Vous pouvez disposer.

François repartit en direction de sa cabine en réfléchissant à ce qui lui avait été révélé et aux implications que cela pouvait avoir pour Helena et István qui étaient très amoureux l'un de l'autre, preuve s'il en fallait que les deux communautés ne devaient pas être si différentes. Il décida de suivre ce que le général avait dit : laisser faire et voir venir. De toute façon, il n'avait pas vraiment le choix. Il se remémorait la menace sous-jacente.

Dans leur cabine, Emma, qui avait été dispensée de services pénibles depuis l'annonce de sa grossesse, était en grande discussion avec sa mère au sujet du mariage. François demanda :

— Je peux entrer ?

— Bien sûr, mon chéri. Nous discutions justement de la cérémonie qui doit se dérouler dans quatre jours.

François la prit dans ses bras, puis commença à masser son ventre à travers la combinaison de pilote.

— C'est encore trop tôt pour sentir quelque chose, lui dit Emma. Ton service s'est bien passé ?

— Oui et non. Il n'y a aucune activité en ce moment en dehors du service courant. C'est un peu ennuyeux. Nous attendons que les techniciens aient terminé la mise au point de la propulsion pour reprendre les essais en vol.

— Je croyais que nous en avions terminé avec ça lorsque nous avons atteint les cinq-cents kilomètres par seconde.

— Non, ils parlent de doubler la vitesse.

Patricia les interrompit.

— Tu veux dire que nous allons voler à mille kilomètres par seconde ?

— Oui, Patricia, peut-être même plus.

Patricia avait du mal à réaliser qu'à cette vitesse, on traverserait l'Atlantique en cinq secondes.

— Tout à fait extraordinaire, reprit-elle. Et comment une telle prouesse est-elle possible ?

— Je ne sais pas. Je sais uniquement que le carburant est radioactif, car j'ai pu le constater lors de la mise en place du propulseur.

— Je ne connais pas grand-chose à tout ceci.

— Au fait, reprit François à l'attention d'Emma, tu as des nouvelles de nos deux tourtereaux ?

— Pas dernièrement. Je sais que la situation s'est détendue avec le père d'Helena et que sa mère lui donne un coup de main pour préparer la cérémonie, comme maman le fait avec nous.

– Revenons à nos affaires, dit Patricia. En principe, le marié ne doit pas voir la robe de la mariée avant la cérémonie, mais je crains que ça ne soit pas possible.

Chapitre 14 – Le Mariage – Découverte de Saturne

4 juin 2038

Dans la grande salle de briefing, les futurs mariés étaient réunis et Ursula Lebœuf, la femme du général, dirigeait les opérations. Elle était accompagnée de sa propre fille qui devait avoir une vingtaine d'années et paraissait survoltée.

Lebœuf avait décrété, pour éviter les tracasseries administratives, que les futurs époux devaient simplement attester sur l'honneur qu'ils étaient libres de tout engagement et prendre acte que toute déclaration erronée ou incomplète annulerait le mariage. Pour la célébration des unions, chacune et chacun pouvait décider de la forme et des textes et, pour coller à ce qui se faisait dans le civil, avoir un témoin. Les Spationautes présents à bord avaient le droit d'assister à la cérémonie.

Ursula passait de groupe en groupe pour conseiller, aider à la préparation, organiser. Elle disait à ceux qui n'avaient pas encore de témoins qu'elle allait leur en trouver et qu'au besoin, ce serait elle-même qui le serait. Le commandant d'un vaisseau était bien le parrain des enfants nés sous son commandement. Pourquoi sa femme ne serait-elle pas témoin des mariés ?

Un appel avait été lancé dans tout le bâtiment pour fournir une robe aux jeunes filles qui en étaient dépourvues. Des cabines d'essayage improvisées avaient été installées dans un coin de la salle. Il n'échappa pas à François que Sandrine et Francesco, les deux pilotes, étaient absents. Emma avait opté pour une robe en mousseline bleue qui la mettait en valeur tandis que François se contenterait de son uniforme de pilote. Ils s'étaient organisés en ateliers de couture pour faire les retouches sur les vêtements qui avaient été retenus.

— Mon Dieu qu'ils sont beaux, disait Patricia, à peu près aussi exubérante qu'Ursula.

— Maman, je t'en prie.

Les cérémonies étant personnelles et individuelles, chacun préparait ce qu'il souhaitait dire. Ursula travaillait à la coordination pour que tout fonctionne parfaitement et que ce soit un souvenir inoubliable pour chacun d'eux. Patricia s'était improvisée coach et papillonnait d'un groupe à l'autre.

— Viens, allons voir Helena et István, dit Emma à François.

Ils les rejoignirent un peu plus loin. István portait un costume qui semblait légèrement trop grand pour lui. Des ourlets avaient été faits sommairement pour remettre le pantalon à la bonne longueur. István et François se prirent dans les bras l'un de l'autre en se tapant vigoureusement dans le dos.

— Si j'avais pu imaginer ça quand nous étions stationnés sur la Lune, dit István...

— Tu vois, répondit François, je t'avais dit que tout vient à point...

Helena et sa mère, Lucia, sortirent de la cabine d'essayage réalisée avec des draps et des tentures. François fut frappé par la similitude des deux femmes. Elles avaient l'air de deux sœurs et cette impression était accentuée par la tenue civile. Leur teint diaphane se fondait avec la robe blanche d'Helena, qui ressemblait à une poupée de porcelaine avec ses joues roses. Elle avait défait ses cheveux blonds qu'elle avait lissés et qui descendaient au milieu du dos.

François la regardait tendrement tout en se demandant comment elle pouvait bien se comporter en privé avec István. Avait-elle conscience de qui elle était et son instinct lui soufflait-il de rester dans une prudente réserve, ou au contraire était-elle maitresse ardente et passionnée qui croquait la vie à pleines dents ? François savait que, maintenant, il ne pouvait plus prendre le risque de poser trop de questions à István pour ne pas éveiller en lui un quelconque soupçon. Il se dit qu'il y aurait peut-être quelques indiscrétions du côté d'Emma sur des choses que les filles se racontent parfois entre elles.

Ursula leur expliqua que le protocole voulait que les pilotes passent en premier et par ordre de grade. Les Spationautes seraient invités à venir ensuite dans un ordre qui leur fut communiqué. Ursula organisait également les rangées du grand amphithéâtre pour déterminer où les mariés devaient s'assoir, la position des familles, les sens de circulation.

Une fois les derniers détails réglés, ils retournèrent dans leur cabine.

— Que je suis heureuse ! dit Emma à François. Elle prit un air sentencieux. Lieutenant François Cervantès, acceptez-vous de prendre pour épouse Emma Berthon ?

— Oui je le veux, répondit-il en riant.

Elle l'attira vers le lit.

— Viens, révisons comment on fait les bébés.

— Je crois que nous savons déjà.

— Ça ne fait rien… Essayons encore.

6 juin 2038, 8 h 32 Temps Universel

François avait enfilé sa grande tenue d'officier pilote depuis un moment. Emma, aidée par sa mère Patricia et sa sœur, finissait de se pomponner. Il y avait peu de place dans la petite cabine. Patricia s'adressa à François :

— Je te propose de nous attendre dans la coursive, car nous sommes un peu à l'étroit.

— C'est entendu.

Il commença à faire les cent pas dans le long couloir. Plus loin, István sortit à son tour, vraisemblablement pour les mêmes raisons que lui. Il lui fit signe.

— Il va bientôt falloir que nous nous mettions en mouvement.

Helena sortit de sa cabine. Elle s'approcha des garçons, suivie de son père et sa mère. Elle fit tournoyer sa robe.

— Je suis jolie ?

— Très jolie, ma chérie, répondit István. Une vraie princesse.

— Je suis la princesse de l'espace, dit-elle en riant et tu es mon prince.

Ses parents souriaient, visiblement heureux du bonheur de leur fille. Dès qu'Emma fut prête à son tour, ils se regroupèrent dans le poste de pilotage qui était adjacent à la grande salle où se ferait la cérémonie et où se trouvaient déjà Annie Jullien, Charles Michel, Claire Lannoy et Louis Jullien, ainsi que deux autres couples. Les témoins étaient également présents.

Ursula pénétra en trombe dans la pièce et leur dit :

— Ça va être à vous.

Elle les précéda jusqu'à la porte de la grande salle et leur fit signe de rejoindre les places qui leur étaient réservées. Les Spationautes se levèrent et applaudirent pendant que les futurs mariés s'installaient. Sandrine Ledoyen et Francesco Forzi les suivaient. Sandrine tenait le bras du général Dobrowsky, le commandant de la navette qui faisait la liaison Lune-Jupiter. François enregistra sur le côté, au troisième rang, un général qu'il ne connaissait pas et qui devait être le responsable de la station *Europa*. Le général Lebœuf était face à eux. Un Spationaute muni d'une caméra vidéo se déplaçait tout en filmant.

Lebœuf débuta la cérémonie les invitant à s'assoir et les conversations cessèrent.

— Chers amis, nous sommes réunis aujourd'hui à la demande de certains de vos camarades qui ont tenu à s'engager mutuellement devant vous en me demandant de les marier, et j'ai répondu favorablement. La cérémonie se déroulera de la façon suivante : après un petit mot d'introduction, les futurs époux se présenteront à l'appel de leur nom, accompagnés par leurs témoins. Ils vous diront à leur manière l'engagement qu'ils prennent l'un envers l'autre. Je procèderai ensuite à leur union et cet évènement sera consigné dans le journal de bord de l'appareil. Nous commencerons par vos chefs pilotes, puis les pilotes, puis les Spationautes.

Il marqua une pause, puis débuta un discours de circonstance, qui lui avait été inspiré par un texte qu'il avait lu autrefois et qui collait bien à leur situation :

Le mariage peut être comparé à une navigation.

En équipage avec un partenaire, nous dépendons l'un de l'autre et sommes obligés de voguer au même rythme.

Liés pour les traversées faciles comme pour les difficiles, nous avons besoin l'un de l'autre pour les joies à découvrir comme pour les risques à prendre. Nous savons que nous pouvons compter l'un sur l'autre.

Faire équipage, loin d'être une entrave, est source de joie. Cela permet des audaces qui, autrement, seraient des imprudences. Cela permet de partager les grands moments de calme, d'harmonie et de bonheur, cela permet aussi de faire face aux tempêtes.

Choisir de naviguer ensemble, c'est s'engager dans une aventure qui rencontrera des joies, des surprises, des aléas, des obscurités, des souffrances.

Aimer quelqu'un jusqu'à l'épouser, c'est lui dire : « je crois en toi », avec la réciprocité attendue : « comme tu crois en moi ».

— Nous allons maintenant procéder aux mariages. Les pilotes me rejoignent.

Les officiers et aspirants se levèrent et vinrent former une ligne de chaque côté de la zone dans laquelle les futurs mariés devaient se rendre. Ils se mirent au garde-à-vous.

— Sandrine Ledoyen, Francesco Forzi, veuillez-vous approcher avec vos témoins.

Sandrine se leva, suivie par Francesco. Elle portait une robe blanche à la façon dont les Romains portaient une tunique, les bras nus et une cordelette nouée autour de sa taille. Lui était en pantalon de ville, avec une chemise blanche et un foulard bleu. Les officiers les saluèrent.

La cérémonie fut émouvante. Vint ensuite le tour d'Annie Jullien et Charles Michel. Annie avait fait « la paix » avec son ancien mari et lui avait demandé d'être son témoin. Elle avait également demandé à Patricia Berg, la mère d'Emma, d'être témoin, car c'était un peu grâce à Patricia qu'elle était là aujourd'hui. De son côté, Charles avait sollicité un autre pilote : Chris Van Allen. Après les avoir unis, le général appela :

— Emma Berthon et François Cervantès.

Ils se levèrent, encadrés de leurs deux témoins : Helena et István. François avançait avec Emma à ses côtés, la gorge serrée. Pourtant, ce n'était pas particulièrement dans son tempérament. Il avait préparé un petit discours qu'Emma n'avait pas voulu connaitre avant et il n'avait aucune idée de ce qu'Emma allait dire. Les officiers saluèrent et, comme il était en uniforme, il leur rendit leur salut. Emma lui dit entre les dents :

— Tu commences.

Lebœuf les invita à se tourner vers les Spationautes. François dit, en improvisant à moitié :

— Un jour, je suis monté dans un vaisseau spatial, et ce fut mon premier pas vers toi. Et puis il y a eu ce moment rare où une porte s'est ouverte et où la vie m'a offert une rencontre que je n'attendais pas, notre rencontre. Tu es l'être complémentaire qui m'a accepté tel que j'étais et qui m'a pris dans ma globalité, qui t'es offerte à moi comme je m'offre à toi.

François reprit avec gravité.

— Je te promets de t'aimer de toutes les façons possibles, de tout mon cœur, et que rien ne pourra nous séparer malgré les épreuves que nous aurons à surmonter.

Après un silence sentencieux, Emma sortit un petit papier de sa poche, qu'elle déplia.

— Je tenais à te lire ce texte de Rainer-Maria Rilke que je gardais depuis longtemps pour une grande occasion… Il est bon d'aimer, car l'amour est difficile. L'amour d'un être humain pour un autre, c'est peut-être l'épreuve la plus difficile pour chacun de nous, c'est le plus haut témoignage de nous-mêmes ; l'œuvre suprême dont toutes les autres ne sont que des préparations (…) L'amour ce n'est pas dès l'abord se donner, s'unir à un autre. L'amour, c'est l'occasion unique de murir, de prendre forme, de devenir soi-même un monde pour l'amour de l'être aimé. C'est une haute exigence, une ambition sans limites, qui fait de celui qui aime un élu qu'appelle le large... Elle prit ses deux mains dans les siennes, puis ajouta : je t'aime.

– Nous allons maintenant procéder au mariage d'Emma avec François. Veuillez vous lever.

Lebœuf reprit :

– En tant qu'officier le plus gradé sur cet appareil, et en vertu de pouvoirs qui me sont conférés, je suis habilité à prononcer ce mariage. Quelqu'un s'oppose-t-il à ce que je le fasse ? ... Quelqu'un s'oppose-t-il à cette union ?

Les Spationautes restèrent silencieux. Comme précédemment, il se déplaça pour se mettre dos à la salle.

– Bien. Nous allons procéder à l'échange des consentements. Emma Berthon, acceptez-vous de prendre pour époux François Cervantès, ici présent ?

– Oui, je le veux !

– François Cervantès, acceptez-vous de prendre pour épouse Emma Berthon, ici présente ?

– Oui !

– Je vous déclare mari et femme. Vous pouvez embrasser la mariée.

Les Spationautes applaudirent longuement. Il enregistra Charline Lefèvre qui se mouchait discrètement et István était visiblement ému.

Ce fut ensuite le tour de Claire Lannoy, qui tenait son petit Daniel dans les bras, et Louis Jullien, puis d'Helena et István. Cette fois-ci, Emma et François les accompagnaient en tant que témoins. Monsieur et madame Cervantès, témoins de bientôt monsieur et madame Kedar. István avait fait une déclaration courte, mais solennelle. Helena réaffirmait qu'il était son prince. Après que le général Lebœuf les eût unis, ils s'embrassèrent. À ce moment précis, François eut l'impression qu'ils étaient entourés d'une auréole bleutée qu'il ressentait physiquement sous forme de picotements, comme des décharges d'électricité statique. Il se demanda s'il était le seul à percevoir cela, ou si d'autres le voyaient ou le ressentaient également.

15 juin 2038

Un briefing était organisé dans la grande salle de réunion. Le pilote d'essai et instructeur Gregory Raffaele dirigeait l'opération.

– Mesdames et messieurs les Spationautes de la mission *Perseus*, mesdames et messieurs les pilotes. J'ai souhaité vous voir tous aujourd'hui pour que nous préparions ce dernier vol d'essai de votre aéronef. Je tenais tout d'abord à vous féliciter, car vous êtes devenus un vrai équipage lors des missions d'entrainement sur *Europa* et dans l'espace. Vous êtes maintenant prêts à affronter à peu près toutes les situations qui pourraient se présenter à vous.

Il marqua une courte pause.

— Les techniciens viennent de nous informer que notre propulsion est pleinement opérationnelle. Il nous reste un dernier test à réaliser ensemble : vérifier le comportement de cette propulsion et de votre vaisseau à très haute vitesse. Jusqu'à aujourd'hui, vous avez effectué des missions avec des vitesses de croisière atteignant cinq-cents kilomètres par seconde. Nous allons maintenant passer aux choses sérieuses et monter à mille kilomètres par seconde, soit trois-millions-six-cent-mille kilomètres-heure.

Raffaele laissa le temps à son message de faire son effet et reprit :

— À cette vitesse, nous pourrions rentrer sur Terre en quatre jours, alors que vous avez mis deux mois pour venir jusqu'ici, ce qui relègue Dobrowsky au rang de petit joueur avec sa grosse navette. Comme vous connaissez déjà tous notre planète d'origine, je vous propose de faire une visite de Saturne qui se trouve au plus près de nous en ce moment à une distance de sept-cent-millions de kilomètres. La mission débutera à petite vitesse, ce qui nous place Saturne à huit jours. Nous profiterons de l'attraction de la planète pour doubler notre vitesse, puis entamerons le trajet de retour qui durera entre quatre et cinq jours. Vous verrez qu'en dehors des phases d'accélération et de freinage, voyager à de telles vitesses n'a rien d'extraordinaire. Pendant le voyage, vous continuerez à vaquer à vos occupations habituelles. Nous vous organiserons une visite guidée à l'approche de Saturne, car il serait vraiment dommage de rater le spectacle.

Gregory Raffaele projeta quelques images de la grande planète et se prêta de bonne grâce aux questions-réponses des Spationautes. La conférence dura environ une heure puis il regarda sa montre et annonça :

— Il est tard. J'ai oublié de vous prévenir que nous appareillons dans une heure. J'attends la première équipe de quart à son poste d'ici dix minutes. Je me tiendrai sur le pont passerelle, dans le poste de pilotage. Vous pouvez disposer.

— Les équipages restent dans la salle de briefing, dit Sandrine Ledoyen qui reprenait le lead. Pour les autres, vous pouvez rejoindre vos positions.

Des Spationautes partirent en courant dans les coursives pour effectuer les actions auxquelles ils étaient maintenant entraînés, essayant d'anticiper les ordres qui n'allaient pas tarder à pleuvoir. François dit à Emma :

— Reste encore un peu pour ne pas risquer de te faire bousculer. Tu iras ensuite t'installer avec ta combinaison spéciale pour te préparer au départ.

— Je ne suis pas en porcelaine, ne t'inquiète pas.

— On n'est jamais trop prudent.

Quelques minutes plus tard, Sandrine Ledoyen et Georges Lebœuf entrèrent au pas de gymnastique dans la salle de conférence. Tous se mirent au garde-à-vous. Après qu'ils eurent été invités à s'assoir, François descendit de quelques rangées pour rejoindre ses camarades tandis qu'Emma restait à la même place. Sandrine Ledoyen l'interpela.

— Ça va aller, Emma ?

— Oui Madame, j'attendais juste un peu avant de regagner ma position.

— Prenez votre temps.

Lebœuf prit la Parole à son tour.

— Nous mettons en place un commandement d'urgence. Ledoyen, vous me constituez une équipe de pilotage et vous nous préparez un plan de vol pour quitter le système Jupiter. Forzi, vous me faites une check-list et vous me rendez compte des passagers et de la cargaison. Vous êtes le premier chef de quart. Ledoyen, vous me préparerez également un tableau de service dans les meilleurs délais pour communication à l'équipage avant notre appareillage.

Sandrine et Francesco rectifièrent la position en criant :

— À vos ordres !

Francesco se précipita dans le poste de pilotage, tandis qu'elle nommait un équipage en les pointant du doigt :

— Chris Van Allen, premier chef pilote du poste avant. Tu prends avec toi deux pilotes, deux copilotes, un radio et un navigateur. Irina Malichewsky, tu fais pareil pour les deux postes arrière. Les autres attendent ici le tableau de service. Irina, tu fais monter une check-list d'urgence.

Irina et Charles désignèrent chacun six personnels. Ceux de l'avant se précipitèrent vers la porte du poste de pilotage et s'y engouffrèrent. Irina partit en courant, à la tête de son équipe, pour rejoindre le poste de pilotage arrière. Les autres restèrent assis en attendant les ordres. En même temps qu'elle se mettait en mouvement, Sandrine Ledoyen dit :

– Charline Lefèvre, avec moi.

Les deux femmes se hâtèrent vers le poste de pilotage. Au bout de quelques minutes, Charline revint avec le tableau de répartition de mission. François était affecté au poste arrière.

Quatre-vingt-quinze « minutes centésimales *Europa* » plus tard, un sifflement deux tons retentit dans tout l'appareil.

– Mesdames et messieurs, ici le général Lebœuf. Nous sommes maintenant prêts à appareiller. Je tenais à vous adresser les félicitations de notre instructeur en chef que vous avez positivement impressionné avec cette manœuvre exécutée de façon impeccable.

Pile à la centième minute, les hautparleurs annoncèrent :

– Début de la mission. Attention pour appareiller…

Ils firent une série d'exercices de navigation pendant le trajet. Les passagers devaient aussi s'entrainer : enfiler en urgence les scaphandres spatiaux, mettre les caissons en confinement ou faire de la musculation, ce qui fit que le voyage sembla plus court.

23 juin 2038

Les Spationautes pouvaient admirer le spectacle de la grande planète Saturne, qui grossissait de plus en plus, sur les différents équipements vidéos du bord. C'était grandiose : les quatre anneaux concentriques, formés de glace et de débris de roche, qui l'entouraient, le satellite Titan d'une taille équivalente à la planète Mars. Des indications lumineuses en surimpression sur les écrans de l'appareil marquaient des points à peine visibles : Mimas, Janus, Pandore, qui étaient d'autres satellites de Jupiter.

Le sifflet deux tons que tous connaissaient bien maintenant leur signala qu'une communication allait être faite depuis la passerelle.

– Mesdames et messieurs, nous allons profiter de notre passage à proximité de Saturne pour procéder à quelques exercices complémentaires. Nous allons débuter dans les prochaines heures une accélération que nous amplifierons lors de notre passage en orbite. Nous effectuerons cette manœuvre à une distance de quatre-cent-cinquante-mille kilomètres de Saturne. Cela nous amènera entre les trajectoires des satellites Dioné et Rhéa. Nous ne serons, si je puis dire, qu'à soixante-dix-mille kilomètres de ce dernier et traverserons une zone d'astéroïdes possibles, ce qui nous obligera à placer le vaisseau en situation défensive. L'accélération se poursuivra jusqu'à une vitesse de mille kilomètres-seconde à laquelle nous ferons le trajet du retour.

Le reste de la journée fut occupé à effectuer des entrainements divers, notamment des exercices de simulation de tir sur projectiles et les passations de consignes. À dix-sept heures en Temps Universel, l'opération débuta. Lebœuf annonça :

— Le général Ledoyen prend la manœuvre. Charles Michel sera responsable du poste avant et Charline Lefèvre du poste arrière. Équipages, à vos postes.

François se retrouvait pilote dans le poste arrière principal sous les ordres directs de Charline. Il suivait en simultané les ordres qui provenaient de la passerelle. Le vaisseau accéléra. La projection sur la verrière donnait les paramètres de vol. Les chiffres du compteur de vitesse commençaient à augmenter. Sandrine distribuait ses ordres :

— *Diffusion vidéo… Venir au 1-1-0 sur référentiel Saturne… En avant deux tiers…*

Ils allaient bientôt naviguer à une vitesse qu'aucun d'eux, à part Raffaele, n'avait jamais atteinte. À dix-huit heures, l'ordre vint de la passerelle de faire mettre les artilleurs en position. Sandrine fit ensuite activer les boucliers de protection, puis engagea les actions de mise en orbite de l'appareil.

— *Attention pour propulseurs auxiliaires… Top retournement…*

Les forces conjuguées de l'accélération et du basculement les plaquaient à leurs sièges. L'officier de navigation annonça :

— *Mon colonel, nous sortons de notre trajectoire, je recommande d'abaisser d'un degré.*

— *Abaissez trajectoire d'un degré, un tout seul,* ordonna immédiatement Sandrine Ledoyen… *Artilleurs, engagez les radars de poursuite… Puissance maximale pour les boucliers de protection.*

L'appareil modifia sa trajectoire. Ils en étaient à la moitié de leur accélération en orbite quand la communication avec la passerelle et les retransmissions vidéos furent interrompues. François alerta :

— Le poste avant ne répond plus. Le bâtiment n'est plus dirigé.

Après s'être assuré que le poste principal était bien injoignable et hors de contrôle, Charline communiqua sur la diffusion générale :

— Le poste arrière prend la manœuvre.

Dans le poste arrière, c'était l'effervescence. Charline Lefèvre venait d'être promue commandante de bord et devait diriger seule le bâtiment. Elle ordonna de cesser la poussée pour retrouver une capacité de déplacement dans les coursives, créant ainsi un roulis désagréable qui gênait leurs mouvements et que les propulseurs latéraux tentaient de compenser.

— Tous les officiers et instructeurs disponibles dans le secteur arrière sont priés de se présenter à l'officier commandant le poste numéro trois.

Quelques minutes plus tard, Gregory Raffaele et Francesco Forzi pénétrèrent, en se tenant comme ils le pouvaient aux parois, dans le poste arrière. Raffaele dit :

— Demande permission d'entrer dans le poste de pilotage. Nous sommes aux ordres, Madame.

Ces renforts étaient les bienvenus et ils indiquaient qu'ils ne prenaient pas le commandement.

— Permission accordée. Colonel Forzi, je souhaiterais que vous m'assistiez sur la navigation et l'armement.

— Bien, m'dame.

— Colonel Raffaele, je voudrais que vous dirigiez la manœuvre défensive.

— À vos ordres.

D'autres pilotes et aspirants s'étaient également présentés pour prêter mainforte. Elle les répartit dans les différents postes d'équipage arrière, anticipant ainsi le risque lié à une seconde panne sur l'arrière du bâtiment.

Charline s'inquiéta de la position du vaisseau pour savoir s'ils étaient toujours sur la trajectoire. Francesco fit signe que oui. Elle annonça à tous les passagers de l'appareil :

— Ici Charline Lefèvre, votre nouvelle commandante de bord. J'ai pris la manœuvre suite à une panne générale du poste avant. Nous allons entrer dans un champ d'astéroïdes probable dans une trentaine de minutes. Je demande aux postes de défense de bien ouvrir l'œil, car je n'ai pas de vue directe sur ce qui se passe devant le bâtiment. Nous allons reprendre notre accélération jusqu'à mille kilomètres par seconde. Nous nous désorbiterons de Saturne dans approximativement une heure. Début de la manœuvre dans cinq minutes.

À proximité de la lune Rhéa, certains des canons se mirent à tirer et détruisirent quelques astéroïdes, mais rien de sérieux. Les très petits objets rebondirent sur le bouclier de protection. Au bout d'une heure, le vaisseau se retourna et s'arracha de son orbite autour de Saturne. Une fois les mille kilomètres-seconde atteints, elle fit couper le réacteur. L'accélération cessa. Charline mit fin aux consignes de manœuvre de façon à ce que les passagers puissent se déplacer et reprennent des activités normales.

Gregory Raffaele, qui était resté silencieux jusqu'ici dit :

– Félicitations commandant, je n'aurais pas fait mieux.

Venant d'un officier instructeur, elle supposa que ça devait être le compliment le plus haut dans ce genre de situation. Elle répondit simplement :

– Merci, Monsieur.

Sandrine réapparut sur le moniteur.

– *Commandant Lefèvre, vous avez les félicitations des officiers généraux pour cet exercice. Les équipages du poste arrière vont être relevés de leur mission puis se rendront sans délai sur le pont-passerelle avant. Nous reprenons la manœuvre.*

Charline se dit que le verdict allait bientôt tomber. Une équipe de relève se présenta à la porte du poste. Charline dit à son équipe :

– Allez, les gars, on se dépêche.

Elle croisa Géraldo Sanchez qui venait la remplacer. Ce dernier lui fit un signe discret, poing fermé, pouce levé vers le haut pour lui signifier que ce qu'elle avait fait était très bien.

Une fois arrivée dans le poste avant avec son équipe, elle les fit se ranger pour donner plus de solennité à leur présence. Elle se mit à la gauche de son équipage, salua Sandrine et annonça d'une voix forte :

– Commandant Lefèvre et équipe de pilotage arrière, à vos ordres, Madame.

– Repos, commandant. Après recommandation du colonel Raffaele et de moi-même, et sur ordre du général Lebœuf, vous êtes promue au grade de lieutenant-colonel de l'armée de l'Air et de l'Espace.

– À vos ordres, répondit Charline en se remettant au garde-à-vous.

Elle salua. Sandrine lui rendit son salut puis lui serra la main.

– Toutes mes félicitations, Charline.

François, qui avait participé à la manœuvre en tant que pilote principal, sortit des rangs, la salua, puis cria ce que l'équipe avait convenu pendant le trajet vers le poste avant :

– Pour la colonelle Lefèvre et pour les « diables du poste arrière », hip, hip…

– Hourra ! répondirent les pilotes comme un seul homme.

29 juin 2038

Le retour depuis Saturne s'était effectué en quatre jours. C'était extraordinaire de voler à de telles vitesses. Autrefois, il fallait vingt ans pour se rendre de la Terre à Saturne. Avec ce vaisseau, seulement huit jours seraient nécessaires. Quelques modifications avaient été faites au bâtiment, principalement pour corriger le problème de roulis ressenti autour de Saturne, un peu comme les dernières touches apportées à un tableau lorsqu'il est fini.

Une atmosphère plus lourde avait fait place à la relative insouciance pendant l'entrainement. Dans quelques jours, ils partaient en mission. En dehors du service minimum, ils pouvaient utiliser le temps disponible comme bon leur semblait. Cette matinée du vingt-neuf juin avait été consacrée à une réunion avec un ton beaucoup plus libre que les briefings habituels. Spationautes et instructeurs étaient rassemblés dans la grande salle. Raffaele fit un petit discours qu'il conclut par :

– Vous partez maintenant en mission. Je ne vous cache pas que je partirais bien avec vous et ce n'est pas faute de m'être porté volontaire, mais l'armée m'a confié la tâche de former vos cadets comme je vous ai formé et j'ai formé vos ainés avant vous. Je voulais vous dire combien je suis fier de vous et de tout le travail que vous avez accompli. Vous avez fait et vu plus de choses que la grande majorité de vos instructeurs et ce n'est pas une fin, mais un commencement pour vous. Encore une fois, bravo à tous.

Les Spationautes de la mission *Perseus* se levèrent et applaudirent longuement les instructeurs qui sortaient en les saluant de la main. Une fois qu'ils furent à l'extérieur de la pièce, Lebœuf reprit la parole :

– Mesdames et messieurs, comme cela vous a déjà été communiqué vous avez relâche, sauf raison de service, jusqu'au dix juillet, date théorique calculée pour notre départ. Nous allons vous donner la possibilité de transmettre un dernier message à vos proches, si vous le souhaitez. Il sera enregistré sur le support que vous voulez. Vidéos, documents audio ou papier seront ensuite acheminés et remis personnellement à leurs destinataires. Nous sommes partis depuis longtemps maintenant et vous avez sans doute pas mal de choses à raconter, ou pas. À vous de juger ce que vous pensez être le mieux. Ces messages peuvent être transmis à la station *Europa* jusqu'à la date de notre appareillage. Vous pouvez également laisser un testament si vous le souhaitez, comme cela est l'usage dans la Marine.

Tous écoutaient attentivement. L'atmosphère s'était épaissie un peu plus dans la salle de réunion. Ils s'étaient ensuite séparés, la mine grave après ce qui venait de leur être dit. Ils avaient conscience que ce serait peut-être leurs dix derniers jours.

Chacun vécut ce moment à sa façon. Certains jeunes et moins jeunes disparurent pendant cette période par besoin de s'isoler des autres, d'autres avec leur moitié pour faire l'amour ou pour parler. D'autres éprouvèrent le besoin de se retrouver en famille ou en groupe ou avec Dieu, ou avec eux-mêmes ; d'autres faisaient la fête. L'inaction amplifiait encore cette situation qui s'apparentait à de l'oisiveté sauf lorsqu'ils étaient en service.

1er juillet 2038

Le groupe de Bâtisseurs de Bonheur avait décidé d'envoyer un message vidéo à leurs compagnons restés sur Terre. L'un après l'autre ou par deux, ils passaient devant la caméra et racontaient leurs aventures, ou bien disaient simplement un bonjour pour les moins bavards.

François racontait son expérience de pilote, le voyage vers Saturne. Il s'approcha d'un hublot, faisant signe au caméraman de filmer par le hublot et dit :

– Regardez la vue que nous avons d'ici ! Jupiter comme vous ne l'avez certainement jamais vu et, là-bas au fond, Saturne avec ses anneaux.

Le caméraman revint sur François. Emma l'avait rejoint. Ils racontèrent la cérémonie du mariage et qu'ils attendaient un enfant.

István, invité à dire également quelques mots, leur présenta Helena dont il leur avait tellement parlé lors de son passage à Libertyville.

Les documents vidéos avaient été placés dans des capsules radio qui seraient transmises à leurs destinataires par des services spéciaux.

Helena et István avaient enregistré un message à destination des parents de ce dernier. Il pouvait enfin leur présenter sa femme, chose qu'il fit avec une fierté teintée d'émotion. István présenta également Emma et François et leur demanda de dire un mot. Après un petit discours, François conclut sur un ton mi-plaisanterie, mi-sérieux qu'ils ne devaient pas redouter l'avenir, car il veillait sur les deux tourtereaux.

6 juillet 2038

L'arrivée de messages collectifs et des messages plus personnels avait créé de l'agitation parmi les Spationautes. Un message avait été enregistré à destination des Bâtisseurs. Ils se réunirent pour en prendre connaissance, invitant les francophones qui le souhaitaient à visionner avec eux cette vidéo. Les premières images montraient une importante délégation de bâtisseurs qui avaient tenu à les saluer une dernière fois. Manuel Bach prit la parole.

— Chers amis Bâtisseurs de l'espace… Vous voyez, je ne fais que respecter l'idée avancée en son temps par Gilbert Charpentier… Nous sommes honorés et fiers que vous représentiez notre organisation dans cette aventure spatiale. Vous pourrez ainsi propager nos idées un peu partout dans l'univers… Mais je manque à tous mes devoirs… je vous présente ma compagne, Sabrina.

Une jeune femme brune se leva et vint se placer à côté de lui, leur fit un bonjour à travers la caméra, et déclara :

— Je n'ai pas la chance de vous connaitre, mais j'ai compris que vous étiez des personnes formidables, que vous êtes prêts à tout pour le bien de l'humanité.

François était tout ému et souhaitait tout le bonheur possible à Manuel. Il souhaitait que tout se passe bien cette fois, et Sabrina lui faisait plutôt bonne impression.

— Je ne vais pas vous présenter tous les Bâtisseurs présents, reprit Manuel, mais vous les reconnaitrez.

La caméra balaya lentement les rangées de personnes, chacun des Spationautes identifiant un ou plusieurs visages familiers. Il y avait parmi eux Delphine qui avait fait le déplacement avec Flavien et, à ses côtés, Nathalie qui tenait dans ses bras un enfant qui ne devait pas avoir beaucoup plus qu'un an. François reconnut également les membres des cercles qu'il animait à Libertyville.

Ceux qui le souhaitaient vinrent ensuite dire quelques mots devant la caméra. Nathalie vint accompagnée d'un homme.

— Mes amis, je vous présente Raphaël mon compagnon, et la petite Christel âgée de quatorze mois.

Elle raconta en quelques phrases ce qu'elle faisait maintenant en plus de son rôle pédagogique : elle montait des projets de restructuration et de développement de quartiers anciens. La séquence filmée avait duré une bonne partie de l'après-midi.

— Mes amis, intervint Manuel Bach, nous continuerons cette séquence plus tard, car je suis informé que notre Présidente Morgane Lambert vient de nous rejoindre en duplex. L'image, diffusée sur écran à Libertyville, fut incluse dans la transmission.

— Chers Bâtisseurs. Je vous remercie de m'avoir associé à votre message destiné à nos héros de l'espace. Comme vous le voyez, j'ai réussi à me libérer quelques instants… Chers Spationautes, je tenais à vous féliciter encore une fois pour l'engagement que vous avez pris. Un engagement désintéressé et destiné à faire progresser nos connaissances scientifiques. Je parle donc au nom de tous les Français en vous adressant tout notre soutien et notre sympathie. Je profite de cette occasion que vous me donnez pour vous parler des projets auxquels beaucoup d'entre vous ont participé. Sur la Lune, tout d'abord où, après des débuts un peu difficiles lorsque les premières installations privées sont venues s'implanter, la situation a fini par se normaliser. Nous entretenons maintenant des relations de bon voisinage.

Elle s'arrêta un instant, sourit, puis repris son air sérieux.

– Parlons maintenant de la situation sur la Terre. Les Bâtisseurs de Bonheur et les organisations sœurs se sont implantés un peu partout sur la planète et continuent de se développer. De nombreuses initiatives ont été prises par des personnes aussi diverses qu'avec des profils inattendus pour créer des implantations de votre concept, car c'est votre idée qu'ils propagent. Même si cette aventure a été collective et que les différents pays ont su mettre de l'huile dans les rouages lorsque cela s'avérait nécessaire, c'est à vous que tout le mérite de cette réalisation revient. Sachez que mon gouvernement a décidé d'intégrer en son sein une structure de Bâtisseurs que nous avons implantée pour des raisons pratiques dans la capitale. Nous nous sommes ainsi positionnés politiquement dans votre direction en montrant l'exemple. D'autres gouvernements nous ont suivis dans cette initiative… Je tenais également à vous informer des résultats des actions que vous avez engagées il y a huit ans. Environ la moitié des populations occidentales et plus d'un tiers de la population des autres pays ont rejoint notre mouvement. De fait, l'ancienne économie marchande a été contrainte de s'aligner sur notre modèle, le leur ne faisant plus recette. L'argent n'est plus prédominant et nous avons tissé des liens nouveaux avec ces structures. Certaines maladies liées à l'activité humaine débridée ont quasiment disparu. Votre combat est gagné. L'emprise de la finance recule un peu plus chaque jour et une grande partie du mérite vous en revient.

Elle marqua à nouveau une pause avant de reprendre.

– Mes amis, je tenais à vous dire avant que vous partiez que ce combat et la guerre économique sont maintenant terminés. Vous avez pris la décision de mener un nouveau combat et je ne peux que vous admirer. Personnellement, je ne sais pas si j'aurais fait preuve d'autant de courage… Mais nous ne sommes pas là pour parler de moi… Je vous souhaite un bon voyage et la réussite dans vos nouvelles aventures. Recevez tout mon amour.

La transmission s'interrompit. Les messages des uns et des autres reprirent. Ce fut Manuel qui conclut le message.

— Je suis très content que vous puissiez emporter ces souvenirs avec vous. Même si nous ne pouvons faire plus, recevez nos messages d'encouragement pour votre futur. Nous restons dans l'attente d'un signe de vous dans le futur... Paix et Fraternité de la part des Bâtisseurs de Bonheur.

Le message s'arrêtait net. Il y eut ensuite quelques instants de silence. Emma pleurait doucement et François ne disait rien. Même Patricia, d'ordinaire expansive, se taisait. François se leva et, retrouvant ses réflexes de membre du cercle de gouvernance, dit sobrement :

— Nous recevons ces paroles.

István avait reçu un message de ses parents. Ils allaient le regarder avec Helena. István dit :

— François, il y a également un message personnel pour toi.

— Pour moi ? répondit-il surpris.

Il y avait effectivement un enregistrement intitulé : pour François Cervantès de Nathalie Ferré, strictement personnel. Emma, qui regardait par-dessus l'épaule de François, lui dit :

— Prends ton temps pour le regarder. J'ai des choses à voir avec mes parents.

Elle disparut après lui avoir déposé un baiser. Elle savait qu'il y avait eu quelque chose entre eux dans le passé. François se demandait ce que Nathalie avait à lui dire alors qu'elle avait soigneusement évité de les rencontrer lors de leur venue en fin de l'année précédente. Il démarra l'enregistrement. Elle était seule devant la caméra. Il y eut d'abord un grand silence, puis elle débuta en penchant légèrement la tête, ce qui faisait cascader ses cheveux roux et le faisait « craquer » pour elle autrefois.

— Ça me fait tout drôle de te parler à travers cette caméra... Je tenais à discuter avec toi une dernière fois, car je ne crois pas que nous aurons l'occasion de nous revoir un jour. C'est après avoir vu le reportage sur ton mariage avec Emma que j'ai décidé de t'envoyer ce message... Ce qui t'est arrivé, ton ascension... en vérité, je l'ai toujours su. Lorsque nous étions ensemble, tu étais mon héros et je sentais bien que je n'étais pas à la hauteur, à TA hauteur. J'ai essayé de me persuader que les choses pourraient s'arranger avec le temps, mais j'ai dû me rendre à l'évidence que ce n'était pas possible. C'est pour cela que j'ai pris la décision de mettre un terme à notre relation. J'espère que tu ne m'en veux plus. Je sentais bien que j'aurais été un frein à tes ambitions. Si nous étions restés ensemble, tu ne serais certainement pas là où tu en es aujourd'hui, car tu aurais dû choisir en permanence entre tes aspirations et moi. Quel que soit le choix que tu aurais fait, tu aurais été malheureux. Tu fais maintenant partie des héros de la nation, tu vas partir dans les étoiles, tu es marié et tu vas avoir un enfant…

Elle marqua une courte pause.

– Permets-moi de te féliciter pour ta femme. Elle est très jolie… De mon côté, tu vois, j'ai refait ma vie. Raphaël est un garçon charmant qui a l'avantage, à mes yeux, de ne pas avoir la bougeotte. C'est lui qui m'a remise debout. Il est solide et nous avons eu notre petite Christel l'an dernier qui a renforcé notre union. Je voulais que tu saches que pour moi aussi, notre rupture a été très douloureuse. Mais c'est maintenant du passé. La plaie est refermée et j'ai retrouvé le bonheur… Sache que tu auras toujours une petite place au fond de mon cœur… Va, mon héros, mon petit cosmonaute et sois heureux, c'est mon souhait le plus cher… Paix et Fraternité… Ta Nathalie… Ah si ! J'aimerais que tu ne montres cet enregistrement à personne. Je t'en remercie.

François écouta une seconde fois le message avec une profonde attention pour s'imprégner une dernière fois de la voix de Nathalie qu'il n'aurait sans doute plus jamais la possibilité d'entendre, le regard dans le vague, puis il appuya de façon continue sur la touche d'effacement de l'enregistrement afin qu'il n'en reste aucune trace. Il rejoignit ensuite Emma, silencieux. Elle ne posa pas de question. S'il souhaitait en parler, elle savait qu'il le ferait. Elle ne se sentait aucun droit sur la vie que François avait eue avant de la connaitre.

9 juillet 2038

Le général Lebœuf fit un ultime briefing avec les équipages. Les manœuvres avaient été maintes et maintes fois répétées. Ils étaient prêts et impatients de partir. Ces derniers jours avaient été ennuyeux. Ce qui se profilait risquait d'être pire, car ils devraient attendre statiquement jusqu'à ce qu'une fenêtre de lancement apparaisse. Et elle pouvait très bien ne pas être au rendez-vous.

Il s'appliqua à regonfler le moral des troupes. Il ne fallait pas qu'ils flanchent. Mais non, ils étaient solides. Si cela avait dû être, il l'aurait remarqué depuis longtemps. Il était lui-même dans un état situé entre excitation et inquiétude.

– Mesdames et messieurs les pilotes et équipages, nous sommes au terme ultime de notre entrainement. Notre mission commence demain et nous allons écrire chaque page de notre histoire future. Je ne sais pas ce que nous allons trouver sur notre chemin, mais je veux que vous sachiez que, quoi qu'il arrive, je suis fier et honoré de vous avoir sous mes ordres et de travailler avec vous.

Ils discutèrent encore un bon moment avant que le général ne dise en guise de conclusion :

– Je ne vous retiens pas plus longtemps. Reposez-vous maintenant, car nous avons du boulot qui nous attend.

Il sortit de la grande salle de réunion. Les équipages se levèrent à son départ.

Chapitre 15 – Le départ

19 juillet 2038

François ne dormait plus, mais il ne voulait pas ouvrir les yeux pour profiter quelques instants de plus de sa nuit, puis il sentit une main lui caresser le visage.

– Je sais que tu es réveillé, dit Emma.

– Non, je dors encore, répondit-il.

– C'est ce qu'on va voir.

– OK, je me rends, dit François en se redressant dans le lit.

Il lui massa le ventre.

– Et comment va notre bébé aujourd'hui ?

– Jusqu'ici, tout se passe bien.

– Je suis tellement heureux.

– Moi aussi, mon chéri.

François regarda l'horloge murale qui indiquait neuf heures. Son service ne recommencerait qu'à seize heures. Depuis qu'ils étaient censés être partis en mission, il y avait maintenant neuf jours, ils étaient repassés en Temps Universel, ce qui fait qu'il n'y avait plus de rapport entre les cycles jour nuit d'*Europa* et leur propre référentiel de temps. Il avait décidé de rester le plus longtemps possible allongé à ses côtés en attendant qu'un évènement survienne.

En théorie, ils volaient, mais en réalité étaient accrochés à la grande station orbitale *Europa* dont la vie était principalement rythmée par les allées et venues de vaisseaux spatiaux. Cette situation était surréaliste.

Vers treize heures, Emma sortit pour aller chercher de quoi se restaurer. Les repas étaient des repas mission, constitués de substances pas toujours identifiables censées leur apporter les protéines, les fibres et les vitamines nécessaires. Ils ne brillaient pas par leur qualité gustative ou gastronomique.

À quinze heures trente, François enfila sa combinaison de vol, ses bottes magnétiques qui permettaient de marcher sur une paroi en toute circonstance et sa casquette de pilote. Il attrapa une paire de lunettes de soleil qu'il posa sur son nez et se planta devant Emma, les mains sur les hanches.

— Waow, une vraie star, dit-elle. Si Monsieur compte me séduire, il se trompe. Je suis mariée, Monsieur.

Il enleva les lunettes.

— Quelqu'un que je connais ?

— Mmm… c'est possible.

Elle se lova contre lui.

— Je crois que c'est vous, Monsieur. Je ne vous avais pas reconnu avec vos lunettes de soleil.

Ils s'embrassèrent longuement.

— Je dois y aller maintenant.

François s'était ensuite dirigé vers le poste arrière. Le quart serait commandé par Irina Malichewsky. Les autres pilotes arrivaient pour prendre leur service. Un peu avant seize heures, la relève pénétra dans chacun des deux postes. Irina salua Chris Van Allen qui avait assuré le tour précédent.

— La relève de seize heures.

Chris lui rendit son salut.

— Aucun évènement particulier à signaler. Il y a une navette XC-825 en approche. Elle sera peut-être pour vous.

— Merci, Chris.

Dans le poste principal, retransmis par radio et vidéo, Charles Michel annonçait à tous la situation tactique du bâtiment.

— Aujourd'hui, nous avons une navette XC-825 en approche et deux transports d'eau qui vont remonter d'*Europa*. Nous devons tracer ces vaisseaux en permanence pour être en mesure de manœuvrer en urgence.

Les communications radio du contrôle avec les différents vaisseaux étaient écoutées par tous.

— *XC-825-Yankee Charlie Victor, de Contrôle Europa, pour prise en charge…*

— *XC-825-YCV vous reçoit fort et clair.*

— *Bienvenue, navette. Je suis Oscar deux et serai votre opérateur tout le long de votre manœuvre. Vous êtes en priorité deux pour approche Europa. Précisez vitesse et vecteur d'approche.*

— Contrôle, nous naviguons sur un vecteur 1-2-1, vitesse quatre-vingt-quinze kilomètres seconde, en diminution.

— Reprenez contact quand vous passerez les cinq-cent-mille kilomètres en rapprochement station.

— Bien reçu, contrôle.

À intervalle régulier, c'est eux qui étaient sollicités.

— RAID573, vous en êtes où du jaugeage et du brassage des réservoirs ?

Cette opération était destinée à éviter la création de particules solides qui pouvaient obstruer les systèmes d'injection en réussissant à subsister au-delà des dispositifs de réchauffage de l'oxygène et de l'hydrogène liquide.

— On y travaille, contrôle.

— RAID573, nous préconisons que vous envoyiez une équipe pour vérifier vos amarres avec la station. Elles ont dû être pas mal sollicitées ces derniers temps.

— OK contrôle, on vous tient au courant.

— RAID573, précisez vitesse du vaisseau.

François se disait que c'était idiot de poser cette question, car ils volaient à la même vitesse, vu qu'ils étaient accrochés l'un à l'autre.

— Contrôle, nous sommes à neuf-mille kilomètres-heure en référence Europa et zéro en vitesse relative station orbitale.

— Bien reçu, RAID573. Revenez vers moi pour rendre compte des différentes missions.

Il était vingt heures passées quand l'opérateur Oscar un contacta la passerelle.

— RAID573, on a pensé que ce qui se passe pourrait vous intéresser. On vous ouvre notre réseau vidéo interne pour que vous puissiez vous connecter.

François se dit qu'il allait enfin se produire quelque chose qui méritait d'être vu par les équipages.

— Ici poste arrière, nous sommes connectés.

— RAID573, nous vous recommandons de rappeler les équipages à poste.

La vidéo montrait un opérateur faisant signe d'attendre en levant la main droite et pressant l'écouteur sur son oreille avec sa main gauche. Il fit pareil avec sa main droite pour être certain qu'il n'entendrait pas de bruits périphériques. L'officier de salle donna l'ordre de cesser toute discussion. L'opérateur annonça :

— J'entends une fréquence harmonique au milieu des parasites. Engagez les algorithmes de recherche.

Un second opérateur se leva de son siège et se précipita sur l'appareil de balayage acoustique. L'officier de quart ordonna :

— *Silence dans la salle. Plus de communication radio sauf absolue nécessité. Faites venir le commandant de la station et les officiers navigation sur le pont.*

La vidéo interne montrait que les généraux Lebœuf et Ledoyen, ainsi que le colonel Forzi venaient de rejoindre le poste avant. Charline Lefèvre fit irruption dans le poste arrière.

— Faites-moi un topo sur la situation.

— Navette XC-825 en approche, Madame. Nous sommes connectés vidéo avec le centre de contrôle *Europa*. Il semble qu'il y ait du nouveau.

Dans le centre de commandement, les opérateurs Espace se concentraient sur leur tâche. À un moment, l'un d'eux indiqua :

— *Je viens d'accrocher un pulsar.*

— *Lancez une seconde recherche depuis le satellite.*

— *C'est comme si c'était fait.*

— *Augmentez la puissance de résolution… Ça y est, je l'entends distinctement, il est bien régulier. Il émet à environ trente pulsations par minute et monte en puissance.*

L'opérateur s'adressa à l'officier de permanence.

— *Mon colonel, je souhaite une troisième lecture depuis le carreau EZ135 et une confirmation de l'évènement depuis Mars et la Lune.*

Le colonel ordonna :

— *Envoyez dans les plus brefs délais un des Sirius présents pour une mission de repérage…*

Le radio relaya la consigne.

— *Ici contrôle Europa pour équipage Sirius trois, vous partez immédiatement pour une mission de repérage sur le carreau EZ135. Vous recevrez les instructions complémentaires en cours de route.*

Charline annonça :

— Je prends le lead. Vous ne me lâchez pas le Sirius des yeux. Passez en balayage actif sur le radar arrière.

— À vos ordres.

Sur la vidéo, l'opérateur astronome indiqua à l'attention des personnels présents :

— *Il pulse maintenant autour de soixante fois par minute. On en est où de la navette ?*

L'officier interrogea le radio du regard. Celui-ci annonça :

— *Ils ont émis un préavis de décollage à trois minutes.*

— *Il ne faut pas perdre le pulsar,* disait l'opérateur. *Augmentez la puissance de balayage sur le principal. Lancez une analyse spectrographique large.*

Deux minutes plus tard, un contrôleur annonçait :

— *Navette lancée.*

— *Demandez-leur de faire des relevés à vitesse réduite pendant la manœuvre d'échappement.*

Le contrôleur de vol annonça quelques minutes plus tard :

— *Navette en mode balayage actif à une vitesse d'éloignement de mille kilomètres-heure.*

Sur un écran de contrôle, une courbe défilait avec des pointes régulières. L'astronome confirma :

— *Nous le tenons bien. Il nous manque encore la distance.*

Au bout d'une heure, alors que la tension était à son comble, la radio annonça :

— *Contrôle, de Sirius trois, nous avons attrapé le signal. Retransmettons les données.*

Sur un des grands écrans de projection de la dalle murale, l'objet stellaire présumé était représenté à la convergence de deux lignes qui se coupaient en un point. Une troisième ligne commençait à apparaitre. Elle ne rejoignait pas les deux autres lignes exactement au même point, mais la triangulation donnait une zone probable de localisation du phénomène. L'opérateur dit :

— *On affinera la lecture, mais il se situe à environ cinq-millions de kilomètres de nous en direction de l'étoile Proxima. Engagez les analyses spectrométriques sur ce secteur et faites une lecture visuelle.*

Un second opérateur dirigea le grand télescope optique vers la zone indiquée. Des données commencèrent à défiler à l'écran. Au bout d'une trentaine de minutes, alors que les observations en provenance de la navette continuaient d'arriver et que la zone de localisation possible du phénomène se rétrécissait, le second opérateur annonça :

— *Je détecte une distorsion des émissions lumineuses. Possibilité de singularité. J'éclaire la zone en mode actif pour voir ce qui nous revient.*

Le premier opérateur s'adressa à l'officier de quart :

— *Nous avons peut-être un trou de ver en formation. Je recommande de mettre les équipages en alerte et de détourner tout trafic de cette zone.*

L'officier donna ses ordres :

— *Radio, des nouvelles des stations martiennes et lunaires ?*

— *Négatif, mon colonel, nous n'avons encore rien reçu.*

— *OK. Opérateur Oscar un, mettez immédiatement RAID573 en alerte. Oscar deux, essayez de ramener la navette XC-825 au plus vite. Informez-les de la zone d'interdiction de vol et du fait que leur manœuvre puisse être différée. Oscar trois et quatre, vous me clouez vos deux appareils au sol sur Europa jusqu'à nouvel ordre.*

Le centre de contrôle devint rapidement une ruche. La cellule astronomie était en ébullition. Le pulsar avait été confirmé par les stations martiennes et lunaires. Les coordonnées qu'elles avaient relevées avaient permis d'affiner la position et ils disposaient de cinq points de lecture qui leur renvoyaient des données, même si certaines mettaient vingt minutes à leur parvenir. Ils finirent par recevoir la confirmation de la singularité qui occasionnait une distorsion de la lumière.

Tous les appareils de lecture étaient pointés vers le phénomène. L'opérateur astronome les alerta :

— *Attention, la fréquence du pulsar s'accélère. Le spectromètre montre que la taille de la singularité augmente. Nous attendons une lecture optique directe au télescope.*

L'officier de quart demanda aux astronomes :

— *Pouvons-nous récupérer la navette XC-825 maintenant ?*

— *Affirmatif, mon colonel. Vous avez le temps de manœuvrer.*

Le colonel se rendit vers Oscar deux.

— *Démarrez immédiatement la séquence avant appontage de la navette XC-825.*

— *À vos ordres !*

Les quarante-cinq minutes suivantes furent consacrées à faire accoster la grosse navette. Dans les postes du vaisseau Explorer, tous suivaient les opérations avec attention, tous leurs sens en alerte. C'était la première fois qu'ils avaient l'occasion de voir le centre de contrôle *Europa* et ils pouvaient se rendre compte des performances de ce dispositif. D'autres informations provenaient des observations des astronomes :

— *Le diamètre de l'objet augmente.*

Les informations devaient toujours être corroborées par les différentes stations d'observation pour être valides. Au bout d'un moment, les observateurs se regardèrent, perplexes. Leur chef annonça :

— *Nous avons des interférences avec un second pulsar. Cela infirme les observations faites jusqu'à présent sur la fréquence d'émission de ces phénomènes. On peut essayer d'isoler les deux fréquences ?*

— *On y travaille, mais elles sont enchevêtrées. L'ordinateur a du mal à les séparer.*

— *Prévenez-moi quand vous aurez du nouveau.*

Ils pianotaient rapidement sur les multiples claviers. Un des astronomes se leva d'un bond en annonçant :

— *Ça y est, on l'a localisé. C'est impossible, il ne serait situé qu'à mille kilomètres du premier. On a revérifié, mais toutes les données sont correctes. Je pense pouvoir affirmer que nous sommes en présence d'un système double.*

— *Vous en êtes où de la lecture directe ?*

— *Rien encore pour l'instant.*

Le centre mission était rempli de nombreuses personnes. D'autres contrôleurs avaient rejoint leurs postes de façon à pouvoir donner du répit à ceux qui étaient là depuis plusieurs heures maintenant. La grosse navette était en approche par l'arrière de la station orbitale. Le chef de quart s'adressa aux astronomes :

— *Je demande la permission de faire accoster la navette.*

— *Permission accordée, mais vous devez différer le déchargement et la laisser en situation de départ immédiat.*

— *OK. On s'en occupe.*

Vingt minutes plus tard, le contrôleur de vol responsable de l'appontage dit :

— *Navette XC-825 à l'amarre et prête pour un dégagement d'urgence avec passagers et chargement toujours à son bord.*

— *Merci. Continuez à les informer de nos manœuvres.*

Le contrôleur acquiesça. Un des astronautes annonça :

— *Nous sommes bien en présence d'un système double. Le plus grand des deux trous de ver mesure maintenant une dizaine de kilomètres de diamètre. Sa vitesse de dilatation est en diminution. Je recommande de mettre le vaisseau Explorer en situation de départ imminent.*

Les ordres furent rapidement distribués dans le vaisseau par Sandrine Ledoyen puis il ne se passa à nouveau plus rien. Le circuit vidéo branché sur la salle de contrôle montrait le trou de ver qui apparaissait comme une espèce de gigantesque paire d'yeux qui grandissait de plus en plus.

À trois heures trente, le centre de contrôle les informa :

— *RAID573 de contrôle Europa, la cible a cessé son expansion. Vous êtes maintenant en préavis de décollage.*

— Bien reçu, contrôle.

Le signal deux tons retentit dans le bâtiment.

— Mesdames et messieurs, annonça le général Lebœuf, nous venons d'être placés en situation de départ imminent avec préavis de décollage. Notre mission va réellement débuter et nous allons pouvoir mettre en pratique tout ce que nous avons appris ces derniers mois. Comme vous êtes parfaitement entrainé, je vous laisse effectuer les manœuvres nécessaires à notre appareillage et vous demande uniquement de rendre compte au poste de pilotage lorsque vous aurez terminé. Bon, cette fois, ça y est, nous montons au combat et je compte sur vous pour faire en sorte que nous gagnions la partie. Je souhaite bonne chance à chacune et chacun d'entre vous.

Lebœuf ajouta sur le canal de commandement :

— Les chefs de salle procèdent immédiatement à la relève des équipages.

François et les autres pilotes restèrent dans la salle de repos pour le cas où Charline aurait eu besoin d'eux. Au bout de quelques minutes, elle entra dans la pièce, désigna deux pilotes et un navigateur joker pour le poste de pilotage, puis dit aux autres qu'ils seraient rappelés si besoin.

— Cervantès !

— Oui Madame.

— Va rejoindre ta femme. Tu seras plus utile là-bas. Tu es dispensé de service jusqu'à nouvel ordre. Je te ferai rappeler si nécessaire, mais nous serons assez nombreux ici.

— À vos ordres, Madame.

Avant de quitter le local, François vit que les pilotes et copilotes du poste de pilotage avant étaient remplacés par Sandrine Ledoyen et Francesco Forzi. Les pilotes allaient être plus gradés que le chef de quart, mais, à circonstances exceptionnelles, mesures exceptionnelles.

Les hautparleurs annoncèrent dans tout le bâtiment :

— *Top compte à rebours pour appareillage dans cinq minutes... deux... un... top.*

Un afficheur mural indiquant 00:05:00 s'alluma dans la coursive et commença à égrener les secondes centésimales. François se hâta pour rejoindre Emma qui était en train de s'escrimer à enfiler sa combinaison spéciale qui protègerait son bébé lors des accélérations. Elle était aidée par sa sœur et un de ses frères.

— Je peux être utile à quelque chose ? demanda François.

— Oui, ce n'est pas facile d'entrer dans cette combinaison. Tu n'es pas de service ?

— Ma mission est de veiller sur toi.

— Tu me feras penser à remercier ton chef d'unité.

Ses jambes étaient entravées par la grosse combinaison. Il s'approcha le plus près qu'il put d'elle, puis finit de l'habiller. Ils se dirigèrent ensuite vers la cabine passager. Elle marchait gauchement. Ils prirent place dans des sièges un peu plus larges que les autres.

François la sangla. Un peu plus loin, Patricia avait un air grave et ne disait rien, se contentant de tenir Jean, son mari, par l'épaule.

— Si tu veux encore manger quelque chose, dit François à Emma, c'est maintenant.

Elle refusa. Elle avait trop peur de renvoyer son déjeuner pendant l'accélération. Dans le vaisseau, personne ne disait mot, se concentrant sur les minutes présentes ou faisant la paix avec lui-même. L'officier de quart, visible sur l'écran vidéo devant eux, donnait ses instructions :

— *Allumage des propulseurs et montée en température.*

Alors que François finissait de verrouiller le casque et de mettre sous pression la combinaison qui faisait ressembler Emma à un Bibendum, une légère vibration fut perceptible dans tout le bâtiment, indiquant que la propulsion était en route. L'officier de quart annonça à la radio :

— *De RAID573, à contrôle Europa, nous sommes prêts à appareiller.*

— *Bien reçu, RAID573. Départ à votre initiative.*

François se hâta de se sangler à son siège et de mettre sa combinaison en œuvre. Dix… Neuf… Sandrine Ledoyen annonça :

— *Le chef Pilote prend la manœuvre.*

Deux… Un… Départ. Sandrine, visible de dos sur la retransmission, ordonna :

— *Découplez les amarres… Engagez la propulsion Tribord…*

Le vaisseau s'éloigna latéralement de la station orbitale.

— *Propulsion, stop… Stabilisez !… En avant lente.*

Il y eut une communication générale.

— *De RAID573 à tous les équipages Europa, appareil libéré… Nous débutons notre voyage…*

Le pilote actionna la commande de la propulsion principale. Le grondement qui leur était maintenant familier devint audible et tout l'appareil se mit à vibrer sur une fréquence basse. L'afficheur de vitesse s'anima et les chiffres commencèrent à défiler.

— *De RAID573, à tous… Nous sommes en route et vous souhaitons une bonne journée. Nous espérons vous revoir bientôt.*

— *Ici contrôle de vol Station Europa à RAID573, la route est libre, vous n'avez pas de trafic devant vous. Bon voyage et bonne chance.*

— *Merci, contrôle. On vous enverra des cartes postales.*

— *Nous les attendons déjà avec impatience.*

L'image vidéo retransmise dans l'Explorer bascula sur la caméra arrière, montrant les vaisseaux amarrés à la station orbitale qui faisaient clignoter leurs feux de position. Sandrine ordonna :

— Allumez les feux d'appontage avant et arrière.

Depuis *Europa*, la petite lune de Jupiter, de puissantes lumières clignotantes percèrent la nuit. Il s'agissait des deux navettes encore posées au sol qui les saluaient à leur façon.

— Contrôle, de RAID573, en route pour mise en orbite Jupiter.

— Bien reçu, RAID573.

— Attention pour accélération… En avant un tiers.

Le lourd vaisseau bondit littéralement sous l'énorme poussée. Ils orbiteraient à quatre-cent-mille kilomètres de la grosse planète, en pleine accélération, puis seraient catapultés sur l'axe de Proxima du Centaure. Ils mettraient vingt minutes en Temps Universel pour faire le tour de Jupiter, puis une heure et vingt minutes pour atteindre leur cible.

Les passagers étaient silencieux. Pendant les manœuvres, ils n'avaient rien d'autre à faire que de regarder le paysage, ou un film, ou écouter de la musique. La plupart d'entre eux étaient perdus dans leurs pensées, essayant de se projeter dans un futur qu'ils avaient du mal à imaginer.

20 juillet 2038

Cela faisait maintenant une heure et vingt-cinq minutes qu'ils avaient quitté la station orbitale *Europa*. Ils volaient à une vitesse constante de mille kilomètres par seconde. Devant eux, la paire d'yeux géants semblait les observer. L'accélération avait cessé et ils n'étaient plus collés au dossier de leur siège. François regardait, fasciné, la transmission vidéo du poste principal.

— Activation des capsules radio avec un espacement d'une minute.

Les caméras frontales et latérales allaient filmer en continu tout ce qui se passait à l'avant, à l'arrière et sur les côtés du vaisseau. Une minute de vidéo serait stockée dans une capsule radio avec un enregistrement du journal de bord d'un des passagers pris au hasard. La capsule serait ensuite laissée à la traine de l'appareil dans l'espoir d'être captée par un dispositif de lecture radio. En cas de destruction de l'appareil, une capsule s'éjecterait avec les derniers paramètres et images du bâtiment.

Le trou de ver augmentait maintenant à vue d'œil. Son contour était irrégulier, légèrement aplati sur le dessus. Il était blanc en son centre et ceinturé d'une couronne toute noire qui elle-même était bordée d'une grande zone d'un blanc lumineux qui virait progressivement vers le rose, puis le bleu, puis le rouge sombre. Le spectacle était fantastique. Les pilotes devraient bientôt devoir choisir entre l'objet de gauche ou celui de droite, sachant qu'à cette vitesse, ils n'avaient droit qu'à un seul essai. Sandrine ordonna :

– *Engagez la visualisation des champs de force sur la zone.*

La verrière avant se surchargea progressivement de lignes bleues, rouges, jaunes et blanches suivant le type de force en présence : magnétique, électrique, radioélectrique ou lumineuse. Elles avaient toutes la particularité de converger vers une sorte de cylindre situé à l'intérieur de chacun des trous de ver, dans leur partie sombre, et il était impossible de suivre leur progression au-delà de l'entrée de l'objet. Les deux groupes de champs de forces, semblables à deux entonnoirs, présentaient des distorsions et des interférences au contact l'un de l'autre, qui formaient une sorte de plan qui délimitait les deux espaces. Sandrine demanda :

– *On a une idée du sens des forces présentes ?*

– *Négatif.*

– *Passez le radar de poursuite avant en balayage actif sur cent-quatre-vingts degrés.*

L'opérateur radar rendit compte :

– *Aucune lecture sur ce qui se trouve devant nous… Attendez… J'ai un petit astéroïde droit devant… Environ trois-cent-mille kilomètres de distance.*

– *Ne le lâchez pas. On regarde où il va.*

La lecture radar était doublée d'une lecture optique grâce au télescope embarqué. Trois minutes plus tard, la trajectoire de l'astéroïde obliqua pour emprunter le tunnel de droite. Il était éclairé par la puissante lumière blanche. Sandrine décréta :

– *On suit l'astéroïde.*

Le lourd vaisseau s'inclina légèrement. Deux minutes plus tard, l'astéroïde disparut de l'écran radar. Des turbulences, qui devenaient de plus en plus fortes, secouèrent tout le vaisseau. L'opérateur radar annonça :

– *Nous sommes au contact d'un champ de forces puissant. Je recommande d'obliquer sur tribord.*

Le bâtiment vira nettement, mais les turbulences continuaient d'augmenter.

– *Radar, avez-vous remarqué sur l'astéroïde un phénomène qui ressemblait à ce que nous avons en ce moment ?* demanda Sandrine Ledoyen.

– *Un instant, je visionne la dernière minute de l'objet sur l'enregistreur vidéo… Négatif, rien de tel !*

– *C'est ce que je pensais. Passerelle, consignez dans le journal de bord que je débranche le pilote automatique.*

Le vaisseau se mit à dériver rapidement vers la droite, puis se stabilisa et les turbulences disparurent. Les champs de forces se resserraient et étaient maintenant tellement denses qu'ils ressemblaient à un grand entonnoir multicolore opaque. L'objet stellaire donnant l'impression de tournoyer devant eux était gigantesque par rapport à la taille de leur vaisseau. Dans une minute, ils seraient fixés sur leur avenir. Une partie de l'instrumentation s'affolait et n'était plus d'aucune utilité.

— *Activez l'émission de capsules radio à une seconde d'intervalle.*

François vit nettement à l'écran la main de Sandrine Ledoyen se poser sur la main de Francesco Forzi, elle-même posée sur la commande de vitesse qui était devenue inefficace. À son tour, il posa sa main sur celle d'Emma et la serra fortement. Elle ressentit la pression à travers la grosse combinaison gonflée et tourna la tête. François remercia intérieurement Charline de pouvoir vivre ce qui serait peut-être leur dernière minute à côté de sa femme.

— Je t'aime, murmura-t-elle en le regardant dans les yeux.

— Je t'aime, répondit-il de la même façon.

François et Emma reportèrent leur attention sur l'écran devant eux. Ils arrivaient à l'entrée de l'objet. Ils pénétrèrent dans la lumière blanche. François se sentit plaqué à son siège lorsque leur vitesse augmenta d'un coup. Sa vision se troubla. Il lança un cri silencieux dans son casque :

— Emma !

EPILOGUE – Une bouteille à la mer

20 juillet 2038, Station orbitale Europa.

Le centre de commandement ressemblait à une ruche. Dès que le vaisseau *Explorer* eut quitté la zone d'orbite de Jupiter et fut projeté dans l'espace, les contrôleurs firent procéder au déchargement de la grosse navette XC-825-YCV. Les deux navettes Sirius avaient également été rapatriées du satellite *Europa* et commençaient à vider l'eau de leurs cales avant d'y retourner avec un nouvel équipage pour remplir à nouveau leurs réservoirs.

Une salle spéciale était consacrée à la mission *Perseus*. Le mur au fond de la pièce était un grand écran de projection partitionné, chacun des secteurs suivant un évènement particulier. À ce moment-là, la totalité de l'écran présentait ce qui se passait autour de leur position, comme s'ils regardaient dehors. On voyait sur l'extrême droite de l'écran une partie de Jupiter et le satellite Io à sa périphérie. Plus sur la gauche, Saturne et en plein milieu de l'écran, le vaisseau Explorer, agrandi, qui se déplaçait lentement. En image de synthèse, un peu en avant du vaisseau, les deux trous de ver qui semblaient côte à côte. Ils étaient modélisés sur la base des observations faites par le télescope et agrandis également.

Les opérateurs étaient concentrés sur leur mission. Le chef de salle et le général commandant la station *Europa* se tenaient debout en arrière du dispositif. À huit heures vingt, Temps Universel, l'opérateur radio annonça :

— Je viens de recevoir la première capsule radio. Je commence le décryptage.

Environ deux minutes plus tard, l'écran se partitionnait en deux. Sur la gauche, la vue d'ensemble apparaissait toujours, réduite. Dans la partie supéricurc droitc, ils pouvaient voir ce que la caméra avant du vaisseau *Explorer* avait filmé quelques instants plus tôt. En dessous, trois écrans plus petits montraient la projection des caméras latérales et arrière. Sur le bas de l'écran défilaient les paramètres de vol : vitesse, cap et de nombreuses autres indications. Dans dix minutes, ils entreraient dans la science-fiction.

— Nous diffusons avec un décalage de trois minutes, annonça l'opérateur.

Ils regardaient, comme hypnotisés, ce grand trou de ver que peu de personnes avaient eu l'occasion de voir d'aussi près. Ceux qui l'avaient fait n'avaient pas eu l'occasion d'en parler après. C'était la première fois que les scientifiques avaient réussi à entremêler un signal vidéo au milieu de la trame audio des capsules radio, ce qui fait que, malgré la faible résolution des images, ils pouvaient vivre sur l'écran la même chose que les Spationautes en mission. Une batterie de scientifiques suivait également les évènements en direct, car c'était là une partie de l'Histoire avec un grand H qui s'écrivait et ils n'auraient pas voulu rater cela pour un empire.

L'écran devint noir, puis se ralluma une fois le message suivant décrypté. Ils virent les champs de force apparaitre en couleur sur la projection. Il n'y avait plus maintenant de coupure entre la projection des différents messages. Un astéroïde devint visible plus loin devant le vaisseau, puis disparut quelques minutes plus tard. Ils virent les caméras du vaisseau trembler, le changement de cap avec l'arrêt du pilote automatique, la situation revenir à la normale. Un opérateur dit :

– À tous, RAID573 vient de disparaitre des écrans radars.

Effectivement, la projection de gauche ne montrait plus que les deux objets stellaires. Le vaisseau *Explorer* n'apparaissait plus. Un des contrôleurs de vol annonça à voix haute :

– Perte de contact avec RAID573 à huit heures trente-et-une, Temps Universel.

La minute neuf de la vidéo montrait nettement les champs de force qui convergeaient, l'entrée dans le grand objet, les différents indicateurs de vol qui s'affolaient. Les capsules passèrent à une fréquence d'une par seconde pendant soixante-trois secondes d'émission. Elles montraient une lumière aveuglante devant la verrière. Même l'ordinateur n'arrivait plus à faire une représentation de l'endroit où ils se trouvaient. La caméra arrière avait enregistré une vue panoramique de l'espace avec ses milliards d'étoiles et de constellations. La planète Jupiter, un peu plus grosse que les autres, était bien visible. Au moment de l'entrée dans l'objet stellaire, les caméras avant et latérales cessèrent d'envoyer des images cohérentes, le champ de vision de la caméra arrière se rétrécit. Seul le centre de l'enregistrement était net. La périphérie se brouilla très rapidement, présentant des traits de lumière désordonnés et tournoyants, puis l'écran devint noir, indiquant qu'il n'y avait plus rien à projeter.

– Nous n'avons pas reçu d'indication de destruction. La mission continue.

Ils allaient avoir du travail maintenant pour analyser toutes ces données. Le général commandant la station ordonna aux opérateurs :

– Restez concentrés sur l'objet stellaire. Les scientifiques montent immédiatement une mission d'étude des paramètres transmis. On peut essayer de glaner quelques données complémentaires avec le télescope. Vérifiez également s'il n'y a pas d'autres objets qui se présenteraient à l'entrée du trou de ver.

L'équipe de scientifiques se regroupa autour d'une table de travail et commença à revisionner la vidéo et les paramètres de vol envoyé par RAID573. Ils regardaient, fascinés, les images. Ils venaient de récupérer en dix minutes plus de données que toutes les années précédentes.

L'objet stellaire était puissant et continuait d'émettre avec des pulsations qui avaient tendance à s'espacer au fil du temps. Les écrans devant les opérateurs montraient une courbe régulière, mais ils préféraient écouter les fréquences audios. Soudain, un des opérateurs leva la main gauche. Il se retourna vers son voisin qui leva également la main, ainsi que le troisième opérateur.

Le chef de salle se précipita vers eux. Alors que les opérateurs deux et trois continuaient d'écouter attentivement, le premier enleva son casque.

— Que se passe-t-il ? demanda le chef de salle.

— Nous avons eu une variation d'intensité sur un pulse, dit l'opérateur à voix basse. Nous avons entendu l'anomalie tous les trois.

L'évènement avait créé une agitation, notamment chez les scientifiques qui venaient rapidement voir ce qui s'était passé.

— Je suis certain que nous avons eu des interférences sur un pulse alors qu'ils étaient réguliers jusque-là.

— Pouvez-vous identifier de quoi il s'agit ?

— Il faut que je quitte mon poste !

— Je vous fais remplacer.

Le chef de salle désigna un autre opérateur pour prendre le poste. Ils se dirigèrent ensuite vers un auditorium spécialement aménagé pour les écoutes audios à forte puissance. L'opérateur rechercha dans l'enregistrement et isola le pulse modifié, précédé d'un pulse normal.

— Écoutez bien, expliqua l'opérateur, voici un pulse normal suivi du pulse modifié.

Ce n'était pas évident de distinguer la différence, mais après plusieurs écoutes, elle leur apparut nettement.

— Nous avons une trame entrelacée. J'essaye d'isoler le second signal.

Après quelques minutes de travail, l'opérateur finit par relever la tête.

— Ça y est, je l'ai. Il s'agit d'une de nos capsules radio.

— Bon sang de bon sang ! s'exclama le chef de salle. Alertez tout le monde. Nous avons un message supplémentaire qui est revenu par le pulsar. Diffusez-le dans la salle principale lorsque vous l'aurez décrypté.

Il partit en disant à voix haute, mais pour lui-même :

– Inouï, tout simplement inouï !

Au bout de minutes qui leur parurent interminables, l'opérateur annonça :

– Nous sommes prêts à projeter. Il y a des images, des données et un message audio. Nous diffuserons dans cet ordre.

Une première image apparut. Elle montrait un système composé d'une étoile brillante en dessous de laquelle était écrit : Albiréo B. Autour de l'étoile, sur des orbites à peu près équidistantes, gravitaient six planètes. À chacune d'elle était associée une lettre de l'alphabet grec, d'Alpha pour la plus proche à Dzêta pour la plus lointaine. Les planètes Delta, Êta et Dzêta présentaient un système avec des satellites multiples. En bas de la photo figurait les indications : XDS J 19307 +2758 B à côté de β (Bêta) Cygni.

– Projetez en parallèle le système du Cygne, demanda le chef de salle.

Une image de la constellation fut projetée sur le grand écran, avec des lignes en surimpression, reliant les étoiles formant la constellation entre elles. Au centre, l'étoile nommée Sadr. Sur une diagonale descendant vers le bas à droite de l'écran, les étoiles η (Êta) Cygni, φ (Phi) Cygni et enfin Albiréo.

– On peut avoir un agrandissement du système Albiréo, s'il vous plait ?

L'image zooma sur l'étoile qui se scinda en deux objets : Albiréo A, une étoile jaune beaucoup plus grosse qu'Albiréo B de couleur bleue. L'image continua de s'agrandir, montrant qu'Albiréo A était elle-même composée de deux étoiles, puis l'expansion s'arrêta.

– C'est la meilleure résolution qu'on ait à ce jour.

Le chef de salle reprit, sentencieux :

– Mesdames et messieurs, la photo de gauche a été prise à trois-cent-quatre-vingts années-lumière de nous. Les cartographes vont avoir du boulot pour mettre à jour leurs référentiels avec ces données qui viennent de nous parvenir. Image suivante, s'il vous plait.

Cette fois, la photo montrait une vue grossie de la planète Delta en orbite autour de l'étoile Albiréo B. On distinguait des variations de couleur, de formes irrégulières, à sa surface. Le bleu pouvait suggérer qu'il s'agissait d'eau liquide comme sur la Terre. Il y avait également du vert, du jaune et du marron. Trois petites lunes gravitaient autour de la planète. Il ajouta :

– Les indications laissent à penser que cette planète est la destination de la mission et, comme l'indiquent les données techniques, ils sont encore à trente-milliards de kilomètres de leur but. Ils avancent à quatre-mille kilomètres par seconde.

Il réfléchit un instant.

– Au moment où la photo a été prise, ils étaient encore à trente jours de navigation de cette planète. Au fait, avons-nous une datation de cette capsule ?

– Nous avons une date sur le message audio : trois janvier deux-mille-trente-neuf, répondit l'opérateur.

– Nous vivons une minute historique, reprit le chef de salle. À la question : est-il possible de voyager plus vite que la vitesse de la lumière ? La réponse est oui. À la question : les trous de ver sont-ils des ponts Einstein-Rosen ? La réponse est oui. À la question : est-il possible de traverser sans encombre un trou de ver ? La réponse est oui. À la question : est-il possible de voyager dans le temps ? La réponse est également oui, puisque ce message a été envoyé depuis notre futur.

Il était tout excité.

– Vous allez avoir pas mal de boulot dans les mois à venir, car bon nombre de certitudes scientifiques viennent de voler en éclats. Continuons la lecture de ce message.

L'opérateur démarra la séquence audio en même temps qu'une image fixe apparaissait à l'écran : la photo de la personne qui allait parler. Ils écoutèrent, très concentrés.

20390103 19:25TU – RAID412 – Mission Perseus Alpha – XDS J 19307 +2758B – Adam Nicotero.

Bonjour, mon vieux compagnon.

Cela fait deux ans et demi que nous nous parlons tous les jours. Tu n'es pas très bavard aujourd'hui, comme à ton habitude. D'accord, c'est moi qui parle, mais je n'ai pas grand-chose à raconter de plus qu'hier. Nous volons toujours en direction d'un système de planètes qui a été identifié par nos grands spécialistes comme gravitant autour de l'étoile Albiréo. Un drôle de nom, au demeurant. Lorsque nous sommes sortis du second vortex dans lequel nous sommes entrés après avoir erré presque une année à la recherche d'un objectif, nous nous sommes retrouvés dans ce système à plusieurs étoiles. Nos navigateurs et astronomes ont suggéré de prendre la direction de la plus petite, car elle était plus proche et moins chaude, donc plus susceptible de présenter une zone habitable pour nous.

Nous aurions tout aussi bien pu jouer cela aux dés. Les chances de réussites auraient été les mêmes. Finalement, la chance nous a souri. Après une année de vol, les télescopes ont pu identifier un système de planètes autour de l'étoile et les analyses spectrographiques ont démontré que la température pourrait être positive sur la planète delta, la quatrième à partir de ce soleil, si elle est dotée d'une atmosphère, mais ça, nous sommes encore trop loin pour le mesurer. Quand nous serons à trois jours de la cible, notre télescope pourra peut-être mesurer la réfraction des ondes lumineuses et des différents rayonnements, et en déduire s'il y a une atmosphère et peut être même sa composition. Je suis impatient de marcher à nouveau sur un sol ferme. Si jamais notre cible est hostile, il y en a beaucoup parmi nous qui vont être déçus ou malheureux.

La vie à bord est monotone, trop peu de travail. Je m'occupe d'agriculture. Nos plantes ont un bon rendement, mais les regarder pousser n'est pas une activité particulièrement trépidante. Certains des pilotes ont été reconvertis en agriculteurs, car la production de nourriture est beaucoup plus importante que la navigation. D'ailleurs, notre vaisseau se débrouille très bien tout seul.

Il y a un peu plus d'un an, nos chercheurs ont mis au point de nouvelles recettes alimentaires, car la production risquait d'être insuffisante pour alimenter tout le monde. Le résultat de leurs travaux a donné des substances qui ne sont certes pas très gustatives, mais d'une efficacité redoutable sur le plan nutritionnel.

En ce moment, nous sommes en train de mettre au point un système de surexposition lumineuse des végétaux et de suralimentation en dioxyde de carbone pour accélérer leur croissance. Cela nous permettra peut-être, si ça marche, d'obtenir une récolte supplémentaire par mois. Nous avons beau réduire les hauteurs des plantes pour mettre plus d'étages de culture verticalement, nous sommes limités par les hauteurs sous plafond. Les plantes que nous avons maintenant sont très différentes de celles que nous avons embarquées initialement.

Nous avons également dû engager un programme de régulation des naissances pour éviter les problèmes de surpopulation tant que nous n'aurons pas trouvé une destination.

Qu'est-ce que je peux te raconter d'autre ? Ah si ! Une de nos spationautes, Joanna, est devenue folle. Peut-être le mal du pays, l'absence de visibilité sur notre but ou le mal de l'espace. Pourtant elle semblait solide. Les médecins du bord l'ont placée sous calmants et depuis, elle est dépressive. Elle a été mise à l'isolement pour qu'elle ne puisse pas transmettre ses doutes aux autres membres de l'équipe.

Bon, mon journal, je vais te laisser. Je te retrouverai demain soir pour discuter à nouveau avec toi. Je me confie à toi un peu comme on met un message dans une bouteille à la mer.

POSTFACE

Vous voilà arrivés au terme de ce voyage et j'espère sincèrement que cette aventure dans une dimension sociale différente, puis aux confins de l'Univers, vous a plu. Pour lever le doute qui avait peut-être germé dans votre esprit, à moins que vous ne le sachiez déjà, la langue que j'ai retenue comme langage universel, inspirée des travaux de Ludwik Lejzer Zamenhof, s'apparente à l'Espéranto. J'ai trouvé intéressante cette absence d'ambigüité entre écriture, phonétique et signification : un groupe phonème a une seule écriture, une seule prononciation et une seule signification, évitant ainsi les erreurs de compréhension, les contresens et les confusions. D'ailleurs, dans cet ouvrage, j'ai moi-même été exposé à ces difficultés en racontant cette histoire, et les risques soit d'incompréhension, soit de mauvaise compréhension m'ont amené à devoir faire des reprises en profondeur du texte.

Pour conserver le côté « palpitant » de ce livre, j'ai dû faire des coupes sévères dans mon projet initial, notamment dans la partie relative aux Bâtisseurs de Bonheur.

J'ai quand même pris la liberté de vous en livrer quelques passages que je trouve particulièrement intéressants, dans les pages suivantes, car ces idées méritent d'être portées à votre connaissance. Libre à vous ensuite de me traiter d'idéaliste ou de me considérer comme visionnaire.

Notre société est, parait-il, malade. Il y a peut-être, par ce biais, matière à faire évoluer les choses. Je fais d'ailleurs le pari dans cet ouvrage que le système actuel et un nouveau système peuvent parfaitement cohabiter. Gandhi disait : si tu veux changer le monde, commence par te changer toi-même.

Vous pouvez contacter l'auteur à l'adresse suivante : lesbatisseursdebonheur@laposte.net

Nous pouvons poursuivre la discussion sur le blog www.georges-beliaeff.com

REMERCIEMENTS

Un grand merci à tous ceux qui ont permis à cet ouvrage d'exister. Je vous les présenterai par ordre alphabétique, qui me parait le classement sinon le plus juste, tout du moins le plus impartial. Je n'ai pas mis les noms, mais chacun se reconnaitra.

Merci à Anne Kail qui m'a mis sur la voie de ma seconde et troisième réécriture lors des ateliers d'écriture, pour sa qualité d'écoute et de conseils avisés, ainsi que pour sa relecture de cet ouvrage et la production d'une fiche de lecture qui m'ont mis sur la voie d'une quatrième réécriture.

Merci à Chantal qui a dû supporter parfois au quotidien ces longues heures d'isolement que demande l'écriture, mais qui a su me soutenir dans les moments difficiles, qui s'est intéressée à cet ouvrage, l'a relu et m'a dispensé ses conseils avisés.

Merci à Dario pour son aide précieuse à la production de documents concis et efficaces.

Merci à Éric pour ses deux relectures de cet ouvrage dans les premières phases de sa réalisation et pour ses conseils scientifiques et techniques avisés, et que je laisse découvrir cette dernière version très enrichie par rapport à ses lectures.

Merci à Éva de m'avoir encouragé à aller jusqu'au bout de cette aventure et pour sa contribution.

Merci à Marie-Anne, Thierry et Xavier avec qui j'ai travaillé il y a de nombreuses années à l'élaboration d'un projet similaire à l'aventure des Bâtisseurs de Bonheur et dont l'idée de vulgarisation devait conduire à la rédaction d'un livre le mettant en scène, et qui a finalement donné naissance à cet ouvrage.

Merci à Myriam pour sa relecture de ma première écriture et pour ses conseils sur le fond de cette histoire, même si à l'époque elle était bien différente.

Merci à Océane pour sa relecture de cet ouvrage.

Merci à Sabrina pour son intérêt à cette histoire et ses encouragements.

Merci à Sonia pour ses conseils en matière d'autoédition.

Merci à Sylvie pour ses conseils en matière d'écriture.

Merci à Véra pour son aide précieuse à la réalisation de la couverture.

Merci enfin à toutes celles et tous ceux qui ont eu des interactions directes ou indirectes avec la réalisation de cet ouvrage et qui se reconnaitront ici.

A PROPOS DE L'AUTEUR

 Georges BELIAEFF est né en 1959. Parallèlement à une carrière dans l'informatique générale, dans le domaine du Big Data et de l'intelligence artificielle (AI), Georges BELIAEFF a travaillé, à partir de 2012, à la rédaction d'un projet qui est devenu un premier roman autopublié : Les Bâtisseurs de Bonheur, présentant l'idée d'une société alternative. Ce roman a concouru aux plumes francophones 2018. Georges BELIAEFF a également contribué à l'élaboration de la série de livres : Montbard – Recueil historique (autopublication), et présenté deux livres, Au plus près des infinis (SF) et Opération Carrying (Aventure) au concours des plumes Francophones 2020 et Altérité : Les destins croisés, à mi-chemin entre ésotérisme et aventure, en 2021)

__Au plus près des infinis__ – 442 pages (Juillet 2020 – Autoédition)

 En 2038, l'humanité s'apprête à franchir pour la troisième fois le premier trou de ver (un raccourci de l'Univers) découvert à proximité de Jupiter alors que rien ne permet d'affirmer que les deux missions d'exploration précédentes ont été couronnées de succès.

Sandrine Ledoyen, chef pilote et commandant en second du vaisseau Perseus gamma, va vivre une expérience unique avec les centaines de Spationautes sous sa responsabilité. Malgré les milliers d'années-lumière qui les séparent de la Terre, elle semble connectée avec sa mère par les rêves de cette dernière.

Valentine Ledoyen peut en effet vivre en direct ce que sa fille expérimente à bord vaisseau.

Ce roman de science-fiction témoigne de l'extraordinaire avancée technologique dans le monde spatial. Si, grâce à leurs formidables vaisseaux, leurs aventures les propulsent aux quatre coins de l'univers, elles se concentrent plus particulièrement sur une découverte majeure : l'énergie. Y a-t-il un lien entre des phénomènes mystérieux qui apparaissent aussi bien sur Terre que dans les vaisseaux ?

À la croisée des chemins entre l'infiniment grand de l'espace et l'infiniment petit des mondes cellulaires, Georges Beliaeff nous conte une fresque humaine, familiale et scientifique. Avec toujours ce souci du détail et du réalisme, l'auteur questionne le réel et notre perception des évènements. Entre théorie du tout, voyages stellaires, aventure, suspense, amour et questionnements existentiels, *Au plus près des Infinis* ne vous laissera pas indemne.

Montbard Recueil historique T1 – 336 pages (Aout 2018 – Autoédition)

Vous souhaitez approfondir vos connaissances historiques, ou tout simplement lire l'Histoire abordée différemment ? Cet ouvrage retrace l'histoire de Montbard et ses environs depuis ses origines jusqu'à la fin de la Révolution française. Vous y découvrirez la vie locale, le développement de la ville, la façon dont vivaient les habitants, les questions politiques et économiques à différentes époques, ou encore des hommes célèbres : Bernard de Clervaux, Buffon ou Daubenton.

Montbard Recueil historique T2 – 336 pages (Mars 2019 – Autoédition)

Montbard recueil historique tome II est une réunion de textes, d'articles, de mémoires ou souvenirs pour nous faire traverser le XIXe siècle en abordant les évènements majeurs, comme le Consulat, l'Empire, l'époque de Louis-Philippe, la guerre de 1870 ou des sujets moins connus, anecdotes ou faits divers de la petite ville bourguignonne.

Montbard Recueil historique T3 – 352 pages (Aout 2019 – Autoédition)

Ce tome III de « Montbard recueil historique » continue à être thématique et chronologique. Il avance dans le XXe siècle et relate parfois des évènements de la fin du XIXe ou antérieurs pour éclairer le lecteur lorsque ce retour au passé est nécessaire.

Ce livre aborde le développement et la transformation de Montbard, ressuscite des histoires oubliées et se termine par les petits évènements dont les Montbardois sont friands.

Opération Carrying – Aventure – (Automne 2020)

Nous sommes à la fin des années 80. Francine Dupuis, assistante sociale parisienne, va vivre la perte d'un enfant et la fin de son mariage, puis va s'engager, comme Casque bleu, dans un service humanitaire à destination des enfants en Samalie, un pays d'Europe centrale où la guerre civile fait rage.

Le courage et la force individuelle sont décrits avec sensibilité au travers des épreuves d'une vie et des horreurs de la guerre. L'auteur soulève de nombreuses réflexions : comment, malgré nos propres traumatismes et déchirures, pouvons-nous trouver la force de nous relever et nous tourner vers les autres ? Est-ce que notre force intérieure ne nous vient finalement pas de nos rencontres ?

Pour découvrir des pistes de réponse et suivre le parcours d'une femme ordinaire et pourtant hors du commun, plongez dans Opération Carrying, une aventure épique qui conduira Francine Dupuis à dépasser ses propres limites et à forcer le destin, son destin.

Ce livre est le troisième roman de Georges Beliaeff qui manifeste à nouveau son talent de conteur et d'humaniste.

Altérité – Les destins croisés (404 pages) 2021

Il est des destins qui semblent voués à se croiser.

Il est des lieux qui, même éloignés, sont reliés au-delà du temps.

Lorsqu'Adrian Brecht, chercheur-archéologue, embarque à bord du bateau commandé par l'audacieuse Leni Götz, ce n'est qu'une mission d'exploration sous-marine pour l'un et un travail de transporteur pour l'autre. Deux personnages hauts en couleur qu'une ONG fait se rencontrer dans un objectif scientifique.

Pourtant, lorsqu'ils sont réquisitionnés pour se lancer à la recherche d'un avion-cargo mystérieusement disparu entre le pôle Sud et Tahiti, c'est pour eux le point de départ d'une aventure à nulle autre pareille, mêlant action, voyages, histoire médiévale et études sur la génétique. Mais que cherchent-ils exactement ?

Des failles océaniques encore inconnues, des rêves étranges et un passé qui se révèle plus complexe qu'il n'y paraissait jusque-là, ne sont que quelques-uns des évènements qui attendent l'équipage du *King of the Sea*.

ALTÉRITÉ-Les destins croisés, quatrième roman de fiction de Georges Beliaeff, vous emmènera aux quatre coins de la planète à la (re)découverte de mythes, de légendes, comme de faits bien réels. Dans ce roman d'aventure et d'anticipation, le passé et le présent s'entremêlent dans un ballet surnaturel qui ébranlera sans doute vos certitudes les plus absolues.

ANNEXES : Pour en savoir plus

Intégralité du discours du président Robert Honeck le douze juin 2030

Mes chers compatriotes,

Ces derniers mois ont été très éprouvants et nombre d'entre nous ont perdu leur patrimoine ou leur emploi, parfois les deux et de façon brutale. Chacun de vous a été touché directement ou indirectement par la catastrophe qui a plongé notre pays dans le chaos. Je comprends votre inquiétude, je comprends votre colère, et je veux que vous sachiez que vos dirigeants et moi-même faisons tout ce qui est en notre possible pour rétablir la situation.

Nous traversons actuellement une des plus graves crises que notre civilisation ait jamais connues. Le système bancaire a été atteint et n'est plus en mesure de remplir son rôle de régulateur et de facilitateur de l'économie. La Bourse est devenue folle, aussi j'ai pris la décision de maintenir les cotations suspendues jusqu'à nouvel ordre pour éviter que cette folie, amplifiée par un système et des gens complètement irresponsables, n'entraine la chute et la ruine de notre pays. Lorsque nous serons sortis de cette situation délicate, les responsables de ce chaos seront traduits devant les tribunaux et punis avec toute la fermeté nécessaire.

Mais ce temps n'est pas encore arrivé. Pour l'heure, nous devons nous employer à remettre notre pays et son économie sur les rails. Je fais donc appel à votre civisme pour accepter les mesures que nous allons vous proposer et à votre ingéniosité pour nous aider à trouver et mettre en œuvre les plans d'action qui permettront de redresser la barre et d'éviter que ce qui vient de se passer ne se reproduise.

Je vous annonce donc les mesures suivantes que je prends par décret et qui seront mises en œuvre immédiatement :

- Premièrement : chaque Français de nationalité, ou résident présent officiellement sur le territoire depuis au moins cinq ans, percevra une indemnité de neuf-cents euros mensuellement, sans condition de ressources. Cette somme sera réduite de moitié pour les mineurs de moins de dix-huit ans. Le premier versement interviendra fin juillet afin de laisser aux services de l'État le temps de mettre en place de cette mesure. Cette allocation vient en remplacement des aides sociales qui existent actuellement et pourra se cumuler avec les revenus du travail. Pour celles et ceux qui touchent des prestations sociales dont le montant cumulé est supérieur à neuf-cents euros, ils continueront à percevoir la part excédentaire pendant une période de six mois à compter de juillet prochain. Cette disposition ne concerne pas les régimes de pensions dont la part excédentaire restera acquise. Comme il s'agit là d'une aide financière accordée par l'État et destinée principalement à venir en aide aux personnes en difficulté, et soutenir avec cela notre économie, il sera interdit

de placer cet argent ou de l'expédier hors de nos frontières. *Tout contrevenant à ces règles s'exposera, outre la suppression de la prestation pour lui-même et les membres de son foyer, à de très lourdes sanctions. Celles et ceux qui sont contre le principe qui vient d'être exposé auront la possibilité soit de renoncer au bénéfice de cette allocation, soit de la reverser à une œuvre caritative. Ils conserveront la possibilité d'en demander à nouveau le versement s'ils le désirent.*

- Deuxièmement : l'État français s'engage à garantir l'épargne individuelle à concurrence d'un maximum de cent-mille euros. Ces sommes continuent de rester bloquées dans les établissements détenteurs pour éviter les ruées et la ruine du système bancaire. Les épargnants auront toutefois la possibilité de retirer mensuellement jusqu'à trois pour cent de la valeur de leur épargne, plafonnés à deux-mille-cent euros, pour faire face à leurs besoins. Les ex-clients du Crédit Marseillais, qui a fait faillite dernièrement, sont également concernés par cette mesure et les services de l'État vous communiqueront les modalités de récupérations des fonds couverts par ce décret.

- Troisièmement : le régime du salariat est modifié. En contrepartie de l'allocation versée, chaque Français aura obligation de donner une journée de son temps à la collectivité chaque semaine, ce qui permettra de réduire le besoin financier local adossé à l'impôt, tout en conservant un niveau de service à la population identique. Les réfractaires à cette mesure verront également leur allocation suspendue, ou supprimée. Des dérogations pourront être accordées au cas par cas, suivant une nomenclature bien définie, pour les personnes malades ou invalides, par exemple. À compter du premier juin, les salaires seront calculés à la journée et les journées non travaillées ne seront pas payées. Ces dispositions concernent également les serviteurs de l'état, à l'exception de l'armée et la police.

- Quatrièmement : Les caisses de chômage, de retraites et, d'une façon générale, tous les organismes dispensant des aides sociales sont dissolus. Les aides de toutes sortes qui pouvaient être accordées jusque-là disparaissent également. Les avoirs des organismes fermés et les cotisations associées seront donc directement versés au budget de l'État via le Trésor public. Toutefois, les acquis individuels au titre des cotisations retraite continueront d'être délivrés par majoration de la prime précédemment évoquée dont le montant relève significativement le minimum vieillesse. À situation exceptionnelle, mesure exceptionnelle. Aussi, comme ce fut le cas à l'issue de la Première Guerre mondiale au vingtième siècle, les revenus issus des capitaux seront taxés à hauteur de quatre-vingt-quinze pour cent à titre de participation à la réparation du désordre dont ces derniers sont à l'origine, et je préfère avertir tout de suite ceux qui seraient tentés de quitter le pays pour des raisons fiscales qu'ils auront interdiction, ainsi que tout ce qui les concerne, produits manufacturés notamment ou services, de pénétrer sur le territoire national, et ce, de façon définitive. Ils resteront redevables indéfiniment des sommes au

paiement desquelles ils essayent de se soustraire. Les États-Unis d'Amérique ont déjà pris des dispositions similaires il y a quelque temps.

La France a déjà connu de nombreuses crises dans son histoire. Elle a courbé l'échine sous le joug, les pressions de dictatures ou les guerres, mais elle n'a jamais baissé les bras et s'est toujours relevée des épreuves qui lui étaient imposées, parfois meurtrie dans sa chair et dans ce qui lui était le plus cher et le plus intime. La France a toujours su triompher des épreuves. Alors, ne nous laissons pas aller au catastrophisme ambiant. Relevons la tête et montrons au monde que nous savons faire face et que nous avons la capacité à nous relever, et à reprendre en main notre destin.

Nombre d'entre vous réclamaient le changement lors des dernières élections présidentielles ? Le moment est venu pour le faire. Ne prenons pas les épreuves qui se présentent à nous comme une fatalité, mais plutôt comme l'opportunité de pouvoir remodeler notre pays et la société dans laquelle nous vivons. Votre gouvernement a fait les efforts nécessaires pour que le pays ne sombre pas dans le chaos, mais la partie est loin d'être gagnée. Aussi, je demande à chacune et chacun d'entre vous de vous associer à notre action, car le gouvernement ne pourra y arriver seul. Je fais appel à votre engagement, votre courage et votre civisme pour que nous trouvions et mettions en place ensemble des solutions qui nous permettront de sortir de cette mauvaise passe.

Nous devrons certainement revoir de fond en comble les mécanismes économiques, les règles du vivre ensemble et les valeurs fondamentales de notre société, et appliquer ces nouvelles règles qui nous feront sortir de la crise, car, je le martèle devant vous : NOUS… ALLONS… SORTIR… VICTORIEUX… DE… CETTE… CRISE. Le mal est profond, mais la tâche n'est pas impossible. Mon gouvernement prendra toutes les dispositions pour permettre à vos idées d'émerger sans être immédiatement étouffées par la réglementation, la paperasse ou les interdictions. Mon engagement comme président, ainsi que celui de vos ministres, n'est pas de sauver financièrement les gens qui sont à l'origine du problème, mais de vous préserver, vous, face à ces requins qui n'hésitent pas à se dévorer entre eux. Aussi, le gouvernement veillera à ce que pareille situation ne puisse se reproduire, même si cela doit s'accompagner de mesures très fermes à l'égard des responsables des dérives qui nous ont conduites au bord du précipice, responsables qui n'hésiteraient d'ailleurs pas une seconde à vous jeter dedans pour sauver leur peau.

Voilà, je pense que le gouvernement et moi-même avons pris une part active pour sauver le pays. Mais c'est vous, dans les villes, dans les campagnes, dans les entreprises, dans les associations, qui écrirez les prochaines pages de notre futur. Les serviteurs de l'état viendront se joindre à vous pour faire avancer vos propositions et vos projets. Nous allons devoir apprendre à travailler ensemble et je compte sur vos élus pour faciliter l'adaptation du cadre règlementaire qui sera *parfois nécessaire. Nous saurons récompenser les talents, mais aussi débusquer les tire-au-flanc pour les remettre sur le chemin.*

Quant à moi, afin de ne pas trop influer sur vos projets, je restreindrai mon action à la politique extérieure et à la défense de notre nation qui, elles, ne sont pas négociables. Pour le reste, je me réserve la possibilité de participer à vos travaux en tant que simple citoyen, car j'ai aussi des idées et je compte bien en voir aboutir quelques-unes, il sourit, *sans avoir à endosser mon habit de Président.*

Grâce à vos actions, grâce à vos succès, non seulement nous montrerons notre capacité à nous relever, mais nous pourrons aussi montrer au reste du monde qui, je n'en doute pas, travaille dans une direction similaire à la nôtre, que rien n'est impossible aux personnes de bonne volonté.

Mettons-nous immédiatement au travail pour atteindre cet objectif.

Vive la République, et vive la France.

Le transport à Libertyville.

Cinq heures venaient juste de s'afficher sur le cadran de l'horloge. Jean Berthon termina en toute hâte son café et se leva. Il traversa à pas feutrés le couloir qui desservait les chambres de l'appartement et poussa la porte de la chambre où dormaient les filles, Emma et Émilie, puis celle des garçons, Léopold et Julien. Ils dormaient tous les quatre du sommeil du juste. Leur journée commencerait dans deux heures. La sienne, songea-t-il, serait déjà bien avancée. Il pénétra dans leur chambre sur la porte de laquelle était écrit « chambre des parents » où Patricia, sa femme, semblait dormir. Il déposa délicatement un baiser tendre sur son front en éprouvant un pincement. Il serait bien resté quelques minutes de plus au lit, mais savait que ce n'était malheureusement pas possible, sans quoi il allait manquer la navette et être en retard et il aimait bien arriver dans les premiers au travail. Patricia se retourna, l'attrapa par le col de la chemise pour lui plaquer un baiser fougueux, puis lui murmura à l'oreille « à ce soir, mon chéri » et se retourna pour se rendormir.

Il enfila son pardessus, quitta à la hâte l'appartement, longea la coursive qui desservait les appartements de sa résidence, huit minutes en marchant d'un pas rapide, il avait déjà chronométré, avant de prendre l'ascenseur pour redescendre au niveau zéro. Il aurait pu emprunter l'ascenseur à côté de son logement, mais ne se lassait pas du point de vue qu'offrait la coursive du huitième étage : cette ville qui ressemblait à un jardin, quelques lumières éparses qu'estompaient lentement les premières lueurs du jour. Le revêtement souple absorbait le bruit de ses pas et lui donnait l'impression de se déplacer en flottant au-dessus du sol.

L'ascenseur du secteur CB25 était un de type « omnibus » ; il desservait aussi bien les étages d'habitation situés en aérien que les étages techniques situés sous la surface du sol et qui étaient éclairés en lumière naturelle par d'astucieux conducteurs de lumière naturelle qui donnaient l'impression d'être en extérieur. Même les plantes se laissaient abuser et s'épanouissaient dans cet univers qui n'avait rien de comparable avec ce qu'il avait vécu dans son ancien bureau… dans sa vie d'avant.

Une fois à l'extérieur du bâtiment, il lui resterait encore dix minutes de marche à pied. Il actionna le dispositif d'ouverture de la porte arrière et releva son col, car la température était encore fraiche en ce début du mois de mai. Les immeubles sombres se découpaient sur le jour naissant qui offrait ses dégradés de couleur allant du bleu pâle jusqu'au bleu foncé de la nuit qui s'enfuyait. Quelques nuages au sud, déjà éclairés par les premiers rayons du soleil qui allait bientôt se lever en leur donnant une couleur jaune orangé, contrastaient par leur luminosité. Ce serait une belle journée.

Il arriva en vue du point de rendez-vous où la navette devait venir les récupérer vers 5 h 30 pour les conduire vers la zone de chantier sur laquelle il travaillait aujourd'hui. Cette décision de créer des convois avait été prise collégialement avec ses collègues de chantier afin de ne pas trop perturber l'organisation du travail qu'aurait immanquablement provoqué une arrivée en ordre dispersé des uns et des autres. Le choix des horaires avait également été décidé au niveau du groupe. Il avait été décidé que les horaires de travail seraient adaptés en fonction de la durée du jour afin de ne pas devoir consommer trop d'énergie pour la production d'éclairage artificiel. En été, les horaires de travail allaient de quatre heures trente à treize heures pour les premières équipes et de treize heures à vingt-et-une heures trente pour l'équipe suivante. En hiver, la journée commençait à huit ou neuf heures et se terminait vers seize heures.

Il distingua plusieurs personnes dans l'abri destiné à protéger de la pluie et du vent. D'autres silhouettes se hâtaient à sa droite et à sa gauche afin de ne pas mettre la navette en retard. Il pressa également le pas, il lui restait environ trois minutes pour parcourir les derniers mètres. Arrivé devant l'abri, il poussa la première porte du sas. Ce dispositif, associé à un système d'accumulation de chaleur, permettait de garantir une température d'une vingtaine de degrés tout au long de la nuit, évitant ainsi les longues minutes d'attente dans le froid de l'hiver pour les voyageurs matinaux ou tardifs. À cette heure matinale, la demande de déplacements individuels était faible et il n'y avait pas de cabines affectées à la station pour le transport à la demande, ce qui aurait permis à Jean de s'installer à l'intérieur et de continuer à somnoler quelques instants au chaud.

Jean signala son arrivée en station grâce à la lecture de son badge radio. Autrefois, il avait déjà eu un système qui ressemblait à celui-ci, mais qui servait uniquement à autoriser l'accès aux moyens de transport contre le versement d'une somme d'argent. Ici, l'organisation des transports collectifs était différente. Elle était assurée par un groupe de travail chargé de l'optimisation des déplacements. Les représentants des différents comités de métiers, principalement ceux du bâtiment, avaient exprimé le besoin de rationaliser les déplacements de leurs collaborateurs en demandant des transports collectifs. Le comité avait accédé à cette demande qui lui permettait d'optimiser les demandes de déplacements.

En pénétrant dans le petit local, il lança à la cantonade « bonjour, Mesdames, bonjour, Messieurs », puis salua chacune et chacun. Il les connaissait personnellement. Certains travaillaient d'ailleurs sur son chantier. Les autres à des endroits différents de la ville.

Un panneau d'affichage lumineux, doublé d'un signal sonore léger et d'une voix d'hôtesse, indiqua l'arrivée prochaine de la rame en station. Jean aperçut du coin de l'œil quelques retardataires qui se mirent à courir dans leur direction. Ils se dirigèrent vers le quai d'embarquement en empruntant une rampe en pente légère. Parmi eux, Christophe Lebrun. Il avait partiellement perdu l'usage de ses yeux suite à un accident et attendait d'être opéré afin de recouvrer complètement la vue. Il entendit la voix mélodieuse lui dire : « Monsieur Lebrun, vous êtes attendu en porte d'embarquement numéro deux. La main courante se trouve à votre droite ». Christophe savait tout cela depuis le temps qu'il faisait ce trajet, mais il avait toujours plaisir à être reconnu grâce à son badge radio. Ce badge faisait procéder à l'allumage de balises lumineuses à sa proximité afin qu'il puisse se déplacer seul et lui indiquer les directions qu'il pouvait suivre. Comme l'affectation des cabines pouvait changer et qu'il n'arrivait à lire que les numéros des portes écrits en gros et pas les inscriptions de destination, cela évitait les erreurs et les changements inutiles de cabine.

Au-dessus des portes d'embarquement s'affichèrent les différentes destinations : S3-Plaisir, S22-Mondétour au-dessus de la porte 1, A2–, C43 au-dessus de la porte 2, K5– K6–, les nouvelles zones en cours de construction sur lesquelles Jean travaillait, au-dessus des portes 3 4 et 5, et ainsi de suite jusqu'à la porte huit. Chacun se répartit devant la porte correspondant à sa destination en attendant l'arrivée du convoi. La rame était déjà visible à quelques centaines de mètres de la station et se déplaçait sans bruit. Les cabines étaient entourées de feux de position verts à droite du sens de la marche et rouges à gauche. Il était ainsi possible de déterminer son sens de déplacement, ce dernier étant réversible. Jean commençait à distinguer les premiers passagers à l'intérieur des cabines éclairées. La rame ralentit, puis s'immobilisa sans bruit. Les portes de la station s'ouvrirent en même temps que celles des cabines.

Quelqu'un aida Christophe Lebrun à monter dans le véhicule. Christophe avait la possibilité de programmer son voyage à l'avance.

Il devait présenter son badge lors de son arrivée en station puis lors de son accès à bord pour valider sa présence. La rame ne se remettait en mouvement qu'une fois cette opération réalisée. S'il lui arrivait de se tromper de cabine, une voix lui indiquait son erreur et l'invitait à se rendre, au prochain arrêt, dans une cabine plus en avant ou en arrière du convoi pour reprendre son trajet normal.

Un signal sonore léger se mit à retentir, accompagné d'un signal lumineux clignotant et d'une voix féminine annonçant la fermeture imminente des portes. Les portes se refermèrent et la rame reprit son chemin. On voyait au loin trois retardataires arriver en courant.

Suite aux derniers travaux sur la modernisation des transports il y a deux ans, il avait été décidé d'étendre les offres de transport du matin, du soir et des fins de vacation pour les collaborateurs en ayant exprimé le besoin. Cette offre s'adressait aux retardataires dans une limite raisonnable de deux à trois minutes. Au-delà, les retardataires attendaient la rame suivante.

Ainsi, chaque rame emportait en remorque une ou deux cabines de façon à prendre en charge les quelques étourdis et pouvoir faire face à des demandes de transport imprévues. Des capteurs de badge radio avaient ainsi été disposés à une distance comprise entre deux et trois minutes de marche sur les chemins d'accès à la station. La dernière cabine se désolidarisa de la rame qui prenait de la vitesse, s'arrêta, fit marche arrière et vint se positionner en station en face de la porte d'embarquement numéro 1. Grâce à une augmentation de la vitesse commerciale de cette cabine isolée, il serait possible de rejoindre le convoi à la prochaine station, ou à la suivante, et permettre ainsi à ses passagers de reprendre leur itinéraire normal. En fonction de la destination de ses passagers, elle pouvait également être rattachée directement à un convoi. Mais déjà la station n'était plus visible.

Ce moyen de transport desservant la ville de façon périphérique permettait de rejoindre un point éloigné de l'agglomération en quelques minutes, ou bien de se rendre vers la gare de desserte et prendre un train en direction de Bourges, Moulins ou même Paris.

Au commencement du projet, il y avait de nombreuses navettes ferroviaires qui partaient de cette gare, mais au fur et à mesure de la relocalisation des activités sur le site et avec le développement de la ville, la demande en transport longue distance avait progressivement diminué, ce qui allait dans un sens positif en matière de développement durable.

Il existait deux dimensions de cabines : un grand modèle pouvant emporter jusqu'à vingt-cinq personnes et un modèle plus petit avec une douzaine de places. En se serrant bien, il était possible d'emporter deux ou trois passagers supplémentaires.

Jean se trouvait dans une des cabines de grande taille qui composaient principalement les rames de transport en début et en fin de journée. Chacune mesurait environ dix mètres de long et trois mètres de large. Des portes doubles coulissantes situées à mi-longueur de part et d'autre du véhicule permettaient aux passagers d'accéder indifféremment par la droite ou la gauche à l'intérieur de la cabine suivant la configuration de la gare de chargement.

L'intérieur était composé, à droite et à gauche, de cinq sièges en vis-à-vis, permettant de transporter dix personnes en position assise et un maximum de dix-huit personnes en position debout.

L'autre modèle de cabine avait les dimensions plus modestes de cinq mètres par trois. Il y avait la même disposition de portes coulissantes offrant une largeur d'accès à bord plus réduite : deux mètres au total au lieu de trois pour les grandes cabines. Trois sièges côte à côte étaient disposés de part et d'autre à l'avant et à l'arrière du véhicule accueillant ainsi six passagers assis et six autres personnes pouvaient prendre place en position debout avec un total admis de quinze personnes par cabine.

Jean avait eu une fois l'occasion de discuter avec un des ingénieurs qui avaient conçu ce moyen de transport. Il était fier de cette invention, ce qui était plus que légitime. Jean, toujours curieux, en avait profité pour se faire expliquer les principes de ce moyen de transport.

Les cabines pouvaient fonctionner de plusieurs façons : soit grâce à un système de rails posés au sol qui leur permettait de se déplacer comme un véhicule terrestre ordinaire sur des roues pneumatiques de petites dimensions, et à petite vitesse. Ce mode de de circulation était utilisé de façon très occasionnelle lorsqu'il n'était pas possible de faire autrement à cause de la configuration du terrain, où lorsque le véhicule se trouvait en milieu urbain et en concurrence avec d'autres moyens de locomotion, piétons, cyclistes, voire automobiles.

Venaient ensuite les systèmes monorails situés en dessous ou au-dessus de la cabine, la rendant portée ou suspendue. Un système de répulsion magnétique évitait tous frottements entre le véhicule et le rail qui avait une forme en T pour garantir le positionnement de la cabine à haute vitesse, grâce à des mâchoires escamotables. Des essais avaient été faits et il avait été possible d'atteindre une vitesse avoisinant les cent-soixante kilomètres-heure. La vitesse commerciale avait été limitée à la moitié de cette vitesse maximum pour éviter les décélérations trop brutales en cas de freinage d'urgence.

Plus surprenants étaient les déplacements sans rails. Cela donnait l'impression que la cabine flottait en l'air. Le guidage du véhicule se faisait alors uniquement en donnant des impulsions à la cabine, la force ainsi générée la déplaçant dans n'importe quelle direction horizontale. Cette fonctionnalité utilisable uniquement à très basse vitesse et en station, permettait de composer ou éclater des rames, interconnecter des réseaux sans devoir mettre en place des systèmes d'aiguillages couteux et complexes. Chaque cabine avait la possibilité de piloter ses propres manœuvres.

La dernière originalité de ces engins en était la motorisation qui était basée sur un ingénieux système d'attraction, répulsion magnétique, le mécanisme d'entretien de la traction étant assuré par un système d'aimants montés sur un bras dont l'oscillation, cela permettait au véhicule d'avancer, la variation de l'oscillation de ce bras permettant de moduler la vitesse. Ce dispositif avait l'avantage d'être très peu consommateur d'énergie. En inversant les oscillations, la cabine ralentissait plus ou moins rapidement.

Un système à induction utilisant le déplacement de la cabine produisait du courant électrique et ce qui n'était pas consommé immédiatement était stocké dans des batteries. Un système de secours permettait, grâce à un dispositif mécanique de capture du courant électrique, de recharger les batteries du véhicule sur certaines sections du réseau ou lorsque le véhicule stationnait de façon prolongée afin d'éviter la panne des modules de commandes et l'absence de démarrage du véhicule.

L'électricité stockée dans les batteries était principalement réservée pour les modules de commande, de mise en mouvement, d'éclairage, de commande d'ouverture des portes et pour des fonctions d'assistance comme le freinage ou l'arrêt d'urgence à l'aide de mâchoires mécaniques.

Les cabines disposaient d'un moteur magnétique principal et d'un petit moteur électrique servant également de génératrice d'appoint. Les fonctions assurées par ce moteur secondaire étaient de faire rouler la cabine lorsqu'elle était posée au sol. Lors des phases de démarrage, d'accélération et de freinage des cabines en configuration monorail, le moteur auxiliaire entrainait des petits galets en caoutchouc après leur mise en contact sur le rail afin de créer une force mécanique destinée à lancer le véhicule. Une fois la mise en mouvement effectuée, les galets étaient automatiquement débrayés. Les galets étaient également utilisés pour ralentir, parfois rapidement, le véhicule et le moteur devenait alors générateur et servait au rechargement des batteries.

Pour ce qui était des déplacements proprement dits, un trajet pouvait se décomposer en quelques centaines de mètres roulés puis un trajet avec ou sans arrêt sur un monorail sous ou au-dessus de la cabine, parfois alternativement suivant la topographie de l'itinéraire. Par exemple, en rase campagne se trouvaient plutôt des monorails inférieurs, moins consommateurs en infrastructure. Ils nécessitaient d'interdire l'accès aux équipements avec des barrières pour des raisons de sécurité. À l'approche de zones susceptibles de comporter d'autres véhicules ou des piétons, la cabine passait en mode suspendu. Il était possible de la faire circuler à plusieurs mètres du sol, les rails étant cette fois accrochés à des potences, donc inaccessibles au public.

Comme la motorisation principale des cabines était la force d'attraction magnétique, il était vivement déconseillé de s'approcher des rails avec des cassettes vidéos ou autres cartes magnétiques. C'est pour cette raison que le dispositif magnétique n'était pas ou peu utilisé au contact direct de la population.

Les cabines pouvaient être utilisées en solo ou en convoi. Il existait également des modèles cargo destinés au transport des marchandises qui se différenciaient des autres par l'absence de fenêtres. Les lignes pouvaient être modifiées ou déplacées très simplement. Cela donnait à l'ensemble une très grande souplesse et une adaptabilité aux besoins nouveaux. Une fois la création de la ligne effectuée, il suffisait d'effectuer un trajet avec un véhicule de contrôle manuel. L'ordinateur de pilotage intégrait les itinéraires nouveaux et les points d'arrêt avec le nom des stations. Il était ainsi possible de créer des lignes nouvelles en quelques jours, parfois quelques heures.

Jean revint à la réalité, car le convoi venait de s'immobiliser à la station « Les Sablons », qui était une bifurcation dans le réseau. Il y avait de quoi ranger deux rames côte à côte et un quai de chaque côté pour permettre aux passagers de monter et de descendre selon leur destination. À l'identique de sa station de départ, un dispositif vitré avec des portes coulissantes solidaires des quais empêchait l'accès aux zones technique. Comme il s'agissait d'un espace de triage, le monorail inférieur avait disparu, cédant la place à un grand espace plan zébré jaune et noir situé environ un mètre en contrebas le quai et comportant les indications : « Accès interdit au public, danger ». La rame venait de s'immobiliser le long du quai de droite. Des panneaux lumineux situés à l'intérieur du convoi et au-dessus des portes venaient d'inscrire la mention « Manœuvre de la cabine en cours ».

La cabine dans laquelle se trouvait Jean et quatre autres cabines se déplacèrent à très petite vitesse vers la gauche pour venir se ranger le long de l'autre quai situé plus à gauche. Le convoi se resserra et avança légèrement pour positionner ses portes face aux portes du quai. Deux cabines vides stationnées un peu plus en avant firent marche arrière et la cabine qu'ils avaient laissée à la station Liberté pour prendre les retardataires les rejoignit. Lorsque la rame fut formée, l'indication « côté de la descente » sur le panneau situé au-dessus des portes de gauche s'afficha en vert alors que celui de droite affichait en rouge « descente interdite ». Les panneaux lumineux situés au-dessus des accès extérieurs affichèrent les destinations et les portes s'ouvrirent pour laisser descendre quelques rares passagers, mais surtout monter beaucoup d'autres. Il y avait affluence à cette heure. Une voix féminine annonçait qu'une seconde rame allait être mise en place pour le secteur SK 231 – Chantier Nord et les passagers étaient invités à ne plus monter dans cette rame. Jean aperçut à une dizaine de mètres en arrière une rame vide qui approchait.

Les portes se refermèrent et le convoi se mit lentement en marche. C'était étonnant, ces véhicules qui n'étaient pas liés mécaniquement les uns aux autres, mais qui se déplaçaient avec une synchronisation parfaite. Un léger mouvement de cabine laissait à supposer qu'ils venaient de se repositionner sur un rail de guidage inférieur.

Ils approchaient d'un portique qui les engagerait sur un tronçon de voie suspendue à grande vitesse. Jean entendit le « Clac » caractéristique du passage de l'enrailleur mécanique. La rame continua quelques instants à vitesse réduite après s'être dégagée du rail inférieur, attendant que la seconde rame les rejoigne. Alors que les procédures d'accostage des deux convois étaient en cours, un autre train les dépassa par la droite en prenant progressivement de la vitesse. Plus à droite encore, une succession de cabines sans fenêtres assurant le transport de marchandises attendait que la voie soit libre pour s'engager à son tour.

Un voyant lumineux se mit à clignoter et une voix dans un hautparleur annonça en français puis en anglais « Accélération imminente » afin que les passagers se préparent et se tiennent solidement pour ceux d'entre eux qui étaient debout. Ils pénétraient dans la section à circulation rapide. Il y eut un léger à-coup correspondant à l'impulsion initiale, puis une accélération assez impressionnante se fit sentir, les amenant en quelques secondes à la vitesse de quatre-vingts kilomètres-heure. À cette allure, ils mettraient un peu moins de huit minutes pour parcourir les dix kilomètres qui les séparaient de leur destination.

Jean se replongea dans ses pensées ferroviaires. L'accrochage de convois les uns aux autres, lorsque cela était possible, permettait de réduire les risques d'accident pour cause de défaillance d'une cabine ou d'un convoi en pleine voie. Les cabines étaient solidarisées entre elles par un double dispositif magnétique, composé d'un côté d'une force d'attraction permettant à chaque élément d'être solidaire des éléments l'entourant et de l'autre côté d'un système générant une force de répulsion afin d'éviter les tamponnements. Ce dispositif était complété par des cellules de détection de présence qui agissaient sur la vitesse de chaque cabine. Ainsi, les déplacements des éléments des rames étaient parfaitement synchrones. Lorsqu'une cabine tombait en panne, ses fonctionnalités changeaient. Elle se mettrait en traction libre lorsqu'elle était entourée de deux autres cabines, à l'avant et à l'arrière, se laissant pousser par le véhicule qui la suivait. Ordre était alors donné par le pousseur aux autres cabines de ralentir afin d'éviter les collisions. La rame se dirigeait à vitesse réduite vers la station la plus proche pour la prise en charge du véhicule en panne et de ses passagers.

Une panne aux extrémités de la rame était plus problématique. Il y avait un risque de décrochement en traction pour la cabine de queue et d'éjection lors du freinage pour la cabine de tête. Lorsque ce type d'incident se produisait, un signal de détresse était envoyé à l'ensemble du réseau et les vitesses commerciales étaient très fortement réduites sur la section concernée, car il y avait alors un risque réel de collision. Les rames activaient un ingénieux détecteur de présence en tête et en queue de convoi afin de pouvoir anticiper la gestion d'un obstacle sur la voie et les risques de tamponnement d'une cabine par l'arrière.

Lors de la défaillance d'un véhicule isolé ou en cas de décrochage d'une cabine, le système de freinage d'urgence était automatiquement actionné afin que le véhicule ne continue pas son trajet de manière infinie, ou bien jusqu'à ce qu'il rencontre un obstacle, car il n'y avait pas de frottement sur ce système était proche du mouvement perpétuel. Lorsqu'un véhicule était immobilisé en pleine voie, c'est la rame suivante qui était chargée de le prendre en compte et de le pousser jusqu'à la station suivante. S'il n'y avait pas de cabine à proximité, un véhicule de dépannage était envoyé sur place.

L'accostage par l'arrière se faisait alors à très petite vitesse, ainsi que le trajet jusqu'à la station suivante ou jusqu'à une voie de stockage. Une fois la cabine mise à l'écart, le réseau reprenait son fonctionnement normal.

Ce dispositif de sécurité était également actionné dès qu'une cabine ne répondait plus à la sollicitation du système central, donc se trouvait potentiellement en panne. Les autres cas de pannes, mécaniques par exemple, étaient traités à l'aide de véhicules spéciaux, terrestres ou sur rails, qui pouvaient être déployés en quelques minutes. Les cabines en panne étaient décrochées ou mises à l'écart du réseau, puis acheminées vers un atelier de maintenance à l'aide d'un véhicule terrestre.

Les seize cabines, emportant environ quatre-cents passagers, se déplaçaient sans bruit dans le petit matin. Jean aimait regarder le paysage depuis ces transports suspendus qui permettaient de voir au loin. Il avait sur sa gauche, les bâtiments de la ville qu'ils étaient en train de contourner. Vu d'ici, cela ressemblait à une colline dans laquelle des fenêtres auraient été percées. Jean n'avait pas participé aux projets de construction des premières tranches, mais s'était fortement investi dans les tranches suivantes et dans les projets d'enfouissement des structures techniques. Il se remémorait les discussions relatives aux agencements des locaux, aux diverses fonctionnalités que les bâtiments devraient avoir. Il se rappelait également des débats pour déterminer la couleur des volets occultant pour les fenêtres. Finalement, le vert s'était imposé pour que les bâtiments conservent un aspect de colline. Les murs étaient complètement végétalisés pour des raisons de conservation de chaleur et d'esthétique. Un nouveau profil de métier avait été spécialement créé pour l'occasion : « Alpiniste Jardinier ». Cela permettait aux adeptes de descente en rappel ou d'escalade de conjuguer leur passion avec la mission d'entretien de ces espaces verts.

Jean tourna la tête vers la droite et contempla le paysage dont il ne se lassait pas. Cette plaine qui s'étendait à perte de vue.

En premier plan, à environ mille ou deux-mille mètres, se situait une zone d'activités économiques. La moitié de ces installations appartenaient à l'organisation et produisait des biens ou des services à destination de ses membres. L'autre moitié était composée de plateformes d'entreprises classiques qui produisaient pour partie à destination de la ville, ou bien bénéficiaient de l'effet d'aubaine, car les infrastructures étaient conséquentes et leurs salariés pouvaient être logés à proximité. Un système de convoyage de conteneurs par monorail leur permettait de diriger la production vers des plateformes multimodales d'expédition des marchandises et de recevoir les approvisionnements par le même canal. Un transbordement se faisait ensuite sur des ensembles routiers dont l'utilisation était limitée aux expéditions de courte distance ou sur des wagons de chemin de fer plus classiques pour les destinations plus lointaines.

Ils passèrent à côté d'une station suspendue dans laquelle une rame attendait leur passage avant de repartir, à moins qu'il ne s'agisse d'une rame bifurquant en direction de la zone industrielle. Leur rame ralentit fortement. Jean vit ensuite les quatre cabines de queue se séparer très nettement du convoi. Ils approchaient de la zone de chantier. Jean sentit une force le pousser vers la gauche lorsque la rame quitta le rail principal. À vitesse réduite, ils commencèrent à descendre vers le sol alors que les quatre cabines isolées reprenaient leur route sur le rail principal. Arrivée au niveau du sol, la cabine ralentit à nouveau pour changer de mode de traction. L'accrochage sur le rail inférieur provoqua un mouvement vertical à peine perceptible. Lorsque toutes les cabines furent enraillées, le convoi reprit légèrement de la vitesse, mais rien de comparable avec celle qui se pratiquait sur la voie rapide.

Des infrastructures de transport, rails, quais, avaient été installées de façon provisoire pour alimenter le chantier. Déjà, les voies étaient devenues deux, puis cinq, puis trente. D'autres cabines de transport de personnes convergeaient. Un ensemble hétéroclite de moyens cargos, de porte-conteneurs, de véhicules en tout genre commençaient à se faire de plus en plus nombreux. Parfois stockés par convois entiers. Il s'agissait des zones de préparation de l'approvisionnement du chantier. Ici et là, on distinguait des personnes qui s'affairaient autour des véhicules et d'autres qui devaient certainement assurer la sécurité des équipements, car, malheureusement, il était impossible de garantir autrement que rien ne manquerait, ce qui pouvait potentiellement affecter le déroulement des chantiers si certains avaient la tentation de monter un business parallèle en commercialisant ces fournitures.

Le système de portage des conteneurs utilisait un double appui magnétique et des roues pneumatiques pour que la charge soit répartie entre le rail central et des bandes de roulement latérales. Grâce à cela, il était possible de déplacer des charges de plusieurs dizaines de tonnes. La plus lourde charge transportée à ce jour avec ce système avait été une grue de cent-vingt-cinq tonnes, mais l'opération avait été délicate, car chaque mètre du réseau devait être inspecté au fur et à mesure du déplacement.

La rame s'immobilisa au niveau d'une plateforme en béton brut installée sommairement. La voix de la cabine indiqua que cette station n'était pas munie de dispositifs de sécurité et invita les passagers à la plus grande prudence, puis les portes s'ouvrirent.

Intégration de Jonathan Kaltenberger chez les Bâtisseurs de Bonheur

Jonathan Kaltenberger était de service préparation des repas. Il se souvenait des conditions dans lesquelles il avait été accepté par le groupe et les évènements qui l'avaient conduit dans le restaurant quelques mois auparavant.

Lors de sa première journée avec Patricia Berg au cours de laquelle il avait découvert Libertyville et ses paysages étonnants, il l'avait suivi à l'intérieur d'un des bâtiments, dans une salle de dimension modeste autour duquel il y avait trois portes surmontées des indications « Administration générale », « comités » et « espace de travail ». Avec Patricia, ils avaient pénétré dans un bureau assez vaste qui ressemblait à n'importe quel bureau : des meubles, des ordinateurs, des placards de rangement, des étagères. Ils furent ensuite conduits dans une pièce plus grande, meublée uniquement avec une table circulaire à laquelle devaient pouvoir prendre place une cinquantaine de personnes. Ils étaient vingt, répartis autour de cette table, et nombre de sièges étaient vides.

La femme qui les avait accompagnés avait annoncé :

– Patricia Berg et Jonathan Kaltenberger !

Clémentine Leroux, qui présidait la séance, les avait invités à s'assoir avant de dire :

– Bienvenue parmi nous, Jonathan. Aujourd'hui, nous allons apprendre à nous connaitre mutuellement. Nous te donnerons une vue rapide sur le fonctionnement de notre organisation et de ses règles, tu nous parleras ensuite de ton projet de vie et de tes aspirations, nous t'exposerons enfin notre vision de notre collaboration. Tu nous feras part ton sentiment sur nos propositions. Nous délibèrerons ensuite et te donnerons nos conclusions à l'issue. Mais commençons !

Les membres du comité avaient entrepris de lui expliquer par le détail le fonctionnement leur organisation, à commencer par le cercle Gouvernance et Éthique de la ville qui centralisait et harmonisait les actions et décisions des différents cercles d'activités, ainsi que le Conseil national de Gouvernance.

Gilbert Charpentier, l'un des membres, avait débuté et expliquait avec fougue :

– Je suis représentant des villes nouvelles où j'y apporte ma contribution pour l'harmonisation du fonctionnement global de nos structures qui étaient très hétéroclites au départ et qui doivent continuer à converger si nous voulons une unité dans notre projet.

Il ajouta qu'il était marié, était père de quatre enfants, avait rencontré le bonheur ici et ne souhaitait plus reprendre sa vie d'avant. De ce tour de table, c'est d'ailleurs l'idée principale qui ressortait : ils étaient heureux et ne voulaient pas revenir en arrière.

Isabelle Mercier, mariée sans enfant, expliquait qu'elle était élue représentante du cercle d'administration de la ville auprès du comité de Gouvernance.

André Lejeune, bientôt papa, était responsable local du cercle de production agricole.

Liliane Labègue était quant à elle responsable du cercle d'éducation. Elle expliqua avec passion :

– Nous avons aplani les barrières entre les différentes catégories de personnes. Il n'y a plus ni étudiants ni travailleurs, uniquement des acteurs de la cité et des personnes qui se forment, quel que soit leur âge. Comme tu le découvriras par toi-même, tu vas être obligé de te remettre en question tout au long de ta vie. Tu auras besoin de te former pour acquérir des compétences nouvelles, maitriser des technologies différentes. Il n'y a plus vraiment de notions d'enseignants et d'élèves. Ceux qui savent expliquent aux autres, quel que soit leur qualification ou leur âge. Si tu fais partie de notre cercle éducation et instruction, tu auras le devoir de te dépasser en proposant à tes élèves des matières plus générales, comme la littérature, les mathématiques, la technologie ou l'architecture. Le devoir d'enseigner oblige à maitriser les sujets et cela conduit au dépassement de soi.

Clémentine aimait bien donner un côté solennel à ces comités. Cela impressionnait en général les postulants et donnait tout le sérieux qui convient à cette instance. Elle était fière de ne jamais avoir encore essuyé de refus de la part d'un postulant, ce qu'elle aurait considéré comme un échec personnel. Elle dit posément :

– Notre job, en tant qu'administrateur général de la ville, consiste à régler toutes les questions relatives à la cité : habitation et construction, définition des besoins, mise en place des processus économiques, transport, etc. Cela ne veut pas dire que nous nous impliquons personnellement et activement dans chacun des sujets que nous portons, mais nous intervenons un peu comme chef d'orchestre : mise en adéquation des besoins avec les ressources, mise en place de processus, génération de valeur ajoutée. Nous intervenons également comme conseillers dans les arbitrages lors de la mise en place ou la réorientation de processus.

Elle laissa à Jonathan le temps d'assimiler ses paroles, puis reprit :

— Tu te demandes sans doute quels sont ces processus dont je parle ? Prenons un exemple : tu as la mission de faire manger deux-mille personnes chaque jour. Il s'agit de ce que nous appelons un besoin fonctionnel. Ce besoin est validé par le cercle éthique et gouvernance comme étant conforme à nos règles. Tu vas ensuite avoir besoin d'un local, donc cela nécessite un projet de construction ou d'aménagement. Tu auras également besoin de matériel. Un autre cercle arbitrera s'il est plus opportun d'acheter ce matériel ou de le fabriquer par nous-mêmes, ce qui génèrera un nouveau besoin fonctionnel. Et ainsi de suite : denrées alimentaires correspondantes aux règles d'alimentation élaborées avec les habitants et des spécialistes, ainsi que d'autres contraintes plus économiques : mise en place des processus de fabrication et de distribution des repas, processus de formation et de renouvèlement des postulants, etc. Notre cercle a également comme mission d'étudier toutes les suggestions qui lui sont faites à la condition que ces demandes ne soient ni partisanes ni destinées au profit d'un seul individu.

Clémentine sentait qu'elle pouvait parler des heures de « son » association avec ses méthodes. Elle dut mettre un terme à ses explications.

— Venons-en un peu à toi. Louis Lumière nous a fait part lors de sa demande d'audience de tout le bien qu'il pensait de toi. Nous souhaitons que tu nous livres le plus d'informations que tu pourras porter à notre connaissance, si tu le souhaites, bien entendu, afin que nous évaluions le plus objectivement possible ce qu'il convient de te proposer si tu souhaites rester avec nous. Mais maintenant, écoutons ce que tu as à nous raconter.

Clémentine prit un air grave et attentif. Jonathan se lança, un peu intimidé. Il raconta dans le détail ses aventures et mésaventures. Cela faisait longtemps que personne ne lui avait donné l'occasion de s'exprimer sur ce sujet. Clémentine écoutait ce garçon qui racontait ses malheurs en parlant d'une voix agréable et policée.

Pris dans son récit, Jonathan prenait progressivement de l'assurance. Il leur avait expliqué sa descente en enfer après la fermeture de la société qui l'employait, les mois de galère, sa rencontre avec Louis, Jeannine et François, l'espoir, comment il avait vécu son arrivée à Libertyville.

La fin de sa présentation fut suivie d'un long silence. Clémentine observait du coin de l'œil Liliane qu'elle savait émotive et qui avait les yeux embués. Après ce temps de méditation, qui dura plusieurs secondes, elle rompit le silence.

— Jonathan, ta présentation nous a beaucoup touchés. Sache que je défendrai ta candidature.

Elle marqua de nouveau un temps de silence. Il y eut dans le groupe un murmure d'approbation, puis elle enchaina :

— Nous allons t'expliquer brièvement le fonctionnement de notre association et les grandes règles qui y sont associées, droits et devoirs. Je demanderai également à ce que Patricia, si son emploi du temps le permet, te montre dans le détail notre fonctionnement. Lorsque tu te sentiras prêt, tu demanderas à nous rencontrer à nouveau et cette fois, c'est toi qui devras nous impressionner.

Patricia opina du chef, indiquant que de son côté, elle était d'accord.

— Nous vivons dans une — comment l'appeler, ce n'est pas une société, pas une communauté — je dirai quand même une communauté dans la mesure où nous partageons beaucoup de choses. Les grands principes qui régissent notre organisation sont : la participation obligatoire de chacun dans le projet de vie, pas d'argent comme métrique pour les compensations, le remplacement de la notion de produit par la notion de besoin fonctionnel, la propriété collective des équipements et immeubles, une prise de participation financière obligatoire, une mise à l'épreuve d'un an minimum et le consentement des membres du groupe pour accepter le postulant en leur sein.

Clémentine poursuivait ses explications :

— Il y a plusieurs niveaux de participation dans cette communauté : tout d'abord les simples investisseurs qui ne participent pas au projet de vie et qui n'ont d'ailleurs pas de droits dans cette organisation hormis ce qui est défini contractuellement. Il y a ensuite les parties prenantes logements. Ce sont des personnes qui ont souhaité résider dans notre ville, mais qui ont une activité économique à l'extérieur. Nous pratiquons un système de loyer-capitalisation qui empêche toute forme de spéculation et qui inclut logement, alimentation et éducation. Les parties prenantes logement ont comme obligation de consacrer une journée par personne à la collectivité. Cela revient à une forme d'impôt, mais non versée en argent. Nous transmettons ainsi les règles de la vie en communauté par une participation directe.

Toutes ces explications pouvaient paraitre professorales, mais il était important que les postulants maitrisent parfaitement le fonctionnement de la structure avant de prendre une décision qui les engagerait pour un long moment et il était bon de faire quelques petits rappels aux membres du comité afin qu'ils puissent refaire l'exercice à leur tour. Clémentine continuait son exposé :

– Les membres de la communauté participent au fonctionnement de notre organisation. Chaque membre a l'obligation de s'impliquer dans, ou développer, un processus économique. Ce sont ces processus économiques qui permettent à notre organisation de survivre ainsi. Les membres ne sont pas exposés directement à l'argent lorsqu'il y a des échanges économiques avec une organisation extérieure.

Clémentine expliquait qu'une partie de la valeur ajoutée des processus économiques revenait à l'intéressé sous forme de logement ou d'alimentation et une autre partie pouvait être stockée sous forme de capitalisation.

Le reste de la valeur ajoutée revenait pour partie à l'organisation pour lui permettre de se développer et était pour une autre partie affectée au titre de la solidarité.

Il était possible de transformer un peu de cette capitalisation en vrai argent pour les cas où quelqu'un serait confronté au monde extérieur, mais cela arrivait rarement.

Il y avait plusieurs catégories de membres : *les actifs*, *les apprenants*, *les conquérants*, *les initiateurs* et une dernière catégorie à laquelle Jonathan allait appartenir pendant quelque temps : *les solidaires*.

Et Clémentine d'expliquer :

– Chacun apporte son concours au titre de la solidarité en fournissant des repas, par exemple, ou des jours de travail solidaire. Cela ne veut pas dire que tu ne feras rien en échange, tu auras des obligations envers la communauté, mais hors des processus économiques ou de production. L'accès à ces activités est soumis à l'approbation du comité dont tu fais partie, du nôtre, d'un comité d'habitants et d'un comité d'accès aux processus économiques. Ces activités sont principalement des activités de service à la collectivité : entretien des espaces collectifs, éducation et formation, transports urbains, et bien d'autres encore.

Qui étaient *les solidaires* ? Pour une partie, il s'agissait de femmes et d'hommes que la vie n'avait pas épargnés à qui l'organisation permettait de se reconstruire et de se réinsérer dans un milieu protégé du modèle économicofinancier en les intégrant dans des projets en adéquation avec leurs possibilités, ou bien en leur donnant les moyens de développer de nouveaux projets.

Pour l'autre partie, il s'agissait de volontaires qui souhaitaient prendre en charge l'éducation et l'instruction qui tenaient une grande place dans les organisations ou souhaitaient œuvrer dans des tâches d'intérêt général.

— Les processus que je suis en train de t'expliquer ont permis de donner une activité à chacun et, de fait, il n'y a pas de chômage à *Libertyville*. Pour éviter les effets d'aubaine et le parasitage de l'organisation, nous exigeons que l'accès à la solidarité et le maintien dans ce statut soient validés par plusieurs instances.

Jonathan écoutait avec une grande attention ces explications, cherchant les éventuels pièges, histoire de ne pas se faire avoir, comme on le disait dans son ancienne vie professionnelle.

Comme si elle avait lu dans les pensées de Louis, Clémentine ajouta :

— Jonathan, je tiens à te préciser, comme cela t'a certainement déjà été dit, que dans notre structure, tu n'es pas consommateur, mais acteur. Tu y trouveras donc ce que tu nous apporteras.

Comme il n'y avait pas de notion d'argent dans les échanges, il n'y avait pas la tentation de surévaluer un produit pour obtenir un bénéfice plus conséquent d'un côté, et d'un autre côté, le risque de se faire *rouler* lors de l'acquisition dudit produit.

— Tu devras te défaire de tes vieilles habitudes de valorisation systématique de chaque chose, à moins que tu ne sois exposé au monde extérieur, mais dans ce cas, nous aurons l'occasion de rediscuter des règles de déontologie liées à cette activité. As-tu des questions ?

Jonathan se tut quelques instants, puis reprit la parole :

— Cet échange était très enrichissant. J'ai appris plus de choses dans une seule journée que dans toutes ces années dernières.

— Et encore, tu n'en es qu'au début de ton apprentissage. À moins que tu n'aies des questions particulières, je te propose de nous laisser quelques instants pour délibérer.

Patricia se leva. Jonathan en fit de même. Patricia dit :

— Viens, je t'accompagne !

Ils quittèrent la pièce et se dirigèrent vers un petit salon. Avant de repartir, Patricia ajouta :

— Je reviendrai te chercher d'ici quinze à trente minutes.

Puis elle s'éloigna en direction de la salle du comité. Une vingtaine de minutes plus tard, Jonathan fut prié de rejoindre la grande salle. Clémentine l'invita à s'assoir puis reprit la parole.

– Jonathan, le comité a statué. Pour intégrer complètement notre structure, tu auras une mise à l'épreuve de deux ans. La première année sera consacrée à l'élaboration d'au moins un projet à vocation économique. Nous t'apporterons notre concours dans cette tâche et Benoit Brunet, ici présent, a accepté d'être ton tuteur. À la fin de la seconde année, tu devras présenter ton ou tes projets devant le groupe. Bien entendu, tu pourras solliciter le groupe pour des demandes d'assistance ou d'arbitrage. Tu devras ensuite mettre ton ou tes projets en œuvre. Ta participation ou l'élaboration de projets nouveaux ne s'arrêtera pas après ta période probatoire. Jonathan, tu devras, pendant quelques années encore, développer de nouvelles activités, quitte à en abandonner ou transmettre certaines que tu aurais amenées à maturité.

Clémentine poursuivit :

– Patricia, qui t'a conduit à nous, a certainement dû te faire savoir qu'elle a une activité dans un restaurant collectif et qu'il y a des demandes de ressources en ce moment. Tu y prendras ton service dès demain si bien sûr tu acceptes notre offre. Pour les travaux d'intérêt collectif, tu participeras dans un premier temps à l'entretien de ta section de bâtiment. Une fois que tu auras mieux appréhendé notre fonctionnement, tu pourras ensuite postuler à d'autres activités en fonction des opportunités. Mais il est bien de s'impliquer à un grand nombre de projets, car cela donne une bonne visibilité sur ces tâches collectives.

Clémentine se tut un instant, puis elle reprit d'une voix qu'elle espérait dépourvue d'émotions :

– Jonathan, acceptes-tu notre proposition ?

– … J'accepte !

– Bienvenue parmi nous, Jonathan.

Puis Clémentine ajouta, plus détendue :

– Tu verras avec Benoit et Patricia pour les questions paperasse. Je pense que tu as maintenant envie de te reposer un peu après toutes ces émotions, aussi je vous propose de lever la séance.

Elle ajouta en élevant la voix :

– Mesdames et messieurs, je vous rappelle que nous nous retrouvons ici même demain à neuf heures, à l'exception de ceux qui sont retenus de façon impérative par leurs activités. Je souhaite à tous une bonne soirée.

Puis elle se leva, signifiant que la réunion était terminée.

Claire Lannoy découvre les Bâtisseurs de Bonheur

Le jour de son vingt-huitième anniversaire, qu'elle fêtait seule dans son petit studio lyonnais, elle ouvrit une bouteille de vin pétillant et se laissa aller à la mélancolie, se demandant ce qu'elle avait vraiment fait de sa vie. Son frère et sa sœur ainés étaient mariés et avaient chacun plusieurs enfants. Georges, son petit frère, était retourné s'installer en Guyane dès qu'il avait été en âge de le faire et cela avait été un prétexte pour sa mère de retourner là-bas de plus en plus souvent, car elle disait devoir continuer à s'occuper de son petit dernier. Elle ne les voyait plus beaucoup.

Claire fit le point sur sa vie et se dit que c'était un beau gâchis et que si elle ne faisait rien rapidement pour y remédier, elle finirait comme tatie à s'occuper de ses neveux et de ses nièces lorsque leurs parents souhaitaient sortir pour aller au théâtre ou au cinéma, ou plus simplement pour avoir une soirée pour se retrouver.

C'est avec cet état d'esprit qu'elle passa quelques jours plus tard dans la rue devant une petite affiche collée sur une colonne Morris à côté d'un kiosque à journaux. Elle annonçait une conférence-débat avec des représentants d'une organisation qu'elle ne connaissait pas qui se baptisait Les Bâtisseurs de Bonheur. Elle avait capté ce slogan en marchant, s'arrêta deux pas plus loin, fit demi-tour pour revenir devant la petite affiche qu'elle relut en diagonale... « donner un véritable sens à votre vie en construisant l'avenir de vos enfants ». Pfff ! De toute façon, elle n'avait même pas d'enfants et n'était pas près d'en avoir, ou alors toute seule, mais elle ne voulait pas sacrifier sa vie à élever un enfant toute seule. « ... Rejoignez Les Bâtisseurs de Bonheur ». Le bonheur, quelle fadaise. Elle avait couru une partie de sa vie après le bonheur, mais ce dernier semblait ne pas exister. Sans doute une chimère pour faire avancer le monde et fabriquer des bébés pour garantir la retraite des anciens. « ... vous ne verrez plus jamais les choses de la même façon ». Cette dernière phrase lui plaisait, elle qui rêvait de changements dans sa vie. Et puis, assister à une conférence ne l'engageait à rien. Elle sortit un stylo et un petit calepin de son sac et griffonna à la hâte une date, un lieu et l'adresse d'un site web. Elle irait jeter un œil sur ce site depuis chez elle.

[...]

Le Nouvel An approchait. Claire avait failli oublier cette conférence qui lui était revenue en mémoire par une étrange association d'idées. En rentrant du boulot, elle avait croisé un couple de jeunes qui déambulaient bras dessus, bras dessous. Elle s'était dit qu'ils avaient l'air insouciants et heureux... Le bonheur... puis un nom lui revint en mémoire Les Bâtisseurs de Bonheur... La conférence... Quel jour était-ce, déjà ? Elle sortit fébrilement son petit calepin de son sac et lut la date : c'était ce soir et cela commençait dans quarante-cinq minutes. Elle pressa le pas. Elle qui n'avait pas de but précis en rentrant chez elle se retrouvait tout à coup en retard.

Le slogan « les Bâtisseurs de Bonheur » tournait en boucle dans sa tête. Il devait certainement s'agir d'une espèce de secte ou de camp de hippies où tout le monde couche avec tout le monde. Il faudrait quand même qu'elle reste prudente, car on lui avait répété pendant toute sa jeunesse qu'il fallait se méfier de tout et ne pas tomber dans certains pièges pour jeunes filles, qui conduisent à la prostitution et dont on avait ensuite le plus grand mal à se dépêtrer, quand c'était possible de le faire. Certaines n'avaient même pas cette chance et y laissaient la vie.

Hors de question d'y aller toute seule. Elle sortit son téléphone et décida d'appeler François, un chic type qui se disait son ami et ne l'avait jamais draguée. Elle appréciait sa compagnie et se confiait de temps en temps à lui.

— François, c'est Claire. J'aurais un service à te demander.

— Tout ce que tu veux, Claire, si c'est en mon pouvoir !

— Je voulais aller à une conférence ce soir et me demandais si tu accepterais de m'y accompagner. Les rues de Lyon sont peu sures la nuit pour une jeune fille seule.

François se demanda de quoi il pouvait bien s'agir et, intrigué, hasarda :

— Sur quel sujet, la conférence ?

— Si je te dis, tu vas me prendre pour une folle. Tu acceptes ?

Intrigué, il dit oui, qu'il serait en bas de chez elle dans trente minutes. Claire le remercia et reprit son chemin. Le temps risquait de lui manquer.

Trente minutes plus tard, François appuyait sur le bouton de la sonnette. Sacré François, toujours aussi ponctuel. Elle lui avait ouvert la porte en petite tenue, avec juste une serviette qui masquait son intimité tant bien que mal.

— Je finis de me préparer, assieds-toi quelques minutes.

Il ne put s'empêcher de la détailler, sa chevelure noire qui tombait en cascade sur son épaule droite, la serviette qu'elle portait maladroitement devant sa poitrine et qui, trop courte, laissait apparaitre le bas d'une petite culotte, et surtout des jambes fuselées qui semblaient interminables, puis il détourna le regard en rougissant légèrement. Elle le regarda se diriger vers le salon avec un petit sourire avant de s'engouffrer à nouveau dans sa salle de bain.

Elle finit par en ressortir habillée d'un jeans pas trop serré et d'un pull à grosses mailles un peu ample qui avait tendance à l'asexuer, mais elle restait séduisante. Sa chevelure était montée en queue de cheval et elle portait des chaussures sans talons, de façon à ne pas paraitre trop grande.

Ils se mirent en route pour se rendre à l'adresse qu'elle lui avait donnée tout en continuant à entretenir le mystère sur cette conférence malgré ses questions. La conférence était déjà commencée et ils s'installèrent dans le milieu de cette petite salle qui devait servir un peu à tout : il y avait une estrade sur laquelle étaient dressées deux tables derrière lesquelles trois personnes discouraient à tour de rôle, à gauche, des chaises pliables empilées, un piano droit, des rampes de projeteurs. La lumière était légèrement tamisée de façon à mettre en avant des images projetées sur un écran blanc situé derrière les conférenciers. Pendant un long moment, l'interlocuteur expliqua le projet et l'organisation des Bâtisseurs de Bonheur…

— Nous essayons au maximum de ne plus avoir de rapport avec l'argent… Les projets sont co-construits… Chaque membre a obligation de participer à l'élaboration du projet et à la gouvernance…

François faisait de temps en temps un commentaire :

— C'est utopiste… Ce n'est pas possible… Ils nous font marcher. Ça cache surement quelque chose…

Claire était captivée par ce qu'elle entendait en se disant que cette organisation était aux antipodes de tout ce qu'il lui avait été donné de côtoyer jusqu'à maintenant. L'homme derrière l'estrade continuait :

— Nous avons lancé des programmes de villes nouvelles basés sur ce concept… Des quartiers déjà construits dans certaines villes font l'objet de réhabilitation sur ce modèle et retrouvent un taux satisfaisant d'occupation professionnelle des habitants alors que les plans des décennies précédentes ont échoué et les ont transformés en ghettos… Nous avons ainsi éradiqué le chômage et la violence. Les habitants ont non seulement repris confiance, mais ont redécouvert la signification des mots vivre ensemble et bonheur.

Cette conférence était intéressante. Elle exposait des projets en grande partie immobiliers, mais pas uniquement. Il y avait également des composantes économiques, mais ce qui l'avait le plus impressionné, c'était la partie où il avait été dit qu'il était possible de vivre sans argent dans cette organisation.

Les diapositives qui avaient été projetées montraient la joie de vivre des personnes et principalement des réalisations faites par l'organisation.

L'homme traita d'un sujet très particulier concernant la gouvernance de l'organisation en commençant par rappeler les propos de Serge Antoine, président d'honneur du Comité 21, qui était le comité français pour l'environnement et le développement durable, lors d'une interview faite au siècle dernier sur les pratiques de cette époque. Il citait :

– *Notre société vit de manière irréfléchie. Les gens consomment mal, surconsomment et ils sont même encouragés à le faire. Il faut donc les amener progressivement à devenir acteurs du développement durable. Mais on ne devient pas acteur par décret. Faire une action pour participer au développement durable, c'est un choix. [...] il peut y avoir contradiction entre ce qui est bon ici et ce qui est bon pour la planète ou entre ce qui répond à l'environnement ou à l'emploi ou à l'équité sociale.*

Il ménagea son effet.

– Les concepts énoncés par les grands penseurs de la fin du vingtième siècle ont contribué à la volonté de mettre en place des organisations plus vertueuses et moins sensibles aux caprices de l'économie et de la finance qui travaillent principalement pour leur intérêt propre avant de s'intéresser à l'intérêt des hommes qui composent les structures et ce malgré les déclarations d'intention sur le sujet du développement durable qui leur permettent de se donner bonne conscience alors même qu'ils licencient massivement pour accroître leurs profits. La crise de 2030 a amplifié ce phénomène et parallèlement a permis à nos organisations de se développer sur les zones laissées en friche suite au départ, au déclin ou à la disparition de compagnies économicofinancières.

[...]

Martine Labrousse s'était installée dans le fond de l'établissement un peu avant dix-neuf heures trente, accompagnée de Jacques Léger, un des conférenciers. Comme convenu, elle portait un foulard violet. Elle avait laissé à Claire un numéro de téléphone portable et lui avait demandé de penser à emporter son propre appareil téléphonique pour être sûr que le rendez-vous ne soit pas manqué. En cas d'empêchement de sa part, Martine priait Claire de bien vouloir la prévenir en lui disant qu'elle comprendrait et n'en serait pas offensée.

Claire rentra dans l'établissement à l'heure dite et après avoir balayé le fond de l'établissement du regard, s'approcha d'une table en demandant :

— Martine Labrousse ?

Après avoir acquiescé, Martine fit les présentations et ajouta :

— Jacques nous fait l'honneur de sa présence, mais je crois que vous vous connaissez déjà !

Claire acquiesça. Elle se souvenait bien de ce type que rien ne semblait pouvoir ébranler dans ses convictions. Martine indiqua qu'il faisait partie du Conseil National de l'association. En ce moment, ils faisaient des cycles marathons de conférences de recrutement. Martine engagea la conversation.

— Habituellement, nous faisons ces réunions avec d'autres nouveaux adhérents, mais cela n'était pas possible aujourd'hui. Les réunions à plusieurs facilitent les échanges, mais ne t'inquiète pas, ça ira.

Elle continua :

— Nous avons souhaité te rencontrer pour te souhaiter bienvenue au sein de l'association. Nous avons un certain nombre de choses à t'expliquer sur le fonctionnement de l'association et des précisions à t'apporter sur sa gouvernance, les opportunités et le principe de réciprocité. Comme nous l'avons expliqué en partie lors des réunions de présentation, dans notre organisation, il n'y a pas de dirigeants à proprement parler et chacun a l'obligation de participer au projet s'il souhaite que l'organisation fasse quelque chose pour lui en retour. Contrairement à ton monde où l'on considère que l'argent donne des droits, qu'avoir des enfants donne des droits à prestation, que travailler donne des droits à la santé et à la médecine, que ceux qui sont exclus du système on des droits à allocation, prise en charge médicale, et j'en passe, dans notre monde, il n'y a pas de droits, seulement des actions volontaires exécutées par chacun et qui génèrent une dynamique dont tu peux bénéficier.

On y arrivait. Elle soupçonnait que tout n'avait pas été dit lors des réunions auxquelles elle avait assisté. Martine avait parlé de *son monde*, c'est-à-dire le monde de Claire. Cela signifiait que le monde de Martine et de Jacques était différent. Elle demanda :

— Martine, tu as parlé de mon monde. Tu veux dire que le tien est profondément différent ?

Martine et Jacques échangèrent un regard complice, c'était bon, elle accrochait.

Ils passèrent l'heure suivante à lui expliquer les règles d'organisation, les villes qu'ils avaient créées de toute pièce et qui servaient de vitrine à cette nouvelle organisation de l'espace et des règles de vie en société. Il y avait également des projets d'implantation de l'association sur des quartiers existants pour modifier les comportements des habitants. Ceux qui le souhaitaient étaient dirigés vers des villes en devenir ou répondant déjà à cette nouvelle gouvernance.

Ces projets embarquant leur propre modèle économique, cela procurait des activités à ceux qui acceptaient d'y adhérer. Les espaces étaient ensuite réaménagés et les processus économiques mis en place. Les urbanistes retravaillaient les volumes et les localisations pour modifier les relations des individus avec le travail ou l'école. L'internalisation des processus économiques permettait de se dispenser de la voiture, des temples de la consommation et proposait la réaffectation de ces espaces ainsi libérés à des emplois plus ludiques ou des espaces de détente. Les quartiers passaient d'un aspect béton à un aspect jardin. Parfois, il était nécessaire de détruire quelques bâtiments, mais globalement, on arrivait bien à travailler sur l'existant.

Ces propos confirmaient bien ce que Claire imaginait. Martine continua :

— Nous avons expérimenté cette formule dans la banlieue de Milan, en Italie. Ça marche plutôt bien. Lorsque le projet arrive dans sa phase terminale, nous proposons aux derniers irréductibles d'adhérer au projet. À ceux qui refusent, ce qui est leur droit, et qui préfèrent continuer à vivre de leurs allocations, nous proposons en dernier ressort de les reloger dans des quartiers plus adaptés à leur mode de vie, en proposant plus de moyens de transport au sens où on l'entend et un accès plus facile à la consommation. Le transport n'est d'ailleurs rétabli dans ces quartiers reconstruits qu'après un temps assez long pour décourager les éventuels profiteurs qui tenteraient de *s'incruster* dans le projet sans en accepter les règles.

Martine s'arrêta quelques instants, sourit à Claire en passant sa main dans ses cheveux, puis reprit :

— En général, les échanges de logements sont assez rares, car les habitants sont séduits par ce système qui leur propose une activité économique et une reconnaissance sociale. Nous avons négocié avec le gouvernement italien que les personnes qui acceptent de faire partie de notre organisation continuent à percevoir une allocation unique regroupant leurs différentes allocations pendant quelque temps encore de façon à laisser le temps à notre organisation de développer et pérenniser les processus économiques. Bien entendu, ils sont soumis aux règles de l'impôt pendant cette période. Cela permet ainsi à l'organisation de ne pas devoir supporter seule les couts d'intégration des personnes en difficulté. Pour garantir la pérennité financière de ce type de projet, nous avons une partie du parc immobilier qui répond à un système s'apparentant à du locatif traditionnel, mais avec des critères très sensiblement différents sur les obligations des parties prenantes et les services associés au logement, comme la fourniture de repas ou la capitalisation dans le projet, mais il faudra que nous t'expliquions tout ceci plus en détail. Ce processus à l'avantage de capter une partie de la valeur ajoutée produite à l'extérieur de notre périmètre et d'éviter que notre organisation ne vive en autarcie.

Claire était estomaquée par ce qui venait d'être dit. Tout était si limpide, si simple. Martine ajouta :

– Nous travaillons en ce moment sur un projet de transformation de la périphérie de Lyon en proposant un quartier pilote sur la ville de Villeurbanne. C'est pour cela que Jacques est ici en ce moment. Nous rencontrons d'énormes résistances administratives, mais nous sommes habitués à mener ces combats contre l'immobilisme de confort qui évite à certaines organisations de se remettre en cause et de se poser trop de questions. Nous finirons par y arriver ! À Milan, nous avons totalement éradiqué de nos quartiers ce fléau qu'est le chômage dans le monde que tu connais. Le gouvernement italien a accepté l'expérience et a adapté ses textes règlementaires et législatifs afin que nos propositions de projet de société ne puissent pas être attaquées sur le plan judiciaire par un industriel zélé ou un fonctionnaire pointilleux. Devant cette solution efficace à la résolution du chômage et quelques autres nuisances générées par ton monde, le gouvernement italien nous a chargés de développer des projets similaires un peu partout dans le pays. Nous avons également des implantations en Espagne, au Portugal, en Croatie et en Grèce, sommes en pourparlers avec les Allemands, les Slovènes, le Benelux, l'Autriche et d'autres pays encore.

Claire hasarda une question :

– Comment se fait-il que je n'aie jamais entendu parler de vous avant ?

Cette fois, ce fut Jacques qui lui répondit :

– Nous comptons plus sur le bouche-à-oreille qui fonctionne globalement bien que sur les médias. Il y a bien quelqu'un qui connait quelqu'un qui a entendu parler de nous… et, au final, nous avons potentiellement un nouvel adhérent. La meilleure preuve, c'est que tu es devant nous.

— Mais je suis juste passée devant une affiche dans la rue !

— Quelqu'un l'avait collée, quelque chose sur cette affiche t'a parlé et c'est toi qui as fait le reste. Je pense que tu as compris maintenant que ce projet bouleverse les codes de la pensée capitaliste basée principalement sur les notions de *produit*, c'est-à-dire de consommation et de spéculation. Les médias vivent de la publicité qui véhicule la notion de création de besoins de consommation de produits. La promotion d'un projet comme le nôtre doit donner à certains médias, ou leurs dirigeants, le sentiment de se tirer une balle dans le pied, et n'intéresse pas vraiment les autres médias. Du coup ils n'en parlent pas ou très peu, tout au plus comme quelque chose d'anecdotique. De plus, notre modèle ne donne plus la possibilité de spéculer sur l'immobilier, sur les étapes de réalisation des produits ou sur les matières premières, donc n'intéresse pas le monde de la finance. Ces gens-là pensent que nous travaillons contre le système. Ils se trompent, car ils ne réalisent pas que nous allons dans une direction que de toute façon ils n'auraient pas prise. Pour éviter que nous ne réussissions, ils vont même jusqu'à faire de la désinformation et à nous comparer à certaines sectes qui fonctionnent sur l'aliénation mentale des adeptes et donnent lieu parfois à des débauches avec des jeunes filles. C'est pourquoi nous préférons travailler par contact direct en démontrant que ces théories sont farfelues.

Jacques reprit son souffle. Il était vraiment passionné.

— Ce qui représente notre force, c'est le facteur d'échelle. La négociation n'est pas la même, tu t'en doutes bien, lorsque tu vas toute seule faire des achats dans une grande surface que lorsque tu viens au nom de trois-cent-mille personnes pour la fourniture de biens ou de services en expliquant à tes interlocuteurs que de toute façon, si aucun accord n'est trouvé, ce n'est pas grave, car tu as un plan B. En général, on trouve toujours un accord, c'est simplement une question de rapport de force. Il suffit de visiter une de nos réalisations pour voir qu'il ne s'agit aucunement d'une secte et, de plus, tu as la possibilité, par la charte à laquelle tu adhères, de reprendre ta liberté quand bon te sembles. Nous mettons une seule réserve : lorsque tu décides de sortir de l'organisation, tu as un délai de carence de deux ans avant de pouvoir prétendre à y rentrer à nouveau ou revendre tes participations, sauf exception. Nous attachons également une grande importance à la discipline, en général de l'autodiscipline, qui conditionne toute possibilité de vie en société.

Claire aurait pu continuer à les écouter parler pendant des heures, mais le temps passait et il était déjà tard. Jacques aborda toutefois la question de sa participation active à l'organisation qui offrait des possibilités sinon infinies, tout au moins très étendues. Les processus de fonctionnement de l'organisation n'étaient pas figés et chacun pouvait apporter une contribution à l'édifice ou développer ses propres processus, suivant des règles qu'il conviendrait de lui expliquer un peu plus tard.

Claire leur dit qu'elle avait compris le sens de leur proposition, qu'elle allait y réfléchir et qu'elle leur donnerait une réponse. Elle acceptait toutefois le principe de participer aux réunions de travail organisées sur la région lyonnaise, puis ils se séparèrent.

[…]

– J'ai bien réfléchi, je souhaiterais entrer au service de ton organisation. Il n'y a pas grand-chose qui me retienne ici, finalement.

Martine continua en accélérant de plus en plus son débit de paroles :

– Claire, j'apprécie ce que tu viens de me dire. Je dois te prévenir que tu vas changer de dimension, pour ne pas dire de planète. Ta nouvelle vie n'aura plus rien à voir avec la précédente et il te sera très difficile de faire machine arrière, ou alors au prix d'énormes difficultés, car ce monde nouveau auquel tu aspires est très différent de celui que tu connais. Je te propose le protocole suivant : nous irons visiter une de nos villes pilotes et je te présenterai à un comité de sages.

Puis reprenant un rythme moins rapide :

– Je te préparerai à un entretien qui, tu le verras, est très différent de ce que tu as connu jusque-là. Le conseil délibèrera et te proposera ensuite une mise à l'épreuve, à l'issue de laquelle tu feras partie du groupe. Je te rassure, il n'y a jamais eu de cas d'exclusion jusqu'à maintenant. Le côté solennel est juste là pour montrer qu'il ne s'agit pas là d'un engagement qui se prend à la légère. Si tu veux, nous pouvons partir demain. Maitre Legrand s'occupera de tout avec ton employeur. Officiellement, tu seras en dépression avec obligation de te reposer un peu à la campagne. C'est le cas, non ?

Claire acquiesça. Martine appela l'avocat et lui exposa la situation. Après avoir raccroché, elle dit :

– Ne t'inquiète pas, il s'occupe de tout. Tu auras les coudées franches pendant quelques semaines. Je te propose de nous retrouver demain pour rediscuter de tout ceci calmement.

Elles se séparèrent et Claire reprit le chemin de son logement qui, elle en avait maintenant la certitude, d'une façon ou d'une autre, n'allait plus le rester très longtemps. En quelques heures, elle était passée d'une position où elle subissait les évènements, à une position où elle reprenait en main sa destinée. Elle se sentait dans un état d'excitation extrême.

Le lendemain, Martine et elle mirent au point les modalités du voyage. Elle lui expliqua dans les grandes lignes le principe de l'entretien et lui dit que pour réussir à convaincre le comité de sages, elle devrait leur exposer un projet, une sorte de grand oral. Ce ne sera pas un entretien comme tu as l'habitude d'en faire, où l'on t'explique comment du dois être, ce que tu devras faire et ce que tu pourras exiger de l'entreprise ou quel diplôme tu dois posséder. Ici, c'est différent. Claire demanda :

— Quel genre de projet ?

— C'est à toi de faire une proposition. Tu dois savoir que ce projet pourra être le projet de ta vie. Il est donc important que tu y apportes le plus grand soin. Ce projet peut avoir une finalité économique, c'est en général les projets qui ont la préférence du comité, mais cela peut être un projet artistique ou culturel. Il peut s'agir également d'un projet de vie. Ce sera à toi de les convaincre de ce que tu pourras apporter à la collectivité. C'est motivant non ?

Claire restait silencieuse, son esprit vagabondait déjà.

— Si ton projet est retenu, tu recevras le soutien nécessaire à sa réalisation. Je te propose de partir dès cet après-midi. Départ de la gare *Lyon Perrache* par le train de 17 h 22 en direction de Nantes. Nous descendrons à Clermont-Ferrand. Nous ferons le reste du chemin en voiture. Je m'en occupe.

— Il faut que je rentre chez moi préparer un bagage.

— Je propose de nous retrouver à la gare vers cinq heures.

— C'est d'accord, à tout à l'heure.

— Ne t'inquiète pas pour les billets, je m'occupe de tout.

Le voyage s'était déroulé sans encombre. Descente à la gare de Clermont, poursuite en taxi. Martine avait expliqué qu'à cette heure, il n'y avait plus de navette. Ils auraient pu rester à Clermont pour la nuit et repartir le matin, mais elle préférait lui faire une surprise.

Aux environs de vingt-deux heures, ils arrivèrent en taxi dans une petite gare qui semblait fermée, descendirent de la voiture, récupérèrent leurs bagages et se dirigèrent vers un quai le long duquel stationnait un étrange petit véhicule. Au loin, on devinait des collines desquelles émergeaient quelques lumières.

Une cabine, qui s'apparentait plus à un vaisseau spatial qu'a un engin terrestre, les conduisit en direction de la montagne. Claire était émerveillée par ce petit véhicule qui se déplaçait en silence, sans toucher le rail inférieur. Lorsqu'ils arrivèrent à proximité des collines, Claire se rendit compte que c'était des bâtiments et que ce groupe de collines constituait en réalité une ville. Elle restait silencieuse, essayant d'associer une réalité à ce qu'elle percevait dans la pénombre. La petite cabine pénétra à l'intérieur de ce complexe, se déplaça encore quelques minutes avant de s'immobiliser à côté d'une porte qui s'ouvrit à leur approche. Martine dit :

– C'est notre hôtel.

Elle lui montra sa chambre et ajouta :

– Tu pourras rester ici aussi longtemps que tu le souhaites. Demain, nous commencerons à préparer ton entretien.

La journée du lendemain passa très vite. Pas une seule minute pour souffler, avec tous ces préparatifs. Martine était d'une aide précieuse, se montrant d'une grande patience, la mettant dans des situations les plus diverses pour qu'elle se familiarise avec les arguments à avancer, lui prodiguant mille conseils. Elles avaient également travaillé sur la conception d'un projet. On aurait pu dire *projet professionnel*, mais les finalités étaient différentes. Elle lui avait demandé quels étaient ses points forts. C'était les langues et la traduction. Un projet pédagogique peut-être ? Le lissage des barrières liées à la langue ? Elles avaient travaillé toute la journée, une partie de la nuit et la matinée du lendemain. Elles avaient rendez-vous l'après-midi.

Claire éprouvait une grande fierté de ce qu'elles avaient produit pendant les trente-six heures qui venaient de s'écouler. Elle vouait une admiration sans bornes à Martine qui avait tant fait pour elle et qui lui avait appris tellement de choses ces derniers temps. Une bouffée d'émotion la submergea. Elle se remit au travail.

L'heure de l'entretien arriva. Les deux femmes pénétrèrent dans un bâtiment, se rendirent au troisième étage, arrivèrent devant une porte où était simplement inscrit : Comité. Elles entrèrent dans un grand espace dans lequel de nombreuses personnes s'affairaient, qui sur le clavier d'un ordinateur, qui au téléphone. Les murs étaient couverts d'étagères elles-mêmes remplies de dossiers. On voyait des coursives partir sur la droite et sur la gauche. Elles desservaient de nombreuses portes. Une femme d'une quarantaine d'années se leva à leur arrivée et vint à leur rencontre. Elle portait un tailleur gris et sur une petite étiquette accrochée à la poche gauche de sa veste indiquait son prénom : Charlotte. Martine dit :

— Nous avons rendez-vous avec le comité.

Charlotte s'enquit de leur identité, puis confirma :

— Suivez-moi, vous êtes attendues.

Elle les précéda dans un couloir, ouvrit une porte double, épaisse et qui ne devait laisser filtrer aucun son et passa devant eux pour leur montrer le chemin. Elles pénétrèrent dans une pièce qui devait mesurer dix mètres de long et à peu près autant en largeur. Au centre, il y avait une grande table circulaire autour de laquelle siégeaient une bonne douzaine de personnes, hommes et femmes. Charlotte annonça d'une voix cristalline :

— Claire Lannoy et Martine Labrousse, votre rendez-vous de quinze heures.

Un homme d'une cinquantaine d'années assis face à eux dit :

— Merci, Charlotte.

L'assistante se retira et referma la porte en sortant. Claire, pourtant peu émotive, était impressionnée par cette atmosphère feutrée : lumières tamisées, teinte vert-pastel sur les murs, une lithographie sur chacun des murs avec des couleurs un peu plus soutenues pour rompre le côté uni de la pièce.

L'homme assis face à elle prit la parole et dit :

— Bonjour, Claire, prends place.

Il lui désigna la chaise devant elle, puis ajouta :

— Martine, ma petite Lyonnaise, vient à côté de moi !

L'homme reprit :

— Je m'appelle Albert Giordan. Bienvenue parmi nous Claire. Tu as adhéré à notre association il y a quelques mois maintenant et ta présence ici nous emplit de joie. Tu te demandes certainement pourquoi nous ne t'avons pas relancée alors que tu t'étais éloignée de nous ? Nous ne proposons rien, ne vendons rien et surtout nous nous refusons d'intervenir dans la vie des individus, sauf s'ils font partie de notre association et qu'ils nous sollicitent. Tu as fait le choix de venir vers nous et nous demander notre aide. À ce moment-là, nous avons mis en place, avec l'efficacité que tu as pu constater, une série de mesures pour te mettre en sécurité et éloigner les difficultés de toi. Bien entendu, tu ne nous dois rien. Je te demande juste de ne pas oublier notre principe de réciprocité. Pense à tout ce que Martine a fait pour toi alors qu'elle n'avait absolument aucun intérêt à le faire.

Il tourna la tête vers la gauche.

— Martine, je te remercie pour ton soutien à Claire.

Elle sourit. Il poursuivit :

– Claire, Martine nous a fait un petit rapport hier soir sur tes progrès et nous sommes agréablement impressionnés. Mais, avant tout, je vais te présenter les membres du cercle d'administration de la ville.

En disant cela, il fit un geste circulaire avec sa main droite pour les désigner.

– Nous ne sommes pas au complet, comme tu peux l'imaginer.

Il présenta les membres du comité en expliquant le rôle de chacun : Urbaniste, comptable, agriculteur. Il insista sur les missions de Martine qui était leur chargée de mission sur le projet d'implantation de l'association sur la région lyonnaise et faisait partie du groupe de travail sur les règles de gouvernance et la doctrine.

Albert apporta des précisions sur l'organisation et le fonctionnement de la ville.

– Claire, nous allons te laisser t'exprimer et nous exposer tes motivations. Tu as bien compris à ce stade que nous ne proposons rien et que tu ne demanderas rien à notre association.

Claire avait sorti discrètement un stylo et un petit bloc de son sac et prenait quelques notes. Albert reprit :

– Maintenant que ce postulat est établi, nous te serons reconnaissants de bien vouloir répondre à trois questions :

• Premièrement : Expose au comité tes motivations. N'enjolive rien, ne cache rien. Nous ne sommes pas là pour te juger, mais pour répondre au mieux à tes aspirations. Plus tu seras honnête avec nous, plus tes chances de réussite seront grandes.

• Deuxièmement : Comment comptes-tu contribuer à notre association ? Si demain nous devions vanter ton action en direction de la collectivité ou à l'extérieur, qu'aurions-nous à raconter ?

• Troisièmement : Tu as bien compris que tout ce qui t'entoure est basé sur des processus. Ces processus sont en grande majorité économiques, mais pas uniquement. Ici, il n'y a pas d'assistanat, juste des contributions, donc des contributeurs. Si demain tu devais te positionner en leader sur un processus, quel serait-il, comment t'y prendrais-tu pour le mettre en œuvre et quels en seraient les bénéfices pour la collectivité ?

Albert lui laissa le temps de finir de prendre des notes, puis termina avec :

– À partir de maintenant, tu as une heure. Nous souhaitons que tu traites les sujets dans cet ordre et que les durées des réponses soient à peu près identiques pour chaque point. Les membres du comité auront ensuite trente minutes pour te poser des questions. Nous délibèrerons et te donnerons, à l'issue, nos conclusions.

L'heure et demie suivante fut consacrée à la restitution du projet qu'elles avaient travaillé la veille avec Martine. Elle démontrait, argumentait, donnait des idées, des points de vue, des pistes qu'il faudrait certainement explorer. Elle était convaincante.

Après une série de questions-réponses, Albert continua par quelques questions plus personnelles :

– Claire, as-tu des attaches : petit ami, enfants ou autres ?

– Non.

Albert remercia Claire pour toutes ces explications et dit :

– Nous allons maintenant délibérer et te prions de bien vouloir patienter une quinzaine de minutes à l'extérieur de cette salle. Tu as une salle de repos tout de suite à droite en sortant. Tu y trouveras des boissons et un peu de lecture. Nous viendrons t'y chercher.

Claire sortit de la pièce avec un léger pincement. C'était très étrange comme sensation. Pas vraiment l'impression d'être passée devant un jury, mais plutôt d'avoir défendu un projet bec et ongles. Et puis, on verrait bien !

Une quinzaine de minutes plus tard, un des membres vint la rechercher. Dès qu'elle se fut rassise, Albert reprit la parole.

– Claire, le comité, après avoir délibéré, a décidé de te faire confiance et te propose de rejoindre notre communauté, si tu l'acceptes, aux conditions suivantes :

• Tu auras une mise à l'épreuve d'un an. Cette mise à l'épreuve correspond au délai maximum dont tu disposes pour mettre en œuvre le projet, que tu nous as exposé, de développement de notre organisation hors de France. Nous assortissons ce projet de demandes complémentaires de la part du comité : tu devras également contribuer à l'expansion de l'organisation en France. Sur ce projet, les membres ici présents seront tes parrains et t'aideront à sa réalisation.

• Tu souhaitais dispenser des formations en différentes langues. Nous acceptons ton projet d'intérêt collectif et te mettrons en relation avec un *cercle* ayant rapport à l'éducation des enfants et des jeunes. Comme nous avons compris que tu souhaitais contribuer à notre organisation en matière de formation et d'éducation, nous t'assignons une tâche d'intérêt collectif complémentaire dans le domaine de l'aide éducative. Les responsables de cette activité se chargeront de t'expliquer dans le détail de quoi il s'agit.

- Enfin, pour permettre ton intégration, nous te proposons de travailler en restauration collective cinq jours par semaine au début, en diminution au fur et à mesure de la montée en charge tes autres projets. Cette activité sera ta contribution au logement et à la nourriture dans un premier temps. Franck Bonsergent t'accueillera et te formera dès ton arrivée dans le restaurant. Tu resteras deux ans, trois maximum, dans le restaurant à l'issue desquels tu devras, dans tous les cas, rechercher une autre activité à l'intérieur de l'organisation.

– Pour tes autres projets, il en sera de même dès que tu auras atteint ta *vitesse de croisière*. Alors, il te faudra déjà commencer à réfléchir à une nouvelle activité. Le conseil a estimé que tu étais capable de t'adapter à un fonctionnement *conquérant*. Il te restera à leur prouver que tu es digne de la confiance qu'ils te portent. Tu peux conserver la chambre que tu occupes en ce moment jusqu'à nouvel ordre et tu disposes d'un délai de quatre semaines pour venir t'installer ici. Tu as la possibilité de te dédire, mais sache quand même que nous ne te ferons qu'une seule proposition.

Albert se tut, regarda Claire droit dans les yeux et lui demanda :

– Claire, acceptes-tu notre proposition ?

Elle prit quelques secondes pour ne pas donner l'impression de répondre dans la précipitation, inspira profondément et dit d'un ton sentencieux :

– J'accepte !

Il prit un petit marteau en bois identique à celui dont disposent les commissaires-priseurs, frappa sur le *tas*, une petite pièce de bois circulaire fixée à la table, pour officialiser cet échange et dit :

– Ces débats seront retranscrits dans les minutes du comité. Les décisions prennent effet immédiatement.

Puis il ajouta, en prenant un ton moins solennel :

– Comme Martine va devoir nous quitter bientôt pour reprendre ses activités, c'est Franck qui te prendra en charge pour t'expliquer tout ce que tu devras savoir ici et t'intègrera dans tes nouvelles fonctions.

À la fin de l'entretien, Claire fut priée de laisser ses coordonnées, principalement téléphonique afin de rester joignable et mettre en place le protocole d'incorporation dans ses nouvelles missions. Rien n'était laissé au hasard dans le groupe : solutions de secours en cas de problèmes techniques, liste de relais et sympathisants pour avoir des points de chute en cas de problèmes. Le but étant de pouvoir rester en contact en permanence avec l'association et mener à bien sa mission.

Martine et Claire prirent congé du comité et retournèrent en direction des chambres qui leur avaient été allouées. Claire dit :

— Viens, marchons un peu, il faut que je décompresse.

Puis elle ajouta :

— Je n'en reviens encore pas, de tout ce qui vient de se passer. J'ai l'impression de rêver éveillée. C'est la première fois que quelqu'un me donne vraiment ma chance.

— Détrompe-toi, Claire. Personne ne t'a rien donné, tu es allée chercher toute seule ce que tu as obtenu. Tu m'as beaucoup impressionnée et il en a été de même pour le Comité. Tu leur as plu, car ce n'est pas courant qu'ils acceptent des *nouveaux* directement comme *conquérant,* mais je dois avouer que tu as été très convaincante.

— Arrête, tu vas me faire rougir.

— Je suis sérieuse. Maintenant, tu sais ce que faire confiance veut dire. Avant, on t'avait vraisemblablement parlé de diplômes obligatoires et d'expérience. Tu viens de rentrer dans une autre dimension où seules comptent la volonté, la compétence et les connaissances liées à ton activité. Tu peux les apporter avec toi, les acquérir auprès d'autres ou les développer toi-même. Cela te mènera sur le chemin de la créativité et de l'innovation, alors que les voies de l'apprentissage par *les autres* portent intrinsèquement le désavantage qu'elles conduisent en général à reproduire un schéma que d'autres ont imaginé et tuent la part d'initiative qui est en chacun. Bien sûr, il faut une ligne directrice, mais cela est couvert par les règles de gouvernance qui ont été développées par le comité. Ainsi, nous n'avons pas vraiment de lois, règlements et autres directives, mais un cadre global dans lequel tu as la possibilité d'exister par toi-même.

Martine ajouta :

— Bon, nous allons maintenant nous reposer, car nous avons du chemin à faire demain pour retourner à Lyon. Tu as encore quelques jours pour changer d'avis, mais je suis persuadée que la prochaine fois que je retournerai à *Libertyville*, je t'y retrouverai et tu seras comme un poisson dans l'eau.

Le voyage de retour parut long et monotone. Un retour vers une vie dont elle ne voulait plus. Il fallait se tourner un peu vers ce passé afin de s'en séparer définitivement. Elle se rappelait de cette histoire de Cortez qui, débarquant dans le Nouveau Monde, brula ses bateaux afin que ses hommes n'en soient que plus motivés. Elle était dans cet état d'esprit : bruler ses bateaux pour ne plus pouvoir faire machine arrière.

Apprentissage de la langue de l'espace.

Les experts se succédaient. La question de la langue fut abordée par un des spécialistes.

— Un certain nombre d'entre vous participent à nos débats à l'aide du petit appareil de traduction que nous vous avons distribué et vous ne pouvez vous comprendre qu'avec cet appareil. Vous conviendrez qu'il ne va pas être possible de continuer comme ça, écouter à l'oreillette pour comprendre ce que disent les uns et les autres. Que pouvons-nous bien faire ?

Une main se leva dans l'assistance.

— Parler en anglais ?

— C'est une piste intéressante qui a été retenue dans la navigation aérienne terrestre, mais la majorité d'entre vous devrait alors apprendre l'anglais. D'autres idées ?

Un des participants avança :

— Pourquoi pas le français ? Nous sommes les plus nombreux dans le groupe.

— C'est aussi une idée. En revanche, vous vous heurterez aux autres groupes qui n'auraient pas la même majorité que vous et qui parleraient de fait une autre langue. Cette solution n'est pas très équitable, car certains membres du groupe devraient apprendre une autre langue alors que d'autres parleraient une langue qu'ils connaissent déjà et nous sommes un programme international. Quoi d'autre ?

Personne ne réagit.

— Écoutez bien, maintenant !

L'expert se mit à parler une langue bizarre dont on arrivait à capter de ci, de là, quelques mots ou bribes de phrases.

— *Sinjorinoj kaj sinjoroj, vi baldaŭ iros en vojaĝo al la luno kaj al Marso. Vi devas lerni ĉi tiun lingvon permesos vin kompreni vin reciproke. Post bona trejnas, vi ricevas veturi veturiloj kiuj permesos vojaĝi ie kaj kial ne flugi raketojn.*

Il s'adressa aux pilotes :

— *Via ŝoforoj prenos vin ĉirkaŭ la galaksio. Estas ja, ĝentlemanoj ?*

L'un d'eux répondit dans la même langue.

— *Ni antaŭĝojas preni metilernantoj astronaŭtoj en spaco.*

— Qui a compris ce que nous venons de dire ?

Personne ne bougea.

— Qui a compris une partie du propos ?

Plusieurs mains se levèrent dans l'assistance.

– Qui a compris quelques mots ?

La majorité des mains se levèrent.

– Qui n'a rien compris ?

Une dizaine de mains se levèrent.

– Bien ! La langue que vous venez d'entendre deviendra votre langue commune. Je vous ai dit : mesdames et messieurs, vous allez bientôt partir en voyage sur la Lune, puis sur Mars. Vous devrez apprendre cette langue qui vous permettra de vous comprendre les uns les autres. Après un bon entrainement, vous arriverez à conduire des engins qui vous permettront de vous déplacer n'importe où, et pourquoi pas, de piloter des fusées. J'ai ensuite demandé : vos pilotes vous emmèneront un peu partout dans la galaxie. N'est-ce pas, messieurs ? Et le pilote a répondu : nous nous faisons une joie d'emmener des apprentis Spationautes dans l'espace.

Après cette entrée en matière, il reprit :

– Cette langue a été déterminée à partir d'un modèle statistique qui reprend les mots parlés ou prononcés par le plus grand nombre de personnes d'un panel de langues, y compris les mots approchants. Il y a eu ensuite un travail effectué pour élaborer des règles grammaticales et supprimer les ambigüités de signification et d'orthographe. Nous avons éliminé les langues trop compliquées, qui auraient demandé un effort d'apprentissage trop important, ainsi que les langues peu usitées. Il n'y a ni homonymies, ni synonymies et une seule orthographe possible pour un phonème, ce qui simplifie grandement l'apprentissage. Cette langue a vocation à être la plus efficace possible.

Silence dans l'assistance.

– Ce que vous avez compris de notre discussion vous donne une idée de l'effort que vous devrez réaliser pour acquérir ce langage qui devient, de fait, un langage international et le langage officiel de l'espace. Après un certain temps de formation, vous ne devrez plus vous exprimer qu'avec ce dialecte entre vous et lors de vos échanges avec l'extérieur. Bien entendu, vous êtes libres ensuite de conserver et transmettre votre ou vos langues habituelles.

[......]

Ce matin-là, ils avaient un atelier d'apprentissage de leur nouvelle langue. Les deux jours suivants seraient répartis en formations théoriques et pratiques, le but étant de déterminer la capacité d'assimilation et de reconnaissance de chacun afin de créer des groupes de niveau homogènes et de dispenser la formation de la façon la plus adaptée.

Ils étaient tous réunis en amphithéâtre pour cette première matinée de formation, traducteur simultané à l'oreille sauf pour les germanophones, car la femme entre deux âges qui était face à eux sur une estrade, devant un écran de projection, s'exprimait en allemand. Sur le côté, il y avait un grand tableau blanc qui pouvait coulisser par moitié vers le haut ou vers le bas.

La femme, équipée de micros-cravates, débuta en disant et notant en même temps au tableau :

– Bonjour, je suis Rosana Galea. Rosana s'écrit avec un seul n. Je serai votre professeure de langue pour les prochains mois. En dehors des cours magistraux comme aujourd'hui, je vous verrai par petits groupes tout au long de votre entrainement et une partie des cours sera assurée par vos instructeurs qui sont déjà formés à l'usage de la langue. Ce matin, nous débuterons par un peu d'histoire et quelques généralités sur la langue. En fin de matinée, nous évaluerons votre capacité à reconnaitre les phonèmes et à les interpréter. Des groupes de travaux pratiques seront constitués en fonction des résultats à l'évaluation. Chaque semaine, nous ferons cet exercice et nous referons des groupes de travail adaptés à votre progression. L'objectif est que vous soyez en mesure de comprendre et de vous exprimer dans la langue internationale au début de cet été. Pour ceux qui auraient des difficultés, il y aura des séances de perfectionnement à la marge de vos activités, le soir, ou même pendant les activités. Lorsque vous ne serez pas sur la base, nous avons un dispositif de téléenseignement qui vous permettra de continuer votre apprentissage depuis chez vous.

Rosana projeta une succession de diapositives.

– Le besoin d'avoir une langue internationale est apparu dès le début de l'année deux-mille-vingt-cinq avec le développement de vols spatiaux que vous connaissez certainement et dont le programme Perseus fait partie. Nos scientifiques se sont penchés sérieusement sur cette question, car, comme cela vous a déjà été exposé précédemment, il n'était pas question de prendre une langue déjà existante comme l'anglais pour de multiples raisons. En premier, ce choix favorise les individus qui pratiquent déjà cette langue, et demande un effort conséquent d'apprentissage pour les autres. En second, l'anglais, mais aussi des langues comme le français ou l'allemand sont des langues compliquées qui comportent de nombreuses règles grammaticales, des ambigüités et des exceptions multiples. En troisième, chaque langue véhicule une histoire et un passé culturels qui n'ont pas leur place dans un programme spatial.

Rosana changea de diapositive.

– Nous nous sommes appuyés sur les travaux linguistiques d'un jeune étudiant polonais du dix-neuvième siècle : Ludwik Lejzer Zamenhof, et avons fait plancher des universitaires de Sibiu en Roumanie, de Trnava en Slovaquie et d'Oxford en Angleterre, ainsi que des informaticiens, des psychologues et des statisticiens. Les universitaires et les mathématiciens ont travaillé sur la partie conception de la langue.

Nouvelle diapositive.

– Simplicité, facilité de compréhension, garantie qu'il n'y a pas d'ambigüité. Les psychologues et les statisticiens ont plus travaillé sur l'aspect intuition, probabilité qu'une personne arrive à reconnaitre ou comprendre le sens d'un mot sans l'avoir jamais vu, réaction des individus par rapport à une phrase en situation de commandement ou de restitution d'information. Une étude a également été conduite sur la partie diction des phonèmes pour s'assurer que la prononciation ne risque pas, par exemple, de créer d'animosité, de rejet si le phonème est situé dans les sons aigus ou de défiance de la part des individus. Ces études ont conduit à des évolutions du projet dans le temps.

Diapositive suivante.

– Les règles principales de ce langage sont :

- Des racines tirées les principaux langages, la probabilité d'apparition dans chaque langue et le nombre de personnes susceptibles de reconnaitre le phonème.
- Simplicité : des règles simples et pas d'exceptions.
- Un système d'agrégation invariable, avec des préfixes et des suffixes qui complètent le phonème.
- Une langue transparente, par opposition aux langues opaques ou semi-opaques comme l'anglais ou le français : une seule graphie pour un seul phonème et chaque graphie correspond à un seul phonème.
- Une levée des ambigüités : pas de synonymes ni d'homonymes.
- Comme en latin, pas d'ordre spécifique pour une phrase, ce qui permet de mettre en avant le mot de son choix et d'améliorer l'efficacité du message à transmettre.

Rosana allait maintenant de long en large sur l'estrade en argumentant :

– Prenons par exemple le mot *gliti*, qui veut dire glisser. Les francophones l'ont associé à *glisser*, les Allemands ont compris *gleiten*, les Néerlandais *glijden*, les Anglais *to glide*.

Elle était complètement passionnée par son sujet.

– Nous allons maintenant étudier les règles de construction des mots.

Rosana expliquait avec ferveur les règles relatives aux affixes : i– pour indéfini, neni – pour négatif, ou –a pour qualité, – u pour individu ou –o pour chose. Autre règle : le j du pluriel ou le n de l'accusatif issus du grec ancien. Par exemple : *La signo de la pluralo estas –j. La pluralo de vorto estas vortoj.*

– Pour ceux qui pratiquent les langues latines, le mot *vorto* fait référence à l'allemand *Wort* qui signifie mot, suivi du suffixe –o qui fait référence à une chose.

À la fin de son explication, elle se retourna vers l'assistance avec un large sourire et conclut avec :

– Einfach, nicht wahr ? (Facile, n'est-ce pas ?)

Suite à cette première explication, qui avait duré deux heures qu'ils n'avaient pas vu passer, ils firent pendant une heure et demie de travaux alternants entre explications, tests de reconnaissance des mots, puis progressivement de phrases, et correction des exercices, simples au début, puis de plus en plus compliqués. Le but était de déterminer l'aptitude à la reconnaissance spontanée, la capacité d'apprentissage et de restitution de l'information.

L'après-midi et le jour suivant furent consacrés à des exercices similaires par petits groupes animés en général par un personnel maitrisant cette langue. Rosana papillonnait d'un groupe à l'autre pour s'assurer que tout se passait bien. Les petits appareils traducteurs servaient de support aux exercices en les connectant sur un serveur informatique.

À la fin de la seconde journée, ils furent réunis à nouveau dans le grand amphithéâtre. Leur professeure de langue les attendait.

– Bien. J'ai regardé les résultats des tests que vous avez faits en fin d'après-midi. Je vois que certains d'entre vous ont bien compris les mécanismes de votre nouvelle langue et se débrouillent déjà bien. Dans les prochaines semaines, nous nous astreindrons à ne plus utiliser ni langues d'origine ni appareils de traduction. Vos instructeurs vous donneront systématiquement deux fois les informations ou enseignements. La première fois, vous écouterez sans votre traducteur, la seconde, vous pourrez traduire avec vos appareils, si besoin. Comme je vous le disais en préambule, dès le mois de juillet, notre langue officielle changera. Toutefois, si vous avez des difficultés de compréhension ou des difficultés à vous exprimer, n'hésitez pas à nous en faire part. Nous vous réexpliquerons et vous pourrez vous faire aider par vos camarades.

Imprimé en autoédition
Dépôt légal : Aout 2018
Seconde édition : Juillet 2020

www.ingramcontent.com/pod-product-compliance
Lightning Source LLC
Chambersburg PA
CBHW072016020726
47501CB00006B/1835